LA FORGEUSE D'OS

L'autrice

Nicki Pau Preto vit tout près de Toronto – bien que son aversion pour le hockey, la neige et les bernaches fasse d'elle la pire Canadienne du pays. Après une formation en arts graphiques, une maîtrise d'histoire de l'art et un diplôme de graphiste, elle a découvert deux choses : qu'elle aimait, plus que tout, s'évader dans des mondes imaginaires et que c'étaient les mots, et non les images, qui l'attiraient le plus. Elle est l'autrice de la trilogie *Sœurs de sang*, et on peut la trouver en ligne sur NickiPauPreto.com.

Nicki Pau Preto

LA FORGEUSE D'OS

Traduit de l'anglais (Canada)
par Camille Cosson et Mathilde Tamae-Bouhon

LUMEN

Pour Jessi Rae Fournier,
la meilleure supportrice semi-professionnelle
dont on puisse rêver
J'ai hâte de te rendre la pareille

La Moelle
LES TERRES D'OS
Cartila
Limiterre
La péninsule d'Astoria
Le Bois-aux-Ossements
La route du Nord
Tremble-Cime
La route du Sud
LES CRÊTES
LES HAUTES TERRES
Bourgbriant
Roche-Pointe
Le sentier de l'Ouest
La porte de Granit
Rivaustral
LES CONFLUENTS

Port-Valor
Grandor
LES TERRES D'OR
La Route dorée
La Route valorienne
LES TERRES RÉGALIENNES
LES MONTS ADAMANTINS
Le Mur frontalier
La citadelle de Fer
La Faille
Fort-de-Faille
Le sentier de l'Est
LES TERRES D'ARGENT
La route du Mur
Le moulin
La tour de guet
Fonderie
Le bois du Nord
La Serpentine
LES TERRES DE LA FAILLE
La porte d'Argent
La palissade
Pontaustral
Le Val cartésien
La Butte
La Route côtière
Les Rivières jumelles

CHAPITRE 1

— À vos armes !

Comme un seul homme, les novices s'agenouillèrent dans la neige, puis tendirent les bras. Dans leurs paumes tournées vers le ciel reposait une dague façonnée en os mort pour les valkyrs comme Wren, ou une faux en acier étincelant pour les fauchyrs.

Le soleil s'était glissé derrière l'horizon. Un noir d'encre soutenait la voûte céleste pailletée d'étoiles – l'heure du Fossoyeur était venue. D'un instant à l'autre, un croissant de lune poindrait à la cime des arbres artificiels et sonnerait le début de l'épreuve.

Le cœur de Wren tambourinait déjà dans sa poitrine.

Devant les apprentis s'étiraient des branches pâles et nues, dont les angles formaient mains crochues et gueules béantes, côtes et colonnes vertébrales fracturées.

Cette forêt n'avait rien d'ordinaire. On l'appelait le Bois-aux-Ossements. Et pour cause.

De la terre jaillissaient des membres tordus, brisés pour beaucoup, un mélange de reliques dépourvues d'âme et d'os non-morts hantés. Squelettes d'êtres humains, bien sûr, mais aussi d'autres créatures. De rennes aux bois pointus ou d'immenses mammouths laineux aux défenses courbes. De bêtes immémoriales, ensevelies depuis la nuit des temps.

Le Bois-aux-Ossements servait à la fois de cimetière et de parcours d'entraînement. C'était là que les forgeurs d'os s'exerçaient, cultivaient leurs pouvoirs... et faisaient la démonstration de leur contrôle des non-morts.

Après des années de préparation et une vie entière à sentir son ombre planer au-dessus d'elle, Wren allait enfin s'y engouffrer pour participer à l'épreuve du Bois-aux-Ossements.

Elle releva légèrement la tête pour observer l'ensemble de ses congénères, agenouillés à ses côtés. Au nombre de dix, ils étaient vêtus du noir de la maison de l'Os. La graisse sombre qui entourait leurs yeux accentuait le creux de leurs orbites, qui semblaient enfoncées dans leur crâne. Tous baignaient dans la lumière spectrale qui, déjà vive, prenait une teinte aveuglante avec la neige. Le mélange de cire et de charbon dont se paraient les novices venait quelque peu atténuer cet éclat tout en soulignant la marque de leur magie : l'ivoire de leurs iris.

Parfois, pour paraître plus intimidante, Wren étirait son maquillage jusqu'à la naissance de ses cheveux. Il lui arrivait aussi de se peindre les lèvres de noir, se moquant bien des remontrances de ses instructeurs qui lui ordonnaient de les essuyer.

Parfois, elle se l'étalait sur les dents avant de sourire jusqu'aux oreilles, pour le simple plaisir de leur faire une bonne frayeur. À la maison de l'Os, battue par le froid et isolée à la pointe septentrionale de l'île des Dominions, les occasions de se divertir n'étaient pas légion. Wren savait se contenter de peu.

Mais ce soir-là, pour une fois, elle se plierait aux règles.

Car réussir l'épreuve signifiait pour elle devenir une valkyr et consacrer sa vie à servir sa maison. Dans les Dominions, où la magie exhalait des profondeurs de la terre, les morts s'attardaient en surface sous la forme de spectres, aussi violents qu'imprévisibles. Jusqu'à ce qu'un valkyr ne les attire loin de leur dépouille et qu'un fauchyr ne finisse le travail en tranchant le dernier lien les reliant à elle.

Les fantômes rechignaient parfois à accepter leur sort. Et même, certains résistaient. Il revenait dès lors au valkyr de protéger son fauchyr.

Sans la maison de l'Os, les esprits prendraient d'assaut l'île et la rendraient inhabitable, dans l'état de désolation qui avait été le sien pendant des siècles. La tâche qui leur était confiée n'avait donc rien d'une besogne ordinaire ni même d'une vocation. Non, elle était primordiale, tout simplement.

Une particularité qui n'empêchait pas Wren d'y trouver du plaisir.

Le noir des vêtements des valkyrs contrastait avec le blanc des os dont ils étaient bardés. Ils s'en faisaient des gantelets, des plastrons, et portaient en bandoulière, pendues à leurs ceinturons ou chargées dans leurs cartouchières, toutes sortes d'armes taillées dans la même matière.

Chacun arborait son attirail de prédilection. Wren portait dans le dos deux épées glissées dans leurs fourreaux,

Leif maniait une grande hache à la lame façonnée dans un os iliaque affûté et Inara, un fléau surmonté d'un crâne à pointes.

En somme, ils avaient enfilé leur tenue de combat. Le Bois-aux-Ossements serait leur champ de bataille et les non-morts leurs ennemis.

Si un jour viendrait où ils seraient alliés, ce soir-là, les autres apprentis valkyrs se présentaient à Wren comme des adversaires, des concurrents. Parmi eux se trouvaient des fils et des filles de la maison de l'Os et de ses diverses lignées, ainsi que d'anonymes arrivistes venus des quatre coins des Dominions qui s'étaient découvert du sang de forgeurs d'os. Qu'il s'agisse d'inconnus, de parents éloignés ou de cousins, elle ne les considérait ni comme des amis ni comme de la famille. Son père le lui avait expliqué au cours d'une de leurs rares conversations : seule la magie les liait entre eux. Il ne fallait y voir nul amour ou affection, uniquement le devoir.

Tels étaient les usages de la maison de l'Os.

Pour en arriver là, Wren s'était battue bec et ongles. Elle était la meilleure apprentie valkyr que sa maison ait connue depuis des années. Elle comptait bientôt le prouver aux yeux de tous : ses instructeurs, dame-forgeuse Svetlana Graven, la matriarche, et avant tout, son père.

— Psst ! chuchota une voix à sa droite, celle d'Inara.

De tous les cousins de Wren, Inara Fell était la seule à avoir une chance de la détrôner, à mériter le titre de rivale. Du même âge, d'une taille et d'une carrure comparables, les deux jeunes filles se retrouvaient souvent à s'entraîner ensemble durant les leçons et les exercices pratiques, mais les similitudes s'arrêtaient là. Inara avait les cheveux noirs et crépus, noués en tresses fines. Ses yeux d'ivoire tranchaient avec sa peau brune, quand ceux de Wren étaient assortis à son teint blême et à sa tignasse hirsute, éternellement emmêlée. Si la première était organisée, disciplinée et d'une ponctualité sans faille, la seconde se montrait plus intuitive, allait et venait à sa guise et considérait les règles davantage comme des suggestions que comme des instructions à suivre à la lettre.

Aussi loin que remontaient les souvenirs de Wren, Inara et elle avaient toujours été à couteaux tirés mais, d'ici quelques heures, leurs chemins se sépareraient pour de bon. Une fois l'épreuve passée et réussie, chacune serait associée à un fauchyr puis envoyée sillonner les Dominions. Chaque nouveau duo formé s'en irait alors accomplir les rites mortuaires et combattre de dangereux spectres, afin de veiller à ce que toutes les âmes errantes soient fauchées, sans exception. Faute de quoi, elles risqueraient d'être oubliées pendant des siècles, jusqu'à ce qu'un malheureux inconscient ne vienne les exhumer, délivrant par là même une horde de non-morts.

Une funeste issue qui s'était déjà produite lors de la Faille – le pire cauchemar que les forgeurs d'os aient jamais eu à affronter. Malgré tout, ces heures sombres avaient été le terreau d'où étaient sortis héros et légendes, à commencer par Locke Graven, l'oncle de Wren.

Sa nièce brûlait d'accéder à la même notoriété. Un jour, elle y parviendrait, elle en était convaincue. Pour l'instant, il lui fallait déjà triompher de l'épreuve du Bois-aux-Ossements.

— La ferme ! chuchota-t-elle à Inara sans tourner la tête.

D'ordinaire, Wren était la première à faire des messes basses – surtout lors des moments les plus inopportuns –, mais en cet instant si crucial, hors de question qu'elle se laisse déconcentrer.

Les règles de l'examen étaient simples : chaque binôme – composé d'un valkyr et d'un fauchyr – avait jusqu'à l'aube pour traverser la forêt sans dommage et y faucher trois spectres.

Sauf que le Bois-aux-Ossements n'était pas dépourvu de dangers. Il y rôdait nombre de fantômes aux aguets, des non-morts qui ne trouveraient jamais la paix.

Et il fallait aussi compter les vivants.

Wren allait non seulement devoir protéger sa fauchyr de violents esprits, mais aussi affronter les autres valkyrs qui, comme Inara, se feraient une joie de la voir échouer.

— Qu'est-ce que tu dirais de pimenter un peu la course ? souffla justement l'intéressée.

Pour une jeune fille qui ne sortait jamais du rang, elle se montrait étonnamment indisciplinée.

— Avec toi, impossible, rétorqua Wren d'une voix traînante.

Inara était plus qu'une adversaire redoutable. Elle avait même tout d'une épine dans le pied de sa cousine qu'elle talonnait en permanence – cette dernière en était d'ailleurs passablement agacée. L'héritière de la famille Fell se classait deuxième dans toutes les catégories, sauf pour ce qui était de désobéir. Dans ce domaine, personne n'arrivait à la cheville de Wren.

Sans s'offusquer de la pique, Inara ajouta à mi-voix :

— Tu pourrais rendre le spectacle plus intéressant pour lui.

Toujours à genoux dans la neige, elle avait parlé sans relever la tête, mais Wren avait saisi l'allusion et jeta un regard à son père.

Sire-forgeur Vance Graven était posté à côté de sa mère, Svetlana, sur l'estrade où étaient rassemblés les jurés de l'épreuve. En raison de son rang d'héritier de la maison de l'Os, sa présence était requise lors de certains événements – que sa fille unique y participe ou non.

Il lui adressa un signe de tête presque imperceptible. Un encouragement, sûrement, tout autant qu'une mise en garde.

— *Je compte sur toi pour me faire honneur*, lui avait-il dit quelques heures auparavant, quand ils se trouvaient sur le terrain d'entraînement de La Moelle, un espace aux colonnes et aux arches d'un blanc d'ivoire et au sol de sable noir.

Wren l'avait pris comme un défi. Après trois mois sans le voir, elle était bien décidée à le rendre fier. Plus encore : à le convaincre de rester, ne serait-ce qu'un moment.

— *Oui, père*, avait-elle répondu, menton levé.

Il l'avait observée en silence, avant que son visage ne se fende d'un sourire mi-réprobateur, mi-indulgent.

— *Il paraît que tu as passé la moitié de la nuit à épousseter la bibliothèque. On peut savoir pourquoi ?*

Incapable de retenir un rictus suffisant, la jeune rebelle avait haussé les épaules.

— *Je m'ennuyais.*

Dans les faits, elle disait vrai. Assommée par ses leçons, elle s'était mis en tête de tester sa technique d'escalade sur les étagères. Bien sûr, la bibliothécaire l'avait surprise perchée au troisième niveau sur une édition originale de *La Garde du Fossoyeur*, chaussée de ses bottes crottées. Voilà comment elle s'était retrouvée à tout nettoyer du sol au plafond.

Comme à son habitude, son père avait su lire entre les lignes, les yeux pétillants. Malgré ses absences fréquentes, il ne manquait jamais d'interroger Wren sur sa formation – et les punitions qui l'accompagnaient – avec le plus grand sérieux, comme s'il savait déjà ce qu'il cherchait. Une preuve de ses talents, peut-être ? Ou plutôt de son inaptitude ? Ce petit jeu en devenait lassant, même pour elle. Le divertir avec quelques singeries lui semblait donc la moindre des choses.

À cette réponse, l'héritier de la maison de l'Os avait retrouvé un air sévère puis soupiré, sans parvenir à éteindre la lueur amusée dans son regard. Aux yeux de Wren, rien n'était plus précieux que cette étincelle. À en croire les échos colportés sur la jeunesse de Vance Graven – qu'il nierait à coup sûr en bloc –, lui aussi avait été un vrai fauteur de troubles. Bien pire, même, si l'on tenait compte de la naissance controversée de sa fille.

— *J'espère que le manque de sommeil ne nuira pas à ta performance*, avait-il ajouté, un soupçon de reproche dans la voix.

— *Jamais*, lui avait assuré Wren, résolue.

Il avait hoché la tête, puis s'était mis à observer les novices qui poursuivaient leur entraînement sur le terrain de sable. Il l'avait déjà oubliée.

— *De toute manière,* avait-elle ajouté, *je comptais veiller tard pour me préparer à disputer l'épreuve de nuit. Au fond, la bibliothécaire m'a rendu service.*

— *Voilà qui explique sans doute pourquoi tu as dormi jusqu'à midi et manqué tes cours de la matinée,* avait-il ironisé, un sourire au coin des lèvres.

— *Exactement,* avait-elle confirmé, aux anges.

Un instant détournée, l'attention du forgeur d'os s'était de nouveau portée sur les adversaires de sa fille, dont Inara faisait partie. Wren avait alors éprouvé le besoin soudain de lui parler de tout ce qu'elle n'avait pas raté, pour changer.

— *Je suis la meilleure à la joute et…*

— *Ta grand-mère t'a à l'œil,* l'avait-il coupée comme s'il ne l'avait pas entendue. *Sois vigilante. Elle sautera sur le moindre prétexte pour te disqualifier. Ne lui en fournis aucun.* (Ses yeux avaient croisé ceux de l'apprentie valkyr.) *Ce soir, tu ne peux pas te contenter de réussir… Tu dois briller. C'est compris ?*

Wren revint au présent. Le signal du départ n'allait pas tarder à être donné. Elle inclina la tête vers Inara.

— Qu'est-ce que tu proposes ?

Les lèvres de la jeune Fell s'étirèrent en un sourire. Derrière elle, Ethen, son apprenti fauchyr le temps de l'épreuve, et Sonya, l'équipière de Wren, échangèrent un regard. Les deux cousines avaient l'habitude de s'affronter, des conflits qui se terminaient rarement sans dommages collatéraux. Leurs partenaires craignaient sans doute d'en faire les frais.

— Une course, répondit Inara en jetant un rapide coup d'œil vers la forêt. La première arrivée remporte la victoire.

Ce qui était déjà plus ou moins l'intérêt de l'examen. S'il n'était pas chronométré, mieux valait quand même éviter la dernière place. En réalité, tout le monde convoitait la première, surtout Wren.

— Et la dernière arrivée ?

Sa cousine sembla un instant décontenancée, comme si la réponse tombait sous le sens.

— Goûtera à la défaite.

Wren esquissa un sourire narquois. Certes, toutes les deux détestaient perdre, mais…

— C'est ce que tu appelles pimenter la course ? De toute façon, j'avais l'intention de te battre, que tu me défies ou non.

Sans relever les yeux, Inara s'humecta les lèvres.

— Si tu gagnes, je te donne Chasseresse.

La dague ancestrale de la famille Fell étincelait au clair de lune dans les paumes ouvertes de son héritière. L'enjeu piqua cette fois l'intérêt de sa rivale.

À l'instar de celle que possédait Wren, la lame se mêlait à la longue histoire de la maison de l'Os. Elle avait appartenu à des dizaines de valkyrs talentueux, parmi lesquels nulle autre que la mère d'Inara qui, dans sa jeunesse, avait entretenu une forte rivalité avec le père de Wren. Leurs filles avaient repris le flambeau.

Quel bonheur ce serait de s'approprier une telle arme ! De montrer à son père qu'en plus de surpasser la plus coriace de ses concurrentes – qui, par sa fille interposée, était aussi la sienne –, elle détenait à présent deux poignards valkyrs.

Loin d'être de simples armes létales, elles symbolisaient par leur simple existence l'ordre dont elles faisaient partie, preuve de l'importance de ce dernier au sein de la maison de l'Os. Elles ne s'acquéraient qu'au mérite, le seul moyen de les soustraire à leur détenteur étant de le défier solennellement. À moins que le chef de sa maison ne le juge indigne de les porter et ne les lui ôte lui-même.

Wren y vit l'occasion rêvée de faire ses preuves… de briller.

Malgré tout, l'issue pouvait être à double tranchant, comme le confirma Inara :

— Et si c'est moi qui l'emporte, tu me donnes Trancheuse.

La dague de Wren, qu'elle tenait de son père. Tout à coup, l'arme légendaire sembla peser une tonne dans ses mains tendues. Ses bras se mirent à trembler. Au lever du soleil, elle aurait gagné un second poignard ancestral… ou perdu le sien.

Quoi qu'il arrive, défi ou non, elle n'avait aucune intention de « goûter à la défaite », selon les termes qu'avait employés Inara, ni de laisser cette dernière triompher. Sans compter que…

« Tu ne peux pas te contenter de réussir… Tu dois briller. »

— Ah, une dernière chose, ajouta sa cousine avec l'assurance de celle qui a tendu un piège et s'apprête à capturer sa proie. Il faut passer par l'Échine.

L'Échine… De tous les sentiers qui traversaient la forêt, il était le plus court, mais aussi le plus dangereux. Il passait par le cœur du Bois-aux-Ossements, connu pour regorger de spectres.

L'emprunter était le meilleur moyen de s'attirer des ennuis. Sans compter que son étroitesse leur imposerait de progresser au coude-à-coude. Les deux jeunes filles se croiseraient donc sans cesse, ce qui comportait son lot d'avantages et d'inconvénients. Wren avait beau avoir érigé en principe de se jouer des règles, saboter l'épreuve d'Inara ne faisait pas partie de ses projets. En même temps, si elles ne se quittaient pas d'une semelle, peut-être reconsidérerait-elle sa position.

Bien entendu, sa cousine aussi aurait une chance de lui mettre des bâtons dans les roues. À cheval sur le code comme elle était, c'était peu probable, mais il s'agissait de l'épreuve du Bois-aux-Ossements. L'enjeu était de taille.

Une idée risquée, affreusement imprudente même, qui rendrait deux fois plus périlleux cet examen déjà ardu.

« Tu ne peux pas te contenter de réussir… Tu dois briller. »

Au son d'un clairon, Wren sursauta. Elle contempla la lune, qui semblait reposer sur les épines des plus hautes branches. Cramponnée à sa dague à s'en briser les jointures, elle se redressa d'un bond, suivant l'élan du reste des apprentis.

La jeune fille jeta un dernier coup d'œil vers son père, avant de se tourner vers Inara.

— Marché conclu.

Lorsque l'astre d'argent surplomba pour de bon les arbres d'os, tous les regards se portèrent sur dame-forgeuse Svetlana. C'était elle qui avait prononcé le premier commandement : « À vos armes ! » Il ne lui restait plus qu'à leur donner le signal du départ.

— Terrassez les non-morts !

L'épreuve du Bois-aux-Ossements venait de commencer.

CHAPITRE 2

La forêt s'étendait sur un carré d'un peu plus de trois lieues de côté. Les histoires populaires décrivaient les anciens forgeurs d'os comme des êtres gigantesques, dotés de membres aussi longs que Wren était grande. En réalité, il était plus probable qu'ils aient tordu et étiré les arbres d'os jusqu'à leur donner une forme élancée vers le ciel ou trapue comme des chênes.

Là se nichait toute leur magie, le pouvoir de sentir, de déplacer et de manipuler des ossements morts sans les toucher. Dans un rayon de dix pieds, ils étaient capables d'attirer un os à leur main, de guider ses mouvements dans les airs et même de soulever de lourdes carcasses dont leurs seuls muscles n'auraient jamais pu supporter le poids. Les valkyrs comme Wren étaient munis d'armes faites d'os dont les propriétés magiques leur conféraient une vitesse et une force supérieures, ainsi qu'une extrême précision.

Seuls les forgeurs d'os avaient la faculté de distinguer les liens spirituels – les fibres qui rattachaient les fantômes à leur squelette. Une aptitude que Wren ne maîtrisait pas tout à fait, à vrai dire. Elle exigeait de l'entraînement – qu'elle avait négligé, puisque c'était le domaine des fauchyrs et qu'elle se destinait à devenir une valkyr – et un talent naturel – dont elle était dépourvue.

Les fauchyrs, au toucher plus sensible, avaient la capacité de déceler, de percevoir les moindres bosses et cavités du squelette. Ce faisant, il leur était plus facile de localiser l'os d'ancrage – le fil qui liait encore l'esprit à son corps. Même si chaque os renfermait une trace du spectre, ce dernier restait le plus puissant. Il se trouvait souvent à proximité de la blessure mortelle ou, dans le cas de décès naturels ou de maladie, au niveau de l'affection ou des premiers organes à avoir flanché.

L'os d'ancrage était le plus prisé des tailleurs d'os, les artisans qui fabriquaient armures, armes et talismans. Grâce à leurs outils et à leur magie, ils façonnaient des plastrons dans des cages thoraciques, sculptaient des fémurs en épées tranchantes ou encore réduisaient des osselets en poussière. L'idée d'élaborer ses propres armes séduisait Wren, mais la perspective de passer le restant de ses jours cloîtrée dans les catacombes de La Moelle la tentait beaucoup moins.

Partant de là, elle n'avait pas d'autre choix que de devenir une valkyr, d'emprunter la voie la plus dangereuse de toutes. Après tout, elle aimait relever des défis.

Or, pour les apprentis valkyrs, il n'en existait pas de plus grand que le Bois-aux-Ossements. La preuve : une armée de spectres le hantait. Ses sous-bois étaient truffés d'ossements non-morts hors de portée de la magie du premier forgeur d'os venu. Afin de pouvoir les manipuler, il fallait d'abord qu'un valkyr affronte leur esprit pour laisser à son fauchyr le soin de rompre le lien qui les retenait à leur squelette. D'un même geste précis, ces mages protégeaient le monde des fantômes tout en récoltant les ressources nécessaires à la perpétuation de leur mission. En effet, rien ne révulsait plus les spectres que l'os mort, ce qui en faisait une protection de choix pour les forgeurs d'os.

Le travail était fastidieux, mais il fallait bien que quelqu'un l'exécute. L'idée d'assumer cette tâche comblait de joie Wren.

Le Bois-aux-Ossements ne pouvait cependant se résumer à une forêt peuplée de fantômes. C'était aussi un labyrinthe dense et tortueux. Dressé à la frontière des terres de la maison de l'Os, ce lieu funeste se dressait tel un rempart grouillant des cadavres d'assaillants et d'envahisseurs.

Quant aux sentiers qui y serpentaient, mieux valait ne pas s'y fier. S'en écarter pour emprunter un raccourci – ou un passage moins hanté –, c'était prendre le risque de ne jamais retrouver son chemin.

Bon nombre de novices faisaient le choix de parcourir le double de distance, quitte à rallonger considérablement la durée de leur traversée, plutôt que d'avoir à affronter un esprit supérieur à deux sur l'échelle des non-morts.

Wren était d'une autre trempe.

Elle lança à sa cousine un sourire menaçant avant de s'élancer à grandes enjambées vers les arbres d'os. Sa fauchyr lui emboîta le pas. L'instant d'après, Inara et son équipier – de même que les binômes qui les entouraient – les imitèrent. Lorsque Wren fila vers l'entrée de l'Échine, sa rivale sur les talons, les autres concurrents rechignèrent à les suivre, grimaçants, préférant opter pour des itinéraires plus sûrs.

En les voyant douter, l'héritière de la famille Graven redoubla d'assurance. Sitôt l'orée du bois franchie, tous ses sens se mirent en éveil.

En réalité, l'Échine ne ressemblait pas à un vrai sentier, mais plutôt à une piste grossièrement délimitée par de vieilles marques rouges peintes sur les troncs blancs des arbres. Autrement dit, Wren et sa cousine n'allaient pas vraiment progresser ensemble, main dans la main, tels les enfants perdus d'un conte de fées. Non, il leur faudrait suivre leur instinct respectif afin d'avancer d'un repère à l'autre.

Bien qu'obstruée par les hautes branches d'os qui s'entrechoquaient à grand renfort de grincements dans le souffle agité d'un vent non-mort que Wren ne sentait pas, la lune était la seule à leur offrir un peu de lumière – avec les fantômes, bien sûr.

Les spectres grouillaient sans doute par milliers. Certains brillaient comme des soleils, malgré leur étrange aura verdâtre. D'autres vacillaient telle la flamme d'une chandelle, impatients d'être délivrés. Les esprits de niveau un n'étaient guère plus que des volutes de vapeur sans réelle consistance. Quant à ceux de niveau deux, ils devenaient déjà presque palpables, pourvus de contours nets. Pour autant, il n'y avait aucun risque de les confondre avec les vivants. Ils ondulaient au gré du même vent surnaturel qui faisait danser les ossements. Leurs traits difformes, distendus par le vide, disparaissaient par intermittence tels des éclairs. Ils se mêlaient aux chauves-souris, chats sauvages et autres animaux qui rôdaient dans le sous-bois, pour créer entre les arbres un ensemble indistinct.

À présent qu'elle avait distancé Inara, Wren se tourna vers Sonya. La responsabilité de mener la marche, de choisir le sentier le plus sûr et la stratégie la plus efficace incombait au valkyr, mais les binômes avisés travaillaient en harmonie. Même si la fille de Vance Graven n'avait jamais été une équipière idéale, elle s'efforça de consulter sa camarade pour la mettre dans les meilleures dispositions possible.

Après tout, elles dépendaient l'une de l'autre.

— Qu'en penses-tu ?

Elles avaient le choix entre différentes tactiques. Les maigres liens qui rattachaient les fantômes de niveau un à leurs os les rendaient pratiquement inoffensifs – certes leurs dépouilles étaient plus difficiles à localiser, mais elles présentaient un danger minime. Plus les esprits se situaient haut sur l'échelle des non-morts, plus le lien qui les enchaînait à leurs ossements avait de consistance – ce qui les rendait d'autant plus difficiles à faucher.

En se cantonnant aux spectres de niveau un, elles joueraient la carte de la sécurité, mais… elles perdraient du temps. Un choix qui ne semblait donc pas idéal pour une course, qui plus est lorsqu'elle était couplée à un défi contre une rivale de toujours. D'un autre côté, s'en prendre aux fantômes les plus dangereux leur permettrait d'aller plus vite, mais augmenterait les risques d'erreurs, de blessures et… d'échec.

Cette issue était plutôt rare, mais il arrivait que certains duos soient disqualifiés – rien que l'année précédente, l'un d'entre eux s'était égaré –, ce qui signifiait rester une année supplémentaire à étudier à La Moelle pour pouvoir repasser l'épreuve.

En règle générale, Wren ne jurait que par l'approche la plus directe : foncer à toute allure, puis choisir ses cibles en cours de route. Reculer devant un combat n'était pas son style, mais elle préférait ne pas s'attarder sur les esprits trop volatils ou trop faibles, qui ne valaient pas le temps qu'ils faisaient perdre.

Sonya se mordait la lèvre, manifestement indécise.

— On prend ce qui vient ? En évitant les niveaux un et cinq ? suggéra l'apprentie valkyr, un sourire en coin.

La forêt n'abritait pas d'esprits de niveau cinq. Si jamais il en existait quelque part. Le Territoire hanté, à l'est du Mur, était le seul endroit où des squelettes de non-morts marchaient avec leurs fantômes – et c'était uniquement à cause de la Faille. Apparemment, en creusant assez profond, comme s'y étaient employés les forge-fer, on pouvait déterrer toutes sortes de surprises… y compris des centaines de cadavres regorgeant de magie noire et ravis de retrouver leur liberté.

Ces marcheurs non-morts, parfois appelés revenants, étaient l'œuvre d'anciens forge-spectre. Cet ordre de nécromanciens disparu avait été banni par la population, car ses membres s'étaient servis de leurs pouvoirs pour contrôler les fantômes. Même Wren, qui ne rechignait jamais à un combat contre un esprit, frissonnait à leur évocation. Leur civilisation et leurs héritiers avaient fort heureusement été balayés par un cataclysme plusieurs siècles auparavant. Hélas, le mal était déjà fait. Peu avant la naissance de Wren, les extractions minières des forge-fer avaient exhumé leur monde perdu ainsi que les créations non-mortes qu'il abritait. Sans la Faille, les forgeurs d'os n'auraient jamais eu à se creuser la tête au point d'élaborer une échelle pour les cataloguer.

Et si l'idée que des esprits de niveau cinq puissent rôder dans le Bois-aux-Ossements amusait Wren, elle n'avait aucune envie d'en affronter un ce soir-là.

Sonya jeta un rapide coup d'œil par-dessus l'épaule de son équipière – vers Inara et Ethen – avant de hocher la tête.

— Hum… Oui, c'est ça. On prend ce qui vient.

À l'image des valkyrs, les fauchyrs s'habillaient de noir. La similitude s'arrêtait là, car au lieu de la tenue de cuir matelassée des premiers, portée au plus près du corps, les seconds se drapaient dans une longue robe fluide. Les pans de l'habit de Sonya traînaient d'ailleurs dans la neige – ce qui, pour être honnête, semblait un poil trop théâtral. Pour ce qui était de l'armement, ils n'étaient équipés que de leur faux, la longue lame incurvée qui leur permettait de récolter les âmes. Chaque os abritait un réseau complexe de lignes d'énergie. Il s'agissait des points de jonction entre âme et squelette, ou des fissures capables de les séparer. Les identifier et les sectionner afin de libérer l'esprit était le travail du fauchyr.

— Reste derrière moi, conseilla Wren.

Elle glissa Trancheuse dans son fourreau pour dégainer l'une des deux épées d'os sanglées dans son dos – des lames de grande envergure plus adaptées à la tâche qui les attendait.

À mesure que les deux jeunes filles évoluaient entre les arbres, elles n'entendirent bientôt plus leurs autres concurrents. Ne régnait plus qu'un calme absolu qui n'avait rien de rassurant. Bien au contraire, le silence pesant des non-morts était écrasant.

Wren se mit à l'écoute de sa magie. Les flots de vibrations qui couraient sur sa peau l'alertèrent de la présence d'ossements alentour. Quant à ses yeux, à l'affût, ils captaient le moindre mouvement.

Quand un bras arqué – en réalité plusieurs, tordus dans un méli-mélo d'où saillaient trois ou quatre coudes – s'inclina dangereusement au-dessus d'elles, la valkyr tendit son épée pour l'écarter.

Méfiante, elle s'approcha de l'arbre monstrueux. Une inspection plus minutieuse lui confirma qu'il était constitué d'os morts et non hantés – sans doute une ancienne création d'un forgeur d'os un peu dérangé. Il faut dire que toute transformation pratiquée sur un os encore lié à son esprit, sur un cadavre non-mort ou – Wren frémit à cette idée – sur un être vivant, relevait de l'impossible.

— Ne me dis pas que quelques coudes en trop suffisent à te faire peur ! lança Inara qui les observait entre les arbres, plus proche d'elle que sa cousine ne le pensait.

Wren afficha un sourire pincé. À deux mains, elle abattit son épée d'un geste ostentatoire, fracassant d'un seul coup l'arbre aux coudes multiples. Bien que constituée du même matériau que le tronc, la main experte de l'artisan qui avait aiguisé et endurci la lame l'avait rendue presque aussi résistante que l'acier.

Une pluie d'éclats d'os saupoudra la neige fraîche pour former une litière pâle, cassante au toucher, qui craquait sous les pieds. Un nuage de poussière vint même se déposer sur l'impeccable robe noire de Sonya.

— Quelle maladroite je fais… murmura Wren, faussement contrite.

Elle tendit la main pour l'aider à s'épousseter, mais son équipière s'écarta, exaspérée. D'un mouvement du poignet, elle fit léviter la poudre blanche qui se dispersa en un instant. La maîtrise de ce genre de geste délicat soulignait le talent d'un fauchyr. Wren en aurait été bien incapable. Si elle se distinguait par ses coups d'éclat, elle ne brillait pas par la finesse de ses aptitudes magiques.

Les deux jeunes filles n'étaient pas amies à proprement parler. Au demeurant, l'apprentie valkyr n'en avait que très peu au sein de la maison de l'Os. Elle y comptait des ennemis, comme Inara, ainsi que des camarades, qui la toléraient, à l'instar de Sonya. Le père de Wren, toujours absent, était son unique pilier.

Parfois, ne pas avoir de vraie famille lui pesait. Plus jeune, elle avait tenté de nouer des liens, cherché une mère encore en vie, une figure paternelle qui resterait auprès d'elle. Sauf que chaque fois qu'elle trouvait quelqu'un pour combler le vide laissé par ses parents, sire-forgeur Vance Graven refaisait soudain surface, reléguant le remplaçant au rang de figurant. En somme, elle n'avait pas envie de faire semblant, même si elle en souffrait.

Voilà pourquoi elle n'avait d'autre choix que de réussir à décrocher le titre de valkyr de manière brillante. Une fois qu'elle y serait parvenue, elle pourrait enfin quitter La Moelle et partir à l'aventure – aux côtés de son père, qui sait ? –, pour combattre des fantômes aux quatre coins des Dominions, de Grandor à la porte de Granit.

Wren et Sonya s'apprêtaient à reprendre leur route lorsque les sens de l'apprentie valkyr se mirent en alerte. Elle fit volte-face, juste à temps pour voir s'élever une vapeur d'un vert nacré. Un esprit flottait à quelques pas d'elles, droit devant sa partenaire, éveillé et irrésistiblement attiré par la présence de vivants – comme tous les non-morts.

Le bras difforme avait un temps tenu le fantôme à distance mais, à présent qu'il gisait en mille morceaux dans la neige – peut-être aurait-il mieux valu s'abstenir de le réduire en miettes pour impressionner Inara –, plus rien n'empêchait le spectre de s'engager sur le sentier.

Wren n'eut pas l'ombre d'une hésitation. Elle écarta Sonya du passage, puis s'élança. Tout en avançant, elle plongea la main dans sa cartouchière pour projeter une poignée d'osselets qui fusèrent dans une explosion de magie. Transpercée, la silhouette vaporeuse ralentit, avant d'être parcourue d'ondulations.

Sans doute s'agissait-il d'un esprit de niveau un. Du fait de son inconsistance, il ne représentait pas de véritable menace, mais la novice préférait ne pas prendre le risque de se laisser duper par un niveau deux ou trois aux contours encore flous. Elle attendit un instant. À sa grande satisfaction, le spectre prit peu à peu forme humaine, tout du moins une forme pourvue d'un visage à la gigantesque bouche – si béante qu'elle en était déformée – et aux membres interminables – si longs qu'ils pendaient par terre.

— Bien, qu'est-ce qu'on fait ? lança-t-elle par-dessus son épaule.

Si Wren ne quittait pas le fantôme des yeux, Sonya, elle, inspectait le sol en quête du cadavre auquel l'esprit demeurait attaché. Une petite faux à la main, elle se laissa tomber à genoux dans la neige.

Un grattement sourd retentit lorsque l'outil heurta le sol dissimulé sous la croûte blanche mais la fauchyr, qui se fiait davantage à son toucher et à ses sens magiques pour identifier les ossements, ne tarda pas à fouiller la terre à mains nues.

Wren aurait voulu l'aider à creuser pour gagner du temps, mais une telle initiative serait allée à l'encontre de l'une des règles d'or qu'on leur avait inculquées : ne jamais tourner le dos à un fantôme, même d'aspect inoffensif, ne jamais baisser la garde.

Un principe comparable commandait à Wren de se retenir de taillader le spectre, comme elle l'avait fait avec l'amas de coudes. Séparé de ses ossements, l'esprit se serait peut-être volatilisé, mais l'effet n'aurait été que temporaire. Prédire ensuite quand, et surtout où, il reparaîtrait relevait de l'impossible. Dans ces conditions, mieux valait l'immobiliser dans sa ligne de mire plutôt que de le libérer pour qu'il surgisse dans son dos, voire juste au-dessus de sa tête.

Confiante dans l'enseignement de ses maîtres, l'apprentie valkyr tira sa seconde épée d'os, puis croisa les deux lames devant elle pour créer une espèce de paire de ciseaux, capable de retenir le non-mort. Un fantôme plus puissant se serait débattu, mais celui-ci se contenta de remuer et de tournoyer sans grande conviction.

Pour la plus grande joie de Wren, Sonya poussa un petit cri victorieux quand elle tira d'un tas d'ossements ensevelis un fémur boueux : l'os d'ancrage.

Sans quitter des yeux l'apparition tremblotante, la jeune Graven put voir du coin de l'œil son équipière déposer sur la neige immaculée l'os blanchâtre strié de marbrures. Sa faux bien en main, la fauchyr ferma les paupières. Elle fit courir ses doigts couverts de terre sur l'os une fois, puis deux, puis trois. Au quatrième passage, elle abattit la pointe de la lame sur la ligne d'énergie invisible. L'os se fissura quand la faux sectionna le lien entre le fantôme et son cadavre.

L'espace d'un instant, Wren eut la sensation, familière, que tout l'air de ses poumons était aspiré au-dehors. Un battement de cœur plus tard, l'esprit s'était évaporé dans un nuage d'éther et de vapeur glacée.

Sonya se redressa, l'os désormais neutralisé en main. Pendant ce temps-là, sa partenaire fendait l'air de ses épées afin de s'assurer que toute menace avait été écartée, puis elle récupéra ses osselets éparpillés par terre.

Alors qu'elle s'affairait, elle repéra une silhouette postée entre les arbres, qui n'avait rien raté du spectacle.

— Et d'un ! annonça-t-elle à Inara, un sourire suffisant aux lèvres. Essaie de garder le rythme.

CHAPITRE 3

Plus Wren et Sonya s'enfonçaient dans la forêt hantée, plus les sous-bois se faisaient denses. Les branches des arbres, agitées par le vent, allaient jusqu'à s'agripper à la robe de la fauchyr qui les écartait d'un geste indifférent. La valkyr, de son côté, préférait garder ses épées brandies afin de tenir tout ce petit monde à distance.

La densité des spectres suivait celle des arbres. Toujours plus nombreux, il s'agissait pour la plupart d'esprits de niveau un. Ils se suspendaient dans les airs tels des nuages de brume ou tourbillonnaient comme autant de panaches de fumée. Les deux novices en aperçurent un qui semblait être de niveau deux, mais il se trouvait trop loin du sentier – sans doute pour les attirer dans l'ombre à la manière d'un feu follet. Elles en croisèrent ensuite un de niveau un à l'éclat si aveuglant que Sonya dut détourner les yeux le temps que Wren l'élimine.

Il s'écoula près d'une heure avant qu'elles n'en fauchent un autre.

Elles ne remarquèrent d'abord que les os, si bien que lorsque l'apparition phosphorescente se manifesta subitement, prête à en découdre, Sonya et Wren eurent un mouvement de recul – au grand dam de la valkyr.

Elle fut cependant la plus prompte à se ressaisir et brandit aussitôt ses épées, mais le fantôme ne s'intéressait pas à elle. De son vivant, sans doute avait-il été fauchyr : l'étoffe élimée dont sa silhouette vaguement humaine était drapée rappelait la robe de Sonya, qu'il scrutait avec envie. Manifestement, il devinait leurs intentions. Moissonner les âmes des non-morts procurait la paix aux vivants, mais les spectres, eux, souhaitaient simplement vivre comme tout un chacun – aussi curieux que cela puisse paraître.

Quand leur assaillant heurta les épées de Wren, le choc suffit à la repousser et à faire fondre la neige sous ses bottes pour faire glisser l'apprentie valkyr. Elles n'avaient donc pas affaire à un simple fantôme de niveau trois doué de conscience. Il était capable d'influer sur son environnement. Une aptitude réservée aux spécimens de niveau quatre – aussi connus sous le nom de « geist » – et de niveau cinq.

Dès qu'elle le vit approcher, Sonya tressaillit… et en négligea sa mission.

— Eh ! l'interpella Wren, qui lâcha son adversaire des yeux un infime instant.

Il n'en fallait pas plus au spectre. Lorsqu'il percuta de nouveau les lames d'os, sans se soucier des risques qu'il prenait, le choc fit tomber l'une des armes des mains de la jeune fille, trop distraite.

Sonya hurla. Elle recula à la hâte, prête à détaler, oubliant l'une des autres règles fondamentales de leur ordre : ne jamais prendre la fuite.

La raison, limpide bien que terrible, était simple : à partir du niveau trois, les fantômes étaient très, très rapides. Ils pouvaient disparaître puis ressurgir ailleurs en un clin d'œil, ou traverser une prairie deux fois plus vite qu'un cheval lancé au grand galop.

Courir s'avérait donc bien trop dangereux, sans compter que foncer droit dans un esprit entraînait une mort instantanée ou au mieux une nécrose si dévastatrice que la victime se retrouvait réduite à l'état de légume, paralysée et percluse de douleur jusqu'à son trépas. Wren avait déjà assisté à la mort d'un homme touché par ce mal. Sur ordre de dame-forgeuse Svetlana, son père l'avait tirée du lit pour la traîner à l'infirmerie afin qu'elle soit témoin de son agonie. L'enfant, qui à l'époque parlait à peine à sa grand-mère – elles n'échangeaient toujours que très peu, à vrai dire –, s'était approchée à petits pas prudents.

« Je ne suis pas certain que… » avait bredouillé Vance Graven, dans l'espoir, peut-être, de protéger sa fille.

Svetlana l'avait interrompu aussi sec. Stoïque, il l'avait laissée refermer ses mains crochues sur les frêles épaules de sa petite-fille, alors âgée de six ans. L'ancienne l'avait retenue au chevet du moribond jusqu'à ce qu'il rende son dernier souffle.

« C'est le prix de l'échec dans la maison de l'Os », avait dit son père à Wren plus tard, d'une voix douce, presque tendre.

L'échec n'était pas envisageable. De sa main désormais libre, la novice fouilla sa cartouchière.

— Sonya ! s'écria-t-elle. Les os !

La fauchyr se figea sans quitter des yeux l'esprit vacillant. Wren se retourna pour lui jeter une nouvelle poignée d'osselets qui ouvrirent des trous nets dans sa forme éthérée. Malheureusement, l'attaque ne sembla que l'enrager davantage.

La valkyr lâcha un juron, puis ramassa l'épée qui lui avait échappé, juste à temps pour repousser l'assaut suivant. Au contact des lames, la silhouette du fantôme se mit à siffler, crépitant comme des braises aspergées d'eau.

Elle allait devoir tenter une autre technique.

Sans laisser à la forme spectrale le temps de rassembler ses forces, Wren passa à l'offensive : au lieu de se protéger comme on le lui avait appris, elle avança d'un pas, épées brandies. Le mouvement contraignit son adversaire à battre en retraite… et à s'éloigner de son squelette, ce qu'il sembla modérément apprécier. Et pour cause : c'était comme se disloquer l'épaule, soit une sensation aussi contre nature qu'inconfortable.

En réaction, il se débattit de plus belle, mais Wren avait assez de force pour le retenir. Tant qu'elle demeurait la cible de son hostilité, Sonya aurait les mains libres pour accomplir sa part du travail.

La tactique était malgré tout risquée. D'autres non-morts auraient pu rôder dans les parages, prêts à bondir. Par ailleurs, les valkyrs avaient pour consigne de ne jamais se séparer de leur fauchyr.

Risqué mais efficace, le choix de Wren porta bientôt ses fruits. Sonya s'empara de l'os hanté – la clavicule, en l'occurrence –, avant de procéder à l'incision d'une main tremblotante. La faux brisa l'os, ce qui rompit la ligne d'énergie. Le fantôme disparut.

La jeune Graven poussa un cri de joie. Sonya, elle, semblait sur le point de rendre le contenu de son estomac.

— On y est presque ! se réjouit Wren.

Elle voyait déjà l'amertume sur le visage d'Inara en train de lui remettre Chasseresse, puis la fierté de son père quand il la regarderait prêter allégeance à dame-forgeuse Svetlana, ses deux dagues brandies.

Elle avait perdu de vue sa rivale, mais peu lui importait. Avec Sonya, elles avaient déjà accompli les deux tiers de l'épreuve, bien qu'à peine à mi-parcours, ou presque – moins de la moitié du temps imparti s'était écoulé. Elles marchaient depuis environ deux heures et, à en juger par la position de la lune, il leur en restait bien trois avant l'aube.

Au grand étonnement de sa camarade, Sonya préférait continuer à chercher une nouvelle âme à moissonner plutôt que de suivre la suggestion de Wren de faire une courte pause. La valkyr ne s'en plaignit pas. Elle en était même ravie, car sitôt la mission de la fauchyr terminée, elles pourraient passer à la vitesse supérieure. D'ailleurs, si cela ne tenait qu'à Wren, elles auraient marché toute la nuit sans s'arrêter, tant elle avait hâte d'atteindre le cœur de la forêt.

Toutes sortes de rumeurs à son sujet étaient parvenues à ses oreilles. Selon Cook, son valet d'écurie, c'était l'endroit où le tout premier os avait été « planté », qui plus est par le Fossoyeur en personne, le fondateur de la maison de l'Os et le forgeur d'os originel. Le palefrenier soutenait également qu'un squelette de dragon, encore lié à son esprit, gisait au plus profond des bois. À en croire le père de l'adolescente, cependant, ces histoires n'étaient que des superstitions populaires. Personne n'avait jamais vu de telle créature, aucun rapport officiel n'en faisait mention et les plus grands ossements répertoriés provenaient de mammouths ou de baleines. Malgré tout, Wren s'imaginait affronter l'esprit de ce monstre colossal, puis en rapporter le crâne à son père en témoignage de leur troisième et dernière âme fauchée. Rien que d'y penser, une bouffée d'orgueil l'envahit.

D'ailleurs, le fantôme qu'elles délivrèrent ensuite appartenait bel et bien à un animal. Rien d'aussi spectaculaire qu'un dragon, bien sûr, mais les bois de l'élan déterré par Sonya étaient tout de même impressionnants.

Comparé à l'âme du fauchyr qu'elles avaient moissonnée un peu plus tôt, l'esprit du cervidé dégageait une sérénité absolue. Bien que Wren eût une prédilection pour les combats contre les spectres humains, les animaux non-morts lui procuraient un effet presque apaisant. Étrangers aux notions de vie ou de mort, ils semblaient continuer leur existence comme ils l'avaient toujours fait, à l'abri des tourments. De ce fait, leurs esprits s'attardaient rarement dans le monde des vivants. La plupart finissaient d'ailleurs par disparaître d'eux-mêmes. Même les bêtes qu'on avait apprivoisées s'effaçaient quelques mois après la décomposition de leur cadavre. La menace qu'ils représentaient étant minime, les forgeurs d'os se donnaient rarement la peine de faucher leur âme. Résultat, ils peuplaient forêts et campagnes des Dominions comme autant de lucioles, et les vivants prenaient soin de les éviter, les laissant s'éteindre d'eux-mêmes.

L'âme de l'élan fut donc vite récoltée. Et comme s'occuper du spectre d'un animal n'était pas moins ardu que de libérer un esprit non-mort de niveau un, ils étaient comptabilisés pour l'épreuve. Quoi qu'il en soit, Wren n'allait pas faire la difficile. L'enjeu était trop grand. Elle aida Sonya à charger dans sa besace le troisième et dernier os – le long crâne étroit avec ses bois intacts –, puis le binôme reprit sa route.

Galvanisée par leur réussite et dopée par l'adrénaline, l'apprentie valkyr redoubla de ferveur lorsqu'elles débouchèrent dans une clairière. Étaient-elles parvenues au cœur du Bois-aux-Ossements ? Il flottait alentour une brume éclairée par un soupçon de lumière spectrale, comme si les non-morts hantaient ces lieux depuis des temps si anciens qu'il ne restait plus d'eux que quelques molécules à peine discernables.

Les deux novices s'approchèrent d'une gigantesque cage thoracique dépourvue de cartilage. Les os ouverts de la carcasse lui donnaient l'allure d'une fleur monstrueuse déployée vers la lune. À en juger par les côtes, d'une taille gigantesque comparée à Wren, elle avait dû appartenir à un mammouth.

Postée au milieu se trouvait Inara, avec à ses côtés Ethen, assis sur une pierre moussue. Tous deux tenaient à la main des morceaux de pain noir.

Quand il vit le binôme concurrent arriver, le fauchyr se leva d'un bond, puis jeta un regard méfiant à sa valkyr.

À cet instant précis, Wren, qui n'avait jusqu'alors pas eu conscience d'être crispée, se détendit enfin. Leur présence signifiait qu'ils n'avaient pas réussi à prendre une réelle avance. Mieux : les deux os qui dépassaient du sac d'Ethen laissaient penser qu'il leur restait encore une troisième âme à faucher.

— Allez, Sonya ! lança-t-elle, un sourire victorieux aux lèvres, comme si elle avait déjà gagné.

Tant pis pour le dragon – l'occasion de devancer ses concurrents était trop belle. Elles n'auraient qu'à manger en route. Wren s'élança vers les arbres sans un regard en arrière.

Elle entendait bien des bruits de pas dans son dos, mais il lui fallut un peu de temps pour comprendre qu'ils ne la suivaient pas. Au contraire, ils semblaient s'éloigner dans la direction opposée. Elle fit volte-face pour constater que son équipière avait rejoint Inara.

— Tu as tout ce qu'il faut ? demanda la jeune Fell.

Les yeux rivés au sol, la fauchyr fit oui de la tête.

— Sonya ? lança Wren, confuse.

L'intéressée fit semblant de n'avoir rien entendu.

— Viens, reprit Inara.

À la surprise de l'héritière de la famille Graven, l'apprentie fauchyr obéit à sa rivale. Au lieu de la rejoindre elle, sa coéquipière, elle contourna l'immense cage thoracique pour se poster aux côtés d'Ethen.

Wren commençait à comprendre…

— Je peux savoir ce que tu fabriques ? demanda-t-elle en fusillant sa cousine du regard.

Inara ne cilla pas. Quant aux deux fauchyrs, ils regardaient ailleurs.

— Ne me dis pas que tu prends mon binôme en otage ! ajouta-t-elle avant d'éclater de rire, incrédule, puis de reprendre d'une voix calme. Allez, Sonya ! On y est presque. Finissons-en. Je ne sais pas ce qu'elle t'a promis ou raconté, mais… ça n'en vaut pas la peine. Tu risques le bannissement.

La jeune fille hésita un instant. Ses traits trahissaient la peur, mais Inara la retint. L'avait-elle menacée pour la convaincre de rallier son camp ? Les Fell étaient aussi riches que puissants. Ils ne montraient guère de pitié, mais n'étaient pas idiots.

Sa cousine avait fait le choix d'une tactique osée et même imprudente. Le genre de manigances dont Wren aurait été capable, à vrai dire.

— Très bien. Je n'aurai qu'à tout expliquer aux jurés à mon arrivée.

Elle haussa les épaules, priant pour paraître plus confiante qu'elle ne l'était réellement. Sa rivale esquissa un sourire mielleux.

— Parce que tu t'imagines qu'ils vont te croire ? Je suis une élève et une forgeuse d'os modèles. Celle qui n'hésite jamais à enfreindre les règles, c'est toi.

Consciente que sa cousine marquait un point, Wren eut un petit pincement au cœur. Inara sembla s'en apercevoir, car son sourire s'élargit.

— Pauvre petite Wren… Ton cher papa va être tellement déçu. Non seulement tu vas échouer, mais tu auras perdu sa précieuse dague ancestrale dans un pari stupide. La seule chose qui compte vraiment à ses yeux.

— La ferme, rétorqua la jeune fille, le cœur battant. Si tu veux Trancheuse, il faudra que tu viennes l'arracher à mon cadavre.

Elle dégaina l'arme en question, puis fit un pas vers la novice qui avait elle aussi laissé glisser sa main sur le pommeau de Chasseresse.

— Avec plaisir.

Une provocation, assurément. Wren mobilisait toutes ses forces pour se retenir de franchir les quelques pas qui les séparaient encore. Attaquer la démangeait… Sauf que si le sabotage d'Inara ne laisserait aucune trace visible, celle qui aurait fait couler le sang serait aussitôt pointée du doigt – voire pire. Les coups bas étaient fréquents lors de l'épreuve du Bois-aux-Ossements, mais les traîtres avaient assez de jugeote pour ne pas poignarder littéralement leurs victimes dans le dos. Ruses, pièges, alliances et manipulations – voilà les armes que privilégiaient la plupart des forgeurs d'os.

Mais pas tous.

Wren rengaina sa dague, prit une longue inspiration… puis enfonça son poing dans l'estomac de la traîtresse. Puisque sa rivale cherchait à lui nuire sans laisser de traces, elle allait en faire autant.

Pliée en deux, Inara battit en retraite – une attitude étonnamment lâche de sa part. Le sang palpitant à ses tempes, Wren la poursuivit. Elle avança d'un pas, de deux, puis… la terre se déroba sous ses pieds.

Le souffle coupé, elle dégringola, entraînant la neige dans sa chute, pour atterrir sur une montagne de squelettes. Une fois le choc passé, une douleur cinglante se propagea dans tout son corps, déclenchée par la multitude d'écorchures et de bleus en train d'apparaître. Prudemment, elle se releva, non sans tousser.

Elle se trouvait au fond d'une petite fosse, creusée sur plusieurs pieds en largeur et en profondeur. Lorsqu'elle tenta d'escalader la paroi en pente glissante, la terre céda et l'ensevelit. Tout s'éclaira soudain dans son esprit.

Ce trou avait été creusé par Inara qui, depuis le départ, avait prévu de la piéger. Elle avait lancé le pari, imposé l'itinéraire, puis attendu patiemment son arrivée. Faire mine d'encaisser son coup de poing, se replier comme un chien peureux, la queue entre les jambes… toute cette mascarade n'avait été qu'un leurre pour l'attirer dans la fosse.

— Inara ! vociféra Wren en essuyant la boue et les os qui lui collaient au visage.

Tibias, fémurs, vertèbres, il y en avait partout. Petits, grands, brisés, entiers… Ils accaparaient ses sens et faisaient vibrer sa peau de magie.

Sa cousine, qui se tenait toujours le ventre, se pencha au bord de l'excavation, un petit sourire satisfait aux lèvres.

— Qu'est-ce que tu as dit ? Je ne t'entends pas d'i…

Elle ne finit pas sa phrase… L'instant suivant, Wren le sentit à son tour. D'abord, elle entendit un craquement, bientôt suivi d'un grondement. Ensuite, la terre se déroba de nouveau sous ses pieds en faisant s'effondrer les parois du trou. Inara poussa un juron, avant de reculer en chancelant. Wren, quant à elle, en était réduite à se protéger la tête de ses bras.

Lorsqu'elle rouvrit les yeux, elle s'aperçut qu'elle était tombée encore plus bas, dans une sorte de grotte baignée d'une humidité froide malgré l'absence de neige.

L'héritière de la famille Fell scrutait les ténèbres, visiblement sous le choc. Wren avait beau être furieuse, il lui semblait impensable qu'Inara ait pu creuser une fosse aussi profonde.

— Qu'est-ce qu'on fait ? On ne peut pas la laisser là-dedans, s'inquiéta Sonya d'une voix haut perchée.

— Je t'avais prévenue que c'était une mauvaise idée, ajouta Ethen, blafard.

Quelle bande de lâches ! Au moins Inara avait-elle le cran d'aller au bout de ses ambitions.

— Elle va s'en sortir, affirma justement la perfide, quoique avec bien peu d'assurance. Pas vrai, Graven ? Après tout, tu es la valkyr la plus talentueuse de notre génération.

L'intéressée grinça des dents. Elle s'en était vantée à maintes et maintes reprises à qui voulait l'entendre – et surtout à sa cousine. Quand elle la vit sur le point de partir, la panique s'empara d'elle.

— Tu ne t'en tireras pas comme ça ! Mon père…

— N'est pas le héros que tu t'imagines, rétorqua l'héritière des Fell à mi-voix. Allez, on se retrouve à l'arrivée. Ne perds pas ma dague, surtout.

Puis, sur ces paroles, elle disparut, suivie par les deux fauchyrs, abandonnant Wren à son sort au fond d'une grotte, avec pour seuls compagnons les os, les étoiles et la lune qui suivait indéfectiblement sa course dans le ciel nocturne.

CHAPITRE 4

— Merde !

Wren hurlait. Son cri cogna sur les parois de la caverne avant de retentir dans la nuit. La jeune fille serra les poings pour les empêcher de trembler.

En vain.

Elle piaffa, gesticula, cracha, furieuse contre tout et tout le monde, mais surtout contre elle-même. Comment avait-elle pu se laisser berner aussi facilement ? Elle touchait presque au but, voyait la victoire se dessiner à l'horizon… et voilà que cette garce d'Inara Fell, éternelle deuxième et lèche-botte assumée, venait la lui rafler sous le nez.

Elle s'immobilisa, haletante, puis leva les yeux vers la lune. La nuit n'était pas terminée.

Il restait du temps jusqu'à l'aube. Sans compter qu'Inara et Ethen avaient encore une âme à moissonner, ce qui lui laissait une chance de les rattraper. Il lui suffisait de sortir de cette maudite tombe.

Elle inspecta sa prison. Sa hauteur faisait au moins le double de sa taille. Quant à la terre, elle s'avérait étonnamment glissante sous la neige qui s'était effondrée lors de sa chute. Même si le froid ne quittait jamais vraiment les Dominions du Nord, l'hiver n'en était qu'à ses prémices et le sol était assez meuble pour qu'Inara ait pu creuser la fosse et tendre son embuscade.

Bon sang, comment s'y était-elle prise ? La fourbe l'avait elle-même souligné, c'était à Wren que revenait le titre de rebelle de la maison de l'Os. Pour autant, elle n'avait jamais réussi à s'aventurer seule dans le Bois-aux-Ossements. Inara aurait-elle reçu une aide extérieure pour l'assister ? Sa mère, par exemple ? Ingrid Fell détestait Vance Graven – ils avaient passé le plus clair de leur vie à se disputer le pouvoir.

Remisant ces pensées dans un coin de sa tête, l'apprentie valkyr passa en revue ce qu'elle avait emporté. Il lui restait ses épées, sa dague, ses osselets et plusieurs bourses de poussière d'os. Sans surprise, elle avait délaissé le matériel d'escalade. Pour sa défense, se faire enterrer vivante par sa sournoise de cousine ne figurait pas parmi les éventualités qu'elle avait envisagées.

Elle ne manquait cependant pas de ressource. Elle plongea les mains dans les parois boueuses de la fosse où elle sentit un lointain fourmillement produit par des ossements ensevelis. La première couche de terre lui glissa entre les doigts tant elle était meuble mais, dessous, elle devenait de plus en plus dure. Si le creusement du trou l'avait rendue instable, sous la surface, elle était encore ferme, et même à demi gelée. Il restait pourtant impossible de s'y agripper solidement à mains nues.

Un sourire se forma sur les lèvres de la novice. Heureusement qu'elle avait ses épées !

Elle enfonça la première lame dans la boue presque jusqu'à la garde, au-dessus de son épaule, puis entreprit de tester la solidité du système en s'y laissant pendre. L'arme tint bon.

Elle renouvela l'opération avec la seconde épée, un peu plus haut et légèrement sur la gauche, cette fois. La jeune fille dut se déhancher un peu pour y parvenir, ce qui rendait la tâche plus difficile, mais elle martela tant et si bien le pommeau à l'aide de sa magie qu'elle finit par la pousser assez pour la stabiliser et lui permettre de supporter son poids.

À la fois légère et agile, la forgeuse d'os était une excellente grimpeuse – elle en avait fait la démonstration sur les étagères de la bibliothèque. Malgré tout, le plus éprouvant restait à venir. Pour rejoindre le sommet, il allait lui falloir extraire puis réinsérer les épées à tour de rôle tout en se cramponnant à celle qui restait enfoncée, et ce à plusieurs reprises. Elle pourrait planter ses bottes dans les ouvertures laissées par les lames, mais l'opération dans son ensemble n'en serait pas moins ardue.

Wren se mit à reculer pour admirer son œuvre tout en essuyant ses mains boueuses en vue de l'ascension, quand elle trébucha. L'obstacle n'était pas solide, comme de l'os nu, ni glissant, comme la boue ou la neige fondue. Non, il était mou, spongieux même.

Elle baissa les yeux et découvrit… un cadavre.

Il ne s'agissait pas d'un squelette que le temps aurait érodé. Non, le corps semblait frais. Du moins plus frais qu'il n'aurait dû. Beaucoup trop frais, pour tout dire. Jeter les morts dans le Bois-aux-Ossements était une pratique révolue depuis au moins une génération. À l'origine, ses ancêtres l'utilisaient pour défendre leurs frontières face aux envahisseurs, mais cette époque remontait à avant les Dominions, quand des dizaines de souverains se disputaient les terres. La paix revenue, ces protections étaient devenues superflues.

Wren observa le corps. Le froid l'avait en partie préservé de la putréfaction, mais il ne devait se trouver là que depuis quelques années. Cinq, tout au plus.

Sa chair était marbrée, ses traits émaciés, mais pas totalement décomposés. Même ses habits demeuraient en bon état. À en juger par les épaisses couches de laine et de cuir et par ses bottes maculées de boue, la victime avait entrepris un long voyage avant d'échouer là. S'agissait-il d'un vagabond ? D'un messager ? En dehors de ses vêtements, rien ne permettait de l'identifier ni de savoir comment il avait atterri dans le Bois-aux-Ossements à l'état de cadavre.

Enfin... à y regarder de plus près, Wren trouva bel et bien un indice : l'arrière de son crâne était enfoncé. Le coup fatal, à n'en point douter. Elle poursuivit son inspection. Bientôt, un sentiment de malaise la gagna.

Le malheureux ne s'était pas simplement égaré dans la forêt. Sa blessure en témoignait. Il avait été assassiné, avant d'être jeté dans le seul endroit des terres d'Os où sa présence passerait inaperçue.

Enfoui dans le Bois-aux-Ossements sans rite funéraire, l'âme non moissonnée, il avait été condamné à l'oubli... jusqu'à ce que Wren tombe sur lui.

Les circonstances de la mort déterminaient l'existence spirituelle d'un spectre. Un trépas paisible donnait naissance à un fantôme placide. La mort lente d'un corps épuisé, à un esprit apathique. Ceux qui périssaient au combat, dans la haine et la violence, laissaient derrière eux des âmes hostiles, vindicatives.

Mais rien n'engendrait plus de férocité qu'un meurtre de sang-froid.

De toute évidence, la mort de cet homme n'avait été ni lente ni paisible. Le coup qu'il avait reçu derrière la tête suggérait même une attaque surprise des plus déloyales. Le Bois-aux-Ossements n'était pas un champ de bataille… En tout cas pas pour ceux qui n'appartenaient pas à la maison de l'Os, tels que la victime, laquelle ne portait ni os, ni armure, ni même aucune arme visible.

L'espace d'un instant, Wren resta figée, par crainte de déranger le cadavre davantage.

Au moment de la mort, les fantômes ne se détachaient pas immédiatement de leur dépouille. La séparation demandait un certain temps, variable selon l'état du corps – le réceptacle de l'âme.

Non seulement l'enveloppe charnelle retenait l'esprit prisonnier, mais elle neutralisait aussi la capacité des forgeurs d'os à détecter son squelette. Protégé par la chair comme par un bouclier, il devenait impossible à manipuler.

Au demeurant, la putréfaction totale d'un corps n'était pas un prérequis à l'éveil de son spectre, qui n'avait besoin que de l'exposition de l'os d'ancrage – dans le cas présent, le crâne faisait un bon candidat. Que l'esprit ne se soit pas encore manifesté n'offrait par ailleurs aucune garantie de sécurité, ce qui rendait encore plus risquée la perspective de tourner le dos au cadavre pour gravir la paroi.

Sauf que Wren n'avait pas d'autre solution. Elle avait déjà perdu trop de temps.

Au moment où elle s'apprêtait à entamer son ascension, pourtant, un éclat blanc dans la boue vint capter son attention. Un morceau d'étoffe raide, partiellement gelé. Elle tira dessus. Une bague se dévoila.

Aussitôt, un puissant bourdonnement emplit les sens de l'apprentie valkyr, signe que le joyau avait été taillé dans un os. Sauf que… les forgeurs d'os ne fabriquaient pas de bijoux.

La novice ramassa prudemment la bague. Des formes étaient gravées sur sa surface lisse – une autre pratique inhabituelle pour les siens. Elle crut d'abord à un motif, mais en y regardant de plus près, les étranges caractères et les lignes sculptées sur toute la longueur de l'anneau ressemblaient davantage à des glyphes. Wren avait l'impression d'en avoir déjà vu de semblables quelque part.

En retournant l'objet entre ses mains, elle remarqua d'autres symboles : deux oiseaux aux ailes déployées étaient taillés de part et d'autre de la surface plate du chaton. À l'emplacement désigné pour accueillir un sceau ou une pierre précieuse, un détail d'un noir étrangement brillant dans le clair de lune attira l'attention de Wren.

Une pièce de métal pointue, à ce qu'il semblait, sertie dans l'anneau. Elle évoquait un clou saillant d'une planche de bois. Sa tête plate était visible de l'intérieur.

La pointe était trop courte pour pouvoir servir d'arme. Wren avait beau l'examiner, l'utilité du dispositif lui échappait. Cette épine qui transperçait l'os intriguait la novice aussi bien qu'elle la déconcertait, car à sa connaissance il n'existait qu'un seul matériau d'un tel noir brillant : le métal des forge-fer.

Pour autant, que des forgeurs d'os se soient associés à ces artisans pour confectionner un tel artefact lui semblait inconcevable. Les deux maisons étaient à couteaux tirés depuis des lustres – plus précisément depuis l'ouverture de la Faille que les forge-fer avaient provoquée. Le père de Wren entretenait pour eux une haine viscérale qui, selon la jeune fille, n'avait rien d'étonnant. Lors des batailles qui avaient opposé les deux camps, il avait combattu en première ligne. Locke, son frère aîné, l'héritier originel de la maison de l'Os, y avait trouvé la mort.

Le seul espoir des Dominions de maîtriser le flot de non-morts qui s'était déversé de la Faille reposait sur les forgeurs d'os, mais une telle menace était inédite. Les nécromanciens n'avaient pas été bannis sans raison : outre son caractère contre nature, la magie qu'ils pratiquaient mettait en péril la survie même du continent. Les caractéristiques qui limitaient les mouvements des spectres – leur état immatériel, leur inaptitude à s'éloigner de leur dépouille – disparaissaient chez les non-morts capables de se déplacer avec leur squelette.

Les fantômes de niveau cinq avaient toujours exercé une espèce de fascination sur Wren, qui rêvait de se mesurer à un revenant. Or, comme ses instructeurs le lui rappelaient sans cesse, une telle rencontre n'avait rien d'une partie de plaisir. Ces esprits redoutables avaient été responsables d'un nombre incalculable de victimes, y compris des forgeurs d'os et des forge-fer, à mesure que le Territoire hanté avait englouti une à une les régions orientales.

Le Mur avait d'ailleurs été bâti dans l'espoir de préserver le reste de l'île. Immense, le rempart se dressait désormais sur toute la longueur des Dominions, les coupant en deux du nord au sud. Malheureusement, la maison du Fer s'était retrouvée coincée du mauvais côté. Malgré leurs différends, le roi avait proposé à ses membres de se réfugier sur ses terres, mais ils avaient refusé.

Seulement, à peine cinq ans plus tard, les forge-fer avaient orchestré une insurrection, bien décidés à détruire le Mur pour reconquérir coûte que coûte leur territoire ainsi que leur place au sein des Dominions. Une nouvelle fois, le souverain avait fait appel à la maison de l'Os. Désormais chargée d'affronter des ennemis vivants en plus des non-morts, elle devint vite un élément essentiel dans la répression de la révolte et la protection du Mur.

Les combats avaient entraîné la quasi-extermination des forge-fer, la famille Knight de la citadelle de Fer – leur lignée souveraine – étant quant à elle éradiquée. De son côté, la maison de l'Os avait pleuré son précieux héritier et des centaines d'autres forgeurs d'os.

Par moments, Wren se demandait à quel point ce conflit et la mort de Locke avaient changé son père. Des réflexions inutiles, sans doute. Ces événements s'étaient déroulés bien avant la naissance de l'apprentie valkyr et, de toute manière, il ne le lui en parlerait jamais.

Il allait sans dire que les deux maisons continuaient de se détester cordialement. Pourtant, dans cet endroit incongru, au beau milieu du Bois-aux-Ossements, gisait une bague d'os en partie façonnée par un forge-fer.

Quand bien même elle aurait été fabriquée avant le Soulèvement de Fer et la Faille, ce qui était tout à fait possible, elle n'en demeurait pas moins insolite. La curiosité de Wren en était piquée. Un défaut que lui avaient reproché sa grand-mère, son père et plusieurs de ses professeurs.

Après avoir examiné un long moment le bijou dans le creux de sa paume, elle le glissa dans l'une de ses poches.

Elle s'apprêtait à regagner la paroi où elle avait planté ses épées, quand elle sentit un mouvement dans son dos. Un souffle glacial, presque imperceptible, effleura sa nuque moite et fit voleter ses cheveux.

La jeune fille retint son souffle. Lentement, elle tourna la tête pour se retrouver nez à nez avec un spectre fraîchement matérialisé, suspendu au-dessus du cadavre qu'elle venait de découvrir.

Un pied, à peine, les séparait.

Les esprits morts se manifestaient toujours sous la forme qui était la leur lorsque le trépas les avait saisis, c'est-à-dire avec les mêmes vêtements, la même coiffure et la même peau... aussi abîmée soit-elle.

Le spectre portait donc une tenue de voyage usée, tachée de gouttes de sang phosphorescentes, identique à celle que portait la dépouille qui gisait aux pieds de Wren. Aveuglée par le rai de lumière qui jaillissait de la fracture ouverte à l'arrière du crâne du fantôme, la jeune fille dut plisser les paupières. Des volutes de lueur spectrale s'échappaient également de ses yeux – le miroir de l'âme, comme aimaient à le répéter les tuteurs de la novice. Cependant, en raison de sa blessure, le visage du spectre n'était guère plus qu'un gouffre béant de clarté verdâtre.

Les fantômes avaient beau apparaître sous une forme humaine, ils ne se déplaçaient pas comme les êtres vivants. Non, ils s'animaient brusquement pour se figer aussi sec, tremblants de fébrilité et d'agressivité refoulée. À bien des égards, ils ressemblaient à des flammes battues par le vent, capables de vaciller timidement ou d'exploser en un puissant brasier.

Wren battit frénétiquement des paupières, se sermonnant intérieurement. En inspectant le cadavre après avoir abandonné ses épées d'os hors de portée, elle avait commis deux erreurs impardonnables. À plusieurs reprises, elle fit appel à sa magie dans l'espoir de les attirer à elle mais les lames, prisonnières de la boue, se trouvaient au-delà des limites de son pouvoir.

Au moment de leur libération, certains esprits prenaient le temps de s'acclimater au monde des vivants. Lui n'était pas de ceux-là.

Suspendu dans le temps un instant, c'est avec une terrifiante vélocité qu'il se jeta sur la proie la plus proche, à savoir Wren. Tétanisée, la jeune fille réagit de la seule manière qui lui fut possible : elle poussa un cri et bascula en arrière.

Le fantôme fondit sur sa cible, qu'il manqua de peu, fendant les airs au-dessus d'elle à quelques cheveux de distance. L'élan l'emporta vers les épées de l'apprentie valkyr qui se retrouvait à présent séparée de ses meilleures armes.

Elle se redressa sur les genoux, dérangeant dans son mouvement de nouveaux ossements. Non pas de simples fragments épars, contrairement à ce qu'elle croyait, mais de véritables cadavres. La boue en contenait d'autres, entassés pêle-mêle.

Le cœur de l'adolescente se serra. Bien sûr que ce trou immense n'avait pas été creusé dans le but de n'enterrer qu'un seul corps. Et voilà même que des années plus tard, le nouveau macchabée y avait été jeté sans ménagement.

Car Wren était tombée dans une fosse commune.

Une panique brûlante l'assaillit. Inara n'avait pas eu l'intention de la tuer, tout de même ? Au fond, la réponse n'avait aucune importance. Wren jouait sa survie.

Elle discernait au moins cinq cadavres, peut-être une petite dizaine. Les compter précisément était difficile tant elle avait déplacé d'ossements dans sa glissade. Leurs corps semblaient plus vieux que le premier cadavre, leurs os brisés et dispersés çà et là, ce qui ne voulait pas dire que leurs fantômes en seraient moins malveillants.

Les mains tremblantes, elle tira Trancheuse de son fourreau – geste plus désespéré que véritablement utile. Les autres non-morts s'éveillaient déjà, baignant la grotte de leur pâle lumière.

Elle aurait pu s'en tirer face à un spectre isolé ou une poignée de niveau un, voire deux. Sauf qu'à en juger par leurs regards farouches, les esprits que Wren avait dérangés étaient au moins de niveau trois.

Elle parvint à s'accroupir dos à la paroi de la fosse, mais n'en était pas moins coincée. À sa gauche se trouvaient ses épées abandonnées et le premier fantôme. À sa droite, le reste des non-morts qui s'animaient un à un.

En tout cas, des osselets ne suffiraient pas à les arrêter. Au contraire, cela ne ferait que les énerver. Quant à sa poussière d'os, quoique pourvue des mêmes capacités de répulsion qu'un os intact, son efficacité était moindre. Sa tendance à se dissiper dans les airs en faisait une barrière bien plus fragile que l'os véritable. Lors d'un combat, elle servait surtout à détourner l'attention d'un ennemi ou à le freiner. Malgré tout, elle présentait d'autres utilités...

Tandis que de nouveaux spectres phosphorescents continuaient de jaillir des cadavres non-morts, la première apparition se mit à flamboyer. Elle rassemblait ses forces.

Aucun doute, elle se préparait à un nouvel assaut. Wren en fut à la fois terrifiée et soulagée. Terrifiée, car d'un simple contact, cet esprit pouvait lui infliger une nécrose fatale qui la condamnerait à une longue agonie. Soulagée, parce que pour attaquer, il devrait s'éloigner des épées – qui restaient la meilleure chance de l'apprentie valkyr de s'en sortir.

Lorsque le spectre se rua sur sa proie, les traits brouillés et distendus par la haine, la jeune Graven se jeta au sol dans une roulade pour l'éviter – ce qu'elle parvint à faire de justesse. L'esquive, pour bien exécutée qu'elle soit, la plaça cependant à une distance critique des autres fantômes qui se révélaient peu à peu.

Wren se redressa, chancelante, puis s'élança vers le côté de la grotte où étaient plantées ses lames.

Avantagés par leur vitesse et leurs mouvements surnaturels, les esprits ne pouvaient en revanche ni voler ni grimper. Ils étaient ancrés au sol comme ils l'avaient été de leur vivant. Si elle parvenait à escalader la paroi pour se réfugier assez haut, ils seraient incapables de la suivre.

Autrement dit, elle n'avait pas besoin de vaincre la dizaine de non-morts prisonniers avec elle au fond de la fosse. Il lui suffisait de les retenir assez longtemps – et assez loin – pour grimper.

Voilà à quoi servirait sa poussière d'os.

Sans quitter des yeux ses assaillants, elle tira une bourse de sa poche, puis traça à la hâte un demi-cercle de protection sur le sol.

La magie qui rendait possible l'existence des spectres venait de la terre, ce qui signifiait que même avec leur faculté de léviter dans les airs, ils ne s'en heurtaient pas moins à certaines barrières : l'eau et l'os. Ces deux éléments étaient en effet si étroitement liés à la vie que leur nature même jouait un rôle de répulsif pour les non-morts.

Malgré tout, la tactique de Wren était risquée. Acculée contre la paroi qu'elle s'apprêtait à gravir, tracer un cercle complet lui était impossible. Or, en théorie, les non-morts étaient capables de traverser les murs. Contourner son bouclier serait donc dans leurs cordes. Sauf que pour ce faire, il leur faudrait un minimum d'intelligence… ce dont ils étaient dépourvus. Leurs attaques n'avaient rien de furtif ou d'élaboré. Non, ils fonçaient tête baissée.

Restait que la seule idée de se lever, de rengainer sa dague et de leur tourner le dos plongeait Wren dans un gouffre d'angoisse. Un tel comportement allait à l'encontre de l'entraînement qu'elle avait reçu et même de ce que lui dictait son instinct. Seulement, il fallait qu'elle sorte de cette fosse le plus vite possible.

D'un geste vif, elle arracha de la terre l'épée la plus proche du sol avant de bondir pour empoigner sa seconde arme. En prenant appui sur la poignée, elle parvint à se balancer assez pour replanter la première lame un peu plus haut. De ses pieds, elle fouillait la paroi boueuse dans l'espoir d'y trouver une prise lorsqu'un picotement lui parcourut l'échine. Une lueur vacillante fendit l'obscurité. L'un des spectres s'était rué vers elle, mais s'était heurté au bouclier de poussière d'os, qui avait tenu bon. Pour le moment…

Elle se retenait de regarder par-dessus son épaule, redoutant ce qu'elle y verrait – un alignement de non-morts parés à l'attaque. Surtout, ne pas tituber vers l'arrière et ne pas briser le cercle ! Wren rassembla l'ensemble de ses forces, avant de reprendre son ascension.

Le sommet de l'excavation bientôt à sa portée, elle planta ses épées côte à côte, puis banda ses muscles tétanisés afin de se hisser le plus haut possible. De la pointe du pied gauche, elle tâtonna jusqu'à trouver l'une des entailles précédemment laissées par ses lames. Elle y prit appui pour se soulever et poussa tant et si bien qu'elle dépassa les deux épées. Un dernier mouvement, et elle parvint à s'extirper du trou infesté de spectres.

Haletante, elle s'affala sur le dos. Après un dernier soupir haché, elle rampa au bord de la fosse. Comme elle l'avait imaginé, les esprits formaient un attroupement autour du cercle de poussière d'os. Chaque fois qu'ils tentaient de le franchir, le bouclier magique les rejetait en arrière dans un crépitement de lumière spectrale.

Les mains agitées de tremblements, l'apprentie valkyr récupéra ses armes plantées dans la boue, avant de se remettre sur pied. Dans le ciel, la lune poursuivait sa lente traversée, imperturbable.

Il était grand temps pour Wren de retrouver sa fauchyr.

CHAPITRE 5

Quand Wren s'extirpa enfin du Bois-aux-Ossements, sale et à bout de forces, l'aube pointait déjà à l'horizon.

Elle franchit les deux torches plantées à la lisière des arbres, qui matérialisaient la ligne d'arrivée. Après toute une nuit plongée dans les ténèbres spectrales, le halo de leur lumière était presque aveuglant.

L'apprentie valkyr finissait l'épreuve à la dernière place… et elle arrivait seule.

Elle s'approcha de la tribune des jurés. À mesure qu'elle avançait, le silence tomba peu à peu sur l'assemblée. Tous les novices – y compris Inara, Ethen et Sonya – étaient présents.

Dans sa poitrine, le cœur de Wren battait à tout rompre.

Malgré tous les regards braqués sur elle, elle ne quittait pas sa cousine des yeux. Non seulement cette traîtresse avait tout gâché mais, pire, elle osait la toiser sans vergogne, une main posée, presque distraitement, sur le pommeau de Chasseresse.

Wren montra les dents. Elle brûlait de se jeter sur sa rivale, toutes griffes dehors, mais elle se contint. Sa situation était bien trop précaire. Elle ravala la panique qui menaçait de la submerger.

Ce n'était pas fini. Elle pouvait encore se rattraper.

À grands pas, elle alla se planter face au groupe, indifférente aux murmures et aux coups d'œil curieux que suscitait son passage. Son allure était pitoyable. Revenir maculé de boue ou couvert d'égratignures était le lot de la plupart des concurrents, seulement Wren semblait avoir été engloutie puis recrachée par la forêt.

Elle examina la table des jurés. Sans se départir de son assurance coutumière, son père se montrait néanmoins préoccupé par l'apparence de sa fille. Quant aux autres, ils ne se donnaient même pas la peine de dissimuler leur réprobation.

Elle avait l'habitude de les décevoir, malheureusement. Aussi se concentra-t-elle sur la personne dont l'opinion comptait le plus à ses yeux.

Quand elle voulut parler, sa bouche lui sembla remplie de poussière d'os. Un filet de sueur lui coulait dans la nuque et ses paumes étaient moites.

— Madame, je…

Le silence se fit. Tous étaient impatients de découvrir ce qu'elle avait à dire… à l'exception notable de Svetlana qui, faisant mine de ne pas l'avoir entendue, se leva de son siège.

— Apprentis fauchyrs, avancez et présentez vos ossements.

Les appelés ouvrirent leurs besaces, puis vinrent déposer leur récolte au pied de l'estrade. Après avoir compté les os rapportés par chaque candidat, les jurés examinèrent la précision de leurs incisions. Ils s'assurèrent aussi que chaque os avait bien été neutralisé pendant la nuit et non récupéré dans la forêt ou apporté en douce pour l'épreuve.

L'inspection finie, les novices attendaient le verdict, au garde-à-vous. La matriarche les jaugeait du haut de sa tribune.

— Cette nuit, vous avez surmonté l'épreuve du Bois-aux-Ossements, un rite de passage indispensable pour quiconque souhaite servir la maison de l'Os dans son combat contre les non-morts. Votre mission était de faucher trois esprits, puis de traverser la forêt sains et saufs… (Elle posa brièvement son regard laiteux sur chaque participant avant de s'attarder sur sa petite-fille.) Avec l'équipier qui vous avait été attribué.

Wren baissa la tête. Si seulement elle pouvait expliquer… Sonya était revenue indemne. Elles avaient fauché leurs trois âmes ensemble. Certes, elles avaient été séparées, mais l'apprentie valkyr avait survécu à la trahison de sa cousine. Pour ça, il lui avait fallu repousser une horde de spectres de niveau trois, puis escalader une grotte souterraine dans la zone la plus dangereuse de la funeste forêt. Malgré tous ces contretemps, elle était parvenue à revenir avant l'aube. Si, après tous ces exploits, le jury ne l'estimait pas digne du titre de valkyr, alors elle n'avait aucune chance de jamais l'obtenir.

— Forgeurs Colm et Eiryn, annonça Svetlana d'une voix sonore. À vos armes !

Les deux novices s'agenouillèrent avant de retrouver la pose qu'ils avaient adoptée avant le début de l'épreuve, leur dague brandie à bout de bras.

Seuls le vent qui s'engouffrait dans les arbres d'os et le crépitement des torches détonnaient avec la solennité du moment.

— Jurez-vous de servir à jamais la maison de l'Os ?

— Oui, dame-forgeuse Svetlana, répondirent-ils à l'unisson.

— Relevez-vous, valkyr et fauchyr. La mort et l'aube marchent main dans la main et chaque jour qui se lève voit l'éveil de nouveaux défunts. Nous nous dresserons pour les trouver, les affronter, les délivrer, pour assurer aux vivants la sécurité et offrir aux morts le repos éternel.

Ces quelques mots – la devise de la maison de l'Os – résumaient leur raison d'être, constituaient leur cri de ralliement. Colm et Eiryn avaient réussi l'épreuve. Soulagés, ils échangèrent un sourire, les épaules délivrées de toute tension, puis s'écartèrent.

Kalisen et Ginevra, puis Leif et Imogen se présentèrent devant la matriarche. Pour finir, ce fut le tour d'Inara et Ethen.

— Ainsi que la forgeuse Sonya, ajouta Svetlana.

Wren leva brusquement la tête. Elle esquissa un pas avant de freiner des quatre fers, stoppée par le regard de glace de sa grand-mère.

— À vos armes, ordonna-t-elle aux trois novices, qui se prosternèrent. Relevez-vous, valkyr et fauchyrs.

Un bourdonnement gronda dans les oreilles de Wren. Impuissante, elle regarda sa fauchyr et la valkyr qui l'avaient trahie accepter leur victoire.

— Je tiens à souligner la performance de la forgeuse Inara, poursuivit la dame-forgeuse.

Wren crut qu'elle allait être malade. Sa cousine, bien sûr, affichait son éternel sourire immaculé.

— Qui non seulement est sortie la première du Bois-aux-Ossements parmi ses camarades valkyrs, mais a fait par ailleurs preuve d'un grand courage et d'un dévouement sans faille en protégeant jusqu'au bout non pas un, mais deux de nos précieux fauchyrs.

Elle fit signe à l'un de ses domestiques posté près de l'estrade. Il s'avança à pas pressés et vint déposer une coiffe sur la tête d'Inara – plus exactement la couronne du vainqueur, façonnée en phalanges laquées d'or.

Wren en avait entendu parler, mais ne l'avait encore jamais vue. Elle jeta un regard en coin à son père. Sans doute avait-il espéré que ce serait elle qu'on ceindrait de la couronne. Une brillante réussite !

Quand le trio se retira, il ne restait plus qu'elle face à la tribune. Le silence retomba à nouveau sur l'assemblée. Il semblait même être plus tangible encore, comme un fantôme rassemblant ses forces. Elle n'y tenait plus.

— Dame-forgeuse Svetlana, je…

Une main levée suffit à la matriarche pour intimer à sa petite-fille de se taire.

— Ton arme, lui ordonna l'ancienne.

Un souffle d'espoir gonfla la poitrine de Wren. À quelques détails près, il s'agissait des mots qu'elle aurait voulu entendre…

Hésitante, elle dégaina sa dague. Elle risqua un nouveau coup d'œil vers son père, dont le visage demeurait impassible. Savait-il ce qui l'attendait ? S'il y avait matière à s'inquiéter, il s'arrangerait pour la prévenir… pas vrai ?

— À terre, poursuivit la matriarche.

Wren, qui osait à peine respirer, posa un premier genou au sol. Un éclat de rire méprisant retentit.

— Non, pas toi, reprit Svetlana, dont l'expression avait perdu toute trace d'humour. Ta dague.

Nerveuse, la jeune fille se cramponna à la garde de Trancheuse. Elle lança un coup d'œil à sa rivale. Même Inara n'avait pas l'air de savoir ce qui allait suivre.

En dépit de leur pari, Wren n'avait jamais vraiment envisagé de se séparer de son arme puisque, à ses yeux, perdre était impensable. C'était aussi son bien le plus précieux, le seul cadeau que lui ait jamais fait son père.

Elle fit abstraction de cet attachement pour réfléchir aux paroles de Svetlana. Chaque valkyr possédait une dague à lame d'os, léguée par un membre de sa famille ou offerte par la maison de l'Os au début de son instruction.

Sans son arme, Wren ne pourrait plus se considérer comme une valkyr… ni même une apprentie.

— Mais j'en ai besoin, objecta-t-elle, médusée, toujours crispée sur le manche.

La dame-forgeuse ne cilla pas.

— Non, plus maintenant.

Ces trois mots sortirent Wren de sa torpeur. Elle fit un pas en avant.

— Si. Laissez-moi vous expliquer…

— Wren ! intervint la voix de son père, menaçante.

La jeune fille fit la sourde oreille.

— Grand-mère, lâcha-t-elle en désespoir de cause. Je vous en prie.

Jamais elle n'avait osé s'adresser à la matriarche de son clan de manière si familière, surtout en public. C'était la mère de son père, elles partageaient le même sang, ce que Wren tenait à lui rappeler. L'ancienne s'était toujours montrée distante, plus soucieuse d'apparaître comme la cheffe de clan que comme un membre à part entière de sa famille. Quoi qu'il en soit, la novice jouait sa dernière carte.

En vain : la fureur illuminait les yeux de Svetlana.

— Les dagues à lame d'os sont réservées aux valkyrs, titre que tu ne mérites pas, cingla la dame-forgeuse, réduisant à néant les efforts de Wren pour sauver la face. Non seulement tu n'as pas réussi à terminer l'épreuve avec ta fauchyr, mais tu l'as laissée traverser la forêt seule. Je n'ose imaginer ce qui lui serait arrivé si Inara n'avait pas croisé son chemin.

— Si Inara n'avait pas été là, on n'aurait jamais été séparées ! rétorqua l'adolescente, qui ne dissimulait plus sa fureur. C'est elle qui…

— Silence ! Tu ne peux t'en prendre qu'à toi-même, dame-forgeuse Wren Graven. Tu es imprudente, irréfléchie. Peu importe ce qui a freiné ta progression, je suis convaincue que tu en es l'unique responsable. En abandonnant ta fauchyr, tu as déshonoré l'ordre des valkyrs, le nom des Graven et la maison de l'Os. Ce dont tu t'es rendue coupable ne mérite aucun pardon et je ne peux tolérer plus longtemps d'abriter une honte aussi grande sous mon toit.

La vision de Wren s'obscurcit. Les paroles de sa grand-mère ne se réduisaient pas à de simples reproches. Non, il s'agissait d'un véritable réquisitoire…

— Tu n'es plus la bienvenue à La Moelle ni dans les terres d'Os, ajouta Svetlana. Dès demain, tu partiras pour le Sud afin de mettre tes aptitudes de forgeuse au service de Fort-de-Faille.

— De Fort-de-Faille ? répéta Wren d'une petite voix.

De toutes les forteresses bâties le long du Mur, elle était la plus importante. Sa position frontalière en faisait autrefois un poste dangereux mais depuis la fin du Soulèvement, la garnison n'attirait plus que les forgeurs de bas étage venus gagner une maigre solde et les rejetons de familles nobles, indésirables ou cadets, envoyés là comme « tributs » pour servir dans l'ombre.

La sentence allait au-delà d'une simple punition : Wren était condamnée à l'exil.

— Si tu mets autant d'énergie à garder la forteresse et le Mur qu'à faire valoir tes intérêts personnels, tu arriveras peut-être à sauver le semblant d'honneur qu'il te reste, renchérit Svetlana avant de désigner le sol d'un geste du menton. Ta dague.

La main tremblante, Wren tendit l'arme devant elle. Ses doigts refusaient de coopérer.

Elle lança à son père un nouveau regard suppliant, mais n'obtint aucune réaction. Quant à Inara, l'expression de son visage restait indéchiffrable. Avait-elle espéré un tel dénouement ? Toute cette histoire allait décidément trop loin…

La lame s'immobilisa sans un bruit dans la neige.

De part et d'autre de Wren se tenaient les valkyrs et les fauchyrs fraîchement adoubés. Elle seule n'avait pas eu cet honneur.

† † †

Le bateau levait l'ancre aux premières lueurs du jour, le lendemain, mais Wren refusait de faire ses bagages. Le navire choisi pour l'emmener vers son destin s'appelait *Le Naufragé*. Fallait-il y voir une ironie du sort ou l'humour cynique de sa grand-mère ? Difficile de trancher. La jeune forgeuse d'os avait toujours eu conscience que Svetlana n'éprouvait pour elle aucune estime, que ce soit en tant que petite-fille ou qu'apprentie valkyr. Depuis sa naissance, l'ancienne s'était montrée froide, pour ne pas dire cruelle. Quand elle ne l'ignorait pas, elle distribuait des critiques. Malgré tout, Wren pensait que son père la protégerait de ses réprimandes les plus sévères. Sauf qu'il était resté de marbre... Lui-même avait du mal à maintenir sa place dans le cœur de sa mère. En somme, personne ne semblait assez bien pour elle, excepté les morts.

Lorsqu'on toqua à la porte, tout en douceur, l'adolescente cessa d'arpenter la pièce pour pivoter sur ses talons. Elle savait déjà qui venait lui rendre visite.

Son père pénétra dans la chambre, raide comme la justice.

— Je peux tout expliquer, affirma-t-elle en levant les mains, contrite.

Jamais elle ne lui avait vu une mine aussi grave. L'étincelle qui luisait d'habitude dans ses yeux avait disparu.

— Je t'avais dit de faire attention !

Wren n'en revenait pas. L'indignation l'emporta sur la peur.

— Peut-être, mais vous m'avez aussi dit de briller !

— Par ton talent, pas par ton incompétence.

Elle referma la bouche, muette de colère.

Son père inspecta du regard le réduit qui lui servait de chambre. Il se garda de souligner le désordre qui y régnait, les vêtements qui jonchaient le sol, les malles encore vides.

— Toi qui arrives toujours première, tu t'es laissé surpasser par une Fell ? À l'examen le plus important de toute ta vie, qui plus est ?

— Elle m'a tendu un piège, se justifia-t-elle, la gorge serrée. Elle a trouvé le moyen de m'attirer dans un trou… une grotte, même. Ensuite, elle et les autres m'ont abandonnée là-bas. Je…

Elle s'interrompit. La mort l'avait frôlée de près, voilà quelle était la vérité.

Son père se redressa pour l'observer d'un œil critique.

— Le sabotage et la ruse font partie de l'épreuve du Bois-aux-Ossements. Il en a toujours été ainsi. Avec toutes tes pitreries, je te pensais armée pour y faire face.

— Mes pitreries ? Je suis tombée dans une fosse commune de quatre mètres de profondeur remplie d'une dizaine de cadavres et de leurs fantômes de niveau trois ! Aucun autre apprenti valkyr n'aurait réussi à s'en sortir… Même moi, j'ai failli y laisser ma peau.

Le sire-forgeur resta imperturbable.

— Tu n'es plus apprentie valkyr.

— Je vous en prie, père, dit-elle en ravalant une bouffée de frustration. Faites-lui entendre raison. Vous…

— C'est trop tard, Wren, la coupa-t-il sans élever la voix. Je t'avais prévenue que ta grand-mère sauterait sur le moindre prétexte pour te disqualifier. Tu n'as jamais été sa préférée.

Le constat la blessa plus que de raison. L'animosité de Svetlana à son égard n'avait rien d'une surprise, mais elle la vivait tout de même comme une injustice. Après tout, l'adolescente n'était pas responsable des circonstances de sa propre naissance.

La conception de Wren remontait au Soulèvement de Fer. Son père, affecté à l'époque à la frontière pour défendre le Mur, s'était visiblement laissé aller à badiner avec une soldate. La guerre touchait à sa fin lorsqu'elle avait mis au monde une petite fille… avant de mourir en couches. Vance était rentré à La Moelle, sa progéniture dans les bras. Dans l'absolu, cet écart n'aurait peut-être pas suffi à lui attirer les foudres de la matriarche… Si ce n'était qu'au moment de son départ, il avait été promis à la fille du roi.

Le scandale qui s'était ensuivi avait tout bouleversé. Les fiançailles furent immédiatement rompues, ce qui anéantissait du même coup les ambitions royales de Vance. Enfin… plutôt celles de Svetlana, comme le soupçonnait Wren. Sa grand-mère vouait son existence tout entière à la gloire et au prestige de la maison de l'Os, que sa petite-fille mettait en péril par sa simple existence. Pire encore, chaque regard que la matriarche posait sur la fillette lui rappelait l'erreur de son fils. Vance l'avait déçue. Et plutôt deux fois qu'une… Au lieu de revenir avec Locke – l'héritier légitime de la maison pour qui elle avait toujours montré une préférence indéniable –, il lui avait ramené une bâtarde née d'une femme inconnue au bataillon.

Inutile, donc, de chercher à connaître les raisons de la réticence de son père à évoquer son séjour à Fort-de-Faille et la mère de Wren, ni de son envie de la voir triompher de l'épreuve avec brio. Seulement, la jeune fille venait d'être bannie.

Elle croisa les bras, puis leva le menton, renfrognée.

— N'empêche que vous êtes l'héritier de notre maison. Un jour, vous en serez le chef. Vous avez sûrement votre mot à dire.

Il détourna le regard.

— Tu sais que ce n'est pas si simple. Ma responsabilité ne s'arrête pas à toi. Elle embrasse la maison de l'Os tout entière. Je ne peux pas enfreindre les règles à ma guise.

« Manifestement, vous ne vous en êtes jamais privé. J'en suis la preuve vivante », semblait lui rétorquer la flamme dans les yeux de sa fille.

— Et regarde où ça m'a mené, répondit-il à mi-voix, comprenant parfaitement ce qu'elle ne disait pas. Je vis dans l'ombre d'un mort, trop lâche pour prendre la défense de ma propre fille.

Le désespoir envahit la forgeuse d'os. La sentence annonçait la fin de leur conversation.

— Je suis tombée sur un cadavre encore frais dans la forêt, lâcha-t-elle à brûle-pourpoint dans l'espoir de la prolonger.

Vance Graven se figea.

— Frais ?

— Si on peut dire. Il n'avait pas plus de cinq ans.

Un instant, il sonda le visage de sa fille qui, mal à l'aise, se mit à gigoter.

— Y avait-il autre chose dans cette… grotte ?

Sitôt qu'il eut posé la question, la bague aux oiseaux taillés dans l'os dans la poche de Wren sembla se faire aussi lourde qu'une enclume. Elle aurait aimé la lui montrer, l'interroger à son sujet, mais elle entendait déjà ses réprimandes. Il lui reprocherait de s'être laissé déconcentrer, d'avoir pris du retard pour une vulgaire breloque.

— Non, mentit-elle sans ciller.

Elle n'en était pas à son premier interrogatoire.

— Tu es sûre ? insista-t-il.

Voyant qu'elle ne disait rien, il finit par hausser les épaules, puis tourna les talons.

— Je vais me renseigner, poursuivit-il. C'est sans doute le fait d'une méprise d'un enterreur inexpérimenté, ou de conditions de conservation exceptionnelles.

— Je sais dater un corps, répliqua-t-elle, les bras croisés.

Elle avait beau être arrivée bonne dernière à l'épreuve du Bois-aux-Ossements, elle n'en étudiait pas moins les différents états de décomposition depuis ses huit ans, l'âge où elle avait entamé son instruction de valkyr.

— Si tu le dis, éluda-t-il en affrontant le regard noir de Wren. Tiens-tu absolument à ce qu'on se dispute ? Je suis venu te dire au revoir, pas régler mes comptes.

Comment s'y prenait-il ? Il arrivait toujours à lui donner le sentiment qu'elle exagérait, qu'elle cherchait le conflit. C'était pourtant lui qui refusait de l'écouter.

Face au silence et à la mine revêche de sa fille, il s'esclaffa. Il posa ses grandes mains sur les épaules de Wren, avant de les serrer affectueusement. Bien qu'ils fassent à peu près la même taille, ce petit geste aimant la fit tout à coup se sentir minuscule.

— Allez, petit oiseau. Ne partons pas fâchés.

Des larmes brûlantes montèrent aux yeux de l'adolescente. Les dents serrées, elle les lui cacha. « *Petit oiseau...* » Il y avait bien longtemps qu'elle n'avait pas entendu ce surnom.

Son départ était imminent. Le reverrait-elle un jour ? Elle n'en avait pas la moindre idée. De toute manière, il s'absentait si souvent de La Moelle qu'elle ne savait jamais vraiment quand aurait lieu leur prochaine rencontre. Désormais, leurs chances de retrouvailles s'amenuisaient sérieusement. Son affectation à Fort-de-Faille était en effet à durée indéterminée. Elle pouvait aussi bien y rester deux mois, deux ans... que jusqu'à son dernier souffle.

Sa résolution s'émoussait. Elle décroisa les bras, puis plongea les yeux dans ceux de son père, qui hocha la tête en signe d'approbation. Une douce chaleur, qu'elle aurait préféré ne pas sentir, l'enveloppa.

— J'aime mieux ça. Maintenant, je compte sur toi pour faire ton devoir et servir Fort-de-Faille avec honneur.

— Avec honneur ? répéta-t-elle d'un ton morne.

— Oui. Autrement dit, on arrête les bêtises. Malgré ce qu'on en dit, la forteresse est toujours active et située sur une frontière vivement contestée. Ce n'est pas parce que la guerre est terminée que nous sommes à l'abri d'une attaque.

Wren tiqua.

— Vraiment ? Je croyais que les forge-fer avaient été éradiqués, qu'on avait repoussé les non-morts.

— Eh bien, c'est vrai que nos ennemis ont été vaincus, mais quelle est notre devise ?

Wren l'avait entendue quelques heures plus tôt.

— La mort et l'aube marchent main dans la main et chaque jour qui se lève voit l'éveil de nouveaux défunts.

— Exactement. C'est pourquoi il faut se tenir prêt à tout instant. À ce jour, la Faille est toujours ouverte et, même s'ils sont moins nombreux qu'autrefois, les non-morts n'ont pas totalement disparu. Sans compter qu'il y a d'autres dangers à l'est du Mur. Il y rôde des bandits, des voleurs et des braconniers. Certains y ont trouvé la mort en faisant leur devoir. Ton oncle, notamment. (Il marqua une pause, comme chaque fois qu'il évoquait son frère.) Ni ton nom ni ton titre ne suffiront à te protéger. Et moi, je ne serai plus là pour te défendre. Tu comprends ?

Un torrent d'émotions déferla en Wren, qui acquiesça. Savoir que son père s'inquiétait pour elle la soulageait, surtout après l'absence de réaction du sire-forgeur à l'issue de l'épreuve et son obstination à soutenir qu'il n'aurait rien pu faire pour l'aider. Au fond, il aurait aimé la protéger, même si c'était impossible.

— À ton arrivée, tu te placeras sous les ordres d'Odile Darrow, la forgeuse d'os la plus gradée du fort. Elle était la fauchyr de Locke. Elle s'est battue à nos côtés après l'apparition de la Faille et durant le Soulèvement. Elle veillera sur toi, lui assura-t-il avant de s'écarter. Respecte les règles, obéis aux ordres… (À ces mots, une lueur malicieuse brilla dans ses prunelles.) Et montre-leur qui tu es.

Il l'embrassa sur le front, s'attarda près d'elle une fraction de seconde, puis disparut.

Désormais seule, dans un état second, la jeune fille fit ses valises. Elle se repassait sans cesse les mots d'adieu de son père : « *Respecte les règles, obéis aux ordres et montre-leur qui tu es.* »

Si elle ne s'était jamais vraiment souciée des deux premières consignes, elle avait tout tenté, sa vie entière, pour accomplir la troisième – sans résultat, de toute évidence. Et voilà que son père lui enjoignait de poursuivre ses efforts, à des centaines de kilomètres de chez elle.

Elle porta distraitement la main à son ceinturon, au fourreau vide de Trancheuse. Au moins n'avait-elle pas été contrainte de la remettre à Inara.

— *Tu me dois une dague ancestrale, Graven !* avait lancé sa cousine une fois l'épreuve terminée pour de bon et la sentence de Wren prononcée.

— *Tu la prendras en pleine gorge*, avait-elle rétorqué, bien que sa rivale soit déjà trop loin pour l'entendre.

Sa couronne d'or sur la tête, l'héritière des Fell savourait sa victoire et rêvait à la vie de valkyr qui l'attendait.

Wren poussa un soupir. Elle savait qu'à l'issue de cette nuit, leurs chemins se sépareraient. En revanche, elle ne se serait jamais doutée que leur histoire prendrait une telle tournure.

CHAPITRE 6

Wren embarqua sur *Le Naufragé* à Cartila, port le plus proche de La Moelle et plus grande cité des terres d'Os. Le navire la mena jusqu'à Limiterre, un village de pêcheurs à la pointe septentrionale de la péninsule d'Astoria, qui appartenait officiellement aux Terres régaliennes.

À partir de là, il lui restait cinq jours de voyage à bord d'un vieux chariot branlant attelé à deux robustes chevaux de trait. Le cocher, à la mine peu amène, ne lui accorda pas même un regard.

Le mercenaire chargé de l'escorter à bon port était un dénommé Ralph, un ancien soldat. Lorsqu'elle lui remit ses documents de voyage, il marqua un temps d'arrêt de manière presque comique.

— La bât… euh, la fille de Vance Graven ? s'étonna-t-il en l'étudiant.

Bien rattrapé, pensa Wren, blasée.

— Qu'est-ce que tu as fait pour qu'il t'envoie à Fort-de-Faille ? voulut savoir le butor.

La forgeuse d'os se renfrogna un peu plus. Sans un mot, elle grimpa dans la voiture, s'affala sur la banquette, puis tira son capuchon sur son nez. Lorsque le véhicule se mit à cahoter dans les ruelles pavées afin de rejoindre la route, elle songea que l'inconfort d'une selle aurait toujours été préférable à la planche rigide qui lui servait de siège. Malgré tout, elle allait pouvoir se reposer, fermer les yeux et voyager en silence jusqu'au soir.

Du moins était-ce son intention.

— C'est peut-être du passé, mais j'étais dans l'armée il y a une vingtaine d'années, poursuivit son convoyeur, qui ne semblait pas comprendre que sa passagère n'avait pas particulièrement envie de faire la conversation. Et figure-toi que j'y ai connu ton père ! On a tous les deux été affectés à Fort-de-Faille pendant le Soulèvement, sire-forgeur Vance et moi. Enfin, on n'était pas dans le même régiment. Les simples soldats n'ont pas leur place auprès des forgeurs d'os…

Il marqua une pause, si bien que Wren crut qu'il en avait fini. Elle se trompait.

— C'était le bon vieux temps pour votre maison, pas vrai ? reprit-il. À l'époque, il n'y avait pas de plus grand honneur que celui d'être envoyé à Fort-de-Faille. Partout on accueillait les forgeurs d'os en héros ! Mais les temps ont changé… Aujourd'hui, à moins d'un nouveau soulèvement, vous devez vous contenter de rites funéraires et de neutraliser une apparition par-ci, par-là. Pas de quoi se couvrir de gloire, hein ? Enfin, il n'y a pas de sot métier. D'ailleurs, l'autre jour…

Wren laissa s'écouler plusieurs heures sans prêter grande attention aux divagations du mercenaire. À un moment, cependant, elle l'entendit la qualifier de « première passagère », ce qui signifiait qu'elle aurait bientôt de la compagnie.

Ralph était intarissable. Même le vacarme de la route fréquentée ne l'arrêtait pas : il se contentait de hausser la voix pour lui expliquer – sans qu'elle lui ait rien demandé – qu'il faisait le voyage jusqu'à Fort-de-Faille environ quatre fois par an. Depuis Limiterre, il ferait plusieurs haltes afin de prendre des tributs dans différents villages ainsi qu'à Bourgbriant, dans les terres d'Argent.

L'endroit était connu pour former les forgeurs d'argent, qui constituaient les tributs les plus nombreux au fort. Leurs talents de guérisseurs étaient très recherchés dans les enceintes militaires. Les propriétés antibactériennes de l'argent ne servaient pas seulement à nettoyer les puits et à aseptiser les fûts de vin. On les utilisait aussi en médecine sous la forme d'un fil qu'on tissait dans les bandages ou qu'on cousait dans la chair pour pratiquer des sutures. Le métal blanc était également façonné pour fabriquer des instruments chirurgicaux. À en croire les rumeurs parvenues aux oreilles de Wren, il permettait même de stabiliser les fractures pendant leur guérison.

Les forge-roc, de leur côté, avaient apporté leur contribution à la construction du Mur. Souvent, on les employait pour veiller à son entretien. En revanche, leur maison n'étant pas officiellement reconnue, ils n'avaient pas à envoyer de tributs au fort. Une ou deux générations plus tôt, ils avaient soutenu les rois du Sud dans les conflits qui les opposaient aux Valoriens, venus du nord, pour leur disputer le pouvoir sur les Dominions. La défaite de leurs alliés avait scellé leur perte. Désormais ne restait plus qu'une poignée de familles éparpillées aux quatre coins de l'île. Les derniers survivants s'efforçaient bien de perpétuer leurs traditions, mais sans terres ni bannière. Quoi qu'il en soit, on disait qu'il n'existait pas château plus impressionnant dans tous les Dominions que celui de Roche-Pointe, vieux de deux siècles. Même Grandor, la monstruosité sertie d'or qui servait de siège à la famille royale valorienne, ne lui arrivait pas à la cheville.

Wren avait toujours rêvé de l'admirer de ses propres yeux, une fois sa formation de valkyr terminée. Pas de chance, à présent qu'elle avait été bannie, l'occasion de le voir ne se présenterait sans doute jamais.

En temps de guerre, les forgeurs d'or n'avaient pas grand-chose à offrir. Au lieu de tributs, ils se contentaient donc d'envoyer du métal précieux. Quant aux forge-fer, ils avaient pour ainsi dire disparu. Après l'ouverture de la Faille, leurs activités avaient été déclarées illégales. Ils s'étaient retrouvés contraints d'y renoncer et de fermer leurs écoles. Du reste, d'autres forgeurs avant eux avaient subi ce traitement. Notamment les forge-spectre, qui avaient été les premiers à connaître l'exil.

Wren prêta de nouveau une oreille distraite à l'interminable bavardage de Ralph juste à temps pour apprendre qu'il n'était pas le seul à vivre du convoi de tributs. Il avait de la concurrence… qu'il ne tarda pas à dénigrer.

— Bon, c'est vrai, leur acier est bon marché, ils ont des chevaux et connaissent bien les routes, mais la guerre, ils ne savent pas ce que c'est. Alors que pour garantir la sécurité, rien ne vaut l'expérience d'un ancien soldat, affirma-t-il crânement.

Au grand dam de sa passagère, il chevauchait non pas devant la charrette mais à côté, de manière à pouvoir lui parler plus aisément. Il se mit à lui sourire un peu bêtement. Espérait-il des éloges ? Cette fois, impossible pour Wren de faire comme si elle n'avait rien entendu.

— Cette route est si dangereuse que ça ? demanda-t-elle au hasard.

Au fond, la réponse lui importait peu. Sa seule envie était de ruminer en silence. Elle n'arrivait toujours pas à croire qu'elle s'était laissé piéger aussi bêtement, au point de finir au bout du monde dans la vieille carriole de ce moulin à paroles.

— Dans les étendues sauvages, tous les chemins le sont ! Sa Majesté a beau essayer de les mater, il traîne encore des brigands au sud, dans les Confluents. Il y a aussi des bandits et des voleurs à la tire qui s'embusquent aux abords des villes pour détrousser les voyageurs fatigués. Sans compter tous les soldats sans travail depuis la guerre… ou qui ne se sont pas donné la peine d'en chercher.

— Vous avez souvent été attaqué ? questionna Wren, vaguement curieuse.

Un guet-apens donnerait un peu d'intérêt au voyage.

— Jamais, répondit le cocher à la place de Ralph.

Le mercenaire, qui bombait le torse, se dégonfla. Il balaya les environs d'un regard méfiant.

— Pas encore, rectifia-t-il.

La voyageuse se laissa retomber contre le dossier de son siège. Son guide refusait de voyager la nuit. Comme il était fréquent dans les Dominions, il ne comprenait rien aux non-morts. Même s'ils préféraient l'obscurité, ils étaient tout à fait capables de s'éveiller pour attaquer de jour. Mais les rayons du soleil empêchaient leurs fantômes – froids par nature – de prendre forme aussi facilement que pendant la nuit. À la manière d'une brume matinale, ils s'évaporaient peu à peu dans la chaleur de la journée.

La plupart des grands axes disposaient heureusement de défenses conçues par les forgeurs d'os. Ils ne risquaient donc rien, d'autant plus que Wren était là pour les protéger. Pourtant, quand ils furent arrivés dans un village en bordure de route, on la somma de descendre de voiture pour passer la nuit dans une écurie dénichée par Ralph. Malgré son dégoût, elle obtempéra.

Ce genre de bourgades reculées étaient souvent trop démunies pour s'offrir les services d'un forgeur d'os attitré, mais les villageois en avaient sans doute engagé un pour qu'il leur installe des boucliers. La jeune fille sentait la présence des os disposés tout autour des maisons. Des talismans avaient été installés dans des bâtiments précis – l'écurie, par exemple. Peut-être avaient-ils déjà été attaqués et craignaient-ils qu'un fantôme ne s'en prenne à nouveau à leur précieux bétail. À moins qu'ils n'aient pas trouvé d'autre moyen pour héberger les rares visiteurs, à défaut d'auberge.

Le lendemain matin, leur convoi reprit sa route, avec à son bord trois nouveaux passagers. Après quelques haltes dans divers hameaux, ils gagnèrent Tremble-Cime, une grande ville fortifiée par une muraille de pierre doublée d'une palissade d'os. Située à la croisée de plusieurs routes et très fréquentée, elle était pourvue d'un temple consacré aux forgeurs d'os. Les vivants aimaient bien encercler maisons et villages de toutes sortes de remparts afin de se protéger des dangers tapis au-dehors, mais ces protections n'avaient aucune espèce d'utilité face aux non-morts qui s'éveillaient parmi eux. Il suffisait qu'un citoyen trop pauvre pour s'offrir de vraies funérailles vienne à mourir, qu'une bagarre tourne mal ou qu'un cadavre soit oublié dans une rigole pour qu'un spectre vienne hanter les rues. Ce qui expliquait pourquoi les villes d'importance gardaient toujours sous la main un duo de valkyr et fauchyr ou, si elles étaient riches, entretenaient un temple à qui confier défense, enterrements et rites mortuaires. La capitale disposait quant à elle d'une véritable ambassade qui accueillait des dizaines de forgeurs d'os. Vance Graven y passait d'ailleurs le plus clair de son temps lorsqu'il n'était pas en visite à La Moelle, où sa fille s'obstinait à le décevoir. Ses expéditions à travers l'île, au cours desquelles il inspectait les temples locaux et dînait avec la noblesse, intéressaient bien davantage Wren. Pas pour les ronds de jambe, bien sûr, mais pour l'idée de voir du pays, pour l'aventure, en somme – car en dépit des circonstances, ce périple jusqu'à Fort-de-Faille était le voyage le plus palpitant qu'elle ait jamais entrepris.

La plupart des passagers qui montaient dans la charrette de Ralph étaient de pauvres villageois en quête de repas réguliers et d'un toit, qu'ils espéraient trouver au fort. Ils accueillirent également d'autres tributs, dont une forgeuse d'argent tout juste diplômée de l'académie de Bourgbriant, deux forge-roc engagés pour une mission ponctuelle et une jeune fille qui prétendait que son père était forge-bois.

— Je l'ai vu faire apparaître des arbres de mes propres yeux.

Ses compagnons de route échangèrent des regards dubitatifs. L'art des forge-bois avait pour ainsi dire disparu des Dominions, de même que d'autres, de moindre importance, tels celui des forgeurs d'étain, des forge-plomb ou des forge-cuivre. Si leurs aptitudes n'avaient pas conservé une quelconque utilité, les forge-roc auraient connu le même sort. Ils ne bénéficiaient d'aucun réel statut social, mais trouvaient encore le moyen de vivre correctement. En revanche, suivre une formation de forgeur d'étain ou de forge-cuivre n'en valait pas la peine. Les carrières y étaient bien moins lucratives et les marchandises qu'ils produisaient n'avaient que peu de valeur. Pour la plupart, leurs derniers pratiquants avaient reçu un apprentissage familial et se voyaient considérés comme des forgeurs mineurs, voire de vulgaires prestidigitateurs, comparés à ceux qui étaient issus d'un enseignement noble.

Si cette jeune fille disait la vérité, son père appartenait à une espèce en voie d'extinction. Car si les forge-bois avaient autrefois eu le pouvoir de faire pousser des arbres en un éclair, ce temps était révolu.

Par le passé, les forgeurs étaient, de manière générale, bien plus puissants. Selon certaines fables, les forge-roc auraient fait jaillir de plaines les montagnes des Crêtes. Quant aux forgeurs d'or, ils auraient extrait de lits de rivières ordinaires des flots de métal doré en fusion. La bibliothécaire de La Moelle croyait dur comme fer que le Fossoyeur avait l'aptitude de déceler la présence d'ossements à des kilomètres à la ronde. Seulement, à ce qu'on racontait, la magie déclinait au fil du temps. Les lignées nobles se diluaient et, de génération en génération, les capacités de leurs membres s'étiolaient. La situation des forge-bois s'avérait d'autant plus délicate que les forêts se faisaient à présent plutôt rares dans les Dominions. Cela étant, maintenir le lien avec le matériau de leur magie devenait de plus en plus difficile.

Les forgeurs d'os n'avaient pas ce problème. Aussi longtemps que l'île resterait habitée et que des gens y mourraient, ils ramasseraient cadavres et ossements à la pelle.

Dans l'après-midi du lendemain, ils arrivèrent à Fort-de-Faille.

Wren fut d'abord frappée par la présence du Mur, l'immense rempart de granit qui délimitait la frontière. L'adolescente se mit debout dans la charrette afin de mieux étudier l'imposante construction. Le Mur serpentait entre les vallons et les monticules rocheux qui peuplaient le paysage avant de disparaître à l'horizon. À mesure que leur petit groupe s'approchait, la forteresse se dressa à son tour, nichée au pied de la muraille, bâtie dans la même pierre grise. Sa tour la plus haute, construite à même la gigantesque paroi, offrait une vue dégagée sur les terres qui s'étendaient au-delà. Fort-de-Faille disposait d'un portail permettant de franchir la frontière, parsemée sur toute sa longueur de postes d'observation semblables, occupés par de petites garnisons. Le plus proche, au sud, avait pour nom la porte d'Argent, mais la forteresse qui le protégeait était de taille modeste et gardée par moins de troupes.

Le fort qui constituait l'ouvrage de défense principal en imposait bien plus que tout ce que Wren avait imaginé, en moins majestueux malgré tout. Le bâti était assez grossier, avec ses grands blocs bruts taillés par des forge-roc, dépourvus d'ornements. Sa construction, qui répondait à des critères purement défensifs, se rappela-t-elle, remontait à l'époque où les non-morts erraient librement dans les Dominions. La structure du Mur présentait de fortes similitudes – là encore, l'utilité l'avait emporté sur l'esthétique. L'édifice, conçu avant tout à des fins militaires, se caractérisait par son aspect sévère – pour ne pas dire lugubre. Plantée sur ses créneaux, la bannière des Dominions – une pluie d'étoiles filantes tombant sur un pré bleu marine – claquait au gré du vent.

Lorsque le convoi de Wren pénétra dans le fort par la porte ouest, la jeune forgeuse d'os repéra des gardes postés au sommet des remparts. Étaient-ils tournés vers l'est, où s'étendaient les terres de la Faille et le Territoire hanté, ou bien surveillaient-ils les nouveaux arrivants venus de l'ouest ? Ils étaient perchés trop haut pour qu'elle puisse se faire une idée précise.

Dans la cour, en revanche, aucun doute n'était permis. Domestiques et valets d'écurie, pourtant occupés, suivirent l'arrivée de la charrette. Quant aux gardes, qu'ils soient en plein entraînement ou en chemin vers leur poste de guet, ils s'interrompirent pour les observer.

Habituée à être la cible des regards, Wren sauta de voiture et déchargea ses bagages, le menton fier. Elle n'avait fait que quelques pas lorsqu'on indiqua au groupe de se placer au pied des larges marches qui menaient à la salle principale en attendant l'arrivée du commandant Duncan, le chef de Fort-de-Faille.

Quand elle vit Ralph et son véhicule faire demi-tour, Wren se sentit tétanisée, en proie à une panique soudaine. Elle ravala son envie de les rattraper. Peut-être aurait-elle dû se donner plus de mal pour convaincre son père de la laisser rester à La Moelle, le supplier à genoux jusqu'à ce qu'il la prenne en pitié.

Quelques instants plus tard, le commandant descendit les marches, flanqué d'un homme d'un certain âge en tenue d'intendant. Le chef de Fort-de-Faille, un colosse au teint basané, devait faire forte impression dans les batailles… Enfin, dans sa prime jeunesse, car ses épaules s'étaient désormais avachies, son front dégarni, et son ventre imposant mettait à rude épreuve les boutons de son pourpoint.

Il avait tout du soldat d'apparat avec ses hautes bottes, ses gants de peau et l'épée passée à son ceinturon – dont il ne s'était sans doute plus servi depuis des lustres.

Il ne s'embarrassa pas de civilités. L'intendant qui l'accompagnait, un vieillard maigre et blafard, couronné d'une chevelure blanche, lui tendit une liste d'affectations. Le commandant les énonça une à une.

Les civils furent priés de s'adresser au capitaine de la garde afin d'entamer leur entraînement, les forgeurs d'argent de se présenter à l'infirmerie et les forge-roc au département de l'entretien.

Lorsque vint le tour de Wren, il n'eut aucun mal à l'identifier parmi la foule.

— Dame-forgeuse Wren Graven, de la maison de l'Os, vous vous adresserez à Odile Darrow, au temple des forgeurs d'os.

Bien sûr ! La fameuse Odile Darrow, forgeuse d'os la plus gradée du fort, ancienne fauchyr de son oncle et – selon toute vraisemblance – sa nouvelle nounou.

CHAPITRE 7

Le temple avait été creusé sous terre, au pied d'une volée de marches. Il comptait un unique atelier pourvu d'une vaste table. Son plateau de pierre noire, lisse comme la surface d'un lac, était jonché d'armes à réparer, de bocaux de poussière d'os et de quelques faux à la lame émoussée ou au manche rouillé.

La lueur des bougies à moitié fondues, fichées dans des chandeliers ou fourrées dans les recoins sombres, conférait à la pièce une atmosphère inutilement sinistre – même au goût d'une forgeuse d'os. La pénombre y était si épaisse que Wren se prit les pieds dans une pile de chaises, totalement invisible. À en juger par les dimensions de la table, assez grande pour permettre à une bonne dizaine de forgeurs d'os de s'y rassembler, la pièce avait dû servir de lieu de réunion ou de chambre du conseil, dans le temps. Plusieurs portes, closes, menaient à d'autres pièces, sans doute abandonnées. Toutes fermées sauf une, d'où s'échappait une faible clarté.

Wren se fraya un chemin parmi les chaises éparses, posa ses bagages, puis frappa timidement sur l'encadrement de bois.

— Oui ? lança une voix de femme.

L'adolescente discernait à peine sa propriétaire, assise à un bureau, penchée sur un livre. Un soupir échappa à Wren. Elle se demanda si Ralph était déjà loin… et si son père n'accepterait pas de la reprendre, finalement, à condition qu'elle l'implore assez.

Par réflexe, elle carra les épaules, puis releva le menton.

— C'est le commandant Duncan qui m'envoie. Je suis votre nouveau tribut.

Après être restée un temps silencieuse, la femme, qui ne pouvait être qu'Odile, leva la tête. De ses yeux d'ivoire, elle examina sa visiteuse un long moment, avant de cligner des paupières, comme pour retrouver ses esprits.

— Entre, je t'en prie.

Wren traversa la pièce à grands pas. Le bureau d'Odile, qui trônait au milieu, disparaissait sous les papiers et les dossiers reliés de cuir. Livres, ossements et chandelles garnissaient les étagères qui occupaient les murs. Dans la cheminée noire de suie, un feu timide crépitait.

La jeune fille s'arrêta devant le bureau, sous le regard toujours aussi pénétrant de sa nouvelle tutrice. Lorsque cette dernière finit par sourire, son expression semblait résignée, ironique, même. Les mains jointes sur le ventre, elle se laissa aller contre le dossier de son siège. Sensiblement du même âge que le père de Wren, elle avait des cheveux lisses à la couleur cuivrée, coupés en un carré sévère.

— Dame-forgeuse Wren Graven, je présume ?

L'intéressée hocha la tête.

— Appelez-moi Wren.

— Tu lui ressembles beaucoup.

— À mon père ? demanda-t-elle en partant du principe qu'Odile faisait allusion à Vance Graven.

Son interlocutrice pinça les lèvres. La jeune fille se souvint alors que, quand il lui avait parlé de l'ancienne fauchyr, il n'avait pas précisé s'ils étaient amis.

— Je pensais plutôt à Locke.

Elle s'interrompit, le temps pour son expression de se faire plus douce, presque nostalgique.

— Mais tu as sûrement un peu de Vance aussi…

— N'hésitez pas à me dire si vous me trouvez des similitudes avec lui. Et avec ma grand-mère aussi, tant que vous y êtes. Quand elle me regarde, elle ne voit que ma mère… qu'elle n'a pourtant jamais rencontrée.

À sa fille, Vance Graven avait transmis ses iris immaculés et ses sourcils à la droiture inflexible. Pour le reste, il avait d'épaisses boucles châtain cendré, un nez proéminent et le teint hâlé, quand sa fille arborait une chevelure hirsute, d'un blond presque blanc, un petit nez délicat et une peau blafarde qui rougissait au moindre rayon de soleil.

Odile se retint de sourire.

— Je crois que dame-forgeuse Svetlana est plus apte à déceler les défauts de chacun que les points communs entre les membres de sa famille. Même si c'est souvent du pareil au même.

Venait-elle de faire une blague ?

— Mon père m'a dit que vous étiez la fauchyr de Locke et que vous aviez servi tous les trois ici, au fort.

— Il ne t'a rien dit d'autre sur nous ? voulut-elle savoir. Sur moi ?

La jeune fille haussa les épaules.

— Que vous alliez veiller sur moi.

L'espace d'un instant, Odile sembla déçue, puis un petit rire moqueur lui échappa.

— Excuse-moi, dit-elle lorsqu'elle vit la surprise sur le visage de Wren.

Elle secoua la tête, puis eut un nouveau sourire triste.

— Je pensais que vous aviez été prévenue de mon arrivée, marmonna sa nouvelle recrue, mal à l'aise.

Sinon, comment aurait-elle deviné son nom ?

— C'est le cas. Ton père m'a envoyé une lettre, répondit Odile avant de marquer une pause. C'est vraiment tout lui ! Me confier ta garde à moi, alors qu'il n'a jamais été fichu de l'assumer.

Wren était estomaquée d'un tel franc-parler, mais la fauchyr n'en avait pas fini.

— Il part constamment en vadrouille pendant que sa fille moisit dans cette espèce de crypte glaciale qu'on appelle La Moelle et, quand vient le moment de t'aider à démarrer ta carrière, il laisse sa propre mère t'expédier à Fort-de-Faille ? Toi, la fille unique de l'héritier de la maison de l'Os ?

— Je… j'ai échoué à l'é…

— Ah, la belle affaire ! Sais-tu qui d'autre a échoué à l'épreuve du Bois-aux-Ossements ? Locke Graven.

— Quoi ? s'étrangla Wren.

Tout le monde le décrivait pourtant comme le fils et l'héritier idéal, un valkyr accompli. L'homme qui avait mené l'assaut final contre les forge-fer pour mettre un terme à leur funeste Soulèvement. L'admiration dont il faisait l'objet confinait à la vénération, donnant à son nom une dimension encore plus sacrée qu'à celui du Fossoyeur – qui, chez les forgeurs d'os, était la figure s'apparentant le plus à une divinité.

— Il avait un an de plus de moi. Déjà à l'époque, c'était l'enfant chéri de notre maison, expliqua Odile, mélancolique. Premier de la classe, populaire, aimé de tous… et gentil, qui plus est. Il avait tout pour lui. (Son sourire se changea en rictus sardonique.) Il essayait toujours de redresser les torts, de jouer les héros. Apparemment, il s'est arrêté pendant l'épreuve pour sauver un de ses camarades pris en grippe par deux geists et il a dépassé le délai imparti. Bien sûr, un tel geste n'a fait que le rendre encore plus admirable aux yeux de sa mère et du reste du clan. Comme il avait été disqualifié, il a dû repasser l'épreuve, mais il n'a eu à subir aucune punition. Je crois surtout que Svetlana était ravie de le garder près d'elle, en particulier après la mort de son mari, survenue quelques mois plus tôt. Ce n'est pas si mal tombé, finalement… L'année d'après, on a terminé notre formation ensemble et on nous a mis en binôme. Au bout de deux ans de service, on nous a envoyés à l'est quand la Faille s'est ouverte.

Wren fulminait. On l'avait privée de Trancheuse et condamnée à l'exil alors que Locke s'en était tiré avec une petite tape sur les doigts et une année de plus à se faire dorloter à la maison ?

Face à l'expression de la jeune fille, Odile dodelina de la tête.

— Pour son fils chéri, Svetlana a enfreint toutes les règles. Bien sûr, elle a aussi fait quelques entorses pour

Vance, mais elle ne lui a jamais pardonné d'avoir survécu à la place de son aîné. Ce n'est pas pour autant qu'elle l'a exilé quand il a saboté ses fiançailles avec la princesse ! Non, il lui fallait un héritier et comme elle n'avait plus que lui… Seulement voilà, aujourd'hui, c'est à toi de payer les pots cassés et à moi d'assurer ta protection !

Wren n'en croyait pas ses oreilles. Jamais personne ne s'était exprimé aussi franchement avec elle, sans ambages. Un soulagement si profond l'envahit que ses muscles se relâchèrent d'un seul coup. Elle se sentait enfin comprise, soutenue. Ses genoux incapables de supporter le poids de ces révélations, elle s'affala sur la chaise la plus proche.

— Vous avez raison. Ce n'est qu'une belle bande d'hypocrites.

Après un court silence, Odile partit d'un grand rire.

— Bien dit, jeune Graven !

La tête penchée sur le côté, elle étudia un instant sa pupille avant de se lever pour s'approcher d'un buffet. Un cliquetis retentit, puis deux, trois tintements. Elle se retourna, une bouteille et deux coupes dans les mains.

— Oui, ce sont des hypocrites, confirma-t-elle. Mais que peut-on faire, nous qui ne sommes que les loyaux serviteurs de notre maison ?

Elle remplit généreusement chaque verre d'une boisson transparente. Curieuse, Wren huma le sien. L'arôme familier de l'alka lui fit monter les larmes aux yeux. Cette liqueur, distillée dans le Nord, était l'alcool préféré de son père. La fauchyr ne se montra pas aussi hésitante et engloutit la moitié de sa coupe d'un seul trait. Elle poussa un soupir, puis se laissa retomber contre son dossier.

— Donc je vais faire mon devoir, reprit-elle. Je vais veiller sur toi et te protéger autant que…

— L'ennui, c'est que… l'interrompit Wren.

Elle avala une rapide gorgée d'alka, le temps de se brûler la gorge.

— C'est que je n'ai pas envie d'être protégée, acheva-t-elle d'une voix éraillée entre deux toussotements.

— Qu'est-ce que tu veux, dans ce cas ?

— Être valkyr. Je me fiche d'avoir échoué à l'épreuve. Je ne sais pas combien de temps je vais passer ici, mais j'ai bien l'intention d'en tirer parti.

Une lueur d'approbation dansa dans le regard d'Odile.

— Je vois. Eh bien, c'est ce qu'on va faire. Viens, je t'emmène faire une petite visite.

— De la forteresse ?

Sa nouvelle tutrice s'arrêta sur le seuil pour se retourner.

— Non… répondit-elle, un sourire aux lèvres. Du monde au-delà du Mur.

Les deux forgeuses d'os se mirent en tenue. Pendant que la plus jeune allait chercher ses os dans ses bagages, l'aînée passa dans une pièce voisine. Fauchyr – et non valkyr – de son état, elle portait ses protections sous sa longue robe noire quand les armes et les cuirasses de Wren enveloppaient chaque centimètre de son corps.

Odile arqua un sourcil. D'un geste de la tête, elle désigna les deux épées, dont la garde dépassait au-dessus des épaules de la guerrière.

— Tu en portes deux, murmura-t-elle. Comme Locke. Sauf qu'il les glissait à son ceinturon. Vance, lui, préférait l'artillerie à longue portée. Il n'aimait pas se salir les mains.

Wren sourit, ravie de glaner autant d'informations sur sa famille – son père, surtout. Il fallait admettre qu'en dépit du manque d'instinct paternel de l'héritier des Graven, elle l'avait longtemps placé sur un piédestal. Apprendre qu'il était tout aussi imparfait qu'elle – et peut-être même plus ! – était donc plutôt rassurant. Locke non plus n'était pas sans failles. Aux yeux de l'adolescente, ces anecdotes donnaient un caractère plus humain aux deux frères, un peu comme il était de coutume, dans une famille.

Quand elles atteignirent le portail, Odile n'eut qu'un mot à prononcer pour que les gardes s'empressent de leur ouvrir le passage. La herse d'os levée, les larges battants de bois pivotèrent avec force grincements.

Derrière s'étendaient des terres grises, stériles comme le désert. Si la moindre végétation y avait poussé un jour, elle avait été entièrement rasée afin de garantir la sécurité du fort.

Leurs pieds foulaient les vestiges d'une route plus ancienne que le Mur. De toute évidence, la porte n'avait pas été bâtie dessus par hasard. Le sentier devait faciliter les déplacements des patrouilles, d'autant plus qu'il se séparait rapidement en deux chemins distincts qui longeaient la muraille, l'un vers le nord et l'autre vers le sud.

Et puis il y avait le Mur…

Wren resta bouche bée face à l'immensité de l'ouvrage. Dressé au-dessus de sa tête, il occultait une grande partie du ciel. Avec ses cinquante pieds de haut, sans compter les créneaux, et ses vingt autres d'épaisseur, sa façade ouest était déjà terriblement impressionnante. Le rempart se composait d'énormes blocs de granit, aussi hauts que Wren, que seule une équipe de forge-roc aurait été capable de déplacer. En effet, la magie des forgeurs ne leur permettait pas de soulever des charges plus lourdes que leur propre poids. Cette règle était connue sous le nom de loi des rapports et n'excédait jamais un ratio d'un pour un. Il avait dû falloir une dizaine de robustes forge-roc pour déplacer chacun des rochers – qui s'étendaient par milliers devant ses yeux.

La vue depuis le flanc était encore plus stupéfiante. Sous les rayons diffus du soleil, les blocs de pierre perdaient leur teinte gris terne pour un blanc nacré étincelant qui dégageait une puissante aura magique que Wren percevait jusque dans ses veines.

De l'os, broyé en fine poussière avant d'être rassemblé en briques.

Vu de loin, le placage, à l'aspect presque semblable au marbre, donnait au Mur une allure élégante. Mais un examen plus minutieux en atténuait bien vite l'effet. La couleur manquait d'éclat, la texture de brillance. Un frisson glacé remonta le long de l'échine de Wren. Elle avait pourtant l'habitude de manipuler ossements et cadavres.

Odile vint se poster à ses côtés.

— J'ai assisté à sa construction, confia-t-elle d'un ton badin. À partir du moment où le roi a décrété l'édification d'une muraille pour démarquer la frontière, tout est allé très vite. Des dizaines de forge-roc y travaillaient jour et nuit. Le revêtement d'os a pris plus de temps. Il a fallu rassembler la matière première, puis la réduire en poussière avant de façonner les briques. Le chantier a été achevé avant le Soulèvement. Il paraît qu'il a fallu des centaines de milliers d'ossements pour construire tout ça.

Un nombre qui dépassait presque l'entendement.

— D'où venaient-ils ?

Toutes les victimes des non-morts échappés de la Faille avaient dû succomber à la nécrose. En privant leur squelette de magie, elle en avait rendu les os inutilisables pour la protection.

— Toutes les réserves de La Moelle ont été vidées. Les catacombes sous le château étaient remplies d'ossements, amassés depuis des siècles. Toutes les cryptes ont été pillées, ainsi que tous les cercueils et les mausolées, depuis Grandor jusqu'à la porte de Granit. On ne s'est pas contentés des os d'ancrage, bien entendu. Il n'y en aurait jamais eu assez pour recouvrir une telle surface. À la place, on a créé des clefs de voûte, qu'on a réparties à intervalles réguliers. (Elle désigna une petite brique encastrée au milieu de pierres plus larges.) Ce sont elles qui assurent notre protection. Les autres ne servent qu'à amplifier leur enchantement.

— Comme un corps, murmura Wren.

Si l'os d'ancrage retenait l'âme et le noyau de l'énergie magique, chacun des os qui y était lié détenait une part de ce pouvoir. L'un de ses professeurs comparait ce phénomène à la diffusion d'un feu dans une cheminée.

Les flammes produisaient la chaleur qui se diffusait dans les pierres qui les entouraient.

— Tout à fait. Même si le Mur n'est qu'un dernier recours. La première barrière, c'est la palissade.

Odile quitta la route pour se diriger vers l'est, dans les terres de la Faille. À environ soixante pas s'élevait un second mur – le premier à avoir été bâti, en réalité – constitué d'ossements d'animaux, plantés dans la terre telle une dentition irrégulière.

Wren connaissait ce type de fortification. Il en existait dans nombre de villes et villages des Dominions, édifiées selon la méthode la plus traditionnelle des forgeurs d'os. En fonction de sa dimension, chaque os offrait un certain rayon de protection. Les tailleurs à qui l'on confiait la construction de ces structures avaient érigé leur savoir en science exacte. Tous les dix pieds, de gigantesques ossements, semblables à la cage thoracique que Wren avait vue dans la forêt, jaillissaient du sol. Une série d'os plus petits venait combler l'écart entre ces structures osseuses d'une grande rareté, récupérées sur des cadavres de baleines ou de mammouths.

Le spectacle était terrifiant, plus troublant encore que le Mur de pierre et d'os qui se dressait derrière. L'allure sauvage de la barrière, dénuée d'artifices et de lignes droites, comme si elle n'était pas la création d'hommes mais de la nature, y était certainement pour quelque chose. Le tout transportait Wren en des temps anciens.

— Malheureusement, elle n'a pas suffi, poursuivit Odile. Entre les pluies et les mouvements de terrain, les os ont fini par se décaler, ce qui a créé des points faibles. Avec un mur aussi friable, qui s'étend sur près de quarante lieues, cela devenait difficile de repérer toutes ces petites brèches. Aujourd'hui, il est surtout dissuasif. Les non-morts les plus malins repèrent les trous et parviennent à s'y faufiler. Quant aux niveau cinq… certains peuvent même le toucher.

Wren scruta le paysage, par-delà la palissade. Elle s'imagina ce qu'elle pourrait ressentir à la vue d'un cadavre ambulant. Allait-il lui falloir en affronter un ?

— Comment sont-ils ? demanda-t-elle. Les revenants ?

Odile l'observa, étonnée.

— Ton père ne t'en a jamais parlé ?

La jeune fille haussa les épaules, puis frappa du pied dans un caillou.

— Il n'est pas très bavard.

Quand elle voulut croiser le regard de la fauchyr, elle ne le trouva pas.

— Je veux bien te croire. (Odile soupira.) C'est difficile à expliquer. Certains revenants ont une apparence pratiquement humaine. Leur corps est intact et ils se déplacent presque normalement, tout comme les vivants. Ce sont les plus redoutables. (Elle se racla la gorge.) D'autres sont dans un tel état de décomposition qu'ils brillent à travers leur squelette et ce qu'il leur reste de chair. On dirait un peu des marionnettes. En tout cas, les techniques de base ne marchent pas contre eux. Si jamais tu en rencontres un, sers-toi de ça.

Elle conclut ses explications en tapotant la tempe de Wren.

— Et de ça…

Elle baissa la main.

— Mon cœur ? demanda Wren en pensant qu'elle indiquait sa poitrine.

Odile leva les yeux au ciel, avant de lui taper doucement sur le ventre du revers de la main.

— Non, Wren Graven, écoute tes tripes. Si ton entraînement ne t'a pas préparée à toutes les éventualités, ton instinct te mettra sur la voie.

Après cet échange, la visite fut vite écourtée. Odile se contenta de lui montrer les tours, au loin, d'expliquer à quelle distance se trouvait la porte de Granit et de souligner quelques particularités supplémentaires.

Au moment où elles regagnèrent le fort à une allure soutenue, elles aperçurent une patrouille revenant du sud.

— Au fait, quand vous m'avez dit quoi faire si jamais je croisais un revenant... est-ce que vous vouliez dire que vous n'avez plus jamais l'occasion de vous battre ?

C'est ce qu'on lui avait raconté, mais elle préférait s'en assurer. Son père semblait convaincu que le danger était susceptible de revenir à tout moment. Elle était curieuse de savoir si ses craintes étaient fondées ou s'il versait simplement dans la paranoïa.

— Pas contre le genre d'ennemi auquel tu penses. Nos patrouilles ont plus de chances d'être attaquées par des vivants que par des non-morts, répondit Odile en désignant les cavaliers qui avaient rejoint la porte avant elles.

— Même dans le Territoire hanté ?

— Ça fait plus de dix ans qu'on ne s'est pas aventurés au-delà de la palissade. Alors le Territoire hanté... Personne n'y est jamais allé depuis le Soulèvement.

Depuis l'ultime bataille, où son oncle avait trouvé la mort en compagnie de centaines d'autres.

— Tu as l'air déçue, constata Odile. À mon arrivée à Fort-de-Faille, à l'époque où les lieux n'étaient encore qu'un campement temporaire, on était une bonne dizaine de tributs forgeurs d'os. Une semaine plus tard, la moitié avait disparu.

Wren en était sidérée. Son interlocutrice hocha la tête, la mine chagrine.

— Ça remonte à l'apparition de la Faille, enfin juste après, quand on envoyait encore des troupes dans le Territoire hanté, reprit-elle. On essayait de comprendre ce qui s'était passé, à quel genre de phénomène on avait affaire.

— Mais… commença la jeune fille du ton geignard qu'elle cherchait justement à éviter. Mon père m'a dit qu'une fois arrivée ici, je devrais respecter les règles, obéir aux ordres et montrer de quoi je suis capable. Si on reste constamment derrière la palissade, à l'abri des non-morts… Je n'en aurai jamais l'occasion.

— Je n'ai pas dit qu'on était à l'abri, rectifia Odile. Seulement que nos patrouilles ne franchissent plus la palissade. Moins on en sait, mieux on se porte, comme on dit. Le commandant Duncan est ravi de pouvoir rendre compte d'une absence totale d'activité sous sa surveillance.

Wren médita sur ces paroles, gagnée par la frustration.

— Si je comprends bien, quelle que soit la menace qui puisse exister de l'autre côté, ça ne changerait rien ? Je n'en verrai jamais la couleur ?

— Pas forcément, répondit la fauchyr, plus mesurée. De toute manière, il y a d'autres moyens que le combat pour faire ses preuves.

— C'est-à-dire ? voulut savoir Wren, abattue.

Odile secoua la tête.

— Ah, sacrés Graven ! s'esclaffa-t-elle avant de retrouver son sérieux. L'occasion se présentera, ne t'en fais pas. En attendant, c'est moi qui dois écrire un rapport à ton père sur tes activités. On va faire de toi une héroïne, je te le garantis.

Elle agrémenta sa dernière phrase d'un petit regard mutin.

— Mais… pourquoi ? s'étonna la jeune fille. Pourquoi m'aider ?

Odile l'étudia un long moment – sans l'œil critique de son père ou la désapprobation de sa grand-mère, juste avec bienveillance et même un soupçon de regret, peut-être.

— Parce qu'il est temps que quelqu'un le fasse.

CHAPITRE 8

Malgré la promesse d'Odile, les premières semaines de Wren au fort s'écoulèrent dans un ennui insondable – et sans le moindre signe de la présence de non-morts. Que pouvait bien écrire la fauchyr dans les comptes rendus qu'elle transmettait à son père ? À moins qu'elle n'invente de toutes pièces des excursions semées d'embûches, les détails de ses activités n'avaient rien de trépidant.

Quoi qu'il en soit, la jeune forgeuse d'os faisait de son mieux. Sage et obéissante, elle ne ratait aucun entraînement, se présentait à l'heure à ses patrouilles. Bref, elle se tenait à carreau.

Mais à quoi bon ? Elle avait beau filer droit pour la première fois de sa vie, elle n'en tirait strictement aucun bénéfice.

Les soldats de Fort-de-Faille n'avaient rien d'une troupe d'élite défiant la mort au combat. Ils n'étaient que de simples gardes, chargés de surveiller une frontière que jamais personne ne tentait de franchir.

Qu'ils étaient loin les jours de gloire vantés par Ralph ! Wren et Odile étaient les deux seules forgeuses d'os postées au fort de manière permanente. Les autres, tous tailleurs, avaient été engagés pour des missions d'entretien temporaires. Autrement dit, l'exilée se voyait contrainte d'accompagner toutes les patrouilles – lesquelles n'en appelleraient pas moins Odile à l'aide si le moindre non-mort croisait leur chemin.

Ce qui, bien entendu, n'arriverait pas.

Nul esprit à l'horizon, jamais, pas même les bandits et les pillards qu'on lui avait promis. Ils avaient plus de chance de surprendre de pauvres habitants des terres de la Faille tentant de franchir le Mur ou venus pour quelque affaire.

Un soir, Wren rentra de patrouille après avoir chassé un groupe de Faillois qui transportaient un chariot débordant de marchandises de contrebande.

— Certains gardes leur vendent des denrées d'ici, histoire de joindre les deux bouts, lui expliqua Odile tout en mettant de l'ordre dans les bocaux de poussière d'os et le matériel du temple des forgeurs d'os. Que ça plaise ou non au commandant Duncan.

— Je n'avais pas conscience qu'autant de gens vivaient à l'est du Mur, admit la jeune fille, appuyée sur la table. Ni qu'ils avaient quoi que ce soit à vendre.

— Tu serais surprise ! répondit Odile sans interrompre son rangement. Il y a de vraies villes tout le long de la côte. Les Faillois sont loin de prospérer comme avant, mais ils survivent. Comme tu le sais, certains ont préféré rester malgré le Mur. Après tout, le Territoire hanté qui entoure la Faille couvre à peine la moitié de la région prisonnière de l'autre côté.

Elle désigna une grande carte suspendue au mur, qui représentait les Dominions et les terres au-delà de la frontière. Tout en s'essuyant les mains sur sa robe, elle s'en approcha, puis commença à en détailler les différentes parties.

— Au nord-est, des barrières naturelles retiennent la plupart des non-morts, comme les Monts adamantins et la rivière Serpentine. Les villes du littoral sont isolées, mais relativement sûres. Les bateaux ne peuvent pas s'en approcher, car l'eau de leurs rivages est trop peu profonde et les courants trop dangereux. De toute manière, ils n'essaient même pas, vu les circonstances. Les Faillois ont mis en place ce troc avec les gardes, car ils ont plus de mal à se fournir en vivres qu'à repousser les non-morts, même s'ils leur donnent souvent du fil à retordre. Comme on ne trouve aucun forgeur d'os à l'est du Mur pour procéder aux rites mortuaires, même les vieillards qui trépassent dans leur sommeil sont condamnés à se réveiller et à tourmenter leurs proches. Parfois, on m'apporte leurs cadavres ici pour que je les neutralise.

— Et vous acceptez ? s'étonna Wren.

— Bien sûr, affirma la forgeuse d'os, presque indignée. C'est mon devoir en tant que fauchyr.

En principe, son devoir était d'honorer ses engagements envers dame-forgeuse Svetlana et la maison de l'Os, à qui elle avait prêté allégeance. Wren comprenait malgré tout son raisonnement. Elle vint se poster à côté de sa tutrice pour étudier la carte.

— Pourquoi n'essaient-ils pas de traverser par l'une des portes ? Le roi ne les laisserait-il pas passer ?

Odile eut un soupir désabusé.

— Pour leur malheur, ils sont nombreux à s'être alliés à la maison du Fer pendant le Soulèvement. Ce qui veut dire que la Couronne les considère comme des traîtres. En même temps, que veux-tu qu'on fasse d'eux ? Qu'on les parque dans des camps de réfugiés ? Même si la plupart des familles les plus fortunées ont plié bagage pendant la première migration qui a suivi la Faille, certaines sont justement restées parce que partir revenait à laisser derrière elles la source de leur richesse, les terres qui appartenaient à leurs familles depuis des générations. Il en va de même pour les forge-fer. Hors de question pour eux d'abandonner les collines qui contiennent leur minerai, ou la citadelle de Fer, au nord, qui abritait le siège de leur pouvoir, leurs terrains d'entraînement et leurs ateliers. Enfin, ils auraient sans doute changé d'avis s'ils avaient su ce qui leur arriverait. Ils ne s'attendaient sûrement pas à se faire exterminer après le Soulèvement.

— Vous y étiez, pas vrai ? se risqua Wren. Pendant la bataille finale ?

Chaque fois qu'elle abordait le sujet avec son père, il coupait court à la discussion. Elle brûlait d'en savoir plus.

— Oui, et je le regrette, admit Odile avant de poser le regard sur les épées de Wren, qu'elle n'avait pas encore ôtées. Est-ce que tu les as affûtées depuis ton arrivée ?

— Non.

Pourquoi s'en donner la peine, puisqu'elles ne servaient jamais ?

D'un geste du menton, la fauchyr lui fit signe de les tirer hors de leur fourreau. Elle remarqua la gaine, vide, qui accueillait normalement Trancheuse et que Wren portait à son ceinturon, mais se passa de commentaire.

Au milieu du fouillis qui jonchait l'établi, Odile dénicha une paire de pierres à aiguiser. Elle en confia une à sa protégée. Chacune se mit à l'œuvre.

L'espace d'un moment, le frottement régulier de la pierre sur l'os fut leur seul compagnon.

— C'était l'ultime recours de la maison du Fer pour l'emporter, reprit soudain la fauchyr. Pratiquement tous les forge-fer se sont rassemblés, prêts à donner l'assaut au Mur, avec le soutien des civils restés à l'est de la frontière et encore capables de tenir une arme. Les négociations avaient échoué. Le roi refusait de mettre en péril le commerce extérieur, qui venait tout juste de reprendre après que l'ouverture de la Faille l'eut un temps interrompu, au prétexte de sauver la maison du Fer. Les forge-fer n'en demandaient pas tant. Ils souhaitaient seulement qu'on les aide à lutter contre l'invasion des fantômes pour qu'ils puissent reconquérir leurs terres qu'ils refusaient catégoriquement de céder aux non-morts. Ils comptaient sur nous, les forgeurs d'os, pour leur prêter main-forte. Sauf que le roi nous a interdit d'intervenir. Alors, ils ont choisi de lancer une violente attaque pour démolir le Mur, au mépris des conséquences.

Un bref instant, Wren suspendit son geste, avant de se ressaisir et de se remettre au travail. Attirer l'attention d'Odile pourrait la pousser à interrompre son récit. La jeune fille n'avait qu'un savoir limité sur les événements survenus une génération plus tôt. Une bataille avait éclaté, presque tout le monde était mort, y compris son oncle, et le Soulèvement s'était achevé.

— Ton père, Locke et moi faisions partie d'une unité de reconnaissance. On savait qu'ils se rassemblaient, mais ni où ni quand ils avaient l'intention de frapper. Le Mur est long. Forcément, il y a quelques points faibles. Donc, avec un groupe de soldats, on a voulu les prendre par surprise. Pour y arriver, une seule possibilité se présentait : les contourner par le Territoire hanté. Nos troupes se sont retrouvées là-bas. (Sa gorge se serra.) Ça voulait dire plus d'un ennemi à affronter. Les forge-fer, leurs soldats… et les non-morts. En réalité, ce fut encore plus compliqué. Là-bas, on sentait quelque chose… une force maléfique. Notre expédition a tourné au bain de sang. Locke… (Elle se tut et leva brièvement les yeux.) Il n'a rien lâché. Si on s'en est sortis, ton père et moi, c'est grâce à lui. Tout le monde n'a pas eu cette chance.

Wren avait entendu des récits imprécis sur le sacrifice de son oncle. Elle savait qu'il avait mené l'assaut et décimé les non-morts afin de protéger ses soldats. Bien que trois fois moins nombreux, les forgeurs d'os avaient réussi à neutraliser les esprits. Les forge-fer, en revanche, ne disposaient pas des mêmes aptitudes. Puis, tout à coup, le vent avait tourné, et même si elles avaient perdu de nombreux soldats aux mains des revenants, les forces des Dominions étaient parvenues à remporter la bataille.

La jeune fille s'efforça d'imaginer un combat d'une telle ampleur face aux non-morts… ou encore pire, face aux vivants.

— Quelle horreur… murmura-t-elle.

— C'était un vrai déchirement, souffla Odile. Je suis forgeuse d'os, mais le village où je suis née se situe pile à l'entrée du Territoire hanté.

— Vous venez des terres de la Faille ?

— Oui. Sauf qu'à l'époque, on les appelait les terres de Fer.

— Vous êtes d'une famille de forge-fer, alors ?

Le plus souvent, les forgeurs héritaient des capacités de leurs parents, mais lorsque deux lignées se croisaient, l'une des spécialités prenait le pas sur l'autre. Aucun moyen n'existait cependant pour garantir quelle disposition dominerait, sans compter que certaines aptitudes récessives pouvaient ressurgir après plusieurs générations. Ce qui expliquait pourquoi la plupart des mariages entre forgeurs étaient soigneusement arrangés, de manière à assurer la pérennité des pouvoirs magiques. Du fait de sa condition de bâtarde, que Wren se soit révélée forgeuse d'os avait été un sacré coup de chance. Sinon, sa grand-mère l'aurait peut-être tout simplement reniée.

— Non, mais mon père et mes frères aînés travaillaient dans les mines.

— Est-ce qu'ils sont… commença l'adolescente, la gorge nouée.

— Morts dans la Faille ? Oui.

— Oh, toutes mes condoléances… bredouilla la jeune fille, confuse.

Odile lui fit signe de ne pas s'en faire. Son regard n'en était pas moins devenu distant, presque froid.

— De toute façon, ils étaient condamnés. S'ils n'avaient pas péri au cours de cette première incursion, ils auraient certainement pris part au Soulèvement et n'auraient sans doute pas survécu aux combats. Au moins je n'ai pas eu à les affronter dans le camp adverse.

Il n'y eut plus un bruit. Odile baissa les yeux, puis rendit à sa protégée l'épée affûtée. Tout à coup, les rêves de gloire de Wren semblaient insignifiants, presque indécents.

À cet instant, un messager entra dans la pièce, brisant ce silence pesant. Il apportait une lettre pliée, marquée du sceau de Fort-de-Faille. Odile s'empara de la missive que lui tendait le jeune homme, avant de le remercier.

— Ce doit être un message du commandant.

Elle rompit le cachet en chemin vers son bureau. Faute d'indication contraire, Wren lui emboîta le pas et s'assit face à elle, comme elle en avait pris l'habitude. Le feu qui flambait dans la cheminée diffusait une agréable douceur en comparaison du froid qui régnait dans l'atelier.

La fauchyr parcourut la lettre à toute allure. Son expression se fit grave – à moins que ce ne soit le résultat de leur conversation sur la guerre. Elle ferma les yeux un instant, comme pour se ressaisir, puis posa la missive sur le bureau.

— Je crois que tu vas enfin pouvoir saisir ta chance, dit-elle avec un sourire en coin.

— De montrer ce que je vaux ? demanda Wren, soudain euphorique. Est-ce à dire que vous ne m'avez pas encensée dans chacun de vos rapports ?

Comme elle l'espérait, le sourire de la fauchyr s'étira davantage.

— Au contraire, même le Fossoyeur pâlirait au portrait que j'ai dressé de toi.

Elle tendit la lettre à Wren, qui la lut à la hâte.

— Une visite royale ?

— Oui. Leopold, prince de sang, troisième dans l'ordre de succession, va nous faire l'honneur de sa présence, histoire d'épuiser un peu plus nos maigres ressources, avant de poursuivre sa grande tournée des Dominions. Attendons-nous à des assemblées, des dîners… des inspections.

— Du fort ?

— Et de ses défenses.

Wren se rembrunit.

— Et vous pensez que c'est auprès de lui que je dois faire mes preuves ? Un prince ?

Odile pencha la tête sur le côté.

— Qui d'autre serait mieux placé pour juger de ta valeur ?

À part son père ? Personne.

— Mais comment ?

— J'en fais mon affaire.

CHAPITRE 9

Dans les jours qui suivirent, l'humeur d'Odile se fit lunatique. D'ordinaire sarcastique, elle se montrait parfois distante, mélancolique. Wren regrettait de l'avoir questionnée sur le Soulèvement, d'avoir fait ressurgir de douloureux souvenirs. Quelle que soit son opinion de Vance, la forgeuse d'os avait été la fauchyr de Locke. De toute évidence, ils avaient créé une forme d'intimité, à en croire son regard absent et l'émotion visible sur ses traits à chaque évocation du premier-né de la maison de l'Os. Sa disparition avait dû lui causer beaucoup de peine. Entre sa famille et lui, qui sait combien de proches elle avait perdus ?

Malgré son humeur maussade, Odile tint parole. Elle partagea avec Wren les nouvelles sur la visite du prince, tout en veillant à mettre la jeune fille au fait de l'histoire de la dynastie.

— La famille Graven, de la maison de l'Os, est la dernière lignée de forgeurs à avoir rejoint les rangs de la noblesse. Elle le doit au rôle crucial qu'ont joué les forgeurs d'os dans la lutte contre la Faille, bien sûr. Le Soulèvement de Fer nous a ensuite permis d'asseoir notre légitimité mais, maintenant que ces deux menaces ont été maîtrisées, nous avons perdu du pouvoir et de l'influence. Visiblement, plus le danger pèse sur les Dominions, plus la maison de l'Os prospère, glissa-t-elle, parée de son habituel sourire en coin. Et puisqu'on parle de menaces, les Knight de la maison du Fer ont été les premiers à être anoblis.

Wren le savait déjà. Les Valoriens, des immigrants venus de loin, bien décidés à conquérir l'île pour faire fructifier son potentiel marchand, avaient promis aux forge-fer une généreuse récompense – des terres, un titre et une foule d'avantages. Pour seule condition, ils leur demandèrent de prêter allégeance à leur roi et de l'aider à s'emparer de la couronne. Au combat, nul ne tenait la comparaison avec ces guerriers ni avec la solidité de leurs armes de métal. Résultat, rares avaient été les opposants aux puissants Valoriens et à leur légion de Fer. Un à un, les seigneurs et les roitelets locaux courbèrent l'échine ou s'effacèrent au fil des épées de leurs ennemis.

— C'était un geste historique, poursuivit Odile, les pieds sur son bureau, un verre d'alka à la main.

Wren n'en revenait pas. Jamais elle n'avait eu de maître aussi peu conventionnel.

— Il a permis aux Valoriens de s'approprier le trône. Sous leur règne, les Dominions ont pris la forme que nous lui connaissons aujourd'hui. Par la suite, ce fut à la maison de l'Argent de gagner son titre de noblesse, après avoir enrayé à elle seule l'épidémie de choléra qui ravageait plusieurs des villes du littoral, en particulier Port-Valor. Quand la nouvelle s'est répandue que les forgeurs d'argent avaient sauvé la capitale – et la vie de la reine, à ce qu'il semblait –, tous les villages du continent ont engagé leurs guérisseurs. Quant aux Vane, de la maison de l'Or, ils ont été les premiers à s'élever au-dessus de leurs pairs en mêlant leur lignée à la famille royale, la plus prestigieuse de toutes.

Wren songea à son père, qui n'avait pas réussi à en faire autant pour sa maison.

— C'est Gaïus, le grand-père du roi Augustus, qui prit la décision de marier sa fille à un forgeur d'or, continua Odile. Non pour sa magie, mais pour les richesses de son clan. Grâce à ses fabriques de monnaie et au commerce avec l'étranger, la maison de l'Or avait toujours prospéré, mais rien n'égalait la richesse des Vane. Tout ce qu'ils désiraient était à portée de leur bourse. Inévitablement, ils se sont mis à convoiter le trône. À cette époque, la Couronne avait pratiquement vidé ses coffres pour repousser une invasion venue des Terres rhaïes. S'allier à la maison de l'Or fut pour le roi une solution de facilité. Histoire d'éviter les plaintes concernant la compatibilité des deux familles, il anoblit les Vane, puis maria Emmeline, son héritière, à leur fils aîné, Henry, le plus talentueux d'entre eux. Depuis, leur lignée est parsemée de forgeurs d'or. Deux des sœurs du roi en ont reçu les pouvoirs et maintenant…

— Le prince Leopold, acheva Wren.

— Lui-même. Le Prince d'Or en personne. À ce qu'on raconte, il est malin, beau garçon et il fuit l'ennui comme la peste.

— Tout à fait mon style, en somme, marmonna l'adolescente sans pouvoir s'en empêcher.

Un rire sec échappa à Odile.

— Je n'en doute pas. N'empêche, il a quand même de l'influence, souligna-t-elle avant de considérer avec morosité son verre vide. Il pourrait t'aider.

Wren opina du chef, même si elle en doutait.

— Au pire, je peux au moins compter sur vous.

Elle sourit, imitée, une fraction de seconde plus tard, par la fauchyr qui se leva.

— On s'arrête déjà ? s'étonna sa protégée en repoussant sa chaise à son tour.

— Non, pas tout à fait. Suis-moi.

À leur sortie du temple des forgeurs d'os, Wren s'apprêtait à traverser la cour pour se rendre au portail, quand Odile la héla d'un bref sifflement, avant de la conduire de l'autre côté de la forteresse, vers un nouveau passage souterrain. À cette heure tardive, la cour était dénuée de toute agitation. L'écho de leurs pas résonnait doucement dans le silence ambiant.

— C'est la première fois que je viens là, souffla Wren.

Sur les talons de son mentor, elle s'engouffra dans un escalier de pierre que la lueur vacillante des torches suspendues aux murs éclairait tant bien que mal.

— C'est parce que ce passage mène aux cachots.

La confusion s'empara de la jeune fille. Pourquoi Odile l'emmenait-elle dans un endroit aussi sinistre ?

Elles continuèrent à descendre l'escalier en colimaçon pour s'enfoncer jusqu'aux sous-sols destinés aux geôles.

— Il y a trois zones de détention, expliqua la fauchyr. Le niveau supérieur est réservé aux prisonniers de marque. Les officiers, la noblesse, les citoyens riches et influents. On leur fournit de quoi se chauffer, se meubler et s'assurer un certain confort. En dessous, on garde les détenus plus dangereux. Des soldats ennemis, des pillards… ou des forgeurs.

Effectivement, le niveau en question se montrait nettement moins accueillant que le précédent, qui disposait tout de même de quelques fenêtres, de tapis et d'autres commodités du même genre. À l'inverse, les cachots des vilains étaient creusés à même la pierre, dépourvus de lumière et battus par des courants d'air froid. Par ailleurs, en haut comme en bas, les lieux étaient déserts, sans le moindre garde ou prisonnier.

À la surprise de Wren, elles avaient déjà atteint le pied des marches. Où donc se trouvait ce troisième niveau dont avait parlé Odile ?

La mine réjouie, la fauchyr contourna l'escalier en colimaçon comme s'il allait tout naturellement se prolonger à travers le mur de brique.

Sauf que ce mur n'en était pas un. Quand Wren rejoignit sa protectrice, elle remarqua la présence d'un verrou encastré dans la paroi. Un verrou d'os.

Odile tira de sous sa robe une clef taillée dans le même matériau, qui pendait à une chaîne, puis la glissa dans la serrure. Deux déclics se succédèrent, avant qu'une bourrasque d'air glacé ne s'échappe par l'entrebâillement.

Il était fréquent, chez les forgeurs d'os, de façonner des clefs qui nécessitaient deux tours – le premier à la main, le second actionné à l'intérieur du verrou grâce à leurs pouvoirs magiques.

Sur les conseils de son mentor, Wren s'empara d'une lanterne accrochée à côté de la porte. Après avoir rassemblé son courage, elle descendit une nouvelle volée de marches à la suite d'Odile. Dans la seule clarté de sa torche, elle voyait à peine où elle mettait les pieds, mais une chose était sûre : à chacun de ses pas, le froid se faisait plus piquant. En bas de l'escalier s'ouvrait une immense caverne, au moins trois fois plus vaste que les cachots qui la surplombaient.

Wren eut soudain une révélation. Elles se trouvaient juste sous le Mur. Elle sentait peser sur elle sa présence oppressante – sa magie. Au même moment, elle avisa d'autres geôles creusées à ce niveau. Bien qu'inoccupées, comme les autres, le type de prisonniers à qui elles étaient destinées se devinait aisément.

— C'est ici qu'on garde nos détenus non-morts, expliqua Odile à mi-voix.

Elle désigna la rangée de cellules aux barreaux d'os, dont les ombres grotesques dansaient dans le halo de la torche.

Wren avait entendu dire qu'après l'ouverture de la Faille, tout avait été tenté pour comprendre l'espèce de non-morts inconnue, encore plus puissante, qui s'était échappée du cataclysme. Elle avait été étudiée sous toutes les coutures, soumise à des expériences. À partir de ces premiers tests avait été établie l'échelle des non-morts et tout ce qu'ils savaient sur les revenants.

Malgré tout, les cellules n'occupaient qu'une infime partie de la caverne. Des lits étaient alignés le long d'un mur, flanqués de plateaux garnis d'instruments et de paniers de linge qui évoquaient un hôpital. Çà et là traînaient quelques chiffons ensanglantés. Cet endroit aurait-il servi à soigner des blessés pendant la guerre ? Mais, dans ce cas, pourquoi ne pas les avoir emmenés à l'infirmerie ? Ils étaient peut-être trop nombreux, tout simplement. À moins qu'une autre raison ne l'ait justifié…

Derrière les lits s'étendait une zone ressemblant à une remise. La jeune fille identifia des fûts de vin, estampillés du cachet des Rivières jumelles, un célèbre vignoble à l'est du Mur qui n'avait eu d'autre choix que de fermer ses portes après l'ouverture de la Faille. Il y avait aussi des paniers de laine venant des troupeaux de La Butte, une province sise sur la côte, des caisses de fourrures de renards adamantins, ainsi que des pots de confiture d'airelles de fer. Des denrées très recherchées, qu'on prétendait impossibles à dénicher à l'ouest du Mur.

Wren remarqua également des artefacts de nature très différente : des instruments façonnés dans l'argent, des bijoux dorés et même des talismans en os destinés à repousser les non-morts.

À grands pas, Odile s'avança au centre de la grotte. Sur ses talons, la jeune forgeuse leva sa lanterne afin d'élargir son champ de vision.

— J'en déduis que les échanges avec les Faillois ne sont pas le seul fait des gardes.

— Non, en effet, confirma la fauchyr.

Elle semblait attendre une réaction de la part de sa protégée. Des reproches, peut-être ? Étant donné le sort réservé à sa famille à l'est du Mur, qu'Odile cherche à soutenir ses anciens amis et voisins par tous les moyens possibles n'avait rien d'illogique. À en juger par les objets entassés dans la pièce, elle contrôlait sûrement le gros du trafic.

— Est-ce que le commandant Duncan est au courant ?

— Je crois qu'il préfère ne pas savoir ce qu'il s'est passé autrefois ni ce qui continue à se tramer ici. Il me soupçonne de mener un petit commerce clandestin, mais il en profite aussi, et avec lui la majorité de la garnison. Au fond, peu importe la manière dont je me procure le vin de glace du Val cartésien que je lui fournis. Il est meilleur marché que les tonneaux qu'on importe de Maltec ou d'Andolésie, c'est tout ce qui compte à ses yeux. Cela dit, s'il savait tout ce qui circule sous le Mur, il serait nettement moins indulgent.

Wren considéra une nouvelle fois les lits d'infirmerie, les paquets de poisson séché, les sacs de pommes, de céréales…

— Des gens, par exemple ?

— Oui, des gens, des marchandises… des informations, surtout. C'est important de se tenir au courant de ce qui se passe à l'est du Mur, alors j'essaie de rester au fait des rumeurs et des commérages.

— Quel genre de rumeurs ?

— Tu dois bien avoir une petite idée, avec tous les non-morts qui se baladent librement sur leurs terres… Toutes les histoires qui circulent ne valent cependant pas la peine d'être répétées. La plupart sont sans queue ni tête, certaines attisent la curiosité et d'autres se contentent… d'être assez inquiétantes. Tant que je ne peux pas distinguer le vrai du faux, je préfère les garder pour moi.

— Si je comprends bien, vous êtes plus ou moins la gardienne des secrets ?

— Quelque chose comme ça, oui. Les renseignements sont plus difficiles à contrôler, mais pour tout le reste... Je suis la seule à avoir la clef de cette porte et à pouvoir ouvrir son verrou. Enfin, à part toi, désormais.

Wren lui jeta un regard effaré.

— Pourquoi me montrer tout ça ?

Désinvolte, Odile haussa les épaules. Une certaine tension émanait malgré tout de la fauchyr.

— Je préfère ne pas être la seule à savoir comment accéder à cet endroit si jamais il devait m'arriver quelque chose. Et puis, comme ça, maintenant, tu connais plus d'une manière de quitter le fort. Au cas où.

Wren sentait qu'un détail lui échappait encore, mais elle hocha la tête. Elle s'abstint de trop interroger son mentor, de peur qu'elle ne se ferme comme une huître.

— Je vous rappelle que je suis censée éviter les ennuis, glissa la jeune fille dans l'espoir de détendre l'atmosphère.

Odile ne se départit pas de son sérieux.

— Parfois, ce sont eux qui nous trouvent, sans même qu'on les ait cherchés.

Après des semaines d'attente, Son Altesse Royale le Prince d'Or se montra enfin à Fort-de-Faille.

Ce soir-là, lorsque Wren et les soldats de sa patrouille franchirent la porte du Mur, le soleil couchant projetait d'immenses ombres sur la plaine orientale. La jeune guerrière frémissait d'impatience.

Jamais encore elle n'avait rencontré de prince. Entre sa formation intensive de valkyr et le peu d'attrait qu'une visite à La Moelle exerçait sur les Valoriens, les occasions ne s'étaient pas multipliées. La dernière fois qu'ils y étaient venus, afin de rendre hommage à Locke Graven après le Soulèvement, elle n'était encore qu'un nourrisson. Le plus souvent, c'était son père ou sa grand-mère qui faisait le déplacement à leur siège de Port-Valor. Il était donc très peu probable qu'elle parvienne à impressionner ce prince pourri gâté, mais sa venue n'en était pas moins l'événement le plus palpitant depuis sa prise d'affectation.

L'adolescente et ses camarades étaient à peine descendus de cheval que l'intendant les accosta.

— Vous êtes en retard, constata-t-il d'un ton sec. Tâchez de vous rendre présentables. Vous êtes attendus au réfectoire.

Les gardes époussetèrent tant bien que mal leur uniforme. Wren restait présentable, mais portait encore ses armes et sa cuirasse, ainsi que le noir qu'elle s'appliquait sur les lèvres et autour des yeux. Après tout, elle était forgeuse d'os. Autant se montrer avec la tête de l'emploi. Dommage qu'elle n'ait pas eu une robe de fauchyr sous la main, elle aurait fait honneur à l'image sinistre qu'on se faisait de la maison de l'Os.

Dans l'espoir que les retardataires passent inaperçus, l'intendant les guida vers l'entrée de service de la salle. Au moment où Wren voulut les suivre, il l'arrêta en lui agitant un papier sous le nez où elle reconnut les zigzags de la signature d'Odile.

— Vous, vous siégez à la table d'honneur. Le commandant exige la présence d'un représentant de chaque ordre de forgeurs qui veille à la défense du fort. Il souhaite montrer au prince toute l'étendue de notre potentiel. Malheureusement, Odile est souffrante. Comme vous êtes la seule autre forgeuse d'os, vous la remplacez.

Souffrante ? Étrange, la fauchyr lui avait semblé en pleine forme, le matin même, quand elle avait annoncé à Wren l'arrivée imminente du prince.

Serait-ce le moyen qu'elle avait trouvé pour lui offrir un tête-à-tête avec Son Altesse Royale ? La chance qu'elle attendait tant ?

— Ah… Très bien, marmonna-t-elle en redressant les épaules.

Elle en était capable. Elle n'avait qu'à s'incliner, hocher la tête et répondre aux questions sur les défenses de la forteresse contre les spectres.

— Prête ? la pressa l'intendant.

Sans lui laisser le temps de répondre, il fit signe aux gardes d'ouvrir les grandes portes, puis empoigna fermement la jeune fille par le bras pour l'entraîner dans l'allée centrale qui menait à l'estrade, au fond de la salle.

On avait astiqué les tables, lavé le dallage. Les murs avaient été lessivés, les tapisseries dépoussiérées. Le prince trônait sous elles, dans son costume d'apparat. Vêtu du velours noir le plus somptueux, chaussé de bottes de cuir lustré et coiffé d'un diadème délicat, il se coulait parfaitement dans son rôle d'invité royal.

Chaque détail de son apparence venait souligner sa nature de forgeur d'or. Le fil de sa veste, les bagues passées à ses doigts… Jusqu'à ses yeux, aussi dorés que ceux d'un chat, qui se mirent à pétiller de malice à l'approche de Wren.

L'intendant se fendit d'une révérence, puis se pencha pour chuchoter quelques mots à l'oreille du commandant Duncan, dont le sourire faussement jovial céda soudain la place à un éclair de panique. Visiblement, l'absence d'Odile le prenait de court. La tablée se partageait entre des membres de la suite du prince et les subalternes du chef de Fort-de-Faille – des hommes et femmes forts d'au moins dix ans d'expérience à la forteresse, qu'il s'agisse du forgeur d'argent qui chapeautait l'infirmerie, du forge-roc responsable de l'entretien ou du capitaine de la garde.

Et voilà qu'il fallait se contenter de Wren, arrivée depuis à peine un mois, pour tout forgeur d'os.

Le commandant remercia l'intendant d'un geste de la main, non sans lâcher un soupir. Enfin, il se ressaisit.

— Votre Altesse Royale, la dernière de nos… hmm… représentants vient de finir son service, annonça-t-il. Prince-forgeur Leopold Valorien, de la maison de l'Or, permettez-moi de vous présenter dame-forgeuse Wren Graven, de la maison de l'Os.

La jeune fille avait appris à faire une révérence – son père y avait veillé, de peur que sa grand-mère ne lui en tienne rigueur. Mais lorsqu'elle se redressa, elle vit le regard du prince s'attarder sur elle.

Les ragots allaient bon train sur les charmes du Prince d'Or… et il fallait reconnaître qu'ils disaient vrai. Il était très beau, avec son auréole de boucles couleur caramel, ses lèvres pleines et sa peau sans défaut, d'un joli ton brun clair. Tiré à quatre épingles comme il était, Wren n'aurait même pas osé l'effleurer, de peur de froisser ses vêtements ou de le décoiffer. À moins qu'au contraire, tout l'attrait ne soit…

Non. Elle avait fait le serment de respecter les règles, d'obéir aux ordres et de leur montrer… quoi déjà ?

— Et voici Galen Valorien, qui supervise la visite du prince, ajouta le commandant en désignant le jeune homme assis à la droite de Leopold.

S'il partageait avec le prince un grain de peau similaire, il en allait tout autrement de son charisme, aussi fade que ses boucles étaient aplaties et ses épaules tombantes.

Wren s'inclina brièvement, puis Duncan lui désigna la place réservée à Odile, à l'extrémité de la table d'honneur. Elle avait à peine esquissé un pas que Leopold l'interrompit en levant une main élégante. D'un œil paresseux, il l'examina de la tête aux pieds.

— Wren… C'est une espèce de petits passereaux, je crois. Drôle de nom pour une forgeuse d'os.

Que cette sommité pailletée d'or soit au fait des coutumes de sa maison – qui trouvait ridicules les prénoms d'origine animale – l'étonna.

— En effet, Votre Altesse Royale, dut-elle admettre. C'est ma mère qui l'a choisi avant de mourir.

Elle regretta aussitôt cette précision. À peine entrée en scène, elle mentionnait la femme qui avait détourné son père de ses fiançailles avec la tante du prince.

Les yeux du jeune homme se firent rieurs. La panique de la forgeuse d'os semblait beaucoup l'amuser.

— Je connais votre père, dit-il d'une voix égale, dénuée de reproche. Il vient souvent à la capitale. Je ne suis pas certain de voir la ressemblance avec vous... À part les yeux, bien sûr.

Wren battit des cils, interdite. Leur échange prenait un tour bien surprenant.

— Il n'est pas très drôle, malgré ce qu'on raconte... poursuivit le prince avant de marquer une pause. Et vous, l'êtes-vous ?

La jeune fille se retint de rire.

— Il me semble que oui, Votre Altesse Royale, répondit-elle en s'efforçant de retrouver son sérieux. Sinon, je ne serais pas ici.

Ravi, le prince eut un sourire qui dévoila ses dents, d'une blancheur éclatante. Lorsque son nez fin se retroussa, en revanche, il sembla subitement moins parfait, plus humain.

— Pareil pour moi, glissa-t-il, rayonnant.

Ils étaient assurément sur la même longueur d'onde.

Le commandant observait les deux adolescents, hébété. Non loin, Galen affichait une grimace réprobatrice.

À présent que Leopold s'était tu, Duncan fit signe à Wren de déguerpir.

— Le noir autour de vos yeux, reprit le prince avant qu'on ait eu le temps de la chasser. Je croyais qu'il servait uniquement à vous éviter d'être aveuglés ? Dans ce cas, à quoi bon vous en peindre les lèvres ?

La forgeuse d'os étudia le visage princier, les cils dorés qui cernaient ses yeux, l'éclat de ses pommettes, brillantes comme sous le feu d'une lumière invisible, et le scintillement de ses iris, semblable au miroitement de l'eau sous le soleil. Un ensemble de parures élégantes, bien plus subtiles que tout l'attirail de Wren, mais évidentes malgré tout.

— Et vous, Votre Altesse Royale ? À quoi sert votre maquillage ?

Le prince sourit de plus belle, sans le moindre embarras. Une fossette se creusa sur sa joue.

— À me mettre en valeur, bien sûr.

Wren inclina la tête.

— Pareil pour moi.

Une foule de serviteurs surgit à toute allure, portant de grands plateaux chargés d'assiettes garnies sur les bras. Wren dut libérer la place devant l'estrade pour leur permettre de servir le prince valorien qui capta un nouveau regard de la jeune fille au moment où elle s'installait à sa place. Puis les domestiques accaparèrent son attention et le festin commença.

Seule en bout de table, la forgeuse d'os se surprit à sourire. Tout compte fait, prouver sa valeur à ce prince se révélerait peut-être plus facile que prévu.

Pour l'occasion, des fûts de vin avaient été montés dans le réfectoire. Les grands crus étaient réservés à la table d'honneur, mais gardes et tributs eurent tout de même droit à une coupe, quoique de millésimes moins prestigieux. Wren, qui préférait ne pas jouer avec le feu, hésitait à vider la sienne. Flirter avec le prince devant toute la forteresse était une chose, ajouter de l'alcool à l'équation en était une autre... aux conséquences potentiellement désastreuses.

Occupée à contempler le rouge rubis de son vin, elle surprit Leopold, au milieu de la table, en train de l'observer. Quand il leva son verre à son intention, elle l'imita.

Boire une petite coupe ne lui ferait pas de mal.

Bien que l'occasion de parler au prince ne se représenta pas, sa seule présence suffisait à rompre la monotonie de son quotidien – elle profita même du banquet et de la compagnie des représentants d'autres maisons, une fois déridée et les joues réchauffées par le vin. Tous avaient l'air surpris de la voir si joviale. À vrai dire, elle-même se sentait en pleine renaissance, sans pouvoir l'expliquer par les seuls effets de l'alcool. Pour la première fois depuis des semaines, une bouffée d'optimisme la portait.

À moins que ce ne soit l'absence du désespoir…

Lorsque le festin tira à sa fin, le prince se leva de table, souhaita une bonne nuit à l'assemblée, puis regagna sa chambre, entouré d'une escorte.

Wren le regarda s'éclipser en se demandant quand viendrait la prochaine occasion de lui parler. Si Odile s'obstinait à jouer les malades, elle se présenterait peut-être plus tôt que prévu.

Son Altesse Royale ayant pris congé, le reste des convives ne tarda pas à s'éclipser lui aussi. La plupart des gardes reprenaient leur service au petit matin, voire avaient une ronde nocturne à effectuer.

La jeune fille suivit le mouvement. Elle se dirigea vers sa chambre, qu'elle partageait avec Sabina, la forgeuse d'argent arrivée à Fort-de-Faille en même temps qu'elle. Elles se connaissaient à peine. Avec les horaires et les responsabilités de chacune, elles ne se croisaient presque jamais.

Ce soir-là encore, à l'heure où Wren s'assit sur sa couchette afin d'ôter ses bottes, Sabina dormait déjà dans le lit du dessus. Peu portée sur la boisson, elle s'était sans doute retirée de bonne heure.

La forgeuse d'os allait poser son deuxième soulier quand un bruit à proximité de la fenêtre la fit se relever brusquement.

Tirée de son sommeil, Sabina se redressa à la hâte.

— Qu'est-ce que c'était ? marmonna-t-elle, le visage caché derrière un rideau de cheveux noirs.

Wren ouvrit les volets. Un courant d'air glacial s'engouffra dans la chambre. Elle balaya la cour du regard, loin jusqu'aux remparts, quand une exclamation étranglée attira son attention.

Là, suspendu au bord de la fenêtre, se trouvait le prince Leopold.

— Nom du Fossoyeur !

Wren le saisit par le poignet pour l'aider à monter dans la chambre. Techniquement, la pièce se situait au rez-de-chaussée, mais du fait de la déclivité du sol, elle était en fait nettement surélevée. La chute ne serait pas fatale, bien qu'à coup sûr douloureuse. En tout cas, mieux valait ne prendre aucun risque, surtout avec le nombre de coupes que le prince avait descendues au banquet.

— Mais qu'est-ce que… grommelait Sabina.

Wren parvint tant bien que mal à hisser Leopold par-dessus le rebord pour le traîner ensuite sur le sol de pierre froid.

— Quelle force ! marmonna-t-il.

Affalé aux pieds de la forgeuse d'os, il lui lança un sourire. Il était encore plus saoul qu'elle ne l'avait cru. De sa poche de poitrine, il tira une flasque dorée, preuve que son départ du réfectoire n'avait pas sifflé la fin de la fête.

— Par tous les guérisseurs… Je rêve ou c'est le prince Leopold ? souffla la forgeuse d'argent avant de jeter à sa camarade de chambre un regard soupçonneux. C'est toi qui l'as invité ?

L'intéressée regrettait presque de ne pas y avoir pensé.

— Non, répondit-elle.

— Plus ou moins, intervint le Prince d'Or au même moment.

Wren le toisa de haut, les bras croisés.

— Pardon ?

Il leva les mains en signe de reddition, puis renversa quelques gouttes du contenu de sa flasque, dont l'adolescente s'empara. Elle renifla au goulot et dut ravaler un haut-le-cœur, avant de se résoudre tout de même à prendre une gorgée. L'effet du vin qu'elle avait bu au festin s'était dissipé depuis un moment.

— Je ne suis pas là pour ce que vous pensez, leur assura-t-il d'emblée.

Au demeurant, quelles qu'aient été ses intentions, il ne semblait de toute manière pas en état de les mettre en pratique.

— J'ai juste envie de m'amuser un peu et je savais que tu serais l'homme… euh… enfin, la femme de la situation, hoqueta-t-il.

Sabina roula dans son lit pour s'enfouir la tête sous l'oreiller.

— Ne le tue pas, c'est tout ce que je te demande, grogna-t-elle.

Le prince valorien tenta sans conviction de récupérer sa flasque, avant de finir par s'avachir contre le mur. Il supplia Wren du regard.

— Tu veux bien me la rendre, s'il te plaît ? Je meurs de soif.

Elle en prit une nouvelle gorgée, veillant à tenir le flacon hors de portée du visiteur impromptu.

— Comment vous êtes-vous débarrassé des domestiques et des gardes qui vous collent au train en permanence, Votre Altesse Royale ?

Morose, il haussa les épaules.

— Faisons fi des convenances, tu veux ? Tu n'es plus en service et je suis dans ta chambre. Appelle-moi Leo. Et cesse de me vouvoyer, c'est très agaçant. Pour ce qui est de ma garde d'honneur, elle m'a enfermé dans mes appartements. C'est le protocole habituel, ces derniers temps. Du coup, je suis sorti par la fenêtre.

— À tes ordres, Leo. Bravo pour l'audace, mais qu'est-ce que tu comptes faire, maintenant ? Quelqu'un va finir par vouloir prendre de tes nouvelles et, quand on va s'apercevoir que tu as disparu, c'est sur moi que ça va retomber.

Fatigué, Leopold se passa une main sur la figure, ébouriffant ses cheveux et étalant son maquillage doré au passage.

— Mes gardes m'aiment bien, ils ne viendront pas m'embêter ce soir. Lui, en revanche…

Il tourna la tête pour scruter l'obscurité de la nuit par la fenêtre restée ouverte. Suivant son regard, Wren remarqua la tour du commandant, au loin. Son cabinet, encore éclairé, brillait comme un phare dans la tempête.

— Il viendra s'assurer que je me trouve bien dans ma chambre dès qu'il aura fini.

Impossible qu'il parle de Duncan.

— Qui ça ?

— Galen, le cousin éloigné qui me sert de chaperon. C'est un arriviste acharné doublé d'une ordure finie.

Wren pouffa, puis rendit sa flasque au prince, qu'il accepta gracieusement. Tandis qu'il la portait à ses lèvres, la jeune fille jeta un coup d'œil par la fenêtre.

— S'il cherche des bottes à lécher, il a trouvé le candidat idéal. Même quand il est seul, le commandant travaille souvent tard la nuit. Alors, s'il a de la compagnie à impressionner et un petit coup dans le nez… Tu as bien une ou deux heures devant toi.

Elle conclut sa tirade d'une moue malicieuse. Le prince retrouva le sourire.

— Une ou deux heures ? Qu'est-ce qu'on va bien pouvoir faire pour s'occuper ? demanda-t-il en agitant les sourcils.

— N'y pensez même pas ! grogna Sabina, toujours cachée sous son oreiller.

Wren tendit la main à Leo pour l'aider à se relever. Contre toute attente, il ne vacilla pas. Elle l'avait aussi imaginé plus grand. En réalité, elle le dépassait d'un bon pouce.

— Viens, souffla-t-elle en se dirigeant vers la porte. J'ai une idée.

CHAPITRE 10

Tapie dans l'ombre afin d'éviter d'être repérée par les gardes, Wren fonça, le prince sur les talons. Ils grimpèrent sur les remparts, qui offraient déjà un vaste panorama sur les environs, mais la jeune fille avait en tête une bien meilleure idée. Puisqu'il avait démontré un certain talent pour l'escalade, elle conduisit son royal compagnon à la tour la plus haute de Fort-de-Faille. Là, ils gravirent une échelle instable, puis se hissèrent sur le parapet, avant de rejoindre une petite plateforme circulaire adjacente aux mats où flottait le fanion de la forteresse.

Les créneaux leur permettaient non seulement de s'abriter du froid et de profiter du paysage, qui s'étendait à perte de vue dans toutes les directions, mais aussi de surveiller la tour du commandant.

Leo se pencha dans une embrasure afin d'admirer la vue.

— Impressionnant. Est-ce qu'on peut voir la Faille, d'ici ?

— Non, soupira Wren. Tu connais le plus triste ? Je n'ai pas vu le moindre filet de lumière spectrale depuis mon arrivée.

L'air frais semblait peu à peu dégriser le prince. Ses joues avaient repris une teinte normale. Ses yeux brillaient.

— Aucune manifestation de non-morts ? Quelle tristesse, en effet ! railla-t-il. Dois-je en conclure que tu es une forgeuse d'os zélée ? Que tu te dévoues corps et âme à l'œuvre de l'illustre Fossoyeur ?

— Que sais-tu de Lui, au juste ?

Malgré la Faille et tous les efforts fournis par la maison de l'Os pour protéger les Dominions, la majeure partie du royaume se méfiait des forgeurs d'os.

Leo prit un air outré.

— Je suis prince. Je sais tout.

— Vraiment ? rétorqua Wren, espiègle.

Bien décidé à relever le défi, il se mit à réciter ses leçons.

— De toute l'histoire des Dominions, le Fossoyeur est le premier forgeur officiellement reconnu. D'autres l'ont sans doute précédé, mais tant qu'il n'existait aucun moyen de neutraliser les revenants, aucune civilisation n'avait réussi à s'établir durablement dans la Terre enchantée.

— Je croyais qu'on l'appelait la terre des Étoiles filantes, intervint-elle dans l'espoir de le piéger.

Selon une croyance populaire bien ancrée, la magie venait d'étoiles tombées des cieux. De ce que Wren en savait, aucune autre terre n'offrait de telles possibilités – du moins pas sous cette forme. Elle avait entendu parler des diseurs de bonne aventure selnoris et des sorcières des Terres rhaïes, avec leurs potions à base de plantes, mais rien de comparable aux différents pouvoirs exploitables des Dominions.

— Tout dépend à qui tu t'adresses, répondit Leo sans la moindre hésitation. Les Maltecs l'appelaient Mageterre et les Andolésiens, Estellaile. Les premiers colons à s'être installés ici lui ont donné le nom de Forgeterre, à une époque où le monde entier manifestait un pouvoir. Mais, aujourd'hui, grâce à l'ambition de mes ancêtres, l'île a pris le nom de Nouveaux Dominions, en l'honneur d'un endroit qui n'existe plus.

À l'origine, les Valoriens venaient des Dominions du Nord, une contrée que la guerre civile avait divisée en plusieurs nations distinctes. Le nom officiel de la terre conquise était bien les Nouveaux Dominions, mais personne ou presque ne le prononçait plus en entier.

— Impressionnant… reconnut Wren, que l'histoire n'avait jamais passionnée.

Sous ses airs rebelles, Leo était plus studieux qu'il n'y laissait paraître. Flatté, le jeune homme la remercia d'un signe de tête avant de reprendre sa contemplation du paysage.

— Tu es là depuis combien de temps ?

— Un peu plus d'un mois.

— Et tu te plais ici ?

— Non, répondit-elle, maussade. Je m'ennuie. Dans la vie, je ne suis bonne qu'à la bagarre avec les fantômes. Et, comme je te l'ai dit tout à l'heure, c'est une denrée rare dans les parages.

— Ah, l'ennui… Voilà quelque chose que je connais bien.

Wren s'adossa contre le mur et se mit à observer son compagnon.

— La vie de prince ne serait donc pas aussi géniale qu'on le prétend ?

— Oh, elle a son charme. Mais à l'inverse de l'aîné et du cadet, qui ont quelques devoirs et responsabilités en plus des avantages habituels...

— Comme l'or et le pouvoir ? glissa Wren, ironique.

— Précisément. Contrairement à eux, donc, le troisième fils, lui, n'a pas grand-chose à se mettre sous la dent. Dans la hiérarchie, il y a l'héritier, le suppléant, moi, puis la fille qui est la benjamine et la petite préférée de la famille, accessoirement.

— Donc tu es le deuxième suppléant.

— Le suppléant du suppléant, oui.

Wren pouffa.

— Mais tu es le seul à être forgeur d'or, non ? Tu n'en tires aucun privilège ?

— Non, rien. À part une qualité supplémentaire dans mon titre que les gens prennent rarement la peine d'utiliser. En fait, je n'ai même pas le droit de me servir de mes pouvoirs. Les princes ne travaillent pas, Wren Graven, pas même les princes-forgeurs. Tu dois pourtant le savoir. (Un petit sourire narquois se dessina sur ses lèvres.) À présent que mon éducation est finie... on n'attend plus rien de moi. (Il haussa les épaules.) Je n'ai aucune responsabilité. D'où cette visite à Fort-de-Faille. J'en ai fait des dizaines, ces dernières semaines. On m'envoie faire des inspections aux quatre coins du pays pour m'empêcher de tourner en rond.

— Et de faire n'importe quoi ?

— Surtout.

Sur ces mots, il leva sa flasque.

— Tu as l'air d'avoir la vie facile, commenta la forgeuse d'os.

Bien sûr, elle doutait que ce soit aussi simple. Elle aussi avait l'habitude que tout son entourage s'attende au pire de sa part et savait mieux que quiconque comment lutter contre cette image, ou bien comment s'y conformer. La plupart du temps, ses bêtises n'avaient d'autre but que d'attirer l'attention. Se faire prendre, c'était marquer les esprits.

Quitte à choisir, elle préférait encore la critique à l'indifférence. Et tant pis si ce genre d'attitude l'avait menée tout droit là où elle se trouvait désormais.

Leo rejeta la tête en arrière pour admirer les étoiles.

— Facile, certes, mais invisible.

— Ce n'est pas le pire, insista Wren. Tu aurais pu rater l'examen pour lequel tu t'étais entraîné toute ta vie, être banni par ta famille et exilé dans ce trou à rats.

Le prince reporta son attention sur la jeune fille.

— Il faudrait être sacrément idiot pour t'exiler, dit-il avec le plus grand sérieux.

L'incrédulité se lisait sur le visage du Prince d'Or. L'idée lui paraissait tout bonnement inconcevable. Il ne la connaissait que depuis quelques heures et pourtant, il semblait plus conscient de sa valeur que le propre clan de la jeune fille.

Wren poussa un soupir.

— Tu n'as qu'à le dire ma famille.

— Ah, je vois. De tous les idiots, ce sont les pires. J'en sais quelque chose.

La forgeuse d'os s'esclaffa. Leo lui tendit sa flasque.

— Aux pires idiots qui soient !

Sur ces paroles, elle leva la petite bouteille, puis avala une gorgée brûlante. Le prince récupéra le précieux récipient.

— Et aux amitiés nouvelles, ajouta-t-il avant d'en vider le contenu d'un trait.

Peu après, la lumière du cabinet du commandant Duncan s'éteignit. Wren et Leo s'empressèrent de quitter leur perchoir pour rebrousser chemin. En fin de compte, le prince ne s'était pas exactement échappé par la fenêtre de sa chambre – il en était juste tombé ! Désormais, entre la fatigue due à l'heure tardive et l'excès d'alcool, il se révélait incapable d'escalader un étage sans aide.

Résultat, Wren fut bien obligée de se poster sous la fenêtre princière, puis de laisser le rejeton de la maison de l'Or monter sur ses épaules. Après moult coups de pied dans le crâne et un écrasement de clavicule à force de gesticuler, il parvint enfin à s'agripper au rebord et à grimper par la fenêtre.

Une fois dans sa chambre, le jeune homme se pencha par-dessus bord pour adresser un clin d'œil à la forgeuse d'os, puis disparut.

Un sourire aux lèvres, Wren regagna sa chambre – par les escaliers, cette fois.

Quelques heures plus tard, l'aube lui parut aveuglante et la cloche qui annonçait le changement de quart assourdissante. Elle sonnait à une heure bien matinale, tenta de se persuader la jeune fille. Enfin, peu importait. De toute manière, elle était déjà réveillée.

Pour la première fois depuis des semaines, elle eut soudain le sentiment que sa vie reprenait un sens. Elle ne savait pas encore comment Leo allait s'y prendre pour l'aider, mais l'espoir s'était réveillé en elle. Et si, au passage, le forgeur d'or lui offrait un peu d'amusement, elle ne s'en plaindrait pas.

Certes, sa migraine était horrible et sa bouche terriblement sèche, mais un bon petit déjeuner la remettrait sûrement d'aplomb. Alors que Leo, lui, faisait grise mine. En dehors de ses boucles, dont l'éclat restait brillant comme du fil d'or, et de sa veste, au tombé impeccable, son teint pâle et ses yeux éteints lui donnaient un air cadavérique. Malgré tout, quand la forgeuse d'os pénétra dans le réfectoire et croisa son regard, le jeune homme lui sourit en la saluant d'un hochement de tête.

Elle eut un instant d'hésitation. Était-elle autorisée à s'asseoir à la table d'honneur ? Odile manquait encore à l'appel. Les autres représentants avaient retrouvé leur place, mais le moment était nettement moins solennel que le banquet de bienvenue. Par sa présence, Wren avait pour mission de remplir les fonctions d'Odile, pas de lui garder son siège. Comme personne ne lui faisait signe, elle finit par se glisser sur un banc où mangeaient d'autres tributs.

Elle passa toutefois tout le petit déjeuner à observer la table d'honneur. Leo se tenait assis le dos bien droit, dans une posture impeccable, le menton élégamment appuyé sur une main. En revanche, ses yeux étaient fermés.

Sans même les ouvrir, il maintenait sa tasse en l'air pour signaler qu'il souhaitait plus de café, jusqu'à ce qu'un serviteur ait la présence d'esprit de la remplir. D'habitude, la boisson ne figurait pas au menu de Fort-de-Faille. Les grains, importés de Selnor, coûtaient une petite fortune. En voyant le prince engloutir sa troisième tournée, Wren conclut qu'il avait dû apporter sa réserve personnelle.

Lorsque, enfin, le commandant Duncan se leva de sa chaise, le silence tomba sur la salle. Leo ouvrit les yeux.

— Dans le cadre de son inspection officielle, le prince Leopold va m'accompagner, avec une petite escorte, à l'est du Mur afin d'examiner nos défenses de plus près et de s'assurer qu'elles répondent aux exigences royales.

L'intéressé hocha la tête, mais Wren remarqua chez le jeune homme une certaine tension, dont il était jusqu'alors dépourvu. Peut-être redoutait-il de s'aventurer de l'autre côté de la frontière… ou bien d'avoir des difficultés à remplir ses obligations royales correctement.

— Les gardes non affectés à notre détachement effectueront leurs patrouilles comme prévu.

Un grognement collectif se propagea dans la salle, suivi par le crissement des bancs sur la pierre quand les autres tributs se levèrent pour aller prendre leur service. Wren, elle, resta assise, priant intérieurement pour être appelée.

Malgré le tumulte, le commandant finit par repérer la jeune fille, à qui il fit signe d'approcher. Le cœur de la forgeuse d'os fit un bond dans sa poitrine.

Laissant la salle se vider, elle rejoignit le groupe rassemblé devant la table d'honneur. Elle croisa le regard de Leo et lui adressa un large sourire, avec l'espoir que sa présence apaiserait peut-être les angoisses du jeune noble. Sauf qu'il gardait la bouche pincée tout en réclamant une nouvelle tasse de café.

Le commandant Duncan annonça la liste des membres de l'escorte. En plus de Wren et de lui, elle comprendrait une équipe de la garde personnelle du prince, Galen – son cousin et chaperon –, ainsi qu'une poignée de soldats de Fort-de-Faille.

Quand vint l'heure de partir, dans l'après-midi, la forgeuse d'os et ses compagnons se réunirent dans la cour. Les chevaux étaient sellés et la calèche du prince attendait son prestigieux passager.

La jeune fille vérifia que ses armes étaient bien accrochées, ainsi que tous les éléments de sa cuirasse. Elle ne s'en servirait pas, mais elle tenait à faire honneur à son ordre. Mentalement, elle passa en revue ce qu'elle savait des défenses de la forteresse contre les non-morts. Odile en savait sûrement plus, mais Wren doutait fort que le prince lui demande un exposé détaillé. Quelques points essentiels suffiraient. Et puis, elle ne comptait pas sur son savoir pour l'impressionner – pour gagner ses faveurs, son charme était son meilleur atout. Que tirerait-elle de leur amitié ? Elle l'ignorait encore, mais elle se plut à imaginer l'arrivée d'une lettre à La Moelle, estampillée du sceau du prince, pour chanter les louanges de la fille exilée de Vance Graven et de ses prouesses à Fort-de-Faille. Peut-être même proposerait-il de la prendre à son service en l'intégrant à plein-temps dans son escorte de voyage. En effet, il n'était pas rare d'avoir besoin d'un forgeur d'os, d'autant plus pour se rendre dans certaines régions des Dominions où leur présence se faisait éparse.

Wren s'approchait de l'un des chevaux quand Leo la saisit par le bras.

— Vous voyagez avec moi, Graven.

Aux anges, elle pivota sur ses talons… pour heurter Duncan de plein fouet.

— En selle, tribut. Le départ est imminent.

— Je dois dire, commandant, que je me sentirais bien plus serein avec la forgeuse d'os à mes côtés pendant l'inspection, intervint le prince. Après tout, nous allons franchir le Mur.

— Aucune attaque de non-morts n'a été signalée depuis sept ans, Votre Altesse Royale ! Vous ne risquez absolument rien, je vous le promets.

— Dans ce cas, pourquoi la Couronne dépense-t-elle autant dans l'entretien du Mur ? glissa le jeune noble en balayant les alentours du regard. Si la Faille ne représente plus aucune menace, peut-être ferait-on mieux d'utiliser nos ressources à meilleur escient…

— Au contraire, elle reste très dangereuse, répliqua le haut gradé dans un hardi retournement. Sans parler des Faillois qui rôdent près de la frontière. Je parlais bien sûr de la partie du Mur que nous allons inspecter. Rien n'est à signaler dans cette zone, par ailleurs soumise à des consignes de sécurité très strictes…

— Peu importe, l'interrompit Leo. Je me sentirais rassuré si j'étais accompagné par une personne armée et entraînée à repousser ce type de menace. On n'est jamais trop prudents. J'ai beau être le suppléant du suppléant, je n'en suis pas moins prince des Dominions.

— Naturellement, Votre Altesse Royale. Votre sécurité est notre priorité absolue. Dame-forgeuse ! aboya-t-il en faisant signe à Wren de grimper dans la calèche. Vous montez avec le prince.

Prenant un air suffisant, la jeune fille obéit. Se sentir désirée, estimée comme une véritable amie la prenait un peu de court. D'ordinaire, on la considérait davantage comme un dernier recours, un fardeau.

Mieux valait ne pas y prendre goût.

Pendant les préparatifs du départ, elle pensa à Odile. Wren n'avait pas trouvé un seul petit moment dans la journée pour lui rendre visite. Au fond, puisque son mentor simulait une maladie, il en allait peut-être aussi bien. La jeune forgeuse d'os aurait tout de même aimé voir la réaction de la fauchyr lorsqu'elle apprendrait que son plan se déroulait à merveille.

La calèche n'était pas très spacieuse, mais la capote se relevait, ce qui permettait au moins de mieux profiter du paysage. Wren et Leo occupaient une banquette, Galen et Duncan leur faisaient face sur l'autre. Si le cousin du prince ne le quittait pas des yeux, Wren sentait sur elle les pupilles perçantes du commandant.

Elle esquissa un sourire.

— Prêt à t'amuser ? chuchota-t-elle à l'oreille de Leo.

Le chef de la forteresse la foudroya du regard.

— Toujours.

† † †

Ils franchirent le portail principal, puis bifurquèrent à gauche pour s'engager sur la route, de sorte que le prince puisse contempler tout le gigantisme du Mur frontalier, qui se perdait à l'horizon.

À la vue de ses briques de poussière d'os scintillante, sa réaction fut pour le moins attendue.

— Est-ce… marmonna-t-il en tirant sur son col. Est-ce bien ce que je crois ?

Ravie, Wren récita ce qu'elle avait appris d'Odile pour décrire en détail les clefs de voûte et la palissade.

En chemin vers la tour la plus proche, le commandant Duncan ajouta d'autres éléments, précisant le nombre de soldats postés dans chacun des fortins et vigies, ou soulignant le rôle crucial des Routes ancestrales pour faciliter la traversée de ces terres sauvages, truffées de falaises escarpées, de volcans et de geysers brûlants. S'aventurer hors des sentiers dans ce paysage criblé de gouffres et de profondes crevasses pouvait s'avérer terriblement hasardeux. La forêt qui longeait le Mur vers le nord était tout aussi impénétrable, sa densité tenace ayant résisté à tous les efforts pour la défricher. On trouvait bien quelques arpents de terres agricoles mis en valeur plus au sud, dans le Val cartésien, mais la région restait dépendante de ses mines pour s'enrichir.

Au fil du voyage, qui allait bon train, Leo se détendit. Il interrogea ses accompagnateurs sur l'organisation des patrouilles, feignant même de s'intéresser à leurs réponses.

Wren faisait de son mieux pour rester à l'affût – après tout, elle avait suivi une formation de valkyr – tout en tenant compagnie à Leo, mais le prince restait d'humeur bougonne. Manifestement, il encaissait mal les soirées trop arrosées.

Le commandant Duncan achevait tout juste son laïus sur le mode de fonctionnement des différentes tours quand la calèche ralentit. Assis comme Galen dos à la route, il dut se tordre le cou pour voir ce qui se passait à l'avant.

L'un des gardes à cheval s'approcha de la voiture.

— Des pierres obstruent la route, mon commandant.

Wren se leva. D'énormes rochers encombraient le passage. Le barrage était complété par un amas de petites pierres. Quand le terrain l'autorisait, la route se faufilait à travers le paysage accidenté, si bien qu'elle pouvait par endroits se retrouver encaissée entre des falaises abruptes. Entre la crête lointaine qui dissimulait la tour et l'épais bosquet qui s'étendait à l'est, la visibilité du groupe se trouvait soudain fortement limitée.

Assez ennuyé à l'idée que l'incident ne le fasse passer pour incompétent aux yeux du prince, le chef de la forteresse tempêta après la patrouille qui, selon lui, aurait dû signaler le problème bien avant leur arrivée. Sur le même ton, Galen ordonna aux gardes du prince de dégager l'éboulement sur-le-champ.

Leo, de son côté, semblait avoir retrouvé sa nervosité. Il jetait des regards inquiets alentour. Précautionneuse, Wren sonda les environs à l'aide de ses pouvoirs, mais ne décela la présence d'aucun non-mort. La palissade remplissait son office.

— Ne t'en fais pas. Tu ne risques rien, promit-elle. Que dirais-tu de te dégourdir les jambes en attendant que le problème soit réglé ?

Il croisa son regard, et la jeune fille vit une drôle d'expression dans ses yeux. Il cherchait son cousin. Pour la première fois depuis leur départ du fort, il ne lui prêtait aucune attention.

C'était l'occasion rêvée. Wren sauta de la calèche, bientôt suivie par Leo une fois qu'il eut rassemblé son courage. Sur la route, que des cavaliers aux aguets encadraient, il continua à jeter des coups d'œil ici et là.

— Tout va bien ? demanda Wren dès qu'ils se furent suffisamment éloignés.

— Bien sûr, répondit-il sèchement. Tout va toujours bien.

Il n'avait plus rien du prince rieur qu'elle avait rencontré la veille. Était-ce l'alcool qui l'avait rendu si sympathique ? Il finit tout de même par lui lancer un sourire, qui parut malgré tout forcé.

— Dans ce cas…

Elle s'interrompit, alertée par un étrange sifflement, puis se retourna… juste à temps pour voir l'un des gardes postés près de la calèche s'effondrer, la hampe d'une flèche dépassant de son orbite.

Après un instant de silence interdit, un grondement de sabots s'éleva sur la route, en provenance du nord, avant que ne pleuve une nouvelle salve de flèches. Plusieurs traits criblèrent la capote de la calèche. D'autres allèrent se ficher dans le sol. D'autres encore touchèrent leur cible, aussitôt écroulée comme la première victime.

Galen hurlait le nom du prince quand, tout à coup, ses yeux s'écarquillèrent. Wren fit volte-face. Sur la route du sud, des cavaliers fonçaient droit dans leur direction. Il ne s'agissait pas de gardes de Fort-de-Faille, mais d'assaillants.

Ils étaient encerclés.

Les décombres sur la route ne venaient pas d'une chute accidentelle. Non, ils avaient été placés là dans un but bien précis. La forgeuse d'os jeta un regard à Leo qui vacillait dans un curieux mélange de terreur et de résignation.

On leur avait tendu un piège et ils avaient foncé tête baissée pour livrer à l'ennemi le prince Leopold Valorien sur un plateau d'argent.

CHAPITRE 11

— À terre ! hurla Wren en se jetant sur Leo pour le plaquer au sol.

Il ouvrit de grands yeux, les traits déformés par la méfiance. Certes, elle n'était ni militaire ni membre de sa garde personnelle, mais elle se trouvait juste à côté et était sûrement mieux entraînée que lui au combat – bien que sa formation l'ait surtout préparée à affronter les non-morts.

— Dans le bosquet ! ordonna-t-elle en le poussant.

La forgeuse d'os y mit tant de force qu'ils en furent surpris tous les deux. En rampant, ils gagnèrent le bord de la route.

Les cris fusaient parmi les gardes qui se préparaient à l'assaut. Au milieu de la confusion, Galen jetait des regards fébriles en tous sens.

— Protégez le prince ! hurla-t-il. Il est là, sous les arbres !

Wren poussa un juron exaspéré. Elle l'aurait volontiers étranglé. Il restait une chance que cette attaque soit menée par des Faillois ignorant tout de la présence d'un prince du royaume parmi leur groupe. Non seulement le chaperon venait d'éventer cette information cruciale, mais il trahissait également sa position !

Elle chercha une échappatoire, en vain. La route dégagée ne leur offrait aucune cachette. Face à leurs assaillants, qui se ruaient désormais sur leurs deux flancs à la fois, les soldats de Fort-de-Faille et la garde royale s'empressèrent de prendre position. Les cavaliers s'organisaient pour mener une contre-attaque tandis que les fantassins se regroupaient près de la calèche, seul abri à leur disposition.

Un parfum de bois brûlé se mit à flotter au milieu du chaos. Les arbres… Avait-on l'intention de les enfumer ?

— On nous attaque, constata Leo.

Il était visiblement en état de choc.

— Finement observé, Votre Altesse, grommela Wren.

Hésitante, elle jeta un regard en arrière, puis droit devant, vers le bois – que l'incendie ne tarderait pas à ravager.

Tant pis, c'était leur seule chance. L'artillerie, qui ne manquerait pas d'arriver, ne pourrait pas les suivre dans les sous-bois, trop touffus. S'ils parvenaient à traverser cette forêt, ils arriveraient peut-être, une fois de l'autre côté, à disparaître dans la nature, à dénicher une grotte où se mettre à l'abri en attendant de trouver un moyen de rentrer au fort. Wren tiendrait les éventuelles menaces surnaturelles à distance jusqu'à ce que des renforts viennent à leur rescousse. Le convoi princier n'était pas visible depuis la tour, mais des gardes patrouillaient sur le Mur. Quelqu'un finirait bien par remarquer la fumée et donnerait l'alerte.

Quoi qu'il en soit, il fallait d'abord protéger le prince, coûte que coûte.

— Allons-y ! ordonna-t-elle en désignant du menton l'obscurité des bois.

Leo ne cilla pas.

— C'est moi qu'ils veulent.

Tout autour d'eux, sous le fracas métallique des lames, sifflaient le chuintement des arcs et, plus loin encore, le rugissement grandissant des flammes.

— Pas sûr, rétorqua-t-elle.

Elle n'y croyait pas elle-même. De toute évidence, l'attaque avait été préméditée. Les coïncidences étaient trop nombreuses.

Le prince continuait de la scruter, comme s'il attendait un signe… avant de finir par obtempérer en s'enfonçant sous le couvert des arbres.

Tout au long de leur progression, Wren resta attentive aux bruits du combat derrière eux. Les cavaliers venus du sud avaient sûrement pris la calèche d'assaut mais, sous le couvert des fourrés, les deux fuyards étaient hors de vue. Elle espérait seulement que leurs assaillants tergiverseraient assez longtemps pour qu'elle puisse gagner l'autre côté du bois avec Leo.

Agacée par les branches et les épines qui s'accrochaient à leurs vêtements et leur griffaient la peau, elle dégaina l'une de ses épées. Les lames des forgeurs d'os étaient conçues pour terrasser des esprits, non des arbres. La rage au ventre, elle taillada les sous-bois pour leur y frayer un chemin, Leo sur les talons. Tout à sa crainte que les agresseurs ne les poursuivent, le prince ne cessait de regarder par-dessus son épaule. Quand bien même personne ne semblait avoir remarqué leur échappée.

Lacérés par la lame de Wren, les fourrés finirent par laisser passer la lumière du jour. Le bois se fit moins dense puis, peu à peu, une étendue d'herbe s'offrit à leur vue, ainsi qu'un morceau de ciel et… un pied botté.

— Non ! souffla Wren, soudain tétanisée.

Trop tard. Devant eux, une autre lame fit voleter des branches. Une lame qui n'était pas forgée d'os ni conçue pour occire des apparitions incorporelles.

C'était une épée de fer, capable de trancher n'importe quel obstacle.

— Demi-tour ! lança la jeune fille.

Elle tourna le dos à l'arme qui continuait de cisailler les branches et poussa le prince en arrière lorsqu'une main gantée l'empoigna par l'épaule, avant de la tirer hors du fourré.

Tout ce temps, Wren était restée cramponnée au bras de Leo, si bien qu'ils s'écroulèrent tous les deux dans la poussière, entièrement à découvert.

Un guerrier les surplombait, bardé de la tête aux pieds de plaques de métal, le visage dissimulé derrière un casque. Son armure ne ressemblait pas à l'équipement des soldats des Dominions. Elle n'avait pas l'éclat argenté de l'acier. Non, elle était en fer pur, presque d'un noir luisant et façonnée par la magie.

C'était pourtant impossible… Ils avaient été éradiqués pendant le Soulèvement. Les Knight qui les guidaient avaient été vaincus, leur clan exterminé, lui avait dit Odile. À moins que tout ceci ne soit que des histoires.

Dans tous les cas, le doute n'était plus possible. La silhouette qui se dressait au-dessus de Wren appartenait bien à un forge-fer.

La peur s'empara de la jeune fille, car jamais les Dominions n'avaient porté de guerriers plus redoutables. Or voilà que l'un d'eux la dominait de toute sa hauteur, son épée noire en main.

Chaque détail de son armure était ajusté à la perfection pour épouser les mouvements du corps avec une incroyable précision. Le casque, pourvu de larges protège-joues, d'un long nasal et d'un plumet de métal tranchant comme un rasoir, lui conférait l'aspect caractéristique des forge-fer. Il lui recouvrait presque la totalité du visage… jusqu'à ce que certains éléments de l'ensemble se rétractent de manière à offrir au combattant une meilleure visibilité, et ce sans qu'il ait eu à lever le petit doigt. Wren n'en croyait pas ses yeux. La réputation de l'équipement des forge-fer, qui alliait force et beauté à une perfection aiguisée, n'était plus à faire. En bref, leurs armes et leurs cuirasses étaient capables d'exploits légendaires.

Ce que leur assaillant avait vu sembla lui suffire, même si rien dans ses traits, demeurés dans l'ombre, ne le trahit. Sans quitter Leo des yeux, il enjamba le corps étendu de Wren pour s'élancer à la poursuite du prince qui était donc sa cible. Le suppléant du suppléant restait le fils du roi, ce qui lui donnait une valeur certaine – surtout entre de mauvaises mains.

Transi d'effroi, Leo ne put que reculer en chancelant. Fuir ne servirait à rien. Après un regard à la ronde, Wren repéra deux cavaliers qui trottaient à leur rencontre. Grimpés sur des bêtes rapides et courtes sur pattes, ils étaient vêtus de tenues de cavalerie légère et armés d'arcs et de flèches. Au lieu d'armures de plates, ils portaient une cotte de mailles d'un noir étincelant – signe qu'ils n'étaient pas forge-fer, le Fossoyeur soit loué.

À l'instar du guerrier, leur attention était tout entière focalisée sur le prince. Autrement dit, la forgeuse d'os avait une chance de leur échapper, à condition d'être rapide. Peut-être la laisseraient-ils s'enfuir. Sauf que l'idée d'essuyer un nouvel échec lui était intolérable.

Après tout, Leo était son ami, il l'avait affirmé. Elle ne pouvait pas l'abandonner.

Sans compter que même dans un moment aussi incertain, Wren Graven n'aimait pas qu'on l'ignore. Elle s'accroupit pour prendre de l'élan, puis bondit sur le forge-fer qui bascula en arrière, la main encore tendue.

Le choc coupa la respiration de la jeune fille. Les plates de fer de l'armure s'enfoncèrent dans sa peau avec assez de force pour lui briser les os – elle n'avait plus qu'à prier que ce ne soient que ceux de sa cuirasse à elle. Après un vol plané, l'épée de fer rejoignit la lame de Wren dans l'herbe. Les deux combattants avaient à peine touché le sol que le forge-fer empoignait déjà son adversaire, la faisait rouler sur le dos puis lui écrasait la gorge d'une main.

Wren n'y voyait plus grand-chose. Elle scrutait les traits plongés dans l'ombre de son assaillant quand, tout à coup, un fracas métallique se réverbéra dans son esprit assourdi. Le guerrier s'écroula sur le côté, son casque allant rouler plus loin.

Son épée à la main, Leo se tenait là, les yeux exorbités.

Quel idiot ! C'était le prince valorien que voulaient leurs agresseurs, pas elle ! Wren s'était jetée sur leur ennemi pour lui permettre de s'enfuir, de saisir la chance qu'elle avait laissée filer. Désormais, ils se retrouvaient tous les deux coincés.

Le forgeur d'or, qui parvenait à peine à brandir l'arme qu'il tenait devant lui, fut contraint de la lâcher. Le forge-fer se redressait déjà, tandis que les deux cavaliers approchaient au galop.

Il allait falloir trouver une diversion, et vite. Wren dégaina un de ses couteaux de lancer.

— Cette fois, cours, haleta-t-elle.

Sans laisser au jeune noble le temps de répondre, elle jeta son arme de toutes ses forces. Pas vers l'un des soldats, que leur cotte de mailles protégeait, mais vers les muscles exposés de leurs montures.

La lame se ficha dans le membre antérieur du cheval le plus proche. La pauvre bête hennit de douleur en se cabrant. Wren s'en voulut, mais ses remords furent de courte durée. La blessure n'était pas mortelle. La souffrance ne serait que temporaire. Du moins était-ce ce que lui avait dit son père.

Le cavalier dut se cramponner pour ne pas tomber. Emportés, lui et sa monture manquèrent de percuter leurs acolytes, ce qui freina nettement leur progression.

— Va-t'en ! hurla Wren.

Elle s'apprêtait à lancer un nouveau couteau quand, soudain, elle se retrouva de nouveau étendue sur le dos, clouée au sol par le forge-fer qui la foudroyait d'un regard noir comme la nuit, les dents serrées. Il semblait plus jeune qu'elle ne l'avait d'abord pensé, avec ses pâles joues lisses et ses cheveux noirs plaqués en arrière.

— Capturez-le ! ordonna-t-il.

La jeune fille en conclut que Leo s'était enfin décidé à l'écouter. L'ordre s'adressait sûrement aux renforts. À cheval, ils allaient le rattraper en un clin d'œil. Wren avait pour sa part d'autres problèmes plus pressants.

Au-dessus d'elle, le forge-fer leva une main, paume ouverte. Son épée, qui gisait à quelques pas de là, répondit à son invocation magique en volant jusqu'à ses doigts. Il plaqua sur le cou de Wren l'immense lame de fer, à la surface sculptée d'étranges sillons. L'ensemble formait un motif que la forgeuse d'os ne parvint pas à identifier – à quoi bon, au fond ? Sa mort était imminente.

— Julian ! cria l'un des soldats.

Manifestement, il appelait le jeune homme qui s'apprêtait à lui trancher la gorge, lequel se tourna avec agacement vers la voix.

Un mouvement suffisant pour dégager la main droite de Wren, qui tenait toujours son deuxième couteau. D'une douloureuse torsion du poignet, elle parvint à entailler la cuisse du guerrier, dépourvue d'armure.

Il poussa un grognement et tressaillit. Wren en profita pour libérer son autre main puis la plonger dans la bourse attachée à sa taille.

De la poussière d'os jaillit de ses doigts. Bien qu'inoffensive pour les vivants, la poudre créait une bonne diversion. La forgeuse d'os retint son souffle, les paupières plissées pour éviter le gros du nuage. Elle avait tout jeté sur son adversaire – avec autant de force qu'elle avait pu.

Il s'étrangla, se releva en titubant, puis frotta vigoureusement ses yeux ruisselants de larmes. Délivrée du poids qui lui écrasait la poitrine, Wren s'échappa à la hâte.

Il lui fallait retrouver son épée. Imitant le geste de son assaillant, elle leva la main pour l'appeler à rejoindre sa paume ouverte. De son autre main, elle rengaina sa dague.

À bout de souffle, les deux guerriers se mesurèrent du regard. Le forge-fer, aux joues blanches et zébrées de sillons salés, considéra enfin son adversaire, les armes et la cuirasse d'os, la tenue noire et les yeux cernés de graisse... Puis il examina la poussière qu'il avait encore sur les joues.

— Une forgeuse d'os, conclut-il, le ton suintant de mépris.

L'ordre d'envoyer combattre à l'est du Mur le clan de Wren et les soldats des Dominions pendant le Soulèvement venait du roi. Personne n'en avait pour autant oublié que l'offensive finale avait été menée par Locke Graven.

La jeune fille se prépara au prochain assaut. Ils s'étaient davantage éloignés du Mur qu'elle ne le pensait. Même la palissade se trouvait hors de sa portée. Le tumulte du combat se faisait encore entendre, mais il semblait contenu de l'autre côté du bois, qui flambait d'ailleurs à vive allure. Des panaches de fumée soulevés par le vent vinrent cacher le soleil. Ils tournoyaient autour du forge-fer, plongeant les environs dans un brouillard sinistre.

Quant à Leo... Le cœur de Wren se serra quand elle le repéra, ficelé sur le cheval de l'un des ravisseurs. Ils avaient réussi leur coup.

Il ne leur restait plus qu'à se débarrasser de la gêneuse.

L'un d'eux se saisit justement de son arc, prêt à encocher une flèche. La forgeuse d'os examina rapidement les lieux. Parviendrait-elle à regagner le taillis ? Elle remarqua tout à coup une fissure dans le sol, une crevasse sombre à la lisière des fourrés. Si elle arrivait à s'y glisser pour se mettre à l'abri, peut-être se résoudraient-ils à l'abandonner afin d'emporter leur trophée sans encombre.

Lorsqu'il la vit rengainer son épée dans son dos, le forge-fer se crispa, puis prit un air soucieux. Si elle abandonnait le combat…

Il ne comprit qu'une seconde plus tard, quand Wren fonça droit vers la crevasse. Des cris s'élevèrent aussitôt. L'archer la tenait en joue, mais toucher une cible en mouvement était plus difficile.

Bien sûr, il restait le forge-fer.

Elle n'avait plus que quelques pas à faire pour atteindre son but lorsqu'elle trébucha sur un obstacle invisible, avant de heurter le sol de plein fouet. Le souffle coupé, sonnée, elle tenta tant bien que mal de se remettre sur pied. Quelque chose la retenait par la cheville…

Une corde de fer ?

Elle leva les yeux. Le forge-fer l'avait suivie. Il ne brandissait plus son épée gravée – plus précisément, il n'en tenait plus que la poignée. La lame s'était-elle évaporée ? Les entailles qu'elle avait discernées sur le métal délimitaient différents segments séparables, qui permettaient à l'épée de se projeter en des dizaines de morceaux disséminés le long d'un câble de fer, jusqu'alors dissimulé en son cœur.

Une épée-fouet, l'arme légendaire que jamais elle n'aurait imaginé voir un jour de ses propres yeux. La corde de fer reliait entre eux tous les fragments, dont plusieurs lui entamaient la cheville. Sans sa botte faite d'os, cet énorme fil barbelé lui aurait réduit la jambe en charpie.

Elle scruta ses liens. Au même moment, le forge-fer esquissa un bref mouvement du poignet. Son fouet resserra sa prise, au point de couper la circulation dans la jambe de Wren.

Une expression de satisfaction sur le visage, il s'avança vers sa prisonnière à pas mesurés. Elle se souciait davantage de la flèche qui risquait de venir la transpercer d'un instant à l'autre. Elle tourna le dos à son agresseur, puis se mit à ramper à la force des bras vers le bord de la crevasse tout proche…

Sa jambe fut alors tirée en arrière d'un coup puissant. Il fallait qu'elle change de stratégie. Elle roula sur le dos afin de faire face à son assaillant puis, après un moment d'hésitation, leva les mains. L'idée lui faisait horreur, mais se rendre était peut-être le seul moyen de s'en sortir… à moins qu'elle n'ait compromis ses chances de survie dès l'instant où elle s'était jetée sur lui.

Un sourire étira les lèvres du guerrier à la vue de Wren gisant à terre. Mais l'attention de la jeune fille fut attirée par un mouvement dans un coin de son champ de vision. Visiblement insensible à sa reddition, l'archer à cheval avait décoché sa flèche…

Le temps sembla ralentir. L'air s'écarta sur le passage du projectile qui fusait droit sur la forgeuse d'os.

Non… Pas sur elle. Ni la trajectoire ni sa direction ne concordaient. C'était son adversaire qu'on visait. Le forge-fer, qui tournait le dos aux cavaliers, ne se doutait pas qu'une flèche allait bientôt le transpercer. Aussi efficace soit-elle, son armure avait forcément des failles. Or qui pouvait mieux les connaître que l'un des siens ?

Si le guerrier ne vit pas venir l'attaque, il remarqua néanmoins l'expression de Wren. Il se retourna aussitôt, mais la flèche était trop rapide.

Elle s'enfonça dans sa poitrine avec un bruit sourd. L'impact fut si violent que le forge-fer fut projeté dans la crevasse que la forgeuse d'os avait désespérément tenté d'atteindre – un long trou où elle fut inévitablement entraînée, prise qu'elle était à la jambe par l'épée-fouet de son ennemi.

Elle eut beau se démener comme un diable, c'était peine perdue. À peine le temps de hoqueter de stupeur qu'elle dégringolait à son tour au fond du gouffre.

CHAPITRE 12

Ils furent précipités dans le vide, sans aucune prise à laquelle se rattraper ni rien pour interrompre leur chute… jusqu'au moment où ils percutèrent une surface de pierre dure.

Le cœur de Wren, qui semblait lui avoir remonté dans la gorge, retomba brusquement au fond de son ventre. Le choc se répercuta dans tout son squelette. Son crâne se mit à bourdonner. Il lui fallut un instant pour comprendre où et avec qui elle se trouvait.

Le forge-fer avait encaissé le choc le premier. Pendant que la jeune fille se redressait avec toutes les peines du monde, lui demeurait inerte.

Dans la pénombre de la grotte, elle devinait tout juste les contours de son corps grâce à l'éclat terni de son armure de fer, vaguement illuminée par la clarté cendrée qui tombait de la surface. Au-delà de ces quelques reflets… le néant les entourait.

Une corniche avait amorti leur chute. Wren préférait ne pas savoir à quelle profondeur s'étendait cette crevasse ni jusqu'où ils risquaient encore de tomber.

Le forge-fer se trouvait d'ailleurs tout près du bord. Wren s'approcha prudemment de lui, dans la crainte que le moindre mouvement brusque fasse céder la saillie ou basculer le corps de son ennemi hors de sa portée… les entraînant tous les deux dans les entrailles de la terre.

Il fallait qu'elle le déplace, et elle n'avait pas une seule seconde à perdre.

Elle tenta de dénouer le câble qui lui ligotait toujours la jambe, mais ses segments s'étaient fermement imbriqués les uns dans les autres. Frustrée, elle s'efforça plutôt de traîner le forge-fer vers elle en le tirant par le bras.

Le guerrier grommela en guise de protestation, signe qu'il n'était ni tout à fait inconscient ni véritablement mort. En tout cas, le choc l'avait suffisamment sonné pour l'empêcher de se rendre compte du péril tout proche.

De plus près, Wren s'aperçut que la flèche s'était plantée dans le plastron du combattant, sous sa clavicule. Cependant, le sang ne coulait pas. Les armures des forge-fer étaient d'une résistance incomparable, sans équivalent dans les Dominions. Le trait du cavalier n'avait pas réussi à transpercer celle-ci.

Le forge-fer aurait un vilain bleu, mais au moins son cœur battait-il encore.

Elle le traînait vers elle, contre la paroi de la crevasse, où la corniche était sûrement plus stable, quand l'écho d'un bruit de sabots retentit au loin. En levant les yeux, elle prit conscience qu'ils restaient nettement visibles de l'extérieur. Si jamais l'archer et son acolyte venaient s'assurer de la réussite de leur mission, un simple coup d'œil dans le gouffre – qu'ils s'apprêtaient certainement à jeter – leur suffirait à se rendre compte que Wren et le forge-fer avaient survécu. Ils n'auraient plus qu'à tirer quelques flèches pour les achever.

D'un regard par-dessus son épaule, elle remarqua également que la paroi abrupte qui se dressait dans son dos formait une spacieuse alcôve. Si elle parvenait à l'atteindre, elle leur fournirait un refuge parfait. En ne les voyant pas, les ravisseurs les croiraient tombés plus bas que la saillie de pierre, tout au fond du gouffre, dans les ténèbres. Ils en concluraient sans doute qu'ils étaient morts et que leur mission était accomplie.

Mais pourquoi vouloir les tuer ? C'était un mystère sur lequel Wren n'avait malheureusement pas le temps de se pencher. Le corps du forge-fer, amorphe et alourdi par son attirail, pesait une tonne – par chance, la déclivité du sol et la gravité l'aidèrent à le déplacer. En effet, seule la magie du jeune homme lui permettait de se mouvoir et de combattre chargé d'un tel poids. Si les forgeurs d'os avaient rarement à se soucier de la loi des rapports, les forge-fer s'adonnaient quant à eux à des calculs scrupuleux qu'ils respectaient à la lettre.

Malgré la douleur lancinante qui lui transperçait la cheville, la jeune fille se servit de ses jambes pour faire levier. Serrant les dents, elle tira de toutes ses forces sur le corps du guerrier, qu'elle bouscula sans ménagement en le traînant sur le sol.

Le martèlement des sabots s'interrompit, vite remplacé par des voix étouffées. La panique déclencha en Wren une décharge d'adrénaline. Au prix d'un violent effort, elle gagna enfin l'alcôve. Encore une dernière poussée… et le forge-fer la rejoignit.

Elle l'empoignait par le plastron pour s'assurer qu'elle l'avait entièrement soustrait aux regards quand il ouvrit les yeux et la repoussa, faisant tinter le métal de son armure.

Les voix se rapprochaient, leurs paroles à présent intelligibles. Ils n'avaient pas le temps de se chamailler.

D'une main, elle saisit la hampe de la flèche qu'elle enfonça dans la poitrine du forge-fer. Le geste, en plus de lui rappeler sa blessure – au cas où il l'aurait oubliée –, lui coupa temporairement la respiration. De peur qu'il ne crie une fois son souffle retrouvé, la jeune fille lui plaqua son autre main sur la bouche.

Il la foudroya du regard, avant de tenter de se dégager. Les voix toujours plus distinctes au-dessus d'eux eurent finalement raison de sa colère.

— Je ne vois rien, dit l'une.

— Regarde mieux. Les autres se replient déjà. Les soldats du fort vont arriver d'un instant à l'autre.

— Tu l'as eu. Qu'est-ce que ça change qu'on ramène ou pas le corps ?

À ces mots, le forge-fer se figea.

— C'est juste pour vérifier.

— Tu as vu comme il fait sombre, dans ce trou ? Il a dû faire une chute d'au moins vingt toises. Personne ne survit à ça, surtout pas avec une flèche en pleine gorge.

Wren jeta un bref coup d'œil au blessé. Une petite erreur de visée, ajoutée à sa robuste armure, lui avait sauvé la vie.

Il semblait en avoir pris conscience, lui aussi. Une expression indéchiffrable sur le visage, il avait cessé de se débattre. Elle n'osait pas le lâcher pour autant.

— Et la fille ?

— Blessée ou pas, je doute qu'elle s'en soit mieux sortie.

Son comparse poussa un juron. Il dut donner un coup de pied dans le sol, car une pluie de graviers ruissela sur la saillie.

— Allez, filons d'ici ! insista le cavalier. On se souciera du reste en chemin.

Bientôt, un hennissement, des cliquetis d'étriers, puis un martèlement régulier de sabots s'éloignant au galop se succédèrent.

Le silence retomba.

Quelques instants plus tard, le forge-fer écarta d'une tape la main de Wren, un mouvement tout simple qui sembla malgré tout le faire souffrir. Le front humide de sueur, il serra les dents, puis ferma les yeux le temps de se ressaisir. Après plusieurs inspirations haletantes, il examina sa poitrine.

Le guerrier avait beau être mal en point, Wren restait sur ses gardes, accroupie à ses côtés, à l'affût du moindre de ses gestes. Quand il tendit la main vers sa blessure, elle crut qu'il allait arracher la flèche, mais il se contenta de la poser sur son plastron, à côté du trou. Rien ne se passa. Pourtant, elle sentait qu'il tentait d'accomplir quelque chose. À plusieurs reprises, il retint sa respiration avant de la relâcher lourdement, gagné par l'agacement. Il en était à sa troisième tentative lorsque, enfin, le métal enfoncé reprit sa forme, expulsant la flèche dans le même temps.

Aucune marque ne témoignait plus de l'impact encaissé par la plate. En revanche, la pointe qui avait atterri près de Wren était aplatie. De couleur noire, à l'image de toutes les créations métalliques des forge-fer, le matériau semblait d'une qualité un peu moindre que celui réservé à la fabrication de leurs armures. Si les souvenirs de la jeune fille étaient bons, l'ordre de fer ne produisait aucune arme destinée au commerce qui soit capable de percer leurs cuirasses. Les guerriers forge-fer devaient à jamais régner en maîtres.

Libéré, le guerrier tenta de se redresser pour s'installer en position assise, mais son bras entraîna l'épée-fouet enroulée autour de la cheville de Wren. Elle n'arrivait pas à croire qu'il y soit resté cramponné tout ce temps, même après s'être évanoui. Au fond, peut-être sa magie le lui permettait-elle. Après une petite hésitation, il tira d'un coup sec sur le fouet qui se relâcha. La jeune fille dégagea sa jambe du nœud, puis son compagnon d'infortune effectua une rotation du poignet. Souple comme un serpent, le câble se rétracta jusqu'à la garde avant de retrouver l'état solide sous la forme d'une lame.

Les épaules du forge-fer s'affaissèrent, puis il se redressa, son arme abandonnée sur le sol. Adossé contre la paroi, il se plaqua la main sur le torse. Pour mesurer l'ampleur des dégâts, il allait devoir ôter son plastron, ce qu'il ne ferait certainement pas en présence de Wren.

Un silence pesant s'installa. Quelques instants plus tôt, ils tentaient de se tuer l'un l'autre et voilà qu'ils se retrouvaient prisonniers de cette étroite corniche. Le seul espoir de Wren résidait dans d'hypothétiques secours venus de Fort-de-Faille. Seulement le forge-fer, une fois qu'il aurait repris du poil de la bête, pourrait changer son fouet en une espèce de corde.

Elle tendit timidement la main vers la mystérieuse lame, curieuse de la toucher, de comprendre…

— N'y pense même pas, ordonna-t-il sans la regarder.

Était-il aussi capable de percevoir un mouvement à proximité de son arme ?

— Pourquoi veulent-ils te tuer ? questionna-t-elle.

Coincés comme ils étaient, elle n'avait rien à perdre à l'interroger. Et puis, le sujet n'était pas si incongru.

Il secoua la tête, mutique, sans cesser de se masser la poitrine.

— C'est bien toi qu'ils visaient, renchérit Wren. Au début, j'ai cru que la flèche m'était destinée, mais j'étais à terre et elle est passée loin. D'ailleurs, sans ton fouet de malheur, je serais encore là-haut à l'heure qu'il est et…

— La ferme, la coupa-t-il, las, en se massant les tempes de ses doigts gantées de cuir noir. Ça n'a aucun sens.

— Sans blague !

Il lui jeta un regard glacial. Le noir de ses iris tranchait nettement avec la poussière d'os qui lui poudrait la figure.

Elle fit mine de n'avoir rien vu, préférant malaxer sa cheville et son mollet sensibles. Sa peau allait marquer, elle en était sûre mais, pour l'heure, la priorité était de s'assurer que sa jambe soutenait toujours son poids. Elle se leva précautionneusement. Malgré la douleur, elle pouvait marcher.

— Il a dû élaborer son propre plan, marmonna le forge-fer qui semblait perdu dans ses pensées. À moins qu'il ne cherche à s'attribuer tout le mérite. Après tout, il est ambitieux…

— Qui ça ?

À présent qu'elle était debout, Wren en profita pour évaluer l'étendue des dégâts, en grande partie superficiels. Son couteau de lancer était perdu, mais il lui restait ses deux épées. Sa cartouchière était pleine et son armure presque intacte, malgré les coups qu'elle avait encaissés.

Le guerrier hésita.

— Le capitaine Royce.

— Tu veux dire que ton capitaine s'est retourné contre toi ? s'étonna-t-elle. Tu es sûr que l'ordre n'est pas venu d'encore plus haut ?

Qui, d'un strict point de vue hiérarchique, pouvait bien se situer au-dessus d'un combattant aussi talentueux que lui ? Malgré sa jeunesse, il alliait force et finesse dans le maniement de ses pouvoirs. Sans compter son épée-fouet, une arme qu'elle pensait jusqu'alors n'exister que dans les fables. Mais surtout, qui l'avait entraîné ? Tous les maîtres des forge-fer, tous leurs guerriers étaient censés avoir été exterminés.

— Sûr et certain, affirma-t-il sèchement.

Wren n'insista pas. Elle tendit le cou afin d'observer l'ouverture de la crevasse qui les surplombait d'un peu moins de quinze coudées. Le soir tombait à peine, mais la fumée et les nuages amoncelés dans le ciel lui conféraient une obscurité inhabituelle. Au loin s'entendaient le cor et les cloches des sentinelles en faction sur le Mur. Les renforts de Fort-de-Faille étaient déjà en chemin.

Ils la retrouveraient certainement... à condition que le forge-fer ne la tue pas avant.

Quand elle baissa les yeux, elle remarqua que lui aussi tendait l'oreille. Voyant son expression se durcir, elle s'éloigna prudemment du bord, consciente qu'une bourrade énergique suffirait à la faire basculer au fond du gouffre. En dépit de ses blessures, il restait un guerrier aussi puissant que redoutable.

Tout à coup, une voix retentit à la surface, tout près du gouffre.

— Prince Leopold ! Votre Altesse Royale ! Vous êtes là ? Prince Leopold !

Wren leva la tête, s'apprêta à répondre à l'appel mais, l'instant d'après, elle se retrouva clouée contre la paroi de la crevasse, une main plaquée sur la bouche. Les rôles s'inversaient.

Elle balança son genou au niveau de l'entrejambe du forge-fer. Sauf qu'elle dut viser trop haut, car il eut beau grogner et jurer entre ses dents, le coup ne suffit pas à le faire flancher. La forgeuse d'os s'en prit donc à ses bras. Elle tentait de lui tordre le coude afin de libérer sa bouche quand un éclat métallique lui rappela qu'elle n'avait pas affaire à un adversaire ordinaire.

Dans son état, utiliser sa magie devait l'épuiser, mais il persista. Une lame jaillit de sous son canon d'avant-bras au point de dépasser ses doigts, qu'il ferma pour former un poing. Wren n'eut pas d'autre choix que de cesser de gesticuler, de peur de s'empaler sur la pointe.

— Aucune trace du prince, mon commandant, annonça une autre voix.

Elle lui arrivait étouffée, comme si son propriétaire se tenait plus loin de la crevasse que les ravisseurs du prince. Avaient-ils remarqué l'ouverture ? L'entendraient-ils, si elle se risquait à crier ?

— La fille a disparu aussi, constata une troisième voix. La forgeuse d'os.

Au mépris du danger, Wren se débattit à nouveau. En vain. La poigne du forge-fer était ferme.

— Il faut envoyer des cavaliers, décréta la première voix. Il y a un sentier qui mène au sud-est.

— On peut toujours tenter le coup, répondit la voix grave et familière du commandant Duncan. Mais ils connaissent bien la région et ils ont de l'avance. Dès qu'on approchera d'une bourgade, on se fera attaquer. Les habitants du coin n'aiment pas voir les soldats de Fort-de-Faille à l'est du mur. Sans compter les pillards et les non-morts. Adressez plutôt une lettre au roi pour lui demander de nous envoyer des renforts.

— Le temps qu'ils arrivent, il sera trop tard, répondit l'autre voix, dont l'insupportable timbre nasillard ne pouvait appartenir qu'à Galen. Il vaut mieux attendre.

— Attendre quoi ?

— Qu'ils réclament une rançon. C'est sûrement leur intention. Sinon, ils l'auraient déjà assassiné, sans se donner la peine de se lancer dans un enlèvement. Ces Faillois veulent quelque chose… quelque chose que la vie du prince peut leur offrir.

Wren n'en croyait pas ses oreilles. Ils n'allaient même pas tenter de sauver Leo ? Les ravisseurs venaient juste de partir. Il leur suffirait d'envoyer un bon cavalier monté sur un cheval rapide pour les rattraper… Mais ça, ils l'ignoraient. Ils ne savaient pas à quel moment il avait été enlevé ni combien d'hommes il avait fallu pour y parvenir. Même Wren n'en était pas certaine. Peut-être étaient-ils des dizaines, cachés quelque part en attendant de se réunir.

Elle n'en savait rien… mais le forge-fer, lui, détenait forcément ces informations cruciales. Et, cerise sur le gâteau : les ravisseurs du prince valorien étaient les mêmes scélérats qui avaient tenté de le tuer, lui.

Dans l'espoir de lui faire comprendre, sans paroles, qu'elle n'avait plus l'intention de lui résister, Wren cessa de se démener.

Évidemment, il aurait pu s'agir d'une ruse – à en juger par le regard du guerrier, il se méfiait. Aussi garda-t-il la paume fermement plaquée sur la bouche de Wren, la lame de son canon d'avant-bras toujours à quelques pouces de sa gorge.

À la surface, la discussion avait dérivé sur des questions de logistique et de nettoyage. Il fallait éteindre les incendies, débarrasser les cadavres et contacter le roi. La forgeuse d'os songea à son mentor, qui ne tarderait pas à apprendre la nouvelle de sa disparition. Que raconterait Odile à son père ? On la croirait peut-être morte. Le commandant Duncan et les autres devraient écrire des rapports. Mentionneraient-ils qu'elle s'était battue vaillamment dans l'espoir de sauver le prince ? Ou bien ne donneraient-ils aucun détail ?

Peu à peu, le murmure des conversations et le claquement des sabots s'éloignèrent.

Le forge-fer ne relâcha pas pour autant sa prise sur Wren. Il semblait… perdu. Il ne la quittait pas des yeux, mais son esprit était ailleurs. Sans doute se posait-il les mêmes questions que la jeune fille – par exemple, comment sortir de cette maudite grotte ? Il n'y avait plus de temps à perdre : elle avait un prince à sauver.

Impatiente, elle se remit à s'agiter, ce qui sortit le forge-fer de ses réflexions. L'obscurité, qui emplissait de plus en plus la caverne, dissimulait les traits de son visage. Impossible de voir s'il avait enfin pris une décision mais, l'instant suivant, il la libéra et s'écarta d'elle.

Toujours suspicieux, il la regarda défroisser ses vêtements et repousser ses cheveux de sa figure. À tous les coups, il avait fait déborder le noir de ses lèvres… Elle avait toutefois des problèmes plus urgents.

— Il va falloir qu'on sorte de là.

— Il n'y a pas de « on » qui tienne, répondit-il d'un ton morne.

— Parce que tu crois pouvoir t'échapper sans moi ?

Il considéra l'ouverture de la caverne, puis son épée-fouet.

— Oui.

Wren le défia du regard.

— Vraiment ? Et tu espères aller loin ? railla-t-elle. Je te parie qu'à peine sorti d'ici, tu tomberas nez à nez avec une patrouille de Fort-de-Faille.

Il retroussa les lèvres.

— Je n'ai rien à craindre de vos patrouilles.

— C'était peut-être vrai avant que tu t'en prennes à un prince. Mais là, ils vont doubler les effectifs, peut-être même les tripler. Ils ne vont pas se contenter d'envoyer les groupes habituels, non, ils vont déployer une petite armée. En plus, tu es blessé.

Il se renfrogna, avant de détourner les yeux. Le moment était venu de saisir sa chance. Prudemment, elle esquissa un pas vers lui.

— Je connais les protocoles. Je sais qui le fort va envoyer et à quel endroit. Je peux trouver un moyen de leur échapper.

Il arqua un sourcil.

— Et qu'est-ce que tu comptes faire une fois sortie d'ici, forgeuse d'os ? À part rentrer à ta forteresse ?

Un sourire étira les lèvres de la jeune fille.

— Partir à la rescousse du prince, bien sûr.

CHAPITRE 13

Dans l'esprit de Wren, tous les éléments s'imbriquaient parfaitement. Il fallait sauver le prince Leopold, mais Fort-de-Faille ne disposait ni des ressources ni des renseignements nécessaires pour une mission aussi délicate.

Elle, si.

En plus d'être la valkyr la plus talentueuse de sa génération, quoi qu'en dise le résultat de l'épreuve du Bois-aux-Ossements, elle se trouvait en compagnie de la seule personne capable de lui indiquer où les ravisseurs du prince comptaient le retenir prisonnier. Peut-être même connaissait-il le chemin pour s'y rendre…

Contrairement à un régiment de cavalerie venu du fort, à deux, il leur serait aisé de traverser les terres de la Faille en toute discrétion. Si le moindre fantôme venait se mettre en travers de leur route, Wren en ferait son affaire. Quant aux vivants, le forge-fer s'en chargerait sans doute très bien.

Il la conduirait à Leo. Elle sauverait le Prince d'Or. Si par bonheur elle y parvenait, si elle arrachait le suppléant du suppléant aux mains de leurs ennemis pour le ramener sain et sauf à Fort-de-Faille, bravant les périls de ce territoire infesté de spectres, nul ne pourrait plus contester son talent, ses aptitudes et sa légitimité au sein de la maison de l'Os. Tous seraient contraints de reconnaître sa valeur.

Ce plan était parfait – génial, même. Il ne lui manquait plus que l'accord du forge-fer, qui la dévisageait toujours, perplexe. Elle développa son idée.

— Tu aimerais sûrement savoir pourquoi tes camarades ont voulu t'éliminer, non ? À moins que tu ne préfères te soumettre sans protester.

Une lueur menaçante illumina les yeux du guerrier. Cependant, il ne démentit pas.

— Si tu tiens à le découvrir, tu vas devoir les poursuivre, reprit-elle. Or c'est aussi mon intention.

— Pourquoi ? demanda-t-il, sceptique.

— Ce prince est ma seule chance de quitter ce trou à rats, expliqua-t-elle avec un geste vague en direction du fort. Si je le sauve, je pourrai montrer à tout le monde de quoi je suis vraiment capable et décrocher n'importe quel poste. C'est quelqu'un d'important. En le ramenant chez lui, je le deviendrai moi aussi.

Inutile de mentionner son affection pour Leo ou la peur qu'elle avait vue dans son regard. Elle repensa à la flasque qu'il avait levée en l'honneur de leur amitié. Ce geste faisait de lui le seul ami qu'elle ait jamais eu.

À part Odile, peut-être. Mais c'était différent. La fauchyr était sa supérieure, remplissant davantage le rôle d'un professeur ou d'un mentor que d'une amie, contrainte qu'elle était de passer du temps en sa compagnie. Malgré tout, elle s'était montrée plus honnête envers Wren que la plupart de ses connaissances. Y compris son propre père.

Le forge-fer affichait une grimace réprobatrice, comme s'il la jugeait. Qu'il le fasse ! Peu lui importait.

— Donc, de mon côté, j'ai bien l'intention d'y arriver, insista la forgeuse d'os. Et toi, tu vas m'aider, comme je l'ai fait pour toi. Je t'en prie, d'ailleurs.

— Toi, tu m'as aidé ? Avant ou après m'avoir tailladé la jambe ?

— Après. Quand on est tombés, par ta faute, et qu'on a atterri dans ce piège. Je t'ai traîné à l'abri pendant que tu étais évanoui, pour que tu ne révèles pas notre position.

— Si je ne t'avais pas entraînée dans ma chute, tu serais morte à l'heure qu'il est. Le capitaine Royce n'aime pas s'en remettre au hasard. J'estime que c'est suffisant pour être dispensé de devoir t'exprimer mes remerciements.

— J'aimerais quand même t'entendre le dire, insista-t-elle sans pouvoir s'en empêcher.

Elle se racla la gorge, avant de prendre l'air le plus sérieux du monde.

— « Merci de m'avoir malencontreusement sauvé la vie », récita-t-elle avant d'adresser au guerrier un large sourire. Tu vois ? C'est facile.

Il se pencha en avant.

— Si tu espères des félicitations pour ton comportement héroïque, tu n'as pas besoin de moi, murmura-t-il sur un ton glacial. Tu te charges très bien toute seule de te lancer des fleurs.

Wren fit la moue.

— C'est vrai, confirma-t-elle avec morgue. Après tout, il faut de l'entraînement pour atteindre la perfection.

— Parce que tu penses être parfaite ?

La jeune fille ouvrit la bouche, prête à répliquer : « Ce n'est pas moi qui l'ai dit. » Mais, sans lui en laisser le temps, il lui toucha le bras d'une main gantée, dans le petit espace sous son épaulière. Elle eut d'abord un mouvement de recul, réaction viscérale à son contact, puis, après coup, à la douleur qui lui parcourut le bras. Du sang brillait sur le cuir noir du gant. Quand s'était-elle blessée ?

— Pas tout à fait, souffla le guerrier.

Wren dégagea sa main sans ménagement.

— Je ne suis pas la seule à saigner, répliqua-t-elle en s'éloignant d'une démarche raide.

Elle s'essuya le bras, plus agacée par le piquant de la plaie que par sa profondeur.

— Tu marques un point, concéda-t-il avec un petit sourire en coin. Mais je n'ai jamais dit que j'étais parfait, moi.

— Bon, tu vas m'aider, oui ou non ? lui lança Wren, des éclairs dans les yeux.

Le sourcil espiègle du jeune homme s'effaça.

— À faire quoi ?

— À sauver le prince !

— Au cas où tu l'aurais oublié, j'étais l'un de ses ravisseurs, ironisa-t-il avec cette fois une expression arrogante, presque dédaigneuse.

— Je suis au courant, confirma-t-elle, furieuse. Et tes acolytes se sont retournés contre toi. Au fond, toute cette opération n'était peut-être qu'un prétexte pour t'éliminer.

Un spasme de colère déforma brièvement les traits du forge-fer.

— Non. Il ne ferait... commença-t-il avant de se raviser. Ils ont forcément désobéi aux ordres. Le capitaine Royce, tout du moins. Il va peut-être chercher à profiter de la situation, à vendre le prince au plus offrant. Il faut l'arrêter.

— C'est ce qu'on va faire. Et en profiter pour récupérer le prince au passage.

— Et ensuite ?

— On avisera, assura Wren.

Pourtant, elle avait déjà un plan précis en tête : ramener Leo sain et sauf à Fort-de-Faille, avec ou sans l'assentiment du forge-fer. Pour l'heure, mieux valait laisser planer le doute.

— Tu préfères le savoir aux mains d'un traître ou de la forteresse ? ajouta-t-elle.

— J'aimerais mieux qu'il soit entre les miennes.

— Je ne manquerai pas de l'en informer.

Il fronça les sourcils, perplexe, avant de lever les yeux au ciel.

— Bon, avant d'en arriver là, il faut d'abord le retrouver, souligna-t-elle, conciliante. On verra le moment venu, d'accord ?

Sous le regard attentif du forge-fer, elle s'efforça de garder son aplomb.

— Très bien, finit-il par dire.

Elle ne s'attendait pas à le voir obtempérer si facilement. Le sujet reviendrait à coup sûr sur le tapis, mais chaque chose en son temps.

— Tu connais les horaires des patrouilles, n'est-ce pas ? Combien de temps nous reste-t-il avant la prochaine ?

L'enthousiasme de Wren retomba comme un soufflé. Elle avait peut-être exagéré ses connaissances des protocoles d'urgence de Fort-de-Faille. S'il semblait logique que les effectifs et la fréquence des patrouilles augmentent, il était plus difficile d'en déduire la manière dont ces changements affecteraient le programme existant, ainsi que le déroulement des heures à venir. Les gardes du fort devaient encore être sous le choc du combat, qui avait fait plusieurs victimes. Il allait falloir repenser la composition des équipes et leurs emplois du temps. Sans doute y avait-il un peu de panique… Tout le monde se précipitait sûrement pour envoyer des messagers relayer la nouvelle un peu partout et préparer le Mur en vue d'une nouvelle attaque. L'éventualité semblait peu probable, au demeurant, car les ravisseurs avaient trouvé ce qu'ils cherchaient.

Elle rejoignit le forge-fer au bord de la corniche, puis tendit le cou vers la surface. La fumée flottait encore dans le ciel du soir, mais la nuit ne tarderait pas à tomber pour de bon. À défaut de visibilité, ils pourraient toujours garder une oreille attentive au bruit d'une patrouille en approche. D'ordinaire, elles ne s'écartaient pas de la route mais, après l'attaque, elles auraient certainement pour ordre d'inspecter toute la zone s'étendant du Mur à la palissade.

Wren allait devoir patienter et rester aux aguets. Une fois passé le cliquetis des armures, il leur faudrait profiter du temps qui s'écoulerait jusqu'à l'arrivée de la relève pour s'échapper. Soit un délai très court, mais ils n'avaient pas le choix.

La jeune fille s'assit au bord de la saillie pour mieux distinguer les bruits à la surface.

— La prochaine patrouille ne devrait plus tarder, répondit-elle. Ils vont appliquer une fréquence de relève encore plus courte entre chacune d'entre elles.

— Qu'est-ce que tu entends par « courte » ?

Elle haussa les épaules.

— Il va falloir grimper très vite, puis franchir la palissade. Une fois de l'autre côté, on sera tirés d'affaire.

Le forge-fer s'assit à son tour. Ses gestes étaient raides, maladroits. Il semblait rechigner à prendre appui sur sa jambe gauche.

— Tu vas réussir à escalader, pas vrai ?

Il lui coula un regard glacial.

— Et toi ?

— Tant que ton fouet tient le coup, je me débrouillerai.

— Il va tenir le coup.

Ils ne dirent plus rien pendant un certain temps et le forge-fer en profita pour rétracter la lame de son canon d'avant-bras, puis pour rengainer son épée dans son dos. Après avoir inspecté la plaie à sa cuisse – petit souvenir de Wren –, il fit rouler son épaule la plus proche de sa blessure à la poitrine, ce qui le fit grimacer.

Les interrogations continuaient d'assaillir la forgeuse d'os. Qui pouvait-il bien être et d'où venait-il ? Selon toute vraisemblance, et à l'inverse de ce que tout le monde racontait dans les Dominions, la maison du Fer n'avait pas été exterminée. Par ailleurs, un individu haut placé de cet ordre – ou, du moins, le supérieur de ce forge-fer – cherchait à nuire à la Couronne.

Un grondement régulier s'éleva au loin. Répercuté entre les parois de leur prison, il était difficile à identifier. Wren avait tout de même sa petite idée…

— Des chevaux, déduisit le forge-fer.

— Cachons-nous !

La jeune fille se réfugia dans l'alcôve à la hâte. Sans un bruit, en dépit de tout le métal et des armes qui l'encombraient, le guerrier la suivit.

Leur cachette étouffait les sons, mais Wren parvint à distinguer au moins deux cavaliers. Elle capta plusieurs mots isolés, comme « fumée » et « incendie ». L'espace d'un instant, les sabots s'immobilisèrent. Les cavaliers examinaient peut-être la crevasse. La bagarre avait sans doute laissé des traces… Au point que les nouveaux venus approfondissent leur inspection ?

Rapidement pourtant, le claquement reprit… et la menace s'éloigna.

Accroupi, le forge-fer attendait le signal de Wren, prêt à bondir. La jeune fille avait hâte d'entamer l'ascension, mais jaugeait aussi le risque que le groupe de patrouille soit assez important pour être précédé d'éclaireurs et suivi d'une arrière-garde. Et en effet, au moment où elle s'apprêtait à foncer au mépris du danger, un détachement de cavalerie passa près de leur cachette. Il fut suivi, quelques minutes plus tard, par deux autres patrouilleurs.

Enfin, le bruit des derniers sabots s'estompa. Wren se tourna vers le forge-fer pour lancer le top départ.

— Maintenant !

Ils se ruèrent tous les deux au bord du promontoire. Le jeune homme se déplaçait bien mieux à présent qu'il avait un objectif, il fallait le reconnaître. Il dégaina son épée-fouet, qu'il transforma d'un mouvement sec du poignet vers le sol. Le câble intérieur s'étira, les segments de lame bien répartis sur toute sa longueur. Le serpent de fer vint s'enrouler à ses pieds tandis que le guerrier scrutait sa cible.

— Recule, ordonna-t-il à la forgeuse d'os.

Wren obéit et le regarda faire. Il déploya son arme vers le ciel en décrivant un grand arc étincelant, puisant à la fois dans sa puissance physique et dans sa magie. Ses muscles donnaient l'impulsion, mais il comptait sur ses pouvoirs pour viser et guider le fouet. La technique était courante. Wren l'employait également. Le but était avant tout d'économiser ses forces. Accomplir la même manœuvre en ne se servant que de magie aurait été épuisant. Or il n'était pas en état de repousser ses limites.

Le fouet frôla le ciel, puis disparut un instant... mais il ne tarda pas à retomber. Le forge-fer plissa les yeux, puis recommença. Encore et encore.

— Il y avait des racines... intervint Wren.

— Je sais, coupa-t-il sèchement.

Sa voix était crispée par la frustration. La sueur perlait à ses tempes.

Lèvres closes, la jeune fille attendit. À la cinquième tentative, le fouet finit par s'accrocher à une prise solide. Le forge-fer tira plusieurs coups secs sur le câble pour s'assurer qu'il tenait bon. Il jeta un regard à sa compagne d'infortune.

Elle observa le guerrier, un temps ahurie, avant de comprendre qu'il valait mieux qu'elle grimpe la première, au cas où quelques soldats de Fort-de-Faille se seraient attardés dans les parages. Passer devant n'était pas sans lui offrir un certain avantage. Elle pourrait en profiter pour le trahir ou le pousser dans le vide. Compte tenu de la nature de la corde, cependant, il était peu probable qu'elle y parvienne.

De toute manière, elle n'en avait pas l'intention. Elle avait besoin du guerrier… pour l'instant.

Elle s'approcha du forge-fer qui tirait sur la poignée du fouet de manière à le maintenir tendu. Facile avec des gants ! Wren, elle, était mains nues. Il allait lui falloir faire très attention à éviter les lames de métal, qui lui fournissaient toutefois des prises où poser les pieds.

Inutile d'hésiter davantage, de se demander si le câble allait soutenir son poids ou s'il risquait de s'enrouler autour de sa gorge pour l'étrangler. Elle l'empoigna à deux mains, à hauteur des yeux, avant d'adresser un signe au forge-fer qui relâcha sa prise. La jeune fille bondit, puis se retint à la force des bras, le temps de prendre appui sur le segment de lame le plus proche.

Elle y parvint sans trop de peine, même si l'exercice était bien différent d'une escalade sur les étagères de la bibliothèque, ou de sa remontée désespérée de la fosse boueuse du Bois-aux-Ossements à l'aide de ses épées. Cette fois, elle se trouvait suspendue au-dessus d'un gouffre et ne pouvait compter, pour se retenir, que sur sa poigne… et cette étrange épée-fouet.

Sa respiration s'accéléra, ses mains s'engourdirent. Des muscles dont elle ne soupçonnait pas l'existence se mirent à la tirailler. Ses bras et sa poitrine, tétanisés, se mirent à trembler. Sa ténacité sortit finalement vainqueur du combat. Les dents serrées, elle continua à grimper. Lorsque le forge-fer entama à son tour son ascension, le fouet se mit soudain à se balancer. Wren étouffa un juron. Sous le poids de deux grimpeurs, le câble rebondissait et vacillait sans arrêt.

Elle finit par réussir à s'agripper aux segments de lame en évitant leur fil tranchant. Un coup d'œil vers le haut lui fit prendre conscience que leur chute n'avait pas été si vertigineuse. Elle approchait déjà de la surface.

Le fouet s'était ancré dans un enchevêtrement de racines qu'elle se rappelait avoir remarqué avant qu'ils basculent dans la crevasse. Une fois la tête sortie du trou, elle balaya les environs d'un regard circulaire. Pas l'ombre d'un cavalier en vue ni de torche à l'horizon. Quant au Mur, le bosquet le dissimulait. Les gardes qui y étaient postés ne risquaient donc pas de les repérer. Leurs chances de réussite s'annonçaient plutôt favorables.

Au prix d'une ultime impulsion, motivée par le forge-fer qui la rattrapait, elle se hissa sur le bord, hors d'haleine. Il ne tarda pas à s'extirper à son tour du gouffre, avec tout de même un peu plus de dignité. Après avoir pris le temps de retrouver son souffle, les mains appuyées sur les genoux, il rappela son fouet à qui il fit reprendre son apparence d'épée.

Wren se leva, puis sonda les ténèbres. Derrière elle, les incendies avaient été maîtrisés. Devant, elle devinait tout juste les contours de la palissade d'os qui lui faisait face. Ce qui échappait à sa vue, sa magie le comblait.

Elle considéra ensuite leur allure à tous les deux. Dans la nuit noire, le blanc de son armure d'os ne passait pas inaperçu, mais le contraste était encore plus tranchant avec l'attirail métallique du forge-fer. Ses plates de moiré métallique accrochaient les rayons de la lune qui perçaient le brouillard environnant comme une eau miroitant au soleil.

Prendre le temps de la retirer ne ferait que les ralentir. Avec le risque de se faire repérer, ou pourchasser. Quand Wren croisa le regard du forge-fer, elle sut qu'il pensait la même chose.

Une seule option s'offrait à eux : courir… le plus vite possible.

Ils s'élancèrent d'un seul mouvement vers la palissade, esquivant les creux et les pierres à peine visibles qui truffaient le sol irrégulier.

Wren gardait ses sens à l'affût, guidée par la présence des os devant eux. Elle jeta un regard par-dessus son épaule, où tout n'était plus que ténèbres. Seules faisaient exception les lanternes perchées sur le Mur, malgré leur éclat affaibli par la fumée.

Lorsque la palissade se dressa enfin face à eux, ils ralentirent leur course, puis allèrent se réfugier derrière l'une des immenses sentinelles d'os, histoire de reprendre leur souffle.

Le cœur battant, Wren s'y appuya, rassurée par la familiarité du matériau. Ils s'en étaient sortis sans se faire repérer.

Ne leur restait plus qu'à retrouver le Prince d'Or.

CHAPITRE 14

Une fois les battements de leur cœur apaisés, Wren et le forge-fer se remirent en marche vers l'est afin de s'éloigner du territoire de Fort-de-Faille.

Bientôt, la palissade disparut derrière eux. La jeune fille se tourna vers son compagnon, curieuse d'en savoir plus sur l'étape suivante.

Sans cesser d'avancer, le guerrier rengaina son épée-fouet pour se munir d'un bâton, également sanglé sur son dos. Une canne d'aspect tout à fait ordinaire, hormis sa couleur distinctive, typique de l'art des forge-fer.

La forgeuse d'os se fit soudain la réflexion qu'ils n'avaient pas pris le temps de se présenter. Après s'être affrontés, ils s'étaient cachés ensemble à leur corps défendant, avant de nouer cette alliance improbable.

Une alliance avec un forge-fer…

Wren eut un haut-le-cœur. Voilà un détail qu'il lui faudrait maquiller lorsqu'elle raconterait à son père son geste héroïque. Heureusement, elle avait l'habitude de mentir.

Dans l'immédiat, les deux ennemis allaient devoir se supporter.

— Au fait, je m'appelle Wren.

Perdu loin dans ses pensées, il sursauta au son de sa voix et risqua un regard vers sa nouvelle compagne de route.

— Et toi, tu t'appelles… ajouta-t-elle sans succès. Je les ai entendus te parler. Enfin, avant qu'ils n'essaient de te tuer, ça va sans dire. James ? Jules…

Le visage du jeune homme tressaillit.

— Si tu refuses de me le dire, je vais être obligée de t'inventer un nom, menaça-t-elle, ce qui ne peut qu'envenimer les choses entre nous.

— Julian, lâcha-t-il, exaspéré. Je m'appelle Julian.

— Ravie de te rencontrer, Julian.

Il lui jeta un regard noir. On pouvait difficilement imaginer une rencontre moins agréable que la leur.

Indifférente, Wren contempla le paysage recouvert d'ombre. De ce côté-là de la palissade, la fumée se faisait plus éparse, mais avait cédé sa place à un brouillard venu du nord, qui troublait tout autant les environs.

— Et maintenant ? Ils sont partis par où après ? J'imagine que tu le sais.

— Je sais où ils avaient l'intention d'aller à l'origine mais, depuis, ils ont essayé de m'éliminer. Ils ont très bien pu convenir d'autres… changements.

— Partons du principe que leur plan de fuite est toujours le même. Puisqu'ils te croient mort, ils n'ont aucune raison de revoir leur stratégie.

Les narines du jeune homme se dilatèrent.

— Ils ont dû partir vers le sud, alors. Prendre le risque qu'il arrive malheur au prince serait stupide. Les villes de la côte sont les seuls endroits où ils pourront faire halte sans danger.

— Dans ce cas, cap au sud ! décréta Wren, qui pivotait déjà sur ses talons.

Elle avait à peine fait un pas qu'un bruit se fit entendre quelque part dans le brouillard à leur gauche. Elle se figea.

Ils n'avaient pas beaucoup avancé, et Wren craignit un instant de s'être trompée de direction et de tomber sur une patrouille. Mais non, elles s'aventuraient rarement si loin de la palissade. Elle distingua du mouvement dans l'obscurité, puis le claquement sourd de sabots.

Sorti des ombres, un cheval se matérialisa. Il avançait paresseusement vers eux, sans cavalier et sans harnachement de Fort-de-Faille…

Wren lança un regard en coin au forge-fer. Était-ce l'une des montures des ravisseurs ? La bête s'était-elle enfuie pendant la bataille sans que personne ne parvienne à retrouver sa trace ou ne se donne la peine de la chercher ?

Quoi qu'il en soit, elle ne pouvait pas mieux tomber. En se déplaçant à cheval, Julian et Wren décupleraient leurs chances de rattraper les kidnappeurs du prince. C'était inespéré… un peu trop, peut-être ?

Qu'à cela ne tienne, le temps pressait. Puisque les lieux semblaient déserts… Wren s'avança, mais Julian tenta de la retenir.

— Non, attends !

— Pourquoi ? Qu'est-ce qui ne va pas ?

Le guerrier ne répondit pas et fouilla les environs du regard.

— Allez, profitons-en ! insista-t-elle. C'est un coup de chance et on n'a pas de temps à perdre.

— La chance n'y est pour rien…

Il se tut. Quelque chose avait attiré son attention. Wren, elle, ne voyait rien.

— C'est un piège, conclut-il.

Elle ne voyait rien, mais elle entendit le cliquetis métallique des armes. De la brume surgirent une dizaine, une vingtaine de silhouettes à l'allure patibulaire, vêtues de guenilles.

Julian empoigna son bâton à deux mains.

— Des bandits, marmonna-t-il.

Enfin ! songea la forgeuse d'os. Il était grand temps qu'elle rencontre l'une des menaces promises par Odile et son père. Les muscles bandés, elle dégaina ses épées. Jamais elle n'avait encore affronté tant d'adversaires simultanément – des vivants, du moins. Son expérience au combat se limitait à ses entraînements face à Inara, sur les terrains de sable de La Moelle.

Dans leur avancée pour les cerner, les brigands dissipèrent la brume qui révéla un vieux panneau et ce qui ressemblait aux ruines d'un village. Sous les pieds de Wren, le sol était lisse. Sans doute s'agissait-il de vestiges des Routes ancestrales qui sillonnaient autrefois cette région des Dominions. À l'époque, cette zone avait dû être assez fréquentée… avant de devenir le repaire de voleurs et de pillards.

À bien y regarder, le cheval, décharné, semblait mal nourri, à l'instar de ses compagnons humains. Il leur servait sans doute d'appât pour attirer dans leurs griffes les voyageurs égarés, un peu naïfs.

— Ne dis rien et laisse-moi parler, ordonna Julian qui abaissa son bâton pour lever une main gantée, avant de s'adresser aux bandits. Nous ne vous voulons aucun mal. Nous nous rendions à la Route côtière quand nous avons été séparés de nos compagnons de voyage. Laissez-nous passer et nous reprendrons notre chemin sans nous attarder.

Wren ne put cacher son étonnement. Pensait-il les dissuader en prétendant appartenir à un groupe plus étoffé ou espérait-il réellement faire appel à leur générosité ?

— Ce n'est pas tout près d'ici, la Route côtière, répondit l'un des brigands.

L'homme, aux cheveux longs et emmêlés, était coiffé d'un tricorne de pirate. Avec son ton moqueur, Wren aurait juré qu'il souriait derrière la barbe hirsute qui dissimulait ses lèvres.

— Autrement dit, il nous reste une bonne distance à parcourir, poursuivit Julian d'une voix ferme.

Son intonation s'était faite sophistiquée, presque impérieuse. Il dégageait l'assurance imperturbable d'un chef qui a l'habitude d'être écouté sans avoir à hausser le ton. Cette attitude impressionnait peut-être les paysans et les petites gens, mais semblait bien moins efficace sur cette troupe de bandits de grand chemin.

— Vendez-nous votre cheval, ajouta-t-il. Je vous en donne le double de sa valeur.

Tous les regards se braquèrent sur lui, avides de le voir sortir une bourse susceptible de contenir la somme en question. S'il en avait une, ces voleurs ne tarderaient pas à s'en emparer – sans oublier de récupérer la monture. Wren et Julian risquaient de ne pas voir l'aube.

Le forge-fer dut flairer leurs intentions, car il ajusta sa poigne sur son bâton. Aussitôt, deux lames de fer jaillirent de chaque extrémité, le transformant ainsi en arme mortelle.

Un murmure parcourut la troupe de brigands. Apparemment, sa qualité de forge-fer leur avait échappé. En somme, son or ne valait rien comparé à ses armes. S'ils avaient l'intention de les lui arracher, il faudrait d'abord lui passer sur le corps. Or, comme Wren en avait fait l'expérience, il n'avait rien d'un novice dans l'art du combat. C'était un guerrier. Avec ou sans effet de surprise, il était certainement capable de terrasser la moitié de cette bande. Il semblait pourtant vouloir éviter l'affrontement. Ses opposants ne le remarquaient peut-être pas, mais pour Wren, c'était l'évidence même. Du reste, le temps était mal choisi pour en débattre. Les bandits se rapprochèrent. Peu à peu, la présence de Wren attira également leur attention. Cela devait faire bien longtemps qu'ils n'avaient pas croisé de forgeurs d'os de ce côté-là du Mur…

— Je n'ai pas l'or sur moi, précisa Julian.

La menace se précisait, mais le jeune homme n'en perdait pas pour autant ses moyens. Wren, de son côté, balayait les environs des yeux dans l'espoir de trouver une solution. Un signal indistinct lui parvenait, étouffé par les battements de son cœur affolé. Elle s'efforça de se calmer afin de mieux le discerner. Ça ressemblait à la présence d'ossements, sans que ce ne soit l'appel de la palissade qu'ils venaient de franchir. Non, la source était beaucoup plus proche.

— On ne va pas accepter de l'or qui n'existe pas, intervint un autre brigand.

Des rires éclatèrent parmi ses comparses. Wren jeta un regard à Julian. Quel qu'ait été son plan, il était sérieusement compromis.

— Qu'est-ce que tu fais ? chuchota-t-elle.

Il fit la sourde oreille.

— Je vous assure qu'il existe, affirma-t-il avec une expression déterminée, sans s'offusquer de leurs railleries. Il se trouve dans les coffres de la citadelle de Fer. Vous accepteriez sans doute un paiement venu de sa trésorerie...

Les rires retombèrent.

À en croire Julian, les activités du siège de la maison du Fer semblaient y avoir repris. L'ordre déchu avait-il imposé son pouvoir sur ces terres ? Voilà qui confirmait à nouveau que les forge-fer avaient conservé nettement plus de puissance que tout l'ouest du Mur ne voulait bien le croire.

— Il bluffe, affirma l'un des bandits.

Les autres opinèrent du chef. Le premier à s'être exprimé, coiffé de son chapeau de pirate, s'avança pour étudier le forge-fer.

— Peut-être bien, admit-il, bourru. On n'a qu'à le capturer. On verra bien si le régent nous offre quelque chose en échange de sa tête.

Un régent ? En place à la citadelle de Fer ?

Julian jeta un coup d'œil à Wren. Il avait des raisons d'être inquiet, entre les menaces des bandits et les informations que la forgeuse d'os avait pu glaner – et qu'elle risquait de rapporter à Fort-de-Faille.

Sauf qu'elle n'en aurait jamais l'occasion s'ils finissaient occis au milieu des ruines. D'autant plus qu'aux yeux du « régent », Julian avait peut-être une quelconque valeur mais Wren, elle, ne représentait absolument rien.

Les négociations avaient échoué. Place à l'action.

— Je ne compterais pas là-dessus si j'étais vous, répliqua Julian au détriment de toute diplomatie.

Il s'était exprimé d'une voix grave, menaçante, en faisant étinceler les pointes de son bâton dans le clair de lune.

— Heureusement qu'on est vingt contre deux ! lança le pirate.

Lorsqu'il s'approcha davantage, Wren discerna enfin son sourire, enfoui sous sa barbe. Il lui manquait des dents.

S'ils espéraient s'en sortir, il allait falloir combattre. Elle croisa le regard du forge-fer, qui secoua discrètement la tête comme pour lui faire signe de reculer.

Il pouvait toujours courir !

— Heureusement pour nous, oui, confirma Wren en gratifiant le pirate d'un sourire féroce.

L'étrange intuition qui l'habitait se faisait plus claire, à présent. Elle ne l'avait plus ressentie depuis le Bois-aux-Ossements : des corps gisaient tout autour d'eux, enfouis sous la terre.

C'était logique. La région avait été le théâtre de violents combats, autrefois. Wren soupçonnait par ailleurs le panneau planté derrière eux d'avoir servi de potence, afin de refroidir les bandits du type de leurs agresseurs.

Elle comptait cinq ou six cadavres ensevelis sous ses pieds ou dispersés au bord de la route. Il pouvait tout aussi bien s'agir de dépouilles inhumées à la hâte, de charognes nettoyées et englouties par la terre que de soldats morts au combat.

Lequel ? Difficile à dire. Mais si la plupart des âmes avaient été fauchées, certaines restaient sûrement attachées à leur squelette. Une idée lui vint. Elle n'était pas certaine de sa réussite, mais invoqua tout de même tibias, clavicules, fémurs... à l'aide de sa magie. Il lui fallait une diversion, un moyen d'équilibrer les forces. Les ossements étaient inoffensifs face aux êtres humains, mais pourraient suffire à terroriser quelques-uns des brigands.

Toute exhumation comportait le risque de bouleverser les innombrables nappes de terre qui retenaient les squelettes prisonniers, mais elle n'avait pas trente-six solutions. Elle ne comprenait pas le jeu de Julian ni pourquoi il semblait si rétif à l'idée de neutraliser ces fripouilles. Surtout, elle n'avait pas l'intention de finir comme ces cadavres abandonnés.

— Attends ! lança-t-il, paniqué. Qu'est-ce que tu...

Trop tard. Wren brandit ses épées jumelles. Au lieu d'attaquer le bandit le plus proche, elle les retourna pour les pointer vers le sol, avant de se laisser tomber à genoux et de plonger les deux lames dans la terre.

Grâce à un savant mélange de puissance physique et de magie, elle les propulsa à une profondeur qu'elle n'aurait jamais atteinte à la seule force de ses bras.

Elle entretenait un lien particulièrement fort avec les os qui ne la quittaient jamais. Mis en contact avec le sol, ils lui permettaient d'établir une connexion avec les autres ossements dispersés alentour. Tous étaient reliés par la terre. Elle puisait l'énergie de leur matrice.

Lorsqu'un grondement retentit, tout le monde baissa les yeux, y compris Julian.

Wren, au contraire, se releva. D'un même mouvement, elle arracha du sol ses épées et tous les ossements ensevelis dans les parages. Une manœuvre épuisante, qu'elle ne pouvait accomplir qu'en repoussant loin ses limites... mais qui eut l'effet escompté.

Des corps surgirent d'un peu partout. Non des squelettes entiers, plutôt un amas terrifiant de crânes fracturés, de membres brisés, d'esquilles et de poussière.

À côté de la forgeuse d'os, Julian jura entre ses dents. Leurs ennemis, en revanche, poussèrent des hurlements de panique qui couvrirent le craquement de l'humus et des os en mouvement.

Plusieurs bandits prirent leurs jambes à leur cou sans demander leur reste. Le pirate était d'une autre trempe. Horrifié, il tituba en arrière, entravé par les ossements qui affleuraient à ses pieds. Mais il se ressaisit vite. Passé ce moment d'effroi, il ne tarda pas à lancer des ordres à la cantonade et à rassembler ses troupes sans ménagement.

— Attrapez la sorcière d'os !

Il poussa deux de ses hommes vers Wren. Les autres cernaient Julian.

— Ne bou... commença le guerrier.

La jeune fille avait déjà détalé. Contrairement à lui, elle n'était pas formée à ce genre de combat. Elle devait user de toutes les astuces, de tous les outils à sa disposition. Grâce à sa vivacité hors norme et son aptitude à détecter les ossements sous ses bottes, elle parvint à les éviter, laissant ses assaillants trébucher sur les squelettes dans leur course.

Elle s'éloigna de Julian afin de les disperser, non sans en profiter pour réfléchir à la suite. Pour la plupart, les brigands étaient armés de poignards d'acier, bien que quelques-uns aient une massue ou une épée courte. Ses lames d'os pourraient encaisser quelques coups, mais n'importe quelle arme un tant soit peu affûtée suffirait à les entamer. Sans parler de sa cuirasse, conçue pour la protéger des non-morts, pas des vivants.

Comme face à Julian, elle projeta plusieurs nuages de poussière d'os dans l'air, histoire de gagner du temps. Seulement, chaque fois qu'elle parvenait à mettre un peu de distance entre elle et ses poursuivants, un autre bandit venait lui barrer la route, ce qui la contraignait à battre en retraite vers les autres.

Pendant qu'elle jouait au chat et à la souris avec leurs adversaires, Julian renversait ses opposants avec une redoutable efficacité. Les lames fixées aux extrémités de son bâton étaient d'un tranchant hors du commun.

Il ne lançait cependant aucune attaque mortelle. Si les brigands tombaient les uns après les autres, ils se relevaient, en dépit de leurs blessures. Le forge-fer retenait encore ses coups.

Sans laisser à Wren le temps de le reprocher à son compagnon, un hurlement assourdissant lui vrilla les tympans. Son cœur s'arrêta. Ce cri n'exprimait pas une douleur ou une terreur ordinaire. Il n'appartenait pas au monde physique, mais à l'univers des non-morts.

Comment le savait-elle ? Elle l'ignorait. Les fantômes ne pouvaient pas parler – ni gémir ni hurler de rage. Leurs mouvements se déployaient dans un silence incorporel conforme à leur nature spectrale. Malgré tout, aucun doute n'était permis : l'horrible cri n'avait pas été proféré par un être vivant.

Aussitôt, Wren repéra l'esprit, à proximité du panneau. Selon toute vraisemblance, elle l'avait libéré en dérangeant les ossements qui le retenaient à sa place, de la même manière qu'elle avait dérangé le fantôme pendant l'épreuve du Bois-aux-Ossements quand elle avait fracassé l'arbre aux coudes multiples.

Il se matérialisa peu à peu devant eux. Il irradiait de lui une lueur verdâtre si éblouissante que bon nombre de pillards durent se cacher les yeux ou les détourner, non sans étouffer des couinements de douleur.

Julian lui-même tressaillit. Wren resta seule à regarder la silhouette prendre forme.

Le spectacle était terrifiant.

Son cou, ignoble et tordu selon un angle contre nature – ce qui confirmait les soupçons de la jeune fille quant à l'existence d'une potence à cet endroit –, lui donnait une posture écœurante aux contours difformes. Une particularité qui ne l'empêchait pas d'apparaître nettement, dans ses moindres détails, y compris sa nuque brisée et la teinte violacée de son visage.

D'après l'échelle des non-morts, tout esprit capable de produire un son – et donc d'avoir une quelconque influence sur ce qui l'entourait – appartenait à la catégorie des geists, les spectres de niveau quatre. En d'autres termes, il leur réservait sans doute d'autres mauvaises surprises.

Wren chercha à repérer son squelette dans l'enchevêtrement d'ossements qu'elle avait causé, mais elle n'était pas fauchyr. Libérer cet esprit dépassait ses capacités. Sa seule chance consistait à l'endommager juste assez pour le pousser à disparaître quelque temps.

À la vue du non-mort, les bandits s'étaient aussitôt dispersés, privilégiant leur survie à la rançon qu'ils espéraient tirer de la capture de Julian. Même le cheval s'était enfui au galop.

Grossière erreur de leur part.

Ne jamais tourner le dos à un fantôme.

Ne jamais prendre la fuite.

Leur mouvement attira l'attention de l'esprit furibond, qui s'attaqua aux cibles les plus proches. Deux bandits parvinrent à lui échapper. Quant au troisième…

Wren chancela en avant, un peu trop tard. En jetant un regard apeuré par-dessus son épaule, le fuyard ne vit pas le fantôme se figer brusquement sur sa trajectoire. Lorsqu'il traversa la silhouette spectrale, le résultat fut immédiat.

Telle une tache d'encre, la nécrose se propagea sur son torse, puis sa gorge, où elle devint visible au-dessus du col de sa chemise crasseuse. Les hurlements de l'homme moururent sur ses lèvres.

Secoué de convulsions, il s'effondra. Quand la maladie s'attaquait d'abord à l'un des membres ou était transmise par un léger contact, la freiner, voire en guérir les effets, était possible. Mais quand la victime était touchée en pleine poitrine… aucun espoir n'était permis.

Les autres bandits avaient disparu. Il ne restait plus que Wren et Julian.

L'esprit porta son attention sur le forge-fer. Il était non seulement le plus proche, mais aussi dépourvu de défenses contre les non-morts, contrairement à la forgeuse d'os.

Julian resta immobile, le bâton tendu, même s'il ne lui était d'aucune utilité contre l'apparition.

Wren n'avait pas d'autre choix que d'opter pour une arme à longue portée. Sauf que ni ses osselets ni ses couteaux de lancer ne suffiraient à tenir en respect un spectre de niveau quatre.

Dans ces conditions, une seule technique restait envisageable. Elle rengaina l'une de ses épées, empoigna l'autre à deux mains puis la brandit au-dessus de sa tête.

Elle projeta ensuite l'arme d'os de toutes ses forces. La lame fendit les airs en tournoyant comme une hachette. Avec toute l'énergie magique qui lui restait, Wren la guida de sorte qu'elle accélère sa rotation jusqu'à l'impact avec sa cible : la poitrine du fantôme, tranchée en deux.

Un nouveau cri retentit, cette fois chevrotant. De sa bouche vaporeuse, la créature se mit à articuler des mots. Tentait-elle de s'exprimer ? Le mystère demeura entier, car l'instant suivant, elle s'était déjà évaporée dans une volute de fumée.

L'obscurité retomba sur la scène macabre. Autour de Wren et de Julian ne restaient plus que des ossements, des cadavres et le souffle haché de leur respiration haletante.

CHAPITRE 15

Trop épuisée pour rappeler son épée, Wren alla la récupérer à pied.

Pétrifié, Julian observait la dépouille du bandit emporté par la nécrose. Du moins était-ce ce que la forgeuse d'os avait d'abord pensé, mais en s'approchant, elle distingua un autre corps étendu à côté du premier, transpercé par l'une des lames du guerrier de fer. Voilà ce qu'il scrutait obstinément : l'homme qu'il avait tué malgré tous ses efforts pour l'éviter.

— Est-ce qu'il est parti ? demanda-t-il, la voix rauque.

Il avait les yeux fermés, les traits déformés par une grimace. Il parlait sûrement de l'esprit.

La menace était-elle écartée ? Wren n'en avait aucune garantie. Les règles de ces terres, au-delà des protections du Mur, lui échappaient encore. Elle n'avait jamais entendu d'esprit crier, encore moins tenter de parler. Le spectre allait avoir besoin d'un peu de temps pour rassembler son énergie et reprendre forme, mais combien exactement ? Elle n'aurait su le dire.

— Pour le moment, oui. Mais partons, ça vaut mieux.

À en juger par ses épaules crispées, la réponse sembla déplaire au forge-fer.

— Et tu comptes les laisser hanter le coin, pour qu'ils s'attaquent à d'autres voyageurs ? Tu ne vas pas... Je croyais que vous aviez des rites funéraires, des techniques pour vous en débarrasser.

Il agita vaguement la main vers Wren. Sans doute n'avait-il pas d'idée très précise de ce à quoi correspondaient ces « techniques ».

— Au cas où tu l'aurais oublié, on est en mission de sauvetage, argua-t-elle. On n'a pas le temps de creuser des tombes. De toute façon, ça ne servirait à rien sans fauchyr pour terminer le travail. Le nécrosé ne reviendra pas, mais les esprits des autres... Ils vont finir par se réveiller et on ne pourra rien faire pour l'empêcher.

Julian étudia la jeune fille de la tête aux pieds, signe qu'il ne connaissait peut-être pas la différence entre fauchyr et valkyr. Il ne chercha pas à en savoir plus.

— Ça n'empêche pas de les traiter avec respect et dignité.

Un rire moqueur échappa à Wren.

— Ils ont voulu nous tuer, je te signale !

— Parce que tu crois qu'ils ont choisi cette vie ? s'emporta-t-il, soudain acerbe. Ils ne nous auraient fait aucun mal si tu m'avais laissé le temps de négocier...

— Négocier quoi ? Les conditions de ta survie en attendant sagement mon exécution ? l'interrompit-elle, caustique. Je ne suis pas amie avec le régent, moi. De ce côté du Mur, personne ne va payer pour ma libération.

De l'autre côté non plus, elle ne voyait pas bien qui s'en chargerait – mais il n'avait pas besoin de le savoir.

— De toute manière, tu étais mal embarqué.

— Donc tu as préféré réveiller les morts ?

— Ce n'est pas ce que j'ai fait, objecta-t-elle, exaspérée.

— Tu veux me faire croire que ces os ont jailli de la terre par enchantement ? Quel genre de forgeuse d'os es-tu, au juste ?

Elle désigna les ossements qui jonchaient le sol.

— La plupart de ces squelettes ne sont pas hantés. Ce sont eux que je cherchais à exhumer avec ma magie. Seulement, sans le faire exprès, j'ai dérangé d'autres ossements, qui eux étaient encore habités. J'imagine que ce n'était pas les seuls, puisque ce panneau est en fait une ancienne potence. On ferait mieux de ne pas traîner, d'ailleurs.

Julian poussa un soupir, avant de relâcher sa prise sur son bâton. Lorsque les lames se furent rétractées, il le glissa dans l'étui sanglé sur son dos. Les mains sur les hanches, il contempla l'horizon.

— On n'a plus aucune chance de les rattraper, soupira-t-il, avant de jauger Wren du regard. À moins que…

L'expression du jeune homme piqua la curiosité de la forgeuse d'os.

— Que quoi ?

— Même si tout est ta faute…

— Ma faute ? s'indigna-t-elle. Ces bandits…

— Nous ont tendu un piège dans lequel tu t'es jetée sans réfléchir. Ensuite, tu m'as empêché de trouver une issue pacifique et quand je t'ai demandé de ne pas bouger pour qu'on puisse se défendre correctement, tu as filé à toute allure pour invoquer un fantôme.

Wren marmonna quelque chose, mais Julian n'avait pas l'intention de la laisser se défendre.

— Malgré tout, je dois reconnaître que tu l'as neutralisé plutôt habilement, poursuivit-il, et que ton aptitude à contrôler les os pourrait avoir une certaine utilité…

« Une certaine utilité » ? Mais quel culot !

— Où veux-tu en venir ?

— Il y aurait bien un moyen de rattraper le prince… en coupant par le Territoire hanté.

Le cœur de Wren manqua un battement. Les terres de la Faille étaient la dénomination usuelle pour l'ensemble de la région située à l'est du Mur – un repaire de traîtres et de monstres ressuscités, le théâtre de nombreuses guerres menées à la fois contre les vivants et les non-morts. La Faille, la pire calamité qu'aient connue les Dominions.

Dans ces conditions, s'aventurer à l'est du Mur s'avérait déjà audacieux, même pour un caractère bien trempé comme Wren, mais pénétrer dans le Territoire hanté confinait à la folie. La Faille, ce gouffre d'un peu moins de dix lieues de long et d'une profondeur inconnue, était entourée d'un vaste périmètre de terres hostiles, peuplées de spectres, d'où son nom de Territoire hanté. Comme Odile l'avait signalé sur sa carte, les montagnes et la rivière formaient deux barrières naturelles pour les non-morts qui préféraient visiblement ne pas s'éloigner de l'immense brèche dont ils avaient surgi.

De ce que Wren en savait, aucun être humain ne se risquait à fouler cette contrée truffée de périls. Du moins, plus personne ne s'y était aventuré depuis l'expédition de Locke et de ses forcées armées, dont seuls le père de la forgeuse d'os, Odile et une poignée de soldats avaient réchappé.

Que se passerait-il si Wren s’y rendait et en revenait saine et sauve ? Encore mieux, si elle s’en sortait en sauvant le Prince d’Or ? Son clan n’aurait d’autre choix que de lui témoigner le respect qu’elle méritait, de reconnaître qu’elle n’était pas la bonne à rien qu’ils s’imaginaient. Elle aurait droit à la même révérence, la même admiration que leur inspirait son oncle Locke.

La voix de Julian la tira de ses rêves de triomphe.

— Ce ne serait pas sans risques. Rien que pour s’y repérer, j’imagine le casse-tête, sans parler des dangers qui rôdent là-bas. Il circule toutes sortes de rumeurs, ces derniers temps…

Il lui jeta un regard anxieux.

— C’est-à-dire ?

Il haussa une épaule.

— Plusieurs habitants du coin prétendent avoir vu une femme drapée d’un voile. Ils l’appellent la reine des spectres.

Un nom plutôt inquiétant, mais dont le sens exact n’était pas très clair.

— Un cadavre ambulant ? Ce doit être un fantôme de niveau cinq.

Le guerrier hésita.

— Sans doute. Ça me rappelle les histoires de forge-spectre qu’on me racontait quand j’étais petit. On y parlait de nécromanciens maléfiques qui réduisaient les non-morts en esclavage, de cadavres disparus, d’assemblées nocturnes d’esprits fantomatiques… Mon grand-père disait toujours : « Rentre avant la nuit si tu ne veux pas que les pilleurs t’attrapent. »

Wren était fascinée. Elle n'arrivait pas à croire qu'il ait été bercé de récits sur les forge-spectre alors que sa propre maison se refusait à les évoquer.

— Attends... Les pilleurs ?

— Oui. Des profanateurs de sépultures, si tu préfères.

Elle en avait effectivement entendu parler, mais jamais en ces termes.

Le sujet était tabou à la maison de l'Os. Bien entendu, il avait toujours intrigué Wren, même si ses connaissances en la matière se bornaient aux ragots qu'elle avait surpris entre les serviteurs et aux histoires que lui racontaient ses vieilles nourrices pendant les veillées.

Le tout donnait un corpus délicieusement terrifiant.

Si les forgeurs d'os avaient la capacité de capter la présence d'ossements morts et de les contrôler, les forge-spectre, quant à eux, manipulaient l'esprit des non-morts, leur fantôme. Autrefois, les deux clans formaient l'alliance parfaite. Les forge-spectre s'occupaient de calmer et de maîtriser l'esprit pendant que les forgeurs d'os localisaient, puis sectionnaient sa ligne d'énergie. À l'époque, les valkyrs n'existaient pas – ils n'avaient pas de raison d'être.

Puis les forge-spectre avaient fini par abuser de leur pouvoir. Ils s'étaient mis à exploiter les non-morts. Au lieu de leur offrir le repos éternel, ils en faisaient leurs esclaves. À en croire Cook, en plus de profaner les sépultures, ils en étaient même venus au meurtre pour se procurer des cadavres d'une plus grande fraîcheur.

Entre forge-spectre et forgeurs d'os, il existait de nombreuses similitudes qui risquaient d'être mal interprétées.

Aussi la famille de Wren préférait-elle sans doute ne pas en parler pour cette raison. La magie des deux clans venait des morts. Les forgeurs d'os inspiraient une certaine méfiance à la population des Dominions, inquiète de les voir emprunter la même voie que les forge-spectre.

— Tu crois que cette reine pourrait être une forge-spectre ? demanda-t-elle.

Personne n'en avait vu depuis des siècles, ni même entendu parler. L'idée rendait la jeune fille fébrile. Un certain malaise l'étreignit.

Julian secoua la tête.

— Ce ne sont que des rumeurs, les mêmes histoires à dormir debout que racontaient mon grand-père et son grand-père avant lui.

— Si ça se trouve, ils n'ont jamais disparu.

Songeuse, Wren pencha la tête sur le côté. Il lui répondit d'une moue dubitative.

— Oublie la reine. En revanche, des non-morts sur le chemin, on va forcément en croiser. Sois-en certaine. Tu as déjà affronté de vrais revenants ?

— Pas tout à fait. On n'en trouve que dans les terres de la Faille. Mais ça fait dix ans que je me prépare à les combattre. Je saurai me débrouiller.

Elle s'était mesurée à un nombre incalculable d'esprits dans les catacombes de La Moelle, où ses maîtres en conservaient quelques spécimens, sous haute surveillance, destinés à l'exercice des novices. Sans compter les entraînements face à Inara, qui lui avaient permis de perfectionner toutes les techniques imaginables pour neutraliser ses opposants, quels qu'ils soient.

Et, si jamais son enseignement se montrait insuffisant, elle pourrait toujours faire confiance à son instinct, comme le lui avait conseillé Odile.

— En étant rapides et discrets, on arrivera peut-être à traverser sans attirer l'attention, poursuivit Julian.

Wren acquiesçait, heureuse d'avoir pris toute sa panoplie de forgeuse d'os pour escorter Leo durant son inspection en dehors du fort. Dans l'idée de l'impressionner, elle avait emporté l'artillerie complète, y compris des munitions.

— Je vais ouvrir la marche, décréta le jeune guerrier. Cet endroit appartenait aux terres de Fer, avant. Je trouverai le moyen le plus sûr de le traverser. Toi, tu te charges de nous protéger des non-morts.

Un plan parfait en apparence. Sauf que…

— Tu es certain qu'ils ne risquent pas de nous semer ?

— Ils vont forcément emprunter la Route côtière, ils n'ont pas d'autre solution. Nous, pendant ce temps-là, on prend un raccourci et on les rattrape avant qu'ils aient atteint leur destination.

Étant donné l'emplacement du Territoire hanté et l'arc que décrivait la côte, la destination en question ne pouvait être que la citadelle de Fer, la capitale mythique des forge-fer qui, manifestement, n'était pas à l'abandon et abritait même un régent – du moins quelqu'un qui se considérait comme la plus haute autorité sur ces terres. Le souverain de la maison du Fer, en quelque sorte, puisque Julian éprouvait à son égard une certaine loyauté.

Peu importait, car Leo n'y mettrait jamais les pieds. Wren s'en assurerait personnellement.

— Ne t'attends pas à un simple cimetière ou à un vieux gibet, la prévint Julian. C'est du Territoire hanté qu'on parle, du seuil même de la Faille.

— Je sais, s'exclama Wren, incapable de contrôler son enthousiasme.

— Si on veut avoir une chance de s'en sortir, il va falloir que tu m'écoutes. Tu te prends peut-être pour une tueuse de spectres mais, sur ce coup, notre but est de les éviter au maximum. Compris ?

La forgeuse d'os se hérissa, indignée par l'attitude condescendante du forge-fer, mais se retint de protester... de peur qu'il renonce à son plan. Par ailleurs, si une mort glorieuse dans la Faille n'était pas le pire destin qui soit, un tel sacrifice n'aurait aucun sens si elle échouait dans sa mission. Tout au long de sa vie, sa témérité lui avait procuré un avantage. Cette fois, elle pourrait bien causer sa perte. Au lieu de s'employer à affronter les non-morts, il allait falloir qu'elle les évite. Sans barde itinérant pour rapporter le récit épique de ses exploits, c'était à elle d'écrire sa légende. Peut-être se permettrait-elle d'enjoliver un peu les détails... Mais la priorité, pour l'heure, était de survivre à la Faille.

— Oui, d'accord. Tu préfères ne pas croiser de non-morts.

— Comme tout le monde, non ?

Wren lui fit son plus beau sourire.

— Pas les forgeurs d'os. Bon, allons récupérer ce qu'on peut sur ces cadavres avant de nous mettre en route.

— Tu plaisantes ? s'insurgea Julian.

Mais elle s'accroupissait déjà à côté du macchabée le plus proche. Elle dénicha un fourreau paré de gemmes, qu'elle approcha de ses yeux pour examiner les pierres – un vulgaire verre teinté, sans doute – quand le forgefer vint le lui arracher des mains. L'un des « diamants » tomba et se fendit en deux.

— Qu'est-ce que tu comptes faire d'un fourreau vide ?

— Rien, maintenant que je sais que c'est du toc.

Il continuait de la foudroyer du regard.

— Je cherche quelque chose à échanger, soupira-t-elle. Je ne sais pas pour toi mais moi, j'aimerais autant ne pas faire tout ce voyage le ventre vide. Ce type de camelote doit encore avoir de la valeur dans les terres de la Faille.

— Peut-être, mais pas dans le Territoire hanté. N'espère pas y trouver des auberges, des marchands ambulants ou même de gentils paysans prêts à nous offrir le gîte et le couvert en échange d'une babiole. Il n'y a rien, entre ici et notre destination, à part la mort.

— Raison de plus pour ne pas partir les mains vides.

Elle fouilla le corps suivant, celui de l'homme mort de nécrose.

— Ils doivent avoir une cachette dans les parages, lança Julian d'une voix forte, manifestement gêné par les prospections de sa camarade. Les bandits dans leur genre en ont souvent plusieurs. Il suffit d'en trouver une et de se servir dans leurs provisions.

— Ils ne risquent pas de s'y être réfugiés ?

— Ce ne sont pas de vrais refuges, juste de simples trous creusés dans le sol pour y cacher des réserves. Après ta petite démonstration, je doute qu'ils s'arrêtent de courir avant d'avoir atteint Pontaustral.

Wren planta son regard dans le sien, avant de lui tendre une petite dague noire.

— Donc tu ne veux pas de ça, j'imagine ?

Il hésita, mais finit par lâcher le fourreau pour s'approcher. Sitôt l'arme entre ses mains, il fit la grimace.

— Du fer amer, déclara-t-il en jetant le poignard au sol.

Wren le ramassa.

— Mais il est noir…

Les forgeurs qualifiaient d'amères toutes les variations de leurs matériaux qu'ils ne parvenaient pas à manipuler – comme les alliages, pour les forge-métal. L'acier, par exemple, qui servait souvent à la fabrication d'armes, était appelé le « fer amer » et le bronze le « cuivre amer ». Tout matériau non originaire de l'île résistait à la magie des forgeurs des Dominions. Ils considéraient donc l'or, l'argent, le fer et même les os venus de l'extérieur comme amers. Aussi, après avoir perdu plusieurs mines d'or dans la Faille, le roi avait décrété que seul l'or amer, extrait hors du continent et acquis par le biais du commerce, servirait de monnaie. La production locale était réservée aux artisans forgeurs d'or pour leur permettre de fabriquer des objets précieux, ou bien stockée afin d'en contrôler la valeur sur le territoire et à l'étranger.

— On dirait de l'émail, ajouta Julian qui désignait la lame d'un signe de tête. Soit cet homme s'est fait rouler en pensant acheter une dague de fabrication forge-fer, soit il avait lui-même l'intention d'escroquer quelqu'un.

Après s'être essuyé les mains, Wren se releva.

— Si tu le dis… Bon, tu nous y emmènes, à ces provisions ?

CHAPITRE 16

Avant de partir, Julian insista pour traîner les corps au bord de la route. Ils entreprirent ensuite d'inspecter les grottes et les crevasses, même d'apparence anodine, des environs.

— Les bandits posent un problème majeur dans le Sud, expliqua-t-il. Les villes de la côte essaient de les maîtriser en envoyant leurs milices. Parfois, quand j'ai un peu de temps, je leur donne un coup de main. Leurs déplacements sont faciles à anticiper. Chaque bande a son territoire et reste constamment en mouvement. C'est pour ça qu'ils ne s'encombrent pas avec des provisions.

Il finit par mettre la main sur ce qu'il cherchait : un stock de tonneaux et de caisses, entreposé dans une grotte partiellement dissimulée.

Il s'y cachait une bonne quantité de vivres. Du poisson séché, en grande partie, mais aussi de la viande rouge fumée, plusieurs bocaux de légumes au vinaigre, ainsi que des gourdes qu'ils pourraient remplir d'eau. Ils trouvèrent aussi du matériel de voyage, notamment une bouilloire, quelques couvertures et une pierre à feu.

— Il fait froid, là où on va, donc emporte tout ce que tu peux, suggéra Julian, qui chargeait un sac de cuir.

— Il fait froid partout. C'est l'hiver, fit remarquer la forgeuse d'os, qui suivit malgré tout le conseil de son compagnon.

— Ce n'est pas comparable.

Wren médita sur la question. Tout contact avec les non-morts procurait une sensation de froid – en elle-même, la nécrose n'était rien de plus qu'une gelure accélérée. Elle n'avait pourtant jamais entendu dire que la présence de fantômes pouvait affecter le climat d'un territoire entier. Après tout, il ne faisait pas plus froid qu'ailleurs dans le Bois-aux-Ossements, qui était l'endroit le plus hanté qu'elle ait jamais foulé… pour le moment, du moins.

Leurs préparatifs achevés, ils plongèrent dans la nuit, direction le nord.

Comme leur plan impliquait d'avancer dans la mauvaise direction, Wren jetait sans cesse des regards derrière elle. Leo était-il sain et sauf ? Ses ravisseurs avaient-ils consenti à le détacher pour lui permettre de chevaucher convenablement ou le transportaient-ils toujours comme un sac de grain ?

Quand bien même ils se seraient décidés à le traiter avec égard, ils n'hésiteraient sûrement pas à menacer de le tuer pour obtenir leur rançon – au montant certainement colossal. Avec le Prince d'Or en leur possession, ils tenaient les Dominions tout entiers à leur merci.

Désorientée par l'obscurité et le sol accidenté, qui s'élevait peu à peu sous leurs pieds, Wren ne quittait pas des yeux le dos de la cuirasse de Julian, à peine visible.

— Il y a une gorge droit devant, fit-il remarquer sans se retourner. Elle devrait nous permettre de passer de l'autre côté sans trop d'encombres. À partir de là, ce sera tout droit jusqu'au Territoire hanté.

Un rictus avide étira les lèvres de Wren.

— On y est presque.

Le forge-fer lui jeta un regard réprobateur.

— Ça ne tourne pas rond, chez toi.

— Tu n'es pas le premier à me le dire.

— Et je ne serai sûrement pas le dernier, marmonna le guerrier entre ses dents.

Ils ne tardèrent pas à gagner la berge de la rivière – la Serpentine, comme l'avait nommée Odile. Le cours d'eau s'écoulait paresseusement vers le sud-est dans un paysage ouvert. Vers l'amont, cependant, il se faisait de plus en plus maigre et tortueux, jusqu'à former une gorge étroite en s'insinuant entre les hauteurs.

Ils longèrent la rive rocheuse, soucieux de ne pas s'éloigner de l'eau, un répulsif naturel contre les non-morts. S'ils en rencontraient un sur la terre ferme, il leur suffirait de plonger pour échapper à la nécrose – au risque de se noyer, car la rivière alternait entre rapides moussus d'écume et courants plus calmes. Wren espérait ne pas avoir à s'y jeter.

La fatigue commençait à se faire sentir quand Julian s'arrêta pour observer les collines. En suivant son regard, Wren comprit ce qui avait attiré son attention : les vestiges d'un moulin à l'abandon, non loin.

— Allons jeter un œil. On pourrait s'y reposer jusqu'à l'aube et ensuite…

— Pas question de s'arrêter ! On a à peine avancé et…

— Je te garantis que les autres ont fait une halte.

— Justement, c'est l'occasion rêvée de les rattraper !

— Non. On ne va pas marcher trois ou quatre jours d'affilée sans s'arrêter. Et je préfère mourir plutôt que d'entrer dans le Territoire hanté sans avoir les yeux en face des trous. On a besoin de repos.

Wren leva le menton.

— On ferait mieux de dormir pendant la journée. Les non-morts sont bien moins actifs.

— D'accord, mais après ce soir, trancha-t-il après un instant de réflexion.

La jeune fille s'apprêtait à protester quand elle le vit s'étirer les épaules dans un mouvement presque imperceptible. Elle ne l'aurait sans doute pas remarqué sans la grimace que le geste arracha au forge-fer. Il souffrait donc plus qu'il ne le laissait paraître. D'ailleurs, il s'était mis à boiter pour épargner la jambe que Wren avait tailladée. Avec le temps, l'adrénaline de la journée s'estompait. Les propres blessures de la forgeuse d'os se réveillaient elles aussi. Sa cheville la lançait affreusement.

Très bien. Si le guerrier tenait à sa halte, elle n'en ferait pas toute une histoire. Ils allaient se reposer, faire un brin de toilette et repartir gonflés à bloc le lendemain matin.

Voyant qu'il l'avait convaincue, Julian se dirigea vers le moulin. Elle tendit la main pour l'arrêter.

— Laisse-moi faire, dit-elle.

Elle détacha son sac et le fit tomber par terre. Le forge-fer ouvrit la bouche, prêt à intervenir, mais elle dégaina ses épées en haussant un sourcil. Non sans un regard inquiet à la bâtisse, il finit par hocher la tête.

— Reste près de l'eau, recommanda-t-elle avant de s'avancer à pas prudents.

Tout un pan de la toiture en bois s'était effondré. De la roue ne restait plus qu'une pièce de métal saillant des fondations, dont la pierre était lézardée par une fissure.

Wren eut beau jeter un coup d'œil par les volets brisés de la fenêtre, elle s'en remettait avant tout à ses aptitudes magiques pour sonder les lieux. Ses sens ne lui indiquaient la présence d'aucun ossement dans les environs.

Elle se retourna, manquant défaillir lorsque le forgefer se matérialisa juste derrière elle. Sans se soucier de l'expression épouvantée de la jeune fille, il examina à son tour l'intérieur de la masure.

— La voie est libre ? Il n'y a pas que des non-morts dont on doit se méfier.

— On peut y aller, confirma-t-elle.

Il fit un bref tour du moulin avant de la rejoindre devant la porte. Le battant était aussi gondolé que vermoulu, et donc facile à forcer. Wren suivit son compagnon à l'intérieur pour découvrir une petite pièce unique qui empestait le renfermé et les feuilles mortes, transportées là au gré des intempéries et des ouvertures dans le toit. Hormis cette odeur, il n'y avait rien à signaler.

Clairement satisfait, Julian lâcha leurs deux sacs sur le plancher. Il avait dû porter celui de Wren, puisqu'elle l'avait laissé dehors.

— Si on arrive à trouver du bois sec, on devrait pouvoir faire du feu.

Un poêle à bois rouillé, encore utilisable, se trouvait dans un coin de la pièce avec, à côté, entassées sous une bâche, quelques bûches pourries. En dépit de la puanteur persistante, l'inondation responsable des plus gros dégâts remontait sûrement à plusieurs années.

Malgré tout, la putréfaction avait rongé la plupart des bûches. Une à une, elles se décomposèrent lorsque Julian voulut les ramasser. Wren avisa une vieille table bancale et quatre chaises empilées contre le mur. Elle en saisit une, puis lui cassa les pieds.

À eux deux, ils parvinrent à rassembler assez de bois combustible pour tenir quelques heures. Le forge-fer, qui avait gardé la pierre à feu, se chargea de le faire flamber. Un parfum de fumée ne tarda pas à imprégner la pièce, éclairée par la lueur grandissante des flammes.

Un silence gênant s'installa entre les deux comparses. Au fond, ils se connaissaient à peine. Techniquement, ils étaient même ennemis. Et pour ce qui était du temps passé ensemble, celui où ils n'avaient eu ni à se battre ni à fuir un danger mortel, il se mesurait en minutes.

Wren se lança la première. Elle s'assit sur l'une des chaises restantes, avant de poser ses pieds bottés sur la table.

— Pourquoi essayais-tu de capturer le prince ?

Julian, qui se massait distraitement la poitrine, à l'endroit où la flèche l'avait touché, poussa un soupir.

— Ça ne t'arrive donc jamais de te taire ?

Elle esquissa un sourire. S'il savait…

— Tu avais l'intention d'en tirer quoi ? De l'or ?

— Quel intérêt de posséder de l'or si on n'a personne avec qui l'échanger ? rétorqua-t-il sans la regarder. À l'instant où le Mur a été construit, garder ce métal comme monnaie n'avait plus aucun sens.

— De la nourriture, alors ?

Il secoua la tête, puis se leva pour se poster face à la forgeuse d'os.

— Qui troquerait un prince contre des sacs de grain et du bétail ? Tu es complètement idiote ou tu le fais exprès ?

Wren ne releva pas – des insultes, elle en avait essuyé de bien pires. Au lieu de quoi, elle l'étudia attentivement. À l'entendre, les terres de la Faille étaient le territoire barbare, ô combien inhospitalier, qu'on lui avait toujours décrit. Sauf qu'elle savait déjà, par le biais d'Odile, qu'il existait des villages et des cités. Julian portait de beaux vêtements et des armes neuves, de la plus haute qualité que puisse produire un forge-fer. Avec ses camarades, ils montaient des chevaux bien portants, dotés de tout le harnachement requis.

Ils n'étaient sans doute pas si pauvres et si affamés… Se pourrait-il qu'ils cherchent à obtenir tout autre chose ?

— Tu sers ce fameux régent, non ? Et il t'a ordonné d'enlever un prince… (Elle marqua une pause.) Vous voulez réintégrer les Dominions. (Julian détourna le regard, mais sa mâchoire se crispa.) Qu'on vous pardonne pour le Soulèvement et…

— Qu'on nous pardonne ? s'emporta-t-il soudain. Pour avoir tenté de sauver les nôtres de la Faille ? Pour avoir attaqué le Mur qui nous condamnait, telles de vulgaires bêtes parquées avec les loups ?

Wren se redressa sur sa chaise. Le forge-fer irradiait de colère. Allaient-ils encore en venir aux mains ? Elle cherchait simplement à faire la conversation, rien de plus. Quoi qu'il en soit, elle n'avait pas l'intention de mettre de l'eau dans son vin.

— C'est à cause de vous si la Faille est apparue ! riposta-t-elle, aussi calme que possible face à la fureur du guerrier. Je ne pense pas...

— J'avais remarqué.

Elle le gratifia d'un regard assassin.

— Si vous n'aviez pas surexploité les mines, rien de tout ça ne serait arrivé. Vous feriez encore partie des Dominions. Ta maison serait toujours aussi noble et puissante qu'avant.

— Et la tienne ne serait rien. (Un sourire mauvais étira lentement les lèvres de Julian.) Je me trompe ? Sans la Faille, la maison de l'Os n'aurait jamais accumulé autant de richesses ni ne se serait élevée aussi haut dans la société.

— C'est vrai, reconnut Wren sur un ton détaché. On serait juste la seule maison capable d'empêcher les non-morts d'envahir les Dominions. Sans nous, l'île tout entière n'existerait même pas.

— Mais bien sûr ! Où avais-je la tête ? Vous êtes notre seul et unique rempart contre les non-morts. Pourtant, au lieu de venir nous aider à affronter cette menace, ta maison a envahi nos terres avec toute une armée, avant de nous regarder nous faire anéantir sans lever le petit doigt. Quel courage ! Vous nous avez abandonnés à notre sort et après, vous osez nous reprocher d'avoir tout tenté pour survivre ? On n'en veut pas, de votre pardon. Non, ce qu'on souhaite, c'est que justice soit rendue.

Sur ces mots, il quitta la pièce à la vitesse d'une tornade, sans un regard en arrière. Wren en resta abasourdie un moment, le cœur battant.

Au début, les forgeurs d'os avaient prêté main-forte aux forge-fer. La population des Dominions, tout entière concernée par la Faille, s'était mobilisée dans l'espoir d'endiguer le flot de non-morts qui se déversait sur l'île.

Seulement, les vivants n'avaient pas tardé à s'apercevoir que contre un spectre, ils n'avaient pas la moindre chance. On avait donc érigé une palissade. Quand elle se fut révélée insuffisante, le Mur frontalier et son chapelet de forteresses avaient suivi. À l'époque, les forge-fer faisaient encore partie des Dominions mais, face à la négligence de la Couronne, ils décidèrent de prendre par la force ce qu'on leur refusait. Le Soulèvement avait créé une fracture profonde entre la maison du Fer et le reste du continent.

C'était la Couronne qui avait fait le choix de régler le conflit par la violence, mais Wren comprenait la rancœur de Julian contre les forgeurs d'os. Ils étaient les seuls capables de protéger le peuple des forge-fer, mais avaient préféré se plier aux ordres du roi plutôt que d'honorer leur vocation de défense des vivants.

Elle aurait aimé pouvoir en parler à Odile. De toute évidence, ces événements étaient restés en travers de la gorge de la fauchyr. Qu'en était-il du père de Wren ? Et même de Locke ? Avait-il pris plaisir à mener l'assaut final ou avait-il simplement accompli son devoir, quand bien même la tâche était sinistre ?

La jeune fille se leva. Elle voulait bien être compréhensive avec les états d'âme de Julian, mais espérait tout de même qu'il ne l'ait pas abandonnée.

Non, ses affaires étaient encore là, sur le plancher. Il ne devait pas être parti bien loin. Il ne fallait pas non plus oublier que s'ils avaient choisi d'emprunter cette route ensemble, c'était parce que Wren offrait une certaine garantie de sécurité. Si, en s'éloignant un peu trop, il croisait le chemin d'un spectre en colère, elle se retrouverait perdue en pleine nature, privée de guide et de toutes ses chances de sauver Leo.

Lorsqu'elle entendit un clapotis, elle s'approcha de la fenêtre. Elle repéra Julian sur la berge. Une vague de soulagement la submergea aussitôt. Il était toujours là, près de l'eau, là où il ne risquait rien, même sans elle pour le protéger.

Malgré l'obscurité qui l'empêchait de voir au loin, Wren remarqua que le brouillard ne les avait pas suivis dans l'étroite vallée. Au clair de lune qui dansait sur la rivière, elle vit la silhouette du forge-fer s'accroupir, puis recueillir de l'eau au creux de ses mains gantées pour s'en asperger la figure et la nuque.

Débarrassé de ses armes et de sa cuirasse, il paraissait plus mince, en tout cas nettement moins impressionnant. Il semblait même avoir rajeuni, surtout sans ce casque intimidant, qu'il avait dû poser sur la rive.

Il baissa les mains, puis commença à défaire sa tunique. Wren plissa les yeux, curieuse de voir l'étendue de la blessure au torse du guerrier – du moins s'efforçait-elle de s'en persuader –, mais il n'ôta pas son vêtement entièrement. Au contraire, il l'ouvrit juste assez pour arroser la plaie, non sans mouiller le tissu sombre au passage.

Déçue, la forgeuse d'os continuait de l'observer. À l'aide de ses doigts humides, il peigna ses cheveux en arrière, les faisant ruisseler sur son cou et sur le col de sa chemise.

Lorsqu'il se détourna de la Serpentine, Wren recula, de peur qu'il ne la surprenne en train de se rincer l'œil. Quelle mouche l'avait piquée, au juste ? Il était peut-être beau garçon, mais ce n'était pas une raison pour se laisser distraire.

Il n'avait pas renoncé à leur arrangement, c'était tout ce qui comptait. La forgeuse d'os en profita donc pour se relaxer. Elle ôta sa propre armure, puis étira ses épaules raidies. Sa plaie au bras méritait d'être nettoyée, mais elle attendrait le retour de Julian pour aller la panser.

Elle reporta son attention sur le moulin. Une nouvelle sollicitation de ses sens confirma l'absence d'ossements, morts ou hantés. Après avoir vu un fantôme se déplacer à sa guise, sans craindre les os qu'elle avait brandis pour l'arrêter, elle préférait tout de même prendre ses précautions.

Comme dans le Bois-aux-Ossements, elle puisa dans une grande bourse pour répandre de la poussière d'os tout autour de la pièce, sauf devant la porte. Elle fermerait le cercle de protection une fois qu'ils seraient prêts à dormir.

Quand Julian revint, elle était assise à la table, occupée à mastiquer un morceau de viande séchée passablement fade. Cuirasse et armes en main, il lui jeta un bref regard avant de remarquer la poussière d'os sur le plancher. Il ferma délicatement la porte, puis avança dans la pièce de manière à ne pas déranger le tracé. Qu'il soit inachevé semblait le perturber.

— Je finirai après m'être débarbouillée.

— Je croyais que tu n'avais rien senti dans les parages.

— Là, tout de suite, non. Mais ça peut toujours changer, surtout pendant la nuit. Je dors comme un mort, ajouta-t-elle avec un sourire diabolique.

Manifestement, il n'était pas réceptif à son charme. La faute au cercle magique qui semblait vraiment l'ébranler.

— Je croyais que l'eau de la rivière…

— L'eau permet de les tenir à distance, surtout ceux qui seraient tentés de nous attaquer depuis l'autre rive. Mais ce n'est pas parce qu'ils ne peuvent pas la traverser qu'ils ne risquent pas de s'en approcher.

— Et cette poudre blanche, reprit-il en désignant le tracé sur le plancher, est-ce qu'elle a le même effet que le Mur ?

— Plus ou moins, répondit Wren.

Chaque ordre de forgeurs cultivait de nombreux talents qui éveillaient leur lot de superstitions. De tous, les forgeurs d'os restaient malgré tout les plus intrigants. Avant la Faille, qui les avait rendus indispensables à la survie des Dominions, leur réputation en faisait des excentriques, des marginaux dont l'utilité se limitait aux enterrements et aux rites funéraires.

Que Julian s'efforce de comprendre la magie qu'elle avait employée était bon signe. Un petit éclaircissement finirait peut-être de le rassurer.

— Les spectres détestent les os morts, poursuivit la jeune fille, donc ils les évitent à tout prix. S'ils entrent en contact avec, ils s'évaporent. Ma poussière d'os est produite à partir d'os d'ancrage, ceux qui ont le lien le plus puissant avec l'âme. Autrement dit, ce sont les plus efficaces pour repousser les non-morts.

— Même les revenants ? Les cadavres ambulants ?

Wren réfléchit un instant.

— Ils sont capables de la traverser, mais ils n'aiment pas ça. Les boucliers de protection s'étendent au-delà de la poussière, au-dessus et en dessous. Au pire, si l'un d'eux s'approche, je le sentirai.

L'explication eut l'air de convenir au guerrier. Il ajouta du bois au poêle.

Wren le laissa s'en occuper pour aller faire sa toilette sur la berge. La graisse noire autour de ses yeux était difficile à enlever sans huile ou sans immerger complètement son visage dans l'eau, aussi préféra-t-elle ne pas y toucher. Elle se contenta de nettoyer ses plaies et de se curer les ongles.

Lorsqu'elle en eut terminé, elle regagna leur abri en fermant la porte derrière elle. Julian avait pris place à la table. Avec ce qui restait de poussière d'os, Wren ferma le tracé qui suivait les contours de la pièce afin de les entourer de sa protection.

— Et si j'ai besoin de… euh… de me soulager ? demanda brusquement le forge-fer en la voyant parachever son œuvre.

« Se soulager » ? Sa pudeur était presque touchante.

— Il faudra faire vite, glissa-t-elle, narquoise.

La taquinerie arracha presque un sourire au jeune homme – une victoire, aux yeux de Wren.

Sa tâche accomplie, elle fouilla ses affaires pour en tirer l'une des couvertures qu'ils avaient dérobées aux bandits. Elle l'étendit devant le poêle. Compte tenu de la taille de la pièce et du rayon de diffusion de la chaleur, ils allaient devoir dormir côte à côte.

Julian sembla s'en rendre compte en même temps qu'elle, mais n'esquissa aucun geste pour la rejoindre. Tout en s'installant sur son lit de fortune, la jeune fille fit remarquer à son compagnon :

— D'après ce que j'ai compris du Territoire hanté, on n'est pas près de retrouver un refuge aussi sûr qu'ici. Repose-toi. La poussière d'os nous protégera.

— Et si d'autres bandits nous attaquent ?

Wren haussa les épaules, avant de s'envelopper dans sa couverture.

— Les vivants, c'est ton affaire.

CHAPITRE 17

Leo avait connu des voyages plus agréables. Certes, il avait déjà passé le plus clair d'une après-midi bringuebalé dans un chariot rempli de fumier, afin de regagner le palais après une soirée tardive à une foire locale. Et quand aucun cheval n'était disponible, il lui arrivait aussi de rentrer à dos d'âne ou de poney – et même accompagné d'un très grand chien, quoique plus pour la compagnie qu'autre chose.

Par conséquent, et en dépit de la raideur de la selle et de l'inconfort du trajet, il avait connu pire. Du moins voulait-il s'en persuader.

En réalité, la journée avait mal commencé dès son réveil. En plus de la migraine carabinée consécutive à ses excès de la veille, un pressentiment déplaisant ne l'avait pas quitté de la matinée : il allait se faire kidnapper.

Malgré tout, hors de question de se laisser démoraliser par ce petit détail de rien du tout. Il était loin d'être le premier prince à être pris en otage et ne serait certainement pas le dernier.

Lorsqu'ils croisaient le chemin d'autres voyageurs ou passaient à proximité de repères aisément identifiables – ce qui arrivait souvent –, ses ravisseurs le contraignaient à se couvrir la tête d'un sac malodorant. Comme si connaître leur position ou leur destination allait lui permettre de leur échapper…

Pour être honnête, il avait échafaudé dans son esprit une espèce de plan – qu'il comptait bien mettre à exécution –, sans que ses ravisseurs ne se doutent de rien. Grâce à ses talents d'acteur, il était déjà parvenu à les convaincre de lui retirer cette cagoule puante quand la voie était libre. Chaque fois qu'on lui en recouvrait la tête, il faisait mine de glisser de sa selle. Pour paraître encore plus crédible, il s'était même laissé tomber pour de bon une fois – et en avait récolté une sacrée douleur aux fesses.

Même caché sous ce maudit sac, leur destination finale, sinon l'itinéraire exact qu'ils emprunteraient pour l'atteindre, lui semblait assez claire. Malgré tout, en obtenir la confirmation ne serait pas de trop.

— Où est-ce que vous m'emmenez ? demanda-t-il au ravisseur le plus proche de lui.

Ils chevauchaient depuis des heures. Derrière eux, le soleil avait depuis longtemps disparu derrière l'horizon.

Leo était toujours flanqué des deux mêmes cerbères : l'un grisonnant, bourru et taciturne quand l'autre était tout le contraire, avec sa jeunesse, son innocence et sa beauté. Des qualités dont le prince espérait tirer parti.

Manque de chance, ce fut le vieil homme qu'il avait surnommé Barbe Grise qui répondit :

— Silence.

Exaspéré, Leo examina les alentours. À la nuit tombée, ses ravisseurs l'avaient libéré de son sac et avaient montré de plus en plus d'anxiété. Lui-même se sentait tendu. Son angoisse ne fit que redoubler lorsqu'il surprit les paroles échangées par ses compagnons de route.

L'un des hommes, placé en tête du convoi, balaya du regard le sentier désert et le paysage dénudé, que le clair de lune parait d'une teinte argentée.

— Vous croyez qu'on va la voir ? marmonna-t-il.

— Espérons que non, répondit son voisin.

— Sinon, ce sera notre dernière vision avant de passer l'arme à gauche ! s'esclaffa un troisième, plus loin.

— Ça n'a rien d'une plaisanterie, rétorqua le premier. Mon cousin a un ami dont il est sans nouvelle depuis trois semaines. Il jure qu'elle était dans la forêt, tout près du sentier que son ami avait emprunté. Depuis, plus personne ne l'a revu.

— Qui est cette mystérieuse femme que vous effraie tant ? demanda Leo.

— Personne, grogna Barbe Grise, sans surprise.

Le prince pinça les lèvres, avant de remarquer que le ravisseur plus jeune l'observait.

— C'est une question anodine, non ? chuchota-t-il de manière à ne pas être entendu au milieu du bruit des sabots. Tu ne voudrais pas y répondre ? Pour me faire plaisir.

Il battit des cils. Malheureusement, ils avaient perdu leur éclat doré. Un peu plus tôt, le groupe s'était arrêté pour lui ôter tous ses ornements de métal – du moins ceux qu'ils avaient réussi à trouver.

— Je m'ennuie à mourir, insista Leo.

Hésitant, le garçon pencha néanmoins la tête vers lui.

— On l'appelle la reine des spectres.

Le prince fouilla dans sa mémoire. Il avait étudié le folklore des forgeurs et ce nom ne lui était pas inconnu.

— Ce n'est pas le monstre qui dévore les enfants qui ne veulent pas aller se coucher ? Ne me dis pas que de braves soldats aguerris tels que vous croient à ces sornettes !

Il lui décocha son plus beau sourire, que le jeune homme lui rendit presque, avant de remarquer la mine réprobatrice de Barbe Grise… et de s'empresser de détourner les yeux.

L'intuition de Leo se confirmait donc. Le jeune ravisseur eut beau ne pas répondre, son expression suffit à convaincre le prince qu'il accordait un certain crédit à ces histoires à dormir debout.

Intéressant.

Ils arrivèrent devant une cité fluviale au beau milieu de la nuit. Fortifiée, comme toutes les colonies des terres de la Faille à avoir survécu au cataclysme – selon les leçons de Leo –, elle était également pourvue d'une garnison. Au portail, des gardes vinrent les accueillir, aussi stressés que les ravisseurs. Le prince valorien surprit quelques murmures évoquant la présence de bandits dans la campagne, mais aucune allusion à une quelconque reine des spectres.

On lui avait remis son sac sur la tête. À travers la toile grossière, il ne discernait que des silhouettes, dans le contraste entre ombre et lumière. Il s'évertua à regarder par le petit trou dans les mailles qu'il avait repéré plus tôt dans la journée. L'ouverture réduisait terriblement son champ de vision, mais lui permettait malgré tout de mieux se repérer dans l'obscurité.

Des protections d'os surmontaient les remparts de la ville. Elles semblaient cependant anciennes, et même dépassées, à des années-lumière de ce qui se pratiquait dans les Dominions.

— Bienvenue à Pontaustral, grommela un garde posté aux portes de la ville.

Cette fois, Leo n'aurait pas à tirer les vers du nez à l'un de ses gardiens. Il se représenta les nombreuses cartes de la région qu'il avait contemplées tout au long de sa vie. Ils se trouvaient donc au bord de la Serpentine – il en distinguait même les remous, à condition de faire abstraction du brouhaha ambiant et du claquement des sabots. Ils poursuivraient ensuite leur chemin vers le sud pour rejoindre la Route côtière qui menait à la citadelle de Fer, la seule destination logique.

On les laissa entrer dans la ville sans tarder. Malgré la misère qui y régnait, les vestiges de sa grandeur passée restaient perceptibles à travers ses vastes avenues et ses bâtiments de pierre soigneusement alignés. Désormais, la plupart des habitations étaient à l'abandon, des monticules d'ordures jonchaient les pavés et des groupes d'enfants erraient sans but, tapis aux coins des rues ou cachés dans l'ombre des fenêtres. Sans doute des orphelins, même s'ils semblaient trop jeunes pour avoir perdu leurs parents dans la Faille ou lors du Soulèvement. Leo songea à la reine des spectres et aux disparus, à ces terres privées de forgeurs d'os et de protections dignes de ce nom. Un frisson d'effroi lui remonta le long de l'échine.

Postés à chaque tournant, les gardes faisaient circuler les traînards sans ménagement. On se serait cru en temps de guerre. Pourtant, la révolte des forge-fer avait pris fin de nombreuses années auparavant.

La bataille qu'ils menaient à présent était fort différente. Or ils ne disposaient pas des soldats adéquats pour un tel combat.

Leo songea à Wren et à ses épées aux lames d'os. Pour le défendre, elle n'avait pas hésité une seule seconde à se mesurer à un forge-fer – un ennemi redoutable qui la surpassait en tout point. À cette simple pensée, il eut un pincement au cœur.

Le pire, c'est que, de prime abord, il l'avait soupçonnée d'être le cerveau de son enlèvement.

Sa tournée des Dominions n'avait été qu'un écran de fumée, un prétexte trouvé par son père pour se débarrasser de lui. De toute évidence, Leo avait abusé de ses excursions en chariot à fumier. Il avait bien conscience que ses pitreries agaçaient la famille royale, mais il avait toujours pensé qu'elle préférait s'en amuser. Son père voyait la situation sous un autre angle, manifestement. Il avait donc décidé de le mettre à contribution. Le Prince d'Or avait bien suggéré de prolonger ses études, de prendre part à divers conseils et instances, mais le roi avait finalement décidé de l'expédier hors de sa vue.

Leo avait accepté la mission avec toute la bonne volonté dont il était capable. Il se laissait même mener à la baguette par son cousin, qui savourait un peu trop franchement la toute première once de pouvoir qu’il se voyait accorder. Seulement, quand Galen avait coupé court à la précédente inspection, sans prévenir ni fournir d’explication valable, Leo avait mené sa petite enquête.

Ce qui l’avait conduit à trouver les lettres… Elles lui avaient révélé qu’un commanditaire inconnu payait Galen pour tendre un piège au prince valorien, afin de le livrer aux gredins qui le tenaient désormais entre leurs griffes.

Au début, cette découverte avait plongé le forgeur d’or dans le désespoir. Il avait d’abord pensé affronter son chaperon et avertir le capitaine de sa garde, afin de provoquer un véritable esclandre. Sauf que son père, échaudé par les bêtises qu’avait multipliées Leo tout au long de son adolescence, ne lui faisait plus confiance. Il avait donc ordonné à la garde royale de n’obéir qu’à Galen. Le Prince d’Or aurait pu s’employer à trouver de l’aide à Fort-de-Faille, mais comment savoir qui d’autre était de mèche ? En s’adressant aux mauvaises personnes, il aurait risqué d’aggraver sa situation. Pire encore : s’il avait révélé avoir trouvé des preuves des manigances de Galen, il ne serait peut-être déjà plus de ce monde.

Puis l’abattement avait cédé la place à la colère. Une émotion qui l’avait aidé à se maîtriser chaque jour face aux sourires et aux mensonges éhontés de son bon à rien de cousin. Et ensuite ? Ensuite, la curiosité l’avait emporté, ce qui avait rendu sa position autrement plus périlleuse.

Il s’ennuyait tellement… pas juste dans sa vie de tous les jours, mais au sein même de la famille royale. Il avait beau en rire, il en avait assez d’être insignifiant, de n'être que le suppléant du suppléant. Au fond, peut-être espérait-il voir sa famille s'inquiéter pour lui, supplier ses ravisseurs à genoux, vider les coffres pour récupérer son précieux rejeton. Il rêvait qu'on lui fournisse une preuve, si ce n'est d'amour tout du moins d'estime.

Quant à la fascination qu'il s'était découverte pour le monde qui s'étendait au-delà du Mur… elle ne regardait que lui.

Il s'était donc préparé, voire résigné, au sort qui lui était promis. Malheureusement, quand vint le jour de l'inspection, son aplomb, d'ordinaire savamment calculé, avait volé en éclats. En proie au doute, le prince avait remis en question toutes ses décisions.

Se laisser capturer n'était peut-être pas l'idée du siècle… Wren Graven, pour sa part, semblait en être convaincue.

Dans les Dominions, tout le monde n'avait pas les moyens de payer le prix réclamé par Galen ni même la motivation pour ourdir un tel stratagème… Si bien que Leo avait placé les Graven de La Moelle en haut de sa liste de suspects. La Faille avait permis à cette maison de s'élever à un rang enviable. Peut-être espérait-elle une nouvelle occasion de briller au combat, de réaffirmer sa légitimité après de nombreuses années de paix.

Rencontrer l'une de ses représentantes à Fort-de-Faille – qui plus était fraîchement arrivée – avait donc été une surprise de taille ! La coïncidence était plutôt troublante. Il avait donc tout fait pour se rapprocher d'elle… sans se douter qu'ils s'entendraient si bien ni qu'elle se battrait bec et ongles pour le protéger.

Avait-elle survécu à sa terrible chute ?

Leo se sentait un peu coupable. C'était lui qui avait exigé qu'elle s'assoie à ses côtés dans sa calèche… Il l'avait délibérément mise en danger.

Non, elle s'en était forcément sortie saine et sauve, avant de rentrer à la forteresse. Toute autre issue était inconcevable.

Des braseros crépitaient aux intersections des artères principales de la ville. Le groupe poursuivit son chemin dans les rues silencieuses jusqu'à un imposant bâtiment au cœur de la cité – l'auberge, sans aucun doute. Manifestement, ils allaient s'y arrêter pour passer la nuit, mais Leo avait l'esprit trop préoccupé pour espérer trouver le sommeil. La chute de Wren le hantait… tout comme l'assassinat qui l'avait précédée.

Quoique peu réjouissante, la journée s'était plus ou moins déroulée comme il l'avait anticipé – exception faite des prouesses de la forgeuse d'os. Malgré tout, ce tir de flèche avait complètement réfuté sa théorie.

Pourquoi vouloir tuer l'un des leurs ? Si les forge-fer avaient bel et bien disparu, comme on le prétendait, ce jeune guerrier talentueux aurait dû faire l'objet d'une grande admiration, pas être pris pour cible.

La logique lui échappait. Il manquait d'éléments.

Leo approcha son cheval du jeune ravisseur. Le prince regrettait de ne pas pouvoir lui lancer son sourire le plus charmeur. Flirter avec un sac sur la tête était un véritable défi, mais si quelqu'un avait la moindre chance d'y parvenir, c'était bien lui.

— Au fait, comment tu t'appelles ? Tu connais déjà mon nom, bien sûr, mais tu peux m'appeler Leo.

Son interlocuteur, méfiant, jeta un coup d'œil à la ronde avant de jeter un regard soupçonneux au prince, puis réfléchit un instant. Il finit par se convaincre qu'au fond connaître son prénom ne donnait aucun avantage au prisonnier et haussa les épaules.

— Jakob.

Contrairement à Leo, qui rehaussait souvent ses cheveux naturellement châtains de reflets dorés, Jakob, lui, était un vrai blond. Les taches de rousseur qui constellaient ses pommettes offraient un beau contraste avec le bleu de ses yeux, d'une limpidité cristalline. En le regardant, le prince fut tenté de croire aux vieilles légendes sur les forgeurs d'eau, qui peuplaient l'océan et guidaient les navires à bon port… ou attiraient les marins dans les profondeurs pour les noyer.

— Ravi de faire ta connaissance. Tu as l'air drôlement jeune pour te lancer dans les enlèvements. Tu ne dois pas être beaucoup plus âgé que moi.

Pas de réponse.

Barbe Grise s'était déjà engouffré dans l'auberge. Quant aux autres membres de la bande, ils semblaient plus intéressés par la perspective d'un lit digne de ce nom que par la surveillance de leur prisonnier.

— C'est ta première mission ? insista Leo. Tu es le plus jeune invité à cette petite sauterie, pas vrai ?

— Non, c'est Julian, le plus jeune, répondit Jakob en secouant la tête. Le régent l'a…

Il s'interrompit, mais trop tard. Il jeta un regard nerveux à Leo qui, pour une fois, n'était pas mécontent d'avoir un sac sur la tête pour dissimuler sa réaction.

Un régent était donc aux commandes à l'est du Mur... Voilà qui expliquait peut-être le nom qu'avaient évoqué les ravisseurs lors de leur départ, après avoir appris la mort du forge-fer.

« Sire-forgeur Francis va être anéanti », avait dit l'un d'entre eux. Les autres avaient acquiescé dans un murmure, y compris leur chef, à qui ils donnaient le grade de capitaine.

Ce dernier leur avait pourtant menti. Selon sa version, un archer de Fort-de-Faille avait surgi pour tirer sur le forge-fer. Or c'était bien la flèche du meneur de leur expédition qui avait abattu leur compagnon. Leo l'avait vu de ses propres yeux, avant que l'assassin et son complice ne lui enfilent le sac de toile sur la tête, sans se douter que leur otage avait été témoin de la scène.

Le prince avait passé le plus clair de leur voyage jusqu'à Pontaustral à se remémorer les familles nobles qu'il connaissait dans les terres de la Faille – qui, à peine une génération plus tôt, s'appelaient encore les terres de Fer. Le sujet avait été abordé dans ses cours de politique. Or quelque chose clochait. On lui avait appris que les Knight étaient les seuls forgeurs de haut rang de l'autre côté de la frontière. Et, même en supposant que leur lignée n'ait pas été éradiquée, le nom de Francis n'apparaissait jamais nulle part, que ce soit dans les registres de naissance ou de mariage de leur famille. Cela dit, il restait la possibilité que d'autres forge-fer se soient emparés du pouvoir, puis aient revendiqué non seulement le titre de sire-forgeur, mais aussi de régent.

Une famille ancienne, liée aux Knight… avec un descendant dénommé Francis. Leo disposait enfin d'une information exploitable.

Quelques heures plus tard, il fit une autre découverte. Pendant qu'on le menait sans ménagement vers une chambre, il aperçut, par le trou de son sac de toile, le casque du forge-fer abattu entre les mains du capitaine.

Il parlait à son complice présent lors du meurtre, le même qui avait capturé le prince avant de le jeter sur le dos de son cheval. Les deux hommes s'exprimaient à voix basse, mais Leo parvint tout de même à distinguer le mot « preuve ». Si le sac obstruait une bonne partie de son champ de vision, il ne l'empêchait pas d'entendre.

À leurs yeux, ce casque avait donc valeur de preuve. La bosse sur son arrondi – un cadeau de Leo quand, dans un incroyable accès de bravoure, il s'était emparé de l'épée monumentale du guerrier – indiquait que son propriétaire était tombé au combat, que le forge-fer était mort… Mais à qui comptaient-ils le démontrer ?

Le prince avait sa petite idée, à condition que ses soupçons sur le régent soient avérés. Quand bien même il ferait fausse route, le forge-fer était responsable de son enlèvement, de la chute de Wren – qui allait bien, Leo n'avait aucun doute. Elle était certainement agacée et pleine de bleus, mais saine et sauve.

Quelles que soient leurs intentions… semer la confusion par la propagation de quelques rumeurs, même si elles étaient fausses, ne pouvait pas faire de mal. Au fond, n'était-ce justement pas le but ?

Peu après qu'on l'eut consigné dans sa chambre pour la nuit, une servante vint lui porter son dîner sur un plateau. Près de la porte, les gardes discutaient à mi-voix, sans prêter attention à Leo et à la jeune fille. Elle l'observa, un peu timide, intriguée par cette étrange silhouette sans tête. Elle lui rappelait sa petite sœur, ce qui lui facilitait la tâche.

— Bonsoir, lança-t-il, jovial. Comment t'appelles-tu ?

Elle jeta un regard à la porte avant de se retourner vers le prisonnier, puis posa son plateau sur la table.

— Millie, murmura-t-elle avant de risquer un nouveau regard vers le couloir.

— Ne t'inquiète pas pour eux, dit le prince d'un ton détaché.

Par expérience, il savait qu'une bonne dose d'assurance suffisait la plupart du temps à amadouer les plus méfiants des enfants.

— Moi, c'est Leo, reprit-il. J'ai vécu une sacrée aventure, aujourd'hui.

La jeune fille releva le menton, les yeux brillants de curiosité.

— Tu veux que je te la raconte ?

Elle hocha la tête avec enthousiasme. Sous la toile de jute qui cachait son visage, le Prince d'Or sourit.

CHAPITRE 18

Comme prévu, Wren dormit comme un mort.

Lorsque Julian la réveilla, plusieurs heures plus tard, en lui tapotant la jambe de sa botte, elle se redressa sur-le-champ, les cheveux en bataille, un couteau à lame d'os dans la main. Les lèvres du jeune homme tressaillirent. L'espace d'un instant, elle crut qu'il allait se moquer d'elle, mais il se détourna pour fouiller dans leurs provisions.

À en juger par le rai de lumière qui perçait à travers les volets cassés, midi approchait.

Elle observa le forge-fer. Les cheveux soigneusement peignés en arrière, il portait toujours son armure et n'avait pas défait ses bagages. Avait-il seulement fermé l'œil ?

La jeune fille s'étira. Pour dormir, elle avait ôté sa veste et son pantalon de cuir pour ne garder qu'une tunique légère. Elle prit son temps, curieuse de voir si elle pouvait attirer l'attention du guerrier.

Il ne remarqua rien. Il semblait même résolu à ne pas la regarder. Agacée par son indifférence, elle alla s'asseoir avec lui à table, sans se donner la peine d'enfiler une tenue plus habillée.

Julian s'évertuait à désarêter deux poissons argentés qu'il avait méticuleusement taillés en filets. Il avait donc trouvé le temps de pêcher, ce qui confirmait les soupçons de Wren quant à sa nuit très courte.

— Bien dormi ? demanda-t-elle, un sourcil arqué.

Il leva brièvement ses yeux noirs vers la forgeuse d'os avant de retourner à son ouvrage.

— Oui.

Menteur. Il tenait un petit couteau dans la main droite et n'avait pas ôté ses gants. Peut-être ne voulait-il pas se salir les doigts.

— On ne trouvera pas toujours une rivière où pêcher, se justifia-t-il. J'ai pensé qu'il valait mieux en profiter et garder nos autres provisions pour plus tard, quand on sera au cœur du Territoire hanté.

Wren acquiesça.

— Besoin d'un petit coup de main ? proposa-t-elle, nonchalante, en le voyant s'acharner.

Il ouvrit la bouche, prêt à refuser, avant de s'interrompre pour examiner la jeune fille. Il remarqua enfin sa tenue – ou plutôt son absence de tenue –, mais ne dit rien, se contentant de lever les yeux au ciel. Il se cala dans le fond de sa chaise, désigna le poisson d'un signe de tête puis attendit.

Seuls les animaux à sang chaud étaient dotés d'un fantôme. Par conséquent, les cadavres de poissons, de reptiles et d'insectes ne présentaient aucun danger. Le bétail, la volaille et les autres espèces pourvues d'esprit pouvaient eux aussi être découpés sans risques si leur chair était prélevée juste après l'abattage. Les liens qui les rattachaient à la vie étant moins puissants que ceux des êtres humains, leur spectre n'avait tout simplement pas l'occasion de se former.

Wren tendit une main au-dessus de chaque poisson ouvert en deux devant elle. En un clin d'œil, les arêtes s'extirpèrent une à une hors de la chair tendre pour venir se poser dans ses paumes, telle de la limaille attirée par un aimant.

Avec une expression de satisfaction, elle déposa les arêtes sur la table. Les filets étaient impeccables, prêts à cuire. Julian inspecta le résultat.

— Impressionnant, reconnut-il à contrecœur.

Il lui faisait enfin un compliment !

— Tu pourrais être poissonnière, ajouta-t-il.

Tout compte fait, ce n'était pas si flatteur.

— Ne sois pas si modeste, voyons ! rétorqua-t-elle sur un ton faussement encourageant. C'est toi qui les as pêchés et qui as allumé le feu. Tu ferais un excellent serviteur.

Exaspéré, il apporta les poissons jusqu'au poêle, où brûlait une belle flambée. Il avait dû l'alimenter peu avant.

— J'aurais dû me douter que tu venais d'une famille noble. Il suffit de voir comment tu te tiens. Je parie que tu as grandi dans un beau château avec des domestiques à ta botte.

Il n'était pas très loin du compte.

— Faux, répondit Wren, guillerette. En tant que bâtarde, je ne suis qu'à moitié noble, et je me comportais si mal qu'on me donnait encore plus de corvées qu'au personnel.

Pour appuyer ses dires, elle désigna les poissons évidés.

— Et on t'a envoyée comme tribut au Mur, fit remarquer Julian en lui jetant un regard par-dessus son épaule. Une affectation loin d'être enviable, à ce qu'on dit.

— Et toi ? rétorqua-t-elle. Les guerriers forge-fer sont célèbres pour leur code d'honneur et leurs aptitudes au combat. Mais toi, tu n'as rien trouvé de mieux à faire qu'enlever un prince valorien. Au fond, tu ne vaux pas mieux que les bandits qui nous ont acculés. Tu es sûr d'être un vrai forge-fer ? Tout ce que je vois, moi, c'est le larbin de je ne sais quel puissant.

Il retourna à ses poissons.

— Tu ne me connais pas.

Il marquait un point.

Pour autant, il n'était pas le seul à avoir tiré les conclusions qui s'imposaient. Pour qu'on ait tenté de l'assassiner, lui aussi devait être important. En tant que forge-fer, il semblait logique qu'il se soit rapidement hissé à un rang élevé dans la hiérarchie en place dans les terres de la Faille. Peut-être était-il même le dernier de son espèce.

— Parle-moi de toi, alors.

Il eut un mouvement de recul, méfiant.

— Pas question.

— Tant pis. Je vais continuer à penser que tu as agi par cupidité.

— Comme toi ?

Mal à l'aise, Wren se dandina sur sa chaise.

— Je fais ce qu'il faut, quelle que soit ma… ma motivation. Toi, en revanche, tu as participé à l'enlèvement d'un innocent.

— C'est un Valorien. Il est né avec du sang sur les mains. À lui d'assumer l'héritage de sa lignée.

— Que la maison du Fer l'a aidée à bâtir, souligna-t-elle.

— En effet. Et, pour nous remercier, elle s'est retournée contre nous. Je ne reculerai devant rien pour les miens. Tiens.

Il lui tendit l'une des deux brochettes de fortune qu'il avait préparées avec une tige de fer. Elle se leva pour s'en saisir, puis s'accroupit près de lui devant le poêle où une vague de chaleur lui lécha le visage. Elle mit ses filets au-dessus des flammes qui, attisées par le gras du poisson qui ruisselait sur les braises, projetèrent des étincelles. L'une d'elles voleta vers sa tunique et en brûla le tissu. Elle se recula légèrement.

— Merde !

— Ça t'apprendra à t'habiller comme ça.

— Comme quoi ?

Il se tourna vers elle. Cette fois, il ne se déroba pas. Au contraire, il prit le temps d'étudier la jeune fille de la tête aux pieds.

— Comme si tu voulais attirer l'attention.

— C'est ce que je recherche tout le temps. La tenue que je porte n'a rien à voir là-dedans.

Un rire moqueur échappa au jeune homme.

— Si, justement. Ne me fais pas croire que tu as besoin de te maquiller les yeux pour dormir.

— Oh, tu as remarqué ? répliqua Wren en battant des paupières comme s'il l'avait à nouveau flattée.

Pour toute réponse, il se renfrogna. Satisfaite de l'avoir remis à sa place, elle haussa les épaules.

— Je n'ai pas eu la patience de l'enlever, reprit-elle. Tu gardes bien tes gants pour te laver le visage, toi. Pourtant, je doute que tu en aies vraiment besoin.

Il se leva d'un seul coup, sans laisser le temps à son poisson de finir de cuire. Avant de le rejoindre à table, la forgeuse d'os s'attarda un instant pour retourner une ou deux fois ses brochettes.

Julian fit glisser ses filets de leur tige de fer afin de les déguster à petites bouchées. Wren n'eut pas cette délicatesse. Elle mordit à pleines dents dans la chair, à même la tige, telle une bête sauvage. Une grimace de dégoût déforma la bouche du jeune homme.

Son petit déjeuner terminé, la forgeuse d'os s'essuya les doigts sur sa tunique, puis se leva pour aller se changer. Elle ramassait sa veste sur le sol lorsqu'un objet rebondit sur le plancher : la bague qu'elle avait trouvée dans le Bois-aux-Ossements. Le petit bijou lui était complètement sorti de la tête. En le ramassant, elle se souvint de la mystérieuse pointe noire qui transperçait l'anneau d'os.

À grandes enjambées, elle regagna la table où elle laissa tomber l'ornement devant Julian, qui finissait tout juste son repas. Il l'interrogea du regard.

— Qu'est-ce que c'est ?

— Je ne sais pas exactement. Je l'ai trouvé chez moi, dans la forêt. L'anneau est en os, mais on ne fabrique pas de bijoux et on ne décore pas nos objets avec ce genre de motifs. La pointe en revanche… Tu penses que c'est du fer ?

Il arrêta d'examiner la bague pour jeter un regard surpris à Wren.

— Du fer ? Je ne crois pas, non. Pourquoi ?

— Elle est noire, expliqua-t-elle, déçue que ses questions restent sans réponse. Et elle ressemble à un clou.

Hésitant, Julian tendit prudemment la main vers l'anneau, avant de se raviser.

— Je te confirme que ce n'est pas du fer.

Frustrée, Wren rempocha la bague. Puis elle finit de s'habiller. Une fois sa cuirasse soigneusement en place et ses armes harnachées, elle récupéra la poussière d'os. Pour finir, elle retoucha son maquillage à l'aide de la surface réfléchissante du plastron de Julian – au grand dam du guerrier qui dut attendre patiemment qu'elle en ait terminé.

Quand ils furent tous les deux prêts, ils étouffèrent le feu et chargèrent les bûches restantes dans un de leurs sacs. Même s'il était peu probable qu'ils passent une seconde nuit aussi confortablement que dans ce moulin – au sec et sous un toit –, au moins auraient-ils de quoi refaire du feu dans les jours à venir.

Ils prirent ensuite la direction du nord, profitant d'une zone où la Serpentine était peu profonde pour la traverser. Sur l'autre rive, le paysage se dégagea un peu, avant de s'aplanir devant une épaisse forêt. La rivière bifurquait vers les hauteurs, à l'ouest, tandis que leur chemin les conduisait vers l'est, droit dans les bois.

Julian eut un instant d'hésitation. Il scrutait le cours d'eau, regrettant peut-être de quitter la sûreté relative de ses berges. Wren lui donna une tape dans le dos.

— À partir de maintenant, tu ne peux plus compter que sur moi pour te protéger.

— Me voilà rassuré.

Le soir tomba peu à peu, et avec lui la température. Les derniers rayons du crépuscule flottaient dans la forêt quand le souffle de Wren se mit à former des nuages de vapeur devant sa bouche.

— Si j'en crois les vieilles cartes, on devrait pouvoir atteindre la lisière d'ici demain matin, expliqua Julian. On n'aura qu'à camper pendant quelques heures, le temps de reprendre des forces, puis s'engager dans la vallée. Après... il faudra aviser au fur et à mesure. Je me souviens à peu près de l'endroit où il y avait des colonies, mais les choses ont évolué, depuis le temps. Mieux vaut les éviter. Si on croise qui que ce soit là-bas, ce ne seront pas des vivants. La meilleure stratégie, c'est d'avancer sans se faire remarquer.

Une bonne idée, mais Julian avait beau vivre à proximité des non-morts, Wren le soupçonnait de ne pas tout à fait saisir leur comportement. La vie les attirait, or les spectres qui peuplaient le Territoire hanté en manquaient certainement depuis des lustres. La présence des deux forgeurs leur ferait le même effet que les premières gouttes de pluie après une longue sécheresse. Tous les fantômes des environs se précipiteraient pour étancher leur soif.

Elle s'efforça de sonder les environs, mais la portée de ses sens était limitée. Par ailleurs, elle était douée pour affronter les esprits, pas pour les éviter. Si l'un d'eux se manifestait, elle serait prête à le neutraliser.

Le sol descendait à présent en pente douce. La forêt, au début plutôt clairsemée, se fit bientôt si dense qu'elle ne laissait plus passer le moindre rai de lumière. Lorsque la nuit tomba pour de bon, Wren se languissait presque d'apercevoir un spectre, de déceler la présence d'un cadavre non-mort. Elle ne supportait plus de retenir son souffle et cette appréhension qui ne la quittait pas.

Ils ne parlaient pas. Au grand agacement de Julian, la forgeuse d'os avait bien tenté d'entamer la conversation à plusieurs reprises, mais il restait muet comme une carpe. Ils marchaient donc en silence, avec pour seul fond sonore le craquement des brindilles sous leurs bottes et le rythme régulier de leur respiration haletante.

Le forge-fer avançait à toute vitesse. Wren voulut se persuader que c'était pour le mieux, mais ses jambes lui faisaient mal et ses poumons étaient en feu. Malgré tout, elle aurait préféré mourir plutôt que de lui donner l'impression qu'elle n'arrivait pas à suivre le rythme. Et puis, plus vite ils seraient sortis de cette forêt, plus vite ils sauveraient Leo.

— On est encore…

— Tais-toi, l'interrompit Julian.

Ce n'était pas la première fois.

— Toi-même ! rétorqua-t-elle, agacée.

Le son de leur voix n'attirerait pas les non-morts. En revanche, leurs battements de cœur…

Il fit volte-face, prêt à répliquer, mais aucun mot ne franchit ses lèvres. Les yeux écarquillés, il scrutait quelque chose par-dessus l'épaule de Wren. Elle pivota sur ses talons.

Tous les sens en émoi, son sang ne fit qu'un tour quand elle repéra l'éclat caractéristique d'un fantôme un peu plus loin, parmi les arbres. Il était tout proche, à une quinzaine de pas, sans être assez près pour qu'elle puisse le discerner clairement – d'autant plus qu'il venait sans doute de se matérialiser. Cependant, ses contours se faisaient de plus en plus nets.

À côté de lui brillait une autre lumière, plus faible que la première. Wren crut d'abord qu'elle se trouvait plus loin, jusqu'à ce qu'elle se mette en mouvement. Elle s'approchait d'un pas lent, pesant.

Ce n'était pas l'allure d'un spectre… Non, c'était celle d'un revenant.

À mesure qu'il s'avançait, la forgeuse d'os comprit pourquoi sa lueur spectrale lui avait d'abord semblé aussi feutrée. Le marcheur non-mort n'était pas loin, mais dissimulé par son corps en cours de putréfaction, et sa lumière non pas tamisée par les troncs et les branchages qui se trouvaient sur son chemin, mais par sa chair et ses os.

Wren se rappela ce qu'avait dit Odile sur leur manière de se déplacer, qui évoquait les mouvements d'une marionnette. Malgré tout ce qu'on lui avait enseigné sur ces fantômes de niveau cinq, rien n'aurait pu la préparer à cette vision.

Elle reporta son attention sur le premier spectre qu'elle avait repéré. À présent que lui aussi s'était approché, il semblait évident qu'il s'agissait également d'un revenant. Son corps se trouvait juste à un stade supérieur de décomposition, ce qui lui permettait d'apparaître plus distinctement.

La forgeuse d'os dégaina ses épées. Il allait lui falloir affronter non pas un non-mort de niveau cinq, mais deux. Derrière elle, Julian se mit à reculer en traînant les pieds, terrorisé.

— Ne bouge pas, lui ordonna-t-elle.

Cette rencontre n'était pas si différente des nombreux entraînements entre fauchyr et valkyr auxquels elle avait participé, ni même de l'épreuve du Bois-aux-Ossements. Certes, l'atmosphère des lieux était soudainement devenue sinistre et la lueur verdâtre qui soulignait le contour des arbres avait subitement donné une pâleur maladive au teint des deux forgeurs. Pourtant, ce n'était rien comparé à la forêt hantée des terres d'Os.

Abstraction faite des esprits de niveau cinq, bien sûr.

Malheureusement, Julian n'était pas un fauchyr. Il ignorait quelle attitude adopter face à ce type d'adversaires. Les vaincre était impossible et les distraire ne servirait à rien, puisqu'ils ne disposaient d'aucune faux pour pratiquer l'incision fatale. Pour s'en protéger, seules comptaient l'attaque et la défense. Wren avait sa préférence.

Quand elle croisa le regard terrifié du forge-fer, elle secoua la tête.

— Ne jamais prendre la fuite.

Il se crispa, prêt à protester. Il se retenait sans doute de lui rappeler qu'elle n'en avait fait qu'à sa tête lorsqu'il lui avait demandé de ne pas bouger, la dernière fois qu'ils s'étaient battus côte à côte. Priant pour qu'il soit plus discipliné qu'elle, Wren se retourna vers leurs ennemis.

Cramponnée à ses épées, elle passa en revue les différentes possibilités qui s'offraient à elle. Malgré les conseils prodigués par ses professeurs sur les combats contre les revenants, elle n'aurait jamais imaginé éprouver un tel effroi à l'idée d'en affronter un – et même deux ! – pour de bon.

Les repousser en leur projetant une volée d'osselets ou de poussière d'os était une tactique envisageable, mais à quoi bon gagner quelques secondes en plein cœur d'une forêt visiblement hantée ? Rien n'empêcherait ces non-morts de les poursuivre. D'autant plus que les revenants se déplaçaient avec leur squelette, qui protégeait leur esprit et leur permettait de conserver leur forme.

Mieux valait compter sur ses épées, qui lui offraient à la fois une longue portée et une certaine précision. L'âme se trouvait souvent nichée au niveau de la cage thoracique ou du crâne. Si la première était relativement accessible, le second s'avérait plus difficile à transpercer.

Avec un peu de chance, en neutraliser un suffirait peut-être à faire prendre la fuite à son compère ou à l'inciter à s'arrêter. Elle venait tout juste de choisir cette approche quand deux nouvelles apparitions se matérialisèrent dans les ténèbres, encore plus proches que les premières, sur la gauche et la droite des deux forgeurs. Voilà qui n'était pas pour la rassurer.

Les spectres gagnaient du terrain.

Lorsqu'elle brandit ses épées, les revenants les plus proches eurent un mouvement de recul. Sauf qu'un instant plus tard, ils avaient repris leur avancée.

De façon surprenante pourtant, et contrairement à ce qu'elle pensait, ils ne convergeaient pas vers elle. Au lieu de l'encercler, ils se déplaçaient ensemble, dans un mouvement presque synchronisé. Leur attitude semblait défensive, comme s'ils incitaient leurs adversaires à partir dans une direction donnée.

Wren avait l'impression d'être un bestiau guidé dans son enclos. Quand elle faisait un pas vers la droite, les non-morts ne réagissaient pas. En revanche, à peine se penchait-elle vers la gauche qu'ils se mettaient à frémir et à projeter sur la forêt d'aveuglants faisceaux lumineux. Malgré tout, ils ne s'élançaient pas à sa poursuite. Ils restaient plantés devant elle, enveloppés de nuées d'étincelles.

Il arrivait parfois que les spectres défendent leur dépouille comme un territoire et refusent de s'éloigner de leur os d'ancrage. Or les revenants n'allaient nulle part sans leur squelette… Que pouvaient-ils bien protéger ?

Wren tenait à en avoir le cœur net. Elle fit quelques pas vers la gauche.

— Pas par là ! lança Julian derrière elle, d'une voix cassante malgré son manque de souffle.

La forgeuse d'os l'avait presque oublié, ce qui n'était pas digne d'une valkyr en devenir.

— Je sais… Je veux juste…

Sans quitter des yeux les marcheurs non-morts, elle se déplaçait prudemment. On lui avait appris à les considérer comme des animaux, dotés d'instincts primaires, prévisibles dans leur comportement. Ils n'étaient plus que l'ombre de l'être qu'ils avaient été, un écho enchaîné au monde des vivants par sa dépouille, incapables de penser, ou d'agir en groupe.

— *Partez…* dit une voix doucereuse, qui fit à la jeune fille l'effet d'une caresse glacée le long de sa colonne vertébrale.

Ils n'étaient pas non plus censés parler. Wren se figea, tétanisée. C'était impossible…

Parmi les visages putréfiés, elle chercha une bouche en mouvement, des cordes vocales. Puisque le spectre dénué de corps qu'ils avaient rencontré lors de l'attaque des bandits avait pu crier – et avait même tenté de parler –, pourquoi ces revenants-là ne pourraient-ils pas eux aussi prononcer des mots ? De toute évidence, cette voix ne venait pas de leur cadavre, mais de leur âme – de l'au-delà.

La forgeuse d'os se tourna vers Julian. Il avait les yeux rivés sur autre chose, derrière eux : un cinquième revenant.

C'était lui qui avait parlé, Wren le comprit aussitôt, bien qu'il soit à présent muet comme une tombe. Julian s'arma de son bâton, dont il libéra les pointes acérées avant de le brandir vers le non-mort en approche, mais il ne frappa pas.

Devant lui se tenait le fantôme d'une petite fille.

Elle était vêtue d'une robe ornée de dentelle en lambeaux. L'étoffe, de même que ses quelques mèches de cheveux clairsemées, ondulait au rythme d'une brise éthérée. Il ne restait cependant de son corps qu'un squelette marbré. De ses grandes orbites vides en deux globes distincts émanait une lumière spectrale qui lui donnait un aspect assez curieux…

Vivant.

L'esprit pencha innocemment la tête sur le côté, comme pour étudier l'arme tendue près de son visage, qui semblait l'intriguer. Les mains de Julian tremblaient.

Puis la fillette squelettique leva un bras décharné pour indiquer la forêt et les inciter à faire demi-tour.

— *Partez.*

L'ordre flotta dans les airs tel un murmure, tout à la fois rauque et enfantin, encore imprégné du timbre de sa propriétaire.

Le forge-fer ne bougeait pas un muscle, à l'instar de Wren. Soudain, la fillette déploya sa main fantomatique pour s'emparer du bâton de Julian. Le jeune homme aurait pu l'arracher à sa prise, la transpercer ou même la frapper assez fort pour lui briser les os. Il n'en fit rien. Face à cette revenante, il était pétrifié.

Telles de fines volutes de vapeur, le fantôme de l'enfant non-morte se dégagea de ses os. Ses filets aériens se mirent à tournoyer avant de s'affûter pour descendre le long de son bras… droit vers le bâton – et vers Julian.

Il était temps d'intervenir.

À présent que l'esprit était séparé de son cadavre, il devenait vulnérable. Un nuage de poussière d'os suffit à le faire reculer, bien qu'il poussât des hurlements d'agonie. Sourde à ce vacarme tonitruant, Wren écarta brutalement son compagnon d'infortune. Elle enfonça la semelle de sa botte dans le thorax – désormais dépourvu de spectre – de la revenante. La silhouette enfantine fut propulsée au sol, ses os fragiles réduits en esquilles.

En réaction à cette attaque contre sa dépouille, le spectre s'en libéra encore davantage. Il jaillit en une gerbe déferlante que la forgeuse d'os taillada de ses épées.

Quand les panaches de vapeur commencèrent à se dissiper, elle se tourna vers Julian pour s'assurer qu'il allait bien. À peine avait-elle posé les yeux sur lui qu'il s'écria :

— Attention !

Elle fit volte-face. Les fragments de l'esprit, qui auraient dû repartir dans le néant, tourbillonnaient pour se rassembler peu à peu, jusqu'à reprendre forme.

Impossible.

Sans lui laisser le temps de réfléchir, la revenante fondit droit sur le visage de Wren. Incapable de réagir à temps, elle sentit une masse lui percuter l'épaule – avec une puissance qui ne pouvait appartenir qu'à un être vivant. Un instant plus tard, elle se retrouvait étendue sur le sol avec Julian. Le fantôme, suspendu dans les airs au-dessus d'eux, avait épuisé ses dernières forces dans cet assaut. Sa silhouette s'évapora dans un nuage de fumée verte.

Soulagée d'avoir évité la collision, la forgeuse d'os se tourna vers son sauveur. Seulement, lorsqu'elle le vit se recroqueviller sur sa main gauche gantée, la mine livide, sa gorge se noua.

Visiblement, ils ne s'en étaient pas tous les deux sortis indemnes. L'esprit avait dû le toucher à la main quand il l'avait poussée. Il ne s'agissait que de vapeur, cependant… Les effets de la nécrose seraient-ils moins graves ? Wren l'ignorait.

Surtout, elle réfléchirait à la question plus tard, car les autres revenants s'avançaient vers eux, à présent.

— Julian ! lança-t-elle d'un ton ferme.

Il se tourna vers la forgeuse d'os avec une expression affolée.

— Lève-toi, vite ! lui intima-t-elle.

Sous le choc, il obéit sur-le-champ. Il tenait mollement son bâton dans sa main valide. La jeune fille rengaina l'une de ses épées, tout en gardant l'autre brandie vers les non-morts.

— Tu te rappelles ce que je t'ai dit tout à l'heure ? Oublie !

— Quoi ? balbutia-t-il, ahuri, sa main blessée serrée contre la poitrine.

Désormais décidés à passer à l'attaque, les marcheurs non-morts se mirent à flamboyer d'une lumière aveuglante.

Wren rangea sa deuxième épée pour empoigner Julian par l'épaule, puis l'entraîner avec elle. Au mépris de toutes les règles qu'elle avait apprises durant son instruction, elle tourna le dos à l'ennemi et baissa la garde.

— Cours !

CHAPITRE 19

Ils s'élancèrent à toutes jambes entre les arbres, à l'aveuglette. Ils trébuchaient dans les fourrés et manquaient s'éborgner sur les branches qui s'agitaient sur leur passage. La cheville de Wren lui faisait affreusement mal. Julian aussi devait souffrir, mais ils ne pouvaient pas se permettre de ralentir.

Sans lâcher son compagnon, elle fourra sa main libre dans la bourse de poussière d'os qu'elle portait à sa ceinture. Malgré leur démarche pataude, les revenants étaient toujours à leurs trousses. Heureusement que leurs cadavres freinaient leur progression. Sinon, la fuite n'aurait pas été envisageable.

De peur que d'autres spectres apparaissent, Wren jetait sa poussière d'os par poignées. La poudre maculait les arbres de blanc avant de retomber en pluie sur leurs vêtements. Par chance, aucun nouveau non-mort ne se manifesta.

Si la forgeuse d'os avait été seule, elle aurait couru jusqu'à l'aube – ou, du moins, jusqu'à l'orée de la forêt – en priant pour que les fantômes, qui préféraient la pénombre des sous-bois, ne la suivent pas à la lumière du jour.

Sauf que Julian était avec elle. Le forge-fer, en plus de sa blessure reçue lors de l'enlèvement, semblait bel et bien avoir été touché par un esprit, à en juger par les grimaces qui déformaient son visage et sa manière de serrer sa main contre lui. La nécrose allait se répandre dans son corps s'ils ne trouvaient pas le moyen de la soigner sans attendre. Mais où ? Comment ?

Peu à peu, les bois se firent moins touffus. Une cabane sur pilotis, semblable à un mirador, apparut devant les fuyards. Une échelle de corde usée qui y était suspendue menait à une trappe aménagée dans le plancher.

Compte tenu de sa hauteur, il devait s'agir d'une tour de guet. Après avoir brièvement sondé les alentours, Wren jugea que la voie était libre. Elle poussa Julian en avant pour qu'il grimpe à l'échelle moisie.

Une fois à l'abri dans la cabane, elle jeta un regard en bas. Rassemblés au pied de la construction de bois, les marcheurs non-morts se tordaient le cou avec un angle peu naturel pour observer leurs proies.

La peur prit la jeune fille aux tripes.

Ils avaient le visage si creux, le regard tellement vide… Depuis son premier cours d'anatomie, à l'âge de huit ans, la forgeuse d'os avait eu le temps de se familiariser avec le corps humain, jusqu'à le connaître sur le bout des doigts. Elle l'avait même examiné à divers stades de décomposition. Au demeurant, il existait une nette différence entre un cadavre étendu sur une table d'auscultation ou exhumé de la terre et ces non-morts qui se déplaçaient comme les vivants – bien qu'elle n'en ait jamais vu aucun avancer avec cette démarche claudicante. Ils étaient monstrueux.

Quant à leur esprit qui les illuminait de l'intérieur… il évoquait à la fois un prisonnier avide de liberté et un marionnettiste tirant les ficelles de leurs pantins. Une vision à faire froid dans le dos.

Lorsqu'elle vit l'un des revenants se saisir de l'échelle, la terreur qui lui tordait les entrailles redoubla d'intensité. Les spectres n'avaient pas la capacité de quitter le sol… À moins, peut-être, qu'ils ne soient pourvus d'un corps ? Munie d'un couteau, elle cisailla la corde afin de leur interdire toute possibilité d'ascension.

Les non-morts regardèrent l'échelle atterrir sur le sol, avant de relever la tête. Wren jeta un coup d'œil alentour. Allaient-ils chercher un autre moyen d'escalader ? Lorsqu'on les provoquait, les spectres pouvaient montrer une grande détermination. Il lui était déjà arrivé d'être prise en chasse par des esprits, qui n'avaient renoncé qu'une fois parvenus à l'extrémité de leur périmètre ou distraits par la présence d'une proie plus facile. Elle n'avait pourtant jamais entendu dire qu'ils étaient capables de réflexion, d'élaborer des stratégies. D'un autre côté, nombre de ses certitudes avaient été remises en cause au cours des derniers jours…

Bras ballants, ils se contentaient d'attendre, cependant. La jeune fille relâcha un soupir tremblant. Les fantômes étaient en colère, certes, mais même en ayant la capacité de se séparer de leur dépouille et de trouver de nouveaux moyens de leur nuire, ils demeuraient incapables de voler.

Leurs corps demeuraient figés d'une étrange façon. Une nouvelle vague d'inquiétude submergea la forgeuse d'os.

Combien de temps pouvaient-ils rester là, sans bouger ? Des heures, à n'en point douter, voire des jours… Heureusement, avant qu'elle ne cède à la panique, la horde de non-morts tourna les talons, puis s'éloigna en cadence dans la même direction. À croire qu'ils avaient reçu un appel silencieux.

Cette faculté de penser de manière collective ne lui disait rien qui vaille. Elle n'avait pas été formée pour affronter un phénomène pareil.

La rumeur évoquée par Julian, sur l'existence d'une reine des spectres qui réduisait les non-morts en esclavage, lui revint à l'esprit. Et si c'était elle qui les appelait ?

Wren remisa cette réflexion dans un coin de sa tête. Elle avait déjà bien assez de soucis. Inutile d'y ajouter des histoires destinées à effrayer les enfants. Quoi qu'il advienne, les deux forgeurs semblaient en sécurité – pour le moment.

Elle s'écarta de la trappe. Julian s'était blotti dans l'ombre de la petite tour circulaire, pelotonné contre la cloison, les paupières lourdes et la respiration saccadée. Il avait abandonné son bâton sur le plancher.

— Ils sont partis, l'informa-t-elle en s'approchant de lui.

Au moins pouvait-elle espérer le rassurer sur ce point. Une fois ses yeux habitués à la pénombre, après avoir été éblouis par la lumière spectrale, elle distingua la grimace qui déformait les lèvres du forge-fer.

— Montre-moi ton…

— Je peux savoir ce qui t'a pris ? fulmina-t-il.

— Je… Comment ça ?

— Tu les as attaqués… répondit-il, pantelant. Tu cherchais la bagarre… Tu n'arrêtais pas de te rapprocher…

— Non, ce n'est pas… Je trouvais leur comportement bizarre. J'essayais simplement de comprendre…

— Bien sûr qu'ils sont bizarres, rétorqua-t-il, la voix étranglée. Ce sont des non-morts. Ils n'ont rien de naturel et toi… tu n'aurais pas dû…

À bout de souffle, il se cramponnait à son bras.

— Je n'aurais pas dû faire quoi ? La petite revenante était à deuxdoigts de t'attaquer. Je cherchais seulement à te protéger.

Il secoua vigoureusement la tête.

— Faux. Tu voulais prouver que tu en étais capable. Il aurait suffi qu'on les laisse tranquilles. Ils ne poursuivent pas toujours les vivants.

— Comment le sais-tu ?

La mine grave, il soupira. Sa colère semblait se dissiper.

— Ce n'est pas la première fois que j'en vois. Parfois, nos patrouilles… (Il prit une longue inspiration hachée.) Notre seule chance de survivre est de les éviter. Quand ça ne marche pas, on fuit. Il arrive que ça suffise.

Se pouvait-il qu'il ait raison ? s'interrogea Wren. Les auraient-ils laissés partir s'ils s'étaient contentés de suivre l'injonction des non-morts et de rebrousser chemin docilement ?

Oui, répondit une petite voix dans sa tête. Ils s'en seraient sortis indemnes si sa curiosité n'avait pas pris le dessus. Au demeurant, analyser leur comportement restait indispensable pour assurer leur survie à tous les deux. Si elle n'arrivait pas à comprendre les agissements des revenants, elle n'aurait aucune chance d'assurer leur protection, à Julian et elle, dans le Territoire hanté.

Elle se frotta les yeux.

— Montre-moi ton bras, répéta-t-elle.

Elle s'abstint de relever les reproches du forge-fer. Non pas parce qu'elle n'avait pas de réponse à lui fournir, mais parce qu'elle était assez mature pour passer outre.

Il se recula.

— Non.

— Allez, sois raisonnable ! Si l'esprit a touché ta peau…

— Il ne m'a pas touché, affirma-t-il, les dents serrées. J'ai froid à la main, c'est tout.

La sensation de froid extrême constituait l'un des signes avant-coureurs – et souvent le premier symptôme – de la nécrose. Sous ses gants de cuir, sa tunique à manches longues, sa cotte et son armure, Julian était bien couvert, mais toutes ces épaisseurs n'offraient aucune protection face à un esprit.

— S'il te plaît, insista Wren d'une voix douce, aussi conciliante que possible.

— Non, s'obstina-t-il sur le même ton calme.

À coup sûr, ces gants dissimulaient quelque chose. Quoi qu'il en soit, la forgeuse d'os n'avait pas le temps de mener l'enquête. Aux stades les plus précoces, la nécrose n'était pas incurable. Ses victimes pouvaient même espérer une guérison totale.

L'idéal aurait été de faire du feu, mais ils n'avaient pas de temps à perdre. Du reste, sur un plancher de bois, l'idée semblait assez mauvaise. Il allait falloir trouver une autre source de chaleur.

Des tremblements se mirent à secouer le corps de Julian, dont le front était à présent luisant de sueur.

— Viens là, marmonna Wren, qui se tenait pourtant tout près de lui.

Elle se débarrassa de son armure, de sa ceinture et de sa cartouchière avant de s'attaquer à l'équipement du forge-fer. Il eut un mouvement de recul.

— Je n'essaie pas de… Il faut que je te réchauffe, reprit-elle. Sinon, le froid va se répandre et demain matin…

Lui qui avait habituellement le regard impassible, un brin dédaigneux, semblait en proie à l'affolement. Il acquiesça d'un signe de tête puis, sur ses gardes, guetta chacun de ses mouvements, tendu comme un arc.

À la hâte, Wren lui ôta son armure de plates. De sa main valide, il l'aida à défaire lanières et fermoirs. Les différentes pièces de fer pesaient si lourd qu'elle eut grand-peine à ne pas les lâcher. Une à une, elle les déposa sur le côté jusqu'à révéler la cotte. Elle la défit à son tour, puis dégagea de sa manche le bras touché par le spectre. La tunique qu'il portait en dessous était trempée de sueur. Les grelottements du guerrier ne faisaient qu'empirer. Sa poitrine se soulevait à un rythme frénétique.

Wren tira sur la deuxième manche, prise dans le gant. Il aurait mieux valu le lui ôter, car lui aussi était humide, mais elle n'avait plus le temps de s'opposer à ses protestations.

— Fais-moi confiance, murmura-t-elle.

— Confiance ? répéta-t-il d'une voix sourde.

Elle croisa son regard.

— Je suis ta seule chance.

Il l'étudia un instant, puis d'un hochement de tête l'invita à finir ce qu'elle avait commencé.

Désormais qu'elle lui avait libéré les bras, elle les croisa pour lui plaquer les mains sur le torse. Elle plaça la gauche – qui était entrée en contact avec l'esprit – en dessous de la droite, au niveau du cœur. Julian se recroquevilla, soulagé par la vague de chaleur qui lui traversait la peau. Wren se remémora sa première expérience de la nécrose, quand un fantôme avait échappé à sa vigilance. Elle aurait juré qu'il l'avait touchée, bien qu'aucune marque ne fût visible sur son corps. Mais la sensation de froid avait été si intense que le traitement et le bain chaud qu'elle avait pris n'y avaient rien fait : elle avait tremblé toute la nuit dans son lit.

Elle resserra la cotte de Julian sur ses épaules. Cependant, au lieu d'en attacher les boutons, elle entreprit de défaire sa propre veste.

Temporairement soulagé, le forge-fer avait fermé les yeux. Ses traits s'étaient relâchés. Lorsqu'il l'entendit se dévêtir, il se redressa contre le mur, le regard à nouveau exorbité.

— Qu'est-ce que tu fabriques ?

— Tu veux perdre ta main, oui ou non ? rétorqua-t-elle.

Elle dénicha une couverture au fond d'un de leurs sacs, puis la déploya sur le plancher froid. Elle l'y allongea sur le côté, avant de finir de défaire sa veste en s'efforçant d'ignorer l'air glacé qui s'infiltrait sous sa tunique. Il regardait faire la jeune fille, interdit.

Au lieu de protester, il esquissa un drôle de sourire, comme si une pensée amusante lui avait traversé l'esprit.

— Non, murmura-t-il, les paupières lourdes.

— Alors, tais-toi et estime-toi heureux. D'habitude, je ne me déshabille pas si facilement. Il me faut au moins plusieurs verres et quelques belles paroles.

— J'en doute.

Il n'avait pas tout à fait tort. Wren s'était parfois laissé aller avec des garçons qui ne lui avaient offert ni l'un ni l'autre.

— Tu sous-entends que je suis une fille facile ?

Il eut un petit rire moqueur.

— Non, mais tu n'as pas l'air sensible aux flatteries.

Pour une raison que la forgeuse d'os ne s'expliquait pas, cette remarque la vexa.

— Ça tombe bien, parce que je n'en ai pas reçu une seule de ta part depuis notre rencontre.

— Mentir, ce n'est pas mon genre.

Wren lui jeta un regard mauvais – qu'il ne vit pas –, puis ôta sa veste.

— Très bien. Dans ce cas, que je ne t'entende pas t'en plaindre.

— Me plaindre de…

Il étouffa un hoquet de surprise quand elle s'allongea à ses côtés, puis se faufila sous sa cotte ouverte pour se serrer contre ses bras. Dans ce qui pouvait s'apparenter à un câlin, elle fourra les mains sous l'étoffe du malade, avant de les joindre dans son dos de manière à l'envelopper étroitement. Sa veste, qui tenait encore sur ses épaules, glissa sous la cotte de Julian. La superposition des deux vêtements permettait d'emprisonner la chaleur.

Le forge-fer se raidit aussitôt, puis tenta de se dégager.

— Arrête, chuchota-t-elle, la bouche nichée dans le creux de sa clavicule.

Elle resserra sa prise et attendit qu'il se détende, afin de laisser monter la température petit à petit.

Quelques secondes suffirent. Après un silence pesant, elle sentit les muscles du dos de Julian se relâcher un à un sous ses doigts. Pour accélérer le processus, elle lui frotta timidement la colonne vertébrale. La main du jeune homme – jusqu'alors glaciale contre sa poitrine – se réchauffait peu à peu.

Sa respiration se fit plus lente, plus profonde. Il laissa glisser sa joue, puis l'appuya sur le sommet du crâne de Wren.

— Dors, ordonna-t-elle.

Il s'agissait du meilleur moyen de rassembler ses forces. Julian marmonna dans ses cheveux quelques syllabes inintelligibles. La forgeuse d'os décala sa tête.

— Qu'est-ce que tu as dit ?

— Merci.

CHAPITRE 20

Wren resta blottie au moins une heure contre Julian. Elle attendit que les tremblements du malade cessent pour de bon, que ses muscles s'ankylosent et que sa poitrine se soulève au rythme régulier de sa respiration.

Il l'avait entraînée en roulant sur le dos, si bien qu'elle se trouvait désormais étendue sur lui. Elle observait la trappe, à l'affût de la lumière verdâtre caractéristique des non-morts, mais l'obscurité demeurait totale. Son souffle formait de petits nuages de vapeur devant sa bouche. Malgré tout, elle n'avait pas froid, ainsi serrée contre le forge-fer.

Il avait les paupières closes, les sourcils légèrement froncés. Délicatement, elle s'écarta pour inspecter son visage. Il n'avait plus le teint blafard et moite de sueur : sa peau était sèche, ses joues rosées.

Elle examina les bras de Julian, toujours croisés entre leurs deux poitrines, puis libéra une main de derrière son dos pour palper le forge-fer à travers sa tunique. Elle aurait bien aimé constater de visu que la nécrose avait disparu, mais elle refusait de profiter de ce qu'il était assoupi pour regarder sous ses vêtements. Par ailleurs, sa peau dégageait la chaleur de tissus sains. Si son épiderme avait commencé à se putréfier, un simple contact sur sa main lui aurait fait souffrir le martyre.

Rassurée, elle extirpa son autre bras – qui s'était engourdi – et se dégagea en le secouant. Julian se renfrogna, comme s'il protestait contre cette soudaine absence. L'idée semblait si incongrue que Wren en eut un pincement au cœur. D'une part parce qu'il dormait, et de l'autre parce que c'était tout le contraire de ce qu'il éprouvait. La preuve, il avait subi plus que désiré leur proximité.

Elle tira de leurs bagages les autres couvertures afin de les empiler sur le forge-fer. L'idée de faire du feu la titilla à nouveau mais, quand bien même elle en allumerait un sans réduire leur refuge en cendres, la fumée risquerait d'attirer l'attention. Les non-morts n'étaient pas la seule menace à rôder dans les terres de la Faille, comme en témoignait l'embuscade tendue par les bandits la veille.

Oui, ils avaient eu une chance inouïe de tomber sur cette cabane. Julian n'aurait sans doute pas eu la force de courir beaucoup plus loin. Par ailleurs, elle avait beau vanter ses propres mérites, les défendre face à ce groupe de spectres de niveau cinq se serait avéré bien délicat. Elle aurait pu tenter de les enfermer dans un cercle de poussière d'os, mais ses professeurs de La Moelle l'avaient prévenue que les revenants possédaient une certaine résistance à ses effets. Les vestiges de leur corps, qui protégeaient leur esprit, leur permettaient de franchir ces boucliers – si ce n'est entièrement, du moins de passer une main au travers. Dans un moment pareil, l'épée de fer de Julian serait tombée à point nommé. À bien y réfléchir, les deux forgeurs pourraient former une équipe de rêve contre les marcheurs non-morts. Encore faudrait-il qu'ils parviennent à s'accorder…

À la vue du nid de couvertures, elle regrettait déjà la chaleur du corps du guerrier – d'autant plus qu'elle avait abandonné sa veste quelque part dans l'amas de tissu. Elle était épuisée, non seulement à cause du manque de sommeil, mais en raison aussi de la série d'attaques qu'ils avaient essuyées en à peine deux jours. Pourtant, chaque fois qu'elle fermait les paupières, l'image des revenants qui l'épiaient, campés sous la trappe ouverte, venait l'assaillir. Lorsqu'elle les imagina s'emparer de l'échelle, elle comprit qu'il allait falloir renoncer à dormir.

Résignée, elle s'arma de ses épées d'os et se posta près de la trappe, aux aguets… juste au cas où.

Lorsque Wren ouvrit les yeux, elle était affalée contre le mur. Des rayons de soleil baignaient la cabane d'une lumière dorée. Julian était accroupi devant elle, une main sur son épaule. Elle se redressa d'un bond.

— Je suis réveillée, marmonna-t-elle.

À travers la trappe, elle observa à nouveau le sol au pied de leur abri, puis sollicita ses sens. Les non-morts n'étaient pas revenus.

Le forge-fer se rassit sur le tas de couvertures et se frotta les yeux. Sans doute venait-il de se réveiller lui aussi.

— Comment va ta main ? questionna la jeune fille.

Il l'examina, serra puis desserra le poing, avant de hocher la tête.

— Ça va.

— Bonne nouvelle.

Lorsqu'il tira sur quelque chose à son poignet, un sourire étira ses lèvres. Jamais Wren n'avait encore vu d'expression si douce, si affectueuse sur son visage. Il jouait avec... un bracelet, peut-être ?

— Qu'est-ce que c'est ? demanda-t-elle.

Manifestement, il était d'humeur bavarde, car il tendit le bijou pour le lui montrer. Il s'agissait d'une chaîne, montée avec de simples maillons de fer et ornée de trois perles grossièrement taillées qui glissaient à sa surface.

— C'est un porte-bonheur. Les trois pierres, ce sont des pépites de minerai de fer brutes. Chacune d'entre elles symbolise un rang de la maison du Fer. (Du doigt, il montra la première.) Le marteau représente les artisans, ceux qui fabriquent nos armes et nos cuirasses. Ensuite, il y a l'épée, qui correspond aux guerriers qui les manient. Comme moi. (Il lui jeta un regard discret.) Et enfin, l'enclume, pour les historiens, les protecteurs des traditions. Le fondement de notre maison.

— Nous aussi, on en a trois, murmura Wren. Les fauchyrs rompent le lien entre les esprits et leur squelette. Ils s'occupent des rites funéraires quand ils ont passé l'âge d'intervenir sur le terrain. Il y a aussi les valkyrs, leur rôle est de les défendre contre les non-morts.

— Laisse-moi deviner. Tu es une valkyr, non ?

Même si ce n'était pas tout à fait vrai, elle confirma d'un signe de tête. Il sourit, fier de lui.

— Pour finir, on a les tailleurs, qui doivent être l'équivalent de vos marteaux, mais il existe des tas de spécialisations. Certains fabriquent de l'équipement de combat, d'autres des systèmes de protection.

— Comme le Mur ?

— Par exemple, mais aussi des talismans destinés aux routes et aux villages. (Julian, qui triturait toujours son bracelet, hocha la tête.) Alors, qui cherche à te protéger ? Qui t'a offert ce porte-bonheur ? précisa-t-elle quand elle le vit froncer les sourcils de perplexité.

Ce ne pouvait être qu'un cadeau. Il le contemplait avec tendresse, comme s'il lui rappelait un souvenir heureux. Il avait sûrement une petite amie. À cette idée, elle s'en voulut d'avoir paradé sous son nez l'autre jour. Même si, pour tout dire, elle était un peu déçue.

— Oh ! s'exclama-t-il, soudain gêné, avant de laisser retomber sa main. Ma petite sœur.

— Ah ! répondit Wren.

Une réaction spontanée qui sembla étonner Julian. Elle se racla la gorge.

— Eh bien, on dirait qu'il a marché, non ? Tu t'es quand même pris une flèche le jour de notre rencontre.

— C'est mon plastron qui l'a amortie. (Il passa la main à l'endroit où l'armure l'avait sauvé.) J'ai bien essayé de lui faire comprendre que trois petits cailloux ne risquaient pas de changer grand-chose, étant donné que je suis déjà couvert de fer de la tête aux pieds, dit-il en laissant échapper un petit rire, elle a quand même insisté. Elle est superstitieuse… et têtue comme une mule.

— Je sens qu'on s'entendrait à merveille.

— Oui, c'est bien possible.

Ce fut au tour de Wren de se montrer perplexe.

— Comment tu expliques ta chance d'hier soir, alors ? Tu portes ce bracelet à la main qui a failli se nécroser. Moi, je crois qu'elle tient un truc.

— Non, sur ce coup, c'est toi que je dois remercier.

Son regard se fit pénétrant. Il était si sincère que Wren s'en sentit troublée.

— Oui, bon… Pas la peine, tu l'as déjà fait.

Une expression confuse passa sur les traits de Julian. Il baissa les yeux, avant d'enfin remarquer la veste de la forgeuse d'os parmi les couvertures. Elle voyait presque son cerveau fatigué tenter de démêler les événements de la veille, leur étreinte, le « merci » qu'il avait murmuré avant de s'endormir.

— Je pensais t'avoir rêvée… marmonna-t-il avant de se figer, le rouge aux joues. L'avoir rêvé.

Ravie de sa réaction, la jeune fille se leva, puis ramassa sa cotte pour l'enfiler.

— Il faut croire que tes rêves sont devenus réalité.

Face au regard blasé du forge-fer, elle partit d'un grand rire.

— Je t'en prie, d'ailleurs, poursuivit-elle tout en se rhabillant. Tu vois, je te savais capable d'être poli.

Il leva les yeux au ciel. Malgré tout, elle crut le voir dissimuler un sourire en coin. L'instant suivant, il s'éclaircit la voix et se leva.

— Il faut qu'on décide de la prochaine étape. Est-ce qu'ils sont… Est-ce qu'on est seuls ?

— Pour le moment.

Bien qu'elle sentît qu'aucun non-mort ne traînait dans les environs, Wren jeta un nouveau regard par la trappe.

Elle considéra ensuite les étroites fenêtres disposées à intervalles réguliers sur le mur, mais ne distingua rien d'autre que des branches d'arbres.

— En revanche, je n'ai pas la moindre idée d'où on se trouve, admit-elle. On a couru un bon moment, hier soir. Mais dans quelle direction ?

Julian, qui s'affairait à replier les couvertures, se redressa. Il balaya la cabane des yeux avant de les arrêter sur le plafond où, à la grande surprise de la forgeuse d'os, se trouvait une seconde trappe, fermée. Il lui suffit cependant de tendre le bras pour libérer le loquet. La petite planche de bois s'ouvrit en grinçant pour révéler un cercle parfait de ciel bleu parsemé de nuages.

— C'est une ancienne tour de guet, expliqua le jeune homme, confirmant les soupçons de Wren.

À côté de la trappe était fixée une échelle de métal rouillée. Elle émit force crissements lorsque Julian tira dessus, avant de finir par se déployer jusqu'au plancher. Les dimensions avaient été calculées au pouce près.

— De l'acier, marmonna-t-il, réprobateur. Ce n'est que depuis la Faille qu'on est obligés de se contenter de cette pacotille. D'un seul coup, il a fallu réserver le fer à la fabrication des armes et des cuirasses.

Il essuya sa main gantée sur l'une de ses cuisses, comme pour chasser l'éventuel résidu que l'alliage métallique y aurait laissé. Amusée, Wren grimpa à l'échelle derrière lui.

Autour de la trappe, le toit s'inclinait de tous côtés afin de permettre l'évacuation des eaux de pluie et de la neige. Dans ces conditions, y tenir debout n'était pas facile. Encore incommodé par ses blessures au torse et à la main, Julian s'y hissa prudemment et s'assit. Wren l'imita dans la foulée et, côte à côte, ils admirèrent la vue.

De leur position surplombant la cime des arbres, ils bénéficiaient d'une vue dégagée sur les environs. Lorsque la forgeuse d'os porta son regard vers le nord-est, elle eut le souffle coupé. Un gouffre immense gâchait le panorama. La Faille. Le site des mines que les forge-fer avaient surexploitées, l'endroit où la terre s'était fendue en deux pour engloutir des villes et des villages entiers. Sans parler de l'horreur qui en avait jailli : une cité perdue, grouillante de non-morts.

L'abîme était aussi dentelé qu'une cicatrice, à la fois profond et obscur… hormis la faible lueur verdâtre qui s'en dégageait.

— Avant, il y avait trois mines.

Julian désigna tour à tour trois points, s'arrêtant sur le dernier, à l'extrême limite de la Faille, au pied de ce qui devait être les Monts adamantins.

— Là-bas, c'est Ferrifère, la plus récente. À ce qu'on raconte, c'est elle qui a provoqué le cataclysme. Au fond, ça n'a aucune importance. Les non-morts ont surgi de toutes les mines à vingt lieues à la ronde. Il y a même eu une mine d'or au nord qui en était infestée. Par chance, elle s'est effondrée avant que les revenants aient le temps de se disperser. La plupart des gens ont pu s'échapper. Et ceux qui ont bâti le Mur se sont assuré d'enfermer les survivants de l'autre côté.

— Pourquoi l'avoir construite sous terre ?

Captivée par le paysage, Wren s'était interrogée à voix haute. Julian la regardait sans vraiment comprendre où elle voulait en venir.

— Je veux dire, la cité des forge-spectre. Il n'y a pas besoin de creuser si profond pour trouver des morts.

— Non, reconnut le forge-fer, mais c'était de la magie qu'ils cherchaient.

La jeune fille se tourna vers son acolyte.

— Comment ça ?

— Eh bien, la magie vient du sol. Alors, les enclumes, nos savants, lui rappela-t-il, soupçonnent les forge-spectre d'avoir essayé de s'en procurer davantage. En réalité, ils n'ont pas juste « disparu » quand les autres forgeurs les ont chassés. Ils sont venus ici, où ils se sont mis à creuser. Selon nos historiens, leur société tout entière était fondée, défendue et perpétuée par les non-morts.

Wren en resta bouche bée.

— Tu crois qu'ils ont réussi ? À trouver de nouvelles sources de magie ?

— Comment expliquer l'existence des revenants, sinon ? Ce ne sont pas tous des cadavres centenaires qui errent dans le Territoire hanté depuis toujours. Chaque jour, il en apparaît de nouveaux. Et ils se réveillent tous ici.

Une fois de plus, la forgeuse d'os tombait des nues, comme lorsqu'elle avait découvert les rumeurs sur la reine des spectres. À moins que… Odile avait évoqué une force maléfique tapie dans la Faille. Parlait-elle de cette magie ?

Le panorama donnait un peu la nausée à Wren, qui identifiait mal l'origine de son malaise, entre les révélations de Julian et le choc de voir la Faille de ses propres yeux après avoir entendu tant d'histoires à son sujet. Même en plein jour, son éclat fantomatique était bien visible. Il donnait aux rochers et aux collines environnantes une allure irréelle, sinistre. Elle n'osait imaginer ce paysage vu de nuit. Quant aux non-morts… Se montraient-ils à toute heure ou somnolaient-ils en attendant de croiser la route de quelque vivant ? Sur des lieues à la ronde ne s'étalaient que des terres désolées, sans un être humain ni même un animal à l'horizon. Le silence était total.

Une question lui vint à l'esprit.

— Où est-ce qu'on traverse ?

Entre les montagnes au nord et l'épaisse forêt qui la bordait au sud, la Faille s'étendait sans interruption.

Un rire ironique échappa à Julian. Il tendit le bras.

— Impossible. Il faut la contourner par cette partie boisée, juste là. C'est un prolongement du bois du Nord, la forêt où on se trouve en ce moment même. Une fois de l'autre côté, il faut continuer vers le nord.

Wren suivit des yeux le sentier désigné par le forge-fer. L'emprunter impliquait un détour considérable. Le jeune homme laissa retomber sa main.

— Je pensais qu'en restant en périphérie du Territoire hanté, on serait plus ou moins en sécurité, mais vu ce qui est arrivé hier soir… (Il se massa le menton, puis regarda la forêt du haut de leur perchoir.) On a construit plusieurs tours de guet dans ce style juste après la Faille, pour repérer les non-morts égarés et sonner l'alarme s'ils s'aventuraient trop près de la civilisation. À l'origine, elles se trouvaient très loin de la zone dangereuse. Si ce bois grouille de revenants aujourd'hui, ça veut dire que le Territoire hanté a gagné du terrain… Beaucoup même.

— En gros, on n'est à l'abri nulle part, même sur le chemin que tu pensais sûr ?

Il soupira, mais ne répondit pas. Il s'absorba de nouveau dans la contemplation de l'horizon.

— J'étais persuadé que la Faille ne s'étendait pas jusqu'au bois du Nord. En tout cas, c'est ce qu'on m'avait dit, mais…

— Tu crois qu'elle s'est agrandie ?

Ses contours, nets et abrupts par endroits, dissimulés par des rochers et des constructions en ruines à d'autres, étaient difficiles à discerner. Quand le gouffre s'était ouvert, des villes entières avaient été aspirées dans ses profondeurs. Que le terrain se soit affaissé davantage ne semblait pas improbable.

Julian frémit. Après un instant d'hésitation, il secoua vigoureusement la tête.

— Non. Ce sont les mines qui l'ont causée et personne n'est assez fou pour retourner creuser là-bas. Le voyage s'annonce difficile, mais tant qu'on reste en bordure du bois… (Il laissa sa phrase en suspens, songeur.) Ça reste notre meilleure chance d'y arriver.

Quand ils descendirent de leur perchoir, Wren réfléchit aux paroles du forge-fer. Sa théorie semblait tenir debout. Avant les événements de la veille, elle y aurait même sans doute adhéré. Désormais, le doute s'était installé.

Pendant que Julian finissait de ranger les couvertures, elle chercha dans leurs bagages de quoi improviser un petit déjeuner. Ils mastiquaient assis sur le plancher la viande séchée et les légumes en saumure qu'elle avait dénichés, lorsqu'elle évoqua un détail qui la turlupinait. Un pont était suspendu d'un bord à l'autre de la Faille. L'ouvrage – un bout de ferraille squelettique – lui avait semblé peu solide, et même inachevé.

— Quelqu'un l'a déjà traversé ?

Julian, sur le point de se servir un autre morceau de viande, suspendit son geste. Il jeta un coup d'œil à Wren avant de reporter son attention sur son repas.

— Mon père, oui. Pendant le Soulèvement. On l'a construit pour envoyer des troupes au Mur.

Voilà donc le stratagème qu'ils avaient imaginé afin de surprendre les soldats des Dominions. Au lieu de parcourir des lieues et des lieues pour contourner le Territoire hanté, ce qui aurait rendu leurs attaques prévisibles, ils avaient eu l'idée de le traverser dans l'espoir de prendre de court les troupes ennemies et les garnisons postées au Mur. Malheureusement pour eux, ils étaient tombés sur les éclaireurs de Locke avant d'y parvenir.

Une autre question taraudait la forgeuse d'os. Le père de Julian s'en était-il sorti sain et sauf, ou avait-il succombé peu après avoir franchi le pont ?

— Quelqu'un d'autre a-t-il emprunté ce passage depuis ? demanda-t-elle avec tact.

— Pourquoi ?

— Parce qu'il nous permettrait de gagner du temps.

— Tu veux traverser la Faille ? Alors qu'on a failli mourir rien qu'en franchissant la frontière du Territoire hanté ? Tu es folle. Tu me fais le même coup qu'hier, à vouloir foncer tête baissée sans réfléchir.

— Justement, non, protesta Wren. On doit retrouver le prince et le chemin que tu proposes risque de nous faire perdre trop de temps. Je ne peux pas me permettre d'échouer.

— C'est vraiment tout ce que ce prince représente à tes yeux ? Un trophée à décrocher ? Un baume pour apaiser ton orgueil blessé ? L'occasion de prouver ta force, de montrer combien de spectres tu es capable de vaincre sans l'aide de personne ?

Il avait visé juste, Wren était bien obligée de le reconnaître… sauf qu'il ne comprenait pas. Dans le Bois-aux-Ossements, elle avait accepté de jouer franc-jeu, de se battre à la loyale. Pour quel résultat ? Non, elle ne voyait pas d'autre solution pour retrouver son rang et convaincre son père qu'elle le méritait.

Elle croisa les bras.

— Et toi, alors ? Qu'est-ce qu'il est pour toi, si ce n'est un vulgaire pion, tout juste bon à être troqué ?

— Ma vie et l'existence des miens sont en jeu, gronda le forge-fer, furieux. Tu as bien vu la menace qu'on doit affronter au quotidien. Chaque jour qu'on passe enfermés ici, on court le risque de finir comme eux. Tu sais ce qu'on fait de nos morts ? Est-ce que tu t'es seulement posé la question ?

Wren resta muette. De toute manière, il ne semblait pas espérer la moindre réponse.

— Avant, on les brûlait. (Elle anticipa, glacée d'horreur, ce qu'il allait ajouter.) Ça ne suffisait pas, précisa-t-il.

Et pour cause… Pour libérer un esprit, il fallait impérativement séparer son âme de son squelette. Sinon, son fantôme était condamné à errer dans le monde des vivants pour l'éternité, rattaché à des ossements trop abîmés pour être fauchés.

— Aujourd'hui, on les jette au fond de l'océan, enfermés dans des cages, poursuivit Julian. Ça n'empêche pas leur spectre de se manifester mais, au moins, ils ne peuvent faire de mal à personne. Ils y resteront prisonniers jusqu'à ce qu'on trouve un moyen d'échapper à ce cauchemar éveillé.

— Crois-moi, j'ai bien conscience que ce n'est pas un jeu, reconnut Wren lorsqu'elle eut retrouvé sa voix. Mais on est amis, le prince et moi, d'accord ?

La colère de Julian semblait vaguement retombée. Il s'avachit contre la cloison et se remit à étudier son petit déjeuner.

— Et puis, il a beau être prince… Ils l'ont tous laissé tomber, reprit-elle. Au fort, ils parlaient de lui comme si… comme s'il n'était rien de plus qu'un…

— Qu'un pion ? acheva le forge-fer, sarcastique.

Wren leva les yeux au ciel, mais finit par acquiescer.

— Au fond, c'est sans doute mieux que rien. (Face au regard pénétrant du guerrier, elle regretta un bref instant d'avoir ouvert la bouche.) Moi aussi, j'ai disparu. D'accord, je ne vaux pas aussi cher que Leo. Je ne suis pas de sang royal. Malgré tout… et même si je me doutais que je ne manquerais à personne, en avoir la confirmation est assez dur à avaler. Bref, peut-être que tout le monde s'en fiche qu'il ait été enlevé, mais pas moi. Et puisque j'ai la possibilité de faire quelque chose, je ne vais pas m'en priver.

À ces mots, Julian se redressa, puis l'observa de son regard froid. Un sourire en coin étirait ses lèvres.

— Leo, hein ?

La jeune fille sentit ses joues s'empourprer, sans pouvoir se l'expliquer.

— C'est lui qui m'a demandé de l'appeler comme ça.

Julian arqua un sourcil.

— Tu m'étonnes.

— S'il espère quoi que ce soit, il peut toujours courir… Bon, je sais que c'est risqué, reprit-elle en revenant à son idée initiale. Et qu'il m'arrive d'agir sans réfléchir. C'est une manie, chez moi. Mais je t'assure que cette fois, c'est différent. D'après ce que j'ai vu, on n'est en sécurité nulle part. Quant à ces non-morts… Ils ne ressemblent à aucun de ceux que j'ai étudiés durant mon apprentissage ou dont on m'a parlé. Ils sont intelligents et ont l'air capables de communiquer les uns avec les autres, de s'allier pour accomplir un dessein commun. Plus on perd de temps, plus on court le risque qu'ils rassemblent tous les spectres du Territoire hanté pour nous tomber dessus. Il faut traverser le plus vite possible.

Leurs regards se croisèrent. Julian ne disait rien, arborant une expression indéchiffrable.

— Je sais que c'est dangereux, poursuivit-elle. Mais…

— Mais c'est peut-être la seule solution.

Elle le dévisagea, stupéfaite.

— Je croyais que tu me trouvais folle.

Il haussa les épaules.

— Tu l'es. Mais la folie n'exclut pas le courage.

CHAPITRE 21

Ils se mirent en route peu après avoir fini de manger, bien décidés à profiter de la lumière du jour pour avancer. Selon Julian, ils arriveraient peut-être à franchir le pont avant la tombée de la nuit. Ils ignoraient encore quelles menaces les attendaient de l'autre côté, mais s'en soucieraient le moment venu.

La tension était retombée et le silence qui planait entre eux moins… pesant que d'ordinaire. Même si l'occasion de se disputer se représenterait sûrement, Wren sentait qu'ils commençaient à se comprendre. Chacun d'eux avait ses raisons d'entreprendre ce périple et elles dépassaient leur simple intérêt personnel. Le forge-fer se sentait responsable du sort des siens, à l'est du Mur, il avait donc tendance à vouloir les protéger. Il existait sans doute un lien avec la petite sœur qu'il avait évoquée. Par ailleurs, il éprouvait une certaine loyauté envers le commanditaire de l'enlèvement de Leo – le régent, probablement – et ne semblait pas convaincu que ce dernier soit l'instigateur de la tentative d'assassinat qui l'avait visé. Il souhaitait arracher Leo aux mains de ses ravisseurs. Autrement dit, pour l'heure, Wren et lui partageaient un but commun.

Bien entendu, dès l'instant où ils auraient récupéré le prince, le vent pourrait tourner. Très vite, même. Il était cependant encore trop tôt pour s'en soucier. Peut-être n'atteindraient-ils jamais leur destination… En attendant, leurs chances de survie étaient directement corrélées à la confiance qu'ils s'accordaient.

À la sortie de la forêt, une pente ouvrait sur une plaine d'herbes sèches parsemée de congères. Au-delà, d'énormes rochers leur obstruaient la vue. Pour gagner le pont, ils allaient devoir se faufiler entre les blocs de pierre, au risque de croiser des non-morts à chaque tournant. Et dire que Wren avait trouvé les sous-bois inquiétants… Au moins faisait-il jour, bien que les nuages noirs qui approchaient depuis l'est l'incitaient à ne pas se montrer trop optimiste.

Aux alentours de midi, ils firent une pause dans les ruines d'un village. Il ne restait plus de ses habitations que leurs fondations et quelques poutres vermoulues. Le lieu avait sans doute été abandonné avant la Faille. En inspectant les environs, Wren détecta la présence d'ossements, mais ils étaient morts.

— C'est un mausolée, annonça-t-elle, accroupie devant la structure de marbre qui les renfermait.

D'une taille similaire à un chariot, il était envahi de lierre et si poussiéreux qu'il se fondait dans le décor. Ce type de monuments funéraires étaient un concept importé, une coutume popularisée sous le pouvoir des Valoriens. Traditionnellement, les populations de l'île enterraient tous leurs cadavres. La terre était la source de la magie, ainsi que de toute vie. Voilà pourquoi l'être humain était destiné à y retourner, afin que ses pouvoirs se perpétuent pour les générations suivantes. Le désir de préserver ce cycle naturel expliquait la désapprobation générale qu'avait suscitée la nécromancie des forge-spectre. Ils n'empêchaient pas seulement les âmes mortes de trouver le repos, ils privaient aussi les vivants de leur magie.

— Qu'est-ce que tu fais ? questionna Julian en la voyant fureter sous la végétation envahissante.

— N'aie pas peur, ils ont été fauchés comme il faut. Il n'y a rien que des morts, là-dedans.

Elle finit par trouver la poignée qu'elle cherchait et tira dessus. La porte du sanctuaire résista un instant avant de s'entrouvrir… sur des ténèbres insondables.

— Dans ce cas, pourquoi les déranger ?

Wren devait saluer les efforts du forge-fer. Malgré sa frustration, palpable dans sa voix, il faisait de son mieux pour ravaler sa colère. La veille, il lui aurait hurlé dessus.

Elle lui jeta un regard.

— Parce qu'on pourrait y trouver des armes. Pas celles auxquelles tu penses, s'empressa-t-elle d'ajouter avant qu'il ait eu le temps d'ouvrir la bouche.

Elle ne cherchait pas de vieilles rapières de fer, simplement des os.

— Tous les os repoussent les non-morts ? interrogea Julian, posté derrière elle.

L'inquiétude était visible sur son visage.

— Eh bien, le plus puissant, c'est l'os d'ancrage. C'est lui qui renferme l'esprit. Les forgeurs d'os le demandent en échange des rites funéraires qu'ils exécutent. Tout le monde s'y retrouve. Les familles peuvent inhumer leurs morts sans craindre qu'ils reviennent les hanter et nous, on récupère le matériel nécessaire pour fabriquer nos armes et défendre la population. Seuls les riches peuvent se fendre d'un paiement en or pour garder l'os d'ancrage, s'ils préfèrent enterrer leurs proches intacts. Donc à moins que ce monument appartienne à une famille très aisée…

Elle se pencha en avant pour examiner les squelettes soigneusement disposés sur trois étages. Sa vérification achevée, elle recula en secouant la tête.

— Il n'y a pas d'os d'ancrage ici.

Elle tendit néanmoins le bras à l'intérieur pour parcourir les étagères.

— Je croyais que les autres étaient inutiles, souligna Julian.

— Ils ne sont pas parfaits, mais ils feront l'affaire.

L'urgence était de reconstituer sa réserve de poussière d'os mais, pour le moment, elle se contenterait de quelques osselets. Bien qu'ils soient les moins efficaces de toutes ses armes, ils pouvaient causer quelques dégâts.

Lorsqu'elle eut fini, le forge-fer l'aida à refermer la porte, un brin songeur.

— Tu n'as jamais envisagé de devenir fauchyr ?

— Pas une seule seconde, répondit Wren sans hésitation. J'ai toujours voulu me battre.

— Quelle surprise ! ironisa-t-il un peu sèchement. Les valkyrs sont-ils tous aussi téméraires que toi ?

— Dans leurs rêves, oui…

Cette fois, Julian lui sortit son plus beau sourire, toutes dents dehors. Elle sourit à son tour, incapable d'y résister… avant de ressentir un impérieux besoin de changer de sujet.

— J'ai bien suivi quelques cours d'initiation. Ça fait partie du programme. C'est là que j'ai appris les bases sur les os d'ancrage et les lignes d'énergie. Bon, je n'étais pas très attentive. Tout ce que je voulais, c'était une épée… ou deux. Mon père est un valkyr, donc je trouvais normal de suivre la même voie.

— Je sais ce que c'est, confia Julian, le regard rivé sur le pont. Pour être franc, je ne tenais pas spécialement à me battre. Disons que c'est une tradition familiale.

— Et ton père, commença Wren, soucieuse de choisir ses mots avec soin. C'est une épée, lui aussi ?

— C'était, rectifia-t-il sans la regarder.

À nouveau, il porta la main à sa poitrine, à l'endroit où la flèche l'avait atteint. Il le faisait si fréquemment que Wren aurait pu croire qu'il souffrait, mais son visage ne montrait pas le moindre signe de douleur. Sans doute était-ce devenu un réflexe.

— Jusqu'à ce qu'il combatte pendant le Soulèvement, ajouta le forge-fer. Il n'est jamais revenu.

Le chemin qui les séparait du pont était loin d'être direct. Il leur fallut zigzaguer parmi les rochers et même les escalader de temps à autre pour s'assurer qu'ils restaient sur la bonne voie. Après s'être avancés un peu trop vers le nord, ils finirent par retrouver les vestiges d'une des Routes ancestrales qui leur offrait une vue dégagée sur le pont.

La structure de fer perçait la couverture de nuages gris. Tout autour, le paysage, baigné par la lumière spectrale qui s'échappait de la Faille, s'était drapé de diverses teintes fantomatiques.

Devant ce spectacle lugubre, les épaules de Wren se crispèrent. Elle se tourna vers Julian pour étudier sa réaction, mais il regardait de l'autre côté.

Derrière eux, la route traversait une colline rocheuse avant de disparaître dans une espèce de vallée. Au fond flottait une autre nappe de brume, d'un vert éthéré familier. Entre la lumière du jour et les hauteurs qui leur cachaient la vue, ils ne l'avaient jusqu'alors pas remarquée. D'autre part, les lieux étaient si hantés que les sens de Wren peinaient à détecter quoi que ce soit. À en croire ce flot de lueur spectrale, cependant, il y avait forcément un non-mort dans les parages. Sans doute même plusieurs.

La forgeuse d'os dut se contenir pour ne pas aller voir de plus près. Sa curiosité leur avait déjà attiré des ennuis et elle avait promis d'éviter les spectres.

Julian, malgré tout, semblait avoir abandonné toute prudence. À grands pas, il s'avança vers la vallée sans un regard en arrière. Wren lui emboîta le pas.

— Qu'est-ce que tu fais ? Il faut qu'on arrive au pont avant…

Les mots moururent sur ses lèvres dès qu'ils atteignirent le haut de la pente. Devant eux s'étendaient les vestiges d'un champ de bataille. Sur la terre ravagée gisaient chariots rouillés et armes brisées, le tout blanchi par le soleil et envahi par la végétation.

Sans compter les innombrables cadavres d'êtres humains et de chevaux… du moins ce qu'il en restait. Ils jonchaient la route, décomposés par le temps, nettoyés par les charognards assez courageux pour s'aventurer là. Seuls des fragments de leur armure bosselée et de cuir moisi témoignaient de leur présence.

Autrement, rien. Pas même des squelettes.

Les quelques os qui subsistaient étaient si profondément gâtés qu'ils semblaient près de partir en poussière. Quant à leurs esprits, encore plus incorporels que des niveau un, ils composaient un brouillard verdâtre de lumière spectrale. Enchaînées à un corps irréparable – impossible à faucher –, ces pauvres âmes non mortes demeureraient suspendues à jamais dans cet état d'inexistence.

Que s'était-il passé ?

Wren avait déjà vu des os endommagés, brûlés par des non-initiés ou broyés dans de terribles accidents qui avaient pulvérisé les lignes d'énergie. Or il s'agissait d'un champ de bataille. Tous ces soldats avaient péri ensemble, consumés par une force dévastatrice. Wren ne décelait pourtant nulle trace d'incendie. Elle ne voyait aucune explication logique.

— Qu'est-ce que… C'est quoi, ce carnage ? balbutia-t-elle, sidérée.

Julian tourna vers elle un regard plus sombre que jamais.

— La fin.

— La fin de quoi ?

— Du Soulèvement, de la maison du Fer. La fin de tout.

Mais… Comment Locke, son père, Odile et les soldats des Dominions avaient-ils pu commettre un tel massacre ?

Face au mutisme de Wren, le forge-fer s'esclaffa d'un rire sans joie. Son écho résonna dans la plaine fantomatique.

— Je m'en doutais. Qu'est-ce qu'on vous a raconté comme histoire, à l'ouest du Mur ? Que c'était une bataille héroïque ? Que le bien l'avait emporté sur le mal ?

— Je…

Il secoua la tête.

— Certains accusent les non-morts.

— Non, ceux qui meurent de nécrose… n'ont pas de fantôme. Quant à leurs corps, ils ne devraient pas ressembler à… à ça…

— Non… répéta Julian à mi-voix, comme s'il était d'accord avec elle. D'autres affirment que c'est l'œuvre de l'héritier des Graven.

Locke.

Wren détourna le regard, soulagée de ne pas avoir révélé son nom de famille à son compagnon d'infortune.

— Il paraît que ses pouvoirs étaient sans limites, poursuivit le guerrier, qu'il était capable de contrôler les os des vivants comme des morts, de les tordre et de les rompre à sa guise. Il a retourné sa magie contre tout le monde, et même certains des siens, avant qu'elle ne l'emporte à son tour.

— Impossible, objecta Wren.

Les preuves se trouvaient pourtant juste sous son nez. Le regard de Julian se fit insistant. Le besoin de se justifier, de défendre sa maison l'emporta chez la jeune fille.

— Les forgeurs d'os ne peuvent pas manipuler les os des vivants, ni même toucher aux revenants, fit-elle observer. Tout ossement auquel un esprit est encore attaché est hors de notre portée.

— De la vôtre, peut-être, mais pas de la sienne.

— Mais ce n'est pas…

Elle laissa ses protestations en suspens. Des pouvoirs sans limites… Et s'il existait un lien avec la magie que les forge-spectre avaient cherchée sous la terre ? Selon Julian, de nouveaux non-morts continuaient de s'éveiller sous forme de revenants. La magie qu'ils avaient trouvée émanait peut-être de la Faille…

Se pouvait-il qu'elle soit entrée en contact avec Locke, au point de le transformer ? Dans tout ce qu'on lui avait raconté, rien ne suggérait une telle éventualité… Après tout, même son père était resté avare de confidences. C'était Odile qui lui en avait le plus appris sur le Soulèvement. Pourtant, elle n'avait rien dit au sujet de Locke, bien qu'elle ait évoqué une mystérieuse puissance maléfique.

Et si tout était vrai, si son oncle était bel et bien responsable de ce… ce chaos ? Tout à coup, Wren comprit les évitements continuels de son père, et pourquoi toute sa famille avait préféré faire de Locke un héros plutôt que d'affronter la vérité.

Sous ses yeux s'étendait la mort… la mort à perte de vue. Non, c'était pire encore : la non-mort, l'éternelle damnation.

Julian s'avança, les yeux rivés sur les cadavres bardés d'armure disséminés sur le champ de bataille. Il semblait vouloir s'en approcher, tout en craignant la brume des non-morts qui tourbillonnait dans les airs.

Prudemment, la forgeuse d'os fendit la vapeur de son épée. Les volutes tournoyèrent, se séparèrent… sans plus de réaction.

— Ils n'attaqueront pas, déclara-t-elle à mi-voix en rejoignant le forge-fer. Ils ne peuvent pas. Ils sont trop… déconnectés de leur corps, de leur vie. Ils ne font que… que subsister.

Il lui jeta un regard, puis s'agenouilla près du cadavre le plus proche. Comme la plupart des autres, il portait une armure de fer, à l'état impeccable, à l'épreuve du temps et des éléments.

Compte tenu de la réaction de Julian quand elle avait voulu piller les dépouilles des bandits, qu'il ne se serve pas ne la surprit pas.

N'avait-il pas dit, pourtant, que depuis la Faille, les forge-fer ne pouvaient plus se permettre de gaspiller leurs ressources ? Un constat logique, puisqu'ils avaient été contraints de fermer définitivement leurs mines. Malgré tout, face à ce champ qui regorgeait de fer – lequel ne demandait qu'à être ramassé –, il restait de marbre.

Il leva les yeux, comme s'il avait lu dans les pensées de la jeune fille.

— Dès lors qu'un forge-fer porte son armure au combat, elle est considérée comme étrennée et un lien se forme entre elle et le guerrier. On dit qu'il renforce la magie et que chaque nouvelle bataille consolide cette relation. En gros, c'est une question de familiarité, qui est le pilier de la magie des forgeurs.

Wren fit un signe d'assentiment. Plus un forgeur passait de temps au contact de son élément, plus ses aptitudes se développaient. Le processus se vérifiait à la fois avec les équipements – une armure ou des armes, comme dans le cas décrit par Julian – et avec l'entraînement, qui amplifiait les talents magiques avec les années.

En fait, les premiers forgeurs de l'histoire s'étaient découvert des pouvoirs liés à leur environnement. Les forge-bois habitaient les régions du nord, couvertes de forêts, les forge-roc les montagnes et les côtes escarpées de l'ouest. Tous les forge-métal étaient apparus à proximité de grands gisements de fer ou d'or et les forgeurs d'os originels appartenaient à de longues lignées de fossoyeurs. Quant au premier forge-spectre, il se racontait qu'il était propriétaire d'un cimetière.

— Mais c'est plus complexe encore, poursuivit Julian, qui cherchait les mots justes. Le talent de chacun est représentatif des efforts fournis. Le principe, c'est qu'on n'a rien sans rien, que le pouvoir se mérite.

La tête penchée sur le côté, Wren méditait ses paroles. L'idée que chaque individu soit récompensé pour son investissement lui plaisait, même si la magie – tout comme le pouvoir – était héréditaire.

Le jeune homme se releva.

— Quand un forge-fer meurt, reprit-il, on l'enterre avec son armure. On peut continuer d'utiliser ses armes, en particulier les membres de sa famille. Les transmettre de génération en génération amplifie la connexion magique, ce qui permet de former un lien très puissant. En revanche, l'armure est conçue spécialement pour le combattant qui la porte. Elle est trop… personnelle.

Wren éprouva une pointe de remords.

— C'est pour ça que tu n'as pas aimé me voir fouiller les cadavres ?

— Non, s'empressa-t-il de répondre, visiblement soucieux de la rassurer. Tu… tu t'es montrée pragmatique, c'est tout.

— Parfois, j'ai du mal à considérer les os et les corps comme sacrés. Après tout, ils font partie de mon quotidien.

En balayant la plaine du regard, elle repéra plusieurs dépouilles aux couleurs des Dominions. Avec le temps, l'acier de leur attirail avait rouillé. Le responsable de cette tuerie n'avait effectivement pas fait de différence entre les deux camps. De là à affirmer que c'était délibéré…

Julian s'agenouilla auprès d'un autre cadavre de forge-fer, proche du premier. Il prenait soin d'éviter les panaches de brume verdâtre qui s'en dégageaient. Leurs esprits étaient si faibles qu'ils ne risquaient même pas de lui donner un rhume.

De toute évidence, il ne cherchait ni à leur rendre un dernier hommage ni à profiter du triste spectacle. Il cherchait quelque chose… ou plutôt quelqu'un.

Wren le suivit dans les décombres.

— Julian !

Elle aperçut des fragments d'armures et d'épées d'os, sans prendre le temps d'y regarder de plus près.

Le forge-fer ne répondit pas. Lorsqu'il alla inspecter une autre dépouille, Wren le saisit par le bras. Il eut beau la regarder, il semblait absent. Ses traits avaient perdu leur dureté habituelle. Ses sourcils s'étaient relâchés et ses lèvres, pincées en une ligne mince, tremblaient très légèrement.

— Il faut y aller, dit Wren de sa voix la plus douce. On n'a pas le temps de s'attarder.

Il cligna des yeux, comme pour reprendre ses esprits.

— J'ai cru que... commença-t-il, la voix rauque. J'espérais...

Il jeta un dernier coup d'œil pour contempler l'océan de cadavres. Il cherchait sûrement son père, ou des réponses, mais rien de ce qu'il trouverait ne lui apporterait de satisfaction.

— Tu pourrais fouiller ici des années sans jamais le trouver, le raisonna la jeune fille. Et même si tu y arrivais... tu ne le reconnaîtrais pas. Il est mort, Julian. Ton père est mort.

Aveuglées par le chagrin, certaines personnes refusaient parfois de solliciter des forgeurs d'os pour accomplir les rites funéraires. Incapables de dire adieu à leurs proches, elles préféraient les voir ressusciter, avec peut-être l'espoir de garder dans leur vie un ersatz de leur présence. Ce genre de scénario se terminait toujours mal. Si les spectres conservaient quelques bribes de souvenirs de leur existence passée, ils n'avaient pas la capacité de se les réapproprier véritablement. Tiraillés entre la vie et la mort, ils souffraient et finissaient par s'en prendre aux êtres qu'ils avaient aimés. Leur mal-être était presque aussi contagieux que la nécrose. Pour cette raison, on les décrivait souvent comme froids, en rapport avec l'effet de leur présence sur l'esprit vivant.

Ils n'étaient pas non plus de bonne compagnie, du fait de leur incapacité à parler, réfléchir ou communiquer d'une quelconque manière... À cette pensée, Wren se reprit.

Oui, dans des circonstances normales, ils s'en montraient incapables mais, comme toutes les autres, cette règle n'avait visiblement pas cours dans les terres de la Faille.

— Non, répondit Julian, dont la voix avait retrouvé sa dureté. C'est un non-mort, condamné à errer dans cet enfer pour l'éternité.

— Si on ne se dépêche pas de partir, tu vas finir par le rejoindre.

— Il faut que je sache…

— Tu ne peux pas, s'emporta Wren, à bout de patience.

Le pont était encore loin. Les nuages, de plus en plus proches, obscurcissaient le ciel à vue d'œil.

— C'est comme ça, avec la mort. On ne peut pas toujours savoir. Tu crois qu'il ne m'arrive jamais de me demander…

Elle s'interrompit. Elle aussi avait perdu l'un de ses parents. Le moment n'était cependant pas idéal pour en parler.

Julian la considéra d'un regard curieux, avant de serrer les poings puis de lui tourner le dos. Elle poussa un soupir, mais sa frustration s'évanouit aussi vite qu'elle était venue.

— Si tu veux, on peut placer un repère.

Il pencha la tête sur le côté, seul signe qu'il l'avait entendue.

— D'habitude, on privilégie le marbre, mais le granit devrait faire l'affaire, dit-elle en balayant les environs du regard. C'est ce que les rois du Sud utilisaient.

Puisqu'il ne réagissait toujours pas, Wren se passa de son aide. Elle repéra une pierre d'une bonne taille, qu'elle fit rouler sur le côté de manière à la faire dépasser de la terre. Elle examina ses armes. Pouvait-elle se permettre d'abandonner une dague afin de la planter devant la sépulture de fortune ? Finalement, Julian se résigna à approcher. Il lui tendit l'une des siennes, tirée de l'un des nombreux fourreaux attachés à sa ceinture.

Elle était courte, de facture simple. S'agissait-il d'un objet de famille ? Dans ce cas, il n'aurait sans doute jamais pris le risque de la perdre dans un pari, comme elle l'avait fait avec Trancheuse.

Une fois la lame enfoncée dans le sol, Wren s'agenouilla. Le forge-fer, quant à lui, resta planté à côté d'elle, indécis. Il hésitait sur la conduite à tenir et notamment quoi faire de ses mains. Il les essuya d'abord sur ses jambes, comme pour ôter des taches de terre inexistantes. Il tripota ensuite son armure avant de serrer les poings.

Impatiente, la jeune fille leva les yeux au ciel, quoique sans animosité. Elle s'empara de la main droite du guerrier pour l'attirer à côté d'elle où il tomba à genoux dans un mouvement maladroit. Quand il tenta de se libérer, la forgeuse d'os se cramponna, ne lâchant pas son regard. Se tenir la main pendant les enterrements et les rites funéraires était une pratique courante, sans doute pour se sentir un peu moins seul. Julian, face à ce champ de bataille ravagé, en avait sûrement grand besoin.

Au fond, Wren aussi.

Le jeune homme observa leurs mains jointes. Sa surprise céda bientôt la place à une profonde gratitude. Tout à coup, la forgeuse d'os dut détourner le regard.

Après une longue inspiration, elle prononça la formule rituelle. Elle officiait elle-même pour la première fois, mais avait assisté à un nombre incalculable de cérémonies funéraires.

— La mort et l'aube marchent main dans la main et chaque jour qui se lève voit l'éveil de nouveaux défunts. Mais nous sommes là pour les trouver, les affronter, les délivrer, pour assurer la sécurité des vivants…

Elle jeta un coup d'œil à Julian qui se joignit à la forgeuse d'os pour réciter les derniers mots, sans doute plus familiers pour lui.

— Et offrir aux morts le repos éternel.

CHAPITRE 22

Avant de partir, Wren avait dérobé à quelques cadavres de forgeurs d'os leur réserve de poussière, malgré ce qu'en pensait Julian. Elle n'en avait tiré aucun plaisir, mais il fallait bien qu'elle se réapprovisionne. De toute manière, la maison de l'Os ne partageait pas la répugnance des forge-fer. Si la jeune fille venait à mourir pendant cette mission, elle-même ne verrait aucune objection à ce qu'un confrère passant par là vienne piller sa dépouille. Comme l'avait dit son compagnon de route, il fallait parfois savoir faire preuve de pragmatisme.

Ils tournèrent le dos au champ de bataille. À l'horizon se présentait le pont, à la fois tout proche et terriblement lointain. Il leur restait au moins une heure de marche pour l'atteindre et, à en juger par la couleur du ciel, la nuit tomberait avant qu'ils n'y soient parvenus. Les nuages qui les surplombaient, lourds et menaçants, les privaient des derniers instants de clarté et de la protection qu'elle aurait pu leur offrir.

Ils touchaient presque au but lorsque les sens de Wren se mirent en alerte. Elle sonda du regard l'obscurité grandissante, avant de se figer brusquement et de retenir Julian.

Des revenants se dressaient sur leur passage, à une vingtaine de pas. Au nombre de trois, leurs dépouilles présentaient différents stades de décomposition. Derrière eux, à peine visible au sommet de la côte, se dessinait le pont.

Wren se prépara à dégainer ses épées.

— *Partez*, psalmodièrent-ils à l'unisson.

La même requête désincarnée qu'avaient prononcée les spectres de la forêt. Une bouffée de terreur envahit la jeune fille, aussitôt suivie par un accès de colère. Elle referma les mains sur la poignée de ses épées. Elle était forgeuse d'os, valkyr, vouée à protéger les vivants contre les non-morts. Hors de question qu'elle se laisse intimider par des revenants et encore moins qu'elle obtempère à leurs ordres.

— Non, répondit-elle d'une voix ferme.

Julian la dévisagea, pensant peut-être qu'elle s'adressait à lui.

— *Partez. Maintenant.*

— Non, répéta Wren. Pourquoi faudrait-il qu'on s'en aille ?

— *Partez. Parce qu'elle le souhaite. Et qu'il l'ordonne.*

« Elle » ? Peut-être s'agissait-il de la reine des spectres... Dans ce cas, à qui renvoyait ce « il » auquel ils faisaient allusion ?

— Qu'est-ce que tu fabriques ? demanda le forge-fer, interdit.

— Je leur parle.

Elle jugeait l'explication suffisante, mais il continuait de la fixer, incrédule.

— Et ils te répondent ?

Se pouvait-il que le forge-fer ne les entende pas ?

— Ils nous demandent de partir, dit-elle, haletante. Comme hier, tu ne t'en souviens pas ?

Il fit non de la tête, ahuri. Sans vraiment comprendre ce qui se passait, Wren reporta son attention sur les revenants. Ils n'étaient que trois. Elle s'en sortirait.

Elle se rappela les paroles que son complice avait prononcées un peu plus tôt. Qu'elle soit capable de les affronter ne signifiait pas qu'il le fallait. Au contraire, il valait mieux les éviter. Ils avaient plus de chance de s'en tirer si elle s'abstenait d'engager le combat.

Même si elle brûlait de se battre, elle laissa donc ses armes dans leurs fourreaux pour empoigner Julian par le bras.

— Viens, dit-elle avant de s'élancer au milieu d'une grappe de rochers qui bordait la route.

En hâtant le pas, ils parviendraient peut-être à les semer – ou à les écarter assez loin du pont pour libérer le passage.

Les sens en émoi, sa crainte de croiser le chemin d'autres non-morts était vive. Elle lança l'une de ses armes à son acolyte, qui la saisit au vol, avant de l'étudier comme il l'aurait fait d'un étrange artefact.

— Je ne suis pas sûr de… bredouilla-t-il, mal à l'aise.

— C'est une épée comme une autre. Vise le cœur. C'est là que se trouve l'âme, en général. Et puis le moindre contact suffit à leur faire mal… et à gagner du temps.

Les yeux ronds, Julian ajusta sa prise sur l'épée. Il finit par hocher la tête.

— Allez ! le pressa-t-elle.

Elle se fraya un chemin entre rochers et broussailles de manière à s'éloigner de la route sans trop dévier de son cap. Rien ne lui garantissait que les revenants les avaient suivis, mais il leur fallait bien poursuivre leur route quoi qu'il en soit.

Ils contournaient une vaste saillie rocheuse lorsque ses aptitudes magiques s'emballèrent. Une brume verdâtre annonçait l'apparition d'un spectre, si ténue que la forgeuse d'os l'avait presque manquée. Julian, lui, s'y précipitait tête baissée.

Wren poussa un cri et tenta de le rattraper par l'épaule, sans succès. Puis elle se souvint de l'épée qu'elle lui avait confiée. Elle attira l'arme à elle, aussi naturellement que si elle l'avait saisie à pleine main. Quand la lame percuta avec force la poitrine du forge-fer, il s'arrêta net. Le spectre finit par jaillir entièrement du rocher dressé sur leur gauche, à l'endroit précis où s'était tenu Julian une seconde plus tôt. Pour qu'il ait une telle liberté de mouvement, soit son squelette se trouvait tout proche, soit le lien qui l'y attachait était trop faible.

À mesure que l'esprit se solidifiait, Wren discerna l'écho de son visage, de ses traits… et de la fureur qui les déformait. Elle les devinait plus qu'elle ne les voyait – à la façon dont il rassemblait ses forces, comme prêt à attaquer.

— À terre ! hurla-t-elle un instant avant l'assaut.

Le forge-fer se jeta au sol. Seule face au fantôme qui fondait sur elle, Wren ne voyait qu'une manœuvre susceptible de les tirer de ce mauvais pas. Elle ne l'avait encore jamais tentée en dehors de ses leçons – et pourtant, elle n'avait pas froid aux yeux.

Cette manœuvre impliquait de brandir son épée, lame tendue vers l'avant, de manière à intercepter le spectre avant l'impact. L'astuce visait à le trancher en deux, pour le fendre telle la proue d'un navire qui disloque les vagues. Le danger ne résidait pas tant dans le choc que dans ses répercussions. Si l'esprit avançait trop lentement au moment du contact avec la lame, les lambeaux de sa silhouette, censés s'envoler de part et d'autre de la forgeuse d'os, risquaient de se figer et de l'effleurer en tournoyant dans le vent.

Pour que la tactique soit pleinement efficace, pour que l'élan du spectre suffise à l'empaler sur la lame et à le couper net sans risque de rebond, il fallait que l'attaque soit fulgurante.

Wren, qui combattait toujours avec deux épées lorsque les circonstances le permettaient, préférait taillader ses adversaires sans distinction, mais pour échapper au fantôme qui se ruait droit sur elle, la forgeuse d'os n'avait d'autre choix que d'innover.

Elle resserra les pieds et se prépara au choc, l'épée brandie à deux mains. Lorsque le spectre percuta sa lame d'os, il en jaillit un éclair si aveuglant que ses yeux s'embuèrent. Devant, Julian dut se protéger derrière son bras.

Wren, elle, n'en avait pas la possibilité. Malgré les larmes qui lui ruisselaient sur les joues et l'extrême tension de ses muscles, elle tint bon jusqu'à ce que le fantôme se déchire en deux. Disloquée, l'apparition spectrale poursuivit sa course derrière la valkyr dans une explosion de lumière verdâtre. Une rafale d'air glacé menaça de brûler la peau de la jeune fille, mais se dissipa sans l'avoir frôlée.

L'esprit fut vite réduit à quelques volutes de vapeur glaciale, puis disparut dans le néant, désintégré.

Soudain plongé dans l'ombre, Julian dévisagea la forgeuse d'os, estomaqué.

— C'était… Tu es… balbutia-t-il sans en revenir. Incroyable.

Wren haletait comme après avoir couru une demi-lieue, mais ce qui lui avait coupé le souffle, c'étaient surtout les paroles du forge-fer. Avait-elle halluciné ce compliment ?

Le cœur tambourinant contre sa cage thoracique, elle finit par abaisser sa lame. Par précaution, elle examina ses bras. Elle était indemne. Julian se releva, puis attendit ses instructions.

— On continue, dit-elle après s'être ressaisie.

Ils ne croisèrent plus de non-morts sur le chemin. Ils se rapprochaient du pont, cette fois par le côté.

En dépit de leurs espérances, les revenants qui leur avaient déjà bloqué le passage ne s'étaient pas lancés à leur poursuite. Pire encore : une dizaine d'autres les avaient rejoints. Ils restaient attroupés là sans bouger, telles des sentinelles. Ils coopéraient, comme les spectres de la forêt.

Ce spectacle contre nature troubla une nouvelle fois Wren au plus haut point. Ces non-morts auraient dû errer derrière eux, attirés, comme toujours, par la flamme de la vie. Au lieu de quoi, patients, ils attendaient l'ennemi. Ils n'auraient pas agi autrement s'ils avaient deviné les intentions de Wren et Julian. Pire, non seulement ils étaient capables de réflexion, mais ils savaient obéir à des ordres, à en croire ce qu'ils avaient dit un peu plus tôt.

Ces terres infestées de non-morts n'avaient pourtant pas besoin de cette nouvelle espèce de revenants aux aptitudes inédites…

De plus près, le délabrement du pont ne faisait aucun doute. Plusieurs de ses éléments étaient tordus, rouillés, quand ils n'avaient pas cédé pour de bon. Construite à la hâte, afin de permettre une traversée rapide, la passerelle n'offrait rien de la finesse et de la solidité du travail habituel des forge-fer.

En dessous s'étendait le vaste gouffre de la Faille. La lumière qu'il diffusait colorait le paysage où dansaient des volutes de vapeur tourbillonnantes. S'agissait-il de spectres, suspendus dans les airs ? Normalement, les fantômes étaient incapables de léviter à une telle hauteur, mais Wren n'était plus certaine de pouvoir se fier à ce qu'on lui avait enseigné.

Sa bouche devint aussi sèche que de la poussière d'os. Tout compte fait, traverser ce pont n'était peut-être pas une si bonne idée.

Lorsque Julian se faufila vers l'entrée, qui n'était plus qu'à une vingtaine de pas, ses mouvements attirèrent l'attention des revenants postés sur la route. Tels des pantins fatigués, ils pivotèrent vers les intrus, sans pourtant s'élancer à leurs trousses. Pas encore.

— Est-ce que tu me fais confiance ? demanda le jeune homme.

Wren le dévisagea, impatiente qu'il développe.

— Sérieusement ?

— Je suis ta seule chance, glissa-t-il.

Elle lui avait dit la même chose dans la tour de guet. Elle se détendit.

— Dans ce cas…

Il haussa les épaules.

— Je prends ça pour un oui.

Il lui passa un bras dans le dos pour l'attirer contre son torse. Wren chancela, soudain enivrée par le parfum du cuir usé et du fer froid.

— Accroche-toi !

Le guerrier dégaina son épée puis, d'un mouvement du poignet vers le sol, la transforma en fouet. Il arma son bras avant de déployer le câble au-dessus de l'abîme. Le fil métallique s'élança vers les étais qui soutenaient le pont.

Un lancer que tout autre qu'un forge-fer aurait jugé impossible… Entre ses mains, l'extrémité du fouet atteignit sa cible, où elle s'enroula autour de la charpente, les segments de lame imbriqués solidement.

Le cœur de Wren s'emballa lorsqu'elle comprit son intention.

— Dis-moi que tu plai…

Sans lui laisser le temps d'achever sa phrase, Julian sauta dans le vide. Tout l'air que contenaient les poumons de la forgeuse d'os en fut aussitôt expulsé. Ils tombaient vers le gouffre, précipités vers une mort certaine.

Du moins était-ce la conviction de Wren. En réalité, ils chutèrent de quelques épouvantables toises avant d'être retenus par le fouet. Un rebond les secoua, poussant la jeune fille à s'agripper de toutes ses forces au forge-fer, puis leur trajectoire changea brutalement de cap. Ils se balancèrent un moment au milieu de l'abîme avant de remonter en flèche vers la structure métallique.

Le choc contre le garde-corps fut si violent que la poutre verticale qui supportait leur poids se mit à vibrer. Ils restèrent immobiles un moment, le temps de s'assurer que leur prise restait solide.

Lorsque Wren se résolut enfin à ouvrir les yeux, elle fixa le gouffre, où elle ne distinguait rien d'autre que des volutes de vapeur verdâtre. Elle se demanda jusqu'à quelle profondeur pouvait bien s'étendre ce trou béant… Abritait-il une armée de non-morts qui la scrutaient en retour, tapis dans les ténèbres ?

— Ne regarde pas en bas, ordonna sèchement Julian.

Elle reporta sans tarder son attention sur le guerrier.

— Compris, confirma-t-elle, la voix rauque.

Sauf que relever les yeux vers le pont ne s'avéra guère plus rassurant. Bien qu'ayant retrouvé leur stabilité, ils étaient encore loin d'être en sécurité.

La rambarde qui les retenait bringuebalait dans un cliquetis métallique. Sans compter que leur petite manœuvre n'avait pas échappé aux non-morts. Comme un seul homme, ils s'avancèrent vers la passerelle de leur lente démarche claudicante. Au moins, ils emportaient leurs dépouilles avec eux. S'ils les avaient abandonnées, leurs esprits auraient pu parcourir en un éclair la distance qui les séparait des intrus.

— Allez, on grimpe ! ordonna Julian.

Ils escaladèrent le garde-corps, avant d'atterrir avec fracas sur le pont. Les mains sur les genoux, Wren prit le temps de savourer la stabilité relative de l'ouvrage avant de rassembler son courage. Elle allait devoir faire face à l'ennemi en approche. Les revenants commençaient à s'engager sur la construction, secouant la structure tout entière. Mais Wren gardait confiance : avec l'avance qu'ils avaient prise, les deux forgeurs n'avaient aucun risque de se faire rattraper à la course.

Cette certitude s'effrita dès qu'elle tourna la tête.

Si la partie ouest du pont semblait assez solide, l'autre tenait à peine en place. Un bon nombre de poutres métalliques manquaient à l'appel ou étaient rongées par la rouille. D'autres reposaient sur des supports endommagés, fixés à des boulons inexistants.

Courir sur cette structure instable s'apparentait à un suicide. À peine auraient-ils pu le traverser en rampant… et encore, très lentement.

— Il ne manquait plus que ça, marmonna Wren.

Elle se munit d'une bourse de poussière d'os pour en répandre le contenu d'un bord à l'autre de la passerelle afin de former une ligne épaisse.

— Bonne idée, approuva Julian.

La jeune fille refusait de se laisser flatter par son commentaire.

— Ça nous permettra juste de gagner du temps. Enfin, je l'espère, dit-elle en revenant au problème qui se dressait devant eux. Tu peux nous faire passer de l'autre côté avec ton lasso ?

Le forge-fer considéra son fouet, qu'il avait décroché de la rambarde.

— Je peux tenter le coup.

Il déploya le câble dans les airs pour qu'il se noue à l'une des poutres les plus hautes, puis tira dessus pour s'assurer qu'il tenait bon. Wren s'approcha. Une fois de plus, le guerrier l'attira fermement contre lui.

— Un… deux…

— Trois ! lança-t-elle.

Sautant de leur perchoir, ils se balancèrent sans à-coups le long du pont. À ce rythme, ils l'auraient traversé en un rien de temps.

Ils s'apprêtaient tout juste à reprendre pied sur la structure, jambes tendues, quand la poutre qui retenait le fouet céda dans un crissement assourdissant. Les deux acrobates vinrent s'écraser lourdement sur une des surfaces branlantes du pont, criblée de trous. Au-dessus de leur tête, le métal brisé se mit à vaciller. Quand la plaque de fer qui soutenait leur poids émit à son tour un grondement menaçant, Julian entraîna Wren avec lui sur l'une des poutres horizontales, miraculeusement stable.

— Ma main à couper que ce pont n'est pas aux normes, grommela-t-il, presque indigné.

Malgré elle, Wren partit d'un grand rire.

— Sans blague !

Le forge-fer rétracta son fouet, avant de le reformer en épée qu'il rengaina dans son fourreau. Il tapa du pied la plaque qui le soutenait, puis leva les yeux pour observer la poutre cassée.

— Ce fer n'a pas reçu le traitement qu'il aurait mérité. Et, bien sûr, personne ne l'a entretenu. On ferait mieux de ne pas recommencer.

Tout à coup, la rumeur des revenants en approche s'interrompit. Ils avaient atteint la poussière d'os. Wren retint son souffle, avant de le relâcher subitement en les voyant battre en retraite. Des sifflements de protestation s'échappaient de leurs bouches qui, pourtant, restaient immobiles.

Dans sa poitrine, une bouffée de triomphe gonfla subitement, avant de s'évaporer aussi sec. Une grosse goutte de pluie lui était tombée sur le nez. Une deuxième atterrit bientôt sur son front, suivie par d'autres, qui s'abattirent sur le pont dans un crépitement métallique.

Tant pis s'ils risquaient de glisser sur les plaques de la passerelle et si l'averse, qui laissait peu à peu sa place au déluge, réduisait leur visibilité. D'une seconde à l'autre, la poussière d'os, leur seule défense contre les non-morts, se serait volatilisée.

— Tu n'aurais pas une autre idée ? demanda Julian.

— Ne restons pas là !

Ils s'élancèrent de plaque en plaque, sautèrent pardessus les trous et longèrent le garde-corps afin de franchir les zones où des pans entiers de la structure s'étaient effondrés. À l'aide de son fouet, Julian les gardait attachés l'un à l'autre, si bien que, chaque fois qu'il glissait ou perdait l'équilibre, Wren en ressentait l'à-coup. Évidemment, elle aussi le déstabilisait et, lorsque sa botte transperça une plaque rouillée, ce fut leur lien qui interrompit sa chute.

Ils regardaient sans cesse dans leur dos. Les non-morts tentaient toujours de forcer la barrière de poussière d'os, qui se faisait de plus en plus fragile. Soudain, les deux forgeurs entendirent un hurlement victorieux : l'un des fantômes avait réussi à la franchir.

Julian s'efforça de dresser lui aussi une barricade derrière eux à l'aide de son pouvoir. Il tordit les éléments de fer afin de déformer la passerelle, brisant barres et poutres au passage. La chance leur sourit, car plusieurs cadavres tombèrent du pont, mais les non-morts ne connaissaient pas la peur. Aucun des obstacles qui surgissaient sur leur chemin ne les faisait renoncer. Ils restaient déterminés à avancer, quitte à prendre le risque de plonger dans le néant vaporeux qui s'étendait sous leurs pieds, chute bientôt suivie par l'écho d'un impact lointain.

Face à leur obstination, le forge-fer ne cachait plus sa frustration. Il pivota sur ses talons puis, à grand renfort de grognements, saisit à deux mains une plaque de la passerelle qu'il arracha et jeta dans le vide. Cette fois, les revenants n'avaient plus aucun moyen de traverser.

Mais lorsque deux autres basculèrent dans l'abîme, les cinq ou six non-morts qui restaient se résolurent enfin à opter pour la solution que Wren redoutait par-dessus tout : ils abandonnèrent leurs corps.

Ce processus était lent. Pour commencer, il leur fallait libérer leur esprit, qui s'élevait dans les airs tel un panache de vapeur sous le soleil. En l'occurrence, la pluie avantageait les deux forgeurs en compliquant la tâche des non-morts, qui avaient plus de peine à se rematérialiser. Ce n'était cependant qu'une question de temps.

Julian se retourna, les yeux affolés. Son teint était devenu livide.

Wren, qui s'était arrêtée pour le voir à l'œuvre, fit volte-face. À l'autre extrémité du pont – celle vers laquelle Julian et elle se dirigeaient –, un revenant entamait la traversée. Leurs poursuivants avaient tant distrait la forgeuse d'os qu'elle en avait oublié de guetter les éventuels dangers qui les attendaient à l'arrivée.

Elle jura entre ses dents. Sous la pluie, la poussière d'os ne serait d'aucune utilité. Quant aux osselets, ils perdaient en efficacité contre un spectre protégé par sa dépouille en putréfaction.

La jeune fille brandit son épée – Julian avait glissé la deuxième dans sa ceinture – et adopta une position de combat.

Ce revenant disposait d'un cadavre plus frais que ses congénères. Hormis son teint blafard et la lueur verdâtre qui s'échappait d'une plaie à sa poitrine, on aurait pu le croire vivant. Mais si les chairs et les muscles qui lui restaient le rendaient plus fort, ils l'alourdissaient aussi.

Il s'avançait vers Wren quand la pièce de métal où il se tenait ploya sous son poids. Au pas suivant, elle céda pour de bon.

Il aurait pu s'agir d'un coup de chance… si la forgeuse d'os ne s'était pas trouvée sur la même plaque.

Elle s'arrêta de respirer. Une fois de plus, elle s'attendait à faire une chute mortelle, mais son corps s'immobilisa brutalement. Le fouet de fer l'avait retenue par le ventre. Au loin, elle entendit Julian pousser un cri de surprise, puis heurter violemment la passerelle, entraîné par le poids de sa camarade.

Il parvint à se rattraper, car Wren cessa tout à coup de tomber dans le vide. Elle se balançait au bout du câble, haletante. Elle ne se souciait pas seulement de son propre sort, car le pont grouillait de revenants. Au lieu de défendre Julian, elle l'empêchait de se battre en le clouant au pont tel un poids mort.

Ils étaient pris au piège, aussi impuissants l'un que l'autre. Il ne restait qu'une seule solution. Suspendue au bout du câble comme un pendule, elle se contorsionna et cligna des paupières pour en chasser la pluie dans l'espoir de croiser le regard du forge-fer.

— Julian !

Elle l'aperçut à travers l'espace vide laissé par la plaque, mais bientôt celle où il tenait en équilibre se mit à grincer en signe de protestation. Il glissa vers l'avant, se démenant comme un diable afin de trouver la force et l'appui nécessaires pour faire remonter la forgeuse d'os.

— Il faut que tu me lâches, lui dit-elle.

— Quoi ?

Les dents serrées, il luttait contre la gravité. Wren sentit le fouet tirer sur son ventre pour la remonter de quelques pouces, mais toujours elle retombait. Elle aurait pu tenter de grimper, de se balancer vers les piliers du pont. Mais chaque traction qu'elle effectuerait, chaque mouvement voué à la sortir de ce mauvais pas risquait de coûter la vie au forge-fer. Il avait encore l'épée d'os qu'elle lui avait prêtée. Il pourrait se défendre… à condition de lâcher Wren.

La jeune fille inspecta l'abîme de brume verte.

— Il y a de l'eau.

Elle avait entendu ses remous quand les deux premiers revenants étaient tombés du haut du pont, puis lorsque le troisième, le balourd qui avait fait céder la plaque où elle se tenait, avait chuté à son tour. Jusque-là, elle n'avait pas réussi à identifier le bruit de leur plongeon.

Il était difficile d'estimer l'amplitude de la chute et de l'étendue d'eau, sa profondeur… Il n'existait qu'un moyen de le découvrir.

Après tout, Wren était téméraire. Et sa famille avait beau lui reprocher son égoïsme et son orgueil, au moins la guerrière ne s'était-elle jamais dérobée face au danger. Le moment était mal choisi pour le faire.

Elle allait montrer à Julian qu'il avait eu raison de louer son courage.

— Lâche-moi ou on tombe tous les deux ! Il y a de l'eau, en bas. Je vais m'en sortir.

Malgré les spectres qui continuaient de se séparer de leurs corps, parés à partir à l'assaut, et la plaque de métal qui grinçait sous son poids, le forge-fer fit non de la tête. Il n'avait qu'à lâcher prise – sans honte ni remords, puisque Wren le lui commandait –, mais il était aussi têtu qu'une mule.

— Pas question, s'obstina-t-il en redoublant d'efforts.

Il délaissa ce à quoi il se cramponnait jusqu'à présent afin de se saisir du fouet, mais son corps glissa dangereusement vers l'avant. La jeune fille poussa un cri d'effroi.

Le câble était attaché à un bout à la taille de Julian et à l'autre à celle de Wren. Cependant, au lieu de tenter d'éloigner son corps tout entier du bord, le forge-fer préférait mettre toute son énergie à soulever la forgeuse d'os.

Il empoigna le câble de ses deux mains gantées, avant de tirer de toutes ses forces. Peu à peu, la jeune fille remontait. Elle saisit le filin, puis entreprit de grimper à la force de ses bras. Il suffisait qu'elle se hisse assez haut, qu'elle arrive à lui attraper la main…

L'épée-fouet contenait si peu de fer que le gros du travail reposait sur les muscles des bras et du dos de Julian. Le nœud qui la retenait par le ventre se mit doucement à glisser. Il tenait principalement par magie… Or les pouvoirs du forge-fer s'amenuisaient.

Elle n'était plus très loin, et même presque assez près pour le toucher en tendant le bras. Elle arrivait à discerner ses traits crispés, la sueur qui perlait à son front, les tremblements de ses mains.

Encore un dernier effort et…

Une vibration agita le câble, si subtile que Wren n'aurait senti aucune différence avec les rebonds et les à-coups précédents si elle n'avait pas vu la réaction de Julian. Elle étudiait l'expression sérieuse et chacun des mouvements du forge-fer lorsqu'un éclair de panique glissa sur le visage du guerrier. Elle suivit son regard.

Le nœud qui la maintenait se déliait inexorablement, sous la pression de son poids et des efforts de son acolyte.

Elle comprit qu'il était trop tard.

— Julian ! hoqueta-t-elle.

Quand le fouet céda, elle tomba dans les ténèbres.

CHAPITRE 23

Leo passa le plus clair du voyage à bavarder. Après s'être entraîné toute son existence, il savait doser adroitement futilités et questions sérieuses de manière à brouiller les pistes.

Inlassablement, il interrogeait ses fidèles compagnons – Barbe Grise, qui s'appelait en fait Ivan, et Jakob –, mais ne s'arrêta pas là. Il questionnait les autres ravisseurs, plusieurs villageois, certains gardes et même les marchands ambulants.

Au début, on lui donnait l'ordre de se taire – parfois avec une tape derrière la tête ou en l'obligeant à renfiler son sac. Malheureusement pour eux, la toile n'empêchait pas le prince de parler. Et en sa qualité de prisonnier du régent, il leur était difficile de trop l'abîmer.

Leo jacassait donc sans retenue, si bien que ses geôliers finirent par se résigner. Ils arrêtèrent de l'écouter et ne lui accordèrent plus la moindre attention… ce qui était précisément l'effet recherché par le Valorien.

Libre à lui désormais de poser les questions qui le taraudaient et de lancer quelques rumeurs calculées. Oui, il était assez fier de lui.

Sa tactique lui avait permis d'en découvrir un peu plus sur la reine des spectres. Au demeurant, les histoires des villageois l'intriguaient moins que la réaction de ses ravisseurs à chaque évocation de ladite reine. De la part de voyageurs aguerris comme ils l'étaient, il se serait attendu à plus de retenue, voire de scepticisme mais non, ils semblaient intimement convaincus de son existence.

Et s'il ne s'agissait pas d'un personnage de cauchemar, mais d'une couverture, d'un rôle joué par quelqu'un qui souhaitait inspirer crainte et respect ? À moins que ce ne soit les deux à la fois…

Lorsqu'il ne menait pas sa petite enquête sur le sujet, le prince tentait d'obtenir de nouvelles informations sur son enlèvement.

Il fallut qu'ils quittent Pontaustral, après y être restés deux jours, pour qu'il s'aperçoive que leur groupe comptait deux chevaux sans cavaliers. L'un d'eux appartenait certainement au forge-fer, mais qu'en était-il de l'autre ? Leo n'avait rien entendu à propos d'une seconde victime. Et s'il n'était pas rare, lors de longs trajets, de remplacer les chevaux susceptibles de ralentir le groupe, un seul n'aurait pas suffi pour leur périple. D'autant plus qu'ils faisaient halte tous les jours, ce qui leur permettait amplement de se reposer.

Quelque chose ne collait pas.

— Aurait-on oublié quelqu'un ? demanda-t-il à Ivan et Jakob en désignant les deux montures qui trottaient derrière la troupe.

— Le sac, grommela Ivan pour toute réponse.

Le prince poussa un soupir las. Il avait conscience de prendre un risque en ouvrant la bouche, puisqu'il attirait inévitablement l'attention. Il dit au revoir à l'air frais et à la campagne rocailleuse pour se coiffer à nouveau de sa cagoule de toile en prenant soin de ne pas respirer par le nez afin de s'épargner son odeur infecte.

— J'essayais simplement de rendre service, se justifia-t-il d'une voix nasillarde. Je ne voudrais surtout pas qu'on oublie l'un de nos compagnons.

Il discerna un petit rire. Appartenait-il à Jakob ? Leo repéra le trou dans la toile, puis se tourna vers le soldat. Si le jeune homme avait ri, il était trop tard pour en avoir le cœur net, car il affichait désormais un visage impassible. Quand il prit la parole, sa voix était tout aussi calme, bien que le prince crût y déceler un certain amusement.

— Ne craignez rien, Votre Altesse. Nous sommes tous là.

Autrement dit…

— Alors, là, tu me vois gêné, Jakob ! (L'intéressé tourna la tête, confus.) Manifestement, je n'étais pas le seul invité d'honneur de ce voyage.

Cette fois, le jeune homme ne répondit pas.

Leo passa le restant de la journée à méditer sur la question. Il finit par conclure que, contrairement à ce qu'il avait imaginé, son enlèvement n'avait rien d'une prise d'otage ordinaire. Non seulement il avait servi de prétexte pour orchestrer un assassinat mais, visiblement, il n'était pas la seule personne de valeur à Fort-de-Faille.

Qui pouvait bien être la seconde ?

Malgré les circonstances, le prince valorien pensait avoir toutes les cartes en main. Du moins était-ce son impression avant leur départ, le matin du troisième jour.

Jusque-là, tout s'était passé exactement comme prévu – hormis son enlèvement. Il avait usé de son charme et de sa ruse pour glaner quelques bribes d'informations, répandre des rumeurs – avérées ou non – et progresser du mieux possible avec ce dont il disposait. D'un jour à l'autre, il parviendrait à élucider ce complot, il en était persuadé. Avant qu'ils ne gagnent la citadelle de Fer, dans l'idéal.

Seulement, le groupe qui, depuis son départ de Pontaustral, suivait la Route côtière semblait sur le point de bifurquer. Auparavant, ils avaient franchi plusieurs fourches et carrefours sans jamais changer de cap.

— La Route côtière ne mène-t-elle pas à la citadelle de Fer ?

Tout en parlant, il avait tourné la tête vers la droite. Les cavaliers qui le précédaient avaient quant à eux dirigé leurs montures vers la gauche. Ivan lui jeta un regard las.

— Je sais, je sais. Le sac, marmonna Leo.

Il l'enfila, mais attendit tout de même, dans l'espoir qu'on réponde à sa question.

— Si, souffla ce bon vieux Jakob.

Pourtant… ils quittaient bien la fameuse route pour tourner à gauche, vers l'ouest.

Enfin, Leo comprit, percuté par une révélation aussi sournoise qu'une flèche tirée par un traître. Ils ne se rendaient pas à la citadelle de Fer. En d'autres termes, tout ce qu'il pensait savoir, tout ce qu'il croyait avoir découvert jusque-là… n'était sans doute qu'une illusion.

Au fond, peut-être n'était-il pas aussi malin qu'il se l'imaginait.

Dans le ciel, les nuages sombres se mirent à tonner de manière menaçante. Leo et ses ravisseurs galopaient droit vers la tempête. Si ses soupçons se confirmaient, il allait au-devant de graves ennuis. Cette fois, ses talents de bonimenteur ne lui seraient d'aucun secours.

Ce qui ne l'empêcherait pas de tenter sa chance.

CHAPITRE 24

Wren était habituée à l'obscurité.

La mort était son métier, les spectres son gagne-pain. Elle pensait savoir ce que ça faisait d'être plongée dans le noir, sans repères, de suffoquer par manque d'air, d'ignorer quels monstres, tapis dans l'ombre, n'attendaient que de vous sauter dessus. Elle croyait connaître la peur.

Elle se trompait. Car cette chute interminable dans l'inconnu surpassait dans l'horreur tout ce qu'elle avait jamais vécu.

L'expression terrifiée de Julian s'effaça à mesure qu'elle sombrait dans le néant. La brume verdâtre fouettait ses vêtements, ses cheveux. S'agissait-il d'esprits ? Était-elle déjà morte ?

Soudain, sa respiration fut coupée net. Elle avait percuté une surface qui lui fit l'effet d'un mur de briques, bien qu'elle ne fût pas solide. Lorsque la jeune fille voulut reprendre son souffle, sa gorge se remplit d'eau. Elle comprit qu'elle avait plongé dans un corps liquide. Complètement désorientée, la forgeuse d'os s'agita dans tous les sens.

Les non-morts étaient tombés là, eux aussi. Ils pouvaient se trouver n'importe où un peu plus bas, attirés vers le fond et incapables de nager pour quitter leur tombe aquatique.

À la force des jambes, elle se propulsa vers la surface. Quand sa tête jaillit à l'air libre, elle toussa, cracha, peinant à remplir ses poumons d'air. Son corps tout entier criait sa souffrance. Si elle remuait les membres, elle le devait à son instinct. Puis elle sombra à nouveau et la panique l'envahit.

Il fallait qu'elle trouve le rivage.

La bretelle de sa besace s'enfonçait dans son épaule. Le poids de ses provisions l'entraînait vers le fond. Après s'être débattue un instant, elle parvint à s'en libérer.

Désormais plus légère, elle réussit à remonter jusqu'à faire affleurer son menton hors de l'eau, mais ne savait toujours pas où se trouvait la berge ni vers où nager.

Comme par miracle, elle n'avait pas lâché son épée d'os. Elle rejeta le bras en arrière, puis lança sa lame aussi loin que possible. L'arme heurta une matière dure – un rocher dressé au milieu de cette étendue d'eau ou, avec un peu de chance, la berge. Au fond, peu lui importait. La forgeuse d'os se concentra de toutes ses forces pour rejoindre son épée. Elle avait plus de risques de l'attirer vers elle que d'accomplir l'inverse, mais du moins saurait-elle vers où nager une fois qu'elle aurait repéré où se trouvait son arme.

Son énergie s'épuisait à vive allure, mais Wren trouva les ressources pour battre des jambes et barboter afin de garder la tête émergée. Ses sens lui indiquaient qu'elle se rapprochait peu à peu de l'os. Quand son pied buta contre la terre ferme, des larmes de soulagement lui montèrent aux yeux.

Sitôt sortie de l'eau et effondrée sur la berge, elle éclata en sanglots, secouée de hoquets et d'un rire nerveux. Elle avait le souffle court, les poumons en feu, mais elle était vivante.

Elle avait survécu.

Bien que plongée dans l'obscurité, la rescapée s'efforça de discerner les environs. Les yeux plissés, elle leva la tête vers le pont, mais l'étrange brume lui obstruait la vue.

Julian était-il parvenu à le traverser sain et sauf ? Elle l'espérait. Si elle regrettait d'avoir perdu une épée, le savoir muni d'un moyen de se protéger la rassurait.

Dorénavant, il leur faudrait continuer chacun de son côté. Cette séparation était peut-être préférable. Elle ne serait pas contrainte de l'abandonner ou, pire, de l'affronter lorsqu'il serait question de mettre Leo à l'abri. Certes, ils s'étaient montrés solidaires l'un envers l'autre, mais leurs objectifs n'en restaient pas moins divergents. À plus d'un titre, ils étaient adversaires.

Oui, c'était pour le mieux.

En revanche, Wren avait connu des jours meilleurs. En plus de sa seule autre épée, elle avait perdu ses provisions. Elle s'était aussi écorché les mains sur les rochers de la rive et sa tête ne s'était pas encore remise du choc de son plongeon.

Elle retirait un à un les graviers incrustés dans ses paumes sanguinolentes lorsqu'elle remarqua la vapeur qui se dégageait de son corps. Malgré son esprit embrumé, elle se rappela que l'eau où elle avait chuté, au lieu d'être glacée, lui avait semblé étrangement tiède. Au contact de l'air frais, l'humidité s'évaporait désormais de ses vêtements et de sa peau.

Il devait s'agir d'une source chaude. Les Dominions en étaient truffés, mais Wren n'en avait jamais visité. Elle avait consacré tant d'années à sa formation de valkyr qu'elle était passée à côté de bien des expériences.

Si cette théorie expliquait la présence de la vapeur, elle ne disait rien de la couleur qui baignait le lieu. L'eau, la berge… tout était paré de la même teinte verdâtre. De la lumière spectrale, assurément, mais la jeune fille ne parvenait pas à en détecter la source. Cependant, elle était passée à travers sans souffrir de nécrose. En toute logique, cette brume ne pouvait donc être composée d'esprits non-morts. Après tout, Wren se trouvait à présent au cœur même de la Faille. Les spectres qui l'habitaient étaient peut-être si anciens qu'ils ne faisaient plus courir aucun danger aux vivants, à l'instar des pauvres âmes du champ de bataille ou du Bois-des-Ossements. Là-bas aussi flottait un brouillard vert pâle.

La forgeuse d'os plongea la main dans l'eau. La chaleur qui remonta de ses doigts, déjà glacés, l'émerveilla. Dans un fleuve ou un lac ordinaire, en admettant qu'elle ait réussi à gagner la rive sans suffoquer, ses poumons auraient été comprimés par le froid, la condamnant à succomber d'hypothermie.

Il aurait sans doute mieux valu qu'elle ôte ses vêtements humides, mais elle n'avait rien d'autre pour se couvrir, sans même évoquer son état de fatigue avancée.

Les pieds partiellement immergés, elle resta étendue un moment en attendant de retrouver son souffle, clouée au sol par l'épuisement. S'endormir à cet endroit n'était cependant pas recommandé, malgré la tentation. Mais ses paupières étaient si lourdes…

Un frisson la parcourut. Tout était sombre, humide et froid… Lorsqu'elle ouvrit les yeux, un crâne avait surgi au-dessus de sa tête. Son cœur fit un bond.

Un revenant, penché au-dessus d'elle, à quelques pouces à peine de son visage…

Wren étouffa une exclamation horrifiée, puis rampa en arrière pour se réfugier dans l'eau. Le non-mort, dont il ne restait plus qu'un squelette, l'observait de ses yeux aveugles, la bouche étirée en un sourire sans lèvres. Des filets de lueur spectrale s'échappaient d'entre ses côtes, comme pour envelopper chacun de ses os. Il luisait de la tête aux pieds.

Qu'avait-elle fait de son épée ? Il fallait qu'elle la retrouve et vite ! Étonnamment, le revenant ne s'élança pas à sa poursuite. La jeune fille reprit soudain ses esprits. L'eau la protégeait.

Les battements de son cœur ralentirent quelque peu leur course effrénée et continuèrent à marquer un rythme régulier face au non-mort qui restait planté là, à moins de trois pieds, la tête penchée sur le côté.

Au creux de son ventre, Wren eut comme une prémonition. Elle savait ce qui allait se passer.

— *Vivante*, dit le squelette.

Sa voix était rauque, comme celles de ses congénères, et l'écho qui se réverbéra sur les parois rocheuses fit frissonner la forgeuse d'os.

— *Pas ta place ici*, reprit-il. *Vivante. Si vivante…*

Cette fois, Wren se mit à trembler pour de bon, même si le revenant n'était pas menaçant ni ne lui ordonnait de s'en aller. Au contraire, il cherchait juste à lui donner un conseil… ou un avertissement.

Un second non-mort, encore plus squelettique, vint le rejoindre en claudiquant. Ses os noircis et grêles étaient rompus par endroits. Son esprit compensait cette fragilité par sa force et sa solidité au point de lui permettre de se tenir debout.

— *Si vivante*, ajouta-t-il en répétant les mots de l'autre. *Pour le moment.*

Autour d'elle, de nouveaux fantômes se matérialisèrent telles autant de lucioles dans la nuit, attirés par la présence d'une source de vie. Ils occupaient à présent toute la longueur de la rive. D'autres se dressaient derrière Wren, sur la berge opposée, trahis par le reflet de leur lumière spectrale sur l'eau.

Prisonnières de leurs dépouilles à différents stades de décomposition, leurs âmes luisaient d'un éclat chatoyant ou bien vacillaient tant elles étaient ténues.

Allaient-ils tous se mettre à parler, comme une espèce de chœur hanté… ou bien allaient-ils tenter de la suivre ?

Wren se remit sur pied, puis longea le rivage en pataugeant. Tant qu'elle restait dans l'eau, elle ne risquait rien. Elle avait beau le savoir, elle s'obstina malgré tout à s'immerger jusqu'aux genoux, s'avançant aussi profondément que possible sans perdre l'équilibre. Frénétique, elle jetait des regards tous azimuts, prête à voir l'un des spectres surgir pour la traîner sur la berge ou l'entraîner vers le fond.

À la lumière de leur halo, elle repéra les immenses falaises qui l'entouraient, criblées de niches et de crevasses. Il suffirait qu'elle en atteigne une, qu'elle s'y réfugie pour y passer la nuit…

Soudain, un léger grattement se fit entendre derrière elle, suivi d'un « plouf ». Elle fit volte-face… pour se retrouver nez à nez avec Julian.

En le voyant là, les mains en l'air, désarmé, les pensées de la jeune fille s'embrouillèrent. Elle se mit à trembler de la tête aux pieds, tout entière secouée par le choc, le froid et l'épuisement.

— C'est quoi, ce délire ? bredouilla-t-elle.

Wren sentit ses jambes se dérober sous elle, mais Julian bondit en avant pour la rattraper. Le corps du guerrier était chaud et plus sec que celui de la forgeuse d'os – au-dessus des genoux, en tout cas. Mises à part les gouttes de pluie qui lui constellaient le torse, il avait échappé comme par miracle à l'immersion… jusqu'à ce que Wren lui ruisselle dessus. Malgré tout, il ne s'en plaignit pas.

Quand la présence tout autour d'eux des non-morts lui revint à l'esprit, elle lança un regard inquiet par-dessus son épaule. Le forge-fer inspecta la berge.

— Ils ne t'ont pas suivie, dit-il à mi-voix. Ils ne le peuvent pas.

Sans doute cherchait-il lui-même à s'en persuader. Désormais, ils étaient entourés de centaines de revenants, alignés en rang d'oignons de part et d'autre de la source chaude.

— Mais toi, si.

Malgré elle, Wren avait répondu d'un ton accusateur. Chacun de leurs échanges avait le don de révéler son côté provocateur.

— Euh… Oui.

— Tu n'es pas tombé.

C'était un constat, pas une question. Elle s'écarta pour examiner Julian. Ses cheveux étaient toujours impeccablement peignés en arrière. Son armure et ses vêtements étaient en grande partie secs – comme elle l'avait déjà remarqué.

— Non. Je me suis balancé vers l'autre côté du pont aussi vite que j'ai pu. Il y avait un vieux puits de mine. Je m'y suis engouffré et je n'ai pas eu le temps de dire ouf que j'atterrissais déjà ici.

Wren s'imagina la scène. Sans la moindre lumière dans un trou, Julian avait effectivement dû emprunter le chemin le plus direct ! Elle pouffa d'un rire étranglé.

— Tu n'as pas eu le temps de dire plouf, oui !

Au lieu de tirer un sourire au forge-fer, comme elle l'espérait, sa remarque sembla au contraire augmenter son inquiétude. Avait-elle dit n'importe quoi ? Elle n'en avait pas l'impression. D'un côté, il ne la connaissait pas si bien… Il arrivait aussi à la jeune fille de parler à tort et à travers – assez souvent même. Un nouveau frisson la secoua, si intense qu'elle se mit à claquer des dents.

Julian porta une main prudente à la tempe de la forgeuse d'os.

— Tu t'es cogné la tête ?

Wren ferma les yeux. Quand elle les rouvrit, quelques gouttes écarlates brillaient au bout des doigts gantés du jeune homme. Le geste lui rappela sa dernière chute, dans la crevasse près du Mur. Julian l'avait accusée de se croire parfaite, avant de lui fournir la preuve du contraire en lui faisant remarquer qu'elle s'était blessée. Pourquoi se sentait-elle émue à ce souvenir ?

Dans la grotte, elle l'avait suivi... Plus exactement, il l'avait entraînée dans sa chute, sans qu'elle l'ait voulu. Lui, en revanche... Il s'était délibérément mis en danger pour la retrouver, quand bien même il aurait pu reprendre son chemin.

Pourquoi ?

— Viens, murmura-t-il.

Il lui passa un bras autour des épaules puis, de l'autre, tira de sa ceinture l'épée d'os qu'elle lui avait donnée, qu'il brandit devant eux. Wren se souvint qu'il lui fallait encore récupérer la sienne. Elle se mit à la chercher des yeux, mais Julian la pressa d'avancer.

À mesure qu'ils progressaient dans l'eau, l'étrange univers qui les entourait se transforma. Le lit de la rivière se faisait de plus en plus étroit, attirant les berges l'une vers l'autre. Bientôt, les plages rocailleuses, surplombées par de gigantesques falaises, cédèrent la place à de véritables bâtiments – du moins, ce qu'il en restait. Les deux forgeurs repérèrent d'autres signes d'une ancienne présence humaine : des fragments de poteries, puis des restes d'outils et d'armes. Les ruines semblaient jaillir de la source. Bâties sur de hautes fondations, elles avaient manifestement été conçues pour résister au courant. Certaines, cependant, étaient presque entièrement immergées, laissant supposer que le niveau du cours d'eau avait évolué au fil du temps.

Il ne s'agissait pas des restes des villages des Dominions engloutis par la Faille. Non, ces constructions remontaient à des temps bien plus anciens. Leur architecture ne ressemblait à rien de ce que connaissait Wren. Elle comprit aussitôt leur origine.

Ils étaient tombés sur les vestiges de la civilisation des forge-spectre. La nécropole perdue, le berceau des revenants qui peuplaient leurs terres, de la magie profonde qui les réanimait.

Laquelle, de toute évidence, n'avait jamais cessé de se déverser, de redonner vie à de récents cadavres et de les doter des pouvoirs inédits dont Wren avait été témoin, telle la parole. Était-ce cette même énergie qui avait insufflé à Locke sa puissance débridée ?

Le spectacle de cette cité, bien réelle sous ses yeux, bouleversa la forgeuse d'os en pleine confusion.

Elle se rappela la vue depuis la tour de guet, d'où Julian lui avait indiqué les différentes mines. Le site de Ferrifère se situait si proche de la Faille que la mine était devenue la coupable toute désignée de son effondrement. Pourtant, depuis ses profondeurs mêmes, Wren ne voyait rien qui vienne le confirmer.

Elle jeta un regard en arrière.

— Tu es descendu par la mine, c'est ça ?

— Pas tout à fait. Ferrifère se trouve du côté est de la Faille et comme on raconte que c'est l'exploitation de cette mine qui l'a provoquée, je me suis dit que je pourrais trouver un moyen d'y accéder par là-bas. J'ai d'abord suivi un chemin, qui se séparait du boyau principal, pour aller dans la bonne direction. Il était étroit et escarpé…

presque sinueux. (Il réfléchit un instant, l'air soucieux.) On aurait dit une construction de forge-roc, comme la plupart des puits d'extraction, sauf qu'il ne m'a pas paru conçu pour cet usage. À mon avis, il a été creusé dans le but de descendre jusqu'ici.

— Tu penses que les forgeurs qui l'ont creusé cherchaient cette cité perdue ? Qu'ils ont délibérément réveillé tous ces non-morts et créé la Faille ?

— Je ne sais pas. Si c'est le cas, il y a peu de chance qu'ils aient survécu, alors à quoi bon ?

Il semblait tout de même troublé. Wren le comprenait. L'idée que la Faille n'ait pas été un simple accident, que l'explication qui faisait l'unanimité depuis toujours puisse être fausse était choquante. La forgeuse d'os voyait elle aussi ses convictions voler en éclats.

Mais qui aurait pu vouloir causer un tel cataclysme ? Et pourquoi ?

Plus ils progressaient vers les bâtiments en ruines, plus les non-morts se faisaient rares, bloqués par la présence de l'eau. Pourtant, la brume était toujours omniprésente. Elle n'était verte qu'en partie. Plus exactement, elle ne se colorait qu'à proximité des spectres. Autrement, elle renvoyait l'éclat opalin du clair de lune, brillant d'autant plus qu'ils étaient proches des habitations. Pouvait-il s'agir de magie, visible uniquement dans les profondeurs de la terre, au plus près de sa source ? Elle se remémora les paroles d'Odile, sans pour autant percevoir ce que cette brume pouvait avoir de maléfique. Lorsqu'elle y passa la main, ses sens ne réagirent pas.

Julian s'écarta de Wren pour s'avancer vers l'un des bâtiments, presque intact. Comme tous les autres, il était construit en pierre naturelle, visiblement taillée à même la roche. Cependant, ce travail n'était pas le fait d'un forge-roc : l'édifice avait été sculpté à la main.

L'œuvre des non-morts ? Selon le forge-fer, les historiens de sa maison l'avaient supposé dans un premier temps. Wren étudia les grandes bâtisses et les tunnels sombres qui s'enfonçaient dans la montagne en tous sens, à la manière d'une fourmilière. Elle tenta d'imaginer des revenants ouvriers, serviteurs, gardes…

Depuis toujours, on lui avait enseigné qu'ils étaient dénués de toute créativité, qu'ils n'utilisaient ni armes, ni outils, ni le moindre instrument. Tout compte fait, peut-être en étaient-ils capables – à condition que quelqu'un les guide. Avant de s'aventurer dans le Territoire hanté, une telle éventualité lui aurait paru invraisemblable… mais ce n'était plus le cas.

Julian jeta un coup d'œil dans son dos, dans l'attente de la confirmation de Wren. Malgré son esprit embrumé, les sens de la forgeuse d'os restaient à l'affût.

— La voie est libre, l'informa-t-elle.

Il acquiesça avant de se pencher pour franchir la porte basse. Le hall d'entrée était si profondément inondé que le guerrier avait de l'eau jusqu'à la poitrine. Quand la jeune fille le vit soulever sa besace pour la maintenir au sec, elle songea à son propre sac, abandonné au fond de l'eau.

Elle emboîta le pas à son compagnon d'infortune. Seule la moitié de la pièce était en fait immergée. Une mansarde aménagée en hauteur et accessible *via* une volée de marches restait épargnée par les eaux. Les parois de la bâtisse étaient d'apparence solide, le toit encore entier et l'eau qui l'entourait les protégerait des non-morts.

Julian grimpa l'escalier, puis se tourna pour aider Wren. Elle sortit de la source sur des jambes flageolantes, qu'elle obligea à coopérer. Plutôt mourir que de se laisser porter par le forge-fer.

Parvenue sur la mansarde, elle s'écroula contre un mur. Sa migraine était revenue et la jeune fille peinait à garder l'équilibre.

De son côté, Julian fouillait sa besace. Il en tira quelques bûches encore sèches, ainsi que la pierre à feu. Même hors de l'eau, l'humidité était si grande que Wren avait peu d'espoir de voir le feu prendre. Malgré tout, entendre le guerrier empiler le bois et frapper la pierre en marmonnant avait un effet aussi apaisant que le crépitement des flammes.

— Wren ! dit-il d'un ton sec.

Elle revint à elle. Ses paupières étaient closes, sans qu'elle se souvienne de les avoir fermées.

— Ne t'endors pas, d'accord ? Tu peux rester éveillée encore un peu ?

Elle lui fit signe que oui, avant de se redresser. Une odeur de fumée lui parvint, puis elle discerna les premières braises d'un feu naissant dans le coin de leur alcôve, au centre d'un cercle de pierres improvisé. Une petite fenêtre, découpée près du toit, assurait la ventilation.

— Il va nous en falloir d'autres d'ici la fin de la nuit, murmura Julian avant d'ajuster les bûches.

Visiblement insensible à la chaleur, il les manipulait de ses mains gantées. C'était un atout indéniable, qui pouvait expliquer sa réticence à les quitter. Wren piaffait d'impatience à l'idée d'en découvrir la véritable raison.

— Je... je doute qu'on en tr... trouve ici, bégaya-t-elle en claquant des dents.

Peut-être ferait-elle mieux de retourner dans l'eau, qui avait l'avantage d'être tiède. Le forge-fer lui saisit la main.

— Viens, rapproche-toi du feu. Il va te réchauffer, assura-t-il en se mettant à scruter les flammes vacillantes. Enfin, s'il ne s'éteint pas.

Trop faible pour se remettre debout, Wren lâcha la main de son compagnon, préférant progresser à quatre pattes. Même près du feu, elle restait glacée. Ses vêtements étaient trop humides. Elle allait devoir se déshabiller.

Puisqu'elle n'avait pas le choix, elle se leva. Julian, qui s'occupait de triturer les braises, l'observa, manifestement inquiet. Sans doute craignait-il de la voir flancher.

Elle défit d'une main fébrile sa ceinture, puis sa cartouchière et les sangles de ses fourreaux arrière, qu'elle laissa tomber négligemment. Le forge-fer ramassa ses affaires une à une pour les déposer près de son sac.

Lorsqu'elle ôta son armure – sa toute dernière protection –, un étrange sentiment de vulnérabilité la saisit. Non seulement vis-à-vis des non-morts, mais aussi de Julian. Elle était forgeuse d'os et lui forge-fer. C'était leur manière de se reconnaître, de se comprendre mutuellement. Dépouillés de leurs identités distinctes, ils n'étaient que deux êtres humains, seuls dans la pénombre.

Il prit son temps pour entasser les pièces de la cuirasse de la jeune fille, comme s'il espérait repousser le moment de se retourner… ou offrir à Wren un peu plus d'intimité.

Elle considéra ses vêtements trempés. Alourdis par l'eau, ils lui collaient à la peau. Elle s'avachit, abattue à l'idée de devoir les ôter à la seule force de ses muscles engourdis.

Le forge-fer vint se poster devant elle.

— Je peux t'aider, si tu veux, suggéra-t-il, un peu raide. Je n'ai qu'à fermer les yeux.

Elle leva les siens au ciel.

— Et comment tu comptes t'y… t'y prendre si tu ne vois rien ? rétorqua-t-elle, luttant pour contenir ses tremblements. Essaie de faire vite, d'accord ?

Il opina du chef et s'approcha. Il commença par défaire les boutons de sa veste, puis par lui en libérer les bras avant de la jeter au sol. S'il s'était montré méticuleux avec ses armes et sa cuirasse, il était clair qu'il privilégiait désormais la vitesse. Sa détermination à en finir le plus vite possible était on ne peut plus évidente.

Dans des circonstances différentes, et avec un autre garçon, Wren aurait pu penser qu'il avait hâte de la voir nue, que sa maladresse trahissait son impatience. Sauf qu'une telle attitude de la part de Julian signifiait certainement tout l'inverse. Il devait redouter chaque instant, persévérant par pure nécessité, par égard pour Wren et pour accomplir sa mission. Il ne fallait y voir nul désir.

La forgeuse d'os ne put s'empêcher d'éprouver une certaine déception. Au moins, l'absence d'ambiguïté simplifiait-elle les choses. Le jeune homme la déshabillait couche par couche dans la plus grande indifférence.

Au moment de défaire la tunique, les doigts gantés du guerrier frôlèrent la poitrine nue de Wren. Elle lui posa la main sur le poignet.

Il se figea. Son regard, jusque-là focalisé sur ses mains, remonta timidement pour rencontrer les yeux de la jeune fille. Un rien séparait encore leurs visages. Une mèche de ses cheveux, comme à l'accoutumée plaqués en arrière, se libéra pour lui tomber sur le front.

Elle soutint son regard, avant de hocher la tête. Il comprit aussitôt et recula, avec un empressement presque comique. Pourtant, Wren n'avait pas vraiment le cœur à rire. Le forge-fer lui tourna obstinément le dos le temps qu'elle retire sa tunique et son pantalon. Il se pencha en avant, puis s'affaira de nouveau à remuer le feu – ce qui, à ce stade, devait faire plus de mal que de bien. Il continua jusqu'à entendre le pantalon de la forgeuse d'os tomber sur le sol, signe qu'elle était entièrement nue.

Il se redressa et tourna la tête d'un mouvement infime.

— Fini, dit-elle.

Pieds nus à présent qu'elle avait ôté ses bottes, elle s'avança vers lui pour lui poser une main sur l'épaule. Comme d'habitude, il se crispa à son contact.

— Tiens, dit-il dans un souffle sans se retourner.

Il lui tendit une couverture. Un peu rugueuse, elle avait l'avantage d'être sèche et assez grande pour qu'elle s'y enroule de la tête aux pieds.

Elle la drapa sur ses épaules, avant de savourer la vague de chaleur qui l'enveloppait. Elle resta plantée là, chancelante, les paupières lourdes…

— Tu as faim ? demanda Julian, dont la voix lui parut lointaine. On a du… Wren !

La jeune fille se réveilla en sursaut. Sur le visage de quelqu'un d'autre, l'expression pleine de compassion du forge-fer aurait pu passer pour une marque de tendresse. Dans son état, elle se dit qu'il s'amusait peut-être de la voir s'endormir debout, comme un cheval.

Elle souffla bruyamment, avec l'idée d'imiter un fier destrier, ce qui intrigua son compagnon encore davantage que lorsqu'elle avait gloussé à sa propre blague quand il l'avait retrouvée. Muni d'un morceau d'étoffe, il lui tamponna la tempe, à l'endroit où elle saignait.

— La plaie n'est pas vraiment profonde, marmonna-t-il. Viens t'asseoir là, sur cette couverture, histoire que j'y jette un œil.

Docile autant que patiente, Wren s'assit en attendant qu'il humecte son bout de tissu dans l'eau de la source afin de nettoyer la blessure. Elle se sentait gênée par toute l'attention qu'il lui accordait. Le visage de Julian était si proche du sien, son regard brillait de tant de détermination… Voilà qui avait de quoi déconcerter la forgeuse d'os.

La plaie finit par s'arrêter de saigner. Après l'avoir en grande partie nettoyée, il la laissa à l'air libre.

— Ils me parlent, tu sais, dit-elle.

Quand elle croisa son regard, elle put constater toute la confusion que cette affirmation créait chez le forge-fer.

— Depuis qu'on est arrivés dans le Territoire hanté, les revenants me parlent.

Il lui tourna le dos pour essorer l'étoffe imbibée de sang.

— Je n'ai jamais… Je ne savais pas que c'était possible.

— Moi non plus.

Mal à l'aise, elle repensa au champ de bataille, à l'histoire de « l'héritier des Graven » que lui avait racontée Julian. Plus rien n'avait de sens. Les règles communes semblaient ne plus s'appliquer – que ce soit aux forgeurs d'os ou aux non-morts. Sauf si Wren était moins bien informée qu'elle ne le pensait. Cet endroit regorgeait de magie, encore plus que dans le monde à la surface. Là, des choses qui n'auraient pas dû exister devenaient possibles.

Wren pensait être assise mais, en reprenant connaissance, elle se rendit compte qu'elle était étendue sur le flanc, la joue plaquée sur le sol de pierre froid de leur abri. Julian la secouait doucement.

Un moment, elle oublia où elle se trouvait. Tout se bousculait dans sa tête. Le pont, la chute… les marcheurs non-morts. Elle tenta de se redresser, mais son compagnon l'en empêcha.

— Du calme. Tu ne risques rien.

Elle le dévisagea un instant, ahurie, puis hocha la tête. L'idée qu'elle puisse être hors de danger en présence d'un forge-fer, au beau milieu de la Faille, lui paraissait absurde… Pourtant, elle n'avait pas été aussi en sécurité depuis des jours.

Le feu avait fini par prendre. Les flammes qui crépitaient joyeusement baignaient la pièce d'une lueur chaleureuse. Les vêtements de la forgeuse d'os étaient étendus sur le sol et ses bottes séchaient près du feu. Julian avait lui aussi enlevé son armure qu'il avait calée contre le mur.

— Je tenais juste à m'assurer que tu allais bien, expliqua-t-il en désignant la tempe de la convalescente.

Il craignait sans doute qu'elle se soit grièvement blessée au point de ne pas se réveiller s'il la laissait dormir trop longtemps.

Elle l'observa avec attention. Certes, il avait ôté ses plates de fer mais, assis à même le sol, il portait encore ses vêtements humides. Wren avait monopolisé toutes les couvertures – celles qui n'avaient pas sombré au fond de la rivière, en tout cas.

Il avait tout de même retiré ses bottes, posées près de celles de la forgeuse d'os. Elle remarqua les pieds nus de Julian, pâles et bien formés. Ce n'étaient que des pieds, mais leur simple exposition suscita un frisson interdit chez la jeune fille. Il les tendait vers le feu, dans une posture plus décontractée qu'à l'accoutumée. Était-ce le fait de le voir baisser sa garde qu'elle trouvait si séduisant ? Quoi qu'il en soit, elle en voulait plus.

Elle se leva prudemment, sans l'aide de Julian, qui lui offrait pourtant sa main, puis récupéra la couverture restée au sol pour la lui tendre.

— Elle est un peu humide, mais plus sèche que tes vêtements.

— Pas la peine.

Elle lui jeta un regard noir.

— Pour me faire plaisir, insista-t-elle en lui lançant le rectangle de tissu.

Il le saisit au vol puis, non sans un regard appuyé, finit par s'y envelopper jusqu'aux pieds. Satisfaite, Wren se rallongea à ses côtés.

Plus tard, le craquement d'une bûche la tira de son sommeil. La proximité des flammes l'avait réchauffée. À côté d'elle, Julian était étroitement enroulé dans sa couverture. Il avait étendu sa tunique et son pantalon par terre pour les faire sécher.

La forgeuse d'os lui décocha un sourire malicieux avant de refermer les yeux.

CHAPITRE 25

Julian observait Wren dans les moindres détails. Il ne pouvait pas s'en empêcher. Pour sa défense, cette forgeuse d'os avait de l'allure. Plus encore quand elle était réveillée, bien sûr.

Ses yeux, son armure…

Après avoir haï les congénères de la jeune fille toute sa vie, il n'arrivait pas à croire qu'il s'était associé à l'une des membres de cette maison honnie… qu'ils se battaient côte à côte, qu'ils riaient ensemble, même.

Lorsqu'il avait cru l'avoir cernée, la bienveillance dont elle avait fait preuve sur le champ de bataille l'avait pris de cours. Elle avait su honorer les soldats morts au champ d'honneur quand lui s'en était montré incapable, réduit à tourner en rond et à fouiller sans relâche, terrifié à l'idée de trouver ce qu'il cherchait.

Elle avait pris les commandes, lui avait saisi la main, rendant soudain tout plus facile.

Placer ce repère lui avait procuré un profond soulagement, bien que sa quête soit restée inachevée. Peut-être ne découvrirait-il jamais ce qui était arrivé à son père, comme l'avait dit Wren. Peut-être ses interrogations le hanteraient-elles pour l'éternité.

Quand elle s'agita dans son sommeil, il ne put s'empêcher de la regarder, tel un papillon attiré par la lumière.

Il n'oublierait pas de sitôt son expression au moment où elle avait basculé du haut du pont. L'arrogance et le sarcasme éhonté dont elle était coutumière s'étaient envolés. Sans sa carapace, sa terreur avait été évidente. Contre toute attente, c'était Julian qui s'était senti à vif. Et il avait beau la savoir en sécurité, le constater de ses propres yeux, son inquiétude ne faiblissait pas.

Continuer sans elle, l'abandonner ne lui avait pas effleuré l'esprit, pas une seule seconde. Pourtant, en son for intérieur, il savait qu'il aurait dû l'envisager.

S'il avait pris le temps de réfléchir, peut-être aurait-il renoncé à partir à sa recherche – ou juste pris conscience des risques auxquels une telle décision l'exposait. Seulement, l'expression sur le visage de Wren l'obnubilait. S'il n'avait pas ne serait-ce que tenté de la retrouver, les remords l'auraient hanté toute sa vie.

Pendant le restant de ses jours, il se serait interrogé, prisonnier d'une nouvelle quête impossible. Elle aurait pu mourir en criant son nom, persuadée qu'il avait agi volontairement, qu'il l'avait tuée. Pire encore, elle aurait pu survivre, habitée à jamais de la certitude qu'il était un lâche, un meurtrier.

Bien sûr, se soucier de son opinion serait une erreur. N'empêche que c'était plus fort que lui.

La forgeuse d'os représentait le pire et le meilleur de ce monde. Tout à la fois l'ennemi qui avait causé la ruine de la maison du Fer et la seule lueur d'espoir que Julian ait trouvé sur cette île, la seule présence qui ait un sens.

Voilà pourquoi la situation était si périlleuse. Il fallait absolument qu'il cesse de la regarder, de penser à elle. Il n'avait pas le droit de se laisser déconcentrer, de se laisser attendrir par des sentiments incontrôlables, par un désir indomptable… d'accorder sa confiance à qui ne la méritait peut-être pas.

Il porta la main à sa poitrine, à l'endroit où la flèche du capitaine Royce l'avait touché. Son armure de fer avait protégé son corps. Son esprit, en revanche… Cette trahison lui paraissait toujours inconcevable. Elle avait irrévocablement sapé les fondations qui, jusqu'alors, soutenaient sa vie.

Le Mur frontalier ne marquait pas seulement la limite entre sa patrie et le reste des Dominions. Il séparait l'ami de l'ennemi. Du moins était-ce ce qu'il croyait, avant que sa supposée ennemie ne devienne sa seule amie et que ses alliés ne tentent de l'éliminer.

Wren roula sur le côté. Sa chevelure pâle scintillait à la lumière vacillante des flammes. Leur rougeoiement réchauffait son teint d'ivoire et colorait ses cheveux blancs de reflets dorés.

Depuis que le noir autour de ses yeux s'était en grande partie dissous dans l'eau, elle semblait plus humaine, plus… normale. La voir démunie de ses artifices n'affaiblissait cependant pas le trouble du forge-fer. Au contraire, cette vulnérabilité le déstabilisait même encore plus que son armure d'os et ses yeux incolores.

Au fond, ces attributs avaient fini par lui plaire, le rassurer. Il préférait encore l'attitude féroce de la jeune fille à sa fragilité.

Ce qui ne l'empêchait pas de continuer à l'observer.

De toute manière, s'il détournait les yeux, son esprit s'égarerait vers des réflexions moins agréables. Il se massa de nouveau le plexus. La souffrance s'était atténuée, mais il ne pouvait pas se permettre d'oublier. Il appuya plus fort afin de réveiller ses terminaisons nerveuses. La vague de douleur qu'il déclencha le dégrisa.

Cet instant de lucidité ouvrit la voie à la question cruciale : pourquoi ? Il n'avait pas la réponse.

Tout ce qu'il avait dit à Wren n'avait rien d'un fantasme. Il arrivait souvent qu'il soit l'objet de jalousies. Étant l'un des derniers forge-fer encore en vie, il était puissant, important. Aux yeux d'un ambitieux souhaitant gravir les échelons, comme le capitaine Royce, il pouvait constituer un obstacle. L'expédition pour enlever le Prince d'Or l'illustrait parfaitement. On avait confié à Julian la mission de « s'assurer du bon déroulement des événements », au risque d'insinuer que le capitaine avait besoin d'aide, qu'il était incompétent.

Qu'il profite de l'occasion pour se débarrasser du forge-fer n'avait donc rien d'illogique. D'un autre côté… le complot semblait un peu trop évident.

Sauf qu'aucune autre explication ne tenait la route. Julian ne représentait aucune menace pour le régent. Toute sa vie, il avait obéi aux moindres de ses ordres, même quand ils lui faisaient horreur ou ouvraient la porte à d'éternels regrets.

Il tira sur son gant. Sous le cuir, sa peau était moite, mais il refusait de le retirer – peu importe que Wren soit endormie. Même lui était affligé par ce qu'il y verrait.

Par chance, sur les ruines du champ de bataille, la forgeuse d'os avait touché sa main intacte – la droite. Sinon, il se serait dérobé, ce qui aurait gâché le moment.

Las, il rajusta son gant, puis laissa retomber son bras. Non, le régent n'avait joué aucun rôle dans cette histoire. Si c'était le cas, la vie de Julian, déjà suspendue à un fil, en serait complètement chamboulée.

Il fit donc ce qu'il avait toujours fait. Il se redressa, se ressaisit, rassembla ses forces.

Un seul regard à Wren suffit malgré tout à émousser sa détermination. Il n'avait plus envie d'être fort. Il désirait tant renoncer, lâcher prise… ne serait-ce qu'un instant.

C'était bien pour cette raison qu'il se l'interdisait.

CHAPITRE 26

Lorsque Wren se réveilla, le feu crépitait et des volutes de vapeur flottaient dans la mansarde, soutenues par une brise fraîche qui lui donna des frissons.

Rhabillé de la tête aux pieds, Julian se tenait debout devant la jeune fille.

— Je vais chercher du bois.

— Où ça ? questionna-t-elle d'une voix rauque en se redressant.

Elle était exténuée. Heureusement, sa migraine s'était atténuée et elle se sentait moins groggy.

Le forge-fer hésita.

— J'ai vu du bois flotté sur le chemin. Je pourrais le débiter en bûches et…

— Pas question que tu partes si loin sans moi.

— Tu es blessée, Wren.

— Et toi, tu n'as pas repris la route quelques heures seulement après avoir pris une flèche en pleine poitrine ? On n'a pas de temps à perdre.

— Au contraire… rien ne presse. Il pleut à verse.

Bien enveloppée dans sa couverture, elle se leva pour aller s'accroupir près de l'eau. À l'extérieur, un véritable déluge s'abattait tel un rideau d'argent.

— C'est tombé comme ça toute la nuit, l'informa Julian, qui l'observait. C'est un coup de chance.

— Pourquoi ?

Aux yeux de Wren, ils n'y gagnaient rien à part le fait de s'épargner une épouvantable journée de voyage.

— Ils ne vont pas continuer sous cette pluie. (Elle comprit qu'il faisait allusion aux ravisseurs de Leo.) Il risquerait d'arriver malheur à leur trophée. Par beau temps, les routes sont déjà... loin d'être faciles. Alors, sous une pluie torrentielle, n'en parlons pas. En plus, certaines portions risquent d'être inondées.

— Si je comprends bien, on est coincés ici ?

Il haussa les épaules.

— Ça pourrait être pire. L'eau est chaude et nous protège des revenants. On a de quoi s'abriter de la pluie. Et puis, tu as besoin de te reposer.

— Non, je vais bien.

— Pour me faire plaisir, ajouta-t-il, ironique.

Elle plissa les yeux. Un sourire espiègle sur les lèvres, il lui tourna le dos pour quitter leur refuge.

— Bon, d'accord, dit-elle dans l'espoir de le retenir. On se repose ici encore une journée, mais je t'accompagne. Il n'y aura pas trop de quatre bras pour rapporter tout le bois qu'il nous faut. En plus, j'ai laissé mon sac et mon épée dehors.

Il ouvrit la bouche pour protester, avant de se raviser face à l'entêtement manifeste de la jeune fille.

— Si tu y tiens, soupira-t-il. Allons-y.

† † †

L'autre avantage de la pluie était que les revenants préféraient visiblement l'éviter. À moins qu'elle ne perturbe leurs sens, car Wren et Julian parvinrent à traverser les eaux peu profondes dans la pénombre sans attirer l'attention des non-morts phosphorescents.

L'averse tombait si dru, sans la moindre interruption, que les deux forgeurs perdirent eux aussi leurs repères. Malgré leurs efforts, ils ne retrouvèrent ni le puits de mine ni l'endroit où Wren était tombée. Elle eut beau sonder les environs à l'aide de sa magie, son épée ne répondait pas. Ils ne tardèrent donc pas à abandonner leurs recherches.

Ils parvinrent quand même à mettre la main sur du bois flotté – indispensable, puisqu'ils étaient désormais trempés jusqu'aux os. La chance était avec eux, car il se trouvait sous une saillie rocheuse qui lui avait permis de rester relativement sec. Le garder à l'abri de la pluie sur le chemin du retour s'annonçait compliqué, mais ils dénichèrent quelques canots amarrés à la berge près d'un groupe de bâtiments. La plupart étaient éventrés, mais l'une des embarcations avait résisté aux intempéries.

Sa facture semblait trop récente pour dater de l'époque des forge-spectre. Se pourrait-il que d'autres visiteurs se soient aventurés dans l'abîme au cours des années précédentes ? Les finitions du petit bateau étaient grossières, ce qui laissait supposer qu'il avait été construit à la hâte ou par des artisans qui manquaient de technique.

Julian caressa la coque, la mine grave.

— Je me demande…

— Qui a fabriqué ces canots ? acheva Wren.

— Oui, tu penses que…

Elle s'interrompit, la gorge serrée.

— Quoi ?

— Eh bien… Les non-morts sont capables d'exécuter des ordres, rappela-t-elle. En tout cas, c'est ce qu'ils m'ont dit. Et vos enclumes ont l'air de croire que cette cité est l'œuvre des revenants. À partir de là, je ne vois pas ce qui les empêcherait de fabriquer des bateaux.

— D'accord, mais ceux-là n'ont que quelques années tout au plus. Or cet endroit a été bâti il y a des siècles, sur ordre des forge-spectre.

— Ce qui veut dire qu'ils ont reçu de nouvelles instructions récemment…

Julian dodelina doucement de la tête, comme s'il voulait protester, mais s'en abstint. Refusait-il de voir la vérité en face, en dépit des preuves qu'il avait sous les yeux ?

L'un comme l'autre ignoraient toute l'étendue des mystères que renfermait le Territoire hanté. Entre l'enlèvement du prince et la tentative d'assassinat, ils avaient déjà assez de soucis comme ça.

Après avoir écopé le plus d'eau possible de leur nouvel esquif, ils y chargèrent le bois flotté, qu'ils recouvrirent de l'une de leurs couvertures, avant de tirer l'embarcation jusqu'à leur camp de fortune.

À leur retour, ils étaient trempés. Certes, ils avaient réussi à mieux protéger leur butin que leurs vêtements, mais il faudrait tout de même un certain temps au bois pour brûler.

— Quitte à avoir froid, au moins, tout à l'heure, on était secs, fit remarquer Wren pendant qu'ils s'efforçaient de rallumer le feu.

Le forge-fer lui jeta un regard blasé pour lui signifier de garder pour elle ses commentaires inutiles, avant de reporter son attention sur les flammes vacillantes. Il avait déjà ôté son armure et sa cotte, mais sa tunique était mouillée et lui collait à la peau du dos.

Le feu finit par se raviver. Le bois humide produisait beaucoup de fumée, mais les braises accumulées au cours de la nuit avaient gardé de la vigueur et suffirent à le consumer.

Satisfait, Julian se rassit sur ses talons, puis se tourna vers la forgeuse d'os.

— Pourquoi est-ce que tu es venu ? demanda-t-elle à brûle-pourpoint. Entre la chute et les revenants... Je n'avais aucune chance.

— Et pourtant, tu t'en es sortie, non ? lança-t-il avant de fuir le regard étonné de la jeune fille. Je tenais à en avoir le cœur net.

Elle songea au père du forge-fer, aux centaines de compagnons qu'il avait peut-être perdus dans la Faille, qui ne connaîtraient pas vraiment la mort, ni la paix, jamais. Comment aurait-il réagi s'il avait trouvé le cadavre de Wren ?

— C'était un accident, ajouta-t-il.

La jeune fille fit la moue. À quoi faisait-il allusion ? Il précisa sa pensée.

— Le fouet.

À en juger par ses traits tirés, il brûlait sans doute d'en parler depuis l'instant où il l'avait retrouvée.

— Je sais, dit-elle, incrédule.

Si un incident similaire s'était produit au début de leur périple, elle se serait peut-être interrogée. Mais, étant donné les circonstances, l'idée ne lui avait jamais effleuré l'esprit. Quoi qu'elle ait pu penser de la maison du Fer et de ses manigances à l'est du Mur, elle n'imaginait pas Julian capable de causer délibérément sa chute en la regardant droit dans les yeux.

Malgré tout, le cœur de la jeune fille se serra.

— C'est pour ça que tu es parti à ma recherche ? Pour me prouver que tu n'avais pas essayé de me tuer ? Pour mettre les choses au clair ?

— Non, répondit-il, prudent, sans oser croiser son regard. Enfin, pas tout à fait.

— Pourquoi, alors ?

Wren ne savait pas ce qu'elle espérait, au juste. Puisqu'il ne répondait pas, elle finit par décréter qu'elle préférait ne pas entendre le prétexte qu'il était sûrement en train d'inventer.

Elle se leva.

— Je vais me laver. Et il faut que je sèche mes vêtements, encore.

Quand il comprit où elle voulait en venir, Julian considéra ses propres habits mouillés, ses gants crasseux. Il avait une trace de boue sur la joue, qui obnubilait la forgeuse d'os depuis leur retour. Elle gâchait la perfection de son teint pâle.

— Je vais prendre mon temps histoire que tu puisses en faire de même, si tu veux.

Pourquoi cherchait-elle à lui faciliter les choses, bien qu'il l'eût agacée pour des raisons qu'elle n'arrivait pas à expliquer ? La nudité de Wren l'avait déjà mis mal à l'aise – ou laissé indifférent, à en juger par son absence de réaction –, mais l'idée de se dévêtir devant la jeune fille semblait aussi le tétaniser. Depuis leur rencontre, il n'avait jamais ôté ni ses gants ni sa tunique, pas même lorsque la nécrose avait menacé de l'emporter. Il existait forcément une raison pour qu'il agisse de la sorte, même si elle échappait à la forgeuse d'os. Serait-il complexé par son physique ? Peu probable. Après s'être collée à lui à plusieurs reprises, Wren était bien placée pour savoir qu'il n'avait à rougir de rien. Quel que soit son problème, ce n'était pas non plus une aversion pour la propreté. Elle lui offrait donc un instant d'intimité.

Julian se leva à son tour.

— D'accord, dit-il avant de tourner le dos à la jeune fille en la voyant se défaire de sa tunique. D'accord…

Elle ôta son pantalon, puis ses chaussures. Elle aurait aimé qu'il la regarde comme il l'avait fait la veille, lorsqu'il avait consacré toute son attention à nettoyer sa blessure… en vain.

Elle eut cette fois moins de peine à se débarrasser de l'épais tissu humide, puis s'efforça de disposer soigneusement ses habits sur le sol au lieu de les laisser tomber en tas. Pendant ce temps-là, Julian fixait résolument le mur, toujours aussi distant, intouchable.

Wren descendit les marches glissantes pour s'enfoncer dans l'eau jusqu'à la poitrine. Elle jeta un regard par-dessus son épaule, mais le forge-fer n'avait pas bougé. Déçue, elle s'apprêtait à s'immerger pour de bon quand il prit la parole.

— J'ai besoin de toi.

Interloquée, elle hésitait sur le sens à donner à ces paroles. Le guerrier la regardait du coin de l'œil. Quand il eut la confirmation que l'eau la dissimulait, il se retourna.

— Tu as mon épée et tu as affronté plus de revenants que n'importe quel forgeur d'os né au cours des vingt dernières années, fit remarquer Wren. Tu te débrouilles très bien sans moi.

Au lieu de répondre, Julian se résolut enfin à la regarder, à la contempler pour de vrai, comme il l'avait fait la veille. Après avoir croisé son regard, il baissa les yeux vers ses lèvres, puis les promena plus bas. L'eau était un peu trouble, en raison de l'obscurité et de sa forte teneur en minéraux. Autrement dit, il ne voyait sans doute pas grand-chose, mais l'intention était là.

Sous ses paupières à demi closes, ses iris se mêlaient au noir de ses pupilles. Leur expression intense donna des frissons à la jeune fille.

— C'est toi que je veux, admit-il à mi-voix.

Wren ouvrit la bouche, mais en resta muette. Sans briser le contact visuel, le forge-fer s'avança. Lorsque ses bottes parvinrent au bord de l'eau, il s'accroupit, une main plantée entre les jambes pour conserver son équilibre. Il prit une inspiration.

— Je n'ai pas envie de finir ce voyage sans toi, poursuivit-il, la voix grave. Toi et moi… on forme une bonne équipe.

Wren suffoquait presque. Jamais elle n'aurait imaginé qu'on lui fasse de tels aveux, et qu'ils viennent de lui encore moins. Cette franchise semblait avoir coûté de gros efforts à Julian. La forgeuse d'os fut tentée de pouffer, voire de l'envoyer promener pour le mettre dans l'embarras, mais elle priait surtout pour qu'il soit sincère. Pour la première fois, elle se sentait choisie. Que ce soit par quelqu'un qui, comme le forge-fer, avait pu constater tous ses défauts de ses propres yeux ne faisait que renforcer ce sentiment.

Bien sûr, Leo avait voulu passer du temps en sa compagnie, mais il cherchait surtout un comparse pour s'amuser – et il avait mis dans le mille. En somme, avec Wren, ils se ressemblaient beaucoup. Julian était au contraire son parfait opposé. Elle était imprudente autant qu'il était réfléchi. Il pesait ses décisions comme un stratège. Elle aimait rire de tout, trouver un côté comique à chaque situation, aussi sombre soit-elle. Lui prenait les choses à cœur et traitait tout le monde avec respect, même ses ennemis.

Au fond, ne se complétaient-ils pas ? Ne s'assemblaient-ils pas comme deux pièces d'un puzzle ?

Quand le visage du forge-fer se ferma, Wren prit conscience qu'elle n'avait pas encore répondu. Il venait de se livrer entièrement, de lui dévoiler ses désirs les plus intimes. Il fallait qu'elle lui rende la pareille. Être nue ne suffisait pas.

Il était si proche qu'elle distinguait les palpitations de son pouls sur sa gorge. Elle était prête à parier Trancheuse qu'il regrettait ses propos, qu'il aurait préféré les retirer. À sa place, c'était ce qu'elle aurait voulu. Il restait stoïque, malgré tout. Il assumait ses paroles, même si elles lui en coûtaient.

— Tu sais nager ? chuchota Wren.

— Quoi ? bredouilla-t-il, pris de cours. Oui.

Sans y réfléchir à deux fois, elle s'empara du poignet du jeune homme pour le tirer vers elle. Les yeux écarquillés, il plongea la tête la première dans l'eau.

La forgeuse d'os s'empressa de reculer, puis attendit qu'il remonte à la surface en crachotant, sous le choc. Il rejeta la tête en arrière pour dégager ses cheveux de son visage, puis pivota sur lui-même… jusqu'à la trouver. Après la surprise, ses traits exprimaient désormais un sentiment tout autre : non pas la colère, mais le défi.

Il bondit sur Wren, qui poussa un hurlement. Elle se propulsa de côté pour plonger sous la surface, hors de sa portée, avant de foncer vers la porte ouverte pour rejoindre la source où elle remonta à la surface pour respirer. Julian surgit derrière elle une seconde plus tard. La pluie, qui tombait toujours à torrents, ruisselait sur les rochers et les arrosait à la manière d'une cascade.

Le forge-fer secoua de nouveau ses cheveux, puis s'élança pour empêcher la jeune fille de battre en retraite. Elle poussa un petit cri et se tourna dans tous les sens, mais elle se retrouvait acculée contre la paroi rocheuse. Julian la tenait et il le savait. Aussi s'avança-t-il lentement, un sourire triomphant aux lèvres, ce qui fit s'accélérer les battements de cœur de Wren qui martelaient déjà sa poitrine à un rythme effréné.

Le forge-fer planta les bras de part et d'autre de la forgeuse d'os, de façon à lui interdire toute échappatoire.

— Tu vas me le payer, dit-il.

Elle peinait à se maintenir à flot sans lui donner de coups de pied. Une tempête d'émotions contradictoires l'assaillait. Elle avait envie de se débattre, d'éclater de rire, de le mettre au défi de se venger – et même de le supplier s'il s'y refusait.

Ils étaient tout près l'un de l'autre, à présent, et la lueur malicieuse dans les yeux de Julian se fit méfiante. Il hésitait.

— Moi non plus, je n'ai pas envie de continuer sans toi, avoua-t-elle d'une petite voix, à fleur de peau.

Le visage de Julian s'adoucit. Son attention se reporta sur la bouche de la jeune fille. Son regard la brûlait, perçait ses défenses. Il tendit une main timide pour lui effleurer du pouce le bord de la lèvre inférieure. Lui restait-il du maquillage ou voulait-il simplement toucher sa peau, enfin accessible ?

Il la trouvait peut-être plus à son goût débarrassée des attributs caractéristiques des forgeurs d'os... À moins que sans artifices, elle lui plaise moins. Était-ce le goût de l'interdit, de l'inconnu, qui éveillait leur attirance mutuelle ? Ce pouvait être aussi autre chose... des sentiments plus... sincères ?

Instinctivement, Wren retraça du bout de sa langue le chemin qu'avait suivi son pouce. Le forge-fer l'observa, le regard avide. Elle abandonna toute retenue.

Délaissant le rocher dressé derrière elle, elle se jeta sur lui. Elle enroula les jambes autour de sa taille, avant de plonger les doigts dans ses cheveux. Enfin, elle l'embrassa. Les lèvres de Julian étaient douces, incroyablement lisses, avec le goût iodé de l'eau de la source.

Même si c'était elle qui avait fait le premier pas, il réagit avec enthousiasme. Quand ils entrouvrirent leur bouche, ce fut lui qui glissa la langue entre les lèvres de

Wren pour approfondir leur baiser. Le contact déclencha en elle une vague de chaleur qui lui enflamma les joues.

L'espace d'un instant, il déploya les mains dans son dos sans oser bouger. Un grognement de plaisir lui échappa et il les laissa glisser plus bas pour la serrer contre lui. Ils inventèrent leur propre rythme, à contre-courant. La bouche en feu, le corps parcouru d'une chaleur incendiaire, elle l'aurait volontiers dévoré. Elle s'abîmait dans leur baiser, lui mordillait la lèvre, l'attirait plus près, toujours plus près.

Elle s'appliquait à satisfaire son envie de lui toucher les cheveux, qui l'habitait depuis leur rencontre. Après l'avoir ébouriffé, ses mains s'égarèrent peu à peu. Elle les promena d'abord sur sa nuque, puis sur ses épaules. Lorsqu'elle lui effleura le torse, elle sentit le cœur du guerrier battre à tout rompre sous ses paumes. Elle prit soin d'éviter le plexus, où la flèche avait failli le tuer, pensant qu'elle avait dû y laisser un vilain bleu. À la place, elle fit courir ses doigts le long des bras du forgefer. À travers le tissu humide de sa tunique, elle décela une saillie, semblable à une cicatrice…

Soudain, Julian eut un mouvement de recul. Il la lâcha et s'écarta en se poussant contre la roche. Pantelant, il avait les pupilles dilatées, les cheveux en bataille.

— Pardon, bredouilla Wren, qui ne savait pas exactement pourquoi elle s'excusait.

Pour tout, sans doute. Quand les choses tournaient au vinaigre, elle était souvent fautive.

— Non, je…

Il détourna le regard et ravala sa salive. La pluie ne tombait plus qu'en fines gouttelettes, désormais. Elles perlaient sur sa peau, rassemblant ses cils.

— C'était une mauvaise idée, conclut-il.

Wren acquiesça. Depuis la veille, elle avait passé le plus clair de son temps dévêtue mais, pour la première fois, elle se sentait véritablement à découvert. Vulnérable… et rejetée.

Elle se réfugia jusqu'au menton dans la tiédeur de la source. L'eau lui frôlait les lèvres lorsqu'elle prit la parole.

— Je vais… Je vais rester là un petit moment.

À nouveau, Julian s'absorba dans la contemplation de la bouche de la jeune fille, puis hocha la tête avant de faire demi-tour pour regagner leur abri à la nage.

CHAPITRE 27

L'esprit étrangement vide, Wren se laissa flotter un certain temps au milieu des tourbillons de vapeur. La pluie avait fini par se calmer, ce qui lui permettait de distinguer plus nettement les environs. Elle hésitait à repartir à la recherche de son épée et de son sac. Sa vision s'était habituée à la mystérieuse clarté brumeuse de la Faille. En outre, Julian ne serait certainement pas contre un moment de solitude.

« C'était une mauvaise idée. »

Exaspérée, elle enfonça de nouveau le menton dans l'eau, puis souffla une gerbe de bulles. Elle jeta un coup d'œil vers la porte. Dans son encadrement sombre, le feu se devinait au rougeoiement.

Oui, autant retourner chercher ses affaires. Mais, d'abord, il valait sans doute mieux qu'elle s'habille.

Elle s'apprêtait à plonger lorsqu'un autre éclair lumineux capta son attention. Pas une clarté chaude, plutôt un scintillement verdâtre : de la lumière spectrale.

À présent que la pluie n'était plus qu'une bruine, les non-morts allaient sûrement refaire leur apparition sur les berges de la source. Ils avaient dû se réfugier dans les grottes ou les quelques bâtiments en ruines épargnés par les eaux.

Les yeux plissés, Wren constata que le non-mort qui avait attiré son attention sortait en effet d'une immense porte voûtée, sur la rive opposée. Avec Julian, ils n'avaient pas osé s'aventurer si loin, lorsqu'ils avaient exploré les ruines. Étonnamment, la lumière ne semblait pas jaillir du revenant, mais de derrière lui. Sa silhouette se découpait dans le halo et paraissait relativement charnue, presque vivante. Seul un détail clochait.

Que portait-il sur la tête ? Une couronne ? Wren songea aussitôt à ces histoires sur la reine des spectres. Quand la silhouette se déplaça, elle comprit qu'il s'agissait en fait de cornes. Peut-être faisaient-elles partie d'un casque… ou d'une coiffe.

De nouveaux non-morts apparaissaient çà et là. Ils quittaient leurs cachettes pour parcourir la berge lointaine et rejoindre la silhouette cornue. Peu à peu, la forgeuse d'os fut convaincue que ce mystérieux inconnu n'était pas un non-mort. Il ne produisait pas de lueur spectrale : la lumière qui l'entourait venait des revenants.

À bien y regarder, il semblait s'agir d'un garçon, mince et un peu dégingandé, mais ni décharné ni en décomposition. Il tourna la tête. Wren discerna, au milieu de son visage plongé dans l'ombre, deux yeux vert vif. La couleur des spectres, visible malgré la distance.

Les fantômes qui avaient parlé à la forgeuse d'os n'avaient-ils pas évoqué deux maîtres ?

« Parce qu'elle le souhaite. Et qu'il l'ordonne. »

Elle brûlait d'en découvrir davantage, mais craignait de faire du bruit en s'approchant à la nage. Seuls le crépitement de la pluie et les pas traînants des revenants brisaient le silence presque surnaturel qui régnait dans la Faille. Elle préférait ne pas risquer de troubler cette étrange réunion ou d'attirer l'attention – surtout qu'elle était nue et désarmée.

D'ailleurs, tout était si calme que, lorsque le garçon prit la parole, Wren comprit ses mots aussi distinctement que s'il s'était trouvé près d'elle et non à une trentaine de pieds.

— Venez, dit-il doucement.

Sa voix était éraillée, comme s'il s'en servait peu, et étonnamment grave. Les non-morts, au nombre de cinq, se tenaient face à lui. Après ce qui ressemblait à un examen attentif, il désigna le moins décomposé de la bande, un cadavre aux côtes malgré tout apparentes qui laissaient s'échapper de puissants rais de lumière spectrale.

— Toi, avec moi, exigea-t-il. Vous autres, partez.

Contre toute attente, ils obéirent.

— *Partez...* répétèrent-ils inlassablement tout en s'éloignant.

Un instant plus tard, le garçon et le revenant qu'il avait choisi tournèrent les talons pour franchir la porte voûtée.

— Julian ! balbutia Wren en surgissant de l'eau, à son retour dans leur campement.

Il fit volte-face au son de la voix de son acolyte, avant d'aussitôt se détourner quand il la vit gravir l'escalier.

Entre eux était née une nouvelle tension. Logique, puisqu'ils venaient de s'embrasser et que le forge-fer avait décrété que cet élan était une mauvaise idée. En toute honnêteté, Wren n'avait pas le temps de s'en soucier.

Elle repéra la couverture qu'elle avait abandonnée sur le sol et s'en enveloppa, de sorte que Julian acceptât de lui faire face.

— Enfile ton armure, ordonna-t-elle.

Elle ramassa ses propres habits, étendus autour du feu. Ils étaient plus ou moins secs, mais elle ferait avec.

— Pourquoi ?

À présent qu'elle était habillée, il se résolut à la regarder, mais son expression restait méfiante. Ses vêtements, qu'il n'avait pas quittés, étaient encore très humides, mais au moins ne ruisselaient-ils plus – il avait dû rester près du feu un bon moment… Peu importait : ils n'allaient pas tarder à retourner dans l'eau.

— J'ai vu… quelque chose, avoua-t-elle avant de marquer une pause.

Les épaules entravées par la couverture, elle peinait à enfiler son pantalon, dont le tissu collait à sa peau encore mouillée.

— Il va falloir développer, dit Julian.

Wren en était incapable, tant elle se débattait avec ses habits. Le guerrier leva les yeux au ciel, mais s'approcha.

— Donne, je vais t'aider.

Il s'empara du coin de la couverture, puis l'arracha des mains de la jeune fille. Surprise, elle lâcha docilement sa protection. Le forge-fer déploya l'étoffe à bout de bras, de manière à créer un paravent de fortune, puis se mit en devoir de regarder ailleurs.

Étrangement, ce geste la toucha, quand bien même il visait surtout à apaiser la conscience de Julian et non celle de Wren. S'habiller sous les yeux du forge-fer ne l'aurait pas dérangée. Au moins, ça permettait d'accélérer les choses.

— Il faudrait qu'on parle, commença-t-il, contrit.

Il allait certainement évoquer leur baiser, lui expliquer en quoi s'embrasser était une mauvaise idée – pensait-il qu'elle avait besoin d'un dessin ? –, puis ajouter tout un tas de futilités aussi barbantes que raisonnables qu'elle n'avait pas envie d'entendre.

— J'ai vu quelque chose… enfin, quelqu'un, l'interrompit-elle en terminant d'enfiler son pantalon et d'ajuster sa tunique. Un être humain, vivant. Sans doute un forge-spectre.

Abasourdi, Julian la dévisagea, stupéfait… avant de se rappeler qu'il n'était pas censé la regarder. Il détourna les yeux, même s'il ne restait plus à la jeune fille qu'à boutonner sa tunique. Elle abaissa la couverture, puis lui tourna le dos pour ce faire.

— Qu'est-ce qui te fait dire ça ?

— D'abord, il avait les yeux couleur fantôme. Ensuite, il parlait aux non-morts. Ils étaient cinq et ils ne l'ont pas attaqué. C'est même lui qui les a appelés pour qu'ils le rejoignent. Et quand il leur a donné des ordres… ils ont obéi.

— Je ne crois pas que… bredouilla le forge-fer, mal à l'aise.

— Allez, viens ! le coupa la jeune fille en enfilant ses bottes et en venant se planter devant lui. Si ça se trouve, on a découvert la source des rumeurs sur la reine des spectres ! Depuis qu'on est là, les revenants se comportent d'une drôle de manière. Ils se déplacent en groupe, s'entraident, protègent des…

— Et ils te parlent, à toi aussi.

Wren fit comme si de rien n'était. Bon, d'accord, ce phénomène attisait une bonne partie de sa curiosité, mais ce n'était pas la seule raison qui la motivait.

— Tu penses que je me précipite sans réfléchir, je sais. Mais si des gens dans la Faille contrôlent les non-morts… Tout le monde est concerné, des deux côtés du Mur.

Qui sait, peut-être feraient-ils une découverte susceptible d'expliquer les actes de Locke – et les nouvelles aptitudes de Wren.

— S'il te plaît, murmura-t-elle.

Il réfléchit, menton levé.

— D'accord.

Ils montèrent dans la barque. Julian les guida au cœur des ruines, à l'aide de la seule rame dont ils disposaient. De son côté, Wren restait à l'affût, une unique épée d'os sanglée dans le dos et le reste de son artillerie attachée à sa ceinture ou rangé dans sa cartouchière. Sous le regard du forge-fer, elle s'était badigeonné de graisse le tour des yeux et de la bouche. Ce maquillage effectué à la va-vite ne constituait qu'une maigre barrière entre eux, mais renouer avec ses habitudes lui avait redonné du courage. Ses lèvres avaient retrouvé leur froideur intacte, son regard, sa profondeur indéchiffrable.

À mesure qu'ils progressaient dans le gouffre, elle gardait tous ses sens en éveil. Les seuls non-morts présents dans les parages étaient ceux qu'elle avait vus se rematérialiser le long de la berge, ainsi que le spectre qui avait suivi le garçon à l'intérieur de la bâtisse lointaine.

Pour autant, bien consciente qu'ils se trouvaient dans la Faille, elle préférait rester sur ses gardes. Les spectres pouvaient se cacher par dizaines hors de sa portée, la prudence était donc de mise. Même si Julian et elle entraient en douce dans le bâtiment pour y jeter un coup d'œil, la discrétion et la sécurité restaient leur priorité. Heureusement, en cas de danger, l'eau leur offrait une protection idéale.

Elle se repassait sans cesse la scène dont elle avait été témoin. Ce garçon était forcément un forge-spectre, elle ne voyait pas d'autre explication. Tant pis si leur ordre éteint censé avoir disparu depuis des lustres, enseveli avec sa cité perdue…

Tout à coup, l'impossible devenait envisageable – et ce, grâce à la Faille. Elle songea à son oncle Locke, aux cadavres pulvérisés, à toutes ces choses qu'elle ne comprenait pas…

Sa curiosité mise à part, rapporter des informations susceptibles de sauver les Dominions, en plus de secourir le Prince d'Or, redorerait nettement son blason aux yeux de son père et de sa famille. Il lui fallait cependant des renseignements précis, pas seulement des bribes de mots et des affirmations non confirmées, car Vance Graven refuserait certainement d'y croire. Cet étrange garçon pourrait leur être très utile. Dans l'hypothèse où il refuserait de coopérer, il deviendrait un ennemi qu'il valait mieux surveiller de près.

Leur embarcation heurta la berge où s'élevait la bâtisse qu'avait vue Wren. De plus près, elle paraissait encore plus imposante… et inquiétante. Pourtant, il ne s'agissait guère que d'une façade, un portique érigé à l'entrée d'une caverne creusée dans la roche.

Les colonnes qui la flanquaient de part et d'autre – au moins deux fois plus hautes que la forgeuse d'os – se révélèrent être des statues. Mains levées vers le ciel, elles semblaient soutenir le toit. Wren n'avait jamais vu pareilles sculptures. Elles n'offraient à voir ni beauté idéale, ni musculature parfaite, ni visages figés dans une éternelle dignité. Au contraire, leur texture était mouchetée, leur surface inégale. Leurs os de pierre jaillissaient de leur chair putréfiée et l'agonie déformait leurs traits. Elles étaient à l'effigie des non-morts.

D'autres ornements similaires paraient les lieux. Au-dessus de l'entrée, une frise représentait des silhouettes fantomatiqucs aux corps vaporcux, bouche ouverte, qui poussait un cri éternellement silencieux.

Ces monuments n'avaient pas été créés en hommage aux revenants, mais à la domination qu'exerçaient sur eux les forge-spectre. Partout où Wren posait les yeux, elle tombait sur des esprits et des revenants en position de servilité. Un malaise l'étreignit. Bien qu'incongrue, la ressemblance avec l'image de son propre clan était frappante.

Difficile de ne pas considérer l'esthétique de la maison de l'Os comme repoussante. Après tout, elle possédait une forêt faite d'ossements et La Moelle abritait des murs chargés de crânes ainsi que des catacombes grouillantes de squelettes. Malgré tout, les forgeurs d'os traitaient les morts avec respect et compassion.

Si les valkyrs « luttaient » contre les fantômes, ils œuvraient uniquement pour permettre aux fauchyrs d'accomplir leur mission sacrée : libérer les défunts de leur prison charnelle. Une pointe de remords titilla Wren. Elle avait toujours aimé son travail, mais si l'objectif avait été d'affirmer un pouvoir, de réduire en esclavage ces pauvres âmes, la tâche aurait perdu beaucoup de son attrait.

La maison de l'Os était sinistre, il fallait bien l'admettre. Celle des Spectres la dépassait toutefois largement dans le lugubre. Elle glorifiait sa malfaisance, fière de sa puissance. Ses forgeurs asservissaient les non-morts pour parvenir à leurs fins. Ils les contrôlaient.

À l'instar de ce mystérieux garçon.

Accroupi face à une volée de marches, Julian suivait de l'index les sillons des runes qui y étaient gravées. Les symboles n'appartenaient à aucun alphabet connu de Wren. Après les avoir attentivement examinés, une illumination soudaine la frappa.

Elle porta la main à sa poche, où elle avait rangé la bague. Lorsqu'elle l'en tira, son cœur manqua un battement. L'ensemble du message était différent, mais certains des glyphes correspondaient à l'identique. Le forge-fer, qui les étudiait lui aussi, fit à son tour le rapprochement.

La jeune fille en resta pétrifiée.

L'anneau était donc un bijou de forge-spectre… de l'os gravé à leur écriture. Comment avait-il atterri dans le Bois-aux-Ossements ? Et depuis quand ? Sans doute depuis peu, s'il appartenait bien au cadavre qu'elle avait découvert lors de son épreuve.

Le cœur battant, elle scruta la porte voûtée. Elle était convaincue que de l'autre côté se trouvaient les réponses à ses questions. Une lumière verte se déversait à travers l'encadrement. Elle illuminait les volutes de vapeur qui remontaient du sol, tels autant de bras tendus…

Wren fendit la brume de son épée d'os. Bien sûr, cela n'entraîna aucune réaction. Il ne s'agissait pas d'un spectre.

Julian se releva.

— Et maintenant ?

— On entre.

Wren montrait plus d'assurance qu'elle n'en éprouvait réellement – le secret de la confiance en soi, avait-elle appris. Après tout, ils ignoraient tout de ce qui les attendait à l'intérieur.

L'épée toujours brandie, la forgeuse d'os ouvrit la voie, aveuglée par la brume qui finit par se dissiper après qu'elle eut fait quelques pas. Elle se tenait sur une saillie qui s'étendait sur tout le pourtour d'une longue caverne. Depuis l'entrée descendait un imposant escalier. De part et d'autre de la salle, le balcon, flanqué de piliers sobres, disparaissait dans la pénombre.

Le niveau où ils se trouvaient était plongé dans les ténèbres, mais de la lumière leur parvenait depuis les profondeurs. Wren s'apprêtait à descendre les marches lorsque l'écho de bruits de pas retentit. Les deux intrus se glissèrent sur le côté pour s'accroupir derrière une colonne, où ils cherchèrent le meilleur angle possible pour voir ce qui se passait en bas. Les lieux étaient déserts en apparence, mais le garçon et son revenant finirent par se manifester. À pas lents, ils traversèrent la salle dans la longueur.

Au milieu, Wren discerna une dépression rectangulaire, une espèce de fosse ou de bassin d'où s'élevait la brume luminescente. Les reflets liquides qui dansaient au sol et sur les piliers rappelaient la source qui s'écoulait à l'extérieur. Étonnamment, et quelle que soit la substance que renfermait ce réservoir, il y régnait un grand silence. Nul bruit d'eau – ni clapotis ni gargouillis – ne se faisait entendre.

Julian attira l'attention de Wren d'un petit coup de coude, puis lui désigna une zone, au bord de la fosse. La forgeuse d'os crut dans un premier temps que quelqu'un d'autre était présent, avant de reconnaître l'éclat du métal. C'était une armure vide, fièrement exposée sur un présentoir. Elle devait être flambant neuve, étant donné son état impeccable, de fort belle facture. Elle avait l'air d'attendre patiemment son propriétaire.

Escorté par le revenant, le garçon s'en approcha. Pleine d'appréhension, Wren sentit un picotement lui remonter le long de l'échine. Elle croisa le regard de Julian, malgré l'obscurité.

Un fracas métallique se réverbéra jusqu'à eux. À grand-peine, le forge-spectre retirait de leur support les lourdes pièces de fer étincelantes. Il ne les enfila pas, pourtant.

Non, il en armait le revenant.

CHAPITRE 28

Le garçon ordonna à son sbire cadavérique de se tenir tranquille. Ce dernier obtempéra, comme la fois précédente. Sans ciller, il se laissa barder des pièces d'armure.

Dorénavant, il ne s'agissait plus d'un revenant ordinaire, mais d'un revenant de fer.

Le forge-spectre – tous les doutes sur sa nature étaient désormais levés – le toucha de ses mains nues, sans craindre la nécrose. Pourtant, l'esprit palpitait à l'intérieur du macchabée. Sa lueur serpentait à travers ses muscles, son squelette. Elle brillait de mille feux dans ses orbites enfoncées.

Quoique rutilant, le style de l'armure n'était pas moins suranné, en tout cas par rapport à l'enveloppe métallique que portait Julian. Elle évoquait à Wren les illustrations de la légion de Fer qu'elle avait vues dans ses livres d'histoire. D'aspect rigide, sa structure était carrée et couvrait chaque pouce du corps des guerriers qui la portaient. Une fois les pièces en place, excepté le casque, le garçon se tourna vers le bassin. Une volée de marche permettait d'y descendre, comme dans les bains publics, conçus pour être traversés d'une extrémité à l'autre.

Cependant, il n'y pénétra pas. Il s'approcha du bord, où il s'accroupit puis tendit les mains. Il les avança péniblement, comme freiné par une espèce de résistance, une barrière invisible qui ralentissait ses mouvements. Il finit par percer ce voile transparent. Ses mains plongèrent dans le bassin.

Un flot soudain de lumière éblouissante en jaillit. Le forge-spectre se raidit, se préparant à encaisser le souffle de l'explosion.

De plus en plus aveuglant, le liquide contenu dans le bassin se mit à onduler et à tourbillonner, au point d'illuminer la caverne tout entière. La lumière permit à Wren de voir qu'un grand trône était sculpté dans le mur du fond, flanqué de deux sièges plus modestes. Elle repéra d'autres détails : des colonnes brisées et des gravats répandus sur le sol. De larges fissures lézardaient le fond de la fosse, que la clarté nouvelle vint peu à peu remplir. La source se mit à palpiter. À l'image d'un cœur, elle projetait en tous sens des faisceaux lumineux semblables à autant de veines.

Les pierres qui bordaient le bassin ne tardèrent pas à luire de l'intérieur, elles aussi. Sous ses pieds, Wren perçut une puissante vibration. L'atmosphère se chargea d'électricité, comme en plein orage. La forgeuse d'os en eut la chair de poule.

Elle se tourna vers Julian – qui manifestement ressentait les mêmes effets –, avant de poser une main à plat sur le sol. Un picotement lui parcourut la peau, puis un éclair de magie déferla le long de son bras. Lorsqu'elle inspira, l'énergie crépita dans ses poumons et se diffusa dans tout son corps.

Des pouvoirs sans limites, redoutables…

Un frisson de terreur secoua Wren. Il ne pouvait s'agir que de la magie noire à l'origine des revenants, la raison qui avait poussé les forge-spectre à bâtir leur royaume dans les entrailles de la terre. La puissance qui avait sans doute annihilé l'armée des forge-fer, celle des Dominions et Locke Graven, la « force maléfique » évoquée par Odile.

Les forge-spectre avaient-ils découvert cette source de pouvoir ou l'avaient-ils créée eux-mêmes en trouvant un moyen de capturer la magie de la terre ? Au fond, peu importait. Aux yeux de Wren, personne n'était censé s'octroyer tant de puissance. Ces nécromanciens avaient malgré tout fondé leur société autour de cette source. Quand la jeune fille voulut s'écarter, elle se rendit compte que le sol tremblait. L'édifice dans son ensemble était parcouru de secousses. Des fragments de pierre tombaient du plafond et, à en juger par les lointains craquements et fracas qu'elle entendait, de larges pans de roche s'effondraient à leur tour.

Était-ce de cette manière que leur nécropole s'était retrouvée ensevelie ? Dans ce cas, la catastrophe n'aurait eu aucun caractère naturel, mais serait survenue à la suite de l'exploitation intensive de cette source de magie. En la faisant remonter des tréfonds de la terre, les forge-spectre avaient pris le risque d'ébranler le monde qui les entourait… Pas étonnant que la Faille se soit ouverte après la redécouverte de cet endroit. De toute évidence, sa structure souffrait d'une grande instabilité.

Wren tenta une nouvelle fois de détacher sa main de la roche, sans succès. Affolée, elle vit des filaments de lumière blanche s'échapper de la pierre pour venir s'enrouler autour de son poignet avant de se mettre à remonter peu à peu le long de sa peau.

Julian remarqua sa détresse. Il lui saisit le bras puis, au prix de grands efforts, réussit à briser le lien et à la libérer du sol. Une fois les tourbillons lumineux évaporés, Wren cligna des yeux, sidérée. Bien que l'effet ne se fût pas encore dissipé, elle se ressaisit puis reporta son attention vers le fond de la caverne, où se trouvait toujours le forge-spectre.

Il était sujet au même phénomène que la jeune fille – en nettement plus puissant. Des volutes aveuglantes lui couraient sur les bras. Elles tournoyaient sur sa peau, s'insinuaient dans son corps. Il se mit à irradier. À mesure que la magie l'imprégnait de l'intérieur, ses os s'illuminèrent un à un, jusqu'à devenir nettement visibles à travers sa peau. Wren supposa que le squelette du garçon retenait le pouvoir absorbé par son corps, tel un récipient ou un réservoir. Dès que chaque os était pleinement imbibé, la magie débordait pour en abreuver un autre.

La mâchoire serrée, les muscles tendus, les traits figés par une grimace de douleur, il encaissait le choc. La lumière finit par atteindre son crâne… mais ne s'arrêta pas là. Elle poursuivit son chemin pour s'immiscer dans les cornes de son casque, puis illuminer le masque, semblable à un demi-crâne de bélier, qui lui couvrait le front et les yeux. L'accessoire l'aidait sûrement d'une quelconque manière, en amplifiant sa magie ou son aptitude à l'emmagasiner. Le rayonnement se concentrait autour des cornes et au creux de sa main droite.

Après une ultime explosion de lumière, le garçon s'écarta en chancelant.

Il prit une profonde inspiration. La magie se mit à scintiller, à virevolter en lui, de plus en plus vive. Dans le même temps, l'agitation du bassin s'était calmée, l'éclat luisant des crevasses et des pierres qui l'entouraient avait quasiment disparu. L'obscurité retomba sur la caverne, les secousses cessèrent. Le forge-spectre se retourna vers le revenant en armure. Dans la pénombre, la peau et le squelette phosphorescents du garçon se découpaient encore plus nettement.

Il ne lui restait plus qu'à enfiler le casque au macchabée, mais il ne l'ôta pas de sa propre tête. À cet instant précis, Wren remarqua qu'il tenait quelque chose dans sa main diaphane. Un objet long et étroit, noir... dont le bout était aussi pointu qu'un pieu.

Il le brandit et, de l'autre main, tira un petit marteau de sa ceinture. Il plaça la pointe au milieu du front du revenant, puis l'enfonça d'un coup précis. Le craquement de l'os brisa le silence. Wren ne s'était jamais vraiment intéressée aux coutumes des fauchyrs, mais n'avait aucun doute : il venait de sectionner la ligne d'énergie du fantôme.

Un hurlement d'outre-tombe s'ensuivit, qui se répercuta contre les parois dans un écho sinistre. Wren se plaqua les mains sur les oreilles. Julian, lui, resta impassible. Il lui jeta un regard inquiet. Elle serra les dents, déterminée à ne pas rater une miette de la scène qui se déroulait sous leurs yeux.

Visiblement, le revenant souffrait. De ses mains bardées de gantelets, il tenta d'arracher le pieu, mais le garçon ne lui accordait que peu d'attention.

— Arrête, ordonna-t-il presque distraitement.

Le macchabée se figea. Avec précaution, le garçon se pencha pour examiner son œuvre. Wren eut le sentiment que tout ne se passait pas comme prévu.

En effet, de fines volutes de lumière spectrale se mirent à jaillir du crâne du revenant, ce qui fit maugréer le forge-spectre. Si le pieu avait tranché la ligne d'énergie, l'esprit devait être en train de se détacher de sa dépouille. Ce qui, visiblement, n'était pas le but de cet étrange rituel.

Lorsque l'apparition se libéra peu à peu, tournoyant dans l'armure comme un panache de vapeur, le garçon brandit de nouveau son marteau. Sans se soucier du fantôme, il l'aligna minutieusement avec le pieu puis, d'un seul coup sonore, l'enfonça d'un demi-pouce supplémentaire. Un choc trop brutal aurait sans doute suffi à fendre l'os en deux, mais le crâne resta entier.

Le hurlement strident s'interrompit. Soulagé, le forge-spectre se détendit.

L'esprit, qui commençait à se dissiper, demeura suspendu dans les airs, frémissant. La seconde suivante, il se rétracta, aspiré à l'intérieur de l'armure comme de l'eau s'écoulant dans un siphon.

Son maître était parvenu à le faire revenir, à réparer le lien. Par l'entremise de son os d'ancrage, il avait rattaché l'âme à son corps.

Un flot de clarté gicla du revenant, puis déferla d'un bout à l'autre de l'armure de fer comme la magie s'était déversée dans le corps du forge-spectre. Enfin, la lumière, sauf celle produite par le fantôme, s'évanouit. De même, la phosphorescence qui émanait des os du garçon s'éteignit. Manifestement, il avait épuisé ses réserves de magie.

Haletant, il se saisit du casque, le tout dernier élément de l'armure, pour l'enfiler sur la tête percée de son serviteur. Un tintement métallique se fit entendre lorsque la pièce de fer rencontra le gorgerin. Elle n'était pourvue d'aucun trou destiné aux yeux ni de fentes pour permettre de respirer, ce dont le revenant n'avait bien entendu pas besoin. L'obscurité enveloppa à nouveau la caverne.

— Va, dit le jeune homme de sa voix rauque.

La tête penchée, il ne daigna pas jeter un regard à sa création.

— Rejoins les autres à Fonderie. Trouve-la. Obéis-lui.

Les autres ? Ils étaient donc plusieurs. Mais combien exactement ?

Le revenant de fer s'anima sur-le-champ pour disparaître par une porte au fond de la salle du trône. Chacun de ses pas faisait cliqueter son armure.

— Suivons-le, souffla Wren.

Une partie d'elle mourait pourtant d'envie de parler à ce garçon, de comprendre ce qu'il faisait. Il était seul, le moment était idéal…

Julian se remit debout.

— Ne restons pas ici. Il faut qu'on…

Wren se relevait à son tour lorsque son pied heurta une pierre. Projeté en avant, le caillou glissa sur le sol avant de rebondir sur les marches du vaste escalier, non sans créer un écho sonore.

La jeune fille se figea, mais il était trop tard. Debout, le forge-spectre scrutait la saillie. Leurs regards se croisèrent

– l'iris blanc opalin de la forgeuse d'os rencontra le vert spectral des yeux du garçon. La voix du créateur de revenants tonna, amplifiée par les résidus du pouvoir qu'il avait absorbé.

— Des intrus. Arrêtez-les !

Ses paroles brisèrent le silence… bientôt balayé par de nouveaux bruits. Grattements, pas pressés, cliquetis métalliques… En bas, des taches lumineuses apparurent. D'autres surgirent de l'ombre en haut, le long de la saillie. Elles sortaient des différents couloirs, pièces et ailes de l'édifice plongé dans les ténèbres. La magie de Wren se réveilla. Chacune nouvelle lueur détonnait dans ses sens tel un feu d'artifice.

Julian et elle se précipitèrent vers la porte, mais plusieurs non-morts les avaient devancés, car tous n'étaient pas encombrés de leur squelette. Certains n'étaient que des esprits, dont les corps gisaient au loin. Dans ces lieux regorgeant de magie, leurs liens s'étiraient certainement sur des distances inouïes. D'autres devaient être des geists. Ils déclenchaient des rafales et projetaient des gerbes de poussière et de graviers alentour.

D'instinct, le forge-fer brandit son bâton, mais se garda de frapper. Les non-morts ne les attaquaient pas. Ils se contentaient de les encercler, telle une meute de loups en chasse. Ils avaient reçu l'ordre de les arrêter, non de les blesser.

Wren leva son épée d'os. Il lui suffisait d'ouvrir un chemin jusqu'à l'eau, mais à mesure qu'elle agitait son arme, de nouveaux non-morts s'attroupaient dans son dos, dressés entre elle et Julian.

Elle songea à ses leçons. On lui avait appris à protéger, à se battre en binôme et voilà qu'elle s'était laissé séparer de son équipier.

Affolé, Julian leva de nouveau son bâton.

— Ne bouge pas ! lui conseilla la forgeuse d'os, craignant que le moindre mouvement n'incite leurs ennemis à donner l'assaut.

D'habitude, c'était elle qui tenait le rôle de la téméraire – Julian le lui avait assez reproché. Mais l'effroi était évident sur les traits du guerrier. Il n'avait pas les idées claires.

Malgré sa peur, il tint compte de son avertissement et suspendit son geste. Trop tard, semblait-il.

Lorsqu'il perçut l'intention violente du forge-fer, l'un des revenants tourna brusquement la tête vers lui. Sous leurs yeux ébahis, il se libéra de son cadavre qui s'effondra sur le sol. Bras tendu et ce qui lui servait de visage déformé par la haine, l'apparition, qui avait conservé sa silhouette humaine, fondit droit sur Julian.

Elle allait le tuer. Un seul contact et la nécrose s'emparerait du guerrier de fer. Hors de portée du spectre, Wren était impuissante. Gagnée par la panique, elle fit la seule chose qui lui vint à l'esprit.

— Stop ! hurla-t-elle, puisant cet ordre au plus profond de ses tripes.

Le revenant se figea, suspendu dans les airs comme percuté par un obstacle invisible. Chargé d'énergie, il crépita, siffla de rage, mais resta pétrifié.

Il n'était qu'à quelques cheveux de Julian, qui s'était reculé. Le forge-fer, choqué, osa enfin poser les yeux sur lui, puis sur Wren. Il porta ensuite son regard un peu plus loin, derrière elle. La forgeuse d'os n'eut pas le temps de se retourner qu'une main la saisissait par l'épaule.

Sursautant, elle fit volte-face, le cœur battant à tout rompre. Elle s'attendait à voir un revenant, à sentir le froid caractéristique de la nécrose lui envahir le bras.

Mais non, elle se retrouva nez à nez avec le forge-spectre.

À la vue de son casque cornu, si près d'elle, une peur primale s'empara d'elle. Le souffle coupé, elle en resta tétanisée.

De son autre main, le garçon saisit le crâne pour le remonter au-dessus de sa tête. Peut-être s'était-il aperçu qu'il l'avait effrayée – à moins qu'il ne désire simplement mieux voir. Quoi qu'il en soit, Wren discernait enfin son visage.

Le teint blafard et la chevelure assortie, il était encore plus pâle que la forgeuse d'os. Sous son regard méfiant se dessinait un nez délicat. Des cernes noirs soulignaient ses yeux exorbités, hésitants. Ses lèvres étaient pincées. Il avait l'air épuisé, un peu désorienté... presque épouvanté. Intriguée par son expression, par le mystère qui planait sur son identité et ses agissements, la jeune fille s'avança d'un pas timide.

Son geste sembla le rassurer. Songeur, il la scruta de ses iris verts pénétrants.

Il avait tout vu, bien sûr. Quand elle avait commandé le non-mort, comme lui, le forge-spectre, il se trouvait aux premières loges.

Haletante, elle tenta de se libérer de sa prise, mais il tint bon. Elle baissa les yeux. Une bague était passée à l'un des longs doigts d'ivoire du garçon.

À cette vue, son cœur, qui jusqu'alors tambourinait contre sa cage thoracique, s'arrêta. L'anneau était blanc comme l'os, percé d'une pointe noire… La figure de deux oiseaux y était gravée.

Wren porta sa main libre à sa poche. Le maître du revenant de fer tressaillit, sans doute dans la crainte qu'elle ne dégaine une arme. Au fond, peut-être était-ce ce qu'il aurait fallu faire. Au lieu de quoi, elle sortit la bague qu'elle avait trouvée dans le Bois-aux-Ossements, copie exacte du bijou que portait le forge-spectre.

Paume tendue, elle le lui montra. Il l'examina avant de relever les yeux vers la jeune fille. Sa méfiance laissa la place à la confusion, puis à une lueur de compréhension.

— Wren ! s'écria Julian, qui tentait de la rejoindre.

À chacun de ses mouvements, les non-morts s'agitaient en laissant échapper des crépitements menaçants.

La forgeuse d'os fit le point sur sa situation, avant de se retourner vers le garçon… qui ne l'avait pas quittée des yeux. Il semblait l'étudier dans les moindres détails, comme s'il cherchait à mémoriser son visage.

Il finit par la lâcher, mais seulement pour lever la main. L'anneau scintillait dans l'éclat de la lumière spectrale.

Il désigna l'un des oiseaux – le rapace, le plus grand des deux –, puis pointa l'index sur sa propre poitrine. Hébétée, Wren suivait chacun de ses gestes. Tous ses muscles étaient tendus, prêts pour la fuite, tant elle était inquiète à l'idée d'une révélation qu'elle redoutait et brûlait d'entendre à la fois. Visiblement sensible à sa détresse, le garçon se mouvait avec lenteur, prudent comme il approcherait une biche pour ne pas l'effrayer.

Quand il montra la gravure plus petite, l'oiseau chanteur, Wren se mit à trembler. Elle devinait déjà ce qu'il s'apprêtait à faire.

Il leva la main, puis braqua son index sur la forgeuse d'os.

Elle secoua la tête. Timidement, pour commencer, puis de plus en plus vite. Elle referma les doigts sur la bague, serra le poing et se retourna.

— Arrière ! hurla-t-elle aux revenants qui, dressés entre elle et Julian, leur bloquaient l'issue.

Dociles, ils s'écartèrent, comme un spectre fendu par une épée d'os. Le forge-spectre ne tenta pas de la suivre. Il la laissait même partir.

— Arrière ! répéta-t-elle une fois qu'elle eut rejoint Julian.

Malgré les tremblements de sa voix, elle y mit toute la force de sa volonté. Elle plongea les yeux dans le regard du forge-fer, où elle décela de la terreur. Sauf que cette fois, c'était d'elle qu'il avait peur.

Autour d'eux, les non-morts se poussaient, plus ou moins gracieusement selon leur état. Sans abaisser son épée, Wren empoigna Julian par le bras pour l'entraîner hors de la caverne.

D'autres revenants les attendaient sur la rive, mais à mesure que les deux forgeurs se frayaient un chemin jusqu'à l'eau, ils s'éloignèrent, qui à petits pas, qui en flottant.

— Arrière, chuchotait Wren chaque fois que l'un d'eux s'attardait un peu trop. Arrière !

Ils retrouvèrent leur canot. Julian la regardait comme si elle s'était changée en monstre, mais elle ne pouvait ni sourire, ni rire, ni même le rassurer. Elle serrait toujours la bague au creux de son poing, si fort que le métal s'incrustait dans sa paume.

À la rame, le forge-fer les mena au milieu de la source. Sans s'être concertés, ils semblaient d'accord pour ne pas regagner leur campement de fortune. Le jeune homme avait emporté sa besace qu'il avait laissée dans l'embarcation. Il ne leur restait plus qu'à se diriger vers le puits de mine, par où il était arrivé.

Le silence était assourdissant. Sur leur passage, de nouveaux revenants se matérialisèrent sur la berge, telles des apparitions muettes déchirant les ténèbres. Wren n'osait plus leur ordonner quoi que ce soit, de peur que sa nouvelle aptitude finisse par s'épuiser. Ce qui ne manquerait pas d'arriver. Ce pouvoir n'était que temporaire, lié à la substance contenue dans le mystérieux bassin, qu'elle avait absorbée en touchant le sol de la salle du trône.

La bague dont les bords tranchants lui entaillaient la chair ne semblait pas du même avis.

Tout à coup, ses sens frétillèrent. Elle pencha la tête par-dessus bord. Sans savoir par quel exploit elle détectait sa présence, elle savait que son sac se trouvait juste en dessous du canot. Certes, il contenait de la poussière d'os, mais en petite quantité. L'eau aurait dû l'empêcher de la déceler. Et pourtant…

Elle rempocha l'anneau, puis n'eut qu'à attirer à elle ses affaires d'un coup sec à l'aide de sa magie pour les faire remonter jusqu'à sa main tendue.

Quelle était la profondeur de la source ? Elle ignorait jusqu'où s'étendait son pouvoir.

La gorge serrée, elle posa dans le bateau sa besace imbibée d'eau. Un peu plus loin, elle sentit la présence de son épée, quelque part sur la berge. Malgré la distance, elle aurait sûrement pu la faire venir directement à elle, mais elle préféra attendre que leur embarcation vogue dans sa direction. Plusieurs revenants rôdaient dans les parages mais, quand elle sauta dans l'eau pour patauger vers la rive, ils ne cillèrent pas.

L'entrée du puits de mine était elle aussi cernée de non-morts. À mesure qu'ils s'en approchaient, Wren rassembla ses forces. Lorsqu'elle débarqua dans le lit de la source, à cet endroit peu profond, elle retrouva enfin sa voix.

— Arrière ! ordonna-t-elle.

De nouveau, la sensation que le mot venait du fond de ses entrailles, qu'il était chargé de pouvoir, de magie, l'envahit.

— Écartez-vous !

Ils leur dégagèrent un passage, sans toutefois s'effacer pour de bon. Leur présence glaçait Wren jusqu'à la moelle. Son instinct lui suggérait d'engager le combat, mais elle préférait ne pas tester les limites de son autorité.

Ils pénétrèrent dans le tunnel, où les ténèbres les enveloppèrent. À présent que toute lumière spectrale avait disparu, confinée dans l'atmosphère brumeuse de la source, la forgeuse d'os sentit la tension se relâcher dans ses épaules. Elle n'osait pas pour autant baisser la garde. Conformément à la description de Julian, le chemin s'avéra abrupt, glissant et tortueux par endroits.

Ils gagnèrent enfin la mine. Le forge-fer en tête, ils gravirent de vieilles marches de pierre, avant de bifurquer pour parvenir à un monte-charge. Une manivelle commandait le mécanisme, mais le jeune homme préféra utiliser sa magie pour tirer sur les chaînes métalliques et les hisser le plus vite possible au sommet.

Loin du garçon à la bague, de la Faille et des innombrables non-morts qui obéissaient aux ordres de la forgeuse d'os.

CHAPITRE 29

De retour à la surface, il fallut un certain temps pour que les yeux de Wren se réhabituent à la lumière. Tout était redevenu d'une étonnante limpidité. Sans la brume et la lueur spectrale qui flottaient en bas, le monde entier lui apparut teinté de noir et de blanc – le ciel et les étoiles, les montagnes et le sol rocailleux. Derrière eux, la silhouette du pont se découpait sur le firmament pailleté. Son extrémité avait replongé dans l'ombre, à présent qu'il n'y rôdait plus aucun non-mort.

Quand bien même il en serait resté quelques-uns, Wren aurait-elle pu leur imposer sa volonté, les chasser d'un seul mot ?

Les événements qu'ils venaient de vivre semblaient à des années-lumière, confinés dans ce paysage d'une irréalité brumeuse, inconcevables à la lueur crue du clair de lune.

— Ne traînons pas, dit Julian, qui s'éloignait déjà du puits.

Ils serpentèrent au milieu de bâtiments dispersés, pour la plupart en ruines ou effondrés. Lorsqu'ils en trouvèrent un encore debout, ils se cachèrent derrière, le temps d'une pause, afin de reprendre leur souffle.

Les oreilles de Wren bourdonnaient. Le sang battait si fort à ses tempes qu'elle avait grand-peine à garder les idées claires.

Le forge-fer la dévisageait d'un regard insistant.

— Alors ?

— Quoi ? demanda-t-elle, groggy.

— Est-ce qu'ils nous suivent ?

La forgeuse d'os s'était appuyée contre le mur. Son compagnon, qui se tenait en face d'elle, jetait des coups d'œil vers le passage qu'ils venaient de quitter.

Les yeux fermés, la jeune fille maîtrisa sa respiration afin de déployer ses sens.

— Non, répondit-elle avec une certitude troublante.

Elle ne détectait pas l'absence de non-morts, au contraire. Les revenants dont elle captait la présence se trouvaient au fond de la Faille, bien au-delà de la portée habituelle de sa magie.

L'essentiel était que pour l'instant, tout danger était écarté.

Le garçon les avait-il rappelés à lui ? Wren se demandait si elle avait surpassé l'ordre du forge-spectre en leur demandant de s'écarter. La création du revenant de fer avait dû le vider de ses capacités magiques. Peut-être ses instructions avaient-elles aussi perdu de leur efficacité.

Quand elle rouvrit les yeux, Julian continuait de l'observer de son regard insistant.

— Qu'est-ce qu'il t'a dit ?

— Rien.

C'était la vérité. Il n'avait pas prononcé un seul mot, bien qu'il eût communiqué avec elle et exprimé des choses qui échappaient encore à la forgeuse d'os. Face à la mine sceptique de son acolyte, Wren tira la bague de sa poche.

— Il portait la même.

Elle ne souhaitait pas aborder la question des oiseaux gravés. Autant éviter de tirer des conclusions avant d'avoir davantage d'éléments sur leur signification.

Julian se passa une main dans les cheveux, songeur.

— Depuis quand savais-tu que tu en étais capable ?

Inutile de lui demander de préciser à quoi il faisait allusion.

— Je n'en savais rien.

Il se montra sceptique.

— Tu veux me faire croire qu'il t'a suffi de toucher cette pierre lumineuse pour te découvrir le pouvoir de contrôler les non-morts ? Pour devenir une…

— Arrête, s'étrangla-t-elle, avant de ravaler sa salive dans un effort pour se ressaisir. C'est ce puits. À mon avis, il contient plus que de la magie, il donne sûrement à ceux qui le touchent des aptitudes insoupçonnées, des pouvoirs…

Sans limites. Redoutables.

— Tu as d'autres talents cachés ? interrogea-t-il, un peu acerbe.

Il songeait sans doute à Locke, lui aussi. Elle chassa de son esprit les pensées de revenants obéissants et d'ossements broyés qui l'encombraient.

— Je sens que ma portée s'est accrue. Mes sens sont plus… affûtés. À part ça…

À part ça, elle n'en savait rien, mais préférait garder cette pensée pour elle.

— Et toi ? Tu étais juste à côté de moi.

Il leva les mains pour lui montrer ses gants de cuir.

— Je n'ai touché à rien.

— N'empêche, insista Wren, qui ne voulait pas être la seule affectée, la seule… différente. Tu l'as senti, toi aussi, non ? Tu ne trouves pas qu'il flottait dans l'air quelque chose de spécial ?

Il haussa les épaules – un geste faussement nonchalant, à en juger par la tension des muscles de son cou.

— Je ne sais pas ce que j'ai senti. En revanche, je sais ce que j'ai vu. Ce… ce garçon ne s'est pas contenté de leur donner des ordres.

En effet, il avait plongé un étrange pieu dans le crâne d'un des non-morts, pareil à la pointe fichée dans la bague d'os que Wren et lui possédaient tous les deux. Pour une obscure raison, cette manœuvre avait empêché l'esprit de se séparer de sa dépouille. Afin qu'il reste à l'intérieur de l'armure, sans doute.

Wren lança au forge-fer un regard soupçonneux.

— Où est-ce qu'il l'a trouvée ? L'armure…

Julian eut un mouvement de recul.

— Comment veux-tu que je le sache ?

— Qui a pu lui fournir une armure de forge-fer complète, à part la maison du Fer ? insista la jeune fille, contente de reprendre enfin le dessus dans cette conversation. Elle a été faite pour un revenant, sans trous pour les yeux ni aération.

— Le peu de fer qu'il nous reste se trouve sous haute surveillance. Tous les artisans qui ont survécu au Soulèvement sont au service du régent…

Le jeune homme prit conscience de ce qu'il venait de dire au moment même où il prononça ces mots. Il marqua une pause, avant de poursuivre :

— Mais jamais il ne…

Il s'interrompit à nouveau, le regard lointain. Même si le forge-spectre avait récupéré le métal sur un champ de bataille, au mépris des traditions de la maison du Fer, il lui aurait fallu un artisan pour fabriquer cette armure sur mesure, c'est-à-dire un forge-fer.

Il existait peut-être une faille dans l'indéfectible foi de Julian envers ce régent et sa cause.

— Je ne sais pas ce que prépare ce garçon, mais il reçoit forcément de l'aide, insista Wren.

Ils manquaient encore d'éléments pour tirer des conclusions, mais comment savoir où était parti le non-mort en armure ? Elle tendit le cou à droite et à gauche, puis jura entre ses dents.

— On aurait dû suivre ce revenant de fer, maugréa-t-elle. Il est trop loin, maintenant.

Le forge-fer arqua un sourcil.

— « Ce revenant de fer » ? répéta-t-il.

Aux yeux de Wren, le terme était adéquat.

— On sait où il allait, ajouta Julian. Le garçon lui a dit de se rendre à Fonderie. Je sais où se trouve cette ville. Enfin, où elle se trouvait.

Wren ignorait l'existence de cette cité. Elle avait oublié que le forge-spectre avait indiqué une destination.

— Elle est censée être en ruines, envahie, comme tout le reste, poursuivit le forge-fer. Mais c'est peut-être là-bas qu'il rassemble ses créations.

— Allons-y, dans ce cas.

Il hésita.

— Fonderie est à la frontière sud-est de l'ancien Territoire hanté.

— Et alors ?

— Alors, c'est dans la direction opposée à notre route. Si on se lance à la poursuite de ce revenant de fer, il y a de grandes chances qu'on perde la trace du prince.

— Oh.

Leo. Elle l'avait presque oublié. Un flot d'émotions contradictoires la submergea. À l'origine, son objectif était de le sauver, afin de montrer ce qu'elle valait à tous ceux qui doutaient d'elle. Sauf que chemin faisant, elle avait vu et entendu des choses qu'elle ne pouvait pas laisser de côté. Ces choses – à condition qu'elles soient vraies – étaient encore plus terribles que la séquestration d'un prince valorien. Sa curiosité la poussait vers les revenants de fer et le forge-spectre. Il fallait qu'elle sache, ne serait-ce que pour se comprendre elle-même… Ce besoin était presque viscéral. Les implications de ses découvertes surpassaient de loin le sort d'un rejeton royal ou sa fierté personnelle. Ce mystérieux garçon ne façonnait pas des monstres de foire… Il contrôlait les non-morts et les équipait d'armures. Il les changeait en armes.

Elle se remémora le ton glacial de sa grand-mère quand cette dernière avait proclamé l'échec de sa petite-fille, la déception dans le regard de son père au moment où elle avait dû céder Trancheuse. Elle pensa à Leo, à la peur sur son visage quand les ravisseurs avaient fondu sur lui.

Ils étaient sa famille, lui son ami… Mais les enjeux dépassaient à présent le simple cadre familial ou amical.

— Tu crois que Leo va s'en sortir ? Si les tiens procèdent à l'échange, ils… ils ne lui feront pas de mal, si ?

— Non, affirma Julian. Peu importe le plan qu'a élaboré le capitaine Royce, il ne risque rien. Il a trop de valeur.

Wren n'était pas si convaincue, mais elle n'avait pas le choix.

— Je propose de suivre le revenant de fer. On ne peut pas faire semblant de n'avoir rien vu, renoncer et reprendre notre mission comme si de rien n'était. Tout a changé. Je ne sais pas pour qui travaille ce forge-spectre, mais les deux côtés du Mur risquent d'en pâtir.

— Je suis d'accord.

Ils échangèrent un sourire curieux, comme s'ils étaient étonnés de ne pas se disputer.

— Tu vas sûrement manquer l'occasion d'affronter ton capitaine et de découvrir la vérité, reprit Wren. Tu en es bien conscient ?

Le sourire du forge-fer se changea en grimace.

— J'en trouverai une autre.

Elle frissonna, rassurée qu'ils soient dans le même camp.

Avant toute chose, ils passèrent en revue leurs réserves. La besace de Wren était trempée et, avec l'air glacial qui soufflait sur le paysage nocturne, elle le resterait un bon moment. Elle se débarrassa des couvertures qu'elle y avait fourrées et des bûches qu'ils n'auraient pas le temps de faire sécher. Une fois les provisions transférées dans le sac de Julian et le restant de la poussière d'os attaché à la ceinture de Wren, ils abandonnèrent la besace vide.

Ils s'arrêtèrent à deux reprises pour se reposer en prenant des tours de garde. La forgeuse d'os laissa dormir Julian aussi longtemps que possible mais, lorsqu'il la releva, elle ne parvint pas à faire taire son esprit bouillonnant.

Elle finit par renoncer à trouver le sommeil pour examiner la bague. Du bout des doigts, elle parcourut les stries dans la surface lisse de l'anneau d'os, les glyphes et les oiseaux gravés. Un rapace pour lui… un oiseau chanteur – le passereau dont elle tirait son nom – pour elle.

— Je me demande si elle sert d'amplificateur, confia Julian.

La jeune fille sursauta. L'étude du bijou l'avait tant absorbée qu'elle en avait oublié la présence du forge-fer. Elle reprit son inspection.

— Qu'est-ce que tu entends par là ?

— Ce sont des artefacts qui engrangent des réserves de puissance. Ils permettent d'accroître le lien magique entre le forgeur et son outil, par exemple celui qui unit les forge-fer à leur armure.

— Mais cette bague est en os… Il faudrait qu'il soit forgeur d'os pour fabriquer un objet pareil. Or ses aptitudes sont…

Elle se tut. Elle s'apprêtait à dire que les aptitudes du garçon de la Faille relevaient clairement d'un forge-spectre. Or elle n'en était pas un, ce qui ne l'avait pas empêché d'être capable des mêmes exploits. Enfin, de certains d'entre eux, du moins. Lorsque le mystérieux inconnu avait puisé le pouvoir de la source, la bague s'était mise à briller, tout comme le crâne cornu qui lui servait de masque, laissant supposer qu'ils renfermaient effectivement de la magie. Et elle était prête à parier qu'à l'image de l'anneau, le masque de bélier était percé d'une pointe noire. Fallait-il en conclure que l'origine de ses pouvoirs se situait dans ces piques, et non dans l'os ? Elles devaient être constituées du même métal que le pieu qui avait rattaché le revenant à son cadavre.

Se pouvait-il que ces objets soient… hantés ? Et si c'était là la condition nécessaire aux forge-spectre pour manipuler un esprit ?

— Ce n'est qu'une théorie, précisa Julian à mi-voix. Mais les amplificateurs sont assez courants chez les forge-métal. Tu as bien vu tout l'or que portait le prince.

— Je pensais qu'il voulait juste faire le beau, glissa la jeune fille.

Malgré sa boutade, elle ne put s'empêcher d'éprouver une pointe de remords à l'évocation de Leo.

Le forge-fer eut un sourire malicieux.

— Et tu n'aurais sans doute pas tort. N'empêche que je mettrais ma main à couper que certains de ses bijoux sont des amplificateurs. Ces artefacts se transmettent souvent de génération en génération dans les familles qui les utilisent. D'ailleurs, il arrive que les forge-métal les combinent avec du sang de leur lignée ou d'autres matières organiques pour renforcer le lien. Certains, expliqua-t-il en se raclant la gorge, implantent même des amplificateurs dans leur corps. Ça permet d'unir sang et magie de manière permanente.

Des matières organiques ? Unir sang et magie ?

Wren examina à nouveau la bague. L'os dans lequel elle avait été taillée avait un jour appartenu à quelqu'un. À qui ? Elle l'ignorait. Elle caressa du doigt l'oiseau chanteur, puis rempocha le bijou.

— Il paraît que les forgeurs d'argent ingurgitent carrément leur matériau, dit-elle afin de détourner la conversation. Tu crois qu'ils le font pour les mêmes raisons ?

Julian éclata d'un rire léger et franc. Depuis qu'elle avait cessé de commander les non-morts, la méfiance du forge-fer à son égard s'était atténuée, ce qui la soulageait.

Elle s'apprêtait à lui rendre son sourire lorsqu'elle se souvint de leur baiser, de ce qu'il avait dit en la repoussant. « *C'était une mauvaise idée.* » Ils retrouvaient peu à peu la complicité qui les avait menés à batifoler dans l'eau de la source. Inévitablement, les souvenirs remontaient à la surface… en même temps que certains désirs…

La douce chaleur qui s'était réveillée au creux de son ventre se glaça. Elle se contraignit à regarder ailleurs. S'ils poursuivaient leur chemin ensemble, c'était uniquement parce qu'ils formaient une bonne équipe. Rien d'autre.

— Non, c'est parce que l'argent a des vertus curatives. Ils s'en servent comme traitement, répondit Julian sans se douter des réflexions de son acolyte. À ce qu'on dit, certains ont essayé d'en faire des implants, mais le résultat n'a pas toujours été très probant. La plupart du temps, l'intervention est considérée trop risquée, malgré les bénéfices. Elle est douloureuse, le corps rejette souvent l'objet implanté. Le surplus de puissance qu'il procure est par ailleurs discutable. Tout dépend de la qualité du matériau et de sa compatibilité avec le receveur. Cette pratique a été abandonnée depuis longtemps.

Wren plissa les yeux, suspicieuse.

— Comment se fait-il que tu en saches si long sur le sujet ?

À nouveau, il s'esclaffa – d'un rire plus forcé, cette fois.

— J'étais un élève attentif. Contrairement à toi, j'ai l'impression.

La forgeuse d'os gloussa, mais sentait qu'il ne lui disait pas toute la vérité. Quoi qu'il en soit, il n'avait pas tort, surtout pour ce qui était de l'assiduité lors de ses leçons.

— C'est ce que j'ai pensé à propos du bassin. Qu'il devait s'agir d'une espèce d'amplificateur.

— Sauf qu'il ne se contente pas d'accroître le pouvoir… Moi, je crois plutôt que c'est de la magie pure.

Ils reprirent leur chemin dans l'obscurité, qui laissa peu à peu place à l'aube. Quelques non-morts s'éveillaient sur leur passage – de petits groupes de spectres et un revenant par-ci, par-là –, mais aucun d'eux ne se lança à leur poursuite.

Si Wren ne s'adressait plus à eux, elle gardait à l'esprit son ultime commandement – « Écartez-vous ! » – chaque fois qu'elle en apercevait un. Le répéter mentalement suffisait peut-être à prolonger la magie ou à renouveler son pouvoir. Qu'elle se fasse des illusions n'était pas non plus à exclure… Incapable de résister à la tentation, elle tripotait régulièrement la bague nichée dans sa poche, dont elle parcourait inlassablement les sillons polis et l'étrange pointe noire.

Ils continuèrent leur traversée du Territoire hanté sans dommage. Puis le soleil levant vint souligner de ses rayons les toits de Fonderie, au loin.

Soudain, Julian se figea. Un instant plus tard, Wren en faisait de même.

Des colonnes de fumée s'élevaient de plusieurs cheminées. Le tumulte, faible mais caractéristique, de la vie était perceptible à travers le fracas de mouvements, le murmure de conversations et l'écho d'un tintement régulier.

Fonderie n'avait rien de ruines à l'abandon. La ville était peuplée d'habitants qui vaquaient à leurs occupations dans le Territoire hanté… sans se douter qu'un revenant de fer se dirigeait droit sur eux.

CHAPITRE 30

Wren et Julian s'approchèrent de Fonderie avec précaution. Ils se trouvèrent d'abord un point en hauteur pour observer la cité avant de franchir ses hautes portes fortifiées. Outre la rivière qui s'enroulait tout autour, des défenses d'os protégeaient également la ville. Mal placées, elles auraient eu besoin de réparations conséquentes. Leurs concepteurs ne maîtrisaient visiblement pas la nécromancie. Heureusement, le cours d'eau suffisait à compenser ces faiblesses.

Wren s'émerveilla de ce prodige topographique, jusqu'à ce que Julian lui fasse remarquer que les méandres de la rivière n'avaient rien de naturel. Le cours d'eau n'encerclait la cité qu'à la faveur de l'ingéniosité humaine. Les nombreuses digues, et même un aqueduc visible plus loin à l'horizon, en témoignaient.

Le forge-fer se montrait plutôt lugubre. Pas de quoi s'étonner, tant le coût humain et financier de tels travaux était considérable. Peu importait qui avait été le commanditaire de ce chantier titanesque, il disposait de relations et de fonds non négligeables. Or, qui correspondait mieux à cette description que le régent de la citadelle de Fer ? Julian affirmait que la population à l'est du Mur luttait pour sa survie, ce qui était sans doute vrai… mais tout le monde n'était pas logé à la même enseigne. Quant au Territoire hanté, en dehors d'être un désert menaçant leur existence même, il agissait comme un écran de fumée idéal pour dissimuler certaines activités. Ce dont ils avaient été les témoins dans la Faille avait-il un lien avec ce qui se passait à Fonderie ? Ils ne tarderaient pas à en avoir le cœur net.

Les raisons qui motivaient l'entretien d'une ville aussi périlleusement placée restaient elles aussi énigmatiques, mais leur nature n'était pas difficile à comprendre.

Des mines.

Telle était la source de ce bruit régulier qui, à ce qu'il semblait, émanait d'un gisement en cours d'exploitation situé en bordure septentrionale de la cité.

— Voilà sans doute l'origine de toutes ces armures luisantes réservées aux revenants… souffla Wren, ébahie. Moi qui croyais l'extraction du fer interdite !

Une décision prononcée après que la surexploitation des filons avait été reconnue comme cause probable de la Faille – de là à en déduire que c'était la vérité…

Julian dut rappeler à son acolyte quelques évidences.

— Et qui va s'occuper de faire appliquer la loi ? Nous ne sommes plus dans les Dominions. (Wren voulut contester, mais il ne lui en laissa pas le temps.) Pour ta gouverne, je n'étais pas au courant de l'ouverture de cette mine, que je n'approuve pas. La situation est déjà bien assez inquiétante comme ça… La dernière chose dont le monde a besoin, c'est d'une nouvelle Faille.

— Et si c'était justement ce que recherchaient les instigateurs de cette histoire, que la crise s'aggrave ? murmura Wren. Réfléchis un peu. Avec le garçon capable de les contrôler, les revenants vont passer du rang de fléau rongeant vos terres à celui d'armée maniable à votre guise.

— À quoi bon, puisqu'ils ne peuvent pas franchir le Mur ? rétorqua Julian. Ce sont des non-morts. Qu'ils représentent une menace à l'est de la frontière ou soient capables de bâtir une cité n'y change rien. Ils ne seront jamais assez forts pour détruire…

Il s'interrompit. Il venait d'arriver à la même conclusion que Wren.

— Quelque chose me dit que la solution réside sans doute dans ces armures de forge-fer, finit-il par conclure.

La théorie se tenait. Les Faillois manquaient de troupes pour abattre le Mur, surtout depuis les agissements de Locke Graven. Quand bien même, le tribut à payer en vies humaines serait bien trop lourd. S'ils enrôlaient les non-morts, cependant, il leur suffirait d'ordonner à leurs macabres recrues de s'attaquer à la frontière et à ses défenseurs, puis de les laisser accomplir le sale boulot avant de s'engouffrer dans la brèche.

Ces armures de fer protégeraient les revenants, mais aussi leur fantôme, ce qui les rendrait quasiment impénétrables par la nécromancie. Le métal, outre la protection nécessaire pour s'attaquer au Mur, offrirait une barrière efficace contre les lames d'os susceptibles de transpercer leur esprit. Les fauchyrs s'en trouveraient bien démunis, et même les armes classiques ne seraient d'aucune utilité face à la matière travaillée par les forge-fer. Les troupes des Dominions se feraient balayer par ces guerriers d'un nouveau genre, tout simplement invincibles.

— Tu les vois ? demanda Wren.

— Qui ?

— Les revenants de fer. D'après le forge-spectre, il y en avait ici aussi. Pourtant, tout a l'air…

— Normal, acquiesça Julian, songeur. Donc, soit les gens sont au courant de ce qui se passe et ne craignent pas les revenants, soit les non-morts sont postés à proximité, mais à l'abri des regards… Tu crois qu'ils sont capables de pénétrer dans la ville ? Malgré la présence du fleuve ?

— Ils peuvent toujours emprunter le pont-levis, fit remarquer Wren. Il faut partir du principe qu'au-delà d'une certaine distance, l'eau ne les affecte plus. Rappelle-toi la source chaude, dans la Faille… Les revenants n'ont montré aucune réticence à franchir le pont. Pourtant, le lieu regorge de rivières souterraines et de puits. Ils ont peut-être découvert à quelle distance se placer pour ne pas être affectés…

— À moins que leurs armures suffisent à les protéger ? hasarda Julian.

— Comme le ferait un corps, tu veux dire ? (En pleine réflexion, Wren pencha la tête d'un côté puis de l'autre.) Possible. Pour se faire une idée, on devrait aller y voir de plus près.

— Et comment ? Je doute qu'ils soient très accueillants avec les visiteurs, ironisa le guerrier. On risque de vite attirer l'attention, tous les deux.

— Pas nécessairement, plaida Wren en pointant le menton vers le cœur de la cité. Là, regarde, un marché !

Avec des carrioles équipées pour les longs trajets… Comme il n'y a pas de fermes alentour, ça me paraît évident qu'ils importent leurs denrées, même si ce n'est pas souvent. Ils ne sont pas complètement coupés du monde.

— Qu'est-ce que tu proposes ?

— On se fond dans le décor et on ouvre grand les oreilles… là, maintenant, tout de suite, pour profiter du soleil à son zénith et des rues noires de monde. On essaie de fouiner un peu, aussi, histoire de voir si on peut dénicher la cachette des revenants, si elle se trouve dans l'enceinte de la cité. Puis, ce soir, quand la nuit sera tombée, on réfléchit à la suite.

— « On se fond dans le décor » ? répéta Julian en posant sur sa camarade un œil circonspect. Bon courage !

Les joues en feu, Wren s'efforça de soutenir le regard du jeune homme.

— C'est bon, je vais l'enlever, dit-elle en désignant son armure d'os.

— Si tu crois que c'est suffisant pour ne pas attirer l'attention…

Fallait-il y le prendre comme un compliment ?

Leur plan arrêté, la jeune fille ôta à contrecœur son équipement, ne gardant que quelques éléments facilement dissimulables sous ses vêtements. Elle conserva ses épées, calées dans son dos et rentrées dans leur fourreau jusqu'à la garde – la poignée, enveloppée de cuir, passant inaperçue –, mais ses couteaux de lancer et son baudrier durent rejoindre son armure au fond du sac de Julian. Quant à ses bourses de poussière d'os, elle les enfonça au plus profond de ses poches. Au moment où elle tentait de mettre de l'ordre dans sa ceinture, elle remarqua l'emplacement dédié à Trancheuse, vide. Elle n'avait pu se résoudre à se débarrasser de la gaine qui l'accueillait… ce qui n'avait fait que repousser l'inévitable.

Julian avisa lui aussi l'étui.

— Je ne me rappelle pas t'avoir vu y ranger une lame, s'étonna-t-il.

— Il est vide depuis que je suis arrivée au fort, répondit-elle sans s'épancher.

Puis, parce qu'elle se sentait morose et qu'elle voulait qu'il la plaigne :

— J'avais bien une dague, avant, un héritage familial, mais on me l'a pri… Enfin, je l'ai perdue avant d'être envoyée au Mur.

Wren avait peut-être dû la céder à Svetlana après son échec à l'épreuve du Bois-aux-Ossements, mais c'était elle qui l'avait mise en jeu quelques heures auparavant, elle qui avait choisi de tout risquer pour battre sa cousine et remporter la course. Même si elle avait tenté de le nier jusqu'à présent, elle ne pouvait s'en prendre qu'à elle-même, et elle le savait.

Julian, lui-même en train d'ôter son armure bien trop reconnaissable, dégaina l'une de ses dagues.

— Tiens. C'est du fer, je sais, mais…

Wren scruta le poignard, ébahie. Cette lame de seconde main lui parut le plus romantique des cadeaux. Elle s'en saisit pour l'inspecter dans ses moindres détails. La facture en était exquise, en particulier dans le soin apporté aux élégants motifs qui s'enroulaient autour de la garde.

— Elle s'appelle Cœur-de-Fer, souffla Julian avant de s'éclaircir la gorge. Elle a appartenu à ma mère, comme la plupart de mes premières armes. Leur taille était parfaite pour moi quand j'étais enfant. Puis j'ai grandi, mais… c'était tout ce qu'il me restait d'elle, alors…

Wren se fendit de remerciements sincères, touchée par la valeur sentimentale du présent. Lui aussi était orphelin de mère ? Elle eut un pincement au cœur. La solitude du forge-fer surpassait la sienne, semblait-il, puisque la jeune fille, elle, avait encore son père…

— Moi aussi, j'ai perdu ma mère, confia-t-elle. Enfin, elle est morte en couches. Je ne l'ai jamais connue.

Julian hocha la tête.

— Moi non plus, je ne l'ai pas vraiment connue. J'étais encore bébé quand elle est décédée. Mais…

— Mais ? l'encouragea Wren.

Il haussa les épaules d'un geste gauche.

— J'ai entendu des histoires à son sujet.

Il n'en dit pas plus. La forgeuse d'os le regardait, impatiente de connaître la suite.

— Elle se montrait toujours prête à aider son prochain, finit-il par dire. Lorsque les temps étaient durs, elle passait son temps à sillonner le pays pour apporter des provisions ou des fournitures dans les bourgs. C'était une épée, comme moi. Après la Faille, elle s'est démenée pour protéger les mineurs et leurs familles, pour les aider à quitter le Territoire hanté et les mettre en sécurité. Elle essayait de faire évacuer une mine lorsque la galerie s'est effondrée. À cette époque, on n'avait pas encore abandonné la zone.

Le front plissé, Wren tenta de s'y retrouver dans la chronologie. Julian ne lui avait-il pas dit avoir une cadette ?

— Mon père s'est remarié par la suite, expliqua-t-il.

À en juger par sa mine crispée, il ne portait pas sa belle-mère dans son cœur. Malgré tout, Wren comprenait mieux pourquoi il se montrait si protecteur envers la population vivant à l'est du Mur. Sans doute était-ce sa manière de perpétuer l'héritage maternel.

— Et de cette union est née ta petite sœur adorée, dit Wren afin de le réconforter. Une gamine superstitieuse et têtue comme une mule, si je me souviens bien.

Il esquissa un petit sourire, visiblement ravi qu'elle se le rappelle, puis effleura son bracelet.

— Rebecca, oui… mais elle préfère qu'on l'appelle Becca.

La confidence pouvait paraître anodine, elle n'en était pas moins intime. Wren s'en sentit étrangement gratifiée. Les deux forgeurs gardèrent un instant le silence, avant de se rappeler ce qu'ils étaient en train de faire. Avec soin, Wren glissa Cœur-de-Fer dans le fourreau déserté par Trancheuse.

Julian procéda à une nouvelle inspection de son acolyte, d'un œil critique, cette fois. Il ne tarda pas à repérer une anomalie.

— Tu ferais sans doute mieux de te… débarbouiller.

La suggestion arracha une grimace à la jeune fille. Ils voyageaient depuis des jours ! Le forge-fer n'était pas beaucoup plus frais… À vrai dire, si, il était impeccable, ou presque. Avait-il un secret ?

— Je parle du maquillage, précisa-t-il avec un geste vague.

Une expression étrange se lisait sur son visage, comme teintée d'anticipation. Wren songea à la dernière fois où il avait vu sa peau nue.

— Oh, bien sûr.

Elle s'essuya d'une main maladroite qui ne réussit qu'à étaler le noir sur ses joues, à en juger par le ricanement que Julian venait d'étouffer. La nature grasse et quasi étanche de la pâte la rendait difficile à enlever.

— Chez moi, j'utilise une huile… marmonna la jeune fille.

— Tiens, essaie avec ça.

Julian sortit de sa poche de poitrine ce qui ressemblait furieusement à un mouchoir de soie brodée. Jamais Wren n'aurait imaginé les forge-fer aussi férus d'élégance.

— Très chic ! fit-elle remarquer en prenant le carré de tissu immaculé entre ses doigts crasseux.

— C'est un mouchoir, pas une robe de bal, rétorqua Julian en lui tendant un petit flacon. Et ça, c'est de l'huile minérale. Je m'en sers pour nettoyer mes armes, mais ça devrait faire l'affaire.

Wren hésita, la fiole suspendue au-dessus de l'étoffe délicate. Secouant la tête, affligé, Julian lui prit mouchoir et flacon des mains, puis imprégna la soie d'un peu d'huile avant de lui rendre le tout.

— Il est si blanc… protesta Wren.

Elle finit par se résoudre à s'en tamponner le coin des yeux, sous le regard attentif de son compagnon de route.

Une fois ses paupières démaquillées, elle posa ses lèvres au centre du mouchoir et laissa l'huile agir un moment avant de s'essuyer une dernière fois le visage. Une empreinte noire en forme de bouche ornait à présent le carré de soie.

— C'est bon ? s'enquit-elle.

Si seulement elle avait un miroir ! Hélas, Julian avait déjà ôté son plastron. C'était pourtant bien pratique pour inspecter son reflet.

Le jeune homme tendit une main gantée comme pour lui effleurer le visage, avant de se raviser.

— Ça ira, marmonna-t-il avant de récupérer son mouchoir et de se détourner.

Wren fit mine de s'occuper de sa ceinture, prête à tout pour rompre la tension devenue palpable. Malgré tout, elle ne put s'empêcher de guetter son compagnon du coin de l'œil.

Lui tournant le dos, Julian contemplait l'empreinte de lèvres imprimée au creux du mouchoir. Il finit par replier le carré de soie avec des gestes délicats, puis le rangea dans sa poche de poitrine. Wren laissa échapper un soupir tremblant.

— Il faut te couvrir la tête, lui lança-t-il par-dessus son épaule. On ne peut pas changer la couleur de tes yeux, mais avec un peu de chance, si tu évites d'exposer directement ton visage à la lumière du jour, personne n'y prêtera attention.

— D'accord.

Elle remonta sa capuche et tenta de retrouver une contenance. Julian en profita pour hisser le paquetage, bien trop lourd pour la forgeuse d'os, sur son épaule. Ils se mirent en route.

La traversée des douves s'avéra moins compliquée que prévu. L'eau, peu profonde, servait surtout à décourager les assaillants non-morts, moins les êtres de chair et de sang. À l'aide de l'épée-fouet, les deux forgeurs escaladèrent le mur d'enceinte. Ils préféraient s'éviter tout problème avec les gardes qui surveillaient la porte nord. Des silos à grain regroupés sur l'un des côtés des remparts leur fournirent une bonne couverture pour leur intrusion à l'intérieur de la cité.

Ils firent attention à n'emprunter que des ruelles sombres et des allées isolées, ne traversant l'artère principale qu'en cas d'absolue nécessité. Ils glissaient un œil dans les embrasures des portes, s'attardaient devant les fenêtres ouvertes à l'affût du moindre signe de la présence de revenants. Les sens de Julian étaient en alerte, le guerrier guettant toute quantité inhabituelle de fer. Wren doutait cependant qu'il puisse en tirer une quelconque conclusion, étant donné que la ville abritait en son sein une mine en activité.

Tête haute, la forgeuse d'os déambulait d'une allure nonchalante, non sans délivrer quelques coups de coude à son compère dès lors qu'il pressait le pas ou promenait un regard un peu trop anxieux à la ronde.

— On voit que tu n'as pas l'habitude de fourrer ton nez là où c'est interdit, lui souffla-t-elle, un peu exaspérée. Rôder en s'efforçant de ne pas attirer l'attention, c'est le plus sûr moyen de se faire démasquer ! Marche comme si tu étais chez toi.

Julian lui répondit par une grimace, avant de relever le menton en soupirant. Les épaules relevées, il tenta de retrouver un peu de sa grâce et de son aplomb habituels. Wren le dévisagea. La crainte d'avoir commis une erreur la saisit. Avec ses traits fins et son port altier, il risquait plus encore d'attirer les regards… pour de tout autres raisons.

Ils se faufilaient aux abords du marché bondé lorsqu'un cri retentit.

Wren se figea instinctivement. On les avait repérés ! Mais elle comprit vite que le tapage venait de la porte sud, une entrée moins fréquentée dont ils s'étaient rapprochés. Elle avança jusqu'à l'artère principale pour en avoir le cœur net, juste à temps pour voir les lourds battants renforcés de fer pivoter lentement sur leurs gonds. Le tonnerre d'une cavalcade ébranla le sol, soulevant un nuage de poussière dans la lumière rasante de la fin d'après-midi.

L'heure était un peu tardive pour des fermiers ou des commerçants. Quand les cavaliers remontèrent la grand-rue, Wren put voir qu'il s'agissait d'une formation militaire, composée tout au plus d'une vingtaine de soldats. Malgré leur caractère peu impressionnant, Julian blêmit.

Un fanion attira l'attention de la forgeuse d'os. Porté par un cavalier à l'avant du cortège, une tour rouge y était figurée sur un fond noir. L'emblème de la maison du Fer.

À côté du soldat portant le drapeau chevauchait un homme paré d'une armure en métal noir, ornée avec extravagance et émaillée de rouge. Son heaume était surmonté d'un panache deux fois plus volumineux que la coiffe de Julian.

Un sire-forgeur.

Les soldats qui l'entouraient arboraient les mêmes accents carmin, quoique vêtus de cottes de mailles et non d'armures de plates, signe qu'ils ne maîtrisaient pas la magie. Les murmures déclenchés sur leur passage finirent par atteindre les oreilles de Wren.

— C'est la Garde rouge… Le régent de la citadelle de Fer… Le régent est là !

La forgeuse d'os se glissa entre deux bâtiments, entraînant son camarade à sa suite. Tapis dans l'interstice, ils regardèrent la procession entrer dans la ville.

Un tel cortège ne pouvait se contenter de traverser la cité sans y faire halte… Sans surprise, à peine eurent-ils dépassé la cachette des deux intrus que les cavaliers ralentirent l'allure, avant de s'arrêter devant l'un des édifices dressés le long de la grand-rue – une auberge, sans doute.

Ils furent aussitôt accueillis et leurs chevaux pomponnés. De toute évidence, on attendait leur venue.

Wren s'adossa contre le mur.

— Il est censé être à la citadelle, murmura Julian, attirant l'attention de la jeune fille.

Il semblait encore sous le choc.

— C'est là-bas que l'échange devait avoir lieu. C'est impos…

D'une main distraite, il remit ses cheveux en place.

— Sauf qu'il est bien là. Il doit avoir d'autres affaires à régler, fit valoir la forgeuse d'os.

Son compagnon se figea.

— Ne me dis pas que…

Elle haussa les épaules.

— C'est quand même étrange qu'il se pointe ici le jour où un revenant de fer y est justement envoyé. Sans parler des autres… Quant à la mine, peu probable qu'elle soit exploitée sans son aval, voire sans son appui financier. Sinon, pourquoi insister pour produire du fer dans un lieu aussi dangereux ? Parce qu'il en a besoin ! À moins que vous ne soyez en train de lever une armée de forge-fer…

Julian se contenta de secouer la tête. Voilà qui confirmait l'intuition de la jeune fille.

— Ce qui signifie que le régent est venu recruter une milice pour son propre compte.

— On n'en sait rien, protesta Julian, dont les convictions s'effritaient.

Les indices s'accumulaient. Le soutien indéfectible que le forge-fer témoignait auparavant à cet homme se fissurait face aux doutes.

— Julian… Ce régent, qui est-ce ?

— Le chef de la maison du Fer.

— D'accord, mais qui est-il vraiment ? insista Wren. Si les Knight ont été terrassés lors du Soulèvement, de quel droit dirige-t-il votre ordre ?

— Il est puissant, et notre maison vulnérable, répondit le guerrier d'une voix terne, à la manière d'une phrase mémorisée de longue date, récitée sans passion. Si elle tient encore, envers et contre tout, c'est grâce à lui. Il l'a rebâtie de fond en comble et maintenant…

— Maintenant, il pourrait viser plus haut.

— De ce qu'on en sait, il est peut-être venu mettre un terme à tout ça, s'entêta Julian.

Wren en doutait fort. Son petit doigt lui disait que son compagnon n'y croyait pas plus.

— Il n'y a qu'un moyen de le savoir. Allez, viens, on va se glisser dans cette auberge.

CHAPITRE 31

— On dirait qu'ils ont prévu de rester un moment… Les chevaux ont été conduits aux écuries, fit remarquer Wren en jetant un regard au coin de la bâtisse. J'ai du mal à croire que ces fameux revenants logent ici, mais peut-être est-ce le cas de leur créateur ?

— Tu penses au forge-spectre de la source ? demanda Julian d'une voix distraite.

Ses pensées restaient obnubilées par le régent. Wren lui jeta un regard par-dessus son épaule.

— Non, je parle du forge-fer qui a créé ces armures. Ou quiconque tire les ficelles derrière ce gamin. Tu l'as entendu comme moi, il ne s'est pas contenté d'ordonner à ce revenant de fer de rallier Fonderie. Il lui a commandé de « la trouver » et de « lui obéir ». Peut-être allons-nous enfin rencontrer cette légendaire reine des spectres dont tout le monde parle ? (Elle reporta son attention vers la rue.) Il faut absolument trouver un moyen d'entrer…

— Moi, ça ne va pas être possible, répondit Julian.

Wren le rejoignit dans l'allée.

— Ils me connaissent tous et se demanderont pourquoi je ne suis pas en compagnie du capitaine Royce et des autres.

— Ou pourquoi tu n'es pas mort, comme c'était prévu.

— Il n'a pas… protesta le jeune homme, les dents serrées.

— Comment peux-tu en être aussi sûr ?

— Parce que… jamais il ne ferait une chose pareille. Ça n'a pas de sens !

— Pourquoi ? insista Wren, lassée de tourner autour du pot. Cette fois, je veux la vérité.

Avec un soupir vaincu, il ferma les yeux.

— Parce que c'est mon oncle, d'accord ? Le régent. C'est lui qui m'a élevé.

Voilà qui venait expliquer son refus obstiné de le croire à l'initiative de cette tentative d'assassinat, de l'exploitation de la mine de Fonderie ou de l'apparition des revenants.

— Selon la tradition, un régent gouverne en lieu et place du souverain légitime, car ce dernier est absent, dans l'incapacité d'assurer ses fonctions… ou trop jeune. Donc ?

Sous le regard inquisiteur de la forgeuse d'os, Julian n'en menait pas large.

— J'aurai vingt ans dans six semaines.

— Autrement dit…

— Je suis Julian Knight, l'héritier de la maison du Fer.

L'image du mouchoir qu'il lui avait prêté avant d'entrer dans la ville revint à l'esprit de Wren. Un monogramme y était brodé, qui se précisa dans son souvenir : « JK ». Le jeune homme avait eu beau lui agiter la vérité sous le nez, elle n'avait rien vu.

Une vague de frustration l'envahit. Elle s'en voulait de n'avoir pas fait le rapprochement… et détestait l'idée qu'il lui ait caché ce détail. Non qu'elle accorde une quelconque importance au statut de Julian – elle soupçonnait cependant que son statut à elle ne le laisserait pas indifférent –, mais parce que cette révélation mettait au jour la culpabilité de son oncle, qui gouvernait à sa place... privilège qu'il perdrait dans une poignée de semaines.

Et dire qu'elle avait laissé Leo lui être livré sur un plateau ! Sauf que... si le régent était là... qu'en était-il du prince kidnappé ?

— Le secret est bien gardé. Je n'ai pas l'habitude de raconter ma vie aux inconnus, ni...

— À tes ennemis ? cingla Wren, coupante comme la glace et encore échaudée d'avoir été rejetée. J'aurais dû m'en douter, sire-forgeur Julian. Entre les épées et l'armure, ta façon de parler... sans oublier l'accent snob !

— Que veux-tu dire ?

— Même le prince n'est pas aussi guindé.

— Non, je ne parlais pas de... commença Julian avant de secouer la tête, visiblement froissé, avant de se reprendre. Qu'est-ce que tu appelles ma « façon de parler » ?

Wren haussa les épaules, un peu mal à l'aise.

— Cette manie que tu as de mentionner « les tiens ». Cette insistance à vouloir les protéger, y compris ces bandits qui voulaient nous tuer. Ta réaction sur le champ de bataille. Sans parler de ces histoires sur ta mère, cette admiration que tu avais pour sa compassion envers son prochain. Tu lui ressembles bien : tu te sens responsable de tes ouailles. Tout comme elle.

Ce constat eut pour Wren l'effet d'une révélation. Elle en avait déjà furtivement approché la substance lorsqu'il s'était occupé d'elle dans la source chaude en la mettant à l'abri, en inspectant sa blessure et en préparant un feu pour la réchauffer.

Sans doute en avait-elle tiré un certain plaisir, aussi.

— Oh… laissa échapper Julian.

Ses joues s'empourprèrent. Était-ce l'effet de la gêne ou de la délectation ?

— Qu'importe, poursuivit-il. J'imagine que ce n'était qu'une question de temps. Après tout, nous ne sommes plus vraiment des étrangers l'un pour l'autre.

— Ni des ennemis ? lui demanda Wren en feignant l'indifférence.

Pourvu qu'il ne prenne pas son attitude pour de l'embarras…

— Non plus, lui répondit-il le plus sérieusement du monde.

Quelque chose, dans son expression, aiguisa la culpabilité de la forgeuse d'os. Elle ne lui avait toujours pas révélé sa véritable identité.

— À ce propos…

— Regarde, l'interrompit-il en se tournant vers la grand-rue. Ils sont entrés. Qu'est-ce qu'on fait ?

Wren réfléchit.

— Je suppose qu'ils ont l'habitude d'être suivis par des gens du cru qui trompent leur ennui en venant les importuner à chaque visite…

Illustration parfaite de ses paroles, une foule de villageois tournaient déjà autour des écuries pour faire la conversation à leurs recrues préférées, quand ils n'espéraient pas en rencontrer de nouvelles.

— Je pourrais me glisser dans le lot pour essayer de ferrer un des soldats. Pourquoi pas le porte-drapeau ? Il a l'air jeune et naïf.

— Le « ferrer » ? répéta Julian, circonspect. Tu ne vas quand même pas aller l'alpaguer devant tout le monde !

Wren croisa les bras de dépit.

— Parce que tu crois que je n'ai que cette corde à mon arc pour attirer un garçon à l'écart ? « L'alpaguer » ?

La question fit tressaillir les sourcils du forge-fer. Techniquement, elle ne s'était pas montrée beaucoup plus fine avec lui en prélude à leur baiser, mais c'était une autre histoire. En tout cas, elle disposait d'autres stratégies à son répertoire, et de loin.

— Je sais aussi faire preuve de subtilité, figure-toi, ajouta-t-elle avec toute la dignité dont elle était capable.

Ces lèvres serrées, cette mine sombre... Exprimaient-elles le scepticisme du jeune homme ou autre chose ?

— Quel est ton plan, dans ce cas ? l'interrogea-t-il d'un ton raide.

Wren rabattit sa capuche, puis sortit ses épées de leurs fourreaux.

— Je vais découvrir qui le régent est venu rencontrer... et où.

Elle ôta son manteau, avant de défaire les boutons de son corsage, un à un, pour exposer son décolleté, puis noua sa veste autour de sa taille afin d'accentuer la courbe de ses hanches et donner à sa tenue une allure un peu moins martiale.

— Ils vont peut-être s'entretenir dans la salle à manger, à moins que le régent ne réquisitionne un salon privé. Dans un cas comme dans l'autre, je trouverai bien une fenêtre, un couloir de service, un placard vide…

Julian l'observait avec attention mais détourna le regard lorsqu'elle leva les yeux vers lui.

— Pourquoi ai-je l'impression que ce n'est pas ta première fois ? demanda-t-il.

— Parce que ça ne l'est pas.

Son statut de pire fauteuse de troubles qui soit à la maison de l'Os ne tombait pas du ciel.

— De quoi j'ai l'air ? demanda-t-elle en ajustant son corsage et sa chevelure.

Elle tira quelques mèches pour les laisser pendre sur son front, dans l'espoir de dissimuler ses yeux et d'adoucir son style.

Julian l'inspecta sous toutes les coutures.

— D'une fille dangereuse, répondit-il comme à contrecœur.

— Dans le bon sens, j'espère ?

Wren ne tenait pas à passer pour une voleuse ou une vagabonde, plutôt comme une innocente source de distraction.

Le jeune homme hésita un instant.

— Oui. (Il marqua une pause.) J'aurais presque de la peine pour le malheureux.

Wren lui lança un sourire, la poitrine emplie d'un souffle chaud.

— Ne bouge pas. Je reviens le plus vite possible.

Il acquiesça.

— Attends ! la retint-il pourtant alors qu'elle faisait mine de partir.

Elle se retourna vers le forge-fer, intriguée.

— Vas-tu encore me rappeler d'être prudente ? le taquina-t-elle.

Le visage grave, il s'approcha pour ajuster son corsage, l'ouvrant un peu plus pour révéler un bout de clavicule.

— Sois convaincante, lui glissa-t-il à l'oreille.

Il n'eut pas besoin de le lui dire deux fois.

Sous le regard distrait des palefreniers, elle pénétra dans la cour d'une démarche d'habituée, souriant et tournant la tête avec insouciance à la moindre œillade. Elle ne tarda pas à rejoindre sa cible – le porte-drapeau –, faisant en sorte de se placer dans l'ombre du bâtiment, avec l'espoir que sa coiffure et la lumière déclinante suffisent à dissimuler son identité.

Alors que les autres soldats se délectaient de l'attention d'une poignée de jeunes admirateurs et admiratrices, l'enseigne, pour sa part, se tenait à l'écart. Grand et élancé, le visage grêlé par l'acné juvénile, il prit une teinte irrésistiblement rouge quand la nouvelle venue, sourire aux lèvres, vint s'accouder à la barrière à ses côtés.

Il suffit à Wren de lui laisser entendre – de manière fort peu subtile – qu'elle serait ravie de « visiter sa chambre » pour que le garçon lui dévoile le pot aux roses.

— Oh, on n'est pas dans des chambres, expliqua-t-il. On dort dehors.

— Ah bon, l'auberge est complète ? feignit de s'étonner Wren en glissant une mèche rebelle derrière son oreille, la tête penchée sur le côté et la bouche plissée dans une moue timide.

Elle craignait d'en faire un peu trop mais, si c'était le cas, son interlocuteur ne semblait pas le remarquer – ou, du moins, s'en formaliser.

— Complète, non. Mais réservée, ça, oui.

— Qu'est-ce que veux-tu dire ? lui demanda la jeune fille, jouant les ingénues.

Le jeune enseigne balaya les lieux du regard. Wren se pencha plus près, suspendue à ses lèvres.

— Le régent a des... des affaires à régler, souffla-t-il sur le ton de la conspiration. Autrement dit, il a loué une suite luxueuse ainsi que toutes les chambres attenantes. Il insiste pour avoir la pleine jouissance de l'étage entier afin d'empêcher des oreilles indiscrètes de traîner. Tous les marchands présents en ville devront passer la nuit dans leur caravane.

Wren leva les yeux vers les vitrages alignés du premier étage de l'auberge. La suite en question se situait sûrement en plein milieu, avec le balcon aux doubles portes. Les autres fenêtres donnaient donc sur des pièces vides, soit le parfait endroit pour espionner les conversations. Il ne leur restait plus qu'à se frayer un chemin à l'intérieur.

Elle s'excusa auprès du soldat – visiblement déçu –, non sans lui promettre de repasser plus tard. Puis elle s'éloigna au pas de course. Elle s'apprêtait à rejoindre son acolyte dans l'allée lorsqu'un nouveau cri retentit plus loin dans la rue.

L'agitation venait encore de la porte sud, qui s'ouvrit avec force grincements. Les cavaliers qui entrèrent dans

Fonderie n'arboraient cette fois aucune couleur ni bannière distinctive.

Leur allure n'en était pas moins familière.

En tête du cortège, Wren reconnut le capitaine qui avait attenté à la vie de Julian. À ses côtés, ligoté sur sa monture, un sac de toile sombre sur la tête, chevauchait nul autre que le prince Leopold. La forgeuse d'os fut soulagée de constater que ces quelques jours de captivité n'avaient affecté ni son port altier ni son maintien sophistiqué, reconnaissables entre tous.

Le cœur de la jeune fille fit une embardée à la vue du prisonnier. Quel bonheur de le savoir là, à portée de main ou presque malgré les détours, visiblement sain et sauf.

Le problème, c'était que cela ne faisait que confirmer l'implication du régent dans la tentative d'assassinat de Julian – en plus de compliquer considérablement leurs projets. Comment s'y prendraient-ils pour exfiltrer le prince dès lors qu'il était surveillé par la milice privée du régent ?

— Il est là, souffla-t-elle en déboulant dans l'allée.

— Qui donc ? demanda Julian, surgi des ténèbres.

La lumière avait décliné le temps de la courte escapade de Wren. L'étroite venelle s'en retrouvait enveloppée des prémices du crépuscule.

— Le prince. Ils l'ont amené ici, ce qui veut dire…

— Qu'ils avaient tout prévu dès le début, conclut à sa place le forge-fer, sonné. Y compris de me trahir.

Wren avait beau partager ce diagnostic, face à la réaction du jeune homme, elle ne put s'empêcher de vouloir amortir le choc.

— Peut-être pas… Le seul moyen d'en avoir le cœur net, c'est d'assister d'une façon ou d'une autre à l'échange qui se prépare.

Julian hocha la tête, le regard perdu au loin. Un moment déboussolé par sa prise de conscience, il parut se ressaisir peu à peu, jouant avec le bracelet que lui avait offert sa sœur – un tic qui l'aidait sans doute à retrouver ses esprits.

— Alors, as-tu réussi à lui soutirer des informations ?

— Et comment ! Figure-toi que le régent s'est réservé la « suite luxueuse » au premier étage, tout en exigeant que les autres chambres demeurent vides. Il ne tient pas à ce que des oreilles indiscrètes l'entendent conduire ses « affaires ».

— Il a tendance à se montrer excessivement prudent, pour ne pas dire paranoïaque, concéda Julian. Il faut absolument qu'on réussise à s'introduire dans l'une de ces chambres inoccupées.

— Tu l'as dit, approuva Wren. Reste à savoir comment. La rue est trop fréquentée pour escalader la façade, et on peut difficilement passer par la porte principale… Même l'entrée de service me semble trop risquée.

Son acolyte scrutait le ciel, indécis.

— On pourrait attendre la tombée de la nuit…

Il leur faudrait attendre au moins une heure s'ils voulaient profiter d'une bonne obscurité, soit un laps de temps très suffisant pour rater un détail crucial. Le prince et ses ravisseurs étaient déjà passés devant la cachette des deux forgeurs et s'apprêtaient à mettre pied à terre pour s'occuper de leurs chevaux. La rencontre avec le régent s'annonçait imminente.

— Derrière, c'est plus calme, je suppose ? demanda Julian.

— Oui, mais il y a les écuries, où s'affairent les serviteurs, sans oublier une partie de la garde du régent.

— Pour l'instant. Suis-moi. J'ai une idée.

Ils contournèrent le bâtiment pour aborder les écuries par-derrière. Julian se glissa dans le grenier à foin, puis se mit à l'ouvrage pendant que Wren faisait le guet. La jeune fille n'en menait pas large à l'idée de provoquer un incendie, mais le guerrier avait insisté, au prétexte que le personnel était plus que suffisant et l'eau bien assez abondante pour empêcher les flammes d'échapper à tout contrôle. Ce qu'il leur fallait, de toute manière, c'était avant tout de la fumée, aussi le forge-fer prit-il soin d'utiliser du petit bois humide et d'agir près d'une fenêtre.

Il venait à peine de rejoindre sa complice sur le toit en pente de l'entrepôt quand l'odeur du feu parvint aux narines de la forgeuse d'os. De longues volutes noires vinrent bientôt les accompagner.

Le premier à remarquer l'incident fut l'un des membres de l'escorte du régent, à savoir nul autre que l'enseigne, désœuvré à présent que Wren n'était plus là pour le divertir. Aux cris des garçons d'écurie, les gardes abandonnèrent sans coup férir leurs admirateurs. Bientôt, tout ce que la cour comptait de gardes ou de serviteurs s'agitait pour protéger les animaux ou porter des seaux d'eau, le regard rivé sur les écuries en flammes.

C'était le moment ou jamais.

Julian déploya son épée-fouet pour la lancer entre l'entrepôt et l'auberge, où elle se verrouilla fermement autour d'une canalisation. Le forge-fer dut s'y reprendre à deux fois pour réussir à coincer l'autre extrémité du câble derrière l'applique d'une lanterne. Puis, dans un mouvement inédit depuis que Wren le voyait manier cet équipement, il rappela tous les segments de fer jusqu'à la garde de l'épée pour ne plus laisser qu'un câble tendu vers leur cible, située légèrement en contrebas de leur position. Il ne leur restait plus qu'à empoigner chacun un segment puis de laisser la gravité faire le travail, à la manière d'une tyrolienne. En un clin d'œil, ils auraient franchi le vide qui les séparait encore de leur objectif.

— Tiens, dit-il en tendant à Wren une paire de gants.

En dépit de leur taille massive, leur cuir doux et bien patiné protégerait ses mains pendant la descente.

Julian se lança le premier, contrôlant sa vitesse en resserrant sa prise sur le câble, dans le but d'éviter tout grincement susceptible d'attirer l'attention. Parvenu de l'autre côté, il dégaina une dague aussi fine qu'un parchemin, qu'il glissa sous le cadre d'une fenêtre pour en faire sauter le loquet.

Accroupie sur le toit d'en face, un œil sur son camarade qui s'introduisait dans la pièce sombre en toute discrétion, Wren surveillait la cour, où l'agitation touchait à sa fin, comme ils l'avaient prévu. La nuit tombait, quoique pas assez vite à son goût. Il allait lui falloir se presser de rejoindre Julian si elle tenait à ne pas se faire attraper.

Le forge-fer réapparut par la fenêtre ouverte après avoir déposé leurs affaires pour lui faire signe que la voie était libre. Elle s'élança à son tour, se jetant de tout son poids sur le filin. Elle fendait l'air à une allure alarmante. Ce n'est qu'en voyant la fenêtre se rapprocher à toute vitesse qu'elle prit conscience d'un problème : elle n'avait aucun moyen de freiner.

Julian venait lui aussi de s'en rendre compte, à en juger par le regard effaré qu'il jeta à la jeune fille, juste avant de reculer précipitamment. Il aurait mieux valu qu'il s'écarte de sa trajectoire sans autre forme de procès, mais c'était condamner Wren à un atterrissage en catastrophe sur le plancher de la chambre, dont le fracas n'échapperait ni au régent ni à ses hommes postés à proximité. Avec une telle entrée en matière, ils pourraient dire adieu à leurs projets d'espionnage.

Julian se campa donc solidement sur ses pieds, bras écartés. Wren le percuta de plein fouet, assez violemment pour lui arracher un grognement étouffé. Le forge-fer tituba en arrière, mais au lieu de relâcher sa camarade, il la serra fort contre son torse pour l'empêcher de tomber.

Impressionnée par ces bras puissants qui lui ceignaient la taille avec abnégation, Wren dut faire l'effort de se rappeler que s'il s'était autorisé un contact aussi rapproché, c'était uniquement par souci de discrétion… et non motivé par un quelconque autre dessein.

Se sentir prisonnière de cette étreinte n'en était pas moins agréable…

Ils restèrent ainsi enlacés, haletants, jusqu'au moment où Julian rétablit son équilibre. Lorsque, enfin, il s'écarta, le visage à quelques pouces du nez de Wren, il jeta un regard furtif aux lèvres de la jeune fille, dont le cœur cessa momentanément de battre.

— Tout va bien ? lui demanda-t-il.

D'un hochement de tête, elle lui confirma que oui. Le guerrier la laissa glisser lentement jusqu'au sol, les joues plus cuisantes encore que l'astre solaire. À peine fut-elle sur pied qu'il se précipita vers la fenêtre ouverte. D'un coup sec, il libéra le fouet de son point d'ancrage au sommet de l'entrepôt avant de le rétracter, puis de le ranger sous forme d'épée dans son fourreau. Il ferma ensuite les battants, étouffant les bruits de la rue.

À présent que les battements de son cœur avaient retrouvé un rythme normal et que le brouhaha de la cour s'était estompé, Wren percevait du mouvement et des murmures à travers le mur qui se trouvait sur sa droite.

Les deux espions s'approchèrent de conserve de la paroi pour y coller l'oreille. Wren repéra un placard et s'y glissa. L'intrusion de Julian rendit encore plus tangibles les dimensions bien exiguës du cagibi.

Les voix se firent plus fortes. Pressée contre le fond de leur cachette, la forgeuse d'os saisissait sans peine le sens des paroles échangées de l'autre côté des panneaux de bois fissurés qui faisaient tant bien que mal écran entre les deux pièces. Elle comprenait mieux pourquoi le régent avait tant insisté pour réquisitionner l'étage dans son intégralité.

Wren eut soudain une idée et referma la porte du placard afin de faire le noir total. Une fois ses yeux ajustés aux ténèbres, elle distingua de minces filets de lumière dorée filtrant entre les lattes. Plusieurs interstices plus larges permettaient de voir ce qu'il se passait de l'autre côté.

Après avoir échangé un regard, les deux indiscrets penchèrent la tête d'un seul mouvement pour scruter l'intérieur de la suite.

CHAPITRE 32

Leo entra dans la pièce, bien aidé par une forte poussée entre les omoplates. Affront tout à fait inutile – ses jambes étaient parfaitement opérationnelles, merci pour elles, malgré ses muscles pétris de courbatures, séquelle de ces longues journées passées en selle –, mais qui collait très bien à l'ambiance de « péril mortel » que ses ravisseurs s'efforçaient d'entretenir.

Devant lui se déployait une vaste suite, meublée et décorée dans un style qui se voulait d'une élégance raffinée. Pour autant, aux yeux d'un prince valorien, le pittoresque et le suranné l'emportaient.

Quand bien même, il n'avait pas mis les pieds dans un endroit aussi agréable depuis des semaines. Il nota la bonne facture du tapis, certes un peu élimé, et les étoffes luxueuses qui paraient les meubles. Dans la chambre attenante trônait un lit à baldaquin, immense, encadré de murs lambrissés et fraîchement repeints, d'où l'on avait chassé toute trace de poussière ou de suie. Un feu crépitait joyeusement dans l'âtre, sous un manteau de cheminée rehaussé de motifs réalisés dans un or de trop piètre qualité pour être détectable par la magie du prince. Devant siégeait l'homme qu'il était censé rencontrer, à n'en pas douter – sûrement le responsable du marché qui avait valu à Leo d'atterrir là, à des lieues de son foyer et de la sécurité qu'il représentait, dans ce coupe-gorge sans foi ni loi que l'on appelait Territoire hanté.

Vêtu aux couleurs de la maison du Fer, son hôte arborait une armure à la décoration tapageuse, toute de motifs rouge sang et de fioritures épineuses. La teinte se mariait à la livrée assortie de sa milice – la Garde rouge, à en croire les villageois que Leo avait entendus murmurer sur leur passage –, dont les membres étaient répartis tout autour de la pièce. Leur chef se pavanait confortablement dans un haut fauteuil recouvert de cuir, son heaume posé bien en évidence sur la table la plus proche.

Il ne pouvait s'agir que du régent de la citadelle de Fer.

Pour le moment, du moins, car il aspirait à un poste bien plus élevé encore. Ses ambitions se prolongeaient même au-delà du Mur. Elles formaient un écheveau au cœur duquel Leo avait le malheur de se trouver – et il n'était pas le seul. Il se souvenait de la tentative d'assassinat entre le Mur et la palissade d'os, du cheval sans cavalier… Et voilà qu'on l'avait emmené dans cette cité perdue au cœur du Territoire hanté. Un vrai sac de nœuds, que Leo avait bien l'intention de démêler.

Des jours qu'il y travaillait, et même s'il n'en avait pas encore une vue d'ensemble, le tableau commençait à se préciser.

— Restez là et tenez-vous coi, lui souffla le capitaine Royce en lui indiquant la cheminée du doigt.

Le prince lui devait la poussée qui l'avait propulsé dans la pièce. Leo en vint soudain à regretter le mutisme méprisant d'Ivan ou l'honnêteté candide de Jakob. Las, ils avaient reçu l'ordre de rester dans le couloir. Les deux sbires ne semblaient pas initiés aux plus sombres détails de leur mission, qui n'allaient pas tarder à se révéler.

Au moins lui avait-on débarrassé la tête de ce maudit sac. Une faveur qui ne visait qu'à satisfaire la curiosité du régent, à en juger par le regard noir qu'il baladait à présent sur les traits du captif.

Le capitaine posa un genou à terre et baissa les yeux.

— Sire-forgeur Francis.

Une brève étincelle de triomphe illumina le cœur de Leo. Son intuition ne l'avait pas trompé. Il avait soupçonné le régent de la citadelle de Fer de ne faire qu'un avec l'homme qui serait « anéanti » d'apprendre la mort du fameux Julian. Autrement dit…

— Nous sommes venus aussi vite que possible, poursuivit Royce. Le prince, selon vos exigences.

D'un geste, il désigna Leo, qui fut tenté de sourire, de cracher ou pourquoi pas d'esquisser une révérence. Il s'en garda pourtant, par égard pour sa dignité. Ou, disons, ce qu'il en restait…

Le regard du régent glissa sur le visage de son prisonnier, puis s'aventura derrière lui. On en venait enfin aux choses sérieuses !

— Fort-de-Faille s'est bien défendu, ajouta le capitaine, dans ses petits souliers. Leurs troupes étaient trop peu mobiles pour nous donner la chasse, mais ils se doutaient sûrement que la demande de rançon ne se ferait pas attendre.

Le régent demeura muet.

— Quant aux autres cibles… ajouta Royce avec une diction précipitée. Nous avons dû faire face à un léger contretemps.

— Plaît-il ?

L'officier se risqua à une œillade vers son interlocuteur avant de reprendre son étude des motifs du tapis.

— Tout s'est passé comme prévu, jusqu'à ce que votre…

Le régent l'interrompit d'un raclement de gorge avant de balayer la pièce du regard. Trop d'oreilles, trop de témoins.

— Pardonnez-moi, monseigneur. La deuxième cible a bien été neutralisée selon vos instructions. Cependant, la disposition des lieux et l'intervention d'éléments inattendus ne nous ont pas facilité la tâche au moment de…

— Venez-en au fait, capitaine.

— La cible a été abattue d'une flèche dans le cou. Hélas, il nous a été impossible de récupérer le corps, tombé dans une espèce de crevasse… profonde d'une centaine de pieds, au bas mot. Quant à la troisième cible, elle a chuté avec lui.

— Mort, donc, mais sans preuve, constata le régent d'un ton plat.

— Oh, la preuve, nous l'avons, monseigneur, s'empressa de lui assurer son subalterne.

Le capitaine adressa un signe à son bras droit – seul autre membre de l'équipe de ravisseurs autorisé à assister à l'entretien – qui brandit le heaume bosselé.

Le régent inspecta le trophée, les sourcils haussés, sans pour autant le prendre dans ses mains. L'un de ses gardes s'en chargea pour lui.

Dans la pièce, la tension était montée d'un cran. De toute évidence, un simple casque d'armure était loin de constituer une preuve satisfaisante aux yeux du régent. Il semblait également contrarié que la troisième cible n'ait pas été enlevée et faite prisonnière, elle aussi, pour lui être livrée pieds et poings liés en même temps que Leo.

Le capitaine comptait donc deux échecs à son actif. Il aurait quand même pu cirer les bottes de Son Altesse valorienne pour le remercier de s'être laissé capturer sans difficulté et permettre au pauvre homme de ne pas se présenter les mains complètement vides. Quelle ingratitude, franchement !

— Je vois, finit par dire le régent en poussant un soupir. Voilà qui semble mettre un terme à nos affaires.

Il inclina discrètement la tête. Un garde rouge, le plus proche, s'avança vers le capitaine et lui trancha la gorge d'un geste maîtrisé. Le sang jaillit sur le tapis, juste sous les yeux de Leo. Des bruits de lutte retentirent dans son dos – un autre garde faisait subir le même sort au complice de Royce. Le regard toujours rivé à la tache écarlate qui s'étendait, le prince dut se forcer à fermer les yeux, l'estomac noué par l'effroi.

Pour la première fois depuis son enlèvement, il prenait pleinement conscience du danger qui l'entourait. Jusque-là, il s'était imaginé vivre quelque aventure exaltante, doublée d'une énigme à résoudre, mais soudain, l'ennui du palais royal ne lui paraissait plus si détestable.

Le silence s'abattit sur la pièce. Le régent porta de nouveau son attention sur Leo.

— Il semblerait que mes projets partent à vau-l'eau, constata le chef de la Garde rouge.

Outre sa cruauté évidente – dont il venait lui-même d'apporter une preuve incontestable –, le prince le soupçonnait de nourrir une certaine vanité. En témoignaient ses goûts en matière d'armure, ainsi que cette garde rapprochée d'allure ô combien tapageuse. L'homme n'aspirait pas seulement à s'emparer du pouvoir, il tenait aussi à en projeter le faste, à convaincre les autres qu'il le possédait pleinement.

Un trait de caractère qui pourrait éventuellement être utile au prince.

— Je ne suis pas de cet avis, déclara-t-il d'une voix étriquée.

L'air empestait l'odeur du sang. Le régent regarda Leo d'un œil torve. Oh, bien sûr, il ne s'était pas adressé au rejeton de la maison de l'Or. Il s'était contenté de pérorer devant et autour de lui, comme si son otage ne valait guère mieux qu'un vulgaire meuble dont il n'avait plus que faire.

À ses yeux, la valeur du prince n'était corrélée qu'à son utilité, elle-même directement liée au rôle que le Valorien pourrait tenir dans les manigances du régent. Vite, une idée…

— Je vous en conjure, sire-forgeur Francis, laissez-moi regagner Port-Valor à cheval pour y livrer moi-même vos exigences. Nous pourrions faire passer toute cette affaire non comme un enlèvement, mais plutôt comme une négociation diplomatique.

Le chef de la Garde rouge esquissa un rictus, ses yeux plissés par l'amusement. Leo connaissait bien cette expression pour l'avoir souvent vue sur le visage de son père, lorsqu'il trouvait les pitreries de son fils divertissantes – à la manière dont on s'amuse d'un tour exécuté par un petit chien. Un spectacle plaisant, à n'en point douter, qui ne méritait cependant pas d'être pris au sérieux.

— Une négociation diplomatique, dites-vous ? répliqua le sire-forgeur avec nonchalance. Non, quelque chose me souffle que vous saurez tourner la chose tout autrement.

— Pas si vous me laissez partir.

— Ce qui reviendrait tout bonnement à renoncer à votre capture.

— J'ai l'oreille du roi.

— Oh, mais je saurai me faire entendre, assura le régent d'une voix douce.

— Et puis, insista Leo saisi par une soudaine panique, je pourrai vous aider à éviter de trop envenimer la situation.

Son interlocuteur esquissa une moue suintant le scepticisme.

— Que voulez-vous dire ?

Un sourire naquit sur les lèvres du prince.

— De ce que j'ai cru comprendre, les Faillois forment un peuple loyal, et même dévoué. J'ai eu l'occasion d'en rencontrer quelques-uns au cours de mon… périple. Or, nul ne leur inspire pareille déférence que les Knight. Comment réagiront-ils, à votre avis, en apprenant que vous avez commandité ni plus ni moins que l'assassinat de leur héritier bien-aimé afin de servir vos ambitions personnelles et de vous emparer de ce qui lui revient de droit ?

Le régent se rembrunit aussitôt, ce qui se traduisit sur ses traits par une vacuité presque comique.

— Il s'agissait de votre neveu, je crois ? l'aiguillonna Leo.

Il lui avait fallu un peu de temps pour faire le lien entre ses connaissances sur les grandes maisons de l'île et le nom mentionné par ses ravisseurs. Fils unique d'une ancienne famille de forge-fer, sire-forgeur Francis avait gravi les échelons dans les années qui avaient suivi la Faille, grâce à l'alliance de sa sœur avec Jonathan Knight, héritier de la maison du Fer, mariage qui avait fait d'elle la belle-mère du fils de ce dernier, Julian. Avant le décès de son mari, elle lui avait également donné une fille.

— Pas très flatteur, comme tableau, n'est-ce pas ? Un homme qui se fraie un chemin vers le pouvoir par l'entremise de sa sœur, avant de dépouiller un enfant de son héritage légitime, le tout permis par la mort brutale du père dans les combats pour défendre son peuple durant le Soulèvement. Sauf votre respect, monseigneur, votre image en prendrait un sacré coup…

Il lui sembla qu'il disposait enfin de toute l'attention du régent, dont l'expression aussi sombre qu'un nuage orageux ne parvenait pas à couvrir entièrement la surprise. Leo n'était pas censé avoir eu accès à cette information.

Autant jouer le tout pour le tout.

— S'il y a une chose que votre capitaine a oublié de mentionner, voyez-vous, c'est que j'aime beaucoup discuter. J'adore ça, même. J'ai compris vos projets d'assassinat voilà plusieurs jours. Depuis, je n'ai cessé d'en rebattre les oreilles de chaque serveuse, valet ou garçon d'écurie que je croisais. Nous avons fait le tour complet des villes côtières dans notre petit périple, pas vrai ? Ce qui représente, au bas mot, neuf Faillois sur dix. Corrigez-moi si je me trompe. Les rumeurs se répandent déjà comme les non-morts à travers vos terres. Je crains fort qu'en cherchant à solidifier votre emprise sur cette maison, vous n'ayez suscité l'effet inverse, à savoir en saper les fondations.

Songeur, le régent pencha la tête sur le côté. Puis il se leva, s'avança mollement de quelques pas… et gifla Leo du revers de sa main gantée de fer. Projeté en arrière sous la violence du coup, le prince serait tombé à la renverse sans l'intervention d'un garde rouge.

Titubant, les oreilles sifflantes, le Valorien passa une main sur sa lèvre fendue, la bouche en sang. Ah, le salaud ! Voilà qui allait lui laisser une cicatrice.

— Vous êtes plus futé que vous n'en avez l'air, je vous le concède, déclara sire-forgeur Francis.

Leo guettait la suite, incertain. Fallait-il s'offusquer de la remarque ? Elle pouvait signifier que sa dernière heure approchait.

— En tant que rejeton royal, vous connaissez l'influence du verbe, des histoires et des réputations… poursuivit le régent en allant se poster devant la cheminée, le regard plongé dans les flammes. Sachez néanmoins qu'il est une chose à laquelle le peuple est plus sensible encore, une chose qui ne saurait être feinte ni mal interprétée, je veux parler du pouvoir. La puissance sera la pierre angulaire de mon règne, mon garçon. La maison du Fer n'est bien entendu qu'une première étape. (Il fit mine de regagner son siège avant de marquer une pause.) Quant à vos rumeurs… Eh bien, elles sont ce qu'elles sont, non ? Je nierai tout en bloc, cela va sans dire, et prendrai soin de pleurer sincèrement la perte de mon neveu… Je sais m'y prendre, je l'ai fait pour son père avant lui.

CHAPITRE 33

Wren avait renoncé à tenter de suivre les débats par les fentes du lambris, préférant fixer son attention sur Julian, et lui seul. Assis à ses côtés, aussi figé qu'une statue, ses traits n'étaient éclairés que par une étroite bande de lumière dorée venant de la chambre mitoyenne.

L'esprit de la jeune fille était soumis à un furieux remue-ménage de pensées, à commencer par cette mention de cibles multiples. Le capitaine n'avait-il pas dit que l'une d'elles avait « chuté » avec une autre, tout comme Wren l'avait fait avec Julian ? Les dernières paroles du régent, cependant, avaient rendu l'air de leur étroit placard suffocant.

À l'entendre, le père de Julian n'avait pas trouvé la mort en compagnie de ses camarades forge-fer, dans leur affrontement avec Locke Graven et l'armée des Dominions lors du Soulèvement. Non, il avait été victime d'un assassinat. Le régent lui aurait réservé le sort qu'il promettait à son fils en l'envoyant au combat afin de couvrir le meurtre. À cela près que dans le cas de Julian, la manœuvre s'était soldée par un échec.

Ce régent, l'oncle même de l'héritier de la maison du Fer – l'homme qui l'avait élevé après le décès de son père – tentait à présent d'usurper son trône, de lui ôter le peu qu'il lui restait. Pire, il lui avait déjà tout pris, si Wren avait bien saisi tous les tenants et les aboutissants de cette sombre histoire.

Pendant que la conversation se poursuivait de l'autre côté de la paroi, Julian, lui, s'était mis à trembler, le corps tout entier secoué par une rage à peine contenue. Elle ne l'avait encore jamais vu dans un tel état, à deux doigts de perdre le contrôle.

Le plus impressionnant restait son visage, dont elle ne pouvait détacher les yeux : ce regard empli de fureur, cette bouche agitée de spasmes, ces dents serrées à s'en briser la mâchoire…

Avec douceur, elle posa une main sur le bras de son camarade dans l'espoir de l'apaiser, de lui rappeler qu'ils ne pouvaient risquer d'être découverts. Toute explosion de colère du jeune homme offrirait à son oncle l'occasion d'achever sa funeste entreprise.

Trop tard.

À peine avait-elle effleuré l'étoffe de sa cotte qu'un craquement bruyant retentit dans le placard. Derrière Julian se trouvait une étagère qu'il avait agrippée dans une tentative de maîtriser ses nerfs.

Sauf qu'il l'avait cassée d'un coup sec, réduisant le bois en mille morceaux dans son poing serré.

Wren sursauta devant cette démonstration de force. Il n'y avait toutefois pas un instant à perdre. De l'autre côté du mur, les voix s'étaient subitement tues… avant de s'exclamer :

— Qu'est-ce que c'était ?

— Ça venait de ce mur.

— La pièce d'à côté…

Julian bondit hors de leur cachette pour verrouiller la porte. Aussitôt, un corps percuta le battant, puis secoua plusieurs fois la poignée, une agitation bientôt suivie de cris venant du couloir. Julian dirigea sa magie sur les charnières de fer afin d'empêcher toute intrusion.

La main toujours tendue vers la porte, il jeta un regard en arrière, à Wren.

— Va-t'en. Vite !

— Hors de question. Je ne vais pas te laisser ici… avec lui !

Elle pointa l'index vers la pièce voisine où l'assassin en puissance de Julian tenait audience, entouré de ses affidés.

— Tu n'as pas le choix, répliqua le forge-fer.

Le battant grondait sur ses gonds. Le guerrier aurait beau y mettre toute sa force, même la serrure la plus solide du monde ne lui serait d'aucune aide face à des adversaires motivés. Pour entrer, il leur suffisait de s'attaquer au bois.

— On a toujours le choix ! plaida Wren, la gorge nouée. Viens avec moi. On va…

— Ils vont nous prendre en chasse, l'interrompit son complice. Mais s'ils me trouvent, ils penseront que j'ai agi seul… Tu n'auras plus rien à craindre. Je t'en supplie. Laisse-moi l'affronter. Passe par la fenêtre, grimpe sur le toit.

— Mais… et Leo ? Et les revenants de fer ?

Un éclair de tristesse passa dans le regard du jeune homme. Mains tendues vers la porte, il continuait malgré tout de contenir les coups et les cris venant de l'autre côté. Il insufflait tant de puissance dans sa magie que ses pieds commençaient à glisser sur le sol.

— On a le temps de fuir tous les deux, insista Wren avant de se planter à côté de lui, bras croisés. Tu ne m'as pas abandonnée dans la Faille. Moi non plus, je ne te laisserai pas tomber.

Les yeux de son compagnon d'armes s'emplirent d'un mélange de surprise et de gratitude. La jeune fille s'efforça de ne pas se laisser déstabiliser par ce regard – le guerrier s'était visiblement attendu à la voir l'abandonner à son triste sort sans le moindre remords.

Il la contempla un moment.

— D'accord, finit-il par céder. Va ouvrir.

Il attrapa leur sac avant de la suivre, non sans garder un œil, et sa magie, sur le battant.

Wren courut vers la fenêtre, qui s'ouvrit dans une bourrasque glaciale, puis se hissa sur le rebord. Julian jeta son paquetage vers le toit, où il atterrit sur les tuiles avec fracas.

De l'autre côté de la chambre, les premières fissures étaient apparues sur le bois de la porte. Wren se poussa sur le côté pour faire de la place à son acolyte qui attrapa la fenêtre.

— C'est pour ton bien, souffla-t-il.

Avant même qu'elle ait eu le temps de saisir de quoi il parlait, il referma le battant et verrouilla la crémone, la laissant seule à l'extérieur.

Ils se toisèrent de part et d'autre de la vitre embuée par l'haleine de la forgeuse d'os estomaquée.

— Je suis désolé, dit-il en se retournant vers la porte.

Épée au clair, il se prépara à l'assaut, vulnérable sans son armure.

Wren manqua s'étouffer sous l'effet de la frustration. Il était juste là, mais inaccessible. Elle aurait voulu hurler, pulvériser la vitre pour aller se tenir à ses côtés… mais comment l'aurait-elle pu alors qu'il se sacrifiait afin de la sauver ? Lui renvoyer son choix à la figure aurait été le mépriser. Elle n'allait pas non plus rester plantée là, sur le rebord de la fenêtre, à attendre de le voir se faire capturer.

Elle poussa un juron et se hissa sur la gouttière, les yeux brûlés par des larmes que le froid cuisant ne suffisait pas à expliquer.

Elle venait d'atteindre le toit lorsqu'un bruit violent retentit plus bas. La porte enfoncée venait de percuter le plancher.

Accroupie, aussi stoïque qu'un félin aux aguets, elle tendit l'oreille, sans parvenir à distinguer autre chose que des cris et des bruits d'impact métalliques. Du regard, elle tenta de se repérer. Par chance, la nuit était tombée et sa présence sur le toit de l'auberge passait inaperçue.

Elle n'était plus qu'un fantôme, une ombre… sans la moindre idée de ce qu'elle devait faire ni d'où aller. Julian avait insisté pour qu'elle s'enfuie, qu'elle s'en sorte tant qu'il était temps. C'était là le choix le plus judicieux, à n'en point douter, le plus rationnel.

Mais dans quel monde Wren Graven obéissait-elle à la raison ?

CHAPITRE 34

Julian était prêt à se battre, à souffrir, à payer le prix du sang… Et il ferait couler celui de quiconque se mettrait en travers de son chemin, de quiconque oserait se dresser entre lui et le régent.

Lorsque la porte s'ouvrit, cependant, enfoncée d'un coup si violent que le panneau en avait volé en éclats, le forge-fer se trouva nez à nez avec un ennemi déjà privé de la moindre goutte de sang à verser.

Face à lui, au milieu de la poussière et des échardes, se tenait un revenant de fer.

Un frisson d'effroi saisit le jeune homme devant l'horreur d'un tel spectacle, de la transgression de plus à mettre au crédit de son oncle…

Cette silhouette n'était sans doute nulle autre que la création dont il avait vu la genèse quelque temps plus tôt, bien qu'il lui fût difficile d'en être totalement sûr. Le fer qui la revêtait, vierge de tout décor ou fioriture, semblait d'un style désuet, contrairement à celle de Julian qui, intégralement constituée de plates, s'ajustait à merveille à ses mouvements, même si son fuselage ne couvrait pas son corps en totalité. Si bien que sans elle, il se sentait mis à nu… Hélas, il n'avait pas eu le temps de l'enfiler.

D'instinct, il leva la main pour tenter de repousser la créature à l'aide de sa magie. Tentative futile, il en avait conscience. Entre la taille de sa cuirasse et la densité du fer... sa masse équivalait au moins à deux fois le poids du jeune homme. Autrement dit, il n'avait aucune chance de ralentir sa progression, sans même parler de l'arrêter.

Le forge-fer n'en avait cure. La raison semblait l'avoir quitté.

Au diable la magie, au diable la logique, il allait déchiqueter cette créature à mains nues s'il le fallait.

Sans plus attendre, il se mit à l'ouvrage.

Emporté par un élan furieux, il maniait l'épée sans retenue, faisant fi de la technique. Il frappait de toutes ses forces, mais la lame ne faisait que rebondir sur le plastron de son adversaire, l'égratignant à peine. Tous ces assauts étaient voués à l'échec. L'épaisseur de la cuirasse dépassait l'entendement, aucun soldat humain n'aurait pu supporter un tel poids... N'était-ce pas tout l'intérêt, justement ? Les non-morts refusaient de se soumettre aux lois naturelles de l'univers, et la source de magie qui alimentait ces revenants de fer, encore plus.

Attaqué de front, le revenant essuyait les coups du forge-fer sans broncher. Était-il conscient de leur futilité ? À moins que quelque ordre extérieur ne le contraigne à encaisser, que cela lui plaise ou non. Il avait l'air de n'éprouver ni douleur ni crainte, et quand bien même Julian aurait réussi à pénétrer la dense couche de métal qui l'enveloppait, son épée aurait été impuissante contre son corps sans vie.

Exténué, le guerrier finit par retrouver son calme. Sa fureur risquait de s'évaporer devant cet obstacle, pour laisser la place à une lucidité qu'il refusait. Fuir avec Wren quand il en avait eu la possibilité n'aurait peut-être pas été une si mauvaise idée…

Avait-il vraiment perdu la raison ?

L'esprit assailli de pensées confuses, il fit un pas en arrière, puis balaya la pièce du regard. S'il parvenait à éloigner son adversaire de la porte et à condition d'agir vite, il pourrait le contourner et…

Ses réflexions, de même que ses stratégies, s'évanouirent en un clin d'œil. Le revenant fondait sur lui et un second venait d'apparaître sur le seuil.

Julian se retrouvait dos au mur, dans tous les sens du terme.

Au demeurant, n'était-ce pas ce qu'il avait cherché ? Il avait refusé de fuir. Il tenait d'abord à défier son oncle, les yeux dans les yeux. À lui arracher des réponses. Hélas, tout son talent ne pèserait pas grand-chose face à deux revenants de fer soutenus par un escadron de la Garde rouge.

S'il voulait affronter sire-forgeur Francis, il allait lui falloir agir en tant que prisonnier. Le cœur battant, il baissa son arme en signe de reddition.

Les lâches recrutés dans l'escorte du régent attendirent que le jeune homme soit maîtrisé par les revenants de fer avant d'oser entrer dans la pièce. Prudents, certes, mais aussi minables. Julian songea à ce qu'aurait dit Wren si elle avait été là, aux insultes qu'elle aurait éructées, au sourire bravache qu'elle leur aurait adressé, même vaincue.

Mieux valait qu'elle soit ailleurs, cherchait-il à se convaincre, la gorge nouée.

Son oncle avait désigné la forgeuse d'os comme une cible, pour une raison qui lui échappait. Julian éprouvait une profonde satisfaction à l'idée de le priver de ce triomphe.

Son oncle. Son tuteur légal.

La triste réalité lui revint en pleine figure. Cet homme qui l'avait élevé, sauvé, endurci, n'avait agi que dans le but de le briser le moment venu. Et dire qu'il était pour le forge-fer un monolithe, le socle même de son existence !

Julian pensait savoir de quoi il était fait, il s'imaginait le comprendre, le connaître par cœur. Mais il s'en rendait compte à présent, et ce sans la moindre ambiguïté : il n'aurait jamais dû lui faire confiance.

Les revenants le saisirent chacun par un bras de leur poigne implacable, ce qui lui coupa la circulation. Un membre de la Garde rouge en profita pour le désarmer à la hâte, tout en fuyant son regard. Ces soldats n'étaient pas des inconnus pour Julian. Il s'était entraîné avec eux, leur avait emboîté le pas dans les couloirs, avait servi à leurs côtés.

Connaissaient-ils seulement la teneur des ordres de leur chef ? Avaient-ils conscience de ce qui se tramait ? Francis avait très bien pu concocter quelque prétexte afin de justifier ses actes. Il n'en était pas à son coup d'essai…

Serrant de plus belle, les revenants entraînèrent leur captif en avant. De qui suivaient-ils les directives ? se demanda distraitement Julian. Jusque-là, il pensait que seul le jeune forge-spectre de la source – et Wren ? – pouvait commander aux non-morts. La reine des spectres n'était peut-être pas qu'une légende. Après tout, rien ne démontrait que Francis était le marionnettiste qui contrôlait les âmes. Le régent pouvait n'être qu'un pion de plus dans un jeu plus grand.

Alors qu'il s'était cru prêt à affronter son oncle, Julian sentit une sueur froide lui glacer le front au moment où il pénétrait dans la suite, malgré le feu qui crépitait dans la cheminée. Un déluge d'émotions contradictoires l'inondait de l'intérieur. Il avait toujours redouté cet homme – tout en se fiant à lui, aussi. Son influence avait ensuite confiné à l'admiration, jusqu'à boire ses paroles lorsqu'il lui avait enseigné la valeur de la force et du sacrifice. Le garçon l'avait cru quand il lui avait assuré agir pour le bien de leur maison.

Une maison dont Julian était l'emblème, dont les rênes lui étaient promises. Tout comme son père.

Étant donné le peu de scrupules éprouvés par son oncle à se servir des membres de sa famille avant de les condamner à mort d'un revers de main, il était clair que le sire-forgeur accordait moins de crédit à leur maison qu'à ses intérêts personnels.

— Julian… dit-il.

Il feignait l'incrédulité, pendant que ses hommes forçaient son neveu à s'agenouiller devant lui.

— Loués soient le marteau et l'épée, tu es vivant ! Je…

— Inutile de gaspiller votre salive, l'interrompit le prisonnier.

— Je ne sais pas ce que tu crois avoir entendu, mon fils, mais…

— Je vous interdis de m'appeler comme ça, souffla Julian dans un murmure cinglant.

Le pire dans cette histoire, c'était qu'il avait laissé faire. Il s'en était même félicité. Jeune, effrayé, il avait autorisé cet homme à le dépouiller de son héritage, encore et encore, jusqu'à lui en être reconnaissant.

Merci, mon oncle, d'avoir pris les rênes de la maison du Fer. Merci, mon oncle, de m'avoir contraint de m'endurcir. Merci, mon oncle, d'avoir fait de moi une arme… que je l'aie voulu ou non.

Il serra les poings. Le geste n'échappa guère au régent, qui se garda pourtant de tout commentaire. Il se tourna vers l'un de ses affidés.

— Avez-vous fouillé la pièce ? Et le reste de l'étage ?

— Je suis venu seul, répliqua Julian.

Francis ignora la remarque, les yeux rivés sur le soldat qui confirma d'un coup de menton.

— L'inspection vient juste de se terminer, monseigneur. Aucune trace d'un complice.

Julian s'autorisa un bref instant de soulagement. Si Wren était parvenue à s'échapper, non seulement elle serait en sécurité, mais elle pourrait faire en sorte que la vérité ne meure pas dans cette auberge. Julian doutait que quiconque, dans les Dominions, se soucie de lui ou de sa maison. Il en allait toutefois bien différemment du prince Leopold et du danger auquel il était exposé. S'ils avaient un peu de jugeote, ils ne tarderaient pas à comprendre l'urgence et à envoyer de l'aide.

Satisfait, Francis prit place dans son haut fauteuil, face à la cheminée.

L'homme était rusé et, à l'instar de sa Garde rouge, avait mieux à faire que de traquer un espion dans ses rangs, quand bien même le forge-fer était plus dangereux qu'eux tous réunis – à l'exception notable des revenants de fer. Sans même connaître l'étendue exacte de leurs compétences, la porte pulvérisée et leur poigne brutale ne laissaient rien augurer de bon quant à leur capacité à tout ravager.

Non, son cher oncle Francis était bien trop content de déléguer le sale boulot aux autres. Jamais Julian ne l'avait perçu avec autant de clairvoyance.

— Bien, dit le régent, les mains jointes devant lui, sans plus s'embarrasser de faux-semblants. Par je ne sais quel miracle, tu as réussi à berner le capitaine Royce et à t'en sortir indemne. Et la fille ?

Julian fronça les sourcils.

— Quelle fille ?

À cet instant précis, il remarqua la présence du prince. Retenu dans un coin par deux gardes rouges, l'otage royal n'avait pu contenir sa réaction à l'évocation de Wren. Un éclair s'illumina dans ses yeux d'or. De toute évidence, il attendait la suite avec avidité.

— La forgeuse d'os, éructa le régent avec impatience. Celle qui est tombée avec toi dans une crevasse, selon les dires du capitaine.

— J'imagine qu'elle y est toujours, répliqua Julian d'un ton indifférent. Qui sait où son corps a bien pu atterrir…

Francis ferma les yeux, les traits crispés par un spasme de frustration. Un spectacle dont se délecta son neveu, qui puisait dans la déception de son tuteur la force de sa rancœur.

Eh oui… Malgré toutes vos manigances, toutes vos machinations, vous avez échoué.

Pour ce qui concernait Wren, du moins.

— Dites-moi pourquoi, demanda Julian au cœur du silence, la voix tremblante d'une émotion contenue.

— Allons, mon petit, ne sois pas stupide. Ne sois pas comme lui.

« Ne sois pas comme lui. »

Tout au long de sa jeune existence, Julian avait entendu son oncle rabaisser Jonathan Knight. Le décrire comme doux, mais faible, bon, certes, mais aussi moralement perdu. Un homme à plaindre, en somme. À honorer, mais à ne surtout pas prendre pour modèle.

Quelle chance que Francis ait été présent pour prendre la relève ! Qu'il se soit trouvé quelqu'un d'assez compétent pour prendre les commandes.

Julian n'avait jamais eu le moindre doute sur l'histoire officielle. Effondré après le décès de sa première épouse et la catastrophe qui avait engendré la Faille, son père s'était désintéressé des affaires de leur maison, la laissant tomber en ruines. Une alliance avec une famille de forge-fer en vue et la naissance d'un deuxième enfant n'allaient pas suffire à le sauver. Avec autant de bravoure que d'inconscience, il avait voulu se rendre sur la ligne de front durant le Soulèvement. La tragédie annoncée avait bien eu lieu. Il n'en était jamais revenu.

Julian avait docilement gobé chaque mot de cette version. Puis il s'était efforcé de faire mieux, de se montrer meilleur. Plus futé, plus courageux, plus fort. Surtout plus fort, car c'était toujours la puissance qui importait plus que tout le reste aux yeux de son oncle.

Comment aurait-il pu deviner que sa plus grande faiblesse avait été d'écouter l'homme qui se tenait à présent assis en face de lui ?

— Jonathan Knight n'était pas fait pour gouverner. Il était devenu un fléau pour notre maison et, en tant que tel, devait être éliminé. Quand j'ai repris la main, nous étions à un cheveu d'être défaits. Et maintenant ? Nous sommes à l'aube d'une renaissance.

— Juchés sur les épaules monstrueuses des non-morts.

— C'est plutôt poétique, ne trouves-tu pas ? Ces créatures naguère vouées à nous détruire se plient aujourd'hui à notre volonté.

— À sa volonté, à elle, vous voulez dire, puisque vous ne les commandez pas vous-même… N'est-ce pas, mon oncle ?

— Comme tout politicien avisé avant moi, je passe des marchés, j'établis des stratégies et je construis un réseau d'alliés. Mais au bout du compte, je régnerai seul, en guide suprême. Voilà pourquoi tu devais être éliminé à ton tour, tu le comprendras sans mal. Il ne peut y avoir qu'un souverain à la tête de la maison du Fer, et ce sera moi.

À ces mots, un filet d'effroi glacé tomba sur la fureur incandescente de Julian. Il n'était pas l'unique héritier de la maison du Fer.

— Et Becca ? Que comptez-vous faire d'elle ? C'est la fille de votre sœur. Avez-vous l'intention de la tuer, elle aussi ?

— Allons, mon garçon. J'ai encore un cœur. L'avenir de Rebecca sera assuré, tout comme le mien. Tu verras. Ou plutôt non, j'imagine que tu n'en auras pas l'occasion.

Le jeune guerrier désespérait de croire sa cadette à l'abri, mais comment encore accorder la moindre confiance à ce scélérat ? Aussi profond que soit l'océan de perplexité où l'avait plongé la remarque sibylline de son oncle sur l'avenir de Becca, il avait cependant mis toutes ses inquiétudes de côté en entendant ses derniers mots.

Il tenta de dégager ses bras de l'emprise des revenants, mais impossible de faire céder leur poigne inflexible.

— Vous allez donc me tuer de sang-froid, ici et maintenant ?

Après s'être crispé face à ses mouvements abrupts, sire-forgeur Francis se renfonça dans son fauteuil, non sans un soupir.

— Tu n'as pas dû souvent tuer pour employer pareille formulation, Julian. Tu préfères peut-être que j'agisse sous le coup de la colère… Ou cela ne ferait-il qu'aggraver les choses ? Ta mort ne sera pas gratuite. Sache-le, poursuivre un but n'implique pas forcément d'agir sans émotion. Bien au contraire. Si je tue, c'est par pure nécessité.

L'héritier de la maison du Fer serra les dents. Un garde fit irruption dans la suite avant qu'il ait pu trouver une réponse ou un moyen de raisonner son oncle.

— Pardonnez-moi, monseigneur. Elle est là. Elle attend dehors.

— Plaît-il ?

Soudain, toute l'arrogance et la supériorité du régent s'effacèrent de ses traits pâles. Le prisonnier dévisagea tour à tour les deux protagonistes, en état de choc, avant de laisser échapper un rire sombre. Toute cette tension avait eu raison de sa retenue.

— Quand on parle du loup ! railla-t-il, un sourire carnassier aux lèvres.

La prétendue reine des spectres et cette manière qu'elle avait de hanter son prochain ne lui avaient jamais rien inspiré d'autre que de la répulsion, mais si ladite souveraine avait le pouvoir de faire trembler son oncle, Julian ne pouvait que se féliciter de son existence.

— Que disiez-vous tout à l'heure ? Que vous régneriez seul, en guide suprême ? Voilà pourtant votre maîtresse qui vous appelle. Il serait fort malvenu de la faire patienter.

Le régent esquissa une moue de colère.

— Bâillonnez-le. L'autre aussi, ordonna-t-il à l'un de ses gardes avant de se tourner vers le messager. Dites-lui que j'arrive.

Pendant qu'on bâillonnait, ligotait et traînait Julian dans un coin, bientôt rejoint par le prince, le chef de la Garde rouge s'empressa d'attraper son heaume, non sans avoir fait mine de se recoiffer hâtivement. Ses miliciens l'imitèrent.

Julian balaya la pièce du regard, contenant son excitation. Grand bien lui en fit, car si les soldats humains avaient suivi leur chef, les deux revenants de fer, eux, restaient en faction devant la porte verrouillée, figés comme des statues.

Julian se tourna vers Leopold et prit enfin le temps de l'inspecter. Des poches se dessinaient à présent sous les yeux du prince, dont la chevelure aplatie avait perdu de son lustre depuis la dernière fois qu'il l'avait vu au Mur. La lèvre fendue par le coup que lui avait porté le régent, il soupesait les tenants et les aboutissants de la situation d'un regard toujours aussi alerte, son attention rivée sur les revenants.

Soudain, il se mit à se tortiller dans une volonté évidente de desserrer ses liens. Julian jeta une œillade à leurs geôliers, qui n'eurent pas de réaction notable.

Leur passivité n'échappa guère au prince, concentré sur son projet. Il n'avait clairement pas la moindre idée de ce qui le menaçait. Julian tenta d'attirer son attention, de l'avertir d'un signe de tête, mais Leopold se désintéressa soudain de sa tâche. Les épaules avachies, il ferma les yeux, comme résigné – ou lassé.

Le forge-fer, de son côté, s'intéressa à ses armes confisquées par l'un des revenants. Si seulement il parvenait à dégager sa main, il pourrait peut-être les attirer à lui…

Avant qu'il puisse faire le moindre mouvement, le comportement du prince attira à nouveau son attention. Leopold remuait la mâchoire. Peut-être éprouvait-il de la gêne ? Julian lui-même commençait à sentir ses chairs comprimées par l'épaisse étoffe fermement nouée autour de sa tête et étirée entre ses dents… Non, son compagnon s'activait à un tempo régulier, presque rythmé.

Devant les yeux ébahis du guerrier, Leopold finit par cracher les lambeaux de son bâillon déchiré. Voyant la réaction choquée de son compagnon d'infortune, le prince esquissa un large et éclatant sourire – révélant au passage des crocs dorés, aussi acérés que des dagues, en lieu et place de ses canines.

Puis il jeta un regard par-dessus son épaule en direction des revenants. Ils n'avaient rien remarqué.

Il se retourna vers Julian.

— Ne bouge surtout pas, dit-il simplement.

Puis il fondit sur le forge-fer pour planter les crocs dans son bâillon, tout près de ses lèvres.

N'importe qui passant par là aurait pu croire que Leopold tentait de trancher la gorge de son camarade, voire de s'abreuver de son sang. Mais Julian sentit bientôt son bâillon commencer à céder, fibre par fibre, sous la morsure du prince.

Encore un effort et le tissu se rompit. L'héritier de la maison du Fer s'en débarrassa d'une torsion du cou. Les deux prisonniers échangèrent un regard.

— Malin… murmura le forge-fer, l'air grandement impressionné.

— À ton service, haleta le prince avant de s'adosser au mur pour reprendre son souffle. L'or est plus mou que le fer, plus malléable aussi. J'en garde des fragments dissimulés sur mes molaires. Lorsqu'ils m'ont fouillé, avec le plus grand zèle, dois-je ajouter, ils n'ont pourtant pas songé à chercher de ce côté-là. Après ça, je n'ai plus eu qu'à les remettre en place… Je suis plutôt doué avec ma langue.

Il esquissa un sourire coquin qui n'était pas sans rappeler Wren. Pas étonnant que les deux effrontés soient amis !

— Hélas, je ne peux rien faire contre ça…

Il souleva ses mains liées par une corde épaisse au nœud serré.

— Je n'arrive pas à croire qu'ils m'aient laissé faire, conclut-il.

Il jeta un coup d'œil furtif à leurs geôliers qui n'avaient pas bougé d'un pouce.

— Je doute qu'ils y voient quoi que ce soit, répondit Julian en les étudiant. Je ne suis même pas certain qu'ils disposent d'une volonté propre.

— Que veux-tu dire ? s'étonna Leopold.

Son interlocuteur lui jeta un regard vide.

— Ce sont des non-morts enfermés dans une cuirasse de fer et soumis aux ordres d'un tiers.

Ébahi, le prince observa à nouveau les revenants de fer, avant de se tourner vers Julian.

— Je vois…

— Même débarrassés de nos liens, nous n'avons aucune chance face à eux, fit valoir le guerrier, gagné par le découragement. Du moins, pas tant que nous serons seuls.

Comme à son signal, la porte s'ouvrit à toute volée pour laisser paraître Wren, revêtue de son armure d'os, les yeux et les lèvres obscurcis par son habituelle graisse noire.

— Pas un geste ! s'écria-t-elle sans laisser le temps aux revenants de faire plus d'un pas vers elle.

Comme dans la Faille, les non-morts obéirent à son ordre.

Quand elle pénétra dans la pièce, Julian crut saisir un éclat vert dans les yeux de la forgeuse d'os, assez semblable à l'étincelle qu'il pensait avoir perçue dans la Faille. La lueur avait été fugace, mais sans doute n'était-elle que le fruit de son imagination.

Ses pensées furent vite balayées par la vague d'émotions qui enfla dans son cœur de forge-fer. La crainte qui le transperçait chaque fois que Wren employait cet étrange pouvoir était bien peu de chose au regard du frisson inédit que lui procurait l'arrivée intrépide de la guerrière dans toute sa splendeur menaçante – et surtout dans le même camp que lui.

En un clin d'œil, elle les avait rejoints, accroupie, pour trancher leurs liens à l'aide de Cœur-de-Fer. Elle commença par la corde de Julian.

— Tu es là, constata-t-il bêtement.

— Les instructions, ce n'est pas mon fort, ricana-t-elle, lui arrachant un sourire, avant de se tourner vers Leopold. Pardonnez-moi pour cette attente, Votre Altesse.

Le prince n'en revenait pas, lui non plus.

— Tu es vivante ! Et tu es venue ici… pour moi ?

— Je me suis un peu perdue en route.

Elle jeta un regard conspirateur à Julian qui finissait de se débarrasser de ses entraves pour se remettre debout.

— Nous devons filer, et vite, le pressa la forgeuse d'os.

— Mais comment…

— Je t'expliquerai tout une fois qu'on sera en sécurité.

Julian tendit la main à Leopold afin de le hisser sur ses pieds.

— Les hommes du régent sont en bas, protesta le prince en frottant ses poignets meurtris. C'est trop risqué.

— Rassure-toi, lui souffla Wren qui rengainait sa dague. On va passer par le haut.

— Mes armes, dit Julian, attirant l'attention de la jeune fille sur les mains d'un des revenants.

Elle carra les épaules, puis s'avança vers la créature.

— Donne-les-moi, ordonna-t-elle.

Sa voix portait une sonorité étrange, différente de sa diction habituelle, une tonalité très particulière que Julian ne parvenait pas tout à fait à identifier. Après un petit instant de flottement, le revenant tendit son fardeau à la forgeuse d'os, qui s'en empara pour le traîner jusqu'à son complice, bras ouverts pour recevoir l'offrande. Une vague de soulagement envahit le guerrier sous le poids familier de son paquetage. Alors qu'il s'apprêtait à suivre Wren, il remarqua son heaume bosselé abandonné sur une table et s'en saisit.

La jeune fille ouvrit les fenêtres du balcon juste à temps pour créer un passage à Julian. Il marchait avec élan, heureux de la retrouver pour collaborer de nouveau avec elle. Tout rentrait dans l'ordre.

— Allez, l'encouragea-t-elle par-dessus son épaule tandis qu'il posait un pied sur la rambarde pour se propulser sur le toit.

Elle fit ensuite la courte échelle au prince. Julian l'aida en lui attrapant le bras pour le hisser à côté de lui sur les tuiles.

— Ne bougez pas, lança Wren dans la chambre.

Son ultime ordre s'adressait aux revenants. Elle referma ensuite la fenêtre, puis se saisit de la main tendue du forge-fer qui la tracta aussitôt pour l'aider à le rejoindre.

— Quelle poigne… soupira-t-elle, toute à sa surprise.

Jamais il n'avait autant désiré l'embrasser. Mauvaise idée. Ne l'avait-il pas dit lui-même ? Il risquerait de se perdre. Pour elle. Comme son père avant lui.

Mais n'était-ce pas la voix de son oncle qui lui soufflait cette idée ? En somme, peut-être que la manière la plus sûre de se perdre serait de renoncer à Wren.

— Où allons-nous ? s'enquit Leopold, rompant le charme.

La jeune fille lâcha la main de Julian, visiblement troublée.

— On peut sauter par-dessus l'allée pour rejoindre ce bâtiment-là, proposa-t-elle en désignant l'extrémité opposée du toit.

— Un instant, marmonna le forge-fer en fouillant son sac.

Il s'empressa d'enfiler son armure, qu'il compléta de son heaume, non sans faire le vœu de le réparer dès que possible. Quand il fut fin prêt, la forgeuse d'os ouvrit le cortège, grimpant jusqu'au faîte du toit avant de redescendre sur l'autre versant. L'édifice voisin était d'une hauteur comparable à l'auberge. Il leur suffirait d'un bond pour franchir l'espace qui les séparait. Julian reculait déjà dans le but de s'élancer en courant lorsque des voix retentirent dans la rue à leurs pieds. Il freina aussi sec.

— Votre Majesté.

Pas d'erreur possible : c'était son oncle. Il échangea un regard avec ses camarades. D'un même mouvement, tous trois se jetèrent à plat ventre et rampèrent au bord du toit.

Le régent se tenait à l'embouchure de l'allée, sa Garde rouge déployée autour de lui. Face à lui se dressait une femme, voilée, à la silhouette élancée, entourée d'une escouade de revenants de fer luisants.

CHAPITRE 35

Avant même de les voir, Wren détecta la présence des non-morts. Depuis leur traversée de la Faille, sa magie avait gagné en puissance, en force brute. Elle sentait encore la présence de ses nouvelles capacités. Sa crainte de les voir disparaître à tout moment était compensée par un sentiment bien différent. Secrètement, elle ne pouvait s'empêcher de l'espérer, pour retrouver sa vie de simple forgeuse d'os et de valkyr extraordinaire.

Tapie entre Leo et Julian, elle guetta la scène qui se jouait dans la rue.

Le régent et ses gardes. Face à eux, une femme, drapée de tissu noir. Elle était de son côté entourée d'une bonne dizaine de revenants de fer.

Les rumeurs ne lui rendaient pas justice.

Certes, elle arborait un voile, qui n'avait cependant rien de virginal. L'étoffe, déchiquetée et inégale, tombait jusqu'au sol dans un nuage d'opacité, ne laissant deviner que la silhouette de qui la portait. Quant à sa tête, elle était ceinte d'une couronne d'os brisés et biscornus – grotesque réplique des lauriers de championne remportés par Inara à l'issue de l'épreuve du Bois-aux-Ossements. Ce cercle macabre était transpercé à intervalles irréguliers de piques sombres, semblables à la pointe qui ornait l'anneau de Wren. L'ensemble créait un halo saisissant. À l'oreille, ses mouvements évoquaient ceux d'un revenant, accompagnés par des entrechocs de fragments d'ivoire qui n'étaient pas les siens. À peine visible sous son linceul mais éblouissant les sens de Wren, bracelets et colliers d'osselets blêmes miroitaient telle l'écume d'une eau noir d'encre au clair de lune.

— C'est elle… murmura Wren comme pour elle-même.

— La reine des spectres, confirma Leo, captivé.

— Pardonnez-moi, reprit le régent d'un ton qui contredisait la formule. N'avions-nous pas convenu de nous rencontrer hors les murs, et non dedans ?

Du regard, il balaya la rue derrière lui, où les badauds se pressaient déjà. D'autres pointaient la tête aux fenêtres et aux portes pour les observer, non sans échanger des murmures.

— Nous avions convenu de bien des choses, régent.

Cette voix… Grave et rauque, elle rappelait à Wren le timbre du garçon de la source, quoique son caractère éraillé lui hérissa l'épiderme.

— Où est ma récompense ? Sans elle, je ne puis vous accorder plus longtemps l'usage de mes revenants de fer.

Une récompense… Elle ne parlait pas de Leo, quand même ?

La mine du régent se fit glaciale.

— Sans moi, vos revenants n'auraient de fer que le nom, madame.

— Je ne suis pas une dame, je suis une reine.

— Peut-être, mais vous n'êtes pas la mienne.

— Pas plus que vous n'êtes mon souverain, régent, répliqua-t-elle avec une pointe d'amusement. Vous connaissez la raison de ma visite. Le moment est venu d'honorer votre part du marché. Notre tâche ne saurait se poursuivre sans elle.

Sans qui donc ? Leo et Julian se tournèrent vers Wren. La conversation surprise entre le régent et son capitaine lui vint aussitôt à l'esprit. La troisième cible…

La forgeuse d'os n'avait pas la moindre idée de ce que cette reine autoproclamée entendait par « leur tâche ». Il existait probablement un lien avec le mystérieux garçon de la source, les légions de non-morts… et aussi cette faculté acquise par Wren de les commander au même titre que lui.

— J'ai bien peur qu'il vous faille faire sans. Elle n'est pas en ma possession. À vous de trouver un autre moyen…

— Il n'en est pas d'autre qu'elle !

— Elle est morte, aboya le régent. Quelque part près du fort. C'est fini.

La reine des spectres s'avança d'un pas lent dans un cliquetis d'ossements. L'escorte du régent se crispa, mais se garda d'agir. En face, les revenants de fer n'avaient pas besoin de bouger le moindre de leurs muscles en putréfaction pour intimider les membres de la Garde rouge.

— La mort n'est pas une fin.

Un frisson balaya le groupe d'êtres humains tout entier, telle une bise glaciale remontant de la vallée malgré l'absence de vent. Wren en sentit elle aussi le souffle coupant.

— Nous vous trouverons un autre forgeur d'os, lui assura le régent, diplomate. Ils sont des centaines à l'ouest du Mur.

— C'est elle ou personne d'autre, insista la souveraine des non-morts avec une conviction inébranlable.

Wren songea à ce messager dans le Bois-aux-Ossements, à cette bague nichée dans sa poche... Fallait-il en conclure que la reine n'appelait pas la jeune fille pour la première fois ?

L'un des gardes sortit du rang pour aller murmurer quelques mots à l'oreille du régent. La fuite des prisonniers avait-elle été découverte ? Le sire-forgeur se contenta d'un signe de tête avant de se tourner vers la visiteuse.

— Le salon privé que j'ai réquisitionné dans cette auberge est prêt. Pourquoi ne pas nous y installer afin d'y chercher ensemble une solution qui convienne à tout le monde ?

— Allez-y donc, si cela vous chante ! Pour ma part, je reprends mes revenants, dont l'usage vous sera refusé tant que mes exigences n'auront pas été satisfaites.

Tournant les talons, la reine des spectres laissa là le chef de la Garde rouge – qui fulminait sous l'effet d'une rage impuissante – pour regagner les ténèbres de l'allée, loin de l'agitation de la grand-rue.

Wren, qui n'avait jusque-là vu que le haut de sa tête, aperçut furtivement son visage, du moins ce qui était visible derrière le voile. La jeune fille avait beau se répéter sans cesse que cette femme n'était pas véritablement un spectre, qu'elle se contentait de les commander, elle ne parvenait pour autant pas à se défaire d'un sentiment de malaise en la regardant.

Sa gêne monta d'un cran lorsque les yeux de la reine glissèrent sur le mur, puis vers le toit avant de s'arrêter net sur Wren. Visibles à travers l'étoffe, les iris rivés sur elle luisaient d'un vert encore plus éclatant que ceux du jeune forge-spectre.

Wren se figea sur place, transpercée par l'effroi.

Elle s'attendait à voir la souveraine des non-morts s'arrêter, la pointer du doigt, la dénoncer… mais elle poursuivit son chemin. Quand la reine daigna enfin détourner les yeux, ce fut pour s'adresser à l'un de ses revenants. Il s'immobilisa, se désintéressant du reste du cortège calé dans les pas de leur guide. La créature n'eut pas besoin d'orienter la tête vers Wren. Elle se mit seulement à parler et les mots résonnèrent entre les tempes de la jeune fille, aussi clairs, aussi nets que si elle se les était soufflés à elle-même. Ce qui aurait tout aussi bien pu être le cas, puisqu'elle était la seule à les entendre.

— *Viens me voir lorsque tu seras prête à en apprendre plus. Viens à nous. Je sais que tu nous entends. Le sang appelle le sang et les tiens réclament ta présence.*

Son message transmis, le revenant s'éloigna.

Wren continua de fixer le vide jusqu'à ce que Julian lui effleure le bras.

— Prête ? lui demanda-t-il.

Elle cligna des yeux, prenant soudain conscience que l'allée était déserte. Le régent avait regagné l'auberge, où il ne tarderait pas à prendre connaissance de l'évasion. Ils n'avaient pas une seule minute à perdre.

Ils bondirent sur le bâtiment voisin, descendirent le long d'une treille et coururent vers l'enceinte extérieure.

— Il faudrait prendre des chevaux, haleta Leo, peinant à suivre ses camarades qui se faufilaient entre les maisons et esquivaient la lueur des lanternes.

— Même si on parvenait à en voler, comment suggères-tu qu'on sorte d'ici ? lui demanda Julian. Si on se présente aux portes de la ville, c'en est fini de nous.

Le prince étouffa un juron.

— Ils vont nous retrouver. Jamais on ne pourra courir assez vite pour leur échapper.

— Nous n'en aurons peut-être pas besoin… dit Wren en jetant un coup d'œil à l'auberge. Quand remarqueront-ils notre absence, à votre avis ?

— D'une minute à l'autre, répliqua Julian.

— Et ensuite ?

Le forge-fer réfléchit.

— Eh bien, ne sachant pas par où nous sommes partis, ils devront chercher partout, passer l'établissement au peigne fin, puis le reste de la cité, et envoyer des cavaliers en dehors de la ville par les deux portes. Même si mon oncle se refuse à risquer la vie de ses hommes de nuit dans le Territoire hanté, s'il veut nous retrouver, il n'aura pas vraiment le choix.

— Ça en fait, du terrain à parcourir, fit remarquer Wren, songeuse. Il va devoir diviser ses troupes.

Julian changea d'expression. Il voyait où elle voulait en venir. Elle n'en attendait pas moins de lui.

— Il dispose de, quoi, vingt membres de la Garde rouge ? Plus une dizaine de soldats supplémentaires pour les expéditions, spécialisés en enlèvement. Sans les revenants de fer, il lui faudra garder six recrues, au minimum, pour sa protection personnelle. Quant au reste… il va avoir besoin d'au moins une vingtaine d'hommes pour fouiller correctement les lieux, même avec l'aide des locaux. Trop de bâtiments, de rues, de recoins obscurs… D'autant plus qu'ils devront aussi inspecter les enceintes.

— Ce qui ne laisserait que quatre soldats de libres… calcula Leo.

Julian acquiesça.

— Deux pour chaque porte.

— Trois contre deux, dit Wren, narquoise. Voilà qui me plaît !

— Parce que tu comptes sur moi pour la bagarre ? s'enquit Leo avec délicatesse.

Les sourcils arqués, il posa un doigt sur sa lèvre meurtrie, à peine cicatrisée.

— Je ne suis pas exactement un guerrier…

— Je doute que le heaume de Julian soit de cet avis, objecta Wren.

La remarque lui valut un sourire radieux du prince et une œillade noire du forge-fer, agacé de ce rappel douloureux.

— Tu n'es peut-être pas un combattant, confirma Julian, mais tu feras un excellent appât.

Ils reprirent le même chemin qu'en arrivant. Les trois fuyards escaladaient le mur d'enceinte lorsqu'un tapage éclata devant l'auberge. C'était le moment ou jamais. La Garde rouge n'allait pas tarder à se répandre dans les rues, aboyant des ordres et envoyant des soldats çà et là. Certes, il leur faudrait un peu de temps pour seller leurs montures mais, bientôt, les portes s'ouvriraient pour qu'ils sillonnent les routes en quête des évadés.

Quand, une fois à l'extérieur de la ville, ils se mirent à courir vers la porte sud, Wren affûta ses sens. Aucun revenant de fer ni le moindre non-mort n'était détectable dans les parages. Les mouvements du trio, de même que les manœuvres de la Garde rouge, risquaient malgré tout d'attirer spectres et macchabées. La forgeuse d'os dégaina ses épées, sa magie en alerte.

De son côté, Julian scrutait le paysage à la recherche d'un lieu adapté pour une embuscade. Il finit par repérer un virage où le sol s'affaissait de part et d'autre de la route. Ils pourraient se cacher dans les fossés, Julian d'un côté, Wren et Leo de l'autre.

À peine quelques jours plus tôt, Wren aurait pris la fuite avec le prince, et au diable Julian et la Garde rouge, songea-t-elle.

Stratégie qui aurait pu s'avérer payante, du moins pendant un moment, même s'ils avaient dû lutter pour survivre, avançant à une allure d'escargot. Elle y aurait vu un défi, une occasion de faire ses preuves.

Mais après toutes les tempêtes qu'elle avait essuyées les derniers temps, une telle décision se serait révélée obtuse, prise dans la précipitation, pour tout dire stupide. Les chevaux représentaient leur meilleure chance de rejoindre le port… et la présence de Julian à ses côtés ne ferait que faciliter les choses.

Ils avaient réussi. Ils avaient sauvé le Prince d'Or. Ils avaient aussi mis au jour un vaste complot à faire pâlir les ambitions personnelles de Wren ou les désirs de vengeance de Julian. En un mot, ils étaient parvenus à leurs fins.

Restait une question, diablement épineuse : que faire désormais ? Julian n'était pas un simple forge-fer, il n'était autre que Julian Knight, héritier de la maison du Fer. Dans ces conditions, se présenter au fort en sa compagnie était tout bonnement impossible, le commandant aurait tôt fait de le jeter au fond d'une cellule. Quand bien même ils parviendraient à taire son identité… le guerrier avait été aperçu au cours de l'enlèvement. On lui reprocherait ce crime et ce, peu importe la suite des événements. Lorsque Wren révélerait le complot du régent et l'existence des revenants de fer à ses supérieurs, le péril que courrait Julian n'en deviendrait que plus alarmant. Une autre possibilité serait qu'elle garde ce qu'elle savait pour elle…

— Alors, comme ça, forgeuse d'os et forge-fer travaillent main dans la main pour sauver un prince forgeur d'or ? dit Leo comme s'ils tenaient salon, au lieu de guetter leur proie, un duo de guerriers surentraînés, tapis dans le noir. La dernière fois que je vous ai vus, tous les deux…

— On se battait à mort, je sais.

— Et maintenant ? Vous êtes… Quoi ? Des amis ?

— Des alliés, rectifia Wren.

— Un baiser et tout est pardonné, pas vrai ? devina Leo.

Taquinerie qu'il ponctua d'un clin d'œil. La jeune fille ouvrit la bouche pour protester, avant de se raviser.

S'insurger vaudrait confirmation. Le prince sourit de toutes ses dents.

— Vraiment ? Enfin, je comprends, sincèrement, mais… mazette !

Sa camarade ferma les yeux.

— La ferme, crétin. Nos vies sont en danger, je te rappelle.

— Oui, bien sûr.

Elle le regarda juste à temps pour le voir se draper d'une mine des plus graves.

— C'est dangereux. Exaltant, même !

Il agita les sourcils.

— Si on en sort vivants, je te tuerai de mes propres mains.

— Oh, toi aussi, tu m'as manqué.

De l'autre côté de la route, Julian attira leur attention d'un geste. Les portes s'ouvraient dans un grincement pour laisser sortir deux silhouettes, deux cavaliers illuminés par les lumières de la cité qui les découpaient comme des ombres chinoises. Les battants se refermèrent, les deux soldats disparurent dans les ténèbres. Seul le claquement régulier des sabots de leurs montures trahissait encore leur présence.

Le plan était assez basique. Les trois comparses attendraient que les cavaliers entrent dans leur champ de vision, puis Leo se précipiterait sur la route pour les interpeller. Wren et Julian se chargeraient du reste.

Le moment venu, le prince valorien joua son rôle à la perfection – presque un peu trop, même, de l'avis de Wren. Il tituba devant les cavaliers, poussant des cris désespérés et agitant les bras comme une demoiselle en détresse avec une grande crédibilité.

Le cavalier le plus proche fit halte et descendit à terre. À cet instant précis, Wren et Julian passèrent à l'attaque.

Pendant que le forge-fer visait son collègue encore en selle, la jeune fille percuta le garde à pied dans le dos. Une poignée de poussière d'os suffit à l'étouffer et lui faire perdre l'équilibre. Avec l'aide de Leo, elle lui retint les bras assez longtemps pour dégainer Cœur-de-Fer et la lui pointer sous la gorge.

Julian maîtrisa l'autre garde qui s'étala sur le sol, inconscient, avant de se lancer à la poursuite de son cheval effrayé. Leo en fit de même – non sans avoir jeté un regard à Wren au passage –, apaisant le second destrier pour le ramener près d'eux.

Après avoir ligoté les gardes l'un à l'autre, ils les laissèrent regagner Fonderie d'un pas hagard, vaincus. Le temps qu'ils arrivent et soient autorisés à entrer dans la cité, Wren et ses acolytes auraient pris assez d'avance. Ils n'avaient par ailleurs pas l'intention d'emprunter les routes, ce qui rendait déjà toute traque quasiment impossible.

Pendant qu'ils inspectaient les chevaux fraîchement réquisitionnés pour se débarrasser de tout équipement inutile, Wren s'arrêta sur un détail crucial : ils ne disposaient que de deux montures pour trois cavaliers. Quelqu'un allait devoir jouer les passagers… Plutôt mourir que d'endosser ce rôle ! Elle imagina brièvement Leo et Julian chevauchant la même monture. Oui, le tableau était parfait.

Le moment était cependant mal choisi pour s'attarder, aussi proposa-t-elle au prince de l'accompagner sur le premier segment du trajet. Julian ouvrirait la marche.

— Es-tu sûre que tu ne préfères pas monter avec lui ? demanda Leo d'une voix innocente.

Par-dessus son épaule, le forge-fer leur jeta un regard perplexe, à la limite du soupçonneux.

— Maintenant que vous vous êtes… comment dire… rapprochés ? conclut le prince.

Le guerrier s'empourpra. Le forgeur d'or esquissa un sourire ravi et Wren lui donna un petit coup de poing sur l'épaule, ce qui le fit bien rire.

CHAPITRE 36

Le trajet du retour depuis Fonderie s'avéra bien plus rapide que l'aller, grâce aux chevaux, bien sûr, mais aussi parce qu'il fut dénué de contretemps inopportuns tels qu'un guet-apens dans les bois ou une chute dans la Faille.

Des circonstances favorables qui n'avaient pas empêché Leo de céder momentanément à la panique lorsqu'il avait pris conscience de l'itinéraire.

— Attendez… ne me dites pas qu'on coupe à travers le Territoire hanté ? s'était-il alarmé avant de poser sur Wren un regard circonspect.

Il avait encore du mal à assimiler qu'elle disposait d'un certain contrôle sur les non-morts, même s'il avait pu en voir la démonstration face aux revenants de fer.

— Ça va bien se passer, lui avait-elle assuré.

Il l'avait prise au mot, mais elle devinait à l'expression du prince qu'il espérait d'elle quelques explications une fois qu'ils seraient arrivés à bon port.

Les heures avaient passé sans qu'un seul non-mort ne croise leur route. Si Leo s'était quelque peu détendu, leur absence ne faisait qu'accentuer la nervosité de la forgeuse d'os. La reine des spectres avait-elle convoqué ses sujets ?

Ils se rassemblaient peut-être dans le but de fomenter une attaque. À moins qu'il existe un rapport avec Wren même ? Une autre possibilité était que sa présence agisse tel un repoussoir, ou encore qu'ils perçoivent son désir de ne pas être importunée, une envie qu'ils respectaient sans qu'elle ait besoin de la formuler.

Julian avait insisté pour longer la lisière du bois. Il se tourna vers Wren.

— Crois-tu qu'on soit en sécurité ?

De toute évidence, il souhaitait s'enfoncer dans la forêt avant le lever du soleil, au cas où un Garde rouge suivrait leur piste. Il tenait le coup malgré tout, en dépit des épreuves traversées et des réalités crues auxquelles ils avaient été confrontés. Son heaume lui donnait un aplomb inédit. Wren retrouvait l'adversaire, redoutable, qu'elle avait combattu, et non l'allié qu'elle n'avait pu se résoudre à abandonner. La bosselure qui déformait la surface du casque venait témoigner du passage du temps et de l'évolution des allégeances.

Wren n'avait pas pu entendre la conversation de Julian avec le régent. Leo pourrait sans doute la lui rapporter. À moins de se montrer patiente, et de laisser au forge-fer le temps de se confier spontanément, si l'envie lui en prenait… Quoi qu'il en soit, le jeune homme semblait désormais déterminé à éloigner le prince des griffes de son oncle.

— Ma seule certitude, c'est qu'ici, on n'est pas plus en danger qu'ailleurs, répondit-elle en contemplant les environs. Je ne perçois rien. Donc soit ça veut dire qu'il n'y a rien, soit j'ai perdu cet étrange surplus de pouvoir que je ressens depuis notre visite à la source.

— Un surplus de pouvoir ? s'enquit Leo d'une voix un peu traînante.

L'irruption du prince – qui s'était endormi contre son dos quelques heures plus tôt – dans la conversation la fit sursauter.

— Je t'expliquerai plus tard, marmonna-t-elle.

D'un claquement de langue, Julian intima à son cheval de se rapprocher du leur. Il se pencha sur sa selle, main tendue vers Wren, ou plutôt vers l'un des couteaux de lancer qu'elle gardait dans son baudrier. Il le soupesa, prenant un moment pour en évaluer l'équilibre, car l'os était bien plus léger que le fer. Enfin, il tourna le buste pour jeter l'arme vers les arbres, où elle fila derrière les feuillages avant d'aller se ficher quelque part dans un bruit mat.

— Peux-tu le retrouver ? demanda-t-il à Wren, afin de tester la portée de son pouvoir.

L'idée était plutôt maligne. En temps normal, la forgeuse d'os perdait la trace de ses armes au-delà d'une toise et demie.

Cette fois, elle détecta sans mal la vibration de l'os. Le couteau avait pourtant franchi la limite de sa perception habituelle – l'étendant à plus du double de la distance originelle. Il lui suffit d'un geste pour que l'arme revienne à elle. La lame s'arracha au tronc où elle s'était plantée pour fendre l'air jusqu'à la paume de la forgeuse d'os, qui la rattrapa avec adresse.

— Impressionnant, siffla Julian. Je pense qu'on peut s'autoriser une halte ici.

† † †

Plutôt que de chercher une tour de guet, qui présentait certes l'avantage de les protéger, mais aussi l'inconvénient de les emprisonner en cas d'attaque – sans compter le danger potentiel pour les chevaux –, ils campèrent dans un fossé creusé sous la carcasse immense d'un arbre déraciné, dont la souche exposée leur fournissait une couverture assez large pour abriter aussi leurs montures.

Julian démarra le feu pendant que Wren leur concoctait un repas à partir des quelques rations qu'elle trouva dans les sacoches de selle. Leo se contenta de se pelotonner près des flammes, emmitouflé dans une couverture.

Julian s'en agaça quelque peu.

— N'en faites pas trop, surtout, Votre Altesse.

Leo souleva une paupière.

— Je n'en ai pas l'intention.

— C'est ce que je vois. Nous sommes tous fatigués. La moindre des choses serait de nous aider à monter le camp.

— Pendant que vous passiez la semaine à vous acoquiner, maugréa le prince, les yeux clos, moi, j'étais tout seul. Sans personne pour veiller sur mon sommeil. Je n'ai pas pu me reposer.

Julian échangea un regard avec Wren au-dessus du brasier. Force était d'admettre que pour surmonter les embûches de leur périple, ils avaient pu s'épauler l'un l'autre. Elle l'aurait sans doute formulé autrement, mais Leo n'avait pas totalement tort. A fortiori si l'on prenait en compte le baiser…

— Alors, excusez-moi si je profite un peu de ce répit. Et crois-moi, ajouta le prince valorien en s'agitant pour trouver une position plus confortable, une fois à

Fort-de-Faille, je saurai montrer mon utilité… du moins si tu tiens à garder ta tête.

Wren leva les yeux au ciel, même s'il exagérait à peine. Son témoignage serait précieux pour éviter la prison, voire pire, à Julian.

Les deux combattants dînèrent en silence pendant que le prince piquait du nez.

— Puisqu'on parle du fort… finit par dire le forge-fer tout en attisant les flammes à l'aide d'un bâton.

— Ta tête ne risque rien, lui assura Wren.

Elle n'en était pourtant pas pleinement convaincue. Elle ne quittait pas des yeux le heaume de fer, qu'il avait déposé près de leur paquetage.

— Non… ce n'est pas ça. (Il marqua une pause, le front plissé, tout à sa réflexion.) Wren, on ne peut pas le conduire à Fort-de-Faille.

Elle avait redouté ce moment dès l'instant où ils avaient pris la route tous les trois. Après la révélation de la trahison du régent, elle avait toutefois nourri l'espoir que Julian se ravise.

— Il faut bien qu'on les informe de… de tout ça, protesta-t-elle avec un geste vague. Nous ne pourrons pas les combattre tout seuls.

Le forge-fer pencha la tête sur le côté.

— Où est passée la jeune intrépide qui croyait dur comme fer pouvoir traverser la Faille et secourir un prince séquestré sans l'aide de personne ?

— C'est différent, se défendit-elle.

Il avait l'air déçu. Pourquoi fallait-il qu'elle s'en préoccupe ?

— En quoi ? demanda-t-il.

— À ce moment-là, je croyais tout savoir des non-morts. Depuis, j'ai pris conscience de mes lacunes, à plusieurs reprises même. Les événements nous dépassent totalement. Le fort nous aidera.

Julian contempla le foyer en broyant du noir.

— Ça, je n'en suis pas si sûr.

— Qu'est-ce que tu sous-entends par là ?

— Que non seulement il s'agit des mêmes politiciens qui refusent, depuis plus de vingt ans, de nous aider, nous, les Faillois, mais aussi que tu as l'air d'oublier le point de départ de toute cette histoire.

— Vraiment ? Et moi qui croyais que tout avait commencé quand vous avez pris le Mur d'assaut et enlevé un prince de sang royal…

— Ça a commencé avant, quand on nous a filé ce tuyau. T'es-tu jamais demandé comment nous avions pu sortir de nulle part, à l'endroit idéal, pour le kidnapper ? On savait exactement où et quand se tenir prêts.

La jeune fille se souvenait effectivement de quelques détails étranges qui l'avaient frappée en cette fameuse journée : le blocus sur la route, pour commencer, mais aussi cette facilité déconcertante avec laquelle le prince et elle s'étaient retrouvés isolés.

— Est-ce que tu sous-entends qu'il y a un espion ?

— Oui, au sein même de l'entourage princier. Il ne sera pas en sécurité au fort.

Wren jeta un regard à la silhouette endormie de Leo.

— Qu'est-ce que tu suggères, alors ? demanda-t-elle à Julian, méfiante.

— De repartir vers le nord, répondit-il avec prudence. Ils imaginent sûrement qu'on se dirige vers Fort-de-Faille, non ? En partant dans la direction opposée, on déjouerait tous leurs pronostics.

— Le nord… répéta platement Wren. Autrement dit, vers la citadelle de Fer ?

— Non, s'empressa de rectifier Julian. C'est juste histoire de trouver un endroit où se mettre à l'abri, un moyen de se soustraire aux regards, le temps que le régent mette un terme aux recherches.

— Tu penses à un lieu en particulier ?

— Il y a bien le domaine familial de ma mère. En ce moment, il est inoccupé, en dehors de quelques serviteurs. On pourrait s'y retrancher, s'y reposer et réfléchir à la suite.

— Un domaine familial ? C'est l'un des premiers endroits où ils vont te chercher.

— Les miens nous protégeront.

— « Les tiens »… Parce que tu y crois encore ? Si je ne m'abuse, le régent était bien l'un des « tiens », du moins jusqu'à hier. Comme le capitaine Royce, d'ailleurs… Tu me demandes de faire confiance aux instigateurs de ce désastre ?

Il tira sur son plastron, en proie à une certaine agitation.

— Non, je te demande de me faire confiance, à moi. Ce ne serait pas la première fois.

— Ce n'est pas pareil, objecta Wren, ignorant le tiraillement qu'elle éprouva au souvenir du temps passé dans la Faille. Je refuse de conduire Leo auprès des « tiens ».

Julian renâcla, excédé.

— Donc tu en es toujours à cette histoire de trophée en or massif ? À cette stupide mission censée te permettre de leur montrer ce que tu vaux ? Tu n'as plus rien à prouver, Wren ! S'ils ne s'en rendent pas compte, tant pis pour eux.

La jeune fille baissa les yeux, dans l'espoir de dissimuler tant bien que mal l'émotion que ces paroles suscitaient en elle. Il en parlait comme si c'était facile. S'imaginait-il que l'avis des autres n'avait pas la moindre importance ? Elle aimerait tellement y croire… Sauf qu'il s'agissait d'une chimère. Leur opinion comptait bel et bien. Agir sans s'en soucier lui avait coûté Trancheuse et d'être bannie de chez elle.

Même si ça l'avait aussi menée là, avec lui.

— Écoute, poursuivit Julian. Tout ce que j'en dis, moi, c'est que si on conduit le prince à Fort-de-Faille, on aura fait tout ça pour rien. Tu disais tenir à lui, mais si tu le ramènes là-bas, tu ne le feras que pour toi et pour servir tes intérêts.

— Va te faire foutre, éructa Wren.

Julian étouffa une réplique, se contentant de plonger un regard furieux dans les flammes. Wren en fit de même.

Elle tenait réellement à Leo, à sa sécurité. Or le fort ne représentait-il pas l'endroit le plus sûr à l'est du Mur, quand bien même des espions y rôderaient ? Elle n'aurait qu'à coller aux basques du prince jusqu'à ce qu'il soit expédié ailleurs et elle, forcée de rester sur place. Quant à Julian… qui savait quel sort on lui réserverait ?

En revenant avec le Prince d'Or sain et sauf, Wren aurait réalisé l'impossible, malgré tout. Nul doute qu'elle recevrait des louanges, une récompense. S'en représenter la teneur était difficile, mais ça valait sûrement le coup de tenter sa chance…

— Il n'y a pas que ça, dit Julian, la voix basse bien qu'emplie de ferveur. Nous n'en avons pas fini ici. Ces revenants de fer, ces non-morts… On a encore du travail à accomplir dans le Territoire hanté. Et on forme une bonne équipe, toi et moi.

— Vraiment ? s'étonna Wren. Je croyais que pour toi, nous deux, c'était une mauvaise idée ?

— Tu n'es pas de mon avis ? répliqua le forge-fer en soutenant son regard.

Elle haussa les épaules, feignant l'indifférence.

— Peut-être que j'aime ça, moi, les mauvaises idées.

Cette fois, le jeune homme détourna les yeux, frustration et gêne se mêlant en lui dans quelque lutte intérieure.

— Ce n'est pas… Ça ne peut pas bien se terminer. Ni pour toi, ni pour moi.

Et voilà. Nouveau rejet. Wren se retint de répondre. Comment l'aurait-elle pu sans trouver les mots ? Elle aurait voulu le contredire – ils n'étaient jamais si bons que lorsqu'ils se disputaient –, mais cela reviendrait à se dévoiler, à lui révéler combien tout ça comptait pour elle.

Devant son silence, il se leva, puis ramassa son heaume.

— Je prends le premier quart.

Tandis que le forge-fer s'éloignait d'un pas vif parmi les arbres, Wren s'étendit, la rage au ventre, auprès de Leo, dont elle aperçut le visage. La lumière du feu se reflétait dans ses yeux ouverts.

† † †

Ils repartirent dans l'après-midi. Leur discussion sur leur destination finale avait débouché sur une impasse. Quoi qu'il en soit, ils ne changeraient pas de cap pendant encore une bonne journée. L'est n'était pas envisageable, la Route côtière et ses villes peuplées grouilleraient de soldats envoyés par le régent. Il leur fallait donc se diriger vers l'ouest, en longeant le Territoire hanté, avant de bifurquer vers le sud en direction du fort ou de continuer vers le nord pour rejoindre la planque proposée par le forge-fer.

Depuis son réveil, Wren brûlait de s'entretenir avec le prince, mais à peine avaient-ils quitté leur campement que Julian leur avait proposé de poursuivre à pied – privant du même coup la jeune fille du spectacle des deux garçons collés serrés sur la même selle et d'une occasion de faire des messes basses avec le forgeur d'or.

Le sol accidenté les ralentissait, mais mettrait un frein à toute poursuite, si d'aventure leurs adversaires remontaient leur piste.

À force d'éviter le cœur de la forêt, ils se retrouvèrent le long des berges d'une rivière familière. Julian leur proposa de faire halte au vieux moulin. La vue de l'édifice qui leur faisait face au terme de leur traversée s'avéra étrangement déstabilisante. Quelques jours à peine s'étaient écoulés depuis leur précédent passage, mais Wren aurait juré qu'il s'était déroulé toute une vie. Tant de choses avaient changé.

Elle sonda rapidement les environs pour détecter la présence éventuelle de non-morts pendant que Julian ramassait du bois. Leo s'occupait des chevaux.

Peu après, le forge-fer se mit à genoux devant le poêle pour allumer le feu. Comme il était occupé, Wren sauta sur l'occasion.

— J'ai besoin de me laver, annonça-t-elle en se dirigeant vers la rivière.

Le soleil avait disparu à l'ouest par-delà les collines. Des bribes de lumière s'attardaient encore dans la vallée encaissée, paresseuses.

— Je ne te le fais pas dire ! confirma Leo, qui attachait les chevaux avant de rejoindre la bâtisse. Un petit coup de peigne ne te ferait pas de mal, non plus.

Sans diminuer l'allure, Wren l'agrippa par le bras pour l'entraîner avec elle.

— Accompagnez-moi, Votre Altesse !

Elle s'accroupit sur la rive pour s'asperger le visage. L'eau était glaciale. Elle jeta un regard vers la maison. Pas de forge-fer en vue et donc aucun risque qu'il les entende, ce qui ne signifiait pas qu'ils avaient tout leur temps.

— Écoute, je ne sais pas ce que tu as entendu tout à l'heure, mais…

— Vas-tu réduire à néant ma bonne humeur en me révélant que je ne suis pas un trophée en or massif ? lui demanda le prince. Je trouvais la formule plutôt attachante… Ça reste plus flatteur que « monnaie d'échange » ou « otage », tu ne trouves pas ?

Wren soupira.

— Ce n'est pas…

— Ne t'en fais pas, l'interrompit Leo, pour une fois sérieux. Quelles que soient tes motivations, tu m'as sauvé la vie. Et lui aussi, bien qu'il ait fallu qu'on attente à la sienne pour qu'il se ressaisisse. Alors, de vous deux… tu es indéniablement la plus altruiste.

— La barre n'est pas placée très haut, s'esclaffa Wren.

Le prince haussa les épaules.

— Mieux vaut la maintenir assez bas. Comme ça, on n'est jamais déçu.

Wren se rembrunit. Aux aguets, elle jeta un regard par-dessus son épaule.

— Il veut te garder ici, à l'est du Mur. Selon lui, il y a un espion à Fort-de-Faille, même si je ne connais pas son identité.

— Moi, si.

La forgeuse d'os redressa l'échine.

— Pardon ?

Il lui adressa un étrange regard.

— Julian n'était pas le seul à savoir que je serais enlevé.

— Tu savais ?

Wren le dévisagea, ébahie. Il laissa ses yeux se perdre de l'autre côté de la rivière.

— J'ai trouvé des lettres dans le paquetage de Galen.

— Ton cousin ?

— En personne. Il a touché un pot-de-vin… une somme rondelette, au passage… pour tenir certaines personnes informées de mes déplacements et me livrer à elles, sans défense, à l'est du Mur. (Il marqua une pause, d'humeur contemplative.) J'ignorais qui serait de la partie, même si je m'en doutais un peu, étant donné où nous étions. Je n'ai pas su d'où venait l'argent, non plus. Ce n'est pourtant pas faute d'avoir tenté de le découvrir.

— Qui aurait intérêt à t'enlever ? s'interrogea Wren. Le commandant Duncan, peut-être ?

— Je doute que sa famille soit assez fortunée pour se payer Galen, d'autant qu'un enlèvement perpétré sous sa garde ne ferait qu'entacher sa réputation. Il espérait peut-être en profiter pour redorer le blason de Fort-de-Faille !

— Quelqu'un d'autre sur place, dans ce cas ? hasarda Wren.

Leo hésita.

— J'avais bien une autre piste, plus exactement l'autre forgeuse d'os en résidence… Comment s'appelle-t-elle, déjà ?

— Odile, répondit Wren, saisie d'un funeste pressentiment. Mais pourquoi…

Une avalanche de mobiles se déversa dans l'esprit de la jeune fille : la fauchyr avait grandi à l'est du Mur et détestait tout ce dont les Dominions s'étaient rendus coupables pendant le Soulèvement. Peut-être espérait-elle mettre enfin un terme au conflit. Pourtant, elle devait avoir conscience que livrer un prince à des traîtres et des rebelles engendrerait son lot de victimes. Quant à son implication dans le rapt commandité par la reine des spectres, cela supposait qu'elle avait aussi piégé sa protégée…

Tout n'était-il donc que mensonges et dissimulation ? Chacun de ses mots gentils, de ses conseils avisés n'avaient-ils eu pour but que de la manipuler ? Il lui semblait pourtant qu'elles avaient noué un lien authentique, dépassé les extrémités auxquelles Odile s'était crue réduite. Wren n'aurait su dire ce qui était le pire, entre un mentor calculateur qui se serait joué d'elle depuis le début ou une amie aux sentiments sincères… qui n'avait pas hésité à la trahir.

Locke Graven et la source de pouvoir entraient aussi dans l'équation. C'était forcément par ce biais qu'il s'était procuré la magie qu'il avait déployée sur le champ de bataille. Autrement dit, Odile connaissait cet endroit, tout comme Vance Graven… et ils avaient décidé de dissimuler la vérité. Quelle autre information cruciale cachaient-ils encore au reste du monde ? À Wren ?

— Tout conflit à l'est du Mur lui offrirait enfin un moyen de grimper les échelons, poursuivait Leo, loin des pensées qui assaillaient sa camarade. Reste une question : que savait-elle, précisément ? C'est une chose de faciliter un échange de terres ou de fournir une dérogation d'installation dans les Dominions en échange d'un otage politique. C'en est une autre de soutenir les projets du régent et de cette… cette reine. Quand on se donne tant de mal pour fabriquer ces revenants de fer, je doute que le but soit seulement d'agiter des menaces en l'air.

— Donc, selon toi, ils cherchent la guerre, peu importe ce qui aurait pu t'arriver ?

— Rien ne confirme que j'étais voué à servir d'otage… Il existe bien d'autres façons d'utiliser un prince.

Ils demeurèrent un moment perdus dans leurs pensées, puis Leo reprit la parole.

— Pour être honnête, je t'ai un temps soupçonnée de faire partie de l'opération, toi aussi, dit-il avec une œillade contrite. Ta famille en a les moyens, après tout, et si on étudie la chronologie, ça se tient… Mais j'ai discuté et bu des verres avec toi. Et quand mes ravisseurs sont sortis du bois… tu as été là pour me défendre.

Wren tenta d'esquisser un sourire, mais son esprit restait accaparé par les propos de Leo sur Odile.

— Et puis, tu t'es lancée sur mes traces, risquant ta vie pour sauver la mienne, continua le prince, toujours plus grave. Je n'ai pas les mots pour exprimer ce que ça représente à mes yeux.

— Je t'en prie.

La gratitude du Valorien n'eut pas d'effet sur l'humeur ténébreuse de la jeune fille. Si qui que ce soit à Fort-de-Faille – Odile ou un autre – participait bien à ce coup tordu, Julian avait sans doute raison de ne pas vouloir s'y rendre.

— Ajoute à ça le fait que tu étais censée faire l'objet d'un enlèvement, toi aussi… Je ne pense pas trop m'avancer en disant que tout concorde pour t'innocenter, au contraire d'Odile.

— Elle a tiré pas mal de ficelles pour s'assurer que je fasse partie de ton escorte, concéda Wren, le cœur lourd.

La fauchyr de Fort-de-Faille était allée jusqu'à pousser sa protégée dans les bras de Leo, ou presque, au prétexte d'arranger la jeune fille, même si elle nourrissait de toute évidence d'autres motivations.

— Je vois, répondit le prince d'une voix douce.

Wren protesta :

— Sauf qu'elle ne pouvait pas savoir. Les motivations qui poussent la reine à me demander, moi… (Elle hésita.) J'ai évoqué un surplus de pouvoir, tu te souviens ? Quand nous étions dans la Faille, Julian et moi, on a trouvé un puits… une source de magie. On a vu un garçon s'y ravitailler. Son corps tout entier luisait sous l'effet de l'énergie. Eh bien, c'est lui qui a fabriqué ces revenants de fer. Je ne sais pas depuis quand il s'alimentait à ce bassin, cela dit, car il était déjà capable de les contrôler avant qu'on le voie là-bas. Je n'y ai été que brièvement exposée, mais…

— Tu peux en faire de même, termina Leo à sa place.

Lui-même en avait été témoin.

— Jamais je n'avais fait une chose pareille, auparavant, s'empressa d'ajouter Wren.

— Peut-être que la reine avait juste besoin d'un forgeur d'os et que tu t'es trouvée là, au bon moment et au bon endroit… fit valoir le prince sans parvenir à cacher son scepticisme.

Tous deux se souvenaient des paroles de la reine lorsque le régent avait offert de lui trouver un remplaçant : *« C'est elle ou personne d'autre. »* Après quoi elle s'était adressée à Wren, exclusivement, par le biais de l'un de ses affidés. *« Le sang appelle le sang et les tiens réclament ta présence. »*

— Possible, marmonna Wren, mal à l'aise.

D'un coup de pied, elle envoya valser quelques cailloux dans la rivière. Elle mourait d'envie de toucher cette fichue bague, mais ne tenait pas à devoir s'expliquer devant Leo. Ni même à y penser.

Un rire sinistre s'échappa des lèvres du prince.

— Si je comprends bien, en regagnant le fort, nous ne ferions que nous retrouver, encore, à la merci de ceux qui nous ont trahis ?

— À moins que ce ne soit l'inverse, répliqua Wren en lui faisant face.

Interloqué, le rejeton royal croisa les bras.

— Mais encore ?

— Nous en savons bien plus qu'ils ne le pensent, dit Wren en réfléchissant à voix haute. Mais même si nous savons à quoi nous en tenir, ou du moins qu'on en a une petite idée, nous ne savons pas vraiment pourquoi. En bref, on ignore tout de leur but. Retourner au fort peut être un moyen de le découvrir… Il suffirait de se pointer là-bas, exténués, de montrer ô combien nous sommes soulagés d'être de retour, enfin en « sécurité », puis d'en profiter pour fouiner et débusquer des indices. Toi auprès de Galen, moi avec Odile. Une fois que ce sera fait, on pourra prendre la bonne décision.

Voire aider la jeune fille à comprendre qui elle était et quel rôle elle jouait dans toute cette histoire.

— Il faut que je mette la main sur les lettres de Galen, déclara Leo avec un hochement de tête. Sans elles, je ne peux rien prouver. Bien sûr, s'il a un peu de jugeote, il les aura déjà détruites… mais on ne sait jamais, je peux tomber sur d'autres correspondances compromettantes et ainsi ouvrir de nouvelles pistes.

Il dévisagea son amie un instant, avant de hausser les épaules et d'ajouter :

— Je suis prêt à jouer la comédie le temps qu'il faudra.

— Tu en es sûr ? ne put s'empêcher de lui demander Wren, malgré l'adrénaline qui pulsait déjà dans ses veines.

Elle était une cible, c'était désormais avéré, mais Leo, lui, avait bel et bien été enlevé. Son cousin félon avait réussi là où le mentor de Wren avait échoué. Et si leur petit complot ne faisait que pousser Galen et Odile à prendre des mesures plus drastiques encore ?

Leo promena son regard sur la rive opposée de la rivière.

— Où que j'aille, de toute façon, le danger sera mon compagnon. Au moins mon cher cousin devra-t-il feindre le soulagement en me découvrant sain et sauf et même se montrer sous son meilleur jour le temps d'élaborer une nouvelle stratégie. Ça devrait nous faire gagner un peu de temps.

— Tu ne préfères pas rester à l'est du Mur avec Julian ?

— Et puis quoi encore ! s'indigna le prince en s'écartant de l'eau.

Wren respira avec plus d'aisance.

— Quitte à traîner seul au milieu des loups, autant le faire dans une meute que je connais.

— Tu ne seras pas seul. Je serai là, moi.

Il lui adressa un sourire large et franc, puis jeta un coup d'œil vers la bâtisse.

— Et lui ?

Julian... Wren avait envie de l'entraîner avec eux, mais il n'avait sans doute rien à y gagner. Se montrait-elle égoïste, comme il l'avait suggéré ? Non, c'était pire, elle le mettait en danger.

— Je tâcherai de plaider sa cause, promit Leo, mais il a attaqué le Mur. Les siens ont tué les nôtres. Je doute qu'il puisse s'en sortir indemne. Sa nature même de forgefer suffira à le condamner, sans parler de son identité.

Il avait raison, Wren le savait. Il était probable que Julian soit mis au cachot, interrogé, voire châtié. Et ensuite ? Wren comme Leo auraient beau user leur salive à défendre leur ami, si la parole du prince disposait d'une certaine valeur, les mots de la valkyr exilée n'auraient que peu de poids, au regard de sa réputation. Selon les interlocuteurs, son soutien pourrait même aggraver le cas de l'accusé.

Elle refusait de lui faire courir un tel risque.

En même temps, il n'était pas beaucoup plus en sécurité de ce côté-là du mur… Son oncle avait commandité son assassinat. Julian croyait peut-être se mettre à l'abri dans le domaine de sa mère… mais qu'en était-il en réalité ? Il était cerné de toutes parts. Allait-il devoir se terrer là-bas, coupé de tout, jusqu'à la fin des temps ?

Il n'envisageait pas de s'y rendre seul, toutefois. Il avait insisté pour que Wren et Leo l'accompagnent.

La forgeuse d'os lui serait d'une aide précieuse, surtout avec des capacités décuplées. Quant à Leo, il représentait son unique moyen de négocier. L'héritier de la maison du Fer devrait arracher le contrôle du pouvoir à son oncle, et quand bien même il n'avait pas l'intention de réclamer une rançon, ses intérêts lui dictaient de s'assurer que le régent ne le fasse pas, lui non plus.

Wren soupçonnait Julian d'être prêt à lutter bec et ongles pour maintenir Leo hors de portée de son oncle et de ses complices tels que Galen ou même Odile.

Dès lors, deux voies distinctes se présentaient à la jeune forgeuse d'os. D'une part, insister pour rallier Fort-de-Faille en guettant le moment où Julian se retournerait contre elle… Dans l'autre scénario, elle serait la première à trahir. En tout cas, il l'interpréterait de cette manière, et peu importerait qu'elle le fasse pour le protéger – ce pour quoi elle n'espérerait d'ailleurs aucun remerciement.

Aussi abjecte que lui soit l'idée de mener Julian en bateau, elle agirait pour le bien de tous. Wren et Leo iraient chercher des réponses au fort, tandis que Julian se retirerait à l'abri sur les terres de sa mère.

Nul besoin de le blesser ni de le livrer à son oncle assoiffé de sang.

« Ça ne peut pas bien se terminer. Ni pour toi, ni pour moi. »

L'abandonner suffirait.

CHAPITRE 37

Peu après, Leo et Wren regagnèrent le moulin. Ils mangèrent tous ensemble, en silence, avant de s'installer pour dormir quelques heures.

Cette fois, la forgeuse d'os offrit de prendre le premier quart. Elle aurait de toute façon été bien incapable de trouver le sommeil malgré sa meilleure volonté.

Quand Julian s'allongea, le dos tourné, ses deux compagnons échangèrent un regard. Allaient-ils vraiment le faire ? Ce n'était pas comme s'ils avaient le choix. Pas seulement pour leur bien, mais aussi pour protéger le forge-fer. Ce dernier devait se mettre en sécurité, et à Fort-de-Faille, il ne trouverait aucun refuge.

Au fond, lui éviter d'avoir à faire ce choix revenait à lui rendre service. De cette manière, il ne serait pas tenté de retenir Leo coûte que coûte, au prix de son propre bien-être.

Les événements survenus les derniers jours n'avaient pas subitement fait de Julian et Wren des amis. Enfin, pas vraiment. Chacun ne représentait pour l'autre qu'un radeau au cœur de la tempête. Les bourrasques calmées, ils avaient repris pied dans leurs vies respectives. Pour le moment.

Non, il n'existait pas de lien d'amitié entre eux. Ni quoi que ce soit d'autre, d'ailleurs.

Alors, pourquoi s'agissait-il de la décision la plus difficile qu'il lui ait jamais été donné de prendre ? Son esprit lui refusait tout apaisement pendant qu'elle attendait, impatiente de voir le jeune homme sombrer dans le sommeil.

Étrangement, ce n'était pas Julian qui occupait les pensées de la jeune fille, mais la perspective de regagner Fort-de-Faille. Depuis le début, elle n'avait eu d'autre objectif, d'autre destination que d'effectuer un retour triomphant. Caprice du destin, alors même qu'elle s'apprêtait à y ramener le prince, sa victoire prenait un goût amer.

L'avenir qu'elle avait envisagé – louée par son père et sa maison, ses talents de valkyr enfin reconnus à leur juste valeur – lui apparaissait à présent bien flou, presque morose en comparaison de l'excitation éprouvée et du danger vécu lors de ce séjour à l'est du Mur. Chaque moment en demeurait gravé dans ses chairs avec une vivacité saisissante.

Wren n'était plus la même qu'à son départ, tout simplement. Elle plongea la main dans sa poche, tentée d'effleurer la bague… avant de se raviser.

Elle avait bel et bien changé. Tant sur le plan magique que psychique.

Pour la première fois de sa vie, elle s'était confrontée à la réalité du monde. Enfin ! Sa détermination à devenir valkyr n'avait pas d'autre but. Son vœu le plus cher était de quitter La Moelle et de sillonner les Dominions, de combattre les non-morts. De repousser ses propres limites jusqu'au triomphe.

Jamais elle n'avait osé imaginer un défi d'une ampleur aussi grande que la Faille. L'idée de le mettre de côté la révulsait, avec tout ce qu'il restait à faire, comme l'affirmait Julian. Tant de questions demeuraient en suspens... Nul doute, cependant, qu'elle trouverait une partie des réponses qu'elle cherchait à Fort-de-Faille. Dans la bouche d'Odile, assurément mais aussi, pourquoi pas, de son père.

Hélas, le sac de nœuds où elle s'emmêlait semblait plus inextricable que jamais. Lorsque Wren avait quitté La Moelle, son seul rêve était de devenir une valkyr à part entière, de faire honneur à sa famille, de trouver sa place.

Désormais, elle craignait de faire voler en éclats son ambition sous le poids de la vérité. À elle de décider si ne pas céder au mensonge méritait qu'elle abandonne un tel destin... ou si elle le désirait encore.

Wren ajouta une bûche dans le poêle, dont la petite porte grinça sur ses gonds. Julian ne bougea pas d'un pouce.

Elle jeta un nouveau regard à Leo, qui lui fit signe. Discrètement, le prince se leva pour se glisser hors de la pièce.

Pendant ce temps-là, sa complice exhuma la longe qu'elle avait trouvée dans l'une des sacoches de selle. Les yeux clos, elle s'autorisa un moment pour rassembler son courage. Elle n'avait pas le droit à l'erreur.

Très prudemment, elle fit le tour du dormeur en quête de ses mains. Il n'avait pas eu le bon goût de les disposer de façon commode, jointes en offrande, prêtes à se laisser ligoter. L'une se trouvait au-dessus de sa tête, l'autre calée sous sa joue. Il portait toujours ses gants, perpétuant l'énigme dont la clef échappait encore à Wren.

La jeune fille soupira. Il ne lui facilitait vraiment pas la tâche.

Elle commença par passer la corde autour d'une des poutres qui traversaient le centre de la pièce. Puis elle en glissa l'extrémité nouée dans une boucle lâche à son poignet tendu. Il suffirait d'un coup sec pour resserrer le lien. Quand elle aperçut son bracelet porte-bonheur, elle détourna les yeux, rongée par la culpabilité.

Le positionnement de la deuxième main rendit la tâche de la forgeuse d'os bien plus ardue. Pour l'attacher, elle allait devoir la déloger de sous le visage du dormeur. Accroupie devant lui, elle saisit sa chance : elle enjamba le forge-fer dans l'espoir de l'inciter à se retourner doucement sur le dos, afin de lui libérer le poignet.

Elle était ainsi positionnée au-dessus de lui, leurs visages à quelques centimètres à peine, quand Julian ouvrit soudain les paupières. Il sursauta, le regard embrumé par le sommeil, avant de cligner des yeux et de prendre enfin conscience de la situation.

Wren était à califourchon sur lui !

L'expression du forge-fer s'éveilla aussitôt. Son corps, d'abord crispé par la surprise, fut saisi d'une tension différente, teintée d'anticipation.

Au point où elle en était, elle fit la seule chose qui lui vint à l'esprit : elle l'embrassa.

Les lèvres de Julian s'ouvrirent, avides, comme la première fois. Cette envie s'accompagnait d'un sentiment plus sombre et plus profond, une langueur nouvelle et désespérée. Venait-elle de Wren même, de son intuition que la fin venait de commencer, ou sentait-il, lui aussi, qu'il s'agissait de leur ultime étreinte ?

Le buste pressé contre le guerrier, Wren se débattit avec sa corde, dont elle parvint juste à temps à glisser la boucle autour du poignet du jeune homme, qui n'opposa aucune résistance. Il leva la main gauche pour lui effleurer le visage, geste qu'il ne parvint pas à accomplir, car il en fut empêché par l'entrave dont son propre mouvement venait de resserrer le nœud.

Les yeux ronds, il interrompit le baiser à l'instant même où Wren, s'écartant d'un bond, en profitait pour tirer sur l'autre extrémité de la corde afin d'immobiliser la deuxième main de sa victime. Julian se débattit, incrédule.

— Prêt, lança Leo sur le seuil.

Le prisonnier tendit le cou afin de dévisager tour à tour les deux conspirateurs. Il tira encore une fois, plus fort, avant de promener son regard dans la pièce en quête de ses armes.

— Elles sont dehors, expliqua Wren.

Leo avait déjà rassemblé toutes les affaires du forge-fer hors de sa portée. Nul doute que ce dernier aurait tôt fait de se libérer de son entrave. Ses liens n'étaient pas étroitement serrés à la poutre, si bien qu'il finirait par trouver le moyen de les dénouer ou d'appeler ses armes à lui. Wren le soupçonnait même de conserver sur lui des réserves de fer secrètes… Peu importait. Après tout, son intention n'était pas de le laisser mourir là, mais de se ménager une longueur d'avance.

Julian secoua la tête, un sourire désabusé aux lèvres, avant de se rembrunir.

— Tu t'en vas ? lui demanda-t-il sur le ton de la conversation.

— Oui, répondit-elle, la gorge nouée. Je ne peux pas rester. Lui non plus.

— Je comprends… (Le jeune homme pencha la tête sur le côté d'un air pensif.) Cela dit, je ne t'aurais jamais crue si lâche.

— Je ne suis…

— Si j'étais à ta place, reprit-il, coupant court à ses protestations, je chercherais à comprendre pourquoi je peux communiquer avec les non-morts et surtout… pourquoi ils obéissent. J'aimerais savoir si je suis un forge-spectre.

Wren découvrit les dents, mais Julian n'était pas décidé à s'arrêter là.

— Enfin, j'imagine que tu préfères la douceur du mensonge à la vérité crue, pas vrai ? Parce que la triste réalité, c'est ici, dans les terres de la Faille, que tu la trouveras, et non dans les Dominions. Là-bas, ils seront prêts à te dire n'importe quoi pour te faire taire et endormir ta méfiance, de la même façon qu'ils ont dissimulé ce qui s'est vraiment passé durant le Soulèvement. On t'expliquera que Locke Graven est un héros, qu'il faut le célébrer, au lieu de le dénoncer comme un criminel de guerre. Car le bien de votre maison passe avant la vérité… Mais tu n'as pas envie de t'y confronter, avoue ? Tu refuses d'accepter l'idée que ta vie entière repose sur un tissu de mensonges… (Il esquissa un sourire froid, et même un peu cruel.) À moins que tu ne redoutes encore plus ce que tu pourrais découvrir à ton propre sujet en restant ici ?

— Je ne redoute rien du tout, éructa Wren.

Un torrent d'émotions retenues lui emplit le corps : colère, frustration, et même ce qui ressemblait fort à de la honte. Elle serra les poings, luttant pour se contenir.

— Je fais le bon choix. Je vais rapporter nos découvertes au fort. J'y découvrirai la vérité. Ensuite, je reviendrai… Et cette fois, ce sera avec une armée.

Julian se jeta soudain en avant. Le choc fit grincer ses liens contre le bois. La corde tint bon.

Bien que hors d'atteinte, Wren recula en sursaut, arrachant au prisonnier un ricanement sinistre.

— Tu ne saisis toujours pas, à ce que je vois ? Ce n'est pas un nouveau soulèvement qu'ils projettent… mais une invasion. Ces revenants de fer sont conçus pour démanteler le Mur. Le temps que tes petits politiciens décident quoi faire, il sera trop tard ! Quant à lui… (Il désigna Leo d'un coup de menton.) Il restera terré dans un coin, jusqu'au jour où mon oncle mettra de nouveau la main sur lui, et alors tu seras Gros-Jean comme devant, exilée à Fort-de-Faille, rejetée par ta famille parce qu…

Wren ne se souvenait pas avoir bougé, et encore moins de l'avoir touché. Et pourtant, elle l'avait repoussé contre le pilier, où sa tête venait de percuter le bois avec un bruit sec. Qui sait où elle avait puisé cette force soudaine ? La violence de l'impact avait suffi à faire taire le jeune homme, qui restait interdit.

Il la dévisagea comme s'il ne l'avait encore jamais vue. Wren, de son côté, ne pouvait se détacher de cette image d'elle-même que les paroles de Julian avaient fait naître dans son esprit – un tableau qu'elle avait en horreur.

Sans le quitter des yeux, elle prit une profonde inspiration. Le vide qui les séparait se chargeait d'une tension palpable. Le choc se lisait toujours sur les traits du forge-fer qui s'avachit contre la poutre.

Wren se tourna vers Leo qui la fixait lui aussi, surpris par son geste.

— Allons-y, lui dit-elle.

Le prince sortit le premier, mais la jeune fille s'attarda sur le seuil.

— Ça vaut mieux comme ça. Si tu nous accompagnais… je ne sais pas ce qui se passerait. Fais-moi confiance. Reste ici jusqu'à l'aube, après quoi tu pourras rejoindre le domaine familial de ta mère.

— Confiance ? répéta-t-il du même ton que dans la tour de guet.

Sur le moment, sa réaction avait été presque comique, mais quel choix avaient-ils eu alors, livrés à eux-mêmes sur une terre hostile ? Dans les circonstances présentes, cependant, le mot en prenait presque une teinte obscène.

— Ici, au moins, tu seras en sécurité, murmura Wren.

— Est-ce donc à ça que tout se résume ? À une question de sécurité ?

Elle se garda de répondre.

— Crois-tu que tu seras en sécurité dans ton fort quand les revenants de fer marcheront sur vous ? Ou regagneras-tu ta maison, tout auréolée de gloire, pour y passer le restant de tes jours à combattre des paysans et d'autres pauvres hères non-morts, consciente d'être promise à un destin autrement prestigieux ?

À ces mots, Wren se crispa plus encore.

— Ce n'est pas qu'une question de sécurité. Ce qui compte, c'est…

— Quoi donc ?

— De trouver ma place.

— C'est ça. Et la tienne est là-bas, avec eux. Pas ici.

Il aurait pu ajouter : « avec moi ».

— Je regrette, dit-elle en lui tournant le dos pour partir.

— Menteuse, souffla Julian, si bas qu'elle crut l'avoir imaginé.

Wren et Leo descendirent la rivière vers le sud jusqu'à l'aube. Ce détour leur coûterait plusieurs heures, mais outre qu'il avait l'avantage de les tenir éloignés des non-morts, c'était également le seul chemin qu'elle connaissait pour regagner le Fort. À peine eurent-ils atteint les Routes ancestrales qu'ils piquèrent vers l'ouest jusqu'à voir le Mur se dresser à l'horizon.

Il existait sûrement un itinéraire plus court, que Wren ignorait. Pour ne rien arranger, elle avait laissé son guide ligoté au moulin.

Ils convinrent entre eux d'une halte rapide pour abreuver leurs montures.

— Tiens, dit soudain Leo.

Il lui jeta une petite dague en métal – Cœur-de-Fer –, avant de hausser les épaules devant sa mine circonspecte.

— Aussi fleur bleue que ça puisse paraître, je me suis dit que tu ne serais pas contre un petit souvenir.

Après une hésitation, la jeune fille glissa la dague dans le fourreau vide de Trancheuse, puis se retourna. Elle ne pouvait s'empêcher de guetter l'apparition de Julian lancé à leurs trousses. Mais non, tout n'était que ténèbres et silence.

Tandis que le soleil poignait à l'horizon et allongeait leurs ombres devant eux, ils avançaient à bonne allure, suivant l'une des Routes ancestrales dans ce que Wren espérait être un raccourci vers Fort-de-Faille.

Ils chevauchèrent tout le jour, s'arrêtant plusieurs fois pour nourrir et abreuver les bêtes, sans jamais s'attarder plus que nécessaire. Une fois au fort, leurs montures fourbues recevraient des soins bien mérités.

Ils restèrent silencieux une bonne partie du chemin, mais à mesure que la route s'étirait et que leur destination leur apparaissait toujours plus lointaine, Wren posa la question qui lui brûlait les lèvres.

— Est-ce que tu es sûr d'être prêt ?

— Plus que jamais, répondit le prince, quoiqu'un brin pensif. Je tiens à confronter mon cousin, afin de comprendre ce qui le motive. Je veux percer le mystère.

— Ce sera dangereux. Périlleux, même.

— Exaltant, tu veux dire ! répliqua-t-il sur le même ton badin qu'il avait employé pour évoquer le temps qu'elle avait passé avec Julian.

Elle fit une grimace, lui arrachant un rire.

— D'accord, je te le concède, ce ne sera peut-être pas aussi exaltant, mais il est permis de rêver.

Il lui adressa un clin d'œil. Elle leva les yeux au ciel, non sans esquisser un sourire.

— Moi qui pensais que tu avais eu ton content d'excitation ces derniers jours, dit-elle. Entre ton enlèvement et tout le reste…

— Certes, j'ai moyennement goûté ma séquestration, admit Leo, mais est-ce vraiment si différent de ma vie dans les Dominions ? Si l'on excepte les vêtements et la nourriture, le plus souvent d'une qualité bien supérieure.

— La vie de prince est-elle si affreuse ?

— Si tu demandes à mes frères, ils te répondront sans doute qu'il n'y a pas plus merveilleux. Sauf que quand tu n'es que troisième dans l'ordre de succession, avec un père qui n'a que faire de toi et une mère qui n'a que faire de qui que ce soit, tu y vois un certain… ennui, saupoudré de solitude. Mais tout a changé quand je t'ai rencontrée. Depuis, tout n'est qu'aventure !

— Je ne suis pas certaine d'en être la seule responsable, ricana Wren.

— J'espère bien !

Il lui coula un regard par en dessous, les yeux plissés par le soleil.

— Je crois bien que tu es ma seule et unique amie, Wren Graven. Alors, je resterai à tes côtés, pour le meilleur et pour le pire.

L'intéressée tenta d'éclaircir sa gorge nouée.

— Moi, je n'ai pas d'autre ami que toi, dit-elle.

Il sourit de toutes ses dents.

— Et tu ferais mieux de te préparer pour le pire, justement, ajouta-t-elle, arrachant un rire au prince.

Au virage suivant, ni le fort ni le Mur n'étaient visibles à l'horizon. Wren craignit de s'être définitivement perdue quand une troupe de cavaliers surgit de nulle part.

— Des ravisseurs ! s'alarma Leo.

— Des bandits ! s'écria Wren au même instant.

Mais l'un comme l'autre se trompaient. À peine la forgeuse d'os eut-elle dégainé ses épées qu'elle reconnut les uniformes de Fort-de-Faille.

Une patrouille !

Elle s'avachit sur sa selle, soulagée. Ils étaient enfin arrivés à bon port.

Dès qu'ils eurent identifié Wren et le prince Leopold, les soldats les entourèrent, telle une garde d'honneur, pour les escorter jusqu'au fort. Il leur restait encore à franchir la palissade – pour la première fois depuis de nombreuses années, les troupes du fort avaient élargi leur périmètre de patrouille.

Sans doute fallait-il y voir une conséquence de l'enlèvement de Leo.

Avant de repartir, un détachement d'éclaireurs fut envoyé pour inspecter les environs en quête d'éventuels poursuivants. Wren voulait protester contre cette précaution inutile lorsque deux d'entre eux délogèrent une silhouette tapie derrière un groupe de rochers.

Son cœur s'arrêta de battre.

Julian.

CHAPITRE 38

Contraint de se mettre à genoux, Julian fut rapidement désarmé.

Pourquoi se laissait-il maîtriser par deux gardes ? Wren l'avait vu affronter bien pire lors de leur altercation avec ces bandits… Puis elle remarqua qu'un troisième soldat le visait avec un arc, flèche encochée et corde bandée, prêt à tirer. Le forge-fer portait bien son heaume, mais à la différence des casques des revenants de fer, le sien possédait des fentes pour lui permettre de voir. L'archer se trouvait assez près pour faire mouche à coup sûr.

Julian faisait peine à voir. Comment avait-il pu les rattraper si vite, au juste ? Derrière lui, Wren aperçut les pics rocheux qui les séparaient du canyon où elle l'avait abandonné. Il avait dû couper à travers le relief au lieu de perdre du temps à le contourner. Nul doute que son épée-fouet lui avait rendu un fier service lorsqu'il s'était agi d'escalader les falaises escarpées et d'emprunter des chemins inaccessibles aux revenants.

La jeune fille n'en était pas moins abasourdie par la témérité de son ancien allié, qui n'avait eu d'autre choix que de se cacher quand la patrouille avait débarqué sans crier gare.

Le cœur au bord des lèvres, Wren regardait, impuissante, les gardes faire avancer leur prisonnier à pied entre leurs montures, les mains attachées à une longe tenue par l'un d'eux. Elle jeta un regard furtif à Leo, dont l'expression qui mêlait la stupeur et l'effroi devait refléter la sienne comme un miroir.

La forgeuse d'os ferma les yeux, exaspérée. Elle s'était résolue à trahir Julian avec pour seul objectif de lui éviter une capture. Or voilà qu'il échouait dans une position encore plus désastreuse que s'il avait accompagné ses deux camarades. Sans doute s'était-il cru capable de les rattraper, ce qu'il avait bien failli faire. Sans le passage inopiné de cette patrouille de l'autre côté de la palissade, il y serait parvenu.

Un frisson d'effroi secoua la jeune fille. Que se serait-il passé s'il les avait bel et bien rattrapés ? Aurait-il engagé un combat avec Wren pour lui arracher Leo ? Il aurait pu aussi se contenter d'enlever le prince, puis la contraindre à le suivre si elle ne voulait pas regagner le fort couverte de honte ?

L'ascension de la butte lui parut durer une éternité, mais à peine eurent-ils commencé à descendre l'autre versant que le fort commença à se détacher sur l'horizon.

Ils approchaient de la palissade quand des cloches se mirent à carillonner. Un membre de la patrouille les avait devancés pour avertir le fort de leur arrivée. Au loin, la porte s'ouvrit pour laisser paraître deux colonnes de cavaliers.

Contre toute attente, le détachement n'était pas mené par le commandant Duncan ni même par Galen – la dernière personne que Wren aurait voulu voir approcher Leo –, mais par nul autre que son propre père, Vance Graven.

Que faisait-il là ?

Certes, sa fille était portée disparue au même titre que le prince. Il avait dû en être averti. Et il était venu… bien sûr.

Parce qu'il l'aimait.

Même s'il l'avait exilée dans ce trou à rats… ou, plutôt, même s'il avait laissé sa mère prendre cette décision sans lui opposer grande résistance.

Dans le cœur de la jeune fille, le soulagement d'être enfin rentrée le disputait à la joie de voir son père… et à la colère qu'elle nourrissait contre lui, aussi. Si sa foi en sa progéniture avait été un peu plus affirmée, rien de tout ça ne serait arrivé.

Le plus étrange dans cette pensée, en particulier, était qu'elle provoquait chez la forgeuse d'os une mélancolie propre…

À l'approche de son père, Wren lui lança un sourire timide, abasourdie.

— Wren ! souffla-t-il, les traits curieusement inexpressifs, avant de descendre de cheval.

Il était armé de pied en cap, une vision que sa fille n'avait pas souvent eu l'occasion d'admirer. Bien que retiré du combat, il avait jugé opportun d'arborer l'armure d'apparat de la maison de l'Os – à l'exception notable de la graisse noire. Sans doute s'était-il habillé dans la précipitation.

Les autres cavaliers affluèrent à leur tour dans un tumulte de sabots et de hennissements. La plupart s'empressèrent d'aller encercler le prince. Wren tenta d'avoir un œil sur lui, mais avant qu'elle ait pu dire ouf ! son père l'avait attirée à lui pour la serrer dans ses bras et lui déposer un baiser sur le front. Elle s'autorisa à savourer cette marque d'affection.

— Je suis venu dès qu'on m'a informé de ta disparition, déclara-t-il en la relâchant, les yeux luisants, la chevelure ébouriffée et les joues empourprées par l'effort. Quand j'ai appris les détails de l'attaque, j'ai craint le pire, mais te voilà… et avec le prince !

Il s'inclina devant Leo avant de secouer la tête d'un air incrédule.

— Je me suis fait un sang d'encre, petit oiseau.

Wren évita son regard, la gorge nouée. Ce surnom autrefois chéri ne lui inspirait plus que du dégoût. Il allait lui falloir interroger son père à ce sujet – ainsi que sur la bague, la source de magie, Locke et même elle. Julian se trompait. Elle ne recherchait rien tant que la vérité brute, quoi qu'il lui en coûte. C'était un besoin vital.

En parlant du forge-fer… Les gardes qui l'escortaient s'arrêtèrent devant le commandant Duncan, descendu de selle aux côtés des Graven père et fille.

— Mon commandant, cet individu faisait partie des ravisseurs, affirma l'un des gardes. Je le reconnais.

— Un forge-fer, éructa un autre avec dédain.

Bien que désarmé, Julian portait toujours son armure, dont on lui avait confisqué le heaume.

— Qu'attendez-vous ? s'impatienta Vance en regardant l'officier et ses hommes tour à tour. Tuez-le !

Son ordre donné, il passa un bras protecteur autour des épaules de sa fille pour la conduire vers le fort.

Le commandant interrompit les gardes d'un geste avant de se tourner vers le valkyr, les sourcils froncés.

— Ne devrions-nous pas l'interroger, sire-forgeur Vance ?

La tension était audible dans sa voix. De toute évidence, le chef de la forteresse n'appréciait guère qu'on lui donne des ordres sur son terrain. Le père de Wren était cependant le plus haut gradé. Non seulement il appartenait à la noblesse, mais sa qualité d'héritier de la maison de l'Os lui conférait un statut dont le Prince d'Or lui-même ne pouvait se prévaloir, en dépit de son ascendance royale.

À la différence de Julian.

— Il ne fera que débiter mensonges et fausses informations, railla Vance.

Ce manque affiché d'intérêt étonna sa fille. Il n'aurait pas agi autrement s'il tenait à s'assurer de faire taire le prisonnier. Suspectait-il Wren de s'être liée avec lui ?

— Quand bien même, étant donné les circonstances, il semble souhaitable de le détenir au moins jusqu'à ce que…

— Je préfère me fier à ma fille et à un prince de sang plutôt qu'à la parole d'un traître.

À ces mots, Julian, qui avait gardé le nez baissé tout le long de la discussion – épargnant du même coup à Wren la décision de soutenir ou non son regard – leva soudain la tête.

« *Ma fille.* » Le forge-fer regarda Vance et Wren tour à tour avec une moue désabusée. Au cours de leur périple, combien de fois avait-il évoqué Locke Graven et la maison de l'Os avec la jeune fille ? Jamais elle ne lui avait fait part de ses origines. Jamais elle ne lui avait avoué qu'elle-même figurait dans la ligne de succession – en théorie.

— Mieux vaut le tuer sur-le-champ et ficher sa tête sur une pique pour envoyer un message à ceux qui voudraient s'en prendre à nous. Leur assaut sur Fort-de-Faille constitue un acte de guerre et il sera traité comme tel. Or un seul châtiment sied à la trahison.

Si Duncan ne désirait rien tant que contester la sentence, il s'abstint cette fois de protester. Autour de lui, les gardes, qui avaient perdu nombre de leurs camarades dans l'attaque perpétrée par l'escadron de Julian, semblaient vouloir en découdre. Galen, pour sa part, avait blêmi, choqué, sans doute, par le retour de ce prince qu'il avait trahi.

— Ce n'est pas n'importe quel forge-fer, laissa échapper Wren.

Julian jeta à la jeune fille un regard alarmé, comme pour l'implorer. S'il avait si longtemps dissimulé son identité, c'était uniquement parce qu'il savait que d'aucuns utiliseraient son noble statut pour lui nuire. Son propre oncle s'était retourné contre lui, et Wren s'apprêtait à révéler son secret à tout Fort-de-Faille. Qu'aurait-elle donc dû faire ? Elle ne pouvait tout de même pas rester là sans bouger et le laisser mourir.

— Je vous présente Julian Knight, héritier de la maison du Fer.

L'intéressé baissa de nouveau la tête. Les muscles de son cou saillirent sous l'effet d'une tension extrême. Il n'était pas déçu, ni blessé. Il était furibond.

Tant pis. Plutôt encourir la colère d'un vivant que le silence d'un mort.

— Comment le sais-tu ? demanda Vance à sa fille, qui dut soutenir son regard.

— Lui et moi… nous avons œuvré ensemble pour secourir le prince. Il m'a servi de guide, puis… (Elle n'en menait pas large. La suite lui répugnait.) Une fois le prince Leopold en sécurité, j'ai ligoté Julian et je l'ai l'abandonné sur place. Il a dû réussir à se libérer et à remonter notre piste.

Derrière le masque indéchiffrable de son père, nul doute que se succédèrent nombre d'émotions complexes, déversées en torrent. Surprise bien sûr, dégoût forcément, mais aussi un semblant de crainte. Il aurait des questions à lui poser. Toute une myriade, même.

— Mettez-le en cellule, ordonna-t-il. Que personne ne lui parle avant moi.

Le bras serré comme un étau autour des épaules de Wren, il ouvrit la marche vers le fort.

On jeta Julian dans une geôle sans autre forme de procès. Vance exigea ensuite, malgré l'insistance de Galen pour que le prince prenne un repos plus que nécessaire, de s'entretenir sans attendre avec Leo et la forgeuse d'os.

— Mes quartiers feront parfaitement l'affaire, décréta-t-il en guidant sa fille vers l'escalier. Faites-nous monter à boire et à manger, voulez-vous, Galen ?

Être ainsi réduit au niveau d'un domestique enveloppa le royal cousin d'un manteau de contrariété. Se ressaisissant, il jeta un regard à son parent tout crotté et épuisé, puis redressa l'échine.

— Je vous apporterai moi-même de quoi vous restaurer.

— Ce ne sera pas nécessaire, répliqua le père de Wren avec une sérénité toute cordiale. Un serviteur peut s'en charger.

Cette dernière remarque suffit à tracer une frontière qui rejetait Galen du mauvais côté. Wren ne put s'empêcher d'éprouver un élan de fierté. Le traître l'avait bien cherché !

Le chaperon de Leo tourna les talons pour se diriger vers les cuisines, où il fit signe à quelques domestiques de lui emboîter le pas.

— Je ne serai pas aussi facile à congédier, sire, déclara le commandant Duncan, l'œil malicieux, en venant à leur rencontre.

— Bien entendu, répondit nonchalamment Vance avant de relâcher sa fille pour se rapprocher du chef de la forteresse. Mais étant donné qu'un espion se trouve très certainement dans vos rangs, il me semble plus judicieux que je me charge de mener l'enquête préliminaire. Car si vous deviez y participer et que des rumeurs se mettaient à courir… vous risqueriez d'en faire les frais, mon commandant. Laissez-moi m'occuper de cette affaire et tenter de démasquer le coupable pour que vous puissiez retrouver votre autorité pleine et entière sur le fort.

À l'instar de Galen, Duncan ne sembla guère apprécier la suggestion. Au lieu de s'éloigner en ruminant et en traînant des pieds, pourtant, il resta planté là, les mains jointes derrière le dos, pour les regarder disparaître à l'étage.

Des serviteurs étaient déjà passés dans les appartements de Vance – une suite de chambres réservées aux nobles de passage – afin d'y allumer un feu et d'y disposer une carafe d'eau, ainsi que des verres.

À peine le sire-forgeur et les deux rescapés avaient-ils pris place dans les fauteuils devant la cheminée qu'une nouvelle vague de domestiques fit son apparition. L'eau du Prince d'Or fut remplacée par du vin, et on lui donna une épaisse couverture de laine à l'origine indéterminée.

Leo haussa les épaules, les mains écartées, comme pour dire « je vous l'avais bien dit », tandis que des coussins poussaient comme par magie dans son fauteuil, déjà bien moelleux, et qu'une assiette de viandes et de fromages variés lui était offerte.

Wren, de son côté, dut se servir elle-même. Bien sûr, elle ne se priva pas, elle mourait de faim.

— Il suffit, décréta Vance dont la voix lasse contredisait sa posture rigide, les mains jointes devant lui.

Le personnel de maison se retira pour les laisser seuls.

— Bien. Dites-moi tout.

Le début était assez aisé à relater, mais l'histoire se corsa vers le milieu, à partir du moment où Wren et Leo avaient été séparés. L'héritier de la maison de l'Os ne réagit pas quand sa fille décrivit le comportement pour le moins surprenant des revenants qu'elle et Julian avaient rencontrés. Étrangement, il resta aussi de marbre lorsqu'elle en vint à leur incursion dans la Faille. La forgeuse d'os éluda certains détails, bien entendu, mais ne manqua pas d'évoquer le garçon de la source, ni l'armure de fer, pas plus que le bassin et le pouvoir inédit qu'il lui avait conféré.

— Avez-vous jamais entendu parler d'un tel phénomène ? demanda-t-elle à son père en le scrutant avec attention.

— Des revenants de fer ? Absolument pas.

— Non, je parlais de ce puits de magie. Je me demandais si… durant le Soulèvement, peut-être que… (Elle guettait sa réaction, mais il ne bougea pas un cil.) Que vous auriez pu le voir, vous ou Locke. Que son pouvoir avait peut-être fait pencher la balance, dans un moment où nos troupes subissaient une infériorité numérique.

Elle s'aventurait en terrain glissant, elle en avait conscience. Si son père était au courant, les raisons de le cacher ne lui manquaient pas. En admettant que son récit se fondait sur la parole d'un forge-fer, elle ne ferait qu'en miner la crédibilité. Et qu'elle en ait vu la preuve de ses yeux n'y changerait rien. Elle tenait malgré tout à laisser une chance à son père. Peut-être n'en savait-il rien. Peut-être son frère s'était-il séparé de ses compagnons et qu'il était le seul à avoir vu ce qui était advenu ce jour-là.

— Nous étions venus pour nous battre, Wren, pas pour explorer des ruines.

Sa réponse n'en était pas une à proprement parler.

— Son pouvoir m'a affectée, moi aussi, révéla la jeune fille. Même quand je me suis éloignée de la source. Je suis devenue capable d'accomplir des choses que je n'avais jamais pu faire auparavant.

— Par exemple ?

Elle ravala sa salive.

— Les non-morts… Ils ont obéi à mes ordres.

— Autre chose ? demanda Vance en feignant l'indifférence, bien que le tressautement de sa paupière le trahît.

Le moment était venu de lui parler de la bague, de lui rapporter les paroles de la reine, de lui décrire l'attraction qu'elle avait sentie, cette confusion…

— Non, rien.

Leo prit le relais. Il évoqua les rumeurs glanées pendant son périple au sujet des événements survenus dans la Faille et de qui, au juste, régnait sur la zone. Son récit s'acheva sur leurs retrouvailles à Fonderie et l'alliance du régent avec la reine des spectres.

Vance se passa les deux mains sur le visage. De toute évidence, il découvrait les faits, du moins en partie. Quant à savoir lesquels, exactement…

Il finit par leur poser quelques questions, principalement orientées sur ce qui avait précédé l'enlèvement, et donc adressées à Leo.

En chemin, les deux amis s'étaient mis d'accord pour ne pas désigner Galen coupable, ni qui que ce soit d'autre, tant qu'ils n'en auraient pas la preuve irréfutable. Le prince parla de ses voyages avant leur arrivée à Fort-de-Faille. Il mentionna aussi son inspection précédente, qui s'était étrangement écourtée, ainsi que sa tournée de l'autre côté du Mur, orchestrée par plusieurs membres de son entourage – dont Galen – et les administrateurs de Fort-de-Faille, au premier rang desquels le commandant Duncan et Odile Darrow.

— Wren a été sélectionnée pour m'escorter, en tant que forgeuse d'os résidente en activité, bien que l'usage commande que cet honneur revienne au plus haut gradé, ajouta Leo après coup.

— Odile était malade, justifia Wren.

Elle détestait l'idée que ce mensonge ait été concocté non dans le but de faciliter un rapprochement avec Leo, comme l'avait insinué son aînée, mais pour la livrer à ses ravisseurs.

— Ce qui pourrait s'avérer être une heureuse coïncidence… ou pas, constata Vance, les traits fermés, avant de se redresser sur son siège. Vous avez traversé de terribles épreuves, tous les deux, et je vous félicite pour votre courage, votre force d'âme et votre vivacité d'esprit. Reposez-vous ! Vous l'avez bien mérité. Dans l'immédiat, et puisque nous manquons encore de certitudes sur l'identité des responsables de cette affaire, je ferai poster quelques-uns de mes hommes devant votre porte cette nuit, si cela vous agrée, Votre Altesse ?

Leo fit signe que oui.

Le père de Wren se leva, puis se rendit à la porte de sa chambre pour glisser quelques mots à sa garde personnelle stationnée dans le couloir. Galen traînait dans les parages, lui aussi.

— Nous nous entretiendrons plus tard, lui annonça Vance, coupant court à toute tentative de la part du cousin de Leo, avant de se tourner vers sa garde. Qu'on dote le prince d'une escorte complète et permanente. Pour l'heure, Son Altesse devra rester dans ses appartements.

— Mais, sire-forgeur Vance, le prince Leopold dispose déjà d'un escadron de…

— Et que personne n'y entre ou n'en sorte à part moi, conclut le valkyr. Compris ?

Le capitaine de sa garde hocha la tête puis aboya ses ordres.

Tête basse, car il se retrouvait une nouvelle fois prisonnier – ou tout du moins contraint dans ses mouvements –, Leo croisa le regard de Wren quand il sortit avec son escorte de la pièce, dont la porte se referma dans un claquement.

— Tu m'as l'air bien pâle, constata Vance en posant sur sa fille un regard critique.

Un silence s'installa. Pour Wren, qui avait l'habitude de voir son père l'évaluer constamment, la sollicitude dont il faisait preuve à présent était pour le moins inédite.

Il rouvrit la porte.

— Allez demander aux cuisines de faire monter un repas digne de ce nom pour ma fille. Un plat chaud. Avec un remontant. Du vin chaud, par exemple ? Et faites vite.

L'adolescente fixa son père, éberluée. Une fois, lors du banquet d'anniversaire de sa grand-mère, elle avait réclamé du vin chaud. Il lui avait rétorqué que même sans boire d'alcool, elle avait déjà du mal à finir un repas sans se ridiculiser. Bien sûr, elle avait toujours réussi à se procurer des spiritueux lors des banquets – ce que son père ignorait –, aussi le jugement du valkyr était-il erroné.

Quoi qu'il en soit, cette époque semblait désormais bien loin.

À cette perspective, elle eut un pincement au cœur – une sensation bien peu plaisante. Quelle que soit sa satisfaction d'avoir potentiellement gagné le respect paternel, qu'elle ait eu à le faire l'exaspérait. Après tout, il était son père ! Il aurait dû la respecter sans exigence d'utilité, l'aimer et la choyer sans qu'elle ait besoin de s'en prouver digne.

En attendant l'arrivée du repas, Vance s'empara d'une carafe posée sur une petite table pour se servir une dose généreuse d'alka. Il en but une longue gorgée avant de s'installer dans son fauteuil avec un sourire narquois.

— Je dois dire que je suis impressionné, Wren. Or tu sais que ce n'est pas un mot que j'emploie à la légère.

Elle ne risquait pas de l'oublier… Elle remua sous son regard, tant et si bien qu'il finit par s'intéresser au feu qui crépitait dans l'âtre. Il avala une nouvelle gorgée avant de poursuivre :

— Impressionné par ton sens de l'initiative, par la relation que tu as l'air d'avoir nouée avec le prince, et par ta capacité à vous avoir conduits, tous les deux, à travers ce désert pour vous mettre en sécurité. Vraiment. Je connais des forgeurs d'os du double de ton âge qui n'en auraient pas été capables.

Wren se ragaillardit sous ces louanges.

— J'ai quelque chose pour toi, dit-il.

Une étincelle dans ses iris pâles, il posa sa timbale sur la table, avant de se diriger vers la chambre à coucher.

— Lorsque j'ai appris ton enlèvement, j'ai craint le pire. Mais je savais que tu retrouverais ton chemin. Aussi voulais-je me tenir prêt à t'accueillir.

Devant les yeux ébahis de sa progéniture, il brandit une arme familière : Trancheuse.

— Jamais elle n'aurait dû t'être confisquée, dit-il à voix basse en s'agenouillant auprès d'elle. Tu es ma fille. Cette arme t'appartient. Je ne laisserai plus personne te la retirer.

Des larmes vinrent troubler la vue de Wren. Sous ses yeux se déroulait tout ce qu'elle avait souhaité, tout ce qu'elle avait perdu… et même ce dont elle n'aurait jamais osé rêver.

Elle hésita.

— Grand-mère est-elle au courant ?

— Laisse-moi traiter avec elle, répondit-il, un sourire en coin.

La jeune fille prit la dague dans ses mains tremblantes. Pour la première fois de son existence, son père la percevait telle qu'elle était vraiment. Comme s'il voyait en elle non plus un ramassis d'erreurs et de choix funestes – qu'il avait parfois faits lui-même –, mais un être humain compétent.

Et pourtant… Toute une partie du monde de sa fille ne lui échappait-elle pas encore ? Il ne se doutait pas des sentiments qu'elle éprouvait pour Julian, leur ennemi supposé, ni des tourments qui l'habitaient depuis qu'elle l'avait trahi. Il ne savait rien pour la bague ni pour ce qui la reliait au mystérieux garçon du puits, ni pour ce qui les réunissait, lui et Wren.

Après avoir été abreuvée de mensonges, elle se rendait coupable du même forfait, retenant des informations à sa guise, parce que, comme l'avait fait remarquer Julian à juste titre, elle avait peur de la vérité. Peur de ses conséquences. Peur que le savoir puisse la faire changer… mais n'était-il pas un peu tard pour s'en inquiéter ?

— Père… il y a autre chose.

— Oui ?

— J'ai trouvé une bague, bredouilla-t-elle.

— Dans la Faille ?

— Non… enfin, si, mais…

Elle plongea la main dans sa poche, puis déposa son trésor sur la table.

— Je l'ai ramassée dans le Bois-aux-Ossements pendant l'épreuve. Elle se trouvait près de ce… ce corps fraîchement enterré dont je vous ai déjà parlé…

— Je ne me rappelle pas que tu aies mentionné un tel anneau, commenta Vance d'une voix égale.

Sa fille ne l'entendit pas moins comme une accusation.

— J'avais oublié.

— Je vois.

Aucun d'eux n'était dupe de ce mensonge. Il saisit le bijou pour l'inspecter sous toutes les coutures.

— Des runes de forge-spectre, nota l'héritier de la maison de l'Os, confirmant les déductions de Wren.

— J'ai aperçu des caractères similaires dans les ruines de la Faille, dit-elle sans quitter son père des yeux.

— Après tout, la Faille était une cité forge-spectre auparavant, fit-il remarquer.

Son regard s'arrêta sur les gravures d'oiseaux.

— J'y ai aussi vu un double exact de cette bague… au doigt de ce garçon.

Vance s'enfonça dans son siège.

— Que cherches-tu à me dire, Wren ?

— Qu'il… Que lui et moi… Vous ne parlez jamais de ma mère.

Son père lâcha un soupir.

— Pour être franc, je l'ai à peine connue. C'était la guerre. Elle est morte en couches, de surcroît. Que dire de plus ?

— Mais, et si elle… Et si j'étais…

— Tu es ma fille, Wren. Quel que soit cet objet et quoi que tu puisses en penser, ça ne changera pas. Est-ce clair ?

Incapable de parler, elle lui répondit d'un hochement de tête. La main tendue vers son épaule, il semblait prêt à ajouter quelque chose lorsqu'un serviteur entra dans la pièce.

Wren admirait Trancheuse pendant que Vance ordonnait au domestique de disposer les victuailles sur la table. La bague, quant à elle, avait disparu. Elle devait être dans la paume de son père, supposa-t-elle. Elle souleva sa dague, goûtant le poids et l'équilibre familiers dans sa main, avant de prendre une inspiration profonde, histoire de se calmer.

Elle voulut glisser la dague dans le fourreau qu'elle n'aurait jamais dû quitter, mais en fut empêchée par la lame de la mère de Julian, qui occupait la place. Elle jeta un regard anxieux à son père, mais il lui tournait le dos, distrait par le service. Il n'avait pas encore remarqué que sa fille portait une arme de fer.

Elle s'empressa de dégainer Cœur-de-Fer pour la dissimuler dans sa botte, puis la remplacer par Trancheuse.

Lorsque Vance se retourna enfin, Wren avait retrouvé sa place dans son fauteuil, un plateau contenant ragoût et pain frais disposé devant elle. Le fumet de la sauce et des oignons mêlé aux notes épicées du vin chaud eurent tôt fait de lui faire oublier tout le reste.

Elle mangea avec appétit, sous le regard indulgent de son père. Assis face à elle, il buvait sa liqueur tout en inspectant de la paperasse, visiblement satisfait de lui-même.

Il insista pour lui céder son lit. Elle disposait pourtant de sa chambre au fort. Afin de lui assurer un meilleur confort, il réclama également des couvertures supplémentaires.

Le sommeil la gagnait, Trancheuse calée sous son oreiller, mais son esprit se laissa malgré tout distraire par le couteau dissimulé dans sa botte, par le forge-fer qui croupissait plusieurs étages plus bas… et par toutes ces réponses qui s'obstinaient à lui échapper.

CHAPITRE 39

À peine avait-elle fermé les yeux que Wren glissa dans un sommeil agité.

La présence de son père dans la pièce voisine suscitait chez la jeune fille autant d'inquiétude que de réconfort. Chacun de ses mouvements et de ses murmures provoquait une décharge dans son cerveau endormi, telles des cornes de brume ou des cloches sonnant l'alarme.

Soudain, la porte de la chambre se referma. Wren se redressa d'un bond, trempée de sueur.

Quelque chose clochait. Pire, tout semblait aller de travers, même si elle n'aurait su dire pourquoi, au juste.

Vance n'avait fait que lui dire ce qu'elle avait eu envie d'entendre. Il l'avait cajolée avec ses louanges et ses propos tranquillisants – autant d'aimables mensonges –, sans pour autant lui fournir les réponses qu'elle cherchait. Il l'avait rassurée, ce qui n'était pas la même chose. Elle songea aux derniers mots de Julian avant qu'elle ne l'abandonne au moulin : *« Ils seront prêts à te dire n'importe quoi pour te faire taire et endormir ta méfiance. »*

Le forge-fer avait vu juste. Restait que quelqu'un d'autre était susceptible de répondre à ses interrogations.

Elle sauta du lit, se vêtit à la hâte, puis sortit à pas feutrés dans le couloir. Les hommes de son père montaient la garde.

— Vous devez rester dans votre chambre, dame-forgeuse. Ordre de votre père.

Une nouvelle alarme se mit à retentir dans l'esprit de l'adolescente.

— Savez-vous où il est parti ? demanda-t-elle, consciente de la faible probabilité d'obtenir une réponse de leur part, qu'ils disposent de cette information ou pas.

— Non.

Elle se retira dans la chambre, assaillie par les doutes. Il lui était impossible de deviner où s'était rendu son père, ni pour combien de temps, mais elle n'allait pas restée plantée là, les bras croisés.

Elle arpenta les lieux en quête d'une entrée de service ou d'une fenêtre lui offrant une issue viable. Hélas, les appartements paternels se trouvaient encore plus haut que la chambre de Leo, ce qui rendait toute descente périlleuse. D'autant que les fenêtres donnaient sur la cour principale, pleine de témoins potentiels.

La suite disposait cependant d'un balcon, sans autre vis-à-vis qu'une vue dégagée sur le Mur, avec un jardin de rocaille délaissé en contrebas. Il restait toujours trop haut pour s'échapper sans l'aide d'une corde, et une fois sortie y revenir n'aurait rien d'aisé… Dépitée, Wren songea à Julian et à sa fidèle épée-fouet avant de repérer un autre balcon, adjacent aux appartements de son père. Quant à savoir sur quelle chambre il donnait, elle pourrait s'en soucier après avoir franchi le gouffre qui l'en séparait.

Elle sauta de l'un à l'autre sans trop de difficulté, même si le choc contre la balustrade à l'arrivée lui coupa le souffle. Surmontant la douleur, elle enjamba la rampe, puis resta un moment accroupie, le temps de reprendre sa respiration.

Encore un peu essoufflée, elle tenta d'actionner la crémone et fut soulagée de voir la fenêtre se déverrouiller. Elle ouvrit le battant, pour se trouver nez à nez, ou plus précisément nez à genoux, avec Inara Fell.

— J'en étais sûre ! fanfaronna sa cousine, les bras croisés, un rictus narquois aux lèvres.

La traîtresse n'avait pas changé d'un iota, entre son amure d'os rutilante et la longue tresse noire qui cascadait dans son dos. Même ses bottes, fraîchement polies, ne portaient pas la moindre éraflure.

Wren s'empressa de se remettre sur pied.

— Sûre de quoi ? haleta-t-elle en tentant d'oublier la barre qui lui coupait le ventre.

— Qu'un troufion devant la porte de ta chambre ne suffirait pas à t'empêcher de faire le mur.

Wren se sentit vaguement flattée qu'Inara fasse si grand cas de ses ressources – à l'inverse de Vance Graven.

— C'est pour ça que tu es là ? Pour jouer les geôlières ? lui demanda-t-elle en la défiant du regard.

Wren surpassait sa rivale au combat. Inara le savait.

La valkyr modèle leva au ciel ses yeux savamment maquillés de noir, puis elle contourna l'intruse et se mit à déambuler dans la pièce avec nonchalance – pour ne pas montrer qu'elle préférait éviter la confrontation.

— Faire la sentinelle, très peu pour moi, railla-t-elle. J'aime juste avoir raison. Tu ne peux pas comprendre.

Ce fut au tour de Wren de laisser libre cours à son exaspération.

— Qu'est-ce que tu es venue faire ici, exactement ?

Le contexte était déjà bien assez compliqué sans que s'y ajoute la présence de sa cousine…

Inara écarta les bras.

— Je suis une valkyr, Graven. Je vais où le devoir m'appelle.

— Tu travailles avec mon père ?

— Techniquement, disons que je travaille pour lui, plutôt. Je fais équipe avec Sonya.

Cette association faisait-elle partie du marché que la fauchyr avait passé avec la rivale de Wren pour la trahir pendant l'épreuve ? Quoi qu'il en soit, ces deux scélérates menaient à présent la vie dont leur victime avait toujours rêvé.

Ce destin avait malgré tout perdu bien de son attrait depuis ce sinistre jour. Quant à savoir précisément pourquoi…

— Allez, profite bien de cette pièce vide. Moi, j'ai à faire.

— Où vas-tu ? Rejoindre ton Prince d'Or ? (Inara lui jeta un regard plein de sous-entendus.) À moins que ce ne soit le forge-fer qui te manque tant ? (Elle esquissa un rictus devant le silence de son interlocutrice.) Le forge-fer, donc. Je le savais !

— Tu ne sais rien du tout, éructa Wren en se dirigeant la porte.

Son élan de mauvaise humeur ne fit que confirmer les soupçons d'Inara.

— Je dois avouer que tu m'impressionnes, lança cette dernière dans son dos.

Wren fit volte-face, perplexe. Sa rivale enfonça le clou.

— Je t'ai toujours su ambitieuse, mais ça ? Bien joué. Tu as su faire preuve de stratégie. Je ne t'en croyais pas capable.

— De quoi parles-tu ?

— Du prince. Maintenant que tu as gagné ses faveurs, tu vas pouvoir aller loin.

Wren lui en voulait de la connaître si bien – mieux que la plupart, à vrai dire. Avoir précisément nourri ces pensées ne la rendait pas très fière d'elle-même.

— Le prince est mon ami, argua-t-elle.

Sa cousine n'en avait pas fini.

— Toutes leurs manigances pour t'envoyer dans ce trou à rats n'auront même pas réussi à te briser…

— « Leurs » manigances ? répéta Wren, outrée. C'est toi qui as tout fait pour !

— Si ça peut te consoler de te dire ça… répliqua Inara en secouant la tête d'un air hautain. Je reconnais bien là ton panache. À l'évidence, tu n'avais ni plan ni stratégie de repli. Tu t'es lancée tête baissée sur la piste du prince, en territoire inconnu et hostile, par-dessus le marché, le tout en faisant équipe avec un forge-fer ! Une initiative qui te ressemble, aussi désordonnée que risquée…

Elle marqua une pause, avant de conclure :

— En somme, tu as exercé cette liberté qui était la tienne.

— Qu'est-ce que ça veut dire ?

Wren peinait à suivre Inara. Ses compliments étaient plutôt surprenants – bien que non dénués de venin.

— Libre, tu l'as toujours été. Pour être tout à fait franche, plus jeune, je rêvais d'être toi. (Elle serra les dents, gênée par cet aveu.) Pas pour les raisons que tu crois. Pour ta gouverne, tu n'es certainement pas la valkyr la plus talentueuse de notre génération…

À peine si Wren releva cette pique dans la bouche de sa cousine – coutumière du fait –, tant elle était obnubilée par sa confession. Inara rêvait d'être Wren ?

— J'enviais ta manie de n'en faire qu'à ta tête, de suivre tes propres règles au mépris des autres. (Son regard se posa sur Trancheuse.) Enfin, même la grande Wren Graven peut être matée, apparemment.

— Je n'ai pas été…

— Le prince, lui, n'a connu que la cage. Le forge-fer, on peut dire que tu l'as toi-même jeté dans la gueule du loup. Mais toi ? Tu t'es précipitée toute seule dans ta prison… À tire-d'aile, si on peut dire, petit oiseau.

Wren se figea, bouche ouverte, pour dévisager sa cousine. Puis elle tourna les talons pour quitter la pièce d'un pas vif, sans pouvoir échapper aux derniers mots d'Inara.

— J'espère que cette dague en valait la peine.

Dans le couloir, l'héritière des Graven eut le plus grand mal à retrouver une respiration normale. Sauter d'un balcon à l'autre était sans doute un peu trop audacieux. Il se faisait tard, elle se sentait exténuée… Les paroles d'Inara ne pouvaient l'atteindre.

Mentalement, elle passa en revue la tirade de sa cousine pour se concentrer sur le début de leur conversation. La présence de gardes devant la porte de sa chambre ne visait pas à la protéger, mais à l'empêcher de sortir.

Autrement dit, quels que soient les projets de son père, il ne tenait pas à ce qu'elle vienne y fourrer son nez. Peut-être valait-il mieux oublier Odile pour s'intéresser plutôt à l'héritier de la maison de l'Os…

Sa discussion avec Inara lui avait aussi fait perdre un temps précieux, un retard qui pouvait encore être rattrapé.

Elle connaissait les lieux mieux que son père. Quel dommage qu'elle n'ait aucune idée de son emploi du temps…

Parvenue dans le couloir principal, Wren prit soin de regarder des deux côtés. Pas un chat. Les yeux clos, elle tenta de s'imaginer où il pourrait aller. Cuisiner Julian, peut-être ? S'entretenir avec Galen… voire Leo ?

Elle se dirigeait vers les cachots quand elle aperçut son père, juste avant qu'il ne disparaisse dans l'escalier menant au temple des forgeurs d'os.

Il allait rendre visite à Odile. Pour l'interroger ou pour l'accuser ? Autant en avoir le cœur net.

Elle désespérait d'entendre leur conversation, tout en restant consciente que le valkyr ne l'autoriserait pas à y assister, malgré les bonnes dispositions dont il avait fait preuve. Wren prit le parti de le suivre discrètement.

Le domaine d'Odile disposait de deux entrées : l'une par le temple – que Vance s'apprêtait à emprunter –, et l'autre par le couloir qui menait à la remise par le biais du cellier.

Wren s'engagea dans cette direction. Depuis son retour, elle n'avait pas vu son mentor. La réaction d'Odile à cette visite tardive serait intéressante. Y verrait-elle une agréable surprise, ou plutôt une intrusion ?

Au moment où elle approchait du but, la jeune fille entendit des murmures venant du couloir de service. Elle pressa le pas, puis se glissa dans la remise attenante aux appartements d'Odile. Les voix se firent plus fortes, sans pour autant qu'elle parvienne à distinguer leurs propos. Déterminée, elle alla s'accroupir juste derrière la porte avant de discrètement en tourner le bouton, non sans retenir son souffle.

Le battant s'ouvrit d'un millimètre, juste assez pour que la voix d'Odile, claire comme de l'eau de roche, puisse s'y glisser.

— Sais ce que nous devons faire.

— Mais encore ? répliqua Vance.

La porte derrière laquelle était tapie Wren se situait dans un coin sombre de la pièce, derrière le fauteuil d'Odile. Malgré sa portée relative, la lumière émise par la lanterne du bureau suffisait à éclairer le visage de Vance, ainsi que le profil de son hôtesse, encadré de ses boucles luisantes aux reflets cuivrés.

— Le détruire. Ce qui s'est passé avec Locke était déjà bien assez grave, mais ces revenants de fer, cette reine… Il faut marcher en nombre sur ces ruines pour y exercer la pleine puissance de la maison de l'Os et nous débarrasser de ce puits une fois pour toutes.

Wren retint son souffle. Ils connaissaient donc l'existence de la source de magie et le pouvoir qu'elle renfermait !

— Ne sois pas ridicule, rétorqua Vance de ce ton dédaigneux, légèrement condescendant, que sa fille ne connaissait que trop bien.

Il semblait à son aise, assis dans son fauteuil, une coupe d'alka en équilibre entre ses doigts. Son regard, lui, conservait tout son tranchant.

— Pour ça, il faudrait révéler que nous avons passé notre temps à mentir au sujet du Soulèvement, et ce depuis presque vingt ans. Nous détruirions la réputation de notre maison, sans parler de…

— Nous mettons en péril bien plus que ta maudite maison, Vance !

Odile serrait étroitement son gobelet entre ses doigts. Elle en avait laissé le contenu intact, ce que Wren ne l'avait jamais vu faire.

— C'est aussi la tienne, pour autant que je sache, lui rappela l'héritier de la maison de l'Os. Et j'aurais juré qu'on s'était mis d'accord sur notre version des faits.

La fauchyr évita son regard.

— J'avais peur. Aujourd'hui, je pense qu'il est des choses bien plus à craindre que la vérité.

— Nous n'avons pas menti, Odile, nous n'avons fait qu'omettre certains détails, ce qui est différent. Ce faisant, nous avons sauvé des vies.

— Les seules vies que nous avons sauvées, ce sont les nôtres. Tu auras beau t'en convaincre, Vance, tu ne parviendras pas à me leurrer. J'étais là, au même titre que toi. J'ai mis Locke en garde, mais cette femme… Elle l'avait pris dans ses rets dès le début, flairant en lui ce besoin de jouer les sauveurs, de prendre tous les risques pour protéger les Dominions. Elle ne s'est pas privée de l'exploiter. Il a été incapable de lui résister, appâté par le pouvoir qu'elle lui promettait et qu'il a embrassé sans ciller.

Les traits de Vance se parèrent d'une étrange amertume, un sentiment fugace qui se mêlait un peu de cette jalousie qu'il montrait à chaque évocation de son frère.

— Quand je l'ai vu entouré de cette aura… poursuivit Odile, évoquant un phénomène que Wren visualisait sans peine, je l'ai pris pour un héros, une figure de légende. Mais lorsqu'il s'est mis à décimer ces pauvres soldats, nos propres soldats, plus exactement, j'ai compris qu'il était devenu tout autre chose. Ce pouvoir… le dépassait. Jamais je n'oublierai son regard empli d'effroi quand il s'est laissé submerger. Nous aurons beau le traiter en sauveur, ça ne change rien aux exactions qu'il a commises. Je refuse de laisser une telle horreur se reproduire. On ne peut passer sous silence la véritable menace. Le vrai danger, ce n'est ni le régent, ni la reine, ni même ces revenants de fer… Non, c'est ce puits. Sans lui, les autres ne sont rien.

Le regard du père de Wren se perdait dans le contenu de sa coupe.

— Cette soudaine aversion pour la dissimulation est particulièrement amusante, je trouve, étant donné toutes tes petites cachotteries.

— Je ne vois pas de quoi tu parles.

— Tu m'en diras tant.

Il leva les yeux vers Odile, qui se pencha vers lui.

— Une fois, j'ai tenté de te dire la vérité, mais tu l'as enterrée en même temps que le corps de mon messager, et le colis qu'il t'avait livré.

— Une partie de la vérité, seulement, rectifia Vance d'un ton léger. Quant au colis… ferais-tu allusion à ceci ?

Il tendit le bras pour déposer une bague familière sur le bureau de la fauchyr.

— C'est Wren qui l'a trouvée.

Ce messager, du moins ce qu'il en restait, était donc le cadavre dont elle avait exhumé les restes dans le Bois-aux-Ossements. Il n'était pas en mission pour la reine des spectres, mais pour Odile…

— J'en déduis que tu n'as pas dû l'enterrer assez profondément, ironisa le mentor de l'adolescente.

— Il semblerait qu'elle fasse partie d'un ensemble, ajouta négligemment Vance, ôtant du même coup le sourire à son interlocutrice. Mais je suppose que tu n'es pas au courant ?

Elle se garda de répondre. Il tapa du poing sur la table.

— Non seulement tu m'envoies un messager anonyme à qui tu fais traverser les Dominions, porteur d'informations qui pourraient nous détruire, ma maison, ma fille et moi, mais tu as ensuite l'audace de me cacher pareil détail ?

— Je ne vois toujours pas…

— Allons, Odile ! Wren m'a tout révélé de la reine des spectres et de ce garçon. Tu avais l'air d'avoir une idée bien précise de l'identité de la première, à en croire ton messager. Et pour le second ?

Un long silence s'ensuivit.

— J'essayais de te protéger.

La jeune fille tapie derrière la porte sentit une nouvelle fois le souffle lui manquer. Cela voulait-il dire que…

— Me protéger, moi ? s'insurgea Vance, irrité à l'idée qu'il puisse nécessiter pareille précaution. Je ne suis pas un enfant qu'on dorlote ! J'exige la vérité.

— C'est vrai que tu as si bien réagi la dernière fois ! aboya la fauchyr en reposant son gobelet. Nous avons des problèmes plus importants à…

— La vérité, Odile. Toute la vérité.

Ils se toisèrent un long moment.

— Comme tu voudras, finit-elle par grommeler.

Exaspérée, elle prit le temps d'une longue inspiration et de se redresser sur son siège.

— Souviens-toi, lorsque Ravenna est arrivée ici, le ventre prêt à éclater, tu as refusé de la voir.

Le ton d'Odile ne laissait aucune ambiguïté quant à son opinion sur une telle attitude. Depuis sa cachette, Wren était obnubilée par ce nom que son père s'était toujours gardé de lui souffler : « Ravenna ».

— Dame-forgeuse Svetlana se trouvait au fort, la guerre était sur le point de se terminer. Après la mort de ton frère, ta mère n'avait plus que toi, son héros fraîchement auréolé de gloire. Le nouvel héritier. Tu ne voulais pas renoncer à tout ça, avoue… Il ne fallait surtout pas qu'elle entrevoie le côté sombre de cette campagne. Non, tu as préféré te délester de ce petit problème sur moi.

Faussement outré, Vance roula des yeux, puis agita la main pour lui intimer d'en venir au fait.

— Elle a accouché dans les geôles, avec moi et notre vieille guérisseuse pour seule compagnie. Ravenna était alors bien différente de la jeune femme solitaire et effrayée que nous avions rencontrée dans le Territoire hanté, quand elle avait prétendu être l'unique survivante de je ne sais quelle attaque. Je m'étais toujours douté que ce numéro d'innocente n'était qu'une mise en scène, mais je n'arrivais pas à savoir quel était véritablement son but… Hormis attirer votre attention, à tous les deux.

Tous les deux… Faisait-elle allusion à Locke ? À en juger par la mâchoire serrée de Vance, Wren en aurait mis sa main à couper.

— C'était l'occasion rêvée pour le lui demander, poursuivit Odile. Pourquoi nous avait-elle guidés jusqu'à ce puits ? Comment avait-elle eu vent de son existence ? Où était-elle passée quand les événements ont pris ce tour… funeste… avec Locke ?

Wren soupçonnait déjà le puits d'être la source du pouvoir de son oncle défunt… et se doutait que les choses devaient avoir singulièrement dégénéré pour le pousser à de telles extrémités. La confirmation de ses théories ne lui procura aucun réconfort.

— Elle délirait sous l'effet combiné de la douleur et des drogues que lui avait fait prendre la guérisseuse, tant et si bien que ses paroles n'avaient ni queue ni tête. Elle s'est quand même livrée à quelques aveux significatifs… Tout d'abord, qu'elle n'était pas cette simple jeune fille aux cheveux blonds et aux yeux verts, d'ascendance andolésienne, que la mort de sa famille avait laissée à la merci des terres de la Faille. Elle s'appelait Ravenna Nekros et était forgeuse, et pas de n'importe quelle maison. À l'en croire, elle était la dernière des forge-spectre, dont le peuple avait vécu des décennies dans le secret. Elle connaissait l'existence du puits parce qu'il s'agissait de son héritage. Son pouvoir et sa localisation se transmettaient de génération en génération. Selon elle, c'était à cause d'eux que la Faille s'était ouverte, quand ils avaient pris le risque de dévier un tunnel d'une mine de fer, dans le but de retrouver leur cité perdue. Elle comptait bien restaurer le prestige de sa famille déchue. On n'en était qu'aux prémices, assurait-elle. Je n'ai guère pu lui en faire dire plus… jusqu'à la naissance de l'enfant. Une fille, que ses yeux désignaient comme une forgeuse d'os, à mon plus grand soulagement… Puis les contractions ont repris.

Wren observait son père. L'échine dressée au bord de son siège, Vance était attentif au moindre détail… mais aussi légèrement nauséeux, semblait-il. Comme si chaque mot du récit d'Odile lui faisait souffrir le martyre, sans pour autant le dissuader d'entendre la suite. Sa fille n'avait aucun mal à le comprendre : cette histoire ébranlait toutes ses certitudes, à elle aussi.

— Ravenna flottait entre conscience et coma. Elle a fini par se mordre la lèvre jusqu'au sang, avant de m'adresser un sourire écarlate tandis que je tenais sa fille dans mes bras. « Tu l'aimais, je le sais », m'a-t-elle dit, la mâchoire crispée par la douleur. « Alors, je veux que tu le saches : ce sont ses enfants. »

Ses enfants ? songea Wren, déboussolée. Odile aurait-elle aimé son père ? La mine fermée de Vance mit la jeune fille sur la voie : non, Odile était amoureuse de Locke… qui s'était épris de Ravenna. Du moins, il s'était uni à elle. Ces enfants, cette fille forgeuse d'os…

— Peut-être cherchait-elle simplement à me blesser, suggéra la fauchyr avec un haussement d'épaules bien peu convaincant. Peut-être se sentait-elle partir et tenait-elle à s'assurer que je prendrais soin de sa progéniture.

Elle darda une œillade à l'héritier de la maison de l'Os, mais il demeurait comme absent. Il lui avait réclamé la vérité, sans fard. Il était servi. L'idée qu'il ne soit pas son père ni elle sa fille faisait peu à peu son chemin dans l'esprit de Wren, tel un cortège d'angoisse.

Soudain, elle s'imagina une tout autre vie. L'existence rêvée de la fille du bien-aimé Locke Graven, adorée de sa grand-mère et choyée par toute sa maison.

— Ensuite est venu le fils, continua Odile d'une voix un peu rauque.

La vision se transforma. Main dans la main, Wren et son frère faisaient les quatre cents coups, toujours ensemble et jamais vraiment seuls puisque l'un comme l'autre était là pour son jumeau, sous le regard attentif de leurs parents aimants. Une vie des plus enviables, dont la jeune fille se languissait. Pourtant, Locke n'avait rien d'un héros, c'était un meurtrier. Quant à Vance… il était bel et bien son père, peu importaient les caprices de la généalogie. Sa mère, en revanche, était tout autre chose. Une entité maléfique ? Venait-elle chercher Wren parce qu'il s'agissait de sa fille ou parce que le sang des forge-spectre coulait dans ses veines ?

Aussi entêtantes qu'attrayantes, ces images n'avaient guère plus de valeur que des bulles de savon, ravissantes de fragilité – à peine formées, aussitôt vouées à se dissiper.

— Hélas… le garçon était de constitution frêle, maladif, là où sa sœur semblait robuste. À son entrée dans ce monde, elle avait hurlé à pleins poumons tandis que son jumeau, trop faible, avait toutes les peines du monde à pousser le moindre gémissement. Muet comme une tombe, il n'avait même pas ouvert les yeux. La guérisseuse a secoué la tête. Il ne resterait pas longtemps parmi nous. Quant à Ravenna, elle perdait trop de sang. Elle eut pourtant la présence d'esprit de me donner des instructions claires. Il fallait confier la fille à la maison de l'Os et la prénommer Wren. Créatures sacrées pour les forge-spectre, les oiseaux représentaient l'âme dans leurs croyances. Enfin, je devais lui laisser la bague, afin qu'elle ait conscience de son héritage. Après quoi, nous avons attaché le bébé agonisant sur sa poitrine exsangue avant de la hisser sur un cheval. Elle a pris la route du Territoire hanté sans se retourner. Elle a mis le cap sur la source, sans doute.

Wren renifla doucement, les yeux rivés sur son père – enfin, sur Vance – qui fixait les lattes du plancher.

— Fallait-il que te raconte tout ça, jusque dans les détails les plus sordides ? Tu aurais peut-être préféré que j'efface tout pour te servir une histoire plus clinquante… comme on l'a fait pour Locke ? Je… (Odile se racla bruyamment la gorge.) Je tenais à ce que cette enfant grandisse choyée, voilà pourquoi j'ai choisi de me taire sur la paternité de ton frère, et sur les liens de la petite avec les forge-spectre. Wren était une forgeuse d'os. Nul n'avait besoin d'en savoir plus. Je pensais que le garçon ne survivrait pas, je ne t'en ai donc pas parlé non plus. Tu veux que je te dise, Vance ? Si j'ai agi de cette manière, c'était pour t'épargner. Les années ont passé, j'étais convaincue d'avoir fait le bon choix… jusqu'à ce que j'entende parler de cette reine des spectres, cette soi-disant souveraine du Territoire hanté. C'est pour cette raison que je t'ai envoyé ce messager, cette bague. Pour que tu saches ce que Ravenna m'avait révélé sur son clan. Sans nouvelles du garçon, je me suis gardée de le mentionner. J'ai préféré laisser Locke en dehors de tout ça, aussi. Son nom me faisait autant de peine qu'à toi, tu sais. Et puis, peut-être qu'elle m'avait menti… Je n'ai pas arrêté de me le répéter. Et si ce n'était que mensonge ?

La tête entre les mains, les doigts enfouis dans ses cheveux, jamais Vance n'avait paru aussi secoué. Du regret, voilà ce que Wren lisait sur son visage. Une montagne de regrets accumulés pendant dix-sept ans.

— Qu'est-ce que ça aurait changé, au juste ? s'enquit Odile d'une voix douce.

Elle paraissait sincère, sans perfidie. Seulement curieuse. Elle poursuivit :

— Même sans en rien savoir, regarde comment tu as laissé ta mère la traiter… Comment tu l'as traitée, toi ! Qu'en aurait-il été si tu l'avais soupçonnée de ne pas être la chair de ta chair ?

Vance releva la tête, à fleur de peau.

— La question m'effleurait parfois… Elle ressemble tellement à Locke quand elle est en colère ou qu'elle s'enthousiasme pour quelque chose. Il y a cette petite étincelle dans son regard… (Il s'éclaircit la voix.) Et je te saurais gré de ne pas me juger, Odile. Tu n'as pas les mains beaucoup plus propres.

— Je n'ai fait que t'obéir, protesta l'intéressée, outrée. Comme depuis toujours ! Lorsque Locke a massacré des innocents par centaines, j'ai suivi ton exemple en taisant la vérité, comme tu me l'as ordonné. Quand cette femme a fait irruption ici, enceinte, je m'en suis occupée sans faire de vagues, comme tu me l'as ordonné. Et dix-sept ans plus tard, quand tu m'as envoyé cette enfant, tel l'agneau à l'abattoir, je me suis arrangée pour l'envoyer à l'est du Mur, comme tu me l'as ordonné, encore.

— Non, souffla Wren dans un murmure presque inaudible, le cœur essoré par la douleur.

Toutes les révélations qu'elle venait d'entendre semblaient pouvoir se réduire à cette terrible vérité.

— Et alors ? répliqua Vance, pulvérisant le peu de foi que nourrissait encore sa fille. J'ai fait ce qu'il fallait pour assurer l'avenir de ma maison, et vous en tirerez bénéfice l'une comme l'autre. Sans ennemi à l'est du Mur, sans non-morts à notre porte, notre position dans les Dominions deviendrait précaire. Plutôt que de disparaître dans le néant, nous ne faisons qu'offrir à nos ennemis les outils pour creuser leur propre tombe.

— Et lorsqu'ils se soulèveront, la maison de l'Os volera à la rescousse pour sauver tout le monde, c'est ça, le plan ?

Odile esquissa une moue dédaigneuse.

— La manœuvre ne s'est-elle pas déjà montrée efficace ? demanda Vance. Mon seul regret est de ne pas y avoir pensé le premier. Wren devait servir temporairement d'otage afin de nous assurer que la maison de l'Os tiendrait son engagement jusqu'au bout et n'aille pas révéler au roi les activités du régent. Je savais qu'elle s'en sortirait. Ce n'est pas sa première escarmouche. Elle est solide, résiliente.

— C'est surtout ta fille. Elle est sous ta responsabilité, et peu importe le sang qui coule dans ses veines !

— Et c'est bien ainsi qu'elle a été élevée. Elle sait combien il est important d'honorer notre maison, d'assurer son avenir. Un avenir qu'elle incarnera, peu importe le sang qui coule dans ses veines, comme tu dis.

Loin de la réconforter, ces mots plongèrent Wren dans un profond malaise. À choisir, valait-il mieux être la fille d'un criminel de guerre ou d'un lâche ?

— Quel prix as-tu encore l'intention de lui faire payer ? Que devra-t-elle encore sacrifier ?

Vance détourna les yeux.

— Le temps est peut-être venu pour elle de rencontrer sa mère.

— Tu n'es pas sérieux !

— Au contraire. Je ne me doutais pas de l'implication de Ravenna. D'après ce que m'a rapporté Wren, elle a beaucoup insisté pour la faire enlever, et le régent se serait contenté d'obéir afin de sceller leur accord. Elle a besoin de sa fille. Autant me servir de cet atout. J'ai le sentiment qu'ensemble, Wren et moi, nous pourrions la dissuader de poursuivre son entreprise, la ramener à la raison. Je pourrais lui offrir un foyer, un statut.

— Tu veux en faire ta femme ? lui demanda Odile, incrédule. J'ai l'impression d'entendre un fou ! Tout le monde n'est pas prêt à se laisser acheter avec un titre, figure-toi.

— Ça, c'est toi qui le dis, répliqua Vance sans se démonter.

— Tu ne cherches pas une épouse… Tu comptes seulement t'emparer de ce pouvoir et le garder pour toi seul, pas vrai ?

Il haussa une épaule indifférente.

— Tu as l'intention d'accomplir ce que ton frère a fait avant toi, en mieux. C'était déjà le cas quand vous étiez enfants et que tu cherchais toujours à te montrer plus rapide, plus fort. Tu voulais être le meilleur en tout. Il en est allé de même avec Ravenna… Elle ne t'intéressait pas, jusqu'à ce que tu te rendes compte qu'elle avait tapé dans l'œil de Locke. Inutile de le nier.

Vance s'en garda bien. Odile eut un petit rire désabusé.

— Je conçois que rester dans son ombre de son vivant devait être bien triste, mais c'est encore plus tragique de se servir de son martyre comme d'une canne pour se tenir droit…

Un éclat menaçant brilla dans l'œil du sire-forgeur.

— Tu n'as pas idée de ce qu'implique d'occuper une position telle que la mienne, de faire absolument tout ce qu'il faut, toute ton existence, mais de toujours arriver second, évalué à l'aune d'une référence impossible à égaler… pour la simple raison qu'elle n'existe plus.

— Tu as raison, je n'en ai pas la moindre idée… mais mon instinct me souffle que Wren, elle, sait de quoi tu parles.

Vance en resta un moment interdit. N'avait-il donc jamais remarqué qu'il faisait subir à sa fille le même traitement que sa propre mère lui infligeait depuis toujours ?

— Il est temps de rétablir la vérité, décréta Odile. Finissons-en.

Vance hésita un moment avant de secouer la tête.

— Nous sommes plus avisés qu'autrefois. Mieux préparés, aussi. C'est un outil…

— Non. Le seul outil, c'est toi, Vance. Un outil dont Ravenna usera selon son bon vouloir. Cette magie t'anéantira, comme elle a anéanti Locke. Elle n'espérait rien d'autre lors du Soulèvement. Son vœu le plus cher était de nous voir nous détruire, et tu es bien trop disposé à lui faire ce plaisir. À ça près que cette fois, au lieu de sacrifier ton frère, c'est ta fille que tu risques de perdre. Wren a déjà puisé à la source. Par miracle, elle en est ressortie indemne. Ne prends pas le risque que ça se reproduise.

— Je ferai ce qu'il y a à faire. Pour le bien de ma maison.

Odile poussa un long soupir.

— C'est bien ce que je craignais. J'ai bien fait d'anticiper et d'avertir dame-forgeuse Svetlana, dans ce cas.

Vance se figea.

— Tu as parlé à ma mère ?

— Elle est en route. Dès son arrivée, on pourra déterminer ensemble la marche à suivre pour le bien de la… de notre maison.

— Que lui as-tu raconté ? s'impatienta Vance en quittant son siège. Au sujet de Ravenna ? De Wren ?

— Pour l'instant, rien, mais ça ne saurait tarder. Je vais devoir lui révéler la vérité sur Locke et sur le Soulèvement, sur les revenants de fer… ainsi que sur le marché que tu as passé avec le régent. Elle doit savoir à quoi nous avons affaire. Il faut détruire ce puits.

Vance se pinça l'arête du nez.

— J'aurais tellement préféré que tu t'abstiennes, Odile, dit-il d'une voix lasse. Tu ne me laisses guère le choix.

Un éclair brilla, aveuglant. L'héritier de la maison de l'Os venait de sortir une dague étincelante des replis de sa veste. Contre toute attente, la lame n'était pas faite d'os mais d'acier, montée sur une poignée ciselée d'or.

— Comme de coutume, c'est à moi de faire le ménage, ajouta-t-il, les yeux baissés sur son poignard. Quelle tristesse de perdre ainsi une héroïne de guerre…

Odile se crispa. Wren sentit l'effroi lui vriller les tripes.

— Ne l'as-tu pas dit toi-même ? Si j'en crois l'exemple de mon frère, tu resteras dans les mémoires comme une martyre.

Odile bondit sur ses pieds, mais Vance fut plus rapide. Après tout, il avait servi comme valkyr. La fauchyr eut tout juste le temps de quitter son fauteuil avant qu'il ne franchisse l'espace qui les séparait et ne lui plonge sa dague dans le cœur.

CHAPITRE 40

Horrifiée, Wren regarda Odile lutter en vain avant de retomber mollement sur son siège. Laissant le poignard dans la poitrine de sa victime, Vance se débarrassa en hâte des traces de son méfait, se frictionna les mains jusqu'au sang, puis inspira profondément, le souffle haletant, afin de rassembler ses esprits. Enfin, il vida sa coupe d'un trait, la déposa sur le buffet, avant d'empocher la bague de Wren pour éliminer tout indice de sa venue.

La jeune fille scruta son visage au moment où il rejoignait la porte, les traits emplis d'une sinistre détermination. Avait-il la même expression quand il avait assassiné ce messager dans le Bois-aux-Ossements ? Et lorsqu'il avait tourné le dos à la mère de Wren ? Il n'avait pas vraiment aimé Ravenna, il avait surtout aimé l'idée de posséder l'objet du désir de son frère. Le comble du pathétique.

À peine le bruit de ses pas s'était-il estompé que Wren poussa la porte de sa cachette pour se précipiter au chevet d'Odile. La jeune forgeuse la pensait déjà morte, mais son mentor tressaillit en sentant le contact mal assuré d'une main sur son épaule. Le souffle gargouillant, hoquetant de douleur, elle voulut parler, malgré le couteau planté dans sa poitrine.

Aucun son ne sortit de ses lèvres qui pourtant remuaient. Les yeux écarquillés par la panique, elle se tâta la gorge d'un geste maladroit. Sans doute voulait-elle baisser le col de sa robe afin de mieux respirer. Non… Ses doigts tremblants se refermèrent sur une étroite chaîne qu'elle portait autour de son cou. Elle tira dessus par intermittence, avec l'aide de sa disciple, jusqu'à faire apparaître une clef.

Une clef d'os – la même qu'elle avait utilisée pour conduire Wren dans les geôles les plus profondément enfouies sous les fondations de Fort-de-Faille.

La victime la glissa dans les mains de la jeune fille, qui regarda fixement l'objet. Que lui avait dit Odile, déjà ?

« *Si jamais il devait m'arriver quelque chose. Et puis, comme ça, maintenant, tu connais plus d'une manière de quitter le fort. Au cas où.* »

Lorsque sa protégée releva la tête, le regard de la malheureuse se voilait déjà, se faisant de plus en plus distant, de plus en plus absent. Un instant plus tard, la fauchyr avait trépassé.

Le chagrin s'abattit sur Wren telle une chape de plomb. Elle venait de perdre non seulement son mentor à la fois aimé et respecté, mais aussi la seule personne de son entourage susceptible de lui dire la vérité. À présent qu'Odile était morte, elle emportait tous ses secrets avec elle. Apparemment, Locke n'avait pas partagé ses sentiments. Il aimait peut-être sincèrement Ravenna, à moins que leur liaison complexe n'ait été toxique de bout en bout…

Dans ce cas, qu'en était-il de Wren, leur progéniture ?

Des bruits de pas retentirent dans l'escalier. Son père était-il de retour ? Elle regagna sa cachette in extremis avant que la porte de la chambre ne s'ouvre en grinçant, qu'accompagna une voix qui n'appartenait pas à Vance Graven.

— Il est un peu tard pour une…

Wren jeta un regard par l'interstice. Dans le bureau d'Odile, Galen se tenait immobile, bouche bée, devant le spectacle de la forgeuse d'os assassinée.

Sans lui laisser le temps de réagir à proprement parler, de nouveaux pas se firent entendre dans la cage d'escalier. Cette fois, Wren reconnut la voix de son père, et il n'était pas seul.

— Je n'ai pas la moindre idée du pourquoi de cette réunion clandestine, mon commandant, mais…

La porte s'ouvrit en grand pour révéler Vance et Duncan.

— Qu'est-ce qui se passe ici ? voulut savoir le chef de la forteresse.

Il s'imprégna de la scène, que Wren crut percevoir à travers ses yeux : Galen seul dans une pièce et de l'autre côté Odile tout juste assassinée, l'arme du crime encore fichée dans sa poitrine, avec sa poignée qui reflétait la lumière de la lanterne. L'expression du suspect confirma que la dague était indéniablement la sienne, une théorie corroborée par sa frénésie à palper sa ceinture et les poches de sa veste. Wren, elle, savait déjà ce qu'il y trouverait : un fourreau vide.

Visiblement, Vance se débrouillait comme un chef pour brouiller les pistes. Quand avait-il subtilisé ce poignard d'or ou compris qu'il allait devoir éliminer Odile ?

Wren l'ignorait, mais son père avait fait en sorte que la version des faits qui se répandrait dans le fort et au-delà, à travers les Dominions, soit celle qu'il avait choisie. Après tout, Galen représentait une menace, puisque l'héritier de la maison de l'Os l'avait payé pour qu'il participe à l'enlèvement. Désormais, les seuls encore capables de remettre en cause le récit de Vance n'étaient autres que Wren, Leo et, dans une moindre mesure, Julian.

Tous trois couraient un grave danger.

— Gardes ! tonna le commandant Duncan dans le couloir.

Tandis que ses hommes se précipitaient pour appréhender Galen, en état de choc, l'héritier de la maison de l'Os se précipita au côté de la fauchyr. De dos, l'illusion était sans doute parfaite : il semblait chercher le pouls de la victime, mû par la panique et l'inquiétude. Sa fille, elle, voyait son visage. Il avait les yeux écarquillés par l'anxiété et les lèvres incurvées dans une moue de dégoût, preuve qu'il n'avait décidément pas les tripes requises pour fomenter d'aussi cruelles machinations – ce qui ne l'empêchait pourtant pas de s'y livrer.

Wren en avait assez vu.

Elle se retira dans les ténèbres du couloir de service, puis remonta l'escalier du cellier dans un état proche de la transe.

C'en était trop, beaucoup trop. Aussi choquante que soit l'identité de sa mère – passée et présente –, les multiples trahisons de son père s'avéraient plus douloureuses encore. Si jamais Vance était réellement son père, d'ailleurs… Toute l'existence de la jeune fille, et même sa personnalité, reposait sur une nécessité : satisfaire les exigences paternelles, tout tenter pour se montrer à la hauteur, et ce sans jamais y parvenir. Sortie de ce schéma, Wren ne savait plus qui elle était, ni où se trouvait sa place. Avec un pincement au cœur, elle se souvint de sa dernière conversation avec Julian. Sa place était ici, lui avait-elle sous-entendu. Rien ne lui semblait moins vrai, à présent.

En revanche, ce que son père projetait d'accomplir… risquait de devenir la réalité. Wren se rangeait fermement à l'opinion d'Odile. Elle ne toucherait pas au pouvoir contenu dans ce puits. Il fallait détruire cette source et ne surtout pas l'utiliser, et peu importait l'insistance dont ferait preuve Vance en prétendant vouloir s'en servir pour le bien commun. Elle avait vu ce dont cette magie était capable, y compris dans les mains d'un être aux intentions aussi nobles que Locke. Elle l'avait aussi vu prendre un tour d'une sinistre perversité à travers les revenants de fer. Si ce pouvoir n'était pas intrinsèquement mauvais, il était bien trop puissant pour être laissé entre les mains d'une seule personne.

Avant de s'en rendre compte, Wren avait rebroussé chemin vers la chambre dont le balcon se trouvait à un saut de biche des appartements de son père.

Inara l'y attendait.

— On dirait que tu as croisé un fantôme, dit-elle, souriant à sa propre plaisanterie.

Wren la repoussa violemment contre le mur. L'assaillie dévisagea sa rivale, estomaquée. Elle eut beau se débattre, la valkyr déchue était trop forte.

— Qu'est-ce qui te prend, Graven ?

— C'est lui qui a manigancé tout ça, avoue ? demanda la jeune fille en guettant sa réaction. Pendant l'épreuve ?

Au fond, était-ce si important ? Elle n'aurait su le dire. Vance venait de lui prouver qu'il était capable de bien pire… Malgré tout, Wren éprouvait le besoin de savoir si son père avait profité d'une situation fortuite ou s'il avait délibérément fait le choix de ruiner le jour le plus important de sa jeune vie, de détruire volontairement ses rêves, retournant contre sa fille l'affection qu'elle lui portait.

Inara évita son regard, un éclair de honte dans les pupilles, avant de hausser les épaules – ou plutôt d'essayer, car les mains de Wren s'appuyaient fermement contre ses clavicules.

— Il m'a fait une offre que je ne pouvais pas refuser.

— C'est-à-dire ?

La championne du Bois-aux-Ossements laissa échapper un rire sardonique.

— Je devais le faire, un point c'est tout. C'est l'héritier de notre maison, Wren. Je n'avais pas le choix.

— Alors… le pari ? Les enjeux ? Tout ?

Inara leva le menton.

— Il a même creusé le trou de ses propres mains. Enfin, façon de parler… Sans doute en aura-t-il chargé l'un de ses sbires.

Wren digéra l'information avant de relâcher sa prise, le cœur serré. Cette ultime révélation ne faisait que lui rendre la décision plus facile.

— Qu'est-ce qui se passe ? demanda sa cousine dans le silence. Qu'est-ce qu'il complote, encore ?

— Là, tout de suite ? répliqua la forgeuse d'os en se passant une main dans les cheveux. Il tente d'effacer ses traces.

Et après ? En contrecarrant son propre enlèvement, elle avait singulièrement perturbé les plans de Vance, mais à présent qu'il savait tout de la reine des spectres et du… du garçon… il semblait nourrir de nouveaux projets, en lien avec la source magique. Bien sûr, Svetlana n'en savait rien. Son fils tenait à la maintenir dans l'ignorance, du moins pour le moment. La matriarche serait furieuse qu'il ait passé un marché avec leurs ennemis, au risque d'entraîner la maison de l'Os dans un scandale, sans compter les décennies de mensonges entretenus au sujet de Locke et de la véritable généalogie de Wren.

La jeune fille suspectait son père de vouloir détourner l'attention de la dame-forgeuse en jouant la carte politique. Après tout, ils avaient porté secours à un prince valorien et mis la main sur un prisonnier de grande valeur en la personne de Julian. Vance en profiterait pour préparer une expédition à l'est du Mur – et comptait sans doute embarquer sa fille dans ce périple.

Dommage qu'elle-même projette un tout autre voyage.

Elle n'avait qu'une idée très vague des buts poursuivis par Vance. Il aspirait peut-être à devenir un héros encore plus prestigieux que Locke ou à reconquérir la fiancée royale qu'il avait perdue… Envisageait-il sérieusement d'épouser Ravenna, comme il l'avait proclamé devant Odile, bien qu'il sache parfaitement qui elle était ? Non, probablement pas. Jamais la matriarche de leur clan n'autoriserait une telle union. Quoi qu'il en soit, il avait bel et bien l'intention de s'emparer du puits et de son pouvoir. Wren n'avait donc d'autre choix que de s'y rendre avant lui.

Elle abandonna Inara contre le mur, puis traversa la pièce pour ouvrir en grand les portes du balcon. Sans se soucier du danger, elle sauta d'une balustrade à l'autre pour regagner les appartements de Vance.

L'odeur familière de son soi-disant père – qui imprégnait chacun des vêtements dispersés dans la suite – suffit à lui retourner l'estomac. Mieux valait éviter de flancher, cependant. Elle n'avait pas une minute à perdre.

Elle se souvint des paroles de Leo sur la correspondance de Galen. Vance aurait-il laissé traîner quelque lettre, lui aussi ? Il pourrait s'agir d'un bon moyen de le confondre, ou tout du moins de diriger les soupçons sur lui de manière à le piéger momentanément et à le contraindre à rester au fort. Hélas, les documents qu'il avait inspectés un peu plus tôt avaient disparu. Il ne restait plus que des missives insignifiantes et des bouts de papier couverts de gribouillis incohérents.

Rien d'étonnant, après tout. L'héritier de la maison de l'Os était un homme méticuleux. Elle avait tenté sa chance, c'était tout ce qui comptait. Elle hésita un instant devant certains des fragments abandonnés. L'un d'entre eux portait la signature de Vance, un autre un cachet de cire mal exécuté représentant son sceau.

Finalement, elle regagna le balcon adjacent, où Inara se tenait.

— Qu'est-ce que tu veux-tu dire par « effacer ses traces » ? demanda-t-elle à brûle-pourpoint.

Wren pesa le pour et le contre. Que pouvait-elle lui révéler ? Leur éternelle rivalité n'était pas la seule raison de sa retenue. Elle n'avait pas envie de l'entraîner davantage dans les machinations de Vance.

— Reste en dehors de tout ça, pour une fois, d'accord ? l'implora-t-elle. Et fais comme si tu ne m'avais pas vue. S'il te pose la question, dis-lui juste que tu as trouvé ça.

Elle sortit Trancheuse de son fourreau. La lame était splendide, à n'en pas douter, mais Wren n'y voyait plus que le reflet de son père.

Elle tendit ce trésor à sa cousine qui en resta un moment interdite.

— Qu'est-ce que tu… s'étonna l'intéressée avant de s'emparer de de l'arme.

La valkyr déchue évita son regard inquisiteur.

— Je te devais une dague ancestrale, tu as déjà oublié ?

— Depuis quand Wren Graven s'acquitte-t-elle de ses dettes ? l'interrogea Inara en contemplant Trancheuse. Tu t'apprêtes à faire une bêtise, c'est ça ?

— De ton point de vue, je ne fais que des bêtises, de toute façon.

— Ce n'est pas vrai, confessa la valkyr.

L'aveu toucha sa rivale. Comme la vie aurait été plus amusante si elle et sa cousine s'étaient trouvées dans le même camp depuis le début ! Une telle réflexion s'avérait bien dangereuse. Toute la soirée, Wren avait été tentée de suivre ce type de raisonnement. Et si elle avait grandi avec une mère et un frère… Et si son père n'était pas celui qu'elle avait toujours cru… Et si, et si…

Pour la énième fois, les images glissèrent, éphémères, telles des gouttes d'eau perlant sur des plumes.

— Je crois que c'est le moment de se dire au revoir, annonça Wren. Enfin, pour le moment.

D'abord perplexe, Inara finit par acquiescer.

— Pour le moment.

L'instant d'après, Wren tournait le dos à la vie qu'elle avait toujours connue, laissant derrière elle Trancheuse, son père, sa famille et leurs manigances.

Peut-être aurait-elle dû se donner une journée de plus, histoire de se laisser une chance de se préparer. Seulement, une telle prévoyance n'entrait pas dans ses habitudes. La spontanéité ne lui avait-elle pas réussi par le passé ?

Et puis, il suffisait de penser à tout ce que son père avait accompli en une seule soirée ! Hors de question de lui laisser une minute de plus pour les précipiter, elle, Leo ou Julian, dans le chaos.

Elle arpentait les couloirs du fort, plongés dans le silence. Nul doute que son père et le commandant discutaient en ce moment même des événements de la nuit, cloîtrés dans quelque bureau. Quant aux endroits où on avait besoin d'elle, il était fort probable qu'ils soient bien gardés. Les hommes de Vance se tenaient en faction devant la porte de Leo, et Wren savait d'expérience qu'il ne servait à rien de les cajoler, ni de les raisonner. Elle ne serait pas surprise de découvrir que certains d'entre eux avaient été envoyés en renfort dans les geôles, aussi, afin d'assurer à leur chef le parfait contrôle de la situation.

Qu'à cela ne tienne, elle s'en inquiéterait plus tard. Pour l'heure, elle avait un prince à secourir.

Une fois de plus.

Une chance qu'il lui ait déjà montré comment s'y prendre. Lors de leur première soirée ensemble, Leo avait réussi à fausser compagnie à ses chaperons en se carapatant par la fenêtre. Ses appartements étaient situés au premier étage et donnaient sur la petite cour des cuisines. Grouillant d'activité le jour, elle se faisait calme et totalement déserte la nuit venue.

Le souci était qu'après leur petite escapade, Leo avait eu besoin de l'aide de Wren pour regagner sa chambre. Les murs offrant peu de prises et de rebords, ils se prêtaient mal à l'escalade. En résumé : descendre était facile, mais pour remonter, c'était une autre paire de manches.

À moins qu'il faille aborder le problème sous un angle différent ?

Quittant la cour, Wren décida de prendre exemple sur sa cousine et de trouver une pièce vide, qui viendrait judicieusement surplomber la chambre de Leo. Après s'être équipée d'une corde subtilisée dans les écuries, elle se prépara à descendre en rappel jusqu'à la fenêtre de Son Altesse.

Elle regretta de nouveau l'absence de Julian et de son fouet, de sa poigne solide et de sa force rassurante… Agacée, elle chassa ces pensées de son esprit. Elle arriverait à se débrouiller sans.

Ayant pris soin de verrouiller la porte, elle attacha la corde autour de son impressionnante ferrure, puis vérifia plusieurs fois le nœud avant d'inspecter les environs, à l'affût de regards indiscrets. Impossible, malgré tout, de contrôler le vent au moment d'entamer prudemment sa descente, ballottée comme un paquet par les bourrasques.

L'obstination n'était pas la moindre des qualités de Wren, aussi s'appliqua-t-elle à longer le mur avec détermination, sinon avec grâce.

Enfin parvenue à la fenêtre en question, elle tapota discrètement la vitre. Elle ne tenait surtout pas à effrayer Leo ni à alerter ses gardes. En tant que prince, avec tout le prestige, sinon l'autorité, que lui conférait ce titre, on l'aurait sans doute laissé seul dans sa chambre. Wren prit quand même le soin de se glisser hors de vue, au cas où quiconque aurait l'idée de venir voir ce qui se tramait.

La crémone s'enclencha, puis la fenêtre s'ouvrit pour révéler une tête couronnée d'élégantes boucles d'or en broussaille. Leo ne semblait même pas surpris.

— Bonsoir, lança-t-il comme s'il venait de la croiser dans la rue et non suspendue dans les airs devant sa chambre.

Wren tenta de le regarder, tâche ardue tant l'action combinée du vent et de la corde insistait pour lui faire tourner le dos au prince. Il souriait de toutes ses dents.

— Alors ? Tu viens, ou pas ?

Il ne se le fit pas dire deux fois. Il disparut juste assez longtemps pour enfiler bottes et veste, avant de reparaître.

— Dépêche-toi, marmonna la jeune fille, qui entamait déjà la pénible remontée.

Elle avait parsemé la corde de nœuds pour leur ménager des prises plus faciles, mais n'en arriva pas moins en haut jambes cuisantes et mains tremblantes.

Leo la suivait de près, le front luisant de sueur et le souffle laborieux. Malgré tout, avoir été cueilli de sa cage dorée avait l'air de le combler de joie.

Une fois arrivé, il passa son index sur le rebord poussiéreux de la fenêtre.

— Ce n'est pas exactement la destination exaltante que j'imaginais… constata-t-il.

De toute évidence, la pièce ne servait plus depuis un long moment.

— Oh, la ferme, haleta Wren, adossée au mur.

Le prince se rembrunit.

— J'ai manqué quelque chose ?

Elle redressa l'échine en poussant un soupir.

— Un peu, oui.

La forgeuse d'os lui raconta l'assassinat d'Odile, la mise en scène concoctée par son père et l'arrestation de Galen. Le comploteur allait croupir dans une cellule, mais pour payer un crime qu'il n'avait pas commis.

— Je ne prétendrai pas avoir de la peine pour lui, déclara Leo, la mine dure. Pour autant, ce n'est pas un meurtrier.

— À la différence de mon père. D'ailleurs, c'est lui qui a soudoyé Galen. Il m'a aussi envoyée ici en toute connaissance de cause. Ça faisait partie de son accord avec le régent, sauf que… (Wren secoua la tête.) Cette reine des spectres, c'est ma… ma mère. (Le verbaliser la mettait mal à l'aise.) C'est pour ça qu'elle insiste pour m'avoir, moi, et personne d'autre. C'est une forge-spectre, ce qui explique pourquoi j'ai pu… pourquoi je peux encore…

Sa confusion était totale. Ce qui lui arrivait dépassait son entendement. Parvenir à manier à la fois les pouvoirs d'une forgeuse d'os et ceux d'une forge-spectre tenait du prodige. Fallait-il y voir l'effet du puits ? Son énergie avait amplifié sa magie avec tant de force que des capacités latentes semblaient en être devenues dominantes… En allait-il de même pour son frère ? Peut-être détenait-il quelques clefs pour l'aider à comprendre, pour lui expliquer ce qu'elle était en train de vivre. À moins qu'il ne la trahisse, lui aussi…

— Mon père veut que j'aille la retrouver, afin d'utiliser lui-même le pouvoir contenu dans le puits. Il faut l'en empêcher.

— Et nous le ferons, voulut la rassurer Leo, avant d'encaisser le coup. Ton père… ta mère…

Wren le dévisagea. Que dire ? Elle n'arrivait pas à poser de mots sur ce qu'elle éprouvait.

— Ah, la famille, finit-il par soupirer, non sans gentillesse.

— Comme tu dis, approuva-t-elle, soulagée par son soutien indéfectible. À ce propos, nous ne sommes pas les seuls à avoir été récemment trahis par nos proches.

Leo se ragaillardit.

— Ne me dis pas que tu as l'intention de…

— Eh si, répondit Wren.

La nouvelle méritait bien un large sourire de la part du Prince d'Or.

Quoique physiquement éprouvant, aider le prince à se faire la belle ne s'était pas avéré si ardu, au bout du compte. Sortir Julian des geôles serait une tout autre histoire. Non content de croupir dans un cachot entouré de gardes, le forge-fer – qui, présentement, détestait à coup sûr ses deux anciens compagnons de route – risquait bien de se retourner contre eux à la première occasion.

Wren se sentait prête à courir ce risque. Et Leo aussi, visiblement.

— Après le coup qu'on lui a fait… peut-être que je devrais le laisser m'utiliser comme monnaie d'échange au profit des siens.

— À nous trois, on trouvera bien une meilleure solution.

Alors que Galen était retenu dans l'une des cellules réservées aux « prisonniers de marque », pour reprendre la formule d'Odile, Julian – en dépit de sa plus noble extraction – se trouvait dans le quartier de haute sécurité, à l'étage du dessous, où l'on séquestrait les criminels les plus dangereux. Un lieu sombre, humide et oppressant, entièrement souterrain.

Impossible donc pour Wren et Leo de se présenter la bouche en cœur pour solliciter une visite, et encore moins de s'y introduire par une fenêtre. Ils pourraient s'estimer heureux si on leur accordait l'autorisation de ne serait-ce qu'apercevoir leur ami dans sa cellule, sans parler de l'en délivrer.

— Quand bien même on arriverait à y entrer, comment fait-on pour en sortir ? s'enquit le prince.

— Ça, je m'en charge, répondit la forgeuse d'os, les doigts étroitement serrés sur la clef d'Odile.

Elle avait élaboré un plan pour s'introduire dans la geôle en s'appuyant sur les fragments de correspondance subtilisés dans les affaires paternelles. Après avoir réussi, non sans effort, à décoller le sceau imparfait du papier, elle en avait légèrement ramolli la cire à la flamme d'une lanterne, puis délicatement collé le cachet sur une feuille vierge. Par bonheur, Leo se révéla plus doué qu'elle pour la calligraphie. De sa plus belle plume, il leur concocta un sauf-conduit qui leur accordait la permission de rendre visite au prisonnier dans son cachot.

Le faux document leur permettrait de rentrer dans les geôles. Pour ce qui était d'en sortir, en revanche, tout dépendrait de la providence, de leur sens de l'à-propos… et des dégâts dont le forge-fer se montrerait capable une fois qu'ils auraient glissé Cœur-de-Fer entre les barreaux de sa prison. Les lames d'os de Wren, elles, ne pourraient rien contre l'acier faillois. Quant à Leo, il préférait les joutes verbales au combat, bien qu'il ait impressionné la jeune fille dans les moments difficiles. Enfin, le sang royal qui coulait dans ses veines inciterait peut-être les gardes à retenir leurs coups, ne serait-ce qu'un instant.

Il ne leur restait plus qu'à espérer que ce serait suffisant.

CHAPITRE 41

— Par le Fossoyeur ! maugréa Wren en sursautant.

À peine avait-elle passé la tête dans le couloir qu'elle était tombée nez à nez avec sa cousine. Elle attrapa Inara par l'épaule pour l'attirer à l'intérieur et la sermonner.

— Qu'est-ce que tu fiches là ?

— Je veille sur toi, rétorqua la jeune valkyr sans se démonter. Il faut bien que quelqu'un s'en occupe ! Je doute qu'il soit capable de grand-chose.

Elle agita le bras pour désigner Leo d'un geste méprisant. Loin de s'en formaliser, le prince se recoiffa, puis ajusta sa veste, non sans jeter à l'effrontée le plus brillant des sourires.

— D'aucunes me décrivent comme un trophée en or massif.

Inara ignora sa tentative de séduction.

— Ils en ont fini avec leur petite réunion à l'étage. Le commandant Duncan ne va pas tarder à s'activer. Vance, lui, est coincé avec l'intendant, mais qui sait pour combien de temps…

Wren plissa les yeux, suspicieuse face à cette avalanche de renseignements.

— Pourquoi m'aides-tu, au juste ?

— Ne sois pas ridicule. Je ne fais pas ça pour t'aider, mais pour lui nuire, à lui.

Elle parlait sans aucun doute de Vance. Sa rivale de toujours n'était toutefois pas convaincue de sa sincérité. Inara leva les yeux au ciel.

— Si tu ne me fais pas confiance, fie-toi à l'ambition des Fell. Je serais plus que ravie de voir tomber la famille Graven.

L'argument était tranchant et avait le mérite de tenir debout. Wren esquissa un sourire sinistre.

— On a besoin d'accéder aux geôles.

— Je peux distraire le commandant pour le tenir à l'écart de l'escalier.

— Combien de temps tu me laisses ?

Inara réfléchit.

— Cinq minutes… sept, tout au plus.

Il faudrait qu'ils s'en contentent. Wren hocha la tête, mais sa cousine hésitait.

— Vous aider à y descendre, c'est une chose, mais vous faire remonter…

— Ne t'inquiète pas pour ça.

Inara la dévisagea un long moment, avant d'opter pour l'indifférence.

— Entendu.

Et de disparaître en direction de l'escalier.

— Qui était cette fabuleuse créature ? demanda Leo, positivement charmé.

Restée sur le seuil, Wren le rabroua pour sa légèreté, avant de regarder sa cousine disparaître au bout du couloir. Le bruit de ses pas diminuait à mesure qu'elle gravissait les marches. Des voix s'élevèrent depuis l'étage supérieur. Aux paroles étouffées et indistinctes de la jeune valkyr répondit bientôt le grondement caverneux du commandant Duncan. Le claquement de bottes avait fini par s'immobiliser.

C'était le moment ou jamais.

— On y va, souffla Wren à Leo.

Elle rejoignit l'escalier à son tour, prenant la direction opposée pour s'enfoncer dans les profondeurs, après quoi il leur fallut traverser le hall principal, désert, puis courir jusqu'à un autre escalier menant aux geôles.

La forgeuse d'os ralentit l'allure pour affecter une démarche des plus décontractées, même si elle ne pouvait concurrencer l'élégante insouciance qui caractérisait Leo. Ils dépassèrent l'étage où Galen était incarcéré sans que les gardes en faction ne se soucient d'eux.

Au niveau inférieur se tenaient quatre soldats. Deux étaient postés de part et d'autre de la porte, et deux autres assis à une table. Tous se mirent au garde-à-vous à leur arrivée.

Avant qu'ils aient pu les renvoyer, Wren fourra son laissez-passer contrefait sous le nez du premier homme.

Pendant que le militaire dépliait le document, elle en profita pour jeter un coup d'œil furtif vers les cachots alignés le long du mur, au nombre de trois. Son instinct lui soufflait que Julian se trouvait dans le plus proche, sans moyen de le confirmer, tant le lieu était plongé dans l'ombre. Elle entendit un bruit de bottes raclant le sol de pierre, puis le forge-fer apparut, accoudé aux barreaux, pour les observer d'un air méfiant.

Il posa un regard cuisant sur la jeune fille qui fit de son mieux pour ne pas reculer. Elle ajusta sa posture afin d'attirer son attention sur la poignée de Cœur-de-Fer, calée dans sa ceinture. Sa magie lui suffirait-elle pour l'attirer à lui à cette distance ?

— Il est écrit que sire-forgeur Vance vous accorde l'autorisation d'interroger le prisonnier, constata le garde, circonspect. Pourquoi ne pas être venus avec lui ? Il était là il y a une heure à peine.

La poisse ! Il était sûrement passé peu après le meurtre d'Odile, mais avant de s'enfermer avec Duncan dans sa tour.

— C'est ma faute, j'en ai bien peur, déclara Leo en offrant son sourire le plus éblouissant. J'avais d'autres affaires à traiter. Des lettres à envoyer… À mon père… le roi.

Il en faisait un peu trop, de l'avis de Wren. Le garde se détendit toutefois.

— Fais voir, lui intima l'un de ses collègues installés à la table, qui arborait un insigne de capitaine.

Les chances de réussite étaient maigres. La forgeuse d'os fut malgré tout soulagée de ne reconnaître aucun des hommes de son père parmi les hommes de service.

L'officier plissa les yeux.

— Les instructions de sire-forgeur Vance étaient pourtant on ne peut plus explicites. Aucune visite n'est autorisée, affirma-t-il.

Wren s'apprêtait à lui expliquer que son père avait changé d'avis, d'où la rédaction de ce laissez-passer, lorsqu'il ajouta :

— En particulier de votre part.

Elle jeta une œillade à Leo. Pas de chance, le prince semblait avoir épuisé son répertoire d'esquives charmantes ou de noms ronflants à glisser en passant. Tout comme elle, d'ailleurs.

Wren lâcha un soupir. Ils étaient faits comme des rats.

— Emparez-vous d'eux !

Elle projeta un nuage de poussière d'os. Les gardes les plus proches reculèrent aussitôt, suffoquant et clignant frénétiquement des paupières. Dans le même temps, Leo envoyait voler d'un coup de pied la table qui percuta le dernier homme encore assis, le coinçant contre le mur.

Premier à se remettre des effets de la poussière, le capitaine, qui avait titubé jusqu'à se trouver à deux pouces à peine de la cellule de Julian, fit mine de dégainer. Le prisonnier lui saisit le bras par-derrière, l'empêchant de tirer son épée. Tout à coup, Wren sentit une secousse à sa taille : Cœur-de-Fer avait rejoint la main libre du forgefer, qui la pressait à présent contre la gorge de son otage.

Les autres gardes cessèrent sur-le-champ de résister. La jeune fille et le prince en profitèrent pour les désarmer, les ligoter et les bâillonner, sans oublier leur chef, avant de les traîner dans la cellule du fond. Si la chance était de leur côté, on ne les découvrirait pas avant la relève.

Wren confisqua le trousseau de clefs du capitaine, mais constata bientôt, effondrée, qu'aucune n'ouvrait la cellule de Julian. Elle s'accroupit devant le capitaine, à qui elle arracha le bâillon.

— Où est-elle ?

— Sire-forgeur Vance l'a gardé sur lui, répondit le militaire, un sourire satisfait aux lèvres.

— Évidemment, maugréa la jeune fille en remettant le tissu en place.

— Que peut-on faire ? demanda Leo derrière elle.

Les mains tremblantes, elle se tourna vers le forge-fer.

— Je… hasarda-t-elle, un trémolo dans la voix.

Il ne lui accorda aucune attention, trop occupé qu'il était à tirer sur le gant noir qui lui recouvrait la main gauche. Jamais il ne l'avait ôté devant les yeux de la forgeuse d'os. En dessous…

Des lignes noires s'étiraient sur le dos de sa main pour s'enrouler tels des veines ou des tendons autour de ses muscles. Du fer. Des éclats de minerai, incrustés dans la chair. Wren songea aux explications de Julian au sujet des amplificateurs, ces dispositifs qui combinaient matériau, sang et tissus vivants.

Des cicatrices rouge vif se dessinaient à la rencontre de la peau et du métal. Elle se remémora ce baiser échangé dans la source chaude, lorsque ses doigts avaient effleuré son épaule balafrée d'aspérités. Le jeune homme s'était brutalement soustrait à sa caresse.

Les lignes de fer disparaissaient sous sa manche. Les implants se répartissaient sans doute sur toute la longueur de son bras.

Sans se soucier du regard de ses deux camarades, Julian s'accroupit devant la serrure. À l'instar des barreaux, elle était forgée en acier. Bien qu'à base de fer, cet alliage échappait à sa magie.

Toute manipulation ou remodelage du verrou lui était donc impossible. Cependant, sa solidité s'appuyait sur un renfort en fer qu'il pourrait sans doute écraser à mains nues. Wren se rappela l'étagère brisée dans le placard où ils s'étaient cachés, à Fonderie. Dans l'esprit de la forgeuse, la facilité déconcertante avec laquelle Julian l'avait pulvérisée sans y penser prit soudain tout son sens.

Quand il serra le poing, le métal se mit à crisser, puis à se tordre jusqu'à endommager assez le verrou pour l'arracher de son cadre. La manière dont il pliait, entortillait et utilisait les implants métalliques à l'intérieur même de sa main requérait une maîtrise exceptionnelle.

La porte s'ouvrit en grand et le forge-fer quitta sa cellule d'un pas impérieux, tout en renfilant son gant.

Il fondit aussitôt sur Wren. Elle recula, acculée contre le mur de pierre froide, où elle n'eut d'autre choix que de soutenir son regard – sa fureur –, sans ciller. Le guerrier semblait au bord de la folie, avec sa chevelure ébouriffée et ses yeux où brillait un éclat menaçant. Aussi aisée qu'ait pu paraître la manipulation, l'effort demandé pour écraser ce verrou d'acier l'avait couvert de sueur. Il ne cessait de secouer la main, comme pour se débarrasser de sa fatigue, mais aussi d'une douleur latente.

Il s'arrêta à un cheveu de la forgeuse d'os, qui haussa le menton.

— Je suis sincèrement désolée, dit-elle.

Il esquissa une grimace, figure de l'incrédulité qui l'habitait. Elle ne pouvait pas vraiment lui en vouloir. Aussi difficile qu'il lui ait été de le trahir, elle l'avait fait sciemment.

— Il allait te tuer. Je ne pouvais pas le laisser faire.

— Lui… Ton cher père, cracha Julian en articulant chacun des mots de manière délibérée.

Wren s'en voulait qu'il l'ait appris de cette manière. Au demeurant, cet impair comptait sans conteste parmi les moindres de ses erreurs. Inutile, donc, de se confondre davantage en excuses.

— Tu avais raison, se contenta-t-elle de dire.

Le visage du forge-fer se transforma. Était-il surpris de son aveu ou agacé qu'elle le formule en des termes aussi abrupts ?

— Nous n'aurions jamais dû venir ici. Il faut qu'on parte. Tout de suite.

Il continua de la scruter d'un regard dur, puis se mit à esquisser un sourire, de plus en plus contrit. Il finit par s'écarter en éclatant d'un ricanement sinistre. Wren ne put s'empêcher de regretter cette soudaine distance entre eux.

Elle balaya des yeux la salle des gardes avant de désigner un débarras dans le coin opposé.

— Tes affaires, lui indiqua-t-elle.

Sans rien dire, il alla récupérer son équipement.

— Eh bien, je dirais que tout s'est plutôt bien passé, déclara Leo d'un ton joyeux. Pour moi, en tout cas.

Son amie darda sur lui un regard noir.

— À quoi joues-tu, petit oiseau ?

Wren se figea un instant, puis pivota lentement vers la cage d'escalier, pétrifiée par la peur. Dans l'encadrement de la porte se tenait son père, entouré d'une dizaine de soldats issus de sa garde rapprochée.

Leo et Julian, qui s'étaient figés eux aussi, tournaient à présent la tête vers leur amie, qui avait déjà connu meilleure situation.

— Je partais, dit-elle d'une voix étriquée. Nous partons, tous les trois.

— Je vois. Vous avez traversé de rudes épreuves, les uns comme les autres, j'en ai conscience. Et il arrive que les circonstances les plus éprouvantes fassent naître certains... liens... entre les partenaires les plus improbables.

Wren n'apprécia guère son ton condescendant.

— Comme entre vous et ma mère, vous voulez dire ?

Vance poussa un soupir indulgent, quoique empreint d'une légère frustration.

— Wren, ta mère et moi...

— Assez, l'interrompit-elle. Je ne veux plus entendre un seul de vos mensonges.

Fait inédit, la façade d'ordinaire toujours maîtrisée de son père se fissura.

— Je ne vois pas ce que tu...

— Fini les mensonges, j'ai dit.

Sans pour autant savoir qu'elle avait épié sa conversation fatale avec Odile, le sire-forgeur se douta qu'elle avait découvert un secret qu'elle n'était pas censée mettre au jour.

— Que t'a raconté Odile ? lui demanda-t-il, tentant de déterminer ce qu'elle savait sans se trahir.

— À moi, rien. À vous, en revanche, beaucoup de choses. Sauf que je refuse de finir comme Locke. Odile avait raison : il faut la détruire.

Wren sentit tous les regards rivés sur elle, en particulier celui de Julian. Le forge-fer ignorait tout de ses projets ou de ce qu'elle avait pu découvrir au cours de la soirée, mais il devait quand même avoir saisi l'allusion à la source magique.

Vance battit des paupières avant de jeter un regard furtif à ses gardes, postés derrière lui.

— Tu ne comprends pas…

— Au contraire, je comprends bien mieux que vous ! éclata Wren. J'ai tout vu, vous m'entendez ? J'ai vu le résultat de ce qui s'est produit ce jour-là. Des centaines de corps réduits en poussière, leurs âmes à jamais prises au piège… Je l'ai senti quand je suis entrée en contact avec le bassin saturé de magie. J'ai perçu le danger. Nous ne pouvons pas…

— Ouvre les yeux, Wren ! Cette paix, cette sécurité dont jouissent aujourd'hui les Dominions sont aussi la conséquence de ces mêmes événements. Pense à tout ce que nous pourrions accomplir ensemble ! Tout ce que ceci veut dire… (Il sortit la bague, puis s'approcha d'elle à pas lents.) C'est que tu es plus puissante que tu ne le penses, capable de prodiges que tu ne saurais imaginer. Plus encore que Locke. Tu es différente. Unique.

— Ça ne m'intéresse pas, répondit Wren sur un ton ferme tout en fixant l'anneau.

— Je le sais bien. Seulement, tu n'en demeures pas moins une forgeuse d'os. Et tu restes ma fille, Wren, quoi qu'on en dise. Je t'ai aimée comme ma propre chair. Tu resteras toujours mon enfant.

Sa voix brisée, son regard sincère faisaient monter les larmes aux yeux de Wren. Elle tendit la main pour se saisir de la bague. Vance la laissa faire, persuadé d'avoir remporté la partie. D'un simple signe de tête, il ordonna à ses gardes de s'emparer de Leo et de Julian. Le prince était désarmé. Le forge-fer, lui, n'avait pas encore atteint le débarras où avaient été entreposées ses lames. Cœur-de-Fer ne lui suffirait pas à se défendre.

Mais à peine les doigts de Wren eurent-ils effleuré la bague que la jeune fille sentit le pouvoir du puits s'éveiller en elle. L'héritier de la maison du Fer avait vu juste, apparemment : le bijou servait d'amplificateur. Wren, tout entière tournée vers cette énergie qui se manifestait en elle, aussi fraîche qu'inédite, n'en avait pas encore pris conscience. Désormais, avec le temps et la distance, elle sentait la magie enfler de nouveau, éveillée par le bijou.

En un éclair, elle comprit ce que Locke avait dû éprouver en découvrant qu'il disposait de tout ce dont il avait jamais eu besoin, juste au bout de ses doigts, cette puissance illimitée dans laquelle il pouvait puiser.

— Bas les pattes ! aboya la forgeuse d'os.

Malheureusement, ces gardes-là étaient des vivants et non des revenants. À leurs yeux, les ordres de la jeune fille n'avaient de portée que l'autorité que leur octroyait son père.

Vance la dévisagea, circonspect.

— Wren, ma chérie, je pensais que nous nous étions compris, tous les deux. Nous sommes du même côté, mais je ne peux pas te laisser me désobéir comme tu le fais. Il ne leur sera fait aucun mal, je te l'assure. Arrêtez-les, ajouta-t-il à l'attention de ses gardes, non sans poser une main péremptoire sur l'épaule de sa fille.

L'un de ses hommes tendit le bras pour maîtriser Julian.

Wren repensa à ce moment, dans le moulin, où elle avait projeté le jeune homme contre le pilier avec plus de force que ne pouvaient en produire ses seuls muscles.

Les yeux rivés sur l'avant-bras du garde, elle lui ordonna mentalement de se figer. Un affreux craquement résonna dans la geôle. Le soldat poussa un hurlement de douleur et de confusion mêlées.

Wren se sentit blêmir… Elle ne s'était pas contentée d'immobiliser son bras. Elle en avait brisé l'os.

Les collègues du blessé dégainèrent leurs armes, persuadés que Julian l'avait attaqué. En état de choc, le forge-fer fixait le garde penché sur son membre fracturé. Leo restait interdit, lui aussi, tandis que les soldats qui se dirigeaient vers lui s'étaient figés.

Aucun des individus présents ne semblait prendre conscience de ce qui venait de se passer… à l'exception de Vance. Tout simplement parce qu'il avait déjà été le témoin d'un tel phénomène.

Il fit volte-face pour contempler sa fille, des nuages d'effroi et d'exaltation dans les yeux.

— Wren, est-ce toi qui…

— Rappelez vos hommes, articula-t-elle, la gorge serrée.

— Allons bon, petit oiseau, tu ne peux…

— Rappelez-les, je vous dis. Tout de suite !

Menton relevé, il prit le temps d'étudier les traits de sa fille, son front perlé de sueur, ses yeux écarquillés. Elle détestait se retrouver dans une telle position. Un détail qui n'avait pas échappé à son père.

— Non. (Il se tourna vers son escorte.) Je vous ai donné l'ordre de les arrêter, tous les deux. Exécution. Par tous les moyens nécessaires.

Il tenait parfaitement ses troupes, force était de le reconnaître. Les gardes n'hésitèrent qu'une infime seconde avant de contourner la silhouette avachie de leur camarade pour à nouveau fondre sur Julian.

Inébranlable, Wren projeta sa magie. Elle sentait leurs os dressés bien droits juste devant elle, aussi nettement qu'elle aurait détecté un squelette enfoui sous ses pieds. Les atteindre lui était aussi naturel que de conjurer ses armes. Elle pouvait y appliquer la torsion qu'elle souhaitait, comme elle venait de le faire pour briser le bras de leur camarade.

Cette fois, au contraire, elle poussa.

D'une onde magique, elle envoya valser les six soldats contre le mur du fond de la salle de garde. Deux se cognèrent la tête avec un bruit sonore. Un troisième fit un vol plané par la porte, restée ouverte, pour atterrir plus loin dans l'escalier. Ses congénères, en amas sur le sol, geignaient et maugréaient. Aucun d'entre eux ne se releva.

Wren s'adressa à son père.

— Nous partons. N'essayez pas de nous suivre. Je vais faire ce que vous auriez dû faire depuis des années : je vais détruire cette source.

Elle leva une main en le voyant approcher.

— Ne m'y forcez pas !

Il s'arrêta. Son regard passa de ses hommes gisant par terre à la forgeuse d'os.

— Tu commets une belle erreur. Laisse-moi t'aider.

— Comme vous l'avez fait lors de l'épreuve du Bois-aux-Ossements ? ironisa-t-elle.

Elle saisit le bras de Leo pour l'entraîner vers la porte dissimulée sous l'escalier. La voyant faire, Julian s'empressa d'aller récupérer son équipement dans le débarras avant de leur emboîter le pas. Jusque-là teintée d'espoir, l'expression de Vance évolua vers la résignation.

— Tu me déçois, dit-il à voix basse, persuadé de lui délivrer un coup fatal.

À une autre époque, ses mots auraient pu la toucher. Elle se contenta de lui adresser un sourire amer.

— Preuve, peut-être, que je fais enfin le bon choix.

Sur ce, elle tourna les talons, déverrouilla la porte secrète à l'aide de la clef d'Odile, puis décrocha une torche de son socle afin d'éclairer la voie. Quand Leo et Julian l'eurent rejointe, elle claqua la porte derrière eux et entama sa descente.

Arrivée au bas de l'escalier, elle prit un moment pour rassembler ses esprits, au milieu de la brume que son souffle créait dans l'air glacial. Vance y réfléchirait à deux fois avant de s'engouffrer dans ce passage pour les poursuivre, mais il ne fallait pas non plus exclure qu'il s'empresse d'envoyer des gardes à l'extérieur du fort pour les bloquer à la sortie.

Wren pénétra d'un pas décidé dans la caverne auparavant destinée à enfermer les non-morts avant de s'arrêter en constatant que ses deux amis n'avaient pas bougé. Elle leur jeta un regard par-dessus son épaule.

— Alors, vous venez, ou pas ?

— Où donc ? lui demanda Julian.

— Dans les terres de la Faille. Où veux-tu qu'on aille ?

— Tu vas vraiment détruire la source ?

— Tu as une meilleure idée ?

La tâche ne serait pas aisée, elle en avait conscience. D'autant qu'il lui faudrait affronter sa mère et son frère… Était-ce la peur ou l'impatience qui lui nouait le ventre ?

— Voilà qui mettrait un terme aux agissements de la reine, fit valoir Leo. Ainsi qu'à ceux des revenants de fer, et de ton oncle.

Julian dévisagea la forgeuse d'os un long moment – beaucoup trop long à son goût. La sueur perlait au front de la jeune fille, rendait ses mains moites. Le forge-fer percevait-il ce désir qu'elle s'évertuait à cacher ? Cette curiosité insatiable ? Et même, pire encore, cette attraction que la magie noire toujours présente dans ses veines exerçait sur elle ?

— Pourquoi ? finit-il par demander.

La question ne se limitait pas à leur destination. Elle interrogeait leur destin tout entier.

— Je…

Wren consulta Leo du regard, mais le prince attendait lui aussi sa réponse avec intérêt, visiblement. L'occasion de s'expliquer ne s'était pas encore présentée.

— Je voulais te protéger, tenta-t-elle de se justifier.

Julian se referma comme une huître en entendant ce qu'il assimilait à un mensonge éhonté. La jeune fille s'empressa de développer sa plaidoirie.

— Mais j'essayais encore plus de me protéger, moi. J'étais comme tu m'as décrite : égoïste et irresponsable. Je pensais… (Elle secoua la tête.) Peu importe ce que je pensais, j'avais tort. C'est mon père qui a payé l'espion. Lui qui collabore avec ton oncle. Lui encore qui m'a envoyée au fort exprès, afin que je sois enlevée, moi aussi. Sauf que cette nuit, il a appris que ma mère, qui est aussi la reine des spectres, avait donné naissance à un deuxième enfant. Et que cet enfant, qui n'est autre que le garçon du puits, est mon frère jumeau.

Julian avait beau vouloir la détester, il ne put empêcher sa grimace de s'estomper peu à peu sous l'effet de la surprise. Il posa le regard sur la bague glissée au doigt de Wren.

— Mon père était au courant pour le puits, poursuivit-elle. Locke, son frère, s'en est servi pour détruire tous ces soldats. Et maintenant, il veut l'utiliser à son profit. En se servant de moi, qui plus est. Je ne le laisserai pas faire.

Sa poitrine se souleva lourdement, non en quête d'oxygène, mais sous le poids de ses émotions contenues. Plutôt mourir que de se laisser encore manipuler par quiconque.

— Alors, qu'est-ce que vous en dites ?

Julian jeta un regard à Leo qui, immuable, passa une main dans ses boucles d'or.

— Mon cousin m'a piégé et vendu. (Il se tourna vers Wren.) Ton père en a fait de même avec toi. Quant à toi… (Il fit face au forge-fer.) Ton oncle a tenté de te faire assassiner. Tous ont cherché à se jouer de nous, à nous tuer, nous capturer ou nous bringuebaler çà et là selon leur bon vouloir. Je ne sais pas ce que vous en dites, vous, mais en ce qui me concerne, j'en ai assez d'être un pion dans le jeu d'un autre. Je veux être de la partie, moi aussi. J'en suis.

Wren esquissa un sourire. Ensemble, ils attendirent la réponse de Julian. Sur les traits du guerrier, le scepticisme se mua en une détermination rageuse. Un progrès, comparé à l'indifférence et au dégoût. La colère, au moins, Wren pourrait s'en servir.

— J'en suis aussi.

Une vague de soulagement enveloppa la jeune fille. Avec un sourire sans joie, elle guida ses acolytes à travers la chambre souterraine pour rejoindre le dépôt de matériel. Cette galerie était bien plus qu'un simple passage sous le Mur. Elle avait de multiples usages : geôle et planque, refuge, dépôt de contrebande et entrepôt.

Infirmerie, aussi. Le regard attiré par les lits alignés, la jeune fille eut une pensée pour sa mère.

Wren était-elle née là, sur l'une de ces couches étroites ? Elle vit de vieilles taches de sang, se demandant si elles avaient été laissées par sa mère… s'il s'agissait de sang de forge-spectre. De son sang, à elle…

Étrangement, la perspective de revoir son frère l'emplissait d'un espoir dangereux. L'idée de faire face à sa mère lui inspirait en revanche des sentiments bien plus incertains. Ravenna voulait se servir du puits alors que Wren ne souhaitait que sa destruction. Restait qu'au-delà de leurs ambitions opposées, elles n'en étaient pas moins mère et fille.

Le sang…

Les liens qu'il tissait auraient-ils plus d'influence sur Wren, qui s'était toujours languie de sa mère inconnue, ou sur Ravenna, qui avait perdu une enfant tout juste née ? Elle était sa progéniture, sans garantie que la reine y attache la moindre importance. Elle ne voyait peut-être en sa fille qu'un simple outil voué à accomplir son propre destin.

À moins que la vérité, d'une ironie cruelle, ne se situe entre les deux, comme avec son père ?

Dans un coin, Wren trouva des sacs qu'elle lança à Leo et à Julian.

— Prenez tout ce qui est facile à transporter.

Une fois le forge-fer paré de son armure, les trois comparses firent le plein de vivres et de gourdes d'eau, sans oublier les armes. Leo s'équipa de quelques bijoux d'or. Wren dénicha plusieurs flacons de poussière d'os.

Julian inspectait une paire d'étoiles à lancer en fer. Wren, qui l'observait, avisa Cœur-de-Fer à sa ceinture. Bien sûr, après la trahison dont elle s'était rendue coupable, il ne tolérerait pas de lui laisser sa précieuse dague.

La douleur n'en était pas moins cuisante.

De l'autre côté de la pièce se trouvait une porte assez large pour y passer des tonneaux et un cheval, ainsi qu'une autre, plus petite, destinée aux êtres humains. Wren introduisit une dernière fois la clef d'Odile dans la serrure d'os, puis ouvrit le battant avec précaution.

Elle se retrouva dans une nouvelle caverne, ouverte sur les terres de la Faille, et dont la voûte, toute de roche naturelle, formait un plafond bienvenu. La forgeuse abandonna sa torche. Un amas de buissons les dissimulait aux regards indiscrets. Bien qu'impossible à repérer depuis le Mur ou la route empruntée par les patrouilles de routine, l'entrée du souterrain se trouvait toujours sous la protection de la palissade.

— Allons-y, lança Wren en faisant signe à ses deux compagnons de la suivre au-dehors, avant de verrouiller la porte derrière eux.

Ensemble, ils contemplèrent les environs, le regard posé sur le monde qui se déployait au-delà de leur petite enclave. Tout n'était que ténèbres, hormis les lanternes disposées à intervalles réguliers sur le Mur et des briques d'os immaculées où se reflétaient la lune et les étoiles. La palissade se dressait telle une rangée de spectres distants, attentifs, à l'affût.

— Et maintenant ? demanda Leo en regardant tour à tour ses deux acolytes.

— On retourne dans la Faille, répondit Wren, les yeux tournés vers le nord-est. On détruit le puits, peu importe comment. Pour le reste, on verra plus tard.

Le reste. Leurs familles respectives, leurs manigances tortueuses… et l'armée de revenants à leurs ordres.

Wren se sentait prête. Elle n'avait pas besoin de Trancheuse ni de Cœur-de-Fer. Elle-même était devenue une lame, une arme destinée à être maniée, une puissance incontournable.

Et elle allait terrasser les non-morts.

Remerciements

Merci à mon équipe éditoriale de rêve – à mon agente, Penny Moore, et mon éditrice, Sarah McCabe, qui se sont avérées les meilleures partenaires dont je puisse rêver pour cette carrière. Je suis si heureuse d'avoir pu remettre le couvert avec vous !

Merci à tout le personnel de Simon & Schuster et d'Aevitas Creative Management, qui abat en coulisses un travail colossal, dont je suis rarement le témoin – même si j'en ai toujours conscience – au cours du long périple qui mène un manuscrit mal dégrossi stocké sur mon disque dur jusqu'à la publication.

Merci à mes amis et à ma famille qui me soutiennent depuis le début, et grâce à qui les rares journées que je ne passe pas à travailler valent tous les efforts fournis entre-temps.

Merci aux vétérans de la First Riders Street Team, qui ont continué d'alimenter la flamme des Premières Dresseuses de *Sœurs de sang* des années après la fin de la série. J'espère que les Dominions vous plairont autant que l'empire aurain. Un grand merci, tout particulièrement, à mon Concile des Dresseurs : Alex, Brianna, Callum et Megan, qui m'ont aidée à faire tourner la machine une deuxième fois et qui continuent de m'apporter soutien et encouragements en étant mes premiers lecteurs.

Enfin, merci à vous tous, lecteurs, chroniqueurs, documentalistes, libraires, ainsi qu'à tous les membres de la communauté bibliophile, de porter haut l'étendard de mes histoires. Sans vous, je ne pourrais pas faire ce métier, et je vous en suis profondément reconnaissante.

Achevé d'imprimer en France en août 2023
par Aubin Imprimeur

Le papier de cet ouvrage est composé de fibres naturelles, renouvelables, recyclables et fabriquées à partir de bois issu de forêts plantées expressément pour la fabrication de pâte à papier.

Loi n° 49-956 du 16 juillet 1949 sur les publications destinées à la jeunesse, modifiée par la loi n°2011-525 du 17 mai 2011

ISBN : 978-2-37102-421-2
Dépôt légal : septembre 2023

Numéro d'édition : 0134-071-01-01

Numéro d'impression : 2303.0048

LUMEN